HEYNE <

Das Buch

Die junge Anita Carvalho aus Hamburg verliert bei einem tragischen Unfall ihren Verlobten. Bald darauf verübt die Mutter Selbstmord, und Anita bleibt allein und einsam zurück. In den Hinterlassenschaften findet sie Hinweise auf eine Farm, die ihre Eltern früher unter dem mysteriösen Namen »Timbuktu« in Südafrika betrieben haben. Unzweifelhafte Spuren deuten darauf hin, dass Anita dort Familienangehörige hat, von denen sie bislang nichts ahnte. Um den Geheimnissen auf den Grund zu gehen, begibt sie sich auf eine gefahrvolle Reise auf den Schwarzen Kontinent. Südafrika, die schillernde Regenbogennation, befindet sich kurz vor der Fußball-Weltmeisterschaft in einem turbulenten Wandel – ein Land zwischen Zukunftsoptimismus und der Ohnmacht gegenüber Korruption und Kriminalität. Und genau hier, vor hinreißender afrikanischer Kulisse, warten auf Anita böse Entdeckungen – aber vielleicht auch eine neue Liebe?

Die Autorin

Stefanie Gercke wurde auf einer Insel des Bissagos-Archipels vor Guinea-Bissau / Westafrika als erste Weiße geboren und wanderte mit 20 Jahren nach Südafrika aus. Politische Gründe zwangen sie Ende der Siebzigerjahre zur Ausreise, und erst unter der neuen Regierung Nelson Mandelas konnte sie zurückkehren. Sie liebt ihre regelmäßigen kleinen Fluchten in die südafrikanische Provinz KwaZulu-Natal und lebt sonst mit ihrer großen Familie bei Hamburg.

Lieferbare Titel

Ich kehre zurück nach Afrika – Schatten im Wasser (ePub) – Feuerwind – Über den Fluss nach Afrika – Schwarzes Herz – Nachtsafari – Junigewitter – Ort der Zuflucht

STEFANIE GERCKE

JENSEITS VON TIMBUKTU

ROMAN

WILHELM HEYNE VERLAG
MÜNCHEN

MIX
Papier aus verantwortungsvollen Quellen
FSC® C014496

Penguin Random House Verlagsgruppe FSC® N001967

4. Auflage
Vollständige Taschenbuchausgabe 03/2013

Printed in Germany
Umschlaggestaltung: Eisele Grafik·Design, München,
unter Verwendung eines Fotos von © Image Source/Getty Images
Satz: Leingärtner, Nabburg
Druck und Bindung: GGP Media GmbH, Pößneck
ISBN: 978-3-453-40947-7

www.heyne.de

1

Die Geschichte begann an Anita Carvalhos Geburtstag, einem ungewöhnlich heißen Julitag im Jahr 2008, auf einem Segelboot vor der südöstlichen Küste Mallorcas.

Eineinhalb Jahre später, mitten im afrikanischen Busch, in einem stinkenden, kakerlakenverseuchten Loch, fragte sich Anita, wie ihr Leben wohl verlaufen wäre, wären sie an diesem Morgen nicht zu einer Segeltour aufgebrochen.

Wären sie an Land geblieben und hätten stattdessen einen Bummel durch Palmas Altstadt gemacht und anschließend ihren Geburtstag auf der Terrasse vom Can Carica gefeiert.

Hätte ihre Mutter keine Migräne bekommen.

Aber sie waren nicht an Land geblieben, sie waren hinausgesegelt, und ihre Mutter hatte Migräne bekommen.

An jenem Tag saß Anita auf dem Vordeck der Segelyacht und konnte es nicht fassen, dass das Leben so schön sein konnte. Die Welt schimmerte wie eine gläserne Perle. Kein Hauch regte sich. Der Himmel war endlos, das Meer seidenglatt, und Salzschleier drifteten glitzernd in der Luft. In der Ferne glänzten die weißen Häuser der Küstenorte zwischen sattem Piniengrün, die Berge, die das Rückgrat der Insel bildeten, waren hingewischte Pinselstriche in Monet-Blau.

Ein Tag zum Träumen, dachte Anita und sah einer Möwe nach, die auf lautlosen Schwingen in die blaue Unendlichkeit glitt. Ein Tag, an dem die Welt heil ist. Ein perfekter Tag, den man bis in alle Ewigkeit dehnen möchte. Träge lauschte sie dem leisen Plätschern am Rumpf des Bootes, das in der Mittagsflaute dümpelte. Die gleißende Julihitze, die über der Insel lag, dämpfte alle anderen Geräusche. Ihre Gedanken verschwammen.

Zu ihrem Geburtstag hatte ihre Mutter sie und Frank für eine Woche in das kleine Haus in Mallorcas warmen Hügeln eingeladen, das ihre Eltern vor vielen Jahren von einem Künstler – einem Keramiker, der recht bekannt war – gekauft hatten. Es lag im Inneren der Insel und war aus dem typischen goldenen Sandstein der Gegend gebaut worden. Ihre Eltern hatten das Haus mit viel Eigenarbeit umgebaut, alte Wände abgedichtet, neue gezogen, Fenster hineingebrochen und den Boden gefliest. Zwei Schlafzimmer waren so entstanden, ein Badezimmer, die kleine Küche und ein Wohnzimmer, dessen zweiflügelige Glastür auf eine sonnige Terrasse führte und einen wunderbaren Blick über das weite Tal zum Meer bot, das als intensiver blauer Farbklecks den Horizont markierte. Der Ort herrlicher Erinnerungen an lange, müßige Ferientage, der Ort, an dem sie und ihre Eltern auf innigste Weise glücklich gewesen waren.

Einst hatte das Häuschen wohl als Schweinestall für die große Finca gedient, die fünfhundert Meter weiter am Berghang lag, denn an windstillen, heißen Tagen meinte Anita, in der winzigen Küche noch einen Hauch von Schwein riechen zu können. Aber dann wehte der himmlische Duft von Orangenblüten herein und vertrieb die Erinnerung an die ursprüngliche Bestimmung des Häuschens.

Seit dem Tod ihres Vaters 1985 verbrachte ihre Mutter die meiste Zeit des Jahres hier. Sie war gerade 77 Jahre alt geworden, schlank und von endlosen Stunden auf dem Golfplatz – dem einzigen Luxus, den sie sich leistete – und der Arbeit in ihrem kleinen Garten von der mediterranen Sonne lederbraun gebrannt. Anita hatte mit Vergnügen bemerkt, dass der Besitzer der großen Finca, ein distinguierter Mallorquiner, der ebenfalls verwitwet war, immer öfter ihre Gesellschaft suchte, seit beide festgestellt hatten, dass sie die Leidenschaft für Golf und das Gärtnern teilten.

Schritte erklangen, ihre Mutter, in weißen, weiten Hosen und lockerem marineblauem Oberteil, erschien an Deck und machte sich daran, den Tisch im Cockpit aufzuklappen und Leinensets und Besteck zu verteilen. Anita öffnete die Augen und reckte sich ausgiebig. Die Segeltour war Franks Geburtstagsüberraschung, und für den Abend hatte er einen Tisch im Can Carica gebucht, dessen quirliger Inhaber den besten Fisch in Salzkruste zubereitete, der an Mallorcas Ostküste zu finden war. Ihre Mutter, die sich ab und zu ein Essen dort leistete, hatte ihn empfohlen. Anita stand auf, um zu helfen.

»Frank hat mir lediglich erlaubt, die Salatsoße zu machen, und mich an das übrige Menü nicht herangelassen.« Ihre Mutter stellte eine Flasche mit einer honigbraunen Flüssigkeit auf den Tisch. »Es ist sehr clever von dir, einen zu heiraten, der so gut kochen kann«, bemerkte sie mit einem blau funkelnden Seitenblick auf Anita. »Wenn ich mich recht erinnere, gelingen dir allenfalls Spaghetti mit Tomatensoße aus der Dose.«

Anita lachte vergnügt, während sie das im leichten Wind flatternde Sonnensegel über dem Cockpit festzurrte. »Aber nein. Rühreier kann ich auch. Ziemlich leckere sogar. Die klassische Rollenverteilung gilt eben nicht mehr. Heute können Männer kochen und manche Frauen eben nicht.«

»Und wie kommt er mit deinem Temperament zurecht?«

»Na, aber ganz prima, Anna-Dora.« Frank kam mit einem üppig beladenen Tablett den Niedergang hoch und grinste seine zukünftige Schwiegermutter an. »Bei mir schnurrt sie wie ein Kätzchen, und die übrige Zeit ist sie handzahm.« Er wechselte ein verstohlenes Lächeln mit Anita und stellte das Tablett vorsichtig auf den Tisch. Sein ärmelloses schwarzes T-Shirt klebte ihm am Körper, das Haar war verschwitzt. Mit einem Hemdzipfel trocknete er sich das schweißglänzende Gesicht ab. »Heiß wie in der Hölle da unten.«

Sie setzten sich, und Frank legte je zwei Langustenhälften auf die Teller, reichte Knoblauchbrot und den Salat herum und goss Wein ein. Anita naschte vom Salat und spießte mit verzücktem Ausdruck ein Stück Languste auf. »Der Salat ist köstlich, die Langusten sind himmlisch, und das Knoblauchbrot würde jeden Vampir in die Flucht schlagen!« Sie hob ihr Glas und prostete ihm zu.

Auch ihre Mutter hatte mit angestoßen und beschäftigte sich jetzt mit abwesendem Ausdruck mit ihrer Languste. »Denkt ihr auch an Kinder?«, fragte sie dann wie beiläufig.

Zu ihrem eigenen Erstaunen spürte Anita, dass sie rot wurde. Sie konnte sich nicht daran erinnern, wann sie diese Gefühlswallung das letzte Mal überkommen hatte. Als Schulmädchen vermutlich. Sie legte die Hände an ihr glühendes Gesicht und sandte Frank dabei einen schnellen Blick unter gesenkten Wimpern zu, worauf ein kleines Lächeln seine Mundwinkel kräuselte und er mit einem winzigen Nicken antwortete.

Anna-Dora Carvalho war eine aufmerksame Beobachterin. »Meine Güte, ist es etwa schon so weit?«, rief sie. »Das ist ja wunderbar. Ganz wunderbar. Enkelkinder …« Ihre Augen glänzten. »Ganz wunderbar. Du glaubst gar nicht, wie ich mich freue! Wissen es deine Eltern schon, Frank?«

Er schüttelte verneinend den Kopf. »Ich habe seit Wochen nichts von ihnen gehört, also geht es ihnen sicher gut. Sie werden irgendwo tief im Dschungel stecken. Seit sie diesen kleinen Indianerstamm am Amazonas entdeckt haben, sind sie völlig aus dem Häuschen und für nichts anderes ansprechbar. Aber ich nehme an, sie werden sich auch freuen.«

Die drei am Tisch schwiegen versonnen. Jeder träumte seinen Traum. Von Wärme. Von Gemeinsamkeit. Von Liebe. Einem einfachen Leben, dachte Anita. Nichts Großes. Nichts, was den Neid der Götter der Finsternis herausforderte.

Frank hob sein Glas. »Alles Liebe zu deinem Geburtstag, mein Schatz.« Er lehnte sich vor und küsste sie ausgiebig. »Noch zwei Wochen, dann hab ich dich ganz«, murmelte er, seine Lippen immer noch auf ihren. Ihr Atem mischte sich. Anitas Puls galoppierte.

»Dreizehn Tage«, flüsterte sie. »Welch ein unbeschreiblich herrlicher Tag ist das heute.« Sie schmiegte ihr Gesicht an seines, war süchtig nach Hautkontakt, nach intimer Zweisamkeit. Der Anfang meines Lebens, dachte sie, der Anfang von meinem Traum, der nie ein Ende haben wird.

Ihre Mutter beobachtete sie und lächelte auf eigenartige Weise. »Oh, da fehlt noch die Hauptüberraschung.« Ohne eine weitere Erklärung stand sie auf und stieg den Niedergang hinunter.

Anita schaute ihr verwirrt nach. »Noch ein Geschenk? Was das wohl ist? Hoffentlich hat sie nicht zu viel Geld ausgegeben. Ihre Pension ist nicht sehr üppig.«

»Vielleicht schenkt sie dir ein Schmuckstück aus ihrem Bestand. Das hat sie doch früher schon getan.«

Aber ihre Mutter schenkte ihr keinen Schmuck. Sie legte einen schlichten weißen Umschlag vor ihr auf den Tisch, zwischen Brotkrümel, Salzstreuer und das Keramikgefäß, das die Knoblauchbutter enthielt. Anita nahm ihn verwundert hoch. Er hatte einen Fettfleck abbekommen. Sie rieb ihn mit der Serviette weg, wie um Zeit zu gewinnen, ehe sie ihn mit dem Fingernagel aufschlitzte. Dabei blickte sie ihre Mutter zweifelnd an, fand, dass sie merkwürdig erregt wirkte, denn ihre Augen glänzten fiebrig, und sie konnte ihre Hände offensichtlich kaum stillhalten. Der Umschlag musste etwas ganz Besonderes enthalten.

Und das war es. Etwas ganz Besonderes. Es war eine Einladung für Anita und Frank, zusammen mit ihr nach Südafrika zu fliegen. Anita starrte die Worte an, die fein säuberlich mit blauer Tinte auf weißen Leinenkarton geschrieben standen: Flug von Hamburg nach Frankfurt und weiter nach Durban, Südafrika, Aufenthalt in einem Hotel namens Cabana Beach in Umhlanga Rocks, KwaZulu-Natal. Rückflug zwei Wochen später auf derselben Route.

»Aber Mama«, brach es konsterniert aus Anita heraus.

Ihre Mutter hob lachend eine Hand. »Es ist an der Zeit. Das hätte ich schon vor sehr langer Zeit machen sollen.«

»Zeit … wozu?« Anita sah sie hilflos an.

Wieder dieses Lachen. Aufgeregt, ein bisschen überdreht. Glücklich. Glücklicher, als sie ihre Mutter seit Langem erlebt hatte. »Du wirst schon sehen.«

Anita fand keine Worte. Was war nur in ihre Mutter gefahren? Woher wollte sie das Geld nehmen? Rasch überschlug sie die Kosten. Unter fünftausend Euro würde ihre Mutter kaum davonkommen, schätzte sie und erschrak.

»Ausgeschlossen«, sagte sie laut. »Mama, das ist zu viel! Viel zu viel.«

»Anita hat recht, Anna-Dora«, mischte sich Frank ein. »Das ist einfach zu viel. Lass uns wenigstens die Flüge selbst bezahlen.« Liebevoll streichelte er seiner Schwiegermutter über den Arm. Ihr Verhältnis war von Anfang an sehr gut gewesen. Er mochte sie sehr.

Anna-Dora hob lachend beide Hände. »Geht nicht. Sind schon bezahlt.«

Anita und Frank sahen sich verblüfft an. Anita zuckte in einer ratlosen Geste die Schultern.

»Ich hab's gespart. Macht euch keine Sorgen.« Anna-Dora hatte den Blickwechsel der beiden offenbar bemerkt.

»Von deiner Rente?«, platzte Anita heraus.

Wieder lachte ihre Mutter. »Keine Angst, ich habe noch ein paar Reserven. Meine Rente brauchte ich nicht anzutasten. Und nun möchte ich nichts mehr über Geld hören. Freust du dich nicht?« Es klang vorwurfsvoll.

Anita riss sich zusammen und drückte ihre Mutter fest an sich. »Doch, Mama, natürlich. Danke. Das ist das überraschendste Geschenk, das ich je bekommen habe – und das üppigste.« Es kam seltsam hölzern heraus, und ein merkwürdig unruhiges Gefühl setzte sich in ihr fest, besonders als sie bemerkte, dass ihrer Mutter die Tränen in den Augen standen. »Es ist an der Zeit … Willst du mir nicht verraten, was du damit meinst?«

Anna-Dora blickte durch sie hindurch, war ganz offensichtlich in Gedanken weit weg. »Nein, das will ich nicht. Nicht jetzt. Gedulde dich noch ein wenig. Wir fliegen am 20. Januar. Es dürfte doch kein Problem für euch sein, dann Urlaub zu bekommen, nicht wahr? Einen Mietwagen habe ich auch schon bestellt.« Ohne eine Entgegnung abzuwarten, stand sie auf und fing an abzudecken. Sie kippte die Langustenreste in eine Plastiktüte und verknotete sie, damit nicht das ganze Boot danach stank, anschließend trug sie die abgegessenen Teller in die Kombüse.

Frank sah ihr nach. »Du musst mit deiner Gynäkologin sprechen, ob du im Januar noch eine solche Reise machen kannst.«

»Das mache ich, wenn wir zurück in Deutschland sind. Der siebte Monat wird die Grenze sein. Vielleicht kann Mama den Flug auf einen früheren Termin umbuchen.«

Er lehnte sich zu ihr hinüber und nahm ihre Hand. »Hast du irgendeine Vorstellung, was Anna-Dora meint? Wozu ist es jetzt Zeit? Es muss etwas mit dem Leben deiner Eltern in Zululand zu tun haben, da bin ich mir sicher.«

Sie hob die Schultern. »Ich habe keinen Schimmer. Ich habe schon mein Gedächtnis gründlich durchforstet, aber mir ist nichts eingefallen. Über ihre Zeit in Zululand weiß ich so gut wie gar nichts.«

»Hast du deine Eltern denn nie gefragt? Sie haben doch immerhin rund zwanzig Jahre dort gelebt.«

»Doch, schon«, antwortete sie und spielte dabei mit einer Gabel. »Immer wieder. Jahrelang. Aber ich habe nie wirklich Antworten bekommen. Ich weiß nur, dass sie dort eine Farm hatten, die sie *Timbuktu* genannt haben. Früher haben sie davon geschwärmt, vom einfachen Leben im Einklang mit der Natur, den freundlichen Menschen, so ganz allgemein. Über ihr tägliches Leben in Zululand haben sie aber nie ein Wort verloren. Dann ist mein Vater gestorben, ganz plötzlich an einer banalen Grippe, und danach hat meine Mutter endgültig jeden Versuch von mir abgeschmettert, dieses Thema anzuschneiden. Und nun das! Ich versteh das alles nicht.«

Das letzte Mal, als sie mit ihrer Mutter darüber sprechen wollte, hatte die nur eine wegwerfende Handbewegung gemacht. »Das ist eine lange Geschichte«, hatte sie gesagt und sehr abweisend und geradezu unfreundlich dabei ausgesehen. »Eine für kalte Wintertage, wenn wir am Kamin sitzen.« Mit leidender Miene hatte sie die Augen zusammengekniffen und sich über die Stirn gestrichen.

Anita kannte diese Geste seit ihrer frühesten Jugend. Ein Migräneanfall war im Anzug. Mindestens zwei Tage lang war sie danach kaum ansprechbar, und ihr blieb nur die bohrende Frage, was in Zululand vorgefallen war, dass die bloße Erwähnung dieses heftige Verhalten auslösen konnte. »Wir haben gar keinen Kamin«, hatte sie leise gesagt, aber ihre Mutter hatte sich verschlossen und in sich zurückgezogen.

»Ich bin immer gegen eine Mauer aus Schweigen und Abwehr angerannt. Irgendwann habe ich aufgehört zu fragen. Ich möchte wirklich wissen, was vorgefallen ist, dass sie jetzt aus heiterem Himmel beabsichtigt, dorthin zurückzukehren, und vor allen Dingen, warum sie uns mitnehmen will.« Sie stand auf und stapelte die leeren Schüsseln ineinander. »Lass uns den Rest hinunterbringen.«

»Langsam bin ich sehr gespannt darauf, was uns dort erwartet.« Frank nahm ihr die Schüsseln und Pfeffer- und Salzmühle ab. »Ich bringe das in die Kombüse.«

Anita legte die Tischsets zusammen und verstaute sie unter der Sitzbank. Ihre Mutter kam gleich darauf den Niedergang hoch, dicht gefolgt von Frank.

Anna-Dora setzte sich ans Ruder, krempelte die Hosenbeine bis zum Knie auf, verknotete das Oberteil in der Taille und strich sich anschließend mit beiden Händen ihr weißes Haar hinter die Ohren. Sie legte eine Hand aufs Steuerrad. »Ich pass auf das Boot auf. Geht ihr ruhig schwimmen.«

Anita zögerte. »Wir sollten den Anker auswerfen, damit nichts passiert … Ich meine, ein Boot zu steuern ist doch etwas anderes, als ein Auto zu lenken.«

Anna-Dora schmunzelte nachsichtig. »Mach dir keine Sorgen, Liebes. Ich kann ziemlich gut segeln. Ich habe meine Feuertaufe vor der Küste Natals in den Brechern des Indischen Ozeans erhalten. Danach kommt mir das Mittelmeer vor wie eine Badewanne.«

»Ui!«, machte Frank anerkennend. »Der Indische Ozean. Eines der schwierigsten Segelreviere der Welt. Unberechenbares Wetter, meterhohe Wellen und viele hungrige Haie im Wasser.«

Anita starrte ihre Mutter mit offenem Mund an. »Du hast nie davon erzählt, dass ihr gesegelt seid. Du und Papa.«

»Nein«, sagte Anna-Dora und schaute an ihrer Tochter vorbei zum südlichen Horizont. »Davon habe ich dir nie erzählt.«

»Hast du einen Segelschein?«, fragte Frank. »Ich muss das fragen, sonst darf ich dich laut Chartervertrag nicht ans Ruder lassen.«

»Sporthochseeschifferschein«, war die lakonische Antwort. »Alles in einem Wort geschrieben.«

»Alle Achtung!« Frank grinste überrascht. »Okay. Das reicht. Komm, Liebling, das Boot ist in besten Händen. Deine Mutter dürfte auf hoher See einen Tanker steuern. Außerdem herrscht totale Flaute. Es wird keine Schwierigkeiten geben. Da könntest sogar du am Ruder sitzen.«

Er kletterte über die Reling, sprang kopfüber ins Wasser und tauchte in einem Sprudel von Luftblasen wieder auf.

»Komm zu mir«, rief er ihr zu und streckte die Arme aus.

Anita warf ihrer Mutter noch einen zweifelnden Blick zu, schob aber dann ihr ungutes Gefühl energisch beiseite und folgte ihm mit einem Kopfsprung ins türkisblaue Wasser. Warm und seidig weich umspülte es ihren Körper. Sie schwamm Frank in die Arme.

Anna-Dora sah ihnen nach und wischte sich dabei fahrig mit einer Hand über die Stirn, als säße da ein lästiges Insekt. Die Hitze drückte, die Segel hingen schlaff herunter, das Meer lag bleiern unter dem brennenden Himmel. Ihr Kopf fühlte sich geschwollen an, und die Sonnenstrahlen stachen ihr in den Augen.

Anita tauchte neben Frank auf. »Sporthochseeschein ... Was bedeutet das?«, rief sie wassertretend.

»Sporthochseeschifferschein«, korrigierte Frank sie. »Das heißt, sie darf alle Meere befahren, unter Segel und Motor. Ich muss schon sagen, das hätte ich Anna-Dora nicht zugetraut. Ich werde mit jeder Sekunde neugieriger auf das, was in Natal auf uns wartet.«

Neugierig ist die Untertreibung des Jahrhunderts, dachte Anita. Ich platze geradezu. Mit beiden Armen warf sie sich vorwärts und kraulte davon. »Fang mich!«, schrie sie.

Frank holte sie mühelos ein. Nachdem sie mehrere Male das Boot umrundet und sich anschließend eine übermütige Wasserschlacht geliefert hatten, kletterten sie wieder an Bord. Nass wie sie waren, warfen sie sich auf ihre Liegekissen auf dem Vorschiff, hielten sich an den Händen und schauten den Möwen nach, die über den azurblauen Himmel in die Ferne glitten. Es roch salzig nach Meer. Nach Freiheit.

Nach Leben, dachte Anita und ließ ihren Gedanken freien Lauf. Das ungute Gefühl verzog sich in die hinterste Ecke ihres Bewusstseins.

Über dem sonnenverbrannten Inland der Insel hatte die Sonne indessen die letzte Feuchtigkeit aufgesaugt. Hitze knisterte in den

Pinien, die Mallorquiner legten sich zur Siesta nieder, die Touristen rösteten sich entweder am Strand oder suchten Abkühlung an der Bar oder in den Swimmingpools. Die aufgeheizte Luft stieg vom heißen Boden auf und traf auf kühlere, feuchtere Schichten. Wassertröpfchen entstanden, die sich bald zu milchigem Dunst vereinigten. Er wurde dichter und schwerer, und nach und nach ballte er sich zu Wolken.

Die Keimzelle eines gewaltigen Gewitters war geboren.

Anita und Frank, die im lichten Schatten des Sonnensegels dösten, schienen nichts davon zu merken. Ihre Finger hatten sie fest ineinander verflochten, die Augen geschlossen.

Anna-Dora saß neben dem Ruder auf der Bank und hielt das Rad locker mit einer Hand, mit der anderen wischte sie sich den Schweiß vom Gesicht. Besorgt spürte sie, dass sich ein heißer Druck von der Größe eines Tennisballs in ihrem Hinterkopf zusammenballte. Für gewöhnlich verhieß das eine Drei-Tage-Migräne. Früher hatte ihr nicht einmal die Hitze in Afrika etwas ausgemacht. Seit sie jedoch die siebzig überschritten hatte, setzte ihr schwüles Wetter immer mehr zu. Plötzliche Blitze vor ihrem Blickfeld kündigten den nächsten Anfall an. Stöhnend ließ sie den Kopf in den Nacken fallen, wobei sie das Ruder versehentlich fahren ließ.

Das Boot reagierte fast unmerklich, aber Frank richtete sich dennoch auf. »Alles in Ordnung?«, rief er ihr zu.

Anna-Dora nickte stumm, bemüht, nicht zu zeigen, wie sie sich fühlte. Sie hatte nicht vor, ihrer Tochter diesen Tag mit Gejammer über Kopfschmerzen zu verderben.

»Bekommst du Migräne?«, rief er besorgt. »Sollen wir den Motor anwerfen und in den Hafen fahren?« Er stemmte sich auf die Füße.

»Ach was, nein. Ich nehme ein Aspirin, und dann geht's wieder.« Hoffentlich, dachte Anna-Dora und strich sich über die Stirn. »Aber ich glaube, das Wetter ändert sich.«

Ihre Annahme wurde Minuten später bestätigt. Eine plötzliche Bö ließ Staubwirbel über den Strand tanzen, die verkrüppelten Pinien am Ufer schüttelten sich, und das Meer bekam eine Gänsehaut. Das Segelboot schwankte kurz und heftig, wobei Frank fast die Balance verlor. Der Dunstschleier über dem Horizont verdichtete sich zu einer soliden, giftig violetten Wolkenwand. Der erste Donner rollte übers Meer. Noch war er kaum wahrnehmbar, verursachte eigentlich nur eine Erschütterung der Luft.

Frank aber hatte ihn gehört. »Ich muss die Segel reffen«, rief er.

Auf einmal fegte ein starker Windstoß übers Wasser, die Segel blähten sich mit einem Knall, und das Boot nahm Fahrt auf. Mit einem Satz war Frank beim Baum und wickelte eilig das überschüssige Tuch des Großsegels mittels der Handkurbel um den Baum, den er anschließend gegen weiteres Verdrehen sicherte. Seine Badeshorts flatterten in der steifer werdenden Brise.

»Herrlich! Wir bekommen endlich Wind«, schrie er Anita zu, die das hin und her schlagende Sonnensegel festhielt. »Hol bitte die Schwimmwesten.«

Der Himmel zog sich zusehends zu. Das strahlende Blau war von einem schweren Bleigrau verschluckt worden.

»Das gibt ein Unwetter!«, rief Frank mit wilder Begeisterung.

Anita lachte. Frank liebte extremes Wetter. Stürme, Gewitter, Hagel, Platzregen – alles, was andere Leute sofort Schutz suchend unter den nächsten Unterstand flüchten ließ, wirkte auf ihn wie ein Aufputschmittel.

»Kannst du das Ruder noch für einen Moment übernehmen?«, rief er Anitas Mutter zu, während er die Liegekissen einsammelte, die von der Bö übers Deck verteilt worden waren. »Ich übernehme es, wenn Anita die Schwimmwesten gebracht hat. Wir nehmen Kurs auf den Hafen, und zwar schleunigst.«

Breitbeinig stand er da, den Kopf zurückgeworfen, das kurze, dunkelblonde Haar verweht, die hellblauen Augen funkelnd vor Lebensfreude. Geschmeidig balancierte er die Schieflage des Decks aus und winkte Anita lachend zu. »Himmel, ist das Leben schön!«

»Sei vorsichtig«, mahnte sie ihn und sprang den Niedergang hinunter, um die Westen zu holen.

Anna-Dora nickte, packte das große Holzrad fester und bereitete sich darauf vor, den von Frank angewiesenen Kurs einzuschlagen. Der Winddruck auf den Segeln wurde stetig stärker, sie spürte den Zug am Rad und in ihren Armen. Die Muskeln an ihren Oberarmen traten hervor, so kräftig musste sie dagegenhalten.

Anita öffnete die Tür zu der großen Kajüte im Bug. Die aufgestaute Hitze schlug ihr wie eine Wand entgegen. Sofort brach ihr der Schweiß aus und strömte ihr über Brust und Rücken, obwohl sie nichts weiter als einen äußerst knappen Bikini trug. Seit zwei Wochen war es brütend heiß, regte sich fast kein Lüftchen, was besonders im Schiffsinneren jede Bewegung zu einer schweißtreibenden Anstrengung machte. Sie hörte die Wellen hart gegen den Bootsrumpf klatschen und hoffte, dass sie einen Wetterumbruch ankündigten. Sie sehnte sich nach einem erfrischenden Regenguss.

Die Schwimmwesten waren unter ihrer Koje verstaut. Die Schublade hatte sich verkantet, und sie benötigte einige Zeit, bis sie ihrem kräftigen Rucken nachgab und sich wieder öffnen ließ. Sie zerrte die Westen heraus, prüfte, ob sie einsatzbereit waren. Anschließend klemmte sie sich den Stapel unter den Arm, verließ die Kajüte und durchquerte den Wohnbereich, in dem eine breite, weich gepolsterte Sitzbank mit viel Stauraum darunter und ein solider Tisch eingebaut waren. Hinter dem gut gefüllten Bücherschrank verbarg sich die winzige Küche.

Als sie den Fuß auf die unterste Stufe des Niedergangs setzte, passierten zwei Dinge auf einmal. Sie vernahm ein eigenartiges Geräusch – so als würde eine Kokosnuss aufgeschlagen –, und gleichzeitig legte sich das Boot mit Schwung auf die andere Seite. Der Boden unter ihr kam hoch, sie fiel hin und stieß sich den Kopf an der Tischkante. Mit einem saftigen Kraftausdruck rappelte sie sich auf. Das Wendemanöver, das ihre Mutter ausführen wollte, war offensichtlich aus irgendeinem Grund schiefgegangen. Vermutlich war der Baum herumgeschwungen, und es war zu einer Patenthalse gekommen – eine höchst gefährliche Situation an Bord.

Ein flimmernder Angstknoten setzte sich in ihrer Magengegend fest, obwohl sie sich nicht erklären konnte, warum. Das Boot schwamm schließlich noch und lief hart am Wind, also wurde es von jemandem gesteuert. Entweder von ihrer Mutter oder von Frank. Trotzdem zitterten ihr die Hände. In fliegender Eile raffte sie die Schwimmwesten zusammen, die ihr bei dem Sturz heruntergefallen waren, und hastete hoch. Mit dem Fuß stieß sie die Tür zum Deck auf und trat hinaus.

Das Boot schoss mit hoher Geschwindigkeit übers Wasser. Ihre Mutter saß im Cockpit, hatte die Hände in die Speichen des Ruders verkrallt und starrte kalkweiß mit aufgerissenen Augen ins Leere. Frank war nirgendwo zu sehen.

Anita musste sich an der Reling festhalten. In den kabbeligen Wellen bockte die Yacht wie ein störrischer Esel. »Wo ist Frank?« Die Angst brach durch, fraß sich rasend schnell durch ihren Körper, machte ihre Stimme brüchig.

Ihre Mutter antwortete nicht. Ihr starrer Blick flackerte.

»Mama, wo ist Frank?«

Wieder bekam sie keinerlei Reaktion. Nicht einmal eine, die ihr bestätigt hätte, dass ihre Mutter sie überhaupt gehört hatte.

Anita warf die Westen ins Cockpit und lehnte sich über die Reling. »Frank!«, rief sie mehrmals. Der Wind riss ihr die Worte vom Mund und wirbelte sie hinaus über das aufgewühlte Meer.

Niemand antwortete. Jetzt verbiss sich die Angst wie ein wildes Tier in ihrer Kehle. »Frank!«, schrie sie noch einmal, bekam aber wieder nichts als das Echo ihres eigenen Wortes. Sie packte ihre Mutter an der Schulter und schüttelte sie. »Mama, wo ist Frank?«

Anna-Dora Carvalho bewegte nur benommen den Kopf. In diesem Augenblick erinnerte sich Anita an den dumpfen Schlag, dieses grauenvolle Geräusch, als platzte eine Kokosnuss, und ihr wurde schlagartig klar, was geschehen sein musste.

»Frank!«, schrie sie, rannte wieder hinüber zur Reling und lehnte sich weit vor. »Liebling!«

Weiße Katzenköpfe tanzten auf den Wellen, lange Schaumschleier trieben dahin. Wasser, so weit sie blicken konnte. Sonst nichts. Eine schiefergraue Fläche, leer bis an den Horizont.

Die gläserne Perle zerbarst.

Später, als das Gewitter längst in sich zusammengefallen war, kreiste ein Hubschrauber der Küstenwache über dem Gebiet, wo Frank im Meer verschwunden war. Anita hatte sie über Funk gerufen. Ihr Notruf war von mehreren Motorbootkapitänen gehört worden, die jetzt bei der Suche halfen. Anita wandte den Kopf und sah dem Boot der Küstenwache entgegen, das heranrauschte und sich schließlich längsseits legte. Der Comandante kam mit einem Kollegen an Bord ihres Bootes und begrüßte sie mit einem Nicken.

»Gehört die Yacht Ihnen, Señora?«, fragte er, ohne sich mit langen Vorreden aufzuhalten. Er sprach englisch.

»Nein. Die ist für ein paar Tage gemietet.« Ihr Mund war trocken, die Zunge klebte ihr am Gaumen. Es machte das Reden schwer.

»Wie heißen Sie, und woher kommen Sie?« Mit einem kurzen Blick vergewisserte er sich, dass sein Kollege alles notierte.

»Anita Carvalho.« Der Wind hatte deutlich nachgelassen, aber die Hitze war nicht wesentlich weniger geworden, trotzdem erschauerte sie unter dem dünnen Hemd, das sie über ihren Bikini geworfen hatte.

Der Comandante sah sie forschend an. »Carvalho? Sind Sie Portugiesin?«

»Nein, Deutsche. Mein Vater war Brasilianer. Meine Mutter heißt Anna-Dora Carvalho und lebt die meiste Zeit auf der Insel.«

»Ah«, machte der Comandante und verschränkte die Hände auf dem Rücken. »Und Sie heißen Anita. Die kleine Anna … hübsch.« Er lächelte. Seine Zähne schimmerten sehr weiß.

Sie nickte stumm. Die kleine Anna, so hatte ihr Vater sie als kleines Mädchen immer gerufen. Er war es gewesen, der den Namen Anita für sie gewählt hatte.

Der Comandante hatte einen Augenblick nachdenklich über die Wellen geschaut, jetzt drehte er sich um. »Der Vermisste … Wer war er?«

Die Frage kam unerwartet, und die Vergangenheitsform traf Anita in den Solarplexus. Sie rang nach Luft. »Mein Verlobter, Frank Börnsen. Er ist auch Deutscher.« Sie weigerte sich, von ihm in der Vergangenheit zu sprechen.

Der Comandante deutete mit einer Handbewegung auf seinen Kollegen. »Bitte buchstabieren Sie den Namen.«

Er wartete, bis Anita das getan hatte, dann fixierte er sie mit einem unerwartet scharfen Blick. »Was ist hier eigentlich vorgefallen?«

Das war genau das, worüber sie nicht einmal nachdenken wollte, geschweige denn reden. Aber nach einer kurzen Pause sammelte sie all ihre Kraft und berichtete mit monotoner Stimme, was vermutlich passiert war. »Gesehen habe ich den Unfall nicht, ich war unter Deck, aber ich habe gehört, wie der Baum herumgeschwungen ist und … und jemand getroffen hat.« Wie sich das Geräusch angehört hatte, das konnte sie einfach nicht in Worte fassen. Eine Welle saurer Übelkeit drohte sie zu überrollen. »Ich habe meine Mutter gefragt, immer und immer wieder, aber es ist nichts herauszukriegen, kein Wort. Es ist, als ob sie mich überhaupt nicht versteht.«

Der Comandante tippte an seine Mütze. »Das reicht. Für jetzt. Eine genaue Aussage können Sie dann an Land bei der Hafenpolizei machen.«

Danach wies er seine Besatzung an, die alte Señora, die offenbar einen so schweren Schock davongetragen hatte, dass sie nicht ansprechbar war, in sein Boot hinüberzubringen. »Bringt sie unter Deck, und schnallt sie fest«, befahl er.

Zwei seiner Leute beeilten sich, dem Befehl nachzukommen. Anna-Dora Carvalho wurde vorsichtig hinüber auf das Boot der Küstenwache gehoben und unter Deck gebracht.

Der Comandante verabschiedete sich mit einem zackigen militärischen Gruß und rief einem seiner Offiziere zu, an Bord des Segelbootes zu kommen und bei Señora Carvalho zu bleiben. Dann ging er selbst von Bord. Sein Steuermann ließ die Motoren röhren, das Boot legte sich schräg und entfernte sich mit hoher Geschwindigkeit. Anita blieb tränenüberströmt zurück.

»Es ist besser, wenn Sie sich jetzt etwas ausruhen«, sagte der Offizier der Küstenwache, löste vorsichtig ihre verkrampften Hände vom Ruder und übernahm es. »Ich bringe Sie in den Hafen.«

Anita hielt sich am Ruder fest und schüttelte in Panik den Kopf. »Nein!«, schrie sie. »Ich bleibe hier, bis wir Frank … bis wir meinen Verlobten gefunden haben.« Sie presste die Kiefer zusammen, um zu verhindern, dass ihre Zähne klapperten, als stünde sie in eisigem Sturm.

Der Polizist sah sie an, sah ihr Zittern, die Verzweiflung, die Tränen, die sich in ihren Augenwinkeln sammelten, und nickte schließlich. Er warf den Hilfsmotor der Segelyacht an und lenkte sie dorthin, wo die Motorboote langsame, systematische Kreise zogen.

Bis die Dunkelheit hereinbrach, kreisten sie dort.

Sie fanden nicht die geringste Spur.

Der Polizist musterte Anita verstohlen. Sie starrte noch immer in verzweifeltem Schweigen auf die Wellen. Ihre Augen waren rot gerändert, ihre Gesichtszüge schmerzverzerrt. Sichtlich verlegen schaute er hinaus übers Meer, wo der Widerschein der untergegangenen Sonne den Himmel wie Perlmutt schimmern ließ. »Es gibt hier starke Strömungen«, sagte er leise.

Anita verstand sofort. Ihre Knie knickten ein. Sie konnte sich gerade noch an der Reling festhalten. Alles, was sie hervorbrachte, war ein tonloses Wimmern.

»Ich bringe Sie jetzt in den Hafen«, murmelte der Offizier, und sein Ton ließ keinen Widerspruch zu.

Anita setzte sich aufs Deck, barg ihr Gesicht in den Armen und schluchzte, als würde sie von innen zerrissen, während die Yacht in den Hafen tuckerte.

Im Hafen angekommen, streckte der Offizier die Hand aus, um ihr auf den Anlegesteg zu helfen, aber sie wehrte seine Hilfe heftig ab. Seine schönen dunklen Augen füllten sich mit Mitleid. »Haben Sie niemanden, zu dem Sie heute Nacht gehen könnten?« Als Anita stumm den Kopf schüttelte, trat er einen Schritt zurück. »Nun gut. Ich sehe, ich kann Sie nicht überreden, von Bord zu gehen. Bitte finden Sie sich morgen im Büro der Hafenpolizei ein, damit wir Ihre Aussage aufnehmen können.«

Sein Ton war sehr offiziell, er salutierte und ging den Steg entlang zum Kai, wo er, ohne sich noch einmal zu ihr umzuwenden, in ein wartendes Polizeiauto stieg.

Anita blieb an Deck und starrte hinaus in die samtige Schwärze der mediterranen Nacht, starrte, bis Sterne vor ihren Augen tanzten und ihr der Kopf zu platzen drohte. Irgendwann ließ sie sich einfach vornüber in die Dunkelheit fallen, glitt in die stillen, kühlen Tiefen, wartete, dass die Wellen sie hinaus in die Ewigkeit trugen. Zu Frank.

Aber sofort setzte ihr Überlebensreflex ein, und obwohl sie dagegen ankämpfte, verzweifelt versuchte, Wasser einzuatmen, tauchte sie nach Luft schnappend und um sich schlagend wieder auf. Trauer, nicht auszuhaltender Schmerz und so etwas wie

Wut, das alles bündelte sich in dem lang gezogenen Schrei, der jetzt aus ihr herausbrach.

Von einer Segelyacht, die am übernächsten Liegeplatz festgemacht hatte, ertönte eine männliche Stimme auf spanisch. »He, was ist los? Brauchen Sie Hilfe?«

Anita spuckte und gurgelte, wollte dem Mann zurufen, er solle sie verdammt noch mal in Ruhe lassen, solle sich verdammt noch mal um seinen eigenen Kram kümmern, brachte aber keinen Ton heraus. Sekunden später klatschte ein Rettungsring neben ihr auf, und unmittelbar danach sprang jemand in das ölschillernde Hafenwasser und kraulte zügig auf sie zu. Mit kräftigem Beinschlag tauchte sie erneut ab, wurde aber mit einem geübten Griff unter dem Kinn gepackt und in Richtung Land gezogen.

Ihr Retter war kräftig und ließ ihr keine Chance, sich wieder loszureißen, obwohl sie heftig strampelte. Sekunden später erreichte er mit ihr die Treppe am Steg.

»Das Leben ist ein Gottesgeschenk«, prustete er. »Das wird nicht einfach so weggeworfen!«

Mit diesen Worten zog er sie hoch auf die Holzplanken und stellte sie auf die Beine, ließ ihre Schultern aber nicht los, als befürchtete er, dass sie gleich wieder ins Wasser springen könnte. Der Mann, ein gut aussehender, braun gebrannter Spanier, beugte sich zu ihr herunter und zwang sie, ihn anzusehen. »Wollten Sie sich etwa umbringen? Ich glaube, ich sollte Sie ins Krankenhaus bringen.«

»Nein, natürlich nicht«, brachte sie mühsam hervor. »Ich bin ausgerutscht und habe Wasser geschluckt. Das ist alles.« Zur Demonstration hustete sie ausdauernd und zeigte dabei mit dem Daumen auf ihre Yacht. »Das ist mein Boot. Vielen Dank für Ihre Mühe und Ihren mutigen Einsatz, aber mir ist kalt, und ich möchte mich jetzt umziehen und schlafen.«

Und allein zu sein, um mir darüber klar zu werden, wie ich ein

Leben ohne Frank leben soll, wie ich die leeren, einsamen Jahre, die vor mir liegen, durchstehen soll, setzte sie schweigend hinzu. Ihre Miene jedoch verriet nichts von ihrem inneren Zustand.

Der Spanier nahm mit zweifelndem Blick seine Hände von ihren Schultern, so als glaubte er, dass sie jeden Moment umfallen könnte. Sie zwang sich, seinen Blick mit einem freundlichen Gesichtsausdruck zu erwidern, und es gelang ihr, das Zittern so weit zu verbergen, dass er es offenbar nicht wahrnahm. Jedenfalls trat er einen Schritt zurück.

»Gut. Aber seien Sie in Zukunft vorsichtiger. Wenn Sie allein an Bord sind, sollten Sie immer gesichert sein. Das ist eine Grundregel für Solo-Segler.« Und mit unüberhörbarem Vorwurf setze er hinzu: »Das sollten Sie doch wissen. Wenn Sie Hilfe benötigen, brauchen Sie mich nur zu rufen. Ich wohne auf meiner Yacht.«

»Okay, danke«, sagte sie mit einem gezwungenen Lächeln, sprang auf den Steg, rannte zu ihrem Boot und kletterte an Bord. Sie schaffte es noch bis in ihre Kajüte, ehe sie wie von einer Axt getroffen auf der Koje zusammenbrach und in ein schwarzes Loch stürzte.

Das alles geschah Mitte Juli 2008.

Am nächsten Tag und an den darauffolgenden drei Tagen segelte sie jeden Morgen bei Sonnenaufgang hinaus zu der Stelle, wo Frank ins Meer gefallen war. Es herrschte ein kräftiger Wind, der ihr das lange Haar immer wieder in die Augen blies. Impulsiv nahm sie eine Schere und schnitt es kurzerhand rundherum auf Kinnlänge ab. Die abgeschnittenen Haarbüschel warf sie über Bord. Den kühlen Luftzug, der nun ihren Nacken umfächelte, empfand sie als sehr angenehm.

Stundenlang kreuzte sie dort draußen unter der sengenden Sonne, starrte gebannt von der Reling in die Wellen, vergaß zu essen, kehrte erst in den Hafen zurück, als die Nacht längst hereingebrochen war und nur die Sterne ihr den Weg leuchteten.

Sie schlief nur noch sporadisch, aß nicht, trank wenig, magerte ab, rutschte tiefer und immer tiefer in einen grauen Sumpf der Verzweiflung.

Jeden Tag besuchte sie ihre Mutter im Krankenhaus. In den paar Tagen seit dem Unfall war sie furchtbar gealtert, ihr Haar breitete sich glanzlos und strähnig auf dem Kissen aus. Ihre Augen waren leer, das Funkeln darin für immer erloschen. Stumpf sah sie ihre Tochter an, drehte sich dann wortlos zur Wand. Ein Jammerlaut wie von einem verletzten Tier, begleitet von einer heftigen Armbewegung, zeigte Anita unmissverständlich, dass ihre Mutter nicht mit ihr reden wollte.

Der Stationsarzt legte ihr nahe, sie zurück nach Deutschland in ihre gewohnte Umgebung zu bringen. »Es geht ihr nicht gut. Sie weigert sich zu essen und auch zu trinken, sodass wir sie an den Tropf legen mussten. Sie redet mit niemandem, antwortet auf keine Fragen. Bis heute haben wir nicht erfahren können, was dort draußen vorgefallen ist. Selbst ihren Namen weiß ich nur aus der Akte. Ich befürchte, sie ist in eine schwere Depression abgestürzt und braucht dringend ärztliche Hilfe, aber das hat nur Zweck, wenn es in ihrer Muttersprache geschieht.«

Anita sah ein, dass sie diese schreckliche Lethargie, die nicht nur ihre Glieder, sondern auch ihr Denkvermögen lähmte, abschütteln musste. Innerlich wie versteinert, räumte sie auf dem Boot auf und packte ihre Sachen und die ihrer Mutter. Franks Sachen fasste sie nicht an.

Konnte sie nicht anfassen, konnte kaum hinsehen. Franks Schuhe standen vor seiner Koje, zeigten deutlich die Form seiner Füße. Das Kopfkissen trug noch den Abdruck seines Kopfes. Ein Sweatshirt, das er über einen Hocker geworfen hatte, roch nach ihm. Auf dem Regal über dem Becken im Badezimmer stand sein Rasierwasser, das Deo, lag sein Kamm, die Zahnbürste. Bewegungsunfähig stand sie davor.

Aber es half nichts. Die Yacht war nur für fünf Tage gechartert.

Sie musste sich zusammenreißen und auch seine Sachen einpacken. Ihre Bewegungen waren hölzern, von puppenhaftem Automatismus, ihre Augen rot vor Schmerz. Jegliche Emotion war aus ihr herausgeronnen und hatte sie als leere Hülse zurückgelassen.

Spätnachmittags war sie fertig und wuchtete das Gepäck vom Deck aus auf den Steg. Über das Handy rief sie die Charterfirma an. Man bat sie, auf denjenigen zu warten, der die Übergabe durchführen würde. Sie musste nicht lange warten. Nach wenigen Minuten kam ein junger Mann den Steg entlang auf sie zugelaufen. Er stellte sich kurz vor und drückte ihr sein Beileid aus. Anschließend ging er an Bord, während Anita zurückblieb. Sie setzte sich auf ihren Koffer und starrte mit brennenden Augen in die Wellen. Der junge Mann notierte gelegentlich etwas auf einem Block, ehe er mit einem Satz an Land sprang.

»Alles okay. Sie brauchen nur noch zu unterschreiben.« Er deutete auf ihr Gepäck. »Werden Sie abgeholt?«

Anita schüttelte stumm den Kopf, während sie ihren Namen unter das Dokument setzte. »Es gibt doch wohl Taxis im Hafen. Ich werde eines rufen.«

Der junge Mann sah sie mitleidig an. »Lassen Sie mich Ihnen helfen. Ich bringe Sie zum Büro des Hafenmeisters, und von da aus können Sie dann ein Taxi rufen. Einverstanden?« Auf ihr stummes Nicken hin packte er die zwei schwersten Koffer – er ließ Anita nur zwei relativ leichte Sporttaschen zum Tragen – und marschierte los.

Es war schon dunkel, als das Taxi die schmale, gewundene Auffahrt zum Haus ihrer Mutter hinauffuhr und vor der Tür hielt. Der Taxifahrer stellte ihr die Koffer in die Diele, tippte mit zwei Fingern dankend an seine Baseballkappe, als er das Trinkgeld sah, und fuhr davon.

Anita packte gar nicht erst aus, sondern rief sofort am Flughafen an. Es gelang ihr, Flüge für den nächsten Tag zu bekommen. Mit der Buchung forderte sie einen Rollstuhl für ihre Mutter an, die nicht imstande sein würde, allein die Gangway hochzusteigen. Danach erkundigte sie sich im Krankenhaus nach ihrer Mutter, sprach mit dem Stationsarzt und vereinbarte, dass ihre Mutter mit einem Krankenwagen ans Flugzeug gebracht wurde.

Schlaflos geisterte sie durch das kleine Haus. Die Sonne war längst untergegangen, Mondlicht floss silbern über den steinernen Boden und die Wände, an denen Bilder in den glühenden Farben Brasiliens wie Juwelen funkelten. Ihr Vater, der aus einer sehr wohlhabenden Kaffee-Dynastie stammte, hatte sie mit in die Ehe gebracht. Ruhelos streifte sie daran vorbei. Obwohl er selbst gemalt hatte, und zwar ihrer Meinung nach wirklich gut, hing nirgendwo eines seiner eigenen Werke. Vor zwei Aquarellen mit sehr bekannten Signaturen – eines zeigte einen Sonnenaufgang über dem Meer, das andere eine Marktszene – blieb sie stehen und ließ Farben und Stimmung auf sich wirken, spürte, wie sie sich zumindest ein wenig entspannte. Gerade als sie sich abwandte, um in den Garten zu gehen, stutzte sie jedoch. Sie schaltete eine Stehlampe ein, nahm eines der Bilder von der Wand und sah es sich im Lampenlicht ganz genau an. Danach prüfte sie das zweite, dann war sie sich sicher. Beide Aquarelle waren durch Drucke ersetzt worden. Sie hängte beide Kopien zurück und starrte sie grübelnd an.

Ihre Mutter liebte die Bilder. Vielleicht hatte sie den Erlös für die Tickets nach Südafrika verwendet? Wenn sie diese zwei tatsächlich verkauft hatte, wäre das ein bedeutender Hinweis darauf, wie wichtig ihr die Reise war. Tief in Gedanken öffnete sie die Terrassentür und trat hinaus. Was steckte bloß hinter dieser Einladung?

Mondlicht lag als schimmernde Pfütze zwischen den Bougainvilleen. Feuchtigkeit stieg aus der Erde, Fledermäuse huschten durch die warme Nacht, und die kleinen Blüten eines unscheinbaren Buschs strömten einen betörenden Duft aus. »Galán de noche« hieß er, wie sie sich erinnerte. Ihr Vater hatte ihr das erzählt. Abwesend pflückte sie eine der grünlich weißen Trompetenblüten und zerbröselte sie zwischen den Fingern.

Warum wollte ihre Mutter mit ihr nach Südafrika fliegen? Zwar hatten ihre Eltern dort gewohnt, an der Ostküste in Zululand, rund zwanzig Jahre lang, aber das war sehr lange her. Sie rechnete nach. Etwa 1972 oder '73 waren sie nach Deutschland zurückgekehrt, fünf oder sechs Jahre vor ihrer Geburt. So genau hatte sie das nie erfahren, und sie hatte sich auch nie darum gekümmert. Es hatte nichts mit ihrem Leben zu tun.

Die letzten Schnipsel der duftenden Blüte schwebten zu Boden. Sie wischte ihre Hand an ihren Leinenhosen ab und ging zurück ins Haus. Wenn es ihrer Mutter besser ging, würde sie ihr das wohl erklären können. Es war an der Zeit, dass sie alles erfuhr, und sie würde nicht lockerlassen, ehe sie jede Einzelheit kannte. Nur wovon, davon hatte sie keine Ahnung, und das war wie ein juckender Pickel.

Am nächsten Morgen bestellte sie ein Taxi, rief im Krankenhaus an, um sicherzustellen, dass ihre Mutter reisefertig war, und fuhr mit allem Gepäck zum Krankenhaus.

Man hatte die Kranke bereits in einen Warteraum im Erdgeschoss gebracht. Apathisch saß Anna-Dora Carvalho im Rollstuhl, apathisch hing sie in ihrem Sitz an Bord der Chartermaschine, apathisch ließ sie es geschehen, dass Anita ihr den Sicherheitsgurt anlegte. Sie verweigerte Essen und Trinken, schlief nicht, schien überhaupt nicht wahrzunehmen, was um sie herum vorging. Anita saß neben ihr und hielt den gesamten Flug über ihre Hand. Sie war kalt und trocken und völlig reglos. Als wäre ihre Mutter bereits tot.

In Hamburg wartete ein Flughafenangestellter mit einem Rollstuhl auf Anna-Dora Carvalho und schob sie bis zum Ausgang des Flughafengebäudes. Anita rief ein Taxi heran, bugsierte ihre Mutter gemeinsam mit dem Fahrer auf den Beifahrersitz und schnallte sie fest, während er schon die Koffer einlud. Sie gab ihre eigene Adresse an, ihre Mutter konnte schließlich unmöglich allein in ihrer Wohnung in Travemünde bleiben, und ins Krankenhaus wollte sie sie nicht bringen. Der Mutter einer Freundin hatte man im Krankenhaus schwere Beruhigungsmittel gegeben, worauf die alte Dame bei dem nächtlichen Unterfangen, die Toilette rechtzeitig zu erreichen, gestürzt war, sich verletzte, operiert werden musste und danach völlig verwirrt in einem Pflegeheim endete. Diesen Horrortrip wollte sie ihrer Mutter ersparen. Und sich auch.

Der Taxifahrer und sie brachten sie nach oben. Anna-Dora Carvalho kam so weit zu sich, dass sie, nur gestützt von Anita, die kurze Strecke von der Tür zum Gästezimmer bewältigen konnte. Anita bezahlte den Fahrer, gab ihm ein großzügiges Trinkgeld und telefonierte anschließend mit ihrem Hausarzt, der seinen Besuch noch für denselben Abend zusagte. Sie hievte das Gepäck ihrer Mutter ins Gästezimmer und bezog das Bett. Anna-Dora Carvalho setzte sich auf die Bettkante und ließ sich von Anita ausziehen. Plötzlich warf sie ihrer Tochter die Arme um den Hals.

»Es tut mir leid … es tut mir so furchtbar leid …«, stammelte sie und drehte sich, ihre Hände vor den Mund gepresst, zur Wand. Alle Versuche Anitas, mit ihr zu reden, prallten an ihrem abgewandten Rücken ab. Anita bemühte sich, sie dazu zu bewegen, sich hinzulegen, aber Anna-Dora Carvalho blieb störrisch sitzen. Mit einem Seufzer stand Anita auf, um ihr eigenes Bett fertig zu machen. Ihre Mutter würde sicherlich irgendwann müde werden und sich von allein hinlegen.

Anitas eigene Koffer standen noch in der Diele. Sie ließ sie stehen und öffnete die Tür zu ihrem Schlafzimmer. Zu Franks und ihrem Schlafzimmer. Als ihr Blick auf das Doppelbett fiel, das sie zusammen mit ihm erst eine Woche zuvor gekauft hatte, wurde ihr so plötzlich übel, dass sie es kaum ins Badezimmer schaffte.

Nur mit größter Selbstbeherrschung konnte sie sich dazu zwingen, die Bettwäsche abzuziehen. Es gelang ihr, bis der Duft von Franks Rasierwasser ihr ganz schwach aus seinem Kopfkissen in die Nase stieg und einen Weinkrampf auslöste. Sie rutschte auf den Boden, schlang sich die Arme um den Leib und schrie, als würde ihr jemand ein Messer ins Herz stoßen.

Irgendwann war der Anfall vorüber. Restlos ausgelaugt und so schwach, als wäre sie schwer krank, öffnete sie das Fenster, um Franks Geruch zu vertreiben, und wechselte die Bettwäsche. Ihr war längst klar, dass sie in diesem Bett nicht würde schlafen können. Nach kurzer Überlegung ging sie ins Gästezimmer. Ihre Mutter hatte sich nicht gerührt. Regungslos hockte sie auf der Bettkante, protestierte aber nicht, als Anita sie hinüber ins große Schlafzimmer zu dem Doppelbett führte. Widerstandslos legte sie sich in die Kissen.

Anita stellte den Koffer ihrer Mutter ans Fußende und saß noch eine Weile neben ihr, streichelte ihr die Hand, strich ihr das Haar aus dem Gesicht und überlegte, ob und wie sie es schaffen konnte, ohne Frank weiterzuleben. Sie blieb am Bett sitzen, bis es klingelte. Es war Dr. Witt.

Er stellte seinen tropfenden Regenschirm im Flur ab. »Es schüttet fürchterlich«, sagte er freundlich. »Ihre Mutter ist krank, sagten Sie am Telefon?«

Dr. Witt war ein Mann um die fünfzig, und Anita kannte ihn schon seit Jahren. Sie schätzte seine präzisen Diagnosen und die schnörkellose, aber einfühlsame Art, wie er mit seinen Patienten umging. Mit nüchternen Worten berichtete sie ihm von dem, was auf dem Segelboot geschehen war.

Er wurde blass. »Mein Gott, Anita. Das ist ja entsetzlich. Aber was ist mit Ihnen? Kann ich Ihnen irgendwie helfen?« Impulsiv legte er ihr eine Hand fest auf die Schulter. Sie spürte seine Wärme durch das dünne T-Shirt, und das gab ihr fast den Rest.

Sein Mitgefühl warf sie um. Sie versteifte sich, ballte die Hände zu Fäusten und spannte jeden Muskel an. Es kostete sie eine ungeheure Kraftanstrengung, sich nicht in seine Arme zu werfen und ihre Trauer hinauszuschreien. Schroff wehrte sie ihn ab und ging ihm mit hölzernen Schritten voraus ins Schlafzimmer. Dr. Witt folgte ihr mit seinem Arztkoffer.

Ihre Mutter war wach, aber obwohl sie die Augen geöffnet hatte, ging ihr Blick ins Leere. Sie schien Dr. Witt nicht einmal wahrzunehmen. Er zog einen Stuhl ans Bett und setzte sich. Anita ging hinaus, stellte sich im Wohnzimmer ans Fenster und starrte hinaus, ohne etwas zu sehen.

Es dauerte einige Zeit, ehe der Arzt wieder aus dem Schlafzimmer kam. Ohne Umwege teilte er ihr mit, dass ihre Mutter sofort ins Krankenhaus verlegt werden müsse. »Auf die …« Er zögerte nur kurz, bevor er weitersprach. »Auf die Psychiatrie.«

»Nein«, sagte Anita. »Sie bleibt hier. Sie ist alles, was ich noch habe. Ich werde für sie sorgen und alles tun, was Sie mir sagen, aber meine Mutter bleibt bei mir.«

Dr. Witt musterte sie und nickte dann, als hätte er diese Reaktion erwartet. Er schrieb ihr zwei Rezepte aus und reichte sie ihr. »Das ist für Ihre Mutter. Etwas zum Schlafen und ein Mittel gegen Depressionen. Und das ist für Sie. Auch ein Schlafmittel. Sie müssen endlich mal eine Nacht zur Ruhe kommen. Ich komme morgen wieder, dann besprechen wir alles Weitere. Ihre Mutter braucht einen Facharzt, und zwar dringend.« Er zog sein Mobiltelefon hervor, rief die Apotheke an und veranlasste, dass die benötigten Medikamente umgehend geliefert wurden.

»So, das ist geregelt«, sagte er und steckte das Telefon ein. »Ich werde einen Termin mit einem mir bekannten Psychiater machen und sage Ihnen dann Bescheid. Natürlich können Sie beziehungsweise Ihre Mutter selbst entscheiden, ob Sie den Termin wahrnehmen wollen. Ich würde Ihnen aber dringend dazu raten. Morgen um neun rufe ich Sie an.« Danach verabschiedete er sich und ging.

Anita stellte ihrer Mutter ein Glas Wasser auf den Nachttisch, schloss die Tür und ging ins Gästezimmer. Als sie sich aufs Bett fallen ließ, merkte sie, dass sie tatsächlich todmüde war.

Irgendwann schlief sie ein, wanderte von einem Albtraum zum nächsten, wachte dazwischen in kurzen Abständen durchgeschwitzt und mit Herzrasen auf. Am nächsten Morgen war sie wie gerädert. Ein Blick auf die Uhr sagte ihr, dass es bereits halb zehn war und die blinkende Anzeige auf ihrem Telefondisplay zeigte an, dass Dr. Witt angerufen hatte. Sie sprang aus dem Bett und rannte hinüber zum Schlafzimmer, klopfte leise und öffnete die Tür. Die Vorhänge waren noch zugezogen. Zu ihrem Erstaunen bemerkte Anita, dass der Koffer ihrer Mutter geöffnet worden war. Sie musste aufgestanden sein, um irgendetwas herauszuholen. Dabei hatte sie wohl das Wasserglas auf dem Nachttisch umgestoßen. Es lag zerbrochen auf dem Boden.

Ihre Mutter schien noch zu schlafen. Ihre Lider waren geschlossen, ein Arm hing über die Bettkante. Auf Zehenspitzen ging Anita zum Bett, um sich zu vergewissern, dass alles in Ordnung war. Erst als sie unmittelbar davorstand, entdeckte sie es.

Aus einem langen Schnitt am linken Unterarm Anna-Dora Carvalhos sickerte Blut. Bettdecke und Laken waren blutdurchtränkt. Anita sah es, bekam aber keine Verbindung zu dem, was sich da vor ihr abspielte. Verständnislos starrte sie auf die besudelte Bettwäsche, die rot glänzende Lache auf dem hellen Teppich. Den Schnitt, der blutrot auf der weißen Haut ihrer Mutter klaffte.

Ein Blutstropfen quoll aus der Wunde. Wie hypnotisiert folgte sie seinem Weg. Er kroch übers Handgelenk in die halb geöffnete Hand ihrer Mutter und rann schließlich zwischen den Fingern herunter und fiel lautlos auf den Teppichboden.

Erst jetzt begriff sie. Sie schrie auf, geriet für Sekunden in kopflose Panik, rannte hinaus auf den Balkon, hechelte dabei, als bekäme sie nicht genug Sauerstoff. Als sie endlich zu sich kam, ging ihr auf, dass Blut nur dann aus einer Wunde lief, wenn das Herz noch pumpte. Ihre Mutter lebte noch! Sie rannte zurück ins Zimmer, legte einen bebenden Finger an den Hals ihrer Mutter, fühlte zu ihrer grenzenlosen Erleichterung ein schwaches Pochen.

Während sie zum Bad hastete, schnappte sie sich ihr Handy, wählte im Laufen 112. Die Notrufstelle meldete sich sofort, und Anita erklärte, was vorgefallen war, gab mit ruhiger Stimme ihre Adresse an, während sie den Medikamentenschrank nach Verbandszeug durchwühlte. Nachdem ihr versichert worden war, dass der Notarzt auf dem Weg sei, lief sie mit Binden, Mull und Pflaster im Arm zurück ans Bett ihrer Mutter.

Eine der Binden schlang sie hastig zu einem dicken Knoten, den sie als Aderpresse auf dem blutenden Handgelenk benutzte, und legte darüber einen strammen Druckverband an. Mit angehaltenem Atem wartete sie, starrte auf den Verband, der sich auf der Unterseite schon rot färbte. Aber bald versiegte das Blutgetröpfel. Sie atmete auf und zog vorsichtig den rechten Arm ihrer Mutter unter der Decke hervor. Auch hier klaffte ein langer Schnitt. Schnell versorgte sie auch diese Wunde, fragte sich voller Sorge, nach welchem Zeitraum eine Aderpresse wieder gelockert werden musste.

Abermals ertastete sie die Halsschlagader der Kranken, bekam feuchte Augen, als sie noch Leben spürte. Sie überlegte, ob sie ihre Mutter auf die andere Bettseite rollen sollte, um das Laken und die Bettdecke, die steif von trocknendem Blut waren, abzuziehen, dabei bemerkte sie etwas Weißes auf dem Boden vor dem Nachttisch. Sie bückte sich und hielt eine offene Medikamentenschachtel in der Hand. Als sie die Schachtel herumdrehte, fiel ihr eine Blisterpackung entgegen. Sie las den Namen eines sehr starken Schlafmittels. Nicht das, was Dr. Witt ihrer Mutter verschrieben hatte. Dieses stammte aus Spanien, und die Packung war leer.

Wie gelähmt hielt sie die Pappschachtel in der Hand, konnte keinen zusammenhängenden Gedanken fassen. Draußen jaulte eine Sirene die Straße herunter, und der durchdringende Ton riss sie aus ihrer Benommenheit. Ein Auto bremste scharf vor dem Haus. Sie sprang hoch, rannte zur Tür und riss sie auf. Zwei Sanitäter und ein Notarzt standen vor ihr.

»Sie liegt im Schlafzimmer. Ich glaube, sie hat auch Schlafmittel geschluckt …« Sie stotterte vor Aufregung und zeigte aufs Schlafzimmer.

Die drei Männer in ihren roten Reflektorjacken drängten an ihr vorbei und liefen den Korridor entlang zum Schlafzimmer.

»Verflucht«, entfuhr es einem der Sanitäter, als er die blutverschmierte Bettwäsche und die Blutlache auf dem Boden sah. »Da dürfte nicht mehr viel drin sein.«

Die darauffolgenden Minuten verschwammen für Anita in einem dichten Nebel. Der Arzt und die beiden Sanitäter waren ein eingespieltes Team und arbeiteten konzentriert und schnell.

Dabei verschob einer von ihnen das Kopfkissen, das auf der unbenutzten Seite des Bettes lag. Es fiel auf den Boden, und ein Blatt liniertes Papier, das darunter gelegen hatte, kam zum Vorschein.

Anita hob es auf. Sie erkannte, dass es eine herausgerissene, leere Seite war, die aus dem Heft des Berichts über die Odyssee ihrer Eltern quer durch Afrika nach Südafrika stammte. Eine von den Dutzend Seiten, die hinten unbeschrieben geblieben waren, denn nach 1972 brach der Bericht abrupt ab.

Hatte ihre Mutter etwas schreiben wollen? Einen Abschiedsbrief? Anita lehnte an der Wand und spürte den Drang zu schreien, etwas zu zerschlagen. Warum hatte ihre Mutter das getan? Ohne jede Erklärung, ohne ihr zu sagen, was wirklich passiert war. Warum wollte ihre Mutter sie verlassen? Für immer. Freiwillig. Sie schlug mit der Faust an die Wand, bis die Haut am Knöchel aufplatzte.

Kurz darauf hüllten die Sanitäter ihre Mutter behutsam in eine goldfarbene Isolierdecke und hoben sie anschließend auf die Trage. Ein blutverschmierter Arm rutschte unter dem Tuch hervor und baumelte über die Seite.

Anita wurde so unvermittelt schwarz vor Augen, als hätte jemand das Licht ausgeknipst. Sie fiel mit einem Schrei aufs blutbesudelte Bett und kam erst zu sich, als sie merkte, dass der Notarzt ihr eine Spritze gab.

»Nur zur Beruhigung, damit Sie schlafen können. Sie können jetzt ohnehin nichts für Ihre Mutter tun. Bis morgen ist sie mit Sicherheit nicht ansprechbar. Gibt es jemanden, der zu Ihnen kommen könnte?«

Sie schüttelte nur den Kopf. Aus den Augenwinkeln bekam sie mit, dass ihre Mutter inzwischen auf der Trage festgeschnallt war und aus dem Zimmer geschoben wurde.

Der Arzt legte die Instrumente in seinen Koffer zurück. »Wir müssen uns beeilen – rufen Sie Ihren Hausarzt an, damit der sich um Sie kümmert«, rief er ihr entschuldigend zu, während er den Sanitätern im Laufschritt folgte. Sekunden darauf schlug die Wohnungstür zu, und sie war allein in der drückenden Stille.

Sie schwankte, tastete sich an der Wand entlang ins Badezimmer, zog ihre blutverschmierte Kleidung aus und schlüpfte in Jeans und ein sauberes T-Shirt. Im Wohnzimmer fiel sie auf die Couch, während sich das Beruhigungsmittel schnell in ihrem Körper ausbreitete. Es dauerte bis zum späten Abend, ehe die Wirkung der Spritze etwas nachließ, sodass ihre Gedanken aufhörten, wie demente Fliegen herumzuschwirren. Sie hasste diese Benommenheit, die bleischweren Glieder, den trockenen Mund, die wirren Gedanken. Als sie endlich die Wirkung so weit abgeschüttelt hatte, dass sie aufstehen konnte, rief sie im Krankenhaus an und erkundigte sich nach ihrer Mutter.

»Es wäre besser, wenn Sie morgen früh hierherkommen, dann

können Sie mit dem Arzt sprechen«, wurde ihr ausweichend geantwortet. »Telefonisch darf ich Ihnen keine Auskunft geben.«

In dieser Nacht schlief Anita nicht mehr.

Der Arzt im Krankenhaus, ein jüngerer Mann mit einer wirren, dunklen Haartolle und langen bleichen Händen, teilte ihr mit, dass ihre Mutter ins Koma gefallen sei und es fraglich sei, ob sie je wieder daraus erwachen werde. Auch sei es bislang nicht sicher, ob sie durch den immensen Blutverlust einen Schaden am Gehirn davongetragen habe.

»Reden Sie viel mit ihr – das hilft oft«, bemerkte er mit Mitleid in seiner Stimme. »Nehmen Sie sich Zeit.«

Zeit hatte sie. Sie, die als Biologin mit einigen zusätzlichen Semestern Pharmakologie in einem kleinen, aber feinen Forschungslabor für innovative Kosmetik als Laborleiterin arbeitete, war mittlerweile auf unbestimmte Zeit krankgeschrieben worden.

Gleich nach dem Unglück hatte sie darauf bestanden, dass sie durchaus arbeiten könne. An ihrem ersten Arbeitstag nahm sie im Laborgebäude ihren üblichen Weg vorbei an den Käfigen der Äffchen, die für die Tests gebraucht wurden. Ganz ohne Versuchstiere gehe es nicht, wurde ihr auf ihre Fragen versichert. Es gab keine Alternative. Jeden Morgen musste sie diesen Weg nehmen, schon für einige Jahre, und wie jeden Morgen wollte sie sich auch jetzt abwenden. Den Anblick von Tieren, die gefangen in einem Käfig saßen, konnte sie auch nach all diesen Jahren nur schwer ertragen.

Nur einmal in ihrem Leben war sie in den Zoo gegangen, als Dreizehnjährige, und hatte anschließend nächtelang Pläne geschmiedet, wie sie sich hineinschleichen und die Käfige dort öffnen könnte. Natürlich fand sie heraus, dass der Zoo nachts und die Käfige immer fest verschlossen waren und dass ein Haufen Wächter auf dem Gelände patrouillierten. Sie schrieb einen flammenden Brief an den Zoodirektor, der ihre Empörung rührend fand und ihr zwei Freikarten für den Zoo sandte. Wütend hatte sie die Tickets in kleine Stücke gerissen, in einen Umschlag gesteckt und ihm zurückgeschickt.

Doch an diesem Tag schaute sie aus irgendeinem Grund nicht rechtzeitig weg und sah sich unvermittelt mit den so erschreckend menschlich wirkenden winzigen Gesichtern konfrontiert. Das Flehen in den dunklen Augen, die zusammengekauerte, fötale Haltung, löste eine Bilderflut aus. Gesichter von Kleinkindern wirbelten mit denen der Äffchen durcheinander, die – halb wahnsinnig vor Angst festgeschnallt und mit Elektroden am Kopf – die Laborversuche ertragen mussten. Die Bilder schoben sich übereinander, und aus den Äffchen wurden Menschenbabys. Sie meinte ihr eigenes Kind zu spüren, wie es in ihrem Bauch wuchs, und sie begann unkontrolliert zu zittern. Ihr wurde heiß und wieder kalt, und dann wurde ihr schwarz vor Augen.

Eine Laborantin fand sie. Sie lag zusammengekrümmt auf dem Fliesenboden, ihre Zähne schlugen aufeinander, sie konnte kein zusammenhängendes Wort hervorbringen, geschweige denn wieder aufstehen. Ihre Kollegin rief den Betriebsarzt, der sofort entschied, dass sie auf keinen Fall arbeitsfähig sei, und sie mit der Auflage nach Hause schickte, schleunigst einen Psychotherapeuten aufzusuchen.

Aber Anita fand sich außerstande, das Seelenchaos, das in ihrem Inneren herrschte, überhaupt in Worte zu fassen, schon gar nicht einem fremden Menschen gegenüber. Zwei Tage später spürte sie einen heißen Schmerz im Unterleib und fing an zu bluten. Sie wusste sofort, dass ihr jetzt nichts mehr von Frank geblieben war.

Danach lag sie einfach apathisch im Bett, trank nur ab und zu etwas, aß das, was sie in der Küche fand. Cracker, Dosentomaten, Käsestangen. Ein paar Macadamianüsse unbestimmten Alters. Sie schmeckten dumpf. Bald vergaß sie, überhaupt etwas zu essen. Sie spürte keinen Hunger. Niemand kümmerte sich um sie, denn sie hatte niemand von ihrer Rückkehr unterrichtet. Ihre Freunde glaubten, dass sie und Frank nach wie vor auf Mallorca waren. Nur ihre Mutter wusste von dem Unglück, aber diese Information war in deren komatösem Gehirn verschlossen.

Franks Eltern hatte sie natürlich unterrichtet. Es war schwierig gewesen, sie zu erreichen, und als sie seinen Vater endlich per Satellitentelefon sprechen konnte, teilte der ihr mit, dass sie das Projekt am Amazonas nicht vorzeitig abbrechen könnten.

»Wir können mit unserer Anwesenheit auch nichts ändern«, sagte er. »Kopf hoch, Anita. Noch gilt er als verschollen. Gib die Hoffnung nicht auf. Wir werden ihn noch nicht für tot erklären lassen.«

Danach wurde sie stundenlang von einem Weinkrampf geschüttelt, bis sie keine Tränen und keine Kraft mehr hatte und ihr nur endlose Erschöpfung und eine tiefe Gleichgültigkeit gegenüber dem Leben blieben. Wie ein vertrocknetes Blatt im Wind trieb sie ziellos durch die Tage. Tagelang hatte sie mit geschlossenen Augen im Bett gelegen, ganz still, und versucht sich davonzustehlen, einfach aufzuhören zu sein. Dabei fiel ihr ein Roman von Simone de Beauvoir ein, in dem der traurige Held zur Unsterblichkeit verurteilt war und sich nicht traute, sich zu verlieben, weil er wusste, dass seine Geliebte sterblich war und ihn irgendwann verlassen musste und er wieder allein sein würde. Einmal hatte er sich mehrere Jahrzehnte hinter eine Hecke gelegt und sich angestrengt, endlich zu sterben. Was ihm nicht gelungen war.

Ihr auch nicht, obwohl sie zwei Wochen lang wirklich alles daransetzte. Schließlich stand sie wieder auf, riss alle Fenster in der Wohnung weit auf, stopfte den Inhalt einer angebrochenen Packung weich gewordener Butterkekse in sich hinein, die wie Flussmoder schmeckten, erbrach sich danach prompt, wobei ihr Franks Verlobungsring vom Finger rutschte. Sie musste massiv abgenommen haben. In ihrem Kühlschrank befand sich nichts Essbares, aber sie entdeckte eine Dose Ravioli ganz hinten im Gewürzschrank, die sie aufwärmte. Die Nudeltaschen waren klebrig und zu salzig, aber sie würgte sie hinunter und behielt sie tatsächlich bei sich. Anschließend räumte sie in der Küche auf, kroch zurück ins verwühlte Bett und schlief eine Nacht, einige Stunden zumindest. Am nächsten Morgen duschte sie ausgiebig, schob die Post beiseite, die sich auf dem Dielenboden stapelte, lief im Platzregen zwei Straßenecken weiter zum Supermarkt und kaufte ein. Brötchen, Butter, Eier, Milch und was man sonst noch für ein ausgiebiges Frühstück brauchte. Zu Hause machte sie sich Rührei auf Brötchen und Kaffee und schlang alles hinunter. Dann setzte sie sich an ihren Schreibtisch und fuhr ihren Computer hoch.

Als Erstes stornierte sie die Tickets, die ihre Mutter ihr zum Geburtstag geschenkt hatte, musste dabei natürlich schon wieder an Frank denken und konnte nicht verhindern, dass sie sich anschließend für Stunden die Seele aus dem Leib weinte. Am selben Nachmittag noch fuhr sie ins Krankenhaus, ergriff die Hand ihrer Mutter und schwieg, fand, dass sie einfach nichts sagen konnte. Ein scharfer, heißer Schmerz füllte sie vollständig aus, verdrängte jedes andere Gefühl, verdrängte alle Worte, alle Gedanken. Sie klammerte sich an der Hand ihrer Mutter fest, um diesen Schmerz irgendwie auszuhalten.

Irgendwann stieß eine Schwester geräuschvoll die Tür auf und eilte ans Bett der Kranken. Geschäftig zog sie das Laken gerade und schüttelte das Kissen auf. Sie streifte Anita mit einem Seitenblick.

»Reden Sie mit ihr. Das hilft. Von Ihrer Kindheit vielleicht? Von Ereignissen, die bedeutend für Ihre Mutter waren.« Ihre Stimme war unerträglich munter. »Wollen Sie einen Kaffee? Nein? Na, wenn Sie Durst haben – dahinten steht eine Flasche Wasser.« Die Tür fiel wieder zu.

Anita saß bewegungslos da. Ihr Inneres schien zu Stein geworden zu sein. Lange waren nur ihre und die schwachen Atemzüge ihrer Mutter im Zimmer zu hören, manchmal das Geräusch vorbeifahrender Autos, gedämpft durch die geschlossenen Fenster. Entfernte Stimmen, Hundegebell. Metallisches Klappern auf dem Gang der Station. Die Minuten verrannen. Sie saß da, bis es urplötzlich aus ihr herausbrach.

»*Timbuktu*«, sagte sie.

Und da reagierte ihre Mutter. Heftig schlug sie mit den Armen um sich, kämpfte darum, sich aufzurichten, strengte sich furchtbar an, einen Satz hervorzupressen. Aber es gelang ihr nicht, so sehr sich Anita auch um sie bemühte. Sanft ließ sie ihre Mutter wieder in die Kissen gleiten und begann zu reden.

Von Afrika, der Sahara und von Timbuktu. Besonders von Timbuktu. Aber Anna-Dora Carvalho zeigte nie wieder eine Reaktion darauf, egal, wie häufig ihre Tochter darüber sprach. Beharrlich redete Anita weiter. Von den bunten Märkten dort erzählte sie, der Hitze am Tag und dem unbeschreiblichen Sternenhimmel bei Nacht. Sie wanderte durch das Leben ihrer Eltern, hielt aber stets einen großen Sicherheitsabstand zu ihrem eigenen. Und nie streifte sie jenen heißen Julitag auf dem Meer vor Mallorca auch nur mit einem einzigen Wort.

Jeden Tag erzählte Anita ihr stundenlang von ihrem Leben, alles, was sie in den Jahren über die abenteuerliche Durchquerung Afrikas von ihr und ihrem Vater gehört hatte.

Nach einer Weile begann sie, sich vorher Notizen zu machen, das aufzuschreiben, woran sie sich von den Erzählungen ihrer Eltern erinnerte, um vielleicht irgendwann auf das eine Wort zu stoßen, das ihre Mutter zurück ins Leben holen würde.

Doch Anna-Dora Carvalho reagierte nicht einmal mit einem Liderzucken. Sie lag regungslos im Bett, die Lider geschlossen, tiefe Linien im Gesicht, die vorher nicht da gewesen waren. Ihre Sonnenbräune war längst verblasst, ihre Haut so weiß wie ihr

Haar, so als hätte alles Blut aufgehört zu zirkulieren. Sie war zu einem durchsichtigen Schatten geworden, verloren in ihrer Welt, unerreichbar für ihre Tochter.

Nach drei Wochen wurde Anna-Dora Carvalho aus dem Krankenhaus in ein Pflegeheim entlassen. Der Arzt glaubte nicht, dass sie wieder aus dem Koma erwachen würde. Anita aber hoffte weiter, erzählte ihr von Afrika, streichelte sie, stellte unzählige Fragen, auf die sie nie eine Reaktion erkennen konnte, fragte auch nach Zululand, und weil sie keine Antworten auf diese Fragen erhielt, wurde sie manchmal so wütend, dass sie sich kaum beherrschen konnte. Als würde ein glühender Ballon in ihr platzen und eine heiße Zornesflamme in den Kopf schießen. Einmal schaffte sie es nicht, sich zu beherrschen. Sie explodierte.

»Herrgott, wach endlich auf!«, schrie sie und schüttelte ihre Mutter. »Ich will verdammt noch mal Antworten haben! Und ich will wissen, was mit Frank passiert ist.«

Sofort eilte eine Schwester herbei und wollte wissen, was hier vor sich gehe, wer da so geschrien habe.

»Ich habe mir den Musikantenknochen am Arm gestoßen und laut aufgeschrien«, log Anita schnell und rieb sich demonstrativ den Ellbogen. Die Schwester zog beruhigt wieder ab.

Ihre Mutter hatte sich trotz des Lärms nicht gerührt. Wieder bekam Anita keine Erklärung. Beschämt über ihren Ausbruch, sah sie hinunter auf die Kranke. Nur deren flaches Atmen verriet, dass sie noch lebte. Ihre Haut war gelblich. Sie sah so zerbrechlich aus, so furchtbar hinfällig, dass Anita vor Scham kaum Luft bekam. Sie ergriff die zarte Hand ihrer Mutter, küsste sie, stammelte, wie sie ihr fehle, wie sehr sie sie liebe. Aber ihre Mutter reagierte nicht, nicht einmal mit einem Flattern der Lider oder einem Zucken der Mundwinkel. Sie lag nur da. Eine uralte, spröde gewordene Elfenbeinskulptur.

Anitas Absicht, sich abzulenken, ihren Zorn zu mildern, indem sie zurück ins Kosmetiklabor ging und bis zum Umfallen arbeitete, misslang. Sie schaffte es nur bis zum Eingang der Fabrik. Nicht weiter. Der Pförtner winkte ihr zu und öffnete die automatische Tür. Aber sie stand davor wie gelähmt. Die Tür glitt wieder zu. Sie sah am Gebäude hoch. Die Morgensonne reflektierte von den unzähligen Fenstern. Geblendet von den Lichtblitzen, wanderte ihr Blick zurück zur gläsernen Eingangstür, wo sie sich ihrem eigenen Spiegelbild gegenübersah, das sie verzerrt aus der Glastür anstarrte. Ab und zu huschten schemenhafte Schatten durch ihr körperloses Abbild. Die Äffchen? Ihr standen die Haare zu Berge.

Sie wirbelte herum und rannte davon. Am nächsten Tag kündigte sie. Glücklicherweise besaß sie genug Ersparnisse, und Frank hatte ihr alles hinterlassen, was er besaß. Es war mehr als genug, sodass sie sich für eine Weile über ihren Lebensunterhalt keine Sorgen zu machen brauchte. Immer noch in ihrem tiefsten Inneren zornig, kehrte sie ans Krankenbett ihrer Mutter zurück.

Jeden Tag saß sie da, redete mit ihrer Mutter, hielt ihre Hand, aber sie hätte ebenso gut mit einer Puppe reden können. Schließlich hielt sie es nicht mehr aus. Von der immer wieder aufflackernden, allmählich nicht mehr zu bändigenden Rage getrieben, machte sie sich daran, den Sekretär ihrer Mutter, der im Erker ihrer kleinen Travemünder Wohnung stand, zu durchsuchen, in der Hoffnung, dort endlich Antworten zu finden. Versteckt hinter einem Paneel, gab es ein Geheimfach, das wusste sie, aber das war verschlossen.

Aus der untersten Schublade förderte sie jedoch einen Stapel verfleckter Schreibhefte zutage. Ihre Aufregung stieg, als sie feststellte, dass sie einen Bericht über die Reise ihrer Eltern durch Afrika in Form von Tagebüchern enthielten. Mit jagendem Herzen blätterte sie die Hefte durch, bis zum Ende, die inständige Hoffnung im Herzen, endlich zu erfahren, was damals in Natal geschehen war.

Aber sie wurde abermals enttäuscht. Die Aufzeichnungen hörten abrupt im Sommer 1972 auf. Die folgenden Seiten waren bis auf wenige herausgerissen, weitere Hefte konnte sie nicht finden. Sie war so enttäuscht, dass sie die Hefte beiseitelegte und einen langen Spaziergang machte. Am nächsten Tag holte sie die Tagebücher wieder hervor. Die Eintragungen waren meist in der Schrift ihrer Mutter, gelegentlich auch von ihrem Vater, und einigermaßen gut zu lesen.

Sie fing am Anfang an, den offenbar ihre Mutter geschrieben hatte.

Unser Traum beginnt im Hafen von Hamburg an Bord eines nach Maschinenöl stinkenden Frachters, der uns mit nach Dakar nehmen wird. Die Kabine ist stickig, es gibt massenweise Kakerlaken, wir müssen für unsere Passage arbeiten, das Essen ist schlecht … aber hinter dem Horizont liegt Afrika … und Timbuktu.

So begann der Bericht. Nachdem Anita die ersten Seiten gelesen hatte, polsterte sie ihre eigenen Notizen mit Stichworten aus dem Text ihrer Mutter aus. Wurde immer aufgeregter. Fand sie Lücken in den Aufzeichnungen, konnte sie diese oft mit ihren eigenen Erinnerungen an die Erzählungen ihrer Eltern auffüllen. Versagte ihr Gedächtnis, tastete sie sich weiter, stellte sich vor, wie es gewesen sein musste. Mehrere Schreibblöcke füllte sie auf diese Weise und fühlte sich danach merkwürdig erleichtert. Ihr Zorn zog sich zurück, und eines Tages wurde ihr klar, dass aus der Geschichte ihrer Eltern ein Buch werden musste.

TIMBUKTU würde sie es nennen.

Einen Psychotherapeuten suchte sie nie auf.

Am Ende gelang ihrer Mutter der Suizid doch noch. Sie starb an den Folgen des Selbstmordversuchs nach fünfzehn quälenden Monaten im Pflegeheim. Es passierte an einem Sonntag, als die Schwestern bei Kaffee und Kuchen zusammen in ihrem Aufenthaltsraum saßen. Wie jeden Tag hatte Anita ihre Mutter besucht und ihr zur Begrüßung als Erstes die pflaumenweiche Wange geküsst.

Ihre Lippen trafen auf kalten, harten Marmor. Ihrer Mutter war die Flucht gelungen.

Anita blieb mit ihrem ungestillten Hunger nach Antworten zurück. Es lebte niemand mehr, den sie hätte fragen können. Ihre Familie gab es nicht mehr. Geschwister hatte sie nicht. Ihre Großeltern mütterlicherseits waren tot, die Eltern ihres Vaters aus Brasilien hatte sie nie kennengelernt. Selbst auf das Telegramm, das ihnen 1985 den Tod ihres Sohnes meldete, hatte es keinerlei Antwort gegeben. An dieselbe Adresse schrieb sie ihnen, dass nun auch ihre Mutter gestorben sei, aber niemand nahm mit ihr Kontakt auf. Sie war allein auf der Welt. Ein Gefühl, so knochenkalt wie ein eisiger Wintertag.

Allein sein, das hatte sie nie als schlimm empfunden. Es war immer vorübergehend gewesen, bis Frank wiederkam oder früher ihre Eltern. Einsamkeit aber öffnete Tore zur Dunkelheit, in der Träume und Hoffnungen verdorrten.

Als an jenem Tag, an dem ihre Mutter gegangen war, die Wohnungstür hinter ihr ins Schloss fiel, sie vom Flur aus durch die offene Schlafzimmertür ihr großes, leeres Doppelbett sehen konnte, überwältigte sie ein so großer Zorn auf das Schicksal, das ihr jeden Menschen genommen hatte, den sie geliebt hatte, dass sie schreiend ins Schlafzimmer rannte. Mit aller Kraft warf sie die kleine, elegante Skulptur eines Flusspferdes, die Frank ihr geschenkt hatte, gegen den riesigen Spiegel von Großmutters Wäscheschrank. Der zerbarst in einem glitzernden Splitterregen. Sie riss die Schranktüren auf, zerrte den Inhalt heraus, fegte mit einer Armbewegung alles von den Kommodenoberflächen auf den Boden und trampelte es in die knirschenden Spiegelscherben. Sie verwüstete das Zimmer, in dem sie mit Frank so himmlisch glücklich gewesen war, bis nur ein Trümmerhaufen übrig blieb.

Später – ob es Minuten oder Stunden waren, hätte sie nicht sagen können – fand sie sich wieder der Länge nach in dem zertrümmerten Zimmer liegend, übersät mit Glassplittern, aus zahlreichen kleinen Wunden blutend, und war so ausgepumpt, dass sie es nur mit Mühe schaffte, sich hochzustemmen. Kaum stand sie, musste sie sich festhalten, um nicht wieder umzufallen. Sie kroch zum Bett und warf sich auf die zerwühlte Decke.

Allein.

Die Beerdigung erlebte sie hinter einer zentimeterdicken Milchglasscheibe. Ihre Haut war klamm und ohne Empfindung, in ihrem Kopf war nichts als eisige Schwärze. Die tröstenden Worte der anderen erreichten sie nur als ein Strom unverständlichen Gemurmels, die Umarmungen und Küsse ihrer Freunde spürte sie nicht.

Der Schock, der sie lähmte, wurde nicht nur durch den Tod ihrer Mutter verursacht. Auch lag es nicht daran, dass diese jetzt eineinhalb Meter unter einem efeubedeckten Erdhügel lag und ihr Körper langsam seine irdische Gestalt verlor. Ihre Mutter, die sie so heiß geliebt hatte, war ihr zu einer völlig Fremden geworden. Ihre Schockstarre hatte einen anderen Grund.

Es hatte damit begonnen, dass sie das verschlossene Geheimfach des Sekretärs in der Travemünder Wohnung öffnen musste, weil die Behörden neben der Sterbeurkunde auch das Familienbuch benötigten, ehe sie den beantragten Erbschein ausstellen konnten. Bei der Aussicht, im Geheimsten ihrer Mutter wühlen zu müssen, wurde Anita schlecht. Aber es musste sein. Widerwillig durchsuchte sie die Handtasche, die ihr mit dem übrigen Nachlass vom Pflegeheim ausgehändigt worden war, und fand einen Schlüsselbund. Es kostete sie Überwindung, die Schlüssel auszuprobieren und das Fach aufzuschließen, so wie es sie große Überwindung gekostet hatte, den Wäscheschrank ihrer Mutter aufzuräumen.

Ein staubig süßlicher Geruch schlug ihr entgegen. Das Fach

enthielt eine Dokumentenmappe zusammen mit dem Familienbuch und einer flachen Messingkassette. Die Dokumente waren vollständig, und sie legte die, die sie nicht brauchte, erleichtert zurück. Dann stand sie auf, nahm die Kassette, um sie zurückzustellen, schüttelte sie aber impulsiv. Es gab nur ein raschelndes Geräusch, doch der Deckel sprang überraschenderweise auf. Innen lag ein Briefumschlag, nichts weiter. Sie hob ihn hoch.

Er war offen. Eine Handvoll vergilbter, stockfleckiger Papierfetzen flatterte auf den Tisch. Sie sammelte sie auf und wollte sie gerade wieder in den Umschlag stecken, als ihr plötzlich ein Papierstückchen ins Auge fiel, auf dem in schwarzen Buchstaben fettgedruckt »GEBUR« stand. Neugierig geworden, sortierte sie die Schnipsel mit dem Zeigefinger und fand schließlich einen, der aus dem Wortteil »GEBURTSUR« machte. Geburtsurkunde? Wessen?

In fiebriger Hast fügte sie ein Puzzlestück ans andere, bis sie es lesen konnte. Das Wort hieß tatsächlich »Geburtsurkunde«, und darunter stand ein Name.

Anita sank auf den Stuhl zurück und starrte diesen Namen so gebannt an wie das Kaninchen die Schlange, und unter dem Hagel unbeantworteter Fragen geriet ihr Leben mit jeder Sekunde mehr aus den Fugen. Die Buchstaben tanzten vor ihren Augen Rock 'n' Roll.

Cordelia Mbali Carvalho, geboren im Juni 1952 in Mtubatuba, Zululand.

Das Schicksal wollte es, dass sich wenige Tage später ein Verlag die Buchrechte an ihrer Timbuktu-Geschichte sicherte, und fast gleichzeitig wurden auch die Filmrechte verkauft. Der Agent, der sie anfänglich nur zögernd in seine Klientenliste aufgenommen hatte, hatte gute Arbeit geleistet.

Nicht lange danach flatterte ihr auch noch die Einladung der Filmproduktionsfirma ins Haus, im Januar ein paar Tage am Set von *Timbuktu* in Südafrika zu verbringen. Ihr Agent beklagte sich bei ihr, dass sie nicht genügend Freude zeige. Sie konnte ihm nicht erklären, dass ihr Inneres wie hohl war und ihr die Fähigkeit, Freude zu empfinden oder auszudrücken, auf gewisse Weise abhandengekommen war.

2

Trotz des frühen Morgens tanzten Hitzeschlieren über dem Busch, die Sonne strahlte unbarmherzig aus dem brennend blauen Himmel und ließ jeden Tropfen Feuchtigkeit verdampfen. Jill Rogges Haut spannte sich, obwohl sie sich großzügig eingecremt hatte. Der Busch um sie herum knisterte, die Suhlen der Nashörner verkrusteten und trockneten ein, sonst ergiebige Wasserlöcher wurden zu Schlammkuhlen. Mensch und Tier lechzten nach Regen.

Sie lehnte sich weit aus dem Wagenfenster und suchte den Krokodilfluss, der sich sonst als breites, silbern glitzerndes Band durch die flache Senke unter ihr wand. Selbst mit ihrem erfahrenen Blick konnte sie ihn nur an der tropisch grünen Vegetation erkennen, die an seinem Ufer wuchs. Das Wasser war in der brutalen Trockenheit der vergangenen Wochen zu einem Rinnsal versickert.

Sie wendete und lenkte den Geländewagen vorsichtig über die Schotterstraße, die durch eine Senke zur frisch ausgebesserten Brücke über das Bett des Krokodilflusses führte. Die Oberfläche war hart wie Beton, an vielen Stellen aufgebrochen und von ausgewaschenen Rinnen und unangenehm tiefen Schlaglöchern durchzogen. Die Reifen rutschten auf dem von zerkleinertem Schotter bedeckten, abschüssigen Weg. Sie seufzte frustriert. Der nächste Regen würde nicht in den Boden eindringen können, sondern als Sturzbach hinunter zum Fluss schießen, Bäume und Geröll mit sich reißen und die Brücke erneut beschädigen. Ein Teil des Gewinns, den sie in der letzten Saison erwirtschaftet hatte, würde für Reparaturen draufgehen. Wie immer. Sie seufzte noch einmal. Manchmal fantasierte sie von einem schönen, ereignislosen Leben in Europa ohne Naturkatastrophen.

Erfreulicherweise waren die Buchungen für die Lodge dieses Jahr ungewöhnlich gut. Das hatte sie wohl dem Fußballfieber zu verdanken. Südafrika stand wegen der Fußballweltmeisterschaft im Scheinwerferlicht. Wenn sie den überschwänglichen Berichten in den Zeitungen glauben konnte, gab es in der restlichen Welt kaum ein anderes Thema. Wirtschaftskrise, Afghanistanproblem, El Kaida und Irak-Krieg hin oder her.

Ob das nun so war oder nicht, ihrer Farm *Inqaba*, eine der schönsten und ältesten Farmen in Zululand und seit rund dreizehn Jahren eines der berühmtesten Wildreservate, kam das zugute. Außerdem erwarteten sie die Ankunft eines Filmteams aus Deutschland, wovor ihr allerdings grauste. Es war nicht das erste Mal, dass auf *Inqaba* gedreht wurde. Die Filmleute würden für die Zeit der Aufnahmen die Lodge praktisch komplett belegen – nur wenige Zimmer waren an andere Gäste vermietet –, was ihr auf der einen Seite ruhige Nächte bescheren, andererseits den normalen Tagesablauf mit Sicherheit völlig durcheinanderwirbeln würde. Filmleute pflegten Bitten, doch etwas Rücksicht auf die übrigen Gäste zu nehmen, mit völligem Unverständnis zu begegnen.

Aber Gott sei Dank würde Nils dann wieder da sein und das Team in Empfang nehmen. Der Kameramann und er waren seit Ewigkeiten dicke Freunde. Saufkumpane, setzte sie für sich hinzu und verzog das Gesicht. Die meisten Journalisten, die sie kannte, tranken zu viel. Nils hatte sich das bis auf ein, zwei Ausreißer in ihrem ersten Ehejahr abgewöhnt. Glücklicherweise.

Langsam steuerte sie über die Brücke, die auf beiden Seiten in Abständen von zwei Metern mit niedrigen Betonquadern begrenzt war. Die Blöcke dienten einerseits dazu, unerfahrene Touristen davor zu bewahren, mit dem Auto über die Kante in den Fluss zu stürzen, andererseits verhinderten sie, dass sich bei Überschwemmungen ausgerissene Bäume und Büsche dort auftürmten. Das Flussbett wand sich in weitem Bogen nach Osten. In einigen Hundert Metern Entfernung entzog es sich ihrem Blick in einem Dickicht von raschelndem Schilf, üppigen Ilala-Palmen und wilden Bananen, deren große Blätter noch grün glänzten. Weit zurückgesetzt vom Flussufer ragte eine schroffe Felswand aus den Baumkronen.

Für einen Moment hielt sie an, schaltete den Motor ab und ließ das Fenster herunter. Tiefe Stille umfing sie. Alle Lebewesen hatten sich in schützenden Schatten zurückgezogen, lediglich einige Geier zogen ihre lautlosen Kreise am brennend blauen Himmel. Bliebe der Regen noch lange aus, würden sie bald einen reich gedeckten Tisch finden.

Sie schaute hinunter zum Flussbett. Das vertraute Gurgeln des dahinströmenden Wassers war verstummt, doch hier und da glitzerten noch Pfützen zwischen den Felsen. Rotköpfige Finken schwirrten herbei und tranken, blaue Libellen flirrten über der Oberfläche, am Grund des größten Tümpels trieb eine Schildkröte. Es war kein Laut zu hören.

Ihre Augen strichen hinauf zur nächsten Anhöhe. Dort veränderte sich das Terrain. Dornendickicht und gelbes, vertrocknetes Gras überzog die weichen Hügel, vereinzelt blühende Aloen lieferten Farbtupfer, Schirmakazien, bedeckt von Schleiern gelber Mimosenblüten, warfen flirrende Schatten, gaben ihm die unvergleichliche Atmosphäre der afrikanischen Savanne. Es war eine friedliche, endlos wirkende Landschaft. Ihr Zuhause. Ihre Gedanken zerflossen im Licht.

Plötzlich hustete jemand, und sie kehrte ruckartig in die Gegenwart zurück. Es war ein kurzer, harter Laut gewesen, fast menschlich. Jetzt herrschte wieder tiefe Stille. Konzentriert lauschte sie auf eine Wiederholung des Geräuschs, spürte dabei eine drängende Unruhe. Aber es blieb still, nicht einmal ein Vogel schimpfte. Es war so, als hätte ein Schreck alle Lebewesen verstummen lassen.

War das ein Mensch gewesen? Unmöglich, gab sie sich sofort zur Antwort. Kein Mensch würde hier zu Fuß herumlaufen. Außerdem waren wohl alle Gäste mit den Rangern unterwegs. Vielleicht streunte ein Leopard umher? Obwohl das tagsüber bei dieser Hitze ungewöhnlich war. Am wahrscheinlichsten erschien es ihr, dass der Wachtposten einer Pavianherde einen Warnlaut ausgestoßen hatte. Aufmerksam suchte sie in dem staubigen Grün des gegenüberliegenden Ufersaums nach Anzeichen für die Anwesenheit von Affen. Hin und her schlagende Büsche oder Baumkronen oder Gras, das durcheinandergequirlt wurde.

Aber da war nichts. Noch einmal schaute sie genau hin, ließ keinen Zentimeter der Umgebung aus, konnte aber keinerlei Bewegung feststellen. Langsam entspannte sie sich wieder. Vermutlich war es ein einzelner Pavian gewesen. Ein junger, nach der Tonlage zu urteilen. Die Zikaden begannen eine nach der anderen ihre Saiten zu streichen, und bald vibrierte die Luft von ihrem Schrillen. Sie startete den Landrover wieder.

Die Steigung auf der anderen Seite war steil, sie musste in den ersten Gang schalten. Der Motor heulte auf. Zwei junge Paviane, die am Straßenrand Marulafrüchte kauten, stoben empört schnatternd davon und sprangen in die dichte Krone eines Götterfruchtbaums, dessen dunkelgrüne Blätter wie im Sturm umherschlugen. Dort saß offenbar der Rest der Pavianfamilie. Die leisen, beruhigenden Gurrlaute der Mütter waren deutlich zu vernehmen. Einer von ihnen hatte sicher gehustet. Sie hatte also richtig gehört. Vorsichtig ließ sie das Fenster hochsurren.

Von der Anhöhe fiel das Land nach links sanft zum Flussbett ab, Palmen wuchsen fast bis an die Straße. Nach rechts säumte eine zwei Meter hohe, von dichtem Buschwerk gekrönte Stufe im Gelände den Weg wie eine Mauer. Ein juwelenblauer Glanzstar landete vor ihrem Kühler, und Jill bremste ab, um ihn nicht zu erschrecken. Dabei nahm sie gleichzeitig am äußersten Bereich ihres Blickfelds eine winzige Bewegung wahr. Sie wandte ihren Kopf ruckartig herum.

Der tiefe, scharf begrenzte Schatten unter einer Palmengruppe veränderte sich, wurde lang und schwärzer, bewegte sich ein paar Handbreit nach rechts, ehe er sich wieder im Lichtgeflimmer der Palmwedel auflöste.

Ein kleines Tier, das Schutz vor der sengenden Sonne suchte. Das nahm sie an, als der Schatten hochschnellte und davonhuschte, flüchtig wie der eines vorüberfliegenden Vogels. Erst als sie schon ein paar Meter weitergefahren war, wurde ihr bewusst, dass der Schatten die Umrisse eines Menschen gehabt hatte. Eines kleinen Menschen. Fast die eines Kindes. Oder war es doch nur wieder ein Pavian gewesen? Sie trat so hart auf die Bremse, dass die Reifen über den Schotter rutschten.

Mit jaulendem Motor setzte sie ein paar Meter zurück, nahm ihr Gewehr aus der Halterung, sprang vom Wagen und näherte sich vorsichtig der Palmengruppe. Mit größter Aufmerksamkeit beobachtete sie ihre Umgebung und achtete auf Geräusche wie das leise Schnattern von Affenjungen, das Gurren ihrer Mütter, konnte aber nichts feststellen. Unter den Palmen ging sie in die Hocke und tastete Zentimeter für Zentimeter den Bereich darunter mit den Augen ab. Die einzigen Spuren waren ein paar umgeknickte Grashalme. Sie strich mit den Fingerspitzen darüber. Der Boden war so hart, dass derjenige, der sich hier versteckt hatte, keinerlei Abdrücke hinterlassen hatte.

In immer größer werdenden Kreisen untersuchte sie den Boden, stocherte mit einem Stock unter Büschen, schaute hinter die Felsen, die aus der roten Erde ragten, und darunter, wo es möglich war, spähte minutenlang in die Kronen der umliegenden Bäume. Aber sie fand nichts.

Ein paar Sekunden noch verharrte sie bewegungslos und hoffte, irgendetwas wahrzunehmen, eine Bewegung, einen Ton. Aber alles blieb ruhig. Vielleicht hatte sie sich doch geirrt, vielleicht hatten die tanzenden Schatten der Blätter, das flirrende Licht, ihre eigene Müdigkeit sie getäuscht.

Oder hatte sie doch einen der großen Affen gesehen?

Mit verschwommenem Blick starrte sie über die Palmen hinunter zum riedgesäumten Ufer. Wie ein Negativ stand das Abbild des huschenden Wesens vor ihrem inneren Auge, und jetzt im Nachhinein erkannte sie, was sie gesehen hatte. Es war kein Affe gewesen, der da weggelaufen war. Mit Sicherheit nicht. Es war ein kleiner Mensch gewesen. Ein sehr kleiner Mensch. Ein Kind.

Mit einem unbehaglichen Gefühl im Magen markierte sie die Stelle mit drei faustgroßen Steinen. Dann kehrte sie zum Auto zurück, schwang sich auf den Fahrersitz und schloss die Tür, ließ den Motor aber noch nicht an, sondern lehnte sich im Sitz zurück.

Ein Kind. Wie sollte ein Kind die Elektrozäune überwunden haben, die *Inqaba* sicherten?

Es sei denn, es war ein Sprössling einer ihrer Leute gewesen, die innerhalb des Zaunes auf ihrem Land wohnten. In Gedanken ließ sie die Kinder ihrer Angestellten vor ihrem inneren Auge aufmarschieren. Thabili und einige der Serviererinnen, die Rangerfamilien, Jonas. Aber der hatte keine Kinder. Schon wollte sie das Ganze als Hirngespinst abtun, als sie ein weiterer Gedanke geradewegs in die Magengegend traf.

Kira und Luca, ihre eigenen Kinder. Sie lebten seit ihrer Geburt auf *Inqaba*.

Kira und Luca! Sie erstarrte. Kira würde in Kürze zehn Jahre alt werden und besaß ein überschäumendes Temperament und einen sehr eigenen Kopf, vorsichtig ausgedrückt, das hieß, sie setzte meist ihren Willen durch. Aber sie war im Busch aufgewachsen wie ihr zwei Jahre jüngerer Bruder Luca. Beide würden nie ohne Begleitung in die Wildnis wandern.

Oder?

Nein, niemals, gab sie sich selbst die Antwort. Besonders Luca würde sich nie ohne seine Schwester ins Gelände wagen. Ihre beiden Buschbabys würden nicht so dumm sein. Sicherlich nicht. Energisch drückte sie ihre Zweifel weg und zwang ihre Überlegungen in eine andere Richtung.

Wenn sie sich also doch nicht geirrt hatte, und es war tatsächlich ein Kind, das sich vor ihr versteckte, dann schwebte es in höchster Gefahr, gleichgültig, wie buscherfahren es war. Allein unterwegs im Wildreservat konnte es höchstwahrscheinlich nicht überleben. Wie in allen Reservaten herrschte auch auf *Inqaba* eine unnatürlich hohe Wilddichte, damit Touristen nicht tagelang herumstreifen mussten, ehe sie Löwen, Flusspferde, Elefanten oder Nashörner zu Gesicht bekamen. Es war eine verwaltete, gezähmte Wildnis hinter hohen, elektrisch geladenen Zäunen, ein wunderschöner Zoo, der aber ohne menschliche Hilfe und striktes Management nicht existieren konnte. Dahinter verbarg sich die Tatsache, dass einerseits die Überlebenschance der Tiere mit Medikamenten verbessert wurde, andererseits gezielt Geburtenkontrolle betrieben wurde. Die Bewegung ihrer wertvollsten Tiere, besonders die der Großkatzen, wurde mit Funkhalsbändern überwacht. Es hatte von den Gästen schon Beschwerden darüber gegeben, dass alle Löwen Halsbänder trügen und überhaupt nicht aussähen wie wilde Löwen. Eher wie übergroße Plüschtiere. Sie schnaubte. Plüschtiere! Niemand, der je erlebt hatte, wie unglaublich schnell und brutal der Angriff eines ausgewachsenen Löwen erfolgte, würde ihn je wieder als Plüschtier bezeichnen.

Die Tierbevölkerung *Inqabas* explodierte, sie brauchten immer mehr Platz, ihr Lebensraum schrumpfte ständig. Also musste der Mensch eingreifen. So gaukelte man den Touristen eine heile Welt vor. Das war nun einmal die Realität.

Aber die Tiere waren wild. Ihre Instinkte waren aufs Überleben ausgerichtet. Lief ihnen Beute über den Weg, schlugen sie zu. Und fraßen sie auf. Für die großen Raubkatzen zählte auch der Mensch zu den Beutetieren.

Zu allem Überfluss erfasste die Elefanten vom angrenzenden Hluhluwe-Wildreservat regelmäßig der unwiderstehliche Drang, die weitere Umgebung zu erkunden. Also trampelten sie den Zaun von *Inqaba* einfach nieder und machten sich auf die Suche nach ihren Freunden, der kleinen Herde, die auf *Inqaba* lebte. Jill war überzeugt davon, dass die Tiere regelmäßig über die Zäune hinweg miteinander kommunizierten, auch um den Zeitpunkt, wann sie ihrem Wandertrieb nachgeben würden, gemeinsam zu besprechen. Elefanten konnten über Kilometer hinweg »sprechen«. Am liebsten führten sie ihre Ferngespräche abends. Jill hatte gelesen, dass die Tiere ihre Artgenossen über eine Fläche von dreihundert Quadratkilometern erreichen konnten. Eine faszinierende Angelegenheit, wenn nicht auch andere Tiere die Elefantenschneisen benutzen würden, um neue Gefilde zu erkunden.

Huftiere, Nashörner, Raubkatzen. Der Bestand auf ihrer Wildfarm fluktuierte ständig. Vor einigen Tagen waren zwei fremde Löwen auf *Inqaba* gesichtet worden. Vermutlich hatten sich wieder junge Löwenmännchen aus dem Umfolozi-Wildreservat, an dessen westlicher Grenze *Inqaba* lag, die von dem Pascha vertrieben worden waren, unter den elektrischen Zäunen durchgegraben und durchstreiften nun *Inqaba*. Nashörner und Elefanten waren groß und von den Rangern einigermaßen leicht zu entdecken. Raubkatzen dagegen waren geheimnisvolle Schatten, schwer zu finden, schwer einzufangen.

Einer ihrer Ranger meinte, sogar ein fremdes Weibchen gesehen zu haben. Wenn die jungen männlichen Löwen an Kraft und Selbstbewusstsein gewonnen hatten, kehrten sie meist auf demselben Weg nach Umfolozi zurück, um den Pascha herauszufordern. War aber eines ihrer Weibchen dabei, könnte das heißen, dass bald ein weiteres Rudel der großen Raubkatzen über *Inqaba* herrschte.

Sie schüttelte sich. Das Bild, das vor ihren Augen aufblitzte, war schrecklich. Es hieß, dass mittlerweile die meisten der Löwen in den großen Reservaten, die an oder in der Nähe der nördlichen Landesgrenze lagen, gelernt hatten, Menschen als leichte Beute anzusehen. Unzählige illegale Einwanderer überquerten diese Grenzen, meistens in der Dämmerung oder auch nachts. Ihr Ziel waren die großen Metropolen Südafrikas im Süden, und um nicht vorzeitig erwischt und wieder zurück in ihr jämmerliches Leben geschickt zu werden, benutzten sie den Busch der Wildparks als Deckung. Wie viele von ihnen dabei die Beute der Raubtiere wurden, wusste keiner. Die Knochen, die man gelegentlich fand, gaben keine gesicherte Auskunft über die Anzahl der Opfer.

Nachdenklich trommelte sie auf dem Steuerrad, dann wählte sie impulsiv die Nummer des Chefrangers von Umfolozi.

»Hi, Godfrey, hier ist Jill«, sagte sie, als er sich meldete. »Sag mal, vermisst ihr ein paar Löwen? Zwei Männchen? Unter Umständen auch noch ein Weibchen?«

»Von unseren Rangern habe ich nichts dergleichen gehört, ich werde aber nachfragen«, war die Antwort. »Ansonsten würde ich mal Maurice anrufen. Seine Zuchtstation ist überbevölkert. Und der Sicherheitsstandard seines Geheges ist nicht gerade beispielhaft, um es gelinde auszudrücken. Es würde mich nicht überraschen, wenn sich ein paar seiner Katzen auf Wanderschaft begeben haben.«

»Maurice? Verdammt, daran habe ich noch nicht gedacht. Aber du hast recht … Danke für den Tipp.« Damit beendete sie den Anruf.

Schon hatte sie die Nummer von Maurice auf dem Display, als sie das Telefon wieder sinken ließ. Woher die Löwen stammten, war letztlich egal. Außerdem gab es noch andere Möglichkeiten. Vor vier Jahren, so wurde es später rekonstruiert, hatten Wilderer die Zäune des südlichen Krügerparks aufgeschnitten, und zumindest eine Löwin war auf diesem Weg entwichen, was allerdings erst eine Woche später von den Rangern bemerkt wurde. Das Tier wurde in den Landstrichen südlich des Parks immer wieder gesichtet, Jäger wurden darauf angesetzt, aber die Löwin entkam jedes Mal. Irgendwann erreichte sie Zululand, wo durch einen Wolkenbruch und die darauf folgende Schlammflut die Zäune von *Inqaba* zerstört worden waren. Die Raubkatze gelangte ungehindert auf *Inqabas* Gebiet und riss eine Touristin, die sich am Swimmingpool in der Nähe des Haupthauses gesonnt hatte. Philani fand die Tote im angrenzenden Busch. Die Leiche war zumindest so weit erhalten, dass man die Frau identifizieren konnte. Obwohl Jill natürlich bis ins Mark geschockt gewesen war, hatte das Rudel von *Inqaba* zu ihrer heimlichen Erleichterung ein Alibi. Es war zur gleichen Zeit kilometerweit entfernt gesichtet worden, und zwar vollzählig.

Lieber Gott, mach, dass wir jetzt nicht zu spät kommen, betete sie. Nicht noch einmal.

Ihr Herz klopfte heftig, während sie das Funkgerät aus der Halterung löste und ihren Hauptranger rief. »Philani, hier Jill. Wir haben ein Problem. Inkinga enkulukhulu!«

Ein Riesenproblem.

Auf einem weißen Holzschild mit der abgeblätterten Aufschrift »Tombouctou La Mysterieuse« hockte ein Geier und stierte hinunter auf einen verkrüppelten Bettler, in dessen offenen Wunden ein wimmelnder Pelz von Fliegen saß. Die Wüstenhitze schimmerte über der hart gebackenen roten Erde, Stimmengewirr vibrierte in der trockenen Luft. Frauen in leuchtenden Kaftanen gaukelten wie ein Schwarm exotisch gefärbter Schmetterlinge vor dem blassen Ocker der charakteristischen Lehmbauten Timbuktus. Ihre Lastesel trotteten mit gesenktem Kopf hinter ihnen her. Auf ihrem schmalen Rücken trugen sie den gesamten Hausstand der Familie.

Ein wenig abseits standen Männer in indigofarbenen Gewändern in engem Kreis beisammen und diskutierten mit blitzenden schwarzen Augen und weit ausholenden Armbewegungen. Kunstvoll gewundene Turbane umrahmten ihre dunklen, vom ewigen Wüstenwind gemeißelten Gesichter.

Mit einem dumpfen Knall flog jetzt die Tür im mittleren Lehmgebäude auf. Die Esel zuckten zusammen und tänzelten nervös. Eine junge Frau, barfuß und dreckverschmiert, hetzte mit ausgebreiteten Armen über den Marktplatz und stieß dabei gellende Schreie aus. Ihr zerfetztes Kleid flatterte, das dunkle Haar flog ihr wirr ums Gesicht, aus langen Schrammen lief ihr das Blut über die sonnenverbrannten Arme.

Das Stimmengewirr erstarb schlagartig, die Menschen auf dem Platz erstarrten in ihren Bewegungen. Selbst die Esel blieben stehen und wandten ihr den Kopf zu. Die Frau fiel auf die Knie, raufte sich das Haar und steigerte ihr Geschrei zum Crescendo. Der Geier schlug erschrocken mit den Flügeln.

»Halt!«, brüllte der Regisseur, der über Anita auf einer Art Hebebühne schwebte, durchs Megafon. »Marina, Liebes, könntest du deine beeindruckende Präsenz nur ein kleines bisschen zurücknehmen?«

Das Geschrei hörte wie abgeschnitten auf. Die Frau sprang auf und stemmte die Arme in die Hüften. Das Haar hing ihr in wilden Locken ins Gesicht. »Meinst du damit, dass ich übertreibe?« Mit provokantem Schwung warf sie ihre Mähne in den Nacken, ihre Augen sprühten.

Der Regisseur machte eine beschwichtigende Geste. »Du bist grandios, Schätzchen, wie immer. Aber vergiss doch bitte nicht, dass du in dieser Szene erschöpft von der Geiselhaft bist. Du hast lange nichts zu essen und zu trinken bekommen, deine Kehle ist rau, die Hitze ist mörderisch. Du hast gar keine Kraft mehr, so zu schreien. Also, etwas mehr piano, wenn ich bitten darf.«

Die Schauspielerin starrte ihn sekundenlang aufgebracht an,

dann zuckte sie mit den Achseln. Sofort veränderte sich ihre Körpersprache, die Schultern senkten sich, sie schleuderte ihr Haar nach vorn übers Gesicht, und als sie sich umwandte, um den Platz wieder zu überqueren, war ihr Gang schleppend und schwer, als lastete ein schweres Gewicht auf ihr. Nach wenigen Metern blieb sie stehen, stemmte erneut die Hände in die Hüften und spießte den Regisseur mit einem herausfordernden Blick auf.

»So etwa?«

Er verneigte sich und klatschte ihr mit erhobenen Händen lautlos Beifall zu. »Genau so, das war wirklich ergreifend. Du bist wirklich die Beste!«

Marina Muro schüttelte ihre Haarmähne wie ein gereiztes Pferd und stolzierte ohne ein weiteres Wort über den Platz zum Lehmgebäude. Vor der Tür, aus der sie herauskommen sollte, wartete schon die erschöpft wirkende Visagistin. Sie war ziemlich korpulent und schwitzte stark.

»Dramaqueen, nervtötend«, brummte Flavio Schröder, der Regisseur. Dann hob er wieder das Megafon. »Also, alles auf Anfang. Marina, meine Liebe, noch einmal bitte. Maske!«

Er wischte sich den Schweiß vom Gesicht und wartete, während die Maskenbildnerin Marina Muros Gesicht abpuderte, den verschmierten Lippenstift nachzog und ihr anschließend das Haar kunstvoll verwirrte und mit Haarspray fixierte. Eine Kollegin kümmerte sich um die Statisten, denen der herunterlaufende Schweiß Rinnen ins Make-up grub.

Die Sicherheitsleute, die von der Servicefirma gestellt worden waren – durchweg durchtrainierte junge Männer mit Ohrknöpfen und deutlichen Beulen unter ihren Hemden –, nutzten die kurze Unterbrechung, um etwas zu trinken oder sich einen Energieriegel in den Mund zu schieben, und kehrten jetzt wieder auf ihre Posten zurück. Auch die Statisten hatten sich etwas zu trinken geholt und begaben sich nun unter gemurmeltem Protest auf ihre Plätze in der sengenden Sonne.

Anita Carvalho betrachtete das Treiben. Die Geschichten ihrer Eltern hatten von endloser Weite gehandelt, vom goldenen Sandmeer der Sahara, das sich bis zum Horizont erstreckte, von üppigem Dschungel, leuchtenden Farben und faszinierenden, warmherzigen Menschen. Davon war hier mitten im Nichts irgendwo am nordwestlichen Rand des Nordkaps nahe der Grenze zu Namibia wenig zu sehen.

Vermutlich lag es daran, dass sie die Umgebung nicht restlos ausblenden konnte, wie es der Kamera möglich war. Die Stützstreben der nachgebauten Fassaden von Timbuktus Lehmhäusern waren von ihrem Platz aus teilweise sichtbar. Bei den Tuaregs in ihren wallenden Gewändern handelte es sich um Statisten, die aus einem winzigen Kaff namens Pofadder stammten. Die Esel gehörten einem ansässigen Farmer, und der Geier war der Star einer südafrikanischen Agentur, die Filmtiere dressierte. Die Schotterstraße, die zurück in die Zivilisation führte, wurde nur teilweise von einer dichten Gruppe Dornenbäume verdeckt, und die Wohnwagen für das Team, die hinter einem Sichtschutzzaun aus Markisenstoff wie ehemals die Wagenburgen der Buren im Kreis standen, zerstörten die Illusion vollends. Sie kniff die Augen zusammen. Vielleicht lag es ja auch am Licht. Vielleicht war das anders in der Sahara, weicher, goldener.

Auf ihre enttäuschte Frage, warum die Dreharbeiten nicht in der Sahara und Timbuktu selbst stattfanden, hatte der Assistent des Produzenten, ein energiegeladener, bebrillter junger Mann, geantwortet, dass es wesentlich billiger sei, in Südafrika zu drehen. Außerdem gebe es dort massenweise Produktionsfirmen, die alles bestens organisieren konnten. Location, Catering, Unterkunft, Statisten. Was man eben so als Filmproduktion brauchte.

»Und außerdem liegt Timbuktu in Mali, und jeder weiß, dass es da verdammt gefährlich ist«, hatte er erklärt. »Die entführen am laufenden Band Touristen, die dann auf Nimmerwiedersehen in der Wüste verschwinden oder als Leiche irgendwo auftauchen …«

»Geil, dann kommen wir ins Fernsehen und können unsere Geschichte für einen Haufen Kohle verkaufen«, hatte ein naseweiser Praktikant, der am Kopierer stand, grinsend bemerkt.

»Wohl kaum, wenn du tot bist, du Vollidiot!«, hatte ihn der Produktionsassistent angefaucht, worauf der Praktikant den Kopf gesenkt und etwas Unverständliches gemurmelt hatte.

Aber Anita hatte Einwände gehabt. »Südafrika soll mindestens ebenso gefährlich sein«, hatte sie ihm vorgehalten. »Ich bin quer durchs Internet marschiert, um mich zu informieren, und das kann man überall lesen. Bis zu sechzig Morde am Tag passieren da! Das muss man sich mal vorstellen.«

»Fünfzig, höchstens – nach neuesten Statistiken«, war die lakonische Antwort. »Und hauptsächlich in den Schwarzentownships. Da wollen wir ja nicht hin. Und in Deutschland werden auch Menschen ermordet.«

»Eins Komma neun pro Tag«, hatte Anita gekontert. »706 im Jahr. Habe ich auch gecheckt. Das erreicht Südafrika locker in vierzehn Tagen. Nach den neuesten Statistiken wohlgemerkt. In elf Tagen, wenn man sechzig Morde täglich zugrunde legt. Außerdem sind wir über achtzig Millionen und die noch unter fünfzig.«

»Wie auch immer«, hatte der sichtlich genervte Produktionsassistent ihre Bemerkung vom Tisch gewischt. »Außerdem haben die Südafrikaner wegen der Weltmeisterschaft im Juni insgesamt 180 000 Polizisten auf den Straßen, um die Touristen zu schützen. Ein Großteil des Films wird irgendwo in der Walachei im äußersten nordwestlichen Zipfel vom Nordkap gedreht, dahin werden sich nicht so viele Verbrecher verirren. Die letzten Szenen drehen wir am Originalschauplatz in Zululand im Osten Südafrikas. Wir haben dort in einem privaten Wildreservat für eine Woche fast die ganze Lodge gemietet. Tolle Location. Allerbeste Security. Die ist sicher wie eine Festung.«

Genau die Wahl dieses Reservats hatte den Ausschlag gegeben, dass Anita überhaupt die Einladung des Produzenten angenommen hatte, für ein paar Tage die Dreharbeiten zu beobachten. Eine spontane Entscheidung, die sie jetzt schon bereute. Ständig war sie auf dem Set von Menschen umgeben, lauten, lebhaften Menschen, die ungeheuer kommunikativ waren und ständig in Bewegung. Es machte sie kribbelig und scheu. Früher war sie auch so gewesen, lebhaft und kommunikativ, aber das war längst nicht mehr so. Seit Franks Tod, dem Verlust ihres ungeborenen Babys und dem Selbstmord ihrer Mutter war diese Zeit für immer unerreichbar hinter einer schwarzen Mauer vergraben. Sie fand keine Verbindung mehr.

Aber das Wildreservat lag im Herzen von Zululand, wo sich auch die kleine Farm ihrer Eltern befunden hatte. Nur deshalb zwang sie sich, noch hierzubleiben. Von da aus würde sie dem Leben ihrer Eltern nachspüren und herausfinden können, was dort geschehen war. Was deren Traum zerstört hatte. Was sie schließlich dazu veranlasst hatte, Südafrika für immer den Rücken zu kehren. Immerhin hatten sie rund zwanzig Jahre dort gelebt, ehe sie Hals über Kopf das Land verlassen hatten. Oder verlassen mussten? Waren sie aus dem Land gejagt worden? Weil sie etwas verbrochen hatten?

Hier sperrte sich ihre Fantasie. Die Eltern, die sie kannte, hätten nie etwas getan, was ihr Gastland gegen sie aufgebracht hätte, da war sie sich hundertprozentig sicher. Nachdenklich tupfte sie Stirn und Nacken ab. Der Schweiß lief ihr in Bächen herunter und kitzelte unangenehm. Hoffentlich war es auf dieser Wildfarm nicht auch so heiß. Sie hatte die Klimadaten von Ulundi gegoogelt, der Hauptstadt Zululands. Durchschnittstemperaturen von 27 Grad waren dort für tagsüber angegeben. Ein anderes Portal hatte bei dem aktuellen Wetter allerdings eine Temperatur von 35 Grad mit sehr hoher Luftfeuchtigkeit angezeigt. Sie nahm sich vor, bei der nächsten Gelegenheit ein paar

Tops mit Spaghettiträgern und Shorts zu kaufen. In Jeans und T-Shirts war diese Hitze nicht auszuhalten.

Wo genau in Zululand die Farm *Timbuktu* gelegen hatte, war ihr nicht bekannt. Auch das hatten ihr ihre Eltern nie erzählt. Sie hatte keine Ahnung, ob die Farm noch in irgendeiner Form existierte, aber sicherlich gab es so etwas wie ein Grundbuchamt, wo alle Besitzer registriert waren. Bis heute war sie selbst noch nie in Afrika gewesen. Gründe, die sie nicht genau benennen konnte, hatten sie davon abgehalten. Afrika war der Traum ihrer Eltern gewesen, nicht ihrer. Zululand war für sie nur ein Wort. Die Bilder dahinter, die die Eltern mit ihren Beschreibungen gemalt hatten, von sanften Hügeln, die sich bis zum Horizont erstreckten, von unirdisch schönen Sonnenaufgängen, bei denen man an die Schöpfung Gottes glaubte, von üppiger Vegetation und einer Luft, die so klar und süß war, dass man davon betrunken werden konnte, waren nach dem Tod ihres Vaters rasch verblasst, bis nur noch das Wort geblieben war. Bis jetzt. Nach dem, was geschehen war, würde sie dorthin fahren müssen, sonst würde sie nie ihre innere Ruhe wiederfinden.

Und vielleicht bin ich dann nicht mehr allein, fuhr es ihr unvermittelt durch den Kopf. Cordelia Mbali Carvalho! Ihre Schwester? Ihr Herz begann zu klopfen. Sie ließ sich von ihren Wünschen mitreißen.

Aber der Geier gackerte vernehmlich. Aus ihrem Traum gerissen, schaute sie hinüber zu dem riesigen Vogel mit dem hässlichen, kahlen Hals, der noch immer lärmend und flügelschlagend an der Kette zerrte, die ihn auf dem Holzschild festhielt.

Auf eine Handbewegung von Flavio Schröder hin lief sein Besitzer zu ihm und bot ihm auf seiner lederbehandschuhten Hand ein Stück Fleisch an. Der Geier schnappte zu und schlang das Fleisch hinunter. Zufrieden flappte er mit den Flügeln und erleichterte sich anschließend ausgiebig. Direkt auf den Kopf des

Schauspielers, der den Bettler mimte. Der schrie empört auf, der Geier zischte giftig, die Statisten kicherten, Anita lächelte.

Flavio Schröder stemmte sich in seinem Hochsitz halb hoch. »Noch einmal, und ich lass das Vieh ausstopfen!«, brüllte er, wobei sein Gesicht beeindruckend rot anlief. »Kann es jetzt endlich weitergehen?« Als der Vogelhalter nickte und zurücktrat, gab er das Zeichen. »Fertig«, bellte er.

Im Hintergrund schlug die Plane eines Zelts, das mit vier oder fünf identischen Zelten eine kleine Stadt bildete. Dort aßen sie mittags, die Maskenbildner gingen dort ihrem Geschäft nach, und die Schauspieler, denen kein Wohnwagen zur Verfügung stand, ruhten sich in den Drehpausen dort aus.

»Die Zeltplane!«, knurrte der Regisseur mit gefletschten Zähnen und wirkte, als könnte er jeden Augenblick einen Mord begehen.

Die Regieassistentin spurtete los. Kurz danach herrschte Ruhe.

»Fertig«, sagte Flavio Schröder in drohendem Ton.

»Ton ab!«, kommandierte sein Assistent.

»Ton läuft«, bestätigte der Tonmeister und schob seine Baseballkappe tiefer in die Stirn. Ihm lief der Schweiß in Strömen in den Hemdkragen.

Der Regieassistent hob lässig die Hand. »Kamera ab!«

»Kamera läuft.«

»Timbuktu, drei-acht, die neunte«, rief ein junger Mann und schlug die Klappe mit trockenem Knall zusammen.

»Action!«

Die Tür am anderen Ende des Marktes flog auf.

Anita beobachtete die Szene mit wachsendem Verdruss. Sie war restlos frustriert. In ihrem Buch kam keine Geiselhaft vor. Das könnte sie vielleicht noch verschmerzen, aber das Schlimmste war, dass Marina Muro ihrer Meinung nach überhaupt nicht für die Rolle ihrer Mutter passte. Diese Ansicht hatte sie von Anfang an deutlich gemacht, hatte sich gegen diese Besetzung gewehrt und immer wieder darauf hingewiesen, dass die Hauptfigur aus Norddeutschland stamme, blond, sportlich und eher zurückhaltend sei, nicht dunkel und kurvenreich mit glühend schwarzen Augen wie der weibliche Vulkan Marina Muro.

»Sie ist die Quotenqueen, daher ihr Spitzname Money Muro«, war die lapidare Antwort des Produzenten gewesen, dem sie ihre Einwände mitgeteilt hatte. »Blond und zurückhaltend macht nicht an.«

Dagegen hatte sie nichts ausrichten können. Sie war nur die Autorin, für ein paar Tage am Set geduldet, aber mehr auch nicht. Von ihr wurde erwartet, dass sie sich im Hintergrund hielt, sich nicht einmischte und den Profis das Feld überließ. Und möglichst schnell wieder abreiste.

»Geld regiert die Welt«, hatte ihr Agent bemerkt, der wie ein Haifisch im Literaturbetrieb herumschwamm und sich die besten Happen schnappte. »Ihr Name ist noch fast unbekannt. Seien Sie froh, dass es schon mit Ihrem ersten Buch geklappt hat. Andere kassieren Dutzende von Ablehnungen und können vom Verkauf der Filmrechte nur träumen.« Dann hatte er sie mit einem bohrenden Blick bedacht. »Wie weit sind Sie mit dem zweiten?«, hatte er hinzugesetzt.

Unbehaglich drehte sie den Verschluss ihrer Wasserflasche auf und nahm einen lauwarmen, scheußlich schmeckenden Schluck. Ihr Agent hatte die Fortsetzung ihres Romans *Timbuktu* gemeint. Die Fortsetzung, für die sie bereits einen Vertrag unterzeichnet hatte. Für die sie bereits einen Vorschuss bekommen hatte, einen, der doppelt so hoch war wie für ihren Erstling. Das Geld war auch schon auf ihr Konto überwiesen worden, und sie müsste es zurückzahlen, sollte sie es nicht schaffen, das zweite Buch zu schreiben. Es war aber bereits so gut wie vollständig für die Abzahlung des Restkaufpreises ihrer Wohnung und die Reise nach Südafrika draufgegangen. Einen

Vorschuss, für den sie bisher nicht mehr als drei Seiten vorweisen konnte.

Seitdem geriet sie in einen schrecklichen Zustand der Lähmung, wenn sie nur daran dachte, und wann immer sie sich an ihren Schreibtisch setzte, war da nichts weiter als eine summende Leere. Keine Bilder. Keine Worte. Absolut keine Idee, wie die Geschichte weitergehen sollte.

Wie denn, bäumte sie sich auf, wie denn, wenn sie bei ihren Eltern und zum Schluss bei ihrer Mutter immer wieder gegen diese Mauer des Schweigens gerannt war? Wie denn, wenn es jetzt niemand mehr gab, der die Antworten wusste? Wie denn, wenn sie jedes Mal innerlich versteinerte, wenn sie den Namen Cordelia Mbali Carvalho vor sich sah? Tief im Inneren war sie sich darüber im Klaren, dass dieser Name das schreckliche Gefühl auslöste, das sie im Endeffekt dazu getrieben hatte, diese Reise anzutreten. Das elementare Gefühl, als hinge sie über einem schwarzen Abgrund. Oder stünde im Orkan auf einer turmhohen Klippe, das bodenlose Nichts vor sich. Es waren viele Bilder, die ihr dabei vor Augen standen. Alle hatten mit der Angst zu tun, für immer allein zu bleiben.

Diese Frau war ihre Schwester, ihre Familie. Es konnte nicht anders sein, daran hatte sie keine Zweifel. Um jenem bodenlosen Nichts zu entgehen, musste sie sich auf die Suche nach ihr machen, musste sie Cordelia finden. Aber das konnte sie nur, wenn sie die Antworten fand, die ihr die Eltern verweigert hatten. Sie musste sich auf die Spur jener verborgenen Jahre zwischen der Ankunft von Anna-Dora und Rafael Carvalho in Südafrika und ihrer überstürzten Abreise fast zwanzig Jahre später begeben. Sie musste das Geheimnis lösen, das in Zululand begraben lag. Es war die einzige Möglichkeit, die ihr verblieb.

Die Luft flimmerte über dem kargen Boden, Anitas Zunge klebte am Gaumen. Ihre Wasserflasche war leer, aber sie hatte keine Lust aufzustehen, um sich Nachschub zu holen. Sie nahm den

Strohhut ab und wischte sich übers Gesicht. Die Sonne brannte und stach auf ihrer Haut wie tausend Nadeln. Vermutlich hatte sie bereits Blasen gezogen. Mit den Fingerspitzen betastete sie ihre Schultern und spürte tatsächlich winzige Bläschen. Sie drückte ihren Strohhut wieder tief ins Gesicht und rückte dem Schatten des großen Schirms nach, der von ihr unbemerkt längst weitergewandert war.

Die Geschichte *Timbuktu* hatte sich fast von selbst geschrieben. Die Erzählungen ihrer Eltern und der Reisebericht ihrer Mutter waren das Gerüst gewesen. Daran hatte sie entlangschreiben können. Sie musste nur dem Weg ihrer Eltern folgen, die aus dem zerbombten, grauen Deutschland quer durch Afrika bis hinunter zu den fruchtbaren, grünen Hügeln Zululands gezogen waren.

So lange sie zurückdenken konnte, waren Timbuktu das Zauberwort im Leben ihrer Eltern und die Berichte von ihren Abenteuern die Märchen ihrer Kindheit gewesen. Andere Eltern lasen ihren Kindern *Pippi Langstrumpf* vor und schenkten ihren Töchtern Barbiepuppen mit rosa Prinzessinnenkleidern und funkelnden Diademen im gelben Kunststoffhaar. Sie bekam eine kleine Stoffgiraffe und die Geschichten einer geheimnisvollen Stadt im endlosen Wüstenmeer namens Timbuktu und dem Sternenglitzern über Afrika. Sie schielte neidisch auf die Barbiepuppen, aber die Geschichten waren schön, man konnte dabei träumen, und wenn sie abends einschlief, glitt sie hinüber in eine aufregende, fremde Welt.

Wie auf den Wellen eines warmen Meers driftete sie auch jetzt zurück in diese glückliche Zeit. Die Filmkulissen zerflossen vor ihren Augen, die Stimmen um sie herum wichen zurück, bis sie nur noch die ihrer Eltern vernahm.

»Weißt du noch, damals in Afrika?«, würde einer der beiden sagen.

Unweigerlich rief dieses Wort stets ein verklärtes Lächeln auf die Züge ihrer Mutter, ein inneres Leuchten, und ihr Vater bekam feuchte Augen und seufzte.

»Afrika«, flüsterten dann beide und fassten sich an den Händen.

Zu dritt pflegten sie sich darauf um den Esstisch zu setzen, ihr Vater holte den Atlas, und dann wanderten sie mit den Fingern über die Landkarte des riesigen Kontinents. Ihr Vater hatte sein Medizinstudium abgebrochen, um in Afrika zu sich selbst zu finden und seinem Vater zu entgehen, der ihm mit Enterbung und Schlimmerem drohte, sollte er nicht auf der Stelle gehorchen, nach Brasilien zurückkehren und in das Kaffeegeschäft der Familie einsteigen. In Hamburg war es ihnen gelungen, eine winzige Kabine auf einem Frachter zu bekommen, unter der Bedingung, dass sie in der Kombüse ihre Passage abarbeiten würden. Als sie in Dakar landeten, reichte das Geld gerade noch für zwei Fahrkarten auf der Dakar-Niger-Eisenbahn. Nach der drückenden Schwüle der feuchtheißen Westküste wurde die Luft allmählich trockener, leichter zu atmen. Der Zug ratterte durch endlose, leere Weiten, hier und da passierten sie ein paar grasgedeckte Rundhütten. Dann standen Kinder am Bahndamm und winkten und schrien, und nicht selten musste die Lokomotive mit quietschenden Bremsen den Zug stoppen, weil eine Ziegenherde einige wenige saftige Grashalme zwischen den Eisenbahnschwellen entdeckt hatte. In Koulikoro verließen sie den Zug.

»Von dort aus hätten wir weiter nach Süden durch Obervolta reisen können«, erzählte ihr Vater. »Als Kind aber habe ich die Berichte von René Caillié und Heinrich Barth gelesen, die im neunzehnten Jahrhundert Timbuktu besucht haben. Soweit wir wissen, waren sie die ersten Europäer, die es geschafft haben, die Stadtmauern von Timbuktu zu passieren. Und lebend wieder herauszukommen. Es war sehr gefährlich damals und ist es in gewisser Weise auch heute noch. Man muss wissen, wie man sich bewegt, und wo. Heinrich Barth hat sich als Beduine verkleidet und ist tief in die geheimnisvolle Welt der Menschen dort eingedrungen. Seitdem habe ich von dieser geheimnisvollen Stadt geträumt. Und von dem Mond von Timbuktu. Wundervolle Dinge habe ich über ihn gelesen. Wie nirgendwo sonst soll er sein, Seltsames soll er bewirken, dieser Mond. Dein Herz schlägt wild und leidenschaftlich, und deine Gedanken zerfließen in seinem Licht …«

Gedankenverloren hatte er eine kleine Melodie gesummt, eine leise Melodie voller Verlangen und Sehnsucht.

»Wir hatten Glück«, fuhr er nach einer langen Weile fort. »Am Tag unserer Ankunft in Koulikoro legte die Fähre dort an, die Menschen, Tiere und Waren in die Dörfer entlang dem Niger transportierte. Es gelang uns, zwei Passagen zu ergattern. Das Schiff hatte einen zweistöckigen Aufbau und war restlos überfüllt …«

»Es war ein unglaubliches Gewimmel von bunt gekleideten Menschen, Ziegen, Schweinen, Hühnern«, fiel ihre Mutter ein. »Es wurde gekocht und gesungen, es roch nach Gewürzen, deren Namen wir nicht kannten, geschweige denn, dass wir sie je zuvor geschmeckt hätten …«

»… eine Kabine hatten wir uns nicht leisten können, wir mussten oben auf dem Dach des Aufbaus unter freiem Himmel schlafen«, übernahm ihr Vater die Geschichte. »Direkt neben einer fetten, trächtigen Sau, die einem alten Mann gehörte, der das Schwein kraulte und ständig vor sich hin kicherte …«

»… und dabei seinen einzigen Zahn zeigte«, lachte ihre Mutter aufgeregt. »Den hatte er sich vergolden lassen …«

»… ach, welch ein Abenteuer war das Ganze doch!«, sagte ihr Vater. »Welche Geschichten wir dort gehört haben!« Er hatte geseufzt, dabei sehnsüchtig hinaus in den norddeutschen Nieselregen geschaut, und die blauen Augen ihrer Mutter hatten verräterisch geglänzt.

Der Tonfall ihrer Mutter war hell und klingend, der ruhige, dunkle ihres Vaters umfloss sie wie warmer Honig. Er begann einen Satz, sie vollendete ihn. Im Duett erzählten sie mit funkelnden Blicken und Lachen in der Stimme von der Zeit vor Anitas Geburt, ließen sie die trockene Glut der Sahara spüren, die überraschend kalten Nächte, ließen sie den fauligen Geruch von Sümpfen riechen und die Süße der Frangipaniblüten an der Küste. Sie hörte Namen wie Bamako, Ouagadougou und Bobo-Diolassou, atmete den Staub von Djenné, der Inselstadt im Nigerdelta, wo im April alle Bewohner den Putz der weltberühmten, ausschließlich aus Lehm gebauten Moschee, der in jeder Regenzeit weggespült wurde, gemeinsam neu aufbrachten. Dann trugen Jugendliche mit Lehm gefüllte geflochtene Körbe auf dem Kopf zur Moschee, Eselskarren, hochgetürmt mit Lehm, rasten durch die engen Gassen. Es war ein Geschrei und Gelächter und Gewieher gewesen, berichtete ihr Vater, und eine Unmenge der roten Erde wurde aufgewirbelt, sodass am Schluss die Menschen wie wandelnde, rotbraune Statuen herumliefen. Anita war dabei, in der Hitze und mitten im Gelächter, und nachts schwebte sie in ihren Träumen unter dem glitzernden Sternenzelt Afrikas.

Natürlich gab es auch Geschichten über Entbehrung und Hunger und davon, dass zwei verbeulte Töpfe, eine Packung Streichhölzer und eine Dose mit Salz für ihre Eltern zeitweilig der größte Schatz gewesen waren.

»Mama konnte eine außerordentlich schmackhafte Suppe aus Raupen kochen«, erzählte ihr Vater und lachte, wenn sie angeekelt das Gesicht verzog.

In Abidjan konnten ihre Eltern erneut auf einem Frachter anheuern. Der brachte sie bis nach Kapstadt. Von dort schlugen sie sich nach Natal durch, wo ihr Vater Arbeit auf einer Farm bekam. Das Schicksal wollte es, dass kurz nach ihrer Ankunft die Farmersfrau Wehen bekam. Es war ihr drittes Kind, und bisher hatte es bei der kräftigen Frau nie Komplikationen gegeben, wie ihr Mann berichtete, aber dieses Mal ging nichts glatt. Das Kind lag verkehrt herum. Drei Tage quälte sich die Farmersfrau, schrie abwechselnd vor Schmerzen und Angst und verfiel dazwischen in apathische Erschöpfung. Der Ehemann war so verzweifelt, dass er erwog, eine Zulu-Medizinfrau zu rufen. Anitas Vater bekam mit, wie er das mit einem Nachbarn besprach, und bat darauf schüchtern, die Frau untersuchen zu dürfen. Erst wehrte der Farmer ab, aber als er begriff, dass sein Stallbursche Mediziner war, zumindest fast, stimmte er zu. Es gelang Anitas Vater, das Ungeborene zu drehen. Mutter und Kind überlebten.

»Dein Vater war wunderbar«, schwärmte ihre Mutter mit leuchtenden Augen. »Und der Farmer überschrieb ihm aus Dankbarkeit drei Hektar Land. Wir bauten ein winziges Haus darauf und nannten es *Timbuktu*.«

Das war die einzige Geschichte, die sie von der Zeit in Zululand erfuhr. Ihren Fragen, wie das Leben auf der Farm gewesen sei, warum sie nicht dortgeblieben seien, wenn sie es doch so geliebt hätten, wichen sie auf so geschickte Weise aus, dass sie es lange Zeit nicht merkte.

1985 starb ihr Vater. Ganz banal an einer verschleppten Grippe. Danach erlosch das Leuchten in den Augen ihrer Mutter für immer, und danach sprach sie auch nie mehr über Afrika. Es gab keine angefangenen Sätze mehr, die sie hätte vollenden können.

Aus dem Duett war ein Solo geworden.

Anitas Fragen prallten an ihrer Mutter ab wie an Beton. Aber sie war erst dreizehn, ihr Leben ging weiter, und mit den Jahren verlor auch das Zauberwort Timbuktu seinen Glanz, die Erinnerung an die honigwarme Stimme ihres Vaters wurde schwächer. Afrika versank im Dunst der Ferne, und bald dachte sie nur noch an diesen Kontinent, wenn etwas darüber in den Nachrichten erschien.

Sie beendete die Schule mit einem Einser-Abitur, studierte Biologie und bekam einen sehr guten Vertrag bei einem Kosmetik-Forschungslabor, zu dessen Leiterin sie erst kürzlich aufgestiegen war. Kurz danach lernte sie Frank Börnsen, einen begabten Informatiker mit einer Passion für mittelalterliche Kunst, ganz zufällig auf einer Kunst-Messe kennen und verliebte sich unsterblich.

Ihr Himmel hing voller Geigen, ihre Zukunft war strahlend, und selbst ihre Mutter, die Frank in ihr Herz geschlossen hatte und die von Enkelkindern träumte, gewann neue Lebensfreude.

Bis zu jenem heißen Julitag 2008.

Der Tag, an dem sie nicht nur ihre Vergangenheit, sondern auch ihre Zukunft verlor. Der Tag, an dem ihr Leben in freien Fall geriet.

Anita erstarrte. Der Gedankenfluss war sachte über sie hinweggerauscht, und sie hatte gar nicht wahrgenommen, dass sie sich dieser gefährlichen Klippe näherte. Es half ihr nicht, dass sie sich jetzt mit aller Kraft gegen den Sog stemmte. Ein Strudel von Bildern zog sie unaufhaltsam hinunter in bodenlose Schwärze. Franks Gesicht schwamm in der Dunkelheit, sie hörte seinen Aufschrei und dann den Aufprall vom Mastbaum und dieses grauenvolle Geräusch, als wäre eine Kokosnuss geplatzt.

»Ich will nicht, ich will nicht, ich will nicht …«, sagte sie schweigend vor sich hin, zum Schluss sagte sie es sogar laut. »Ich will nicht, ich will nicht!« Die Worte verdichteten sich in ihrem Kopf zu einem rasenden Wirbel. Sie klammerte sich daran, konzentrierte sich nur darauf, wollte nicht in den Sumpf dieser fürchterlichen Tage abgleiten. Irgendwo hatte sie über die Taktik gelesen, und meistens funktionierte die gnädigerweise auch. Aber heute gelang es ihr nicht. Der Strudel riss sie mit sich.

»Ich will nicht …«, schluchzte sie laut.

»He, was ist los mit Ihnen?« Die raue Stimme von Dirk Konrad, dem Kameramann, drang zu ihr durch. Er beugte sich von seinem Sitz in luftiger Höhe herunter und berührte sie an der

Schulter. »Sie sind weiß wie die Wand geworden. Sonnenstich, was? Kein Wunder. Passiert hier immer wieder. Vermutlich hocken Sie sonst immer nur drinnen vor Ihrem Computer und schreiben, oder? Und getrunken haben Sie sicherlich auch nicht genug.«

Ohne ihre Antwort abzuwarten, schob er seinen Buschhut in den Nacken und schnippte mit den Fingern.

»Lotti, bring mal einen Eisbeutel her!«, brüllte er. »Und eine Flasche Wasser, und zwar schnell.«

Dirk ließ genießerisch seinen Kennerblick über die Autorin laufen.

Gute Figur. Sehr gute Figur. Biegsam wie ein Bambusstängel. Ihre Haltung zeigte eine natürliche Eleganz. Der Typ, der noch in einem Kartoffelsack umwerfend aussehen würde. Sie stammte aus Norddeutschland, so viel wusste er, aber sehr nordisch wirkte sie wahrhaftig nicht. Irgendjemand unter ihren Vorfahren musste aus südlichen Regionen kommen. Spanien oder Italien vielleicht, dem zarten Goldton ihrer Haut nach zu urteilen. Ihre Stimme passte dazu. Eine warme Altstimme, sanft wie das Schnurren einer Katze. Er liebte Katzen.

Ihr Haar war dick und glänzend, ein schimmerndes Goldbraun mit hellen Sonnenreflexen. Es war stufig geschnitten, im Nacken länger, kürzer an den Seiten mit einem dichten, schrägen Pony, der ihr ständig über die Augen fiel, den sie dann mit einer ungeduldigen Bewegung aus der Stirn schleuderte. Weiches Haar, das man streicheln wollte, dachte er. Jetzt allerdings war es dunkel vor Schweiß und vom Strohhut platt gedrückt.

Sein Blick wanderte weiter. Ein voller Mund mit klaren Konturen. Gott sei Dank nicht zu klein. Frauen mit schmalen, kleinen Mündern fand er unattraktiv. Und dann ihre Augen. Gleich beim ersten Treffen hatte ihr Leuchten ihn fasziniert. Als Fotograf natürlich. Seitdem debattierte er mit sich, wie er die Farbe beschreiben solle. Hellblau? Das klang zu flach, zu langweilig.

Türkis? Aquamarin? Welcher Edelstein besaß dieses durchsichtig irisierende Blaugrün? Bei nächster Gelegenheit würde er in Wikipedia nachsehen. Auf jeden Fall nahm er sich vor, das Lachen, das er hinter ihrem ernsten, fast gequälten Ausdruck ahnte, wieder hervorzukitzeln.

Sein Assistent, ein rothaariger, klapperdürrer Mensch von schier unendlicher Länge, beugte sich zu ihm hinunter. »Na, wieder auf der Pirsch?«, flüsterte er mit hämischem Unterton. »Du hast dein Raubtiergrinsen im Gesicht. Wen hast du im Visier? Doch nicht die Muro!«

Aber dann folgte er Dirk Konrads Blickrichtung, und seine Brauen schossen in die Höhe. »Donnerwetter – die schöne Anita Carvalho. Wenn du meinen Rat willst, lass lieber die Finger von ihr. Ich habe so eine Ahnung, dass das Komplikationen geben könnte. Mit der ist irgendetwas nicht in Ordnung.«

»Halt den Rand«, gab Dirk Konrad ruhig zurück. Dann rief er laut: »Lotti, wird's bald? Beweg dich mal!«

Lotti, ein junges Mädchen mit praller, schokoladenbrauner Haut und seelenvollen Augen, die herrlich singen konnte, war für die regelmäßige Zufuhr von Getränken zuständig. Jetzt spazierte sie mit der den Afrikanern eigenen Gemächlichkeit ins Zelt der Cateringfirma, kam nach einer Weile mit einer tropfenden Plastiktüte heraus, schlenderte hinüber zu Anita und klatschte ihr den nassen Eisbeutel in den Nacken.

Der Kälteschock nahm ihr fast den Atem. »Danke«, keuchte sie.

Angestrengt suchte sie etwas, an dem sie sich festklammern konnte, irgendetwas, was sie ablenken würde, was verhindern würde, dass sie seelisch abstürzte, wie es ihr nach Franks Tod schon öfter passiert war. Ihr Blick irrte umher und fiel auf einen ungewöhnlich gefärbten Vogel, der auf einer roten Aloeblüte saß. Sie konzentrierte sich völlig auf diesen Vogel, schloss alle anderen Sinneseindrücke aus. Feder für Feder prägte sie sich ihn ein. Ein roter Schnabel, die Stirn leuchtend türkis, hellviolette Wangen und rot umrandete Augen, die Kehle glänzend schwarz. Der Vogel öffnete den Schnabel, und eine Kadenz kristallklarer Töne stieg in den Himmel.

Für eine Sekunde schloss sie die Lider, fühlte, dass sich etwas in ihr löste. Sie atmete tief ein, wartete, bis die Luft auch in die kleinsten Verästelungen ihrer Lunge strömte, ehe sie langsam ausatmete. Dann tastete sie sich weiter über das glänzend rostbraune Gefieder zu den zartgrauen Schwungfedern, bewunderte den flaumigen Schwanzansatz, der im gleichen Türkis wie die Stirn schillerte. Als sie bei den langen, schwarzblauen Schwanzfedern angelangt war, war das Entsetzen zurückgewichen. Die Schwärze lichtete sich, ihr Atem wurde ruhiger. Sie spürte wieder die prickelnd warmen Sonnenstrahlen, den hauchzarten Wind, der ihr über die Haut strich. Zögernd wagte sie, in die Wirklichkeit zurückzukehren.

Doch obwohl die Bilder sich aufgelöst hatten, blieb da eine Ahnung von Angst, ein inneres Zittern wie von großer Kälte, das nichts mit dem Eisbeutel auf ihrem Genick zu tun hatte. Es machte ihr die Beine schwer, als hätte sie gerade einen Grippeanfall überstanden. Sie erschauerte.

Das Eis war mittlerweile geschmolzen. Das Wasser leckte ihr über den Rücken und durchnässte ihr dünnes Oberteil und ihren Slip. Sie griff nach dem Beutel. Er war glitschig, rutschte ihr aus der Hand und zerbarst auf einem spitzen Stein. Der Vogel erschrak und stob davon. Sein Gefieder sprühte in der sinkenden Sonne Farbblitze wie ein kostbarer Edelstein.

Jetzt nahm sie ihre Umgebung wieder wahr. Ein Schwarm Kanarienvögel schwirrte durch ihr Blickfeld, der Himmel glühte. Noch lag die Hitzedecke über dem weiten Land und brannte ihr auf der Haut, aber die ersten zarten Abendschatten verfingen sich schon im Gebüsch.

»Cut – und Schluss«, sagte Flavio Schröder. »Wir packen ein. Morgen geht's ab nach Zululand zu den Löwen.« Er grinste. »Noch zwei Szenen dort, und wir sind fertig.« Auf seine Handbewegung hin wurde die Hebebühne gesenkt. Steifbeinig kletterte er von seinem Sitz herunter, streckte sich, drückte seine Baseballkappe tiefer ins Gesicht und schlenderte, die Hände in den Hosentaschen vergraben, allein davon. Einen Stein mit dem Fuß vor sich herkickend wanderte er über die roten Bodenwellen ins Abendlicht, bis seine breitschultrige Gestalt nur noch eine schmale Silhouette vor dem blutroten Himmel war.

Die Blicke der gesamten Crew verfolgten ihn angespannt. Selbst Dirk Konrad, der Kameramann, drehte sich in seinem Hochsitz um und sah ihm nach. Dann tat Flavio Schröder plötzlich einen vergnügten Schnalzer und schoss den Stein in hohem Bogen in die Weite. Alle Anwesenden quittierten das mit lautem Applaus und gellenden Pfiffen und machten sich darauf erleichtert an das Einpacken ihrer Utensilien.

»Heureka, der große Meister ist zufrieden, die Untertanen können aufatmen«, murmelte Andy Kaminski, der Kameraassistent, und blies sich seine rote Tolle aus den Augen, während er sorgfältig die Kamera auseinandernahm.

Marina Muro kam mit wiegenden Hüften auf Anita zu. »Das war's. In Zululand muss Dirk nur noch ein paar Landschaftsszenen mit uns nachdrehen.« Mit einer eleganten Bewegung hob sie ihre Haarmähne hoch und fächelte sich Kühlung zu. »Meine Herren, ist das heiß hier. Eine grässliche Gegend. Kaum zu glauben, dass hier jemand freiwillig lebt. Ihre Eltern müssen verrückt gewesen sein.«

Bei der ersten Begegnung mit der Schauspielerin hatte Anita spontan eine Abneigung gegen sie empfunden, nach einiger Zeit hatte sie jedoch den Eindruck gehabt, dass Marina Muro ständig eine Rolle spielte, was so weit ging, dass sie sogar Sätze aus dem Drehbuch in ihre Unterhaltungen einflocht, als wären es ihre eigenen. Aber bisher hatte sie hinter der flamboyanten Front die wirkliche Marina Muro noch nicht erkennen können.

»Seien Sie froh, dass wir nicht in der Sahara drehen, wo meine Eltern wirklich gewesen sind. Da ist das Klima noch extremer. Noch viel heißer und so trocken, dass die Haut sich zusammenzieht, wie meine Mutter in ihrem Reisebericht erzählt.«

»Klingt wie ein Instant-Gesichtslifting. Nichts wie hin.« Marina Muro kicherte fröhlich.

»Na, ich weiß nicht. Da wachsen die Falten bestimmt im Stundentakt.«

»Da habe ich ja noch Glück gehabt.« Marina Muro tätschelte sich die makellose Wange. »Flavio war ja ganz versessen darauf, in der Sahara zu drehen, aber die Krise hat zugeschlagen, die Produktion hatte nicht genügend Geld, sagen die jedenfalls – sagen die eigentlich immer.« Sie verdrehte die Augen. »Und so wurde entschieden, dass es hier preisgünstiger sei. Deswegen hat Flavio auch so grauenhaft schlechte Laune. Immer wenn er am Abend vom Set wegrennt, muss er erst seine Frustration loswerden. Aber der Hüpfer vorhin zeigt, dass er zumindest mit der Qualität des heutigen Drehs einverstanden war. Dem Himmel sei Dank! Er kann wüten wie ein Berserker, wenn ihm etwas nicht passt.«

Anita beobachtete den Regisseur, der jetzt wieder zum Set zurückkehrte. Er war schlank, nicht viel über eins achtzig groß, und sein Alter schätzte sie auf Mitte fünfzig. Das tief gebräunte Gesicht unter weißem Haar zeigte deutlich die Spuren eines intensiv gelebten Lebens. Aber gerade das empfand sie als ansprechend, sogar anziehend. Dass er vollkommen ausrasten konnte, konnte sie einfach nicht glauben.

»Einen Berserker stelle ich mir wirklich anders vor. Er wirkt … nett.«

Marina Muro lachte ihr kehliges Lachen, das angeblich alle Männer verrückt machte, warf ihr dabei aber einen sehr direkten

Blick zu. »Oh, oh, meine Liebe. Verbrennen Sie sich nicht die Finger! Sie wären beileibe nicht die Erste, und auch nicht die Zweite, Dritte oder Vierte. Er wütet unter den Frauen wie ein Haifisch, glauben Sie mir. Gehen Sie ihm aus dem Weg.«

Ihr Lachen wurde zu einem Schnurren. Sie vollführte einen sinnlichen Hüftschwung, winkte ihr anzüglich zu und lachte noch in sich hinein, als sie ihrem Wohnwagen zustrebte. Ihr persönlicher Bodyguard folgte ihr wie ein Schatten, öffnete ihr die Tür des Wohnwagens und baute sich anschließend mit verschränkten Armen davor auf, bemüht, wie ein grimmiger Zerberus zu wirken, was ihm bei seinem schokoladenbraunen, rundlichen Gesicht aber nicht so recht gelang.

Anita sah der Schauspielerin nach. Obwohl sie ein ganz angenehmes Wesen zu haben schien, fühlte sie sich in ihrem Urteil bestätigt. Marina Muro passte nicht für die Rolle ihrer Mutter. Ganz und gar nicht. Der Hüftschwung war einfach zu sexy für die kühle Norddeutsche, die sie in ihrem Buch beschrieben hatte. Und zwischen ihr und Flavio Schröder war etwas, dessen war sie sich sicher. Oder es war etwas gewesen, und der Regisseur hatte sie durch eine andere ersetzt? Das würde ihre Boshaftigkeit erklären.

Um sie herum begannen die Aufräumarbeiten. Die Mannschaft der Servicefirma, die alle Gerätschaften und auch die Sicherheitsleute gestellt hatte, schwärmte wie geschäftige Ameisen über den Set und begann schnell und routiniert alle Kulissen und Gerätschaften abzubauen und einzupacken. Ein Mann – das Oberteil seines Overalls bis zu den Hüften heruntergezogen, die dunkle Haut vor Schweiß glänzend – wickelte mit kräftigen Bewegungen die Kabel auf. Seine Kollegen montierten die Schienen ab, die für die Kamerafahrt über den nachgebauten Marktplatz von Timbuktu gelegt worden waren, andere verwandelten die kleine Zeltstadt in einen Haufen Stangen und zusammengelegte Planen, die sie auf einen der Transporter luden.

Seit Südafrika zu einem der Lieblingsdrehorte von Filmemachern in der ganzen Welt avanciert war, hatte dieser Industriezweig Hochkonjunktur. Es gab Dutzende Produktionsfirmen, die alles anboten, was man für Filmaufnahmen brauchte. Von Werbe- und Modeaufnahmen angefangen bis zu Spielfilmen in voller Länge.

Allein an den beiden Tagen, die Anita in Kapstadt verbracht hatte, waren an den Stränden mehrere Modestrecken fotografiert und Szenen für mindestens drei Filme gedreht worden. Je nach Drehbuch befanden sich die jeweiligen Schauspieler in der Karibik, am Strand von Neuseeland oder in den Sanddünen von Marokko. Ihre naive Vorstellung, dass bei Filmen auch dort gedreht worden war, wo die Geschichte spielte, war kaltherzig zerstört worden. Irgendwie fühlte sie sich betrogen.

»Stehen Sie mal auf, ich muss den Stuhl einpacken«, sagte jemand mit tiefer Stimme neben ihr.

Sie stand auf, trat zur Seite und lehnte sich an den Stamm eines abgestorbenen Baums. Mit geübten Griffen klappte der Mann ihren Stuhl zusammen, schloss den Sonnenschirm und löste ihn aus seiner Halterung. Den Schirm geschultert, den Stuhl unter den Arm geklemmt, packte er zusätzlich eine schwere Kabelrolle und brachte die Sachen dann hinüber zu seinen Kollegen, die sie im Transporter verstauten.

»In einer Stunde fahren wir«, sagte Flavio Schröder im Vorbeigehen. Das weiße Haar fiel ihm in die Stirn, und als er die Sonnenbrille abnahm, traf sie ein kühler, grauer Blick.

Sie nickte. Diese Nacht würden sie im einzigen Hotel von Pofadder verbringen, weil es zu spät war, noch in das zweihundert Kilometer entfernte Upington zu fahren. Kein Mensch unternahm hier nachts freiwillig eine Überlandfahrt, das hatte sie schon mehrfach gehört. Von dort ging morgen ihr Flug über Johannesburg nach Durban. Zum Abschied schaute sie sich noch einmal um. Die Sonne war hinter den Horizont geglitten, die kurze Abenddämmerung verzauberte die karge Landschaft. Der Himmel schimmerte in jenem hellen Türkis, das dem tiefen Blau der Nacht vorausging. Die rostrot glühende afrikanische Erde erinnerte noch an den Sonnenuntergang, Geröll und Felsen warfen rauchgraue Schatten. Fasziniert beobachtete Anita das impressionistische Farbenspiel.

Und dann war es dunkel, so plötzlich, als hätte jemand einen Samtvorhang vorgezogen. Ihr Blick glitt hinauf zu dem diamantbesetzten Sternenhimmel. Es waren wohl Augenblicke wie diese gewesen, die das Afrika ihrer Eltern ausmachten. Und abermals drifteten ihre Gedanken ziellos durch das dunkle Meer ihrer Erinnerungen.

»Wir fahren, Anita!«

Die hohe Stimme der Regieassistentin ließ sie hochzucken. Verwirrt schaute sie sich nach Jasmin Krüger um. Im ersten Moment konnte sie die Verbindung zur Wirklichkeit nicht herstellen. Erst allmählich nahm sie ihre Umgebung wieder wahr.

»He, Anita, hier sind wir!«

Endlich entdeckte sie die Regieassistentin. Sie lehnte aus dem Fenster des luxuriösen Geländewagens, in dem bereits Flavio Schröder, Marina Muro und der Kameramann mit seinem Assistenten saßen.

»Ich komme.« Anita machte einen Schritt, schwankte dabei, als wäre sie betrunken, und musste ein paar Sekunden warten, ehe die Welt aufhörte, sich zu drehen. Ihr Blutdruck war der stundenlangen Hitze offenbar nicht gewachsen gewesen und in den Keller gefallen.

Flavio Schröder ließ mit irritiertem Ausdruck sein Fenster herunter und streckte den Kopf heraus.

»Sie sehen aus wie Sauermilch«, brüllte er. »Haben Sie etwa doch einen Sonnenstich? Kommen Sie her, sonst kippen Sie uns noch um. Dazu haben wir keine Zeit.« Ungeduldig ließ er das Fenster wieder hochschnurren.

Anita riss sich zusammen. Mit weichen Knien lief sie zum Auto und rutschte neben Dirk Konrad auf die rückwärtige Sitzbank. Selbst als sie saß, war ihr noch schwindelig. Sie zwang sich, langsam tief ein- und auszuatmen.

»Eigentlich sollten es doch ausgerechnet Sie besser wissen, als sich dieser brutalen Sonne auszusetzen«, knurrte der Kameramann mit einem Seitenblick auf ihr blasses Gesicht. »Schließlich sind Sie oft genug in Afrika.«

Sein Ton war spöttisch und autoritär. Sie musterte ihn schnell. Attraktiv, fuhr es ihr durch den Kopf. Dreitagebart, der aber zu seinem Typ passte, der Teint unter dem kurz geschnittenen, schwarzbraunen Haar tief gebräunt, was seine blauen Augen besonders zum Leuchten brachte. Entfernt ähnelte er Frank. Aber der hatte blondes Haar gehabt, und autoritär war er wahrhaftig nicht gewesen.

»Ich war noch nie in Afrika.« Es war ihr herausgerutscht, und am liebsten hätte sie die Worte sofort wieder heruntergeschluckt.

Konrad schaute erst überrascht, dann lachte er ungläubig auf. »Das war ja wohl ein Scherz, oder?«

»Ist aber so.« Sie wünschte, dass er sie in Frieden lassen würde. Die Bilder, die ihr gedanklicher Ausflug in die Vergangenheit hervorgerufen hatte, hingen ihr noch nach, und sie fühlte sich, als hätte sie einen fürchterlichen Kater.

Aber der Kameramann bohrte nach. »Dafür ist Ihr Buch aber bemerkenswert genau in den Beschreibungen der Landschaft, der Atmosphäre, der Leute und so weiter. Und die großen Emotionen … Wie haben Sie das hinbekommen, wenn Sie selbst noch nie hier waren?«

Sie zuckte die Achseln. »Durch Erzählungen meiner Eltern, die Reisebeschreibungen meiner Mutter, endlose Stunden von Dokumentarfilmen über Afrika, die glücklicherweise ständig im

Fernsehen laufen. Da kann man viel lernen ...« Wieder hob sie die Schultern. »Meine überschäumende Fantasie ...«

Auch der Regisseur hatte sich zu ihr umgedreht und betrachtete sie mit deutlichem Interesse. »Fantasie? Das alles? Dann ist die Gold wert, glauben Sie mir. Werden Sie eine Fortsetzung schreiben?«

»Keine Ahnung ... darüber habe ich noch nicht nachgedacht«, murmelte sie ausweichend. Allein bei dem Gedanken daran, dass sie außer den ersten drei Seiten noch kein weiteres Wort geschrieben hatte, wurde ihr schon wieder übel. Sie drückte sich in die äußerste Ecke und starrte aus dem Fenster, ohne wirklich etwas zu sehen, hoffte, dass die beiden von ihr ablassen würden. Aber sie wurde enttäuscht.

Dirk Konrad sah sie an. »Sind Sie eigentlich von Natur aus so ein Trauerkloß? Sie laufen ja ständig mit einem Gesicht herum wie drei Tage Regenwetter. Oder haben Sie zu tief in den Botoxtopf geguckt?« Er lachte vergnügt über seine eigene Anzüglichkeit.

Ohne sich anmerken zu lassen, dass sie ihn verstanden hatte, drehte sie ihm demonstrativ den Rücken zu.

»Halt den Mund«, zischte Marina Muro Dirk leise ins Ohr.

Dirk Konrad schwieg einen Moment. Dann grinste er. »Okay ... in welches Fettnäpfchen bin ich da gelatscht?« Schalkhaft zwinkerte er mit seinen blauen Augen.

»Der Film handelt vom Leben ihrer Eltern, wie du vermutlich weißt. Offenbar weißt du aber nicht, dass ihre Mutter Selbstmord verübt hat, weil Anitas Verlobter durch einen Fehler von ihr bei einer Segeltour über Bord gegangen und nie wieder aufgetaucht ist. Anita und er wollten zwei Wochen später heiraten.«

»Shit! Also mitten rein«, brach es aus Dirk heraus. Er presste die Lippen zusammen und betrachtete betreten seine staubigen Schuhspitzen.

»Richtig. Ihre Mutter hat über ein Jahr gebraucht, um zu sterben, und das ist erst wenige Monate her. Anita ist noch völlig traumatisiert. Also halt deine lose Klappe.«

»Woher weißt du das alles?«, fragte er mit gerunzelter Stirn.

»Wir haben uns unterhalten, ich habe sie dies und das gefragt, und so habe ich es mir zusammengereimt.«

Dirk Konrad hielt noch immer die Augen auf seine Füße gesenkt und fragte sich, warum es ihn störte, dass Anita ausgerechnet Marina Muro von ihrem Leben erzählt hatte. Für gewöhnlich war die Schauspielerin total ichbezogen und legte nur wenig Interesse für ihre Mitmenschen an den Tag. Außerdem machte Anita Carvalho auf ihn absolut nicht den Eindruck, dass sie jemandem, den sie kaum kannte, ihr Herz ausschütten würde. Er sagte der Muro das.

»Nach der Szene, in der ihr Vater ihrer Mutter zum Geburtstag, den sie am Ufer des Niger feiern, eine selbst gezeichnete Skizze vom Markttreiben am Fluss schenkt, habe ich Anita in Tränen aufgelöst vorgefunden. Du erinnerst dich vielleicht, dass dann eine Liebesszene zwischen den beiden folgt. Die Aufnahmen haben Anita offenbar derart aufgewühlt, dass ihr Schutzwall zusammengebrochen ist. Da hat sie es mir erzählt. Und ich erwarte von dir, dass du es für dich behältst, denn ich glaube, sie bereut es inzwischen, dass sie sich so weit geöffnet hat. Sie ist vom Typ her alles andere als ein Plappermäulchen.«

Er nickte abwesend. »Natürlich. Und was soll ich deiner Meinung jetzt tun?«

Die Schauspielerin verdrehte die Augen himmelwärts. »Wie dämlich kann man sein! Ist das bei Männern angeboren? Versuch's mal mit einer Entschuldigung, du Idiot.«

Anita hatte von dem geflüsterten Wortwechsel nichts mitbekommen. Als sie eine Berührung an ihrer Schulter spürte, wich sie unwillkürlich zurück und drehte sich gleichzeitig um. »Was wollen Sie?« Ihr Ton war kühl, ihr Blick, mit dem sie ihn bedachte, in hohem Maße abweisend. Ihre Schutzmauer gegen andere Leute.

Dirk Konrad, der sonst eher außerordentlich selbstsicher und so ziemlich jeder Situation gewachsen war, konnte nur hilflos stottern. »Sorry … tut mir leid … war … gefühllos von mir.«

»Stimmt«, sagte Anita knapp und wandte sich wieder von ihm ab.

Aber er gab nicht auf, probierte es mit einem treuherzigen Augenaufschlag. »Kommen Sie nachher zur Abschlussparty? Wir haben das ganze Hotel gemietet, und ich kann Ihnen garantieren, dass Hochstimmung herrschen wird. Es wird ein üppiges, sicher außerordentlich leckeres Buffet geben, jede Menge Getränke und gute Musik. Ich lade Sie auf einen Versöhnungschampagner ein. Also, wie ist es?« Er bedachte sie mit einem siegesgewissen Grinsen und legte ihr die Hand auf den Arm.

Anita zuckte zusammen, fühlte sich von ihm bedrängt. Sie schaute kurz über die Schulter. »Ich mache mir nichts aus Champagner.«

Betont widmete sie sich wieder der vorbeifliegenden Landschaft. Zu lange hatte sie sich in innerer Isolationshaft befunden, und bei ihrem jetzigen Seelenzustand war ihr nicht nach der schrillen Fröhlichkeit einer Party. Sie rieb sich die Stelle, auf der seine Hand gelegen hatte. Ihre seelische Haut war so dünn geworden, dass sie Berührungen kaum ertragen konnte. Auch physische nicht.

Der Kameramann schnitt eine verständnislose Grimasse, sah Marina Muro an, hob beide Hände in einer Geste der Kapitulation und ließ Anita danach in Ruhe.

Im Hotel angekommen, holte sich Anita einen Salat und Brot vom Buffet und schloss sich danach in ihrem Zimmer ein. Sie verschlief die Party, obwohl es dabei so laut zuging, dass die Gläser auf der Minibar klirrten.

3

Über tausend Kilometer weiter östlich, mitten im hitzeknisternden Busch von Zululand, lehnte Jill Rogge in der Tür ihres Geländewagens, das Gewehr über die Schulter gehängt, in der rechten Hand eine Flasche mit Wasser, aus der sie gelegentlich trank. Obwohl sie unter dem dichten Blätterdach eines Marulabaums geparkt hatte, schwitzte sie. Das kurzärmelige Hemd ihrer Kakiuniform hatte einen großen, dunklen Schweißfleck auf dem Rücken, und die Nässe lief ihr in den Kragen. Sie stellte die Wasserflasche auf der Motorhaube ab, beugte sich hinunter und krempelte ihre Hose bis zu den Knien auf. Ihr Hemd öffnete sie um zwei weitere Knöpfe und nahm ihren Buschhut ab. Flüchtig beneidete sie ihren Mann, der sein Haar immer auf zwei Millimeter schor. Sie lockerte ihres mit einer Hand auf und wedelte sich mit dem Hut Kühlung zu. Es würde ein höllenheißer Tag werden.

Die Luft vibrierte vom Schrillen der Zikaden, Palmwedel raschelten leise, hier und da schrie ein Vogel. Alle anderen Tiere schienen sich trotz der frühen Stunde bereits zum Hitzeschlaf in die Tiefe des Buschs zurückgezogen zu haben. Nur Dutzende von Schwalben schossen schweigend an ihr vorbei und schnappten sich die Fruchtfliegen, die – vom süßlich fruchtigen Duft angelockt – die heruntergefallenen gelben Marulafrüchte umschwärmten. Jill sah auf ihre Armbanduhr. Philani müsste gleich hier sein.

Der Standpunkt auf dem Parkplatz bot ihr den besten Überblick über die Gegend, und noch einmal ließ sie den Blick Meter für Meter über die Umgebung schweifen, aber wieder vergebens.

Nichts rührte sich, nicht einmal die Pavianfamilie, die seit Langem hier residierte, ließ sich blicken. Wieder regten sich in ihr Zweifel, ob sie nicht einer optischen Täuschung aufgesessen war. Sie starrte hinüber zu der Palme, unter der sie den Schatten gesehen hatte, ließ die kurze Szene als Film vor ihrem inneren Auge ablaufen, kam aber wieder zu keinem anderen Ergebnis. Da war etwas gewesen.

Motorengeräusch und das Knirschen von Reifen auf dem geröllübersäten Weg unterbrachen ihre Überlegungen. Sekunden später kam Philani im offenen Geländewagen über die Kuppe. Als er Jills ansichtig wurde, bremste er sacht neben ihr und sprang vom Fahrersitz. Sein Uniformhemd, das ebenfalls die aufgestickte Silhouette eines Nashorns und den Namenszug *INQABA* auf dem Ärmel trug, war offen, die Haut darunter glänzte wie geöltes Ebenholz. Mit blitzenden Zähnen grinste er unter seinem Schlapphut hervor. Es war leicht zu verstehen, warum die jungen Mädchen des Dorfes hinter ihm her waren. Und nicht nur die. Nicht nur einmal hatte Jill die Augen eines ihrer weiblichen Gäste mehr als wohlwollend auf ihm ruhen sehen.

»Was ist passiert?«, rief er.

Sie berichtete ihm mit knappen Worten, was sie glaubte gesehen zu haben. »Es war ein Kind oder zumindest ein kleiner Mensch, da bin ich mir sicher. Wir müssen die Gegend durchsuchen. Wer von unseren Rangern ist erreichbar?«

»Mark und Musa, alle anderen sind mit Touristen auf Safari.«

Musa war Philanis Bruder. Ihr Vater Dabulamanzi, Jills ehemaliger Gärtner, war vor einigen Jahren gestorben. Der Name Dabulamanzi bedeutete, dass sein Träger die Wellen des Wassers teilen konnte. Da er der Erste seines Stammes gewesen war, der Schwimmen gelernt hatte, hatte man ihm diesen Namen verliehen. Sein Schwimmstil war eigenartig gewesen. Die großen Hände wie Schaufelräder nutzend, mit den Beinen stampfend wie das Kolbengestänge einer Maschine, bewegte er sich durchs Wasser. Berührte Dabulamanzi mit diesen groben Händen jedoch eine leidende Pflanze, schien sie sich ihm zuzuwenden und von da an zu gedeihen. Er hatte das Gärtnern von Jills Großmutter gelernt, aber ohne sein außergewöhnliches Talent wäre er nie der begnadete Gärtner geworden, der mit ihr *Inqaba* in ein Paradies verwandelt hatte. Seine Söhne hatten seine Liebe zur Natur geerbt, allerdings hegten und pflegten sie die Tierwelt *Inqabas*.

»Okay, du rufst deinen Bruder und Mark an. Sie sollen so schnell wie möglich herkommen. Wir müssen dieses Kind finden.« Mit diesen Worten nahm sie das Funkgerät aus der Halterung und drückte eine Taste. »Jonas, bitte kommen.«

Sie kannte Jonas Dlamini, den Enkel von Nelly, ihrem ehemaligen Kindermädchen, seit er auf der Welt war. Als sie ihr Wildreservat aufbaute, war er ein arbeitsloser Bauingenieur auf Jobsuche gewesen, in einer Zeit, wo es keine Jobs gab. Schon gar nicht für Bauingenieure mit schwarzer Hautfarbe. Da sie ihm nur ein kleines Gehalt bezahlen konnte, war sie darauf vorbereitet gewesen, dass er, nachdem die Apartheidregierung zu existieren aufgehört hatte und Schwarze gleiche Rechte bekommen hatten – oft gleichere als Weiße, was ja nach der Geschichte ihrer Unterdrückung verständlich war –, aufgrund seiner Qualifikation bald eine gut bezahlte Stellung in seinem Fachbereich finden würde. Südafrika brauchte Millionen bezahlbare Häuser für die schwarze Bevölkerung. Er hätte sich eine goldene Nase verdienen können. Und ein dickes Bankkonto, einen Ferrari und ein großes Haus. Unter anderem. Aber er hatte sich nicht einmal darum bemüht, sondern war geblieben, und jeden Tag dankte sie der Vorsehung dafür, die ihn geschickt hatte. Ohne sein Organisationstalent, die Gewissenhaftigkeit, mit der er die Bücher in Ordnung hielt, sein hartnäckiges Verhandlungsgeschick mit Lieferanten und nicht zuletzt seinen Charme, der die Gäste bezauberte, würde *Inqaba* im Chaos versinken. Sie war eine leidenschaftliche Gastgeberin, betrachtete fast alle Besucher auf *Inqaba* als Freunde, kannte viele seit mehr als zehn Jahren, aber manchmal rutschte auch ihr das Gastgeberinnenlächeln aus dem Gesicht, und dann war Jonas zur Stelle und rettete die Situation.

Gerade als sie noch einen Ruf nach ihm aussenden wollte, meldete er sich. »Was ist, Jill? Ich habe gleich einen Termin beim Steuerberater und bin schon etwas spät dran.«

»Hast du Kira und Luca gesehen?« Sie stellte die Frage bewusst in einem beiläufigen Ton, aber ihr Herz hämmerte.

Für ein paar Sekunden war nur ein Knistern zu hören. »Nein, nicht seit dem Frühstück. Soll ich Duduzile fragen?«

Duduzile war ihr Kindermädchen, das besonders jetzt in den Schulferien mit ihren quirligen Kindern alle Hände voll zu tun hatte.

»Ja, bitte«, sagte sie erleichtert. Jonas hatte offenbar gemerkt, wie besorgt sie in Wirklichkeit war. Er besaß die seltene Gabe, hinter den Wortvorhang zu sehen, den Menschen benutzten, um ihre wahren Gefühle zu verbergen.

»Gut. Ich ruf gleich zurück.«

Jill ließ die Taste los, behielt das Funkgerät aber in der Hand und wandte sich an Philani. »Wir müssen im Umkreis von mindestens einem Kilometer suchen. Gott sei Dank fällt diese Filmcrew erst übermorgen auf *Inqaba* ein, und das wird einen fürchterlichen Aufruhr geben. Da kann ich keine anderen Komplikationen gebrauchen.« Sie verdrehte die Augen. »Chaos überall, wie wir ja vom letzten Filmdreh hier wissen. Nichts bleibt an seinem Platz, Kabel, wo man hintritt, biertrinkende Beleuchter in jeder Ecke, hysterische Schauspieler und vermutlich ein cholerischer Regisseur und ein hypernervöser Produzent. Morgen früh reisen praktisch alle anderen Gäste ab. Wir hätten zur Not also noch den ganzen morgigen Tag …«

Philani hob die Hand und unterbrach sie. »Ich habe Musa dran.« Er redete in schnellem Zulu auf seinen Bruder ein: »Yebo, manje – jetzt. Ngokushesha!« Er klappte das Gerät zusammen. »Sie kommen sofort.«

Unruhig schaute Jill auf das schweigende Funkgerät, in Gedanken ging sie den Weg ab, den Jonas zu ihrem Privathaus gehen musste, um Duduzile zu finden. Er würde nicht langsam gehen, sich nicht aufhalten lassen, und deswegen hätte er längst zurück sein müssen. In der Ferne jaulte eine Hyäne. Eine andere antwortete. Unwillkürlich überlief sie eine Gänsehaut.

Ein staubbedeckter Jeep raste über den abschüssigen Weg auf sie zu und hielt mit quietschenden Reifen. Philanis Bruder Musa und Mark Stewart sprangen heraus.

»Wo brennt's?«, rief Mark. Sein sonnengebleichtes Haar war windzerzaust, auf der Nase leuchtete ein beginnender Sonnenbrand. Er angelte seinen breitkrempigen Buschhut vom Rücksitz des Jeeps, setzte ihn auf und zog ihn tief ins Gesicht. »Verdammt heiß heute.«

»Ich habe jemand gesehen«, begann Jill und zeigte auf die Palmengruppe. »Dort. Nur ganz kurz, aber ich bin mir sicher, dass es ein Mensch war, möglicherweise sogar ein Kind.«

»Ein Kind – shit!«, platzte es aus Mark heraus.

»Präzise.« Jill presste die Lippen zusammen.

Der Ranger tastete die Umgebung schweigend mit Blicken ab. Seine jungenhaft offene Miene verdüsterte sich zusehends. »Es könnte nicht … ich meine, es sind Schulferien …«, sagte er leise, sah sie dabei aber nicht an.

Jill fiel ihm ins Wort. »Du meinst, ob es Kira gewesen sein könnte?« Sie biss sich auf die Unterlippe. Die Tatsache, dass ihr Ranger sofort diese Möglichkeit ins Auge gefasst hatte, ließ ihre Nervosität wie Fieber steigen. »Daran hab ich schon gedacht, natürlich … aber ich kann es mir nicht vorstellen …« Ihre Stimme rutschte weg. Sie hustete. »Jonas sucht sie bereits«, krächzte sie und hob das Funkgerät. »Jonas, bitte kommen.«

Angespannt lauschte sie. Aber es kam keine Antwort.

»Ich versuch's auf dem Handy«, sagte Mark leise. Sekunden später reichte er ihr das Telefon. »Ich hab ihn.«

Jill griff danach wie ein Ertrinkender nach einem Strohhalm. »Jonas, hast du sie?«

Es knisterte in der Leitung, und sie musste sich ein Ohr zuhalten, ehe sie ihn über die schlechte Verbindung verstand. »Ja, das heißt, nur Luca. Kira ist … Nun, Duduzile hat sie auch seit dem Frühstück nicht mehr gesehen. Nein, tut mir leid, Jill. Was ist eigentlich los?« Aber sein Ton verriet, dass er Schlimmes ahnte.

Stockend berichtete sie ihm von dem, was sie gesehen hatte. »Es war ein Kind, da gibt es für mich kaum einen Zweifel.«

»Und du meinst, das könnte Kira gewesen sein? Das glaube ich einfach nicht. Kira weiß genau, dass es erstens viel zu gefährlich ist, sich von der Lodge zu entfernen und allein ins Reservat zu laufen, und zweitens, dass es ihr strikt verboten ist. Vergiss nicht, sie ist ein Buschbaby, wie du es auch warst. Mach dir um sie keine Sorgen. Sicher wird sie bald von ganz allein wieder auftauchen.«

»Okay … auch wenn es mir verdammt schwerfällt.« Jill erinnerte sich mit einem Anflug von Panik, was sie als Kind hier alles angestellt hatte. Wovon ihre Eltern nie die geringste Ahnung gehabt hatten. Zu ihrer Kinderzeit hatten allerdings außer Nutztieren nur Affen, Antilopen und Schlangen auf der Farm gelebt, vielleicht ein paar Leoparden. Auf keinen Fall Löwen, Elefanten, Büffel und Nashörner.

»Bring bitte Luca zu Thabili oder Nelly, und schick Duduzile los, um Kira im Bereich ums Haupthaus herum zu suchen. Sie kennt doch Kiras kleine Verstecke. Fahr außerdem auf dem Weg zum Steuerberater bitte beim Farmarbeiterdorf vorbei. Manchmal treibt sie sich da herum, obwohl sie das eigentlich auch nicht darf.«

»Mach ich. Ich melde mich, bevor ich *Inqaba* verlasse. Viel Glück. Over and out.« Das Handy verstummte.

Jill gab Mark das Telefon zurück. »Okay, wir machen uns jetzt auf die Suche. Wir gehen zu zweit, jeder nimmt sein Gewehr mit. Musa und Mark, ihr nehmt euch dieses Gebiet vor.« Mit der Hand beschrieb sie einen weiten Kreis, der das ansteigende Gebiet rechts des Wegs umfasste. »Philani und ich suchen die Umgebung des Ufers ab.«

Für eine Sekunde schloss sie die Augen und schickte ein Stoßgebet zum Himmel, obwohl sie sich im Laufe ihres Lebens weit von ihrer Religion entfernt hatte. Dann reckte sie den Arm hoch. »Hambani! Geht los!«

Mark und Musa schwärmten schweigend aus. Jill und Philani kletterten über Geröll und Gestrüpp hinunter zur Uferzone. Im Abstand von zehn Metern bewegten sie sich nach einem strengen Gittermuster über den Abhang hinunter zum Fluss. Hinter jeden Felsen schauten sie, stocherten in dunklen Nischen unter Gesteinsformationen herum, räumten mannshohes Gestrüpp unter den Palmen weg und waren dabei immer auf der Hut vor Schlangen. Um diese Jahreszeit waren sie besonders zahlreich und besonders aktiv. Und besonders giftig.

Am Ufer angekommen, suchten sie den Schlick nach Fußspuren ab, fanden aber außer den Hufspuren eines Flusspferds und langzehigen Krallenabdrücken von Reihern nichts, selbst mitten im versumpften Flussbett nicht, kehrten um und marschierten im gleichen Abstand wieder den Abhang zur Straße hoch.

Nachdem sie schon über eine Stunde lang unterwegs waren und Jill der Schweiß in Strömen den Nacken hinunterlief, blieb Philani auf einmal wie angewurzelt stehen. Er kratzte sich am Kopf, schob dabei seinen Hut fast bis über die Nase, räusperte sich und murmelte etwas, was Jill nicht verstand.

Ungeduldig beobachtete sie ihn, wusste sofort, dass irgendetwas nicht in Ordnung war. Er stand da wie das personifizierte schlechte Gewissen. »Was ist, raus mit der Sprache!«, blaffte sie ihn gröber an, als sie eigentlich beabsichtigte. Ihre Nerven lagen blank.

Philani schüttelte den Kopf, kratzte sich wieder und wich ihrem Blick aus.

Fast hätte sie mit den Zähnen geknirscht. »Philani, ich habe keine Zeit für derartige Mätzchen!« Sie musste sich beherrschen, ihn nicht anzuschreien und zu schütteln.

Der Zulu hatte seinen Hut abgenommen und drehte ihn in der Hand. Dabei verfolgte er den Weg eines Pillendrehers, der seine Mistkugel über den Pfad rollte. »Sie hat jemand gesehen …« Er hustete verlegen.

»Du hast etwas gesehen? Was?« In ihrer Stimme kämpfte aufkeimende Hoffnung mit glühender Ungeduld.

»Äh, nein … ich meine, ich nicht, aber Niyona glaubt, dass sie gestern ein Kind gesehen hat …« Er betrachtete konzentriert seine staubverkrusteten Schuhe.

Jetzt packte Jill ihn doch am Arm und schüttelte ihn heftig. »Sie hat was?«, schrie sie.

»Ein Kind gesehen, glaubt sie zumindest.«

Sie ließ ihn los und stemmte die Arme in die Hüften. Ihre blauen Augen funkelten gefährlich. »Und warum hast du mir nichts davon gesagt? Spätestens vorhin?«

Philanis Blick klebte an seinen Schuhen. Er zuckte seine beeindruckenden Schultern, kratzte sich erneut am Kopf und schwieg beredt.

»Du hast es ihr nicht geglaubt, oder? Du hast einfach nicht zugehört. Weil sie eine Frau ist?« Die Antwort konnte Jill in seinem Gesicht lesen, und die machte sie noch wütender, obwohl sie wusste, dass seine Haltung tief in seiner Kultur verwurzelt war. »Wie lange bist du schon Ranger bei mir? Du weißt, dass du alles, auch die unbedeutendste Kleinigkeit melden musst.« Sie beherrschte sich nur mühsam. »Hat deine Frau gesagt, wo genau sie das … jemand gesehen hat?«

»Bei der großen Felswand«, flüsterte Philani und stülpte sich seinen Hut wieder auf. Seine Augen flackerten über die Umgebung. Er schwitzte heftig.

Jill schwang ihr Gewehr, zeigte wortlos hinunter zur Furt und marschierte los. Der große Zulu folgte ihr mit betretenem Gesichtsausdruck und hängenden Ohren. Vor der niedrigen Brücke, die über die schmale Stelle des Flusslaufs führte, blieb sie stehen.

»Geh runter, und schau unter der Brücke nach. Aber gründlich, hörst du! Ich will, dass du jeden Stein umdrehst.«

»Yebo, Mama«, antwortete er zackig und sprang ins schlammige Flussbett.

Jills Miene blieb trotz dieser respektvollen Anrede grimmig. Glühender Zorn und gleichzeitig die Angst, dass da wirklich ein Kind auf *Inqaba* herumlief, schnürten ihr die Kehle ab. Während ihr Ranger gehorsam unter die Brücke tauchte, arbeitete sich ihr Blick das gegenüberliegende Ufer hoch. Natürlich konnte sie aus dieser Entfernung nichts entdecken. Das Ried am Flussbettrand war viel zu dicht, als dass sich ein Elefant dort verstecken konnte, ohne dass sie ihn bemerkte. Für eine Weile beobachtete sie die Halme, suchte nach einer Bewegung, die heftiger oder anders war als von einem Windstoß hervorgerufen, die ihr sagen würde, dass da ein Lebewesen den Flussrand entlangwanderte. Aber das grüne Meer wogte ungestört, neigte sich unter der sanften Brise und richtete sich wieder auf. Unablässig. Da war nichts. Kein Tier, kein Mensch. Frustriert beugte sie sich über den Brückenrand.

»Philani, kannst du etwas entdecken?« Sie würde dem Zulu gehörig die Leviten lesen, wenn dieser Albtraum hier vorüber war, jetzt aber brauchte sie ihn und wollte ihm nicht noch weiter zusetzen und damit riskieren, dass er deswegen Fehler machte.

Philani kam auf der anderen Seite aus dem Brückenschatten hervorgekrochen. Seine Uniform und seine Schuhe waren mit Schlamm verschmiert, in seinem kurz geschnittenen Kraushaar klebten Lehm und Spinnweben. »Nichts«, sagte er. »Aber da ist jemand gewesen.« Er probierte ein vorsichtiges Lächeln.

»Was? Tatsächlich?« Aufgeregt nahm Jill ihr Gewehr von der Schulter, sprang hinunter in den Morast und stapfte zum Brückenbogen. »Zeig mir, wo.«

»Hier.« Er deutete auf einen zur Hälfte von überhängenden Zweigen verdeckten Felsvorsprung neben dem Betonsockel der Brücke, beugte sich vor und schob das Gestrüpp ungeachtet der hässlichen Dornen beiseite. Eine Aushöhlung wurde sichtbar, etwa eineinhalb Meter hoch und zwei Meter breit.

Jill spähte hinein. Asche und ein paar verkohlte Äste markierten eine Feuerstelle, daneben lag ein zerbeulter Henkeltopf. »Volltreffer!«, murmelte sie. Dann fiel ihr etwas ein. »Kriech noch einmal hinein, und sieh zu, ob du herausbekommen kannst, ob das hier das Versteck eines Kindes oder eines Erwachsenen ist«, befahl sie ihrem Ranger. »Fußabdrücke und so.« Mit dem Gewehrlauf hob sie das Dornengestrüpp beiseite, und Philani kroch gehorsam noch einmal in die Höhle. Er war so groß, dass er sie fast ausfüllte, konnte sich kaum darin bewegen und nur schwer Luft bekommen. Aber er protestierte nicht.

»Ich sehe Fußabdrücke«, ächzte er. »Ziemlich kleine … von nackten Füßen …«

Jills Herzschlag dröhnte ihr in den Ohren. Offenbar waren sie tatsächlich auf das Lager dieses mysteriösen Kindes gestoßen. »Komm raus, ich rufe Jonas an. Er soll noch ein paar Leute herschicken.« Als er herausgekrochen war, ließ sie die Zweige zurückfallen und zog ihr Funkgerät heraus.

Gerade als sie die Sprechtaste drücken wollte, drang plötzlich ein merkwürdiger Laut an ihre Ohren. Sie nahm den Finger von der Taste, legte einen Finger auf die Lippen und bedeutete Philani, sich nicht zu rühren. Angestrengt lauschten beide in den

Busch. Nach ein paar Sekunden hörte sie es wieder, dieses Mal deutlicher.

Jemand lachte, ein hohes, keckerndes Spottgelächter.

»Hörst du es?«, hauchte sie, und der Ranger nickte. »Ein Vogel?« Jill sah ihn fragend an.

Bevor Philani antworten konnte, fuhr ein leichter Windstoß in die Höhle. Ein Schwall Gestank traf sie. Saftiger Aasgeruch von verwesendem Fleisch vermischt mit Rauch und Moder. Ihr wurde erst schlecht, dann sträubten sich ihr die Haare.

»Lena«, flüsterte sie. »Die alte Lena. Herrgott, ich hatte gehofft, sie wäre gestorben oder zumindest längst weitergezogen und würde jemand anderes heimsuchen.«

Philani schüttelte den Kopf. »Man hat sie gesehen«, sagte er nur und rollte wie ein erschrockenes Tier mit den Augen.

»Also treibt die alte Hexe hier wieder ihr Unwesen.«

Lena Kunene. Kräuterheilerin. Sangoma. Hexe. Ein verrücktes Wesen mit irrlichternden schwarzen Augen, deren Haut eingetrocknet und faltig war wie die einer Dörrpflaume. Man sprach nur im Flüsterton von ihr, die wildesten Gerüchte zogen wie Rauch durch die Ritzen der Hütten, waberten bis in die teuren Häuser der neureichen Zulus in Durban. Ihre Stammesgenossen – einerlei, ob sie einfache Landarbeiter waren oder studiert hatten – begegneten der Alten samt und sonders mit großer Scheu. Manche glaubten sogar, sie existiere gar nicht, sie sei nur ein Schatten, eine ruhelose Untote mit übersinnlichen Kräften, die in Vollmondnächten Zaubermedizin zusammenbraue, mit der sie sich die Menschen gefügig mache. Lena schürte diese Legenden, indem sie immer wie aus dem Nichts auftauchte und ebenso plötzlich wieder verschwand, als wäre sie nur eine Sinnestäuschung. Manche schworen sogar, dass man mit den Händen durch sie hindurchfahren könne, dass sie keinen irdischen Körper habe.

Alles kompletter Unsinn, wie Jill genau wusste. Die Alte war durchaus menschlich. Oft genug waren sie aufeinandergetroffen, sie und diese winzige, mumienhafte Zulu, von der niemand wusste, wie alt sie wirklich war. Schon als sie der Hexe als Kind das erste Mal über den Weg gelaufen war, war sie ihr uralt erschienen. Jill überfiel auch heute noch eine leichte Beklemmung, wenn sie daran zurückdachte.

Bei Sonnenaufgang war sie wie jeden Tag auf *Inqaba* herumgestrolcht, hatte Vögel beobachtet, Marulafrüchte vom Baum geschüttelt und den Affen zugesehen, wie sie aus dem Garten ihrer Mutter Guaven klauten, als wie aus dem Boden gewachsen eine Kreatur vor ihr erschienen war. Ein Affenkopf starrte sie mit teuflisch schillernden, grünen Augen an, um den dürren Hals wand sich eine grüne Schlange, die den eigenen Schwanz auffraß, ganze Lagen Felle hingen an dem Wesen herab bis auf die Erde. Zu Tode erschrocken, war Jill wie gelähmt gewesen, hatte nicht reden können, nicht weglaufen, nicht nach ihrer Mutter rufen.

Erst als die Kreatur die Hände zusammenschlug, den Mund öffnete, mehrere gelbe Zahnruinen entblößte und ein gackerndes Geräusch ausstieß, das auf unheimliche Art dem Gelächter einer Hyäne ähnelte, war dem kleinen Mädchen, das sie damals war, aufgegangen, dass sie einen Menschen vor sich hatte, dass der Affenkopf nicht einem lebendigen Tier gehörte, dass es grüne Schmeißfliegen waren, die, von irgendetwas angezogen, den Augen diese albtraumhafte Lebendigkeit verliehen, und dass die Schlange ausgestopft war. Später sollte sie erfahren, dass die alte Lena die Augenhöhlen des Affenschädels mit Tierblut bestrichen hatte, um die Fliegen anzulocken.

Derartige Tricks hatte die Alte noch heute drauf, und ein paar neue dazu. Seit Jill *Inqaba* übernommen und es in eine Gästefarm umgewandelt hatte, führte die Sangoma einen Kleinkrieg gegen sie, beharrte darauf, dass sie nur an Plätzen, über die noch nie der Schatten eines anderen Menschen gefallen sei, ihre Kräuter sammeln könne. Nur da würden sie ihre volle Wirkung entfalten. Nun waren Farmarbeiter schon immer kreuz und quer über *Inqabas* Areal gelaufen. Heute taten es die Ranger und bewaffnete Wachen, die nach Wilderern Ausschau halten mussten, und ohne Zweifel trampelten diese auch hier und da über die Stellen, wo die Kräuter wuchsen. Es gab in Zululand wohl keinen Quadratmeter mehr, auf den nicht schon der Schatten eines Menschen gefallen war. Aber so war es nun eben. Ändern konnte und wollte sie daran nichts. Trotzdem hatte sie ihre Leute angewiesen, darauf Rücksicht zu nehmen und nicht ohne Grund über ein jungfräulich wirkendes Stück Land auf der Farm zu laufen, obwohl es das genau genommen wohl nicht war. Schon seit Jahrhunderten nicht mehr.

Die alte Lena wehrte sich auf ihre Weise. Sie tauchte wie aus dem Nichts vor *Inqabas* Gästen auf und erschreckte sie mit ihrem Aufzug, dem widerlichen Gestank, dem irren Gelächter fast zu Tode. Aber da hatte sich die Sangoma verrechnet. Kaum jemand ließ sich vergraulen. Im Gegenteil. Besonders nicht die ausländischen Gäste. Nach dem ersten Schreck zeigten sich die meisten von der Sangoma begeistert und zückten die allzeit bereiten Kameras, worauf die Zulu unter empörtem Gegacker in den Busch rannte. Allerdings war Jill auch zu Ohren gekommen, dass Lena neuerdings bei den Touristen kräftig für die Fotos abkassierte.

Jill kraxelte das abschüssige Ufer zur Brücke hoch. »Ich dreh der alten Hexe den Hals um, wenn ich sie erwische!«, sagte sie mit Inbrunst. »Eigenhändig und schön langsam. Komm, wir fahren zurück.« Im Gehen hob sie das Funkgerät an den Mund. »Jonas, bitte kommen.«

Es knisterte, und gleich darauf ertönte Jonas' tiefe Stimme. »Jill. Ich hätte dich auch gleich angefunkt. Wir haben Kira noch nicht gefunden. Sie ist wie vom Erdboden verschluckt.«

Jill griff blindlings nach Philani und hielt sich an ihm fest. »Ich komme«, keuchte sie. »Over and out.«

Sie rannte los, stolperte über Geröll, trat in Löcher, knickte um, fiel hin, rappelte sich auf und rannte weiter, erreichte endlich das Auto und riss die Tür auf.

»Philani, sag den anderen, sie sollen abbrechen und zum Haus kommen«, rief sie und ließ den Motor aufheulen. »Masinya. Sofort!« Die Reifen rutschten auf dem Geröll, der Wagen schleuderte, sie fing ihn ab und brauste davon.

Im Rückspiegel sah sie Philanis besorgtes Gesicht. Sie fuhr viel zu schnell für ein Wildreservat, wo hinter jeder Biegung ein Nashorn oder ein Elefant den Weg versperren konnte, darüber war sie sich im Klaren. Und auch dass bei einem derartigen Zusammenprall meist Fahrzeug und Fahrer den Kürzeren zogen. Es hatte schon Tote gegeben. Aber heute war ihr das egal. Kira war verschwunden. Sie trat aufs Gas, und Philani verschwand in einer Staubwolke.

Sie hatte Glück. Ohne Unfall erreichte sie *Inqabas* Parkplatz, bremste rutschend, sprang aus dem Auto und rannte wie gehetzt durch den grün schimmernden Blättertunnel über den gepflasterten Weg hinauf zum Haus.

Es war Mittagszeit. Jonas, das sah sie sofort, saß nicht in der Rezeption, und ein Blick um die Hausecke zur Restaurantveranda zeigte ihr, dass die meisten Tische besetzt waren. Einige Gäste hatten sie bereits erspäht und winkten ihr zu. Sie setzte ein routiniertes Lächeln auf, grüßte in die Runde und signalisierte dann Thabili, ihrer Restaurant-Managerin. Die dralle Zulu, adrett in weißer Bluse mit weinroter Weste und gleichfarbigem Rock, schlängelte sich eilig zwischen den Tischen durch. Schon von Weitem war die Sorge auf ihrem runden Gesicht deutlich. Sie schüttelte leicht den Kopf.

Jill traf es im Magen. Also war Kira noch nicht gefunden worden. »Wo ist Luca?«, fragte sie, ihr Ton rau vor Angst.

»Ich habe Nelly gebeten, im Haus auf ihn aufzupassen. Diese Duduzile ist völlig nutzlos.« Thabili schnalzte verächtlich mit der Zunge. »Duduzile! Welch ein dummer Name für eine Zulu. Sie ist rumgerannt und hat gejammert und die Gäste erschreckt.«

»Und Kira?«, zwang sich Jill zu fragen, obwohl sie wusste, wie die Antwort lauten würde.

Thabili sah sie traurig an. »Wir haben überall nach *itshitshi yethu* gesucht. Jeder hier. Es tut mir leid.«

Jill ertrug diesen Schlag mit unbewegter Miene. In Panik zu geraten war ein Luxus, den sie sich ausgerechnet jetzt nicht erlauben konnte. Sie brauchte einen klaren Kopf. »Danke, Thabili«, sagte sie, drehte sich auf den Absätzen ihrer Buschstiefel um und lief zur Rezeption. Vielleicht war Jonas mittlerweile wieder anwesend.

Er saß an seinem Arbeitsplatz hinter dem Tresen, hatte die Brille auf die Nasenspitze geschoben und sprach ins Funkgerät, während er mit der linken Hand seinen Computer bediente. Er warf ihr einen kurzen Blick zu.

»Einen Moment«, las sie ihm von den Lippen ab und nickte, dass sie verstanden hatte. Gleichzeitig stemmte sie sich gegen die heranrollende Angstwelle, bemühte sie sich, ihr rasendes Herz zu beruhigen.

»Okay, sofort, hier auf dem Parkplatz«, sagte Jonas ins Funkgerät, dann legte er es auf den Schreibtisch und stand auf. »Ich habe alle zusammengetrommelt, die verfügbar sind. Wir versammeln uns innerhalb von fünfzehn Minuten unten auf dem Parkplatz.«

»Danke, mein lieber Freund«, wisperte sie und berührte kurz seine Hand. »Wer begleitet heute Nachmittag die Touristen auf der Nachmittags- und Abendsafari?«

»Jenny und Phumile.«

»Gut.« Beide Frauen waren sehr fähige Ranger. Absolut vertrauenswürdig. »Sag ihnen, sie sollen die Augen offen halten!«

»Das tun sie ohnehin. Jeder hier liebt Kira. Außerdem habe ich die Buschtrommel aktiviert und die Nachricht in alle umliegenden Dörfer geschickt.«

»Haben die nicht alle Mobiltelefone?«

»Nicht alle, und zu denen habe ich jemand aus meiner Familie geschickt.«

Ein schwaches Lächeln huschte über ihre Züge. Jonas' Familie bildete ein Wurzelwerk, das in die hintersten Ecken von Zululand und weit darüber hinaus in den Rest dieses riesigen Landes reichte. Jeder, der dazugehörte, hatte Freunde, die wiederum Freunde und Verwandte hatten. Das Netz, das nach Kira ausgeworfen worden war, war so dicht, dass kaum eine Maus durch die Maschen würde schlüpfen können. »Danke«, flüsterte sie.

Jonas nahm die Brille ab. »Hast du Nils angerufen?«

Sie schüttelte den Kopf. »Sein Flug geht in wenigen Stunden von Frankfurt aus. Von dort aus kann er nichts ausrichten. Wenn ich ihn vor dem Abflug anrufe, dreht er durch. Du kennst ihn doch, wenn es um seine Kinder geht. Ich schicke ihm eine SMS, die er sofort bekommt, wenn er sein Handy in Johannesburg wieder anschaltet. Das ist noch früh genug. Vielleicht haben wir Kira bis dahin auch gefunden. Auf alle Fälle werde ich Himmel und Hölle in Bewegung setzen, um ihm auf einem früheren Flug von Jo'burg nach Durban einen Platz reservieren zu lassen. Ich gehe jetzt hinunter zum Parkplatz.«

Während sie durch den Blättertunnel zum Treffpunkt ihrer Ranger hastete, holte sie ihr Telefon und den Zettel mit den Kontaktadressen und Flugdaten ihres Mannes, den sie immer bei sich trug, solange er im Ausland war, aus der Brusttasche ihrer Uniform und wählte die Nummer der Fluglinie. Nach einigem Hin und Her gelang es ihr, zum Stationsleiter der SAA am Oliver-Tambo-Flughafen durchgestellt zu werden, einem alten Freund aus ihrer Schulzeit. Sie schilderte ihm das Problem.

»Das ist ein Notfall, natürlich«, sagte er. Sie hörte Computertasten klicken, und kurz darauf verkündete er, dass Nils jetzt auf die frühere Maschine gebucht sei. Mit einem Seufzer der Erleichterung verabschiedete sie sich rasch. Wer seinen Platz für ihn hatte hergeben müssen – unfreiwillig –, wollte sie gar nicht wissen.

Auf dem Parkplatz waren inzwischen fast alle Safariwagen *Inqabas* geparkt, und eine große Gruppe aufgeregt miteinander diskutierender Männer hatte sich davor versammelt. Darunter auch die Ranger, die schon zuvor mit ihr die Gegend um die Felswand herum abgesucht und eigentlich jetzt Mittagspause hatten, und fast alle männlichen Angestellten, die auf *Inqaba* lebten. Neben Ziko stand der neue Ranger namens Africa, den sie erst ein paar Tage zuvor eingestellt hatte. Vorher hatte er in einem anderen privaten Wildreservat gearbeitet, und sie war mit seinen Referenzen zufrieden. Er war muskulös und ein paar Zentimeter größer als Ziko, aber ohne ein Gramm Fett auf den Knochen, wogegen Zikos kräftige Gestalt mit einer gleichmäßigen Fettschicht gepolstert war.

Jill kletterte auf den Findling, der den Eingang zum Weg markierte, um eine bessere Übersicht zu haben und von allen gesehen zu werden, und zählte die Anwesenden durch. Dankbar stellte sie fest, dass 26 buscherfahrene Männer vor ihr bereitstanden. Alle trugen ihr Gewehr geschultert. Mit kurzen Worten stellte sie Africa seinen neuen Kollegen vor und hieß ihn willkommen. Dann kam sie zur Sache.

»Danke, dass ihr so schnell gekommen seid«, begann sie. »Vielleicht habt ihr es schon gehört: Kira wird vermisst.« Ein vielstimmiger Aufschrei bezeugte ihr, wie sehr alle Kira mochten. Sie hob die Hand, worauf alle verstummten. »Wir haben sie überall dort gesucht, wo sie sich für gewöhnlich aufhält, aber keine Spur gefunden. Die einzige Möglichkeit ist …« Sie musste schlucken, ehe sie weitersprechen konnte. »Die einzige Möglichkeit ist, dass sie ins Gelände gelaufen ist. Seit neun Uhr ist sie von niemand mehr gesehen worden. Jetzt ist es halb eins. Wir können davon ausgehen, dass sie sicherlich nicht weiter als ein paar Hundert Meter gekommen ist. Wir liegen auf einer Hügelkuppe, rundherum fällt das Land ab und ist von dichtem Busch bedeckt …«

Mark hob eine Hand. »Es sei denn, sie ist erst die Straße längs gelaufen und hat sich versteckt, wenn sie einen unserer Wagen gehört hat. Warum auch immer.«

Jill wurde blass. Daran hatte sie bisher noch nicht gedacht. Sie schluckte wieder. »Das hoffe ich zwar nicht, aber …« Sie verstummte, während sie innerlich in kopflose Panik zu geraten drohte. Vielleicht hatte jemand ihre Tochter entführt? Oder sie hatte sich im Busch verletzt, sich das Bein gebrochen, war bewusstlos …

Mit aller Gewalt riss sie sich zusammen und wandte sich wieder an die Männer. »Okay, Mark, du und Ziko, ihr fahrt zusammen die Straßen ab. Haltet immer wieder an, und ruft nach ihr. Hupt, ausnahmsweise mal, und meldet euch in regelmäßigen Abständen bei mir.«

»Yebo, Mama«, schnarrte Ziko und rückte den Gürtel über seinem Bauch zurecht. Mark hob bestätigend den Daumen. Dann rannten die Ranger zum Wagen, was zeigte, welche Sorgen auch sie sich machten. Sonst bevorzugten sie in der Hitze bedächtigere Bewegungen.

»Wartet, nehmt Wasser und etwas zu essen mit!« Thabilis Stimme.

Jill wandte sich um. Thabili tauchte im Laufschritt aus dem sonnengesprenkelten Grün des Blättertunnels auf, gefolgt von vier Serviererinnen in dottergelben Uniformen, die zwei Kisten mit Wasserflaschen und Stapel von Lunchpaketen trugen. Auf Thabilis Geheiß verteilten sie alles unter den Rangern. Jeder bekam eine Flasche Wasser und ein Lunchpaket.

Dankbar nahm Jill den Proviant entgegen. »Danke, Thabili. Daran habe ich in der Aufregung nicht gedacht. Du bist ein Engel.«

»Eh«, bemerkte Thabili stirnrunzelnd. »Schwarze Engel habe

ich noch nicht gesehen. In den Büchern sind sie immer rosa.« Sie lächelte. »Ihr werdet sie finden, Jill, ich weiß es, ich habe mit meinen Ahnen geredet.« Sie berührte Jills Arm. »Sie werden über unsere Kleine wachen«, setzte sie leise auf Zulu hinzu.

»Ngiyabonga kakhulu«, antwortete Jill rau. »Ich danke dir sehr.« Dann vergewisserte sie sich, dass genügend Funkgeräte vorhanden waren, teilte die verbliebenen Männer in Gruppen ein und hob anschließend die Hand. »Philani und ich fahren zusammen – hambani!«, befahl sie.

»Yebo«, murmelten die Männer im Chor und wandten sich ab.

Jill wollte sich schon in Bewegung setzen, da fiel ihr etwas ein. Sie blieb abrupt stehen. »Himmel, ich habe Luca noch gar nicht gefragt, ob er vielleicht gesehen hat, wohin Kira gegangen ist. Wartet hier – Mark und Ziko auch –, ich bin gleich wieder zurück …« Mit ausgreifenden Schritten eilte sie durch den Blättertunnel. »Vielleicht wissen wir dann genauer, wo wir zu suchen haben.«

Vor dem Restaurant bog sie nach rechts zu ihrem Privathaus ab, rannte den Weg entlang, die Stufen hoch und über die Terrasse, die die gesamte Breite des Hauses einnahm. Sonnenflecken tanzten über rosa Bougainvilleakaskaden, von den schneeweißen Blütensternen der Amatunguluhecke unterhalb der Veranda schlug ihr intensiver Jasminduft entgegen. Auf dem tief heruntergezogenen Rieddach turnten zwei goldgelbe Webervögel und mühten sich, Halme herauszuziehen, um ihre tropfenförmigen Nester weben zu können.

Für gewöhnlich wäre sie jetzt stehen geblieben, hätte den Vögeln zugesehen, hätte die Schönheit ihres Anwesens genossen, aber heute war sie blind für dieses Paradies. Ihre Schritte hallten wie Axtschläge auf den Holzbohlen der Terrasse. Die hohe Glastür, die in den Raum führte, den ihre Familie seit Generationen das Geschichtenzimmer nannte, stand weit offen. Hohe Bücherregale bedeckten die Wände, die Luft war mit dem süßen

Honigduft des gewachsten Holzbodens und dem dumpfen Geruch von alten Ledereinbänden geschwängert, Staub tanzte wie Goldflitter in den einfallenden Sonnenstrahlen. Es war ein wunderschönes Zimmer, eines, das für Jill seit ihrer Kindheit eine Zuflucht war. Jetzt aber hetzte sie hindurch und riss die Tür zum Gang auf.

»Nelly, Luca, wo seid ihr?«

»In der Küche, Mami!« Lucas helle Stimme kam aus der Tiefe des Hauses. Sekunden später folgte das leise Klatschen seiner nackten Füße auf dem Fliesenboden. In vollem Lauf kam er aus dem Anbau, in dem schon Jills Ururgroßmutter Catherine ihre Küche gehabt hatte, um die Ecke gefegt und warf sich ihr in die Arme. Nellys schwerfällige Tritte folgten ihm.

»Luca, mein Kleiner!« Jill fing ihren Sohn auf und drückte ihn so fest, dass er empört quietschte. Er stemmte sich gegen ihre Brust, um sich aus ihrem Griff zu winden. Sie lockerte ihn, behielt Luca aber auf dem Arm und hob sein Kinn, dass sie ihm in die Augen sehen konnte. Zärtlich strich sie ihm die hellblonde Tolle aus dem Gesicht.

»Luca, Schatz, ich suche Kira. Weißt du, wo sie ist?« Sie hielt den Atem an, während sie auf seine Antwort wartete.

»Klar«, sagte Luca und grinste mit seiner neuen Zahnlücke links vorn.

Jills Herzschlag geriet ins Stolpern. »Wunderbar. Und wo ist sie, Liebling?«

»Sie holt ihren blöden Gockel. Jemand hat ihn geklaut.«

»Was?« Jill starrte ihn völlig perplex an. Bei dem Gockel handelte es sich um ein klägliches männliches Exemplar der Gattung Huhn mit dem Namen Jetlag, den er sich eingehandelt hatte, weil er meist mitten in der Nacht krähte. Kira hatte ihn irgendwo aufgegabelt und liebte ihn abgöttisch, obwohl er nichts Hübsches an sich hatte. Eine kahle Stelle zog sich um seinen mageren Hals, das Federkleid war struppig, und von dem wohl einstmals stolzen Schwanz hingen nur noch zwei mattgrüne Federn herunter. Der Kamm, den er sich bei einem früheren Kampf eingerissen hatte, hing ihm verwegen über ein Auge. Sein Anblick hatte Jill veranlasst, spontan vorzuschlagen, ihn als Suppenhuhn zu kochen. Kira hatte sie tagelang mit wütender Nichtachtung gestraft.

Wer um alles in der Welt würde so ein jämmerliches Tier stehlen wollen?

»Luca, wer hat Jetlag geklaut?« Forschend sah sie ihren Sohn an, aber als der herumdruckste, setzte sie ihn ab, nahm ihn bei der Hand und führte ihn hinaus auf die Veranda. Vielleicht würde ihm da einfallen, in welche Richtung seine Schwester gelaufen war.

Luca sah sich vage um und zuckte mit den Schultern. »Weiß ich nicht. Irgendjemand.«

Die gewichtige Gestalt Nellys erschien in der Tür. Luca entdeckte sie sofort. Aufgeregt strampelnd versuchte er, sich von seiner Mutter zu lösen. »Ich hab Hunger, und Nelly hat mir Pfannkuchen mit Blaubeeren gemacht, und der wird jetzt in der Küche kalt«, protestierte er und zog eine niedliche Schippe und blinzelte sie dabei an.

Aber dieses eine Mal ließ sich seine Mutter nicht von ihm einwickeln. »Luca, es ist sehr wichtig, dass du genau darüber nachdenkst. Wohin ist Kira gegangen? Bitte, mein Liebling, gib dir Mühe. Es könnte sein, dass deine Schwester in Gefahr ist.«

Sie saß wie auf Kohlen, während die Sekunden verrannen. Luca runzelte nur angestrengt die Stirn, bohrte einmal kurz in der Nase und steckte anschließend den Daumen in den Mund. Antworten tat er nicht.

Nelly humpelte heran. »Luca, du sollst nicht am Daumen lutschen. Große Jungs tun das nicht.« Ihr Atem ging pfeifend, ein sicheres Zeichen, dass sie sehr aufgeregt war, weil ihr Asthma dann deutlich schlimmer wurde. »Habt ihr *itshitshi lami*, mein kleines Mädchen, gefunden, Jilly?«, ächzte sie und wischte sich mit dem Handrücken den Schweiß vom Gesicht.

Jill schüttelte den Kopf. »Nein, noch nicht. Aber es sind alle Männer von *Inqaba* unterwegs und suchen sie. Ich … ich erwarte jede Sekunde den Funkspruch, dass man sie gefunden hat …« Sie brach ab, weil sie selbst hörte, wie läppisch das klang.

Nelly nickte und humpelte hinüber zum Geländer, verschränkte die Arme unter ihrer gewaltigen Brust und bohrte ihren Blick ins sonnengefleckte Grün, als könnte sie auf diese Weise Kira herbeizaubern. Ihre runden Schultern hoben und senkten sich heftig.

Jill ließ ihren zappelnden Sohn aus den Armen auf den Boden gleiten, ging vor ihm in die Hocke und legte beide Hände um sein Gesicht. »Mein Schatz, das ist jetzt sehr, sehr wichtig. Hast du gesehen, wo Kira hingelaufen ist? Bitte denk nach, tu es für deine Schwester.«

Lucas starrte an ihr vorbei ins Leere, zog eine Schnute und bewegte dann nachdenklich die Schultern. Seine kleine, rosa Zunge erschien, wanderte über die Lippen und schlüpfte wieder zurück. »Nö«, sagte er und bedachte sie mit jenem Blick, der sie sonst sofort dahinschmelzen ließ. Schräg von unten und so himmelblau wie der seines Vaters. »Bist du jetzt böse?«

»Nein, Liebling, natürlich nicht.« Sie drückte ihn an sich, damit er nicht merkte, wie verzweifelt sie in Wirklichkeit war. »Aber wenn dir noch etwas einfällt, musst du es mir sofort sagen. Nelly kann mich dann anrufen, okay?«

»Okay, Mami. Kann ich jetzt meinen Pfannkuchen essen?«

Jill nickte niedergeschlagen, und der Kleine wirbelte unbekümmert davon.

Nelly drehte sich um. Ihre kohlschwarzen Augen glühten, schienen aber ihr Gegenüber nicht wahrzunehmen. »Ich glaube, es gibt auf *Inqaba* jemand, der nicht hierhergehört.«

Jills Puls schoss hoch. Aufgeregt sah sie ihre alte Nanny an.

»Was meinst du damit? Hast du jemand gesehen? Jemand Bestimmtes?«

Nellys Augen blickten weiter ins Leere, hetzten hin und her, wie ein Tier auf der Flucht. Ihre Lippen bewegten sich, vermochten aber keine hörbaren Worte zu formen. Jill wartete schweigend. Nellys Antworten pflegten umständlich, bildhaft und ausschweifend zu sein. Sie zur Eile anzutreiben würde das Gegenteil bewirken. Vermutlich würde sie sich eine Predigt über gute Manieren unter Zulus anhören müssen. Jill platzte fast vor Ungeduld, konnte sich aber so weit beherrschen, dass Nelly nichts merkte.

Jetzt wurde der Blick der alten Zulu wieder klar. Sie sah Jill an. »Es ist klein … und fürchterlich anzusehen«, flüsterte sie rau und hielt ihre Hand etwa einen Meter über dem Boden, um die Größe anzuzeigen. »Es kann in der Luft fliegen … Es hat rote Augen …« Sie sog zischend den Atem ein. »Aiii …!« Sie schüttelte sich mit allen Anzeichen größter Angst.

Jills Miene verfinsterte sich zusehends. »Nelly, komm mir jetzt nicht mit dem Tokoloshe!«, fauchte sie.

Der Tokoloshe, der böse Wasserteufel, war der schwarze Schatten, der die Nächte ihrer Kindheit verdunkelt hatte. Er wurde für alles Schlimme, für jede Missetat verantwortlich gemacht, und seine bloße Erwähnung ließ erwachsene Männer vor Furcht grau werden. Einen Meter etwa sollte er hoch sein, weswegen die Zulus auf dem Lande noch heute ihre Betten auf einen Meter hohe Ziegelsteintürmchen stellten. Auch Nelly. Jill hatte das schon als kleines Kind entdeckt. Auf ihre neugierige Frage hatte die Zulu damals nicht gleich geantwortet, aber bis heute erinnerte sie sich daran, dass ihr auf einmal so gewesen war, als wäre die Luft in der grasgedeckten Rundhütte dichter geworden, schwerer zu atmen, das Licht seltsam intensiv.

»Der Sangoma rammt einen feurigen Stab in den Körper eines Toten, bis der so geschrumpft ist, dass er unter den Bauch einer Kuh passt«, hatte Nelly schließlich gezischelt, und dabei hatten ihre Augen wie schwelende Kohlen geglüht. Dann schneidet er ihm die Zunge heraus und löffelt die Augen aus den Höhlen und …«

Ihre Stimme war zu einem singenden Flüstern gesunken, und jäh war Jill von einem Zittern ergriffen worden, als hätte sie hohes Fieber. In panischem Entsetzen hatte sie die Hände auf die Ohren gepresst und war aus der Hütte zu ihrer Mutter gerannt.

Lange hatte sie das Grauen nicht abschütteln können, noch Jahre später hatte sie von diesem schaurigen Wesen geträumt. Mit Nelly hatte sie nie wieder darüber gesprochen. Erst als sie erwachsen wurde, verlor der Tokoloshe seinen Schrecken für sie und zog sich in die Schatten zurück.

Jetzt packte Jill ihre Nanny an den Armen und drehte sie zu sich. »Hast du mich gehört, Nelly? Ich will nichts mehr von dem Tokoloshe hören. Du kannst mich nicht mehr damit erschrecken. Ich bin kein kleines Mädchen mehr.«

Die Zulu hörte auf der Stelle auf, sich zu schütteln, funkelte sie stattdessen böse an und zog ein hochmütiges Gesicht. »Weiße wissen davon nichts.«

»Red keinen Unsinn. Du weißt ganz genau, dass ich hier geboren bin und du mich aufgezogen hast. Ich bin eine weiße Zulu. Also komm mir nicht damit, hörst du? Was hast du gesehen? Raus damit!«

Verdrossen zupfte Nelly an ihrem geblümten Kleid herum. »Es hat ein Ding auf dem Rücken wie ein Ufishi!«

»Flossen wie ein Fisch? So etwa?« Mit dem Zeigefinger zeichnete Jill eine gezackte Flosse in die Luft.

»Cha!« Die Zulu schüttelte den Kopf und beschrieb mit der Hand einen Bogen. »So rund …« Sie rollte ihre Augen Hilfe suchend himmelwärts, als könnte sie da Erleuchtung finden, und kurz darauf nickte sie triumphierend. »Wie mein Isinqe.« Mit einem schnellen Hüftschlenker schüttelte sie ihr ausladendes Hinterteil.

»Wie dein Po? Auf dem Rücken?«

»Auf dem Rücken.« Nelly stand da, die säulenförmigen Beine breit auf den Boden gepflanzt, die Hände über ihrem beachtlichen Bauch gefaltet, das Kinn kriegerisch gehoben.

Jill versuchte sich das vorzustellen. Welches Wesen hatte einen Buckel? War es überhaupt ein Buckel? Unvermittelt kribbelte ihr ein Schauer über den Rücken, und sie bewegte unbehaglich die Schultern. Das Wahrscheinlichste war, dass Nelly dieser vermaledeite Tokoloshe im Traum erschienen war und sie nun überall Gespenster sah. So kam sie Kira nicht einen Schritt näher, und die Zeit lief ihr davon. Mit Riesenschritten.

»Ist gut, Nelly, danke.« Damit wandte sie sich ab und verließ eilig die Veranda.

»Jilly, meine Augen haben es gesehen, und die sind noch sehr gut, wie die von einem Adler«, rief Nelly ihr nach. »Ich kann eine Fliege vom Bett aus an der Decke von meinem Zimmer erkennen, und da ist es dunkel. Es war klein und flog durch die Bäume, und es hatte dieses Ding auf dem Rücken.«

Jill hätte sich am liebsten die Ohren zugehalten. Von Nellys schriller Stimme verfolgt, setzte sie sich in Bewegung und lief zurück zum Parkplatz. Die Männer warteten in Grüppchen. Unruhig scharrten sie mit den Füßen und diskutierten untereinander, wo die Tochter von *Inqaba* sich aufhalten könnte. Vermutungen flogen hin und her. Dass sie von dem großen, schwarzmähnigen Löwen gefressen worden sei, den einige erst vor Kurzem in der Umgebung gesichtet hätten. Dass jemand sie womöglich gestohlen habe. Es gingen seit einiger Zeit Gerüchte um, dass ein Mann unterwegs sei und Kinder von der Straße wegfange, um sie zu verkaufen.

»Abaqwayizi«, flüsterte einer und verstummte jäh, weil Mark ihm schmerzhaft in die Seite boxte. Prostituierte, hatte der Mann gesagt. Jill, die eben den Parkplatz erreichte, sollte das nicht hören.

Die Eigentümerin *Inqabas* war wieder auf den Findling gestiegen. Ihr Blick flog über die Versammelten. »Ich habe mit Luca gesprochen. Kira durchstreift vermutlich den Busch und sucht Jetlag, ihren Hahn.«

Lautes Gemurmel unterbrach sie. Sie zog eine Grimasse. Jetlag war allen bestens bekannt, und sie wusste, dass auch einige von ihnen schon mit dem Gockel als Suppeneinlage geliebäugelt hatten.

»Angeblich wurde er geklaut«, schrie sie, um die Diskussion zu überstimmen. »Wir suchen von hier aus. Zu zweit, wobei einer immer ein Gewehr tragen muss. Wir werden in einem engen Gittermuster suchen …« Ihre Stimme versagte. Sie wartete so lange, bis sie sich wieder gefasst hatte. »Ruft nach Kira, immer wieder. Bitte.«

»Madam, wenn sie hier irgendwo ist, finden wir sie. Sie gehört zu uns.« Der alte Farmarbeiter knetete seine verschossene Wollmütze in den abgearbeiteten Händen. Er hatte Tränen in den Augen.

Jill sah es, und ein ungewollter Schluchzer fing sich in ihrer Kehle. Jonas hatte recht. Jeder auf *Inqaba* liebte Kira, und keiner würde ruhen, bis sie die Kleine gefunden hatten. Energisch schluckte sie ihre aufwallenden Gefühle hinunter. Rührung konnte sie sich jetzt nicht leisten. »Danke, John. Jetzt lasst uns anfangen. Philani, gehe in fünf Metern Abstand parallel zu mir. Los geht's!«

Die Männer gruppierten sich, und innerhalb von Minuten waren alle vom Busch verschluckt.

»Ngikufisela inhlanhla!«, flüsterte Philani.

Ja, dachte Jill grimmig. Viel Glück, das werden wir brauchen. Alles Glück dieser Welt.

Wieder bahnte sie sich einen Weg durchs dichte Gestrüpp,

stocherte sie mit einem Stock unter Büschen herum, in Hohlräumen unter überhängenden Felsen, kletterte sie in dicht belaubte Bäume. Aber sie scheuchte nur zwei Schlangen hoch, die pfeilschnell ins Unterholz glitten. Fingerlange Dornen griffen nach ihr, rissen ihr Safarihemd vorn bis zum Saum auf. Mit einer Hand hielt sie die Hemdzipfel zusammen und lehnte ihr Gewehr gegen einen Baum. Sie knotete das Hemd zusammen, nahm dann ihre Waffe wieder auf und ging weiter.

Immer wieder blieben sie stehen, um nach Kira zu rufen. Aber sie erschreckten nur ein paar Vögel, die schrill zwitschernd davonstoben. Ihr Rufen verhallte, ohne dass sie eine Antwort erhielten. Jills Angst stieg ins Unermessliche.

Irgendwann vernahm sie in der Stille ein gedämpftes Motorengeräusch, das abwechselnd zunahm und dann wieder abebbte, aber allmählich immer lauter wurde. Kurz darauf bog der Wagen offensichtlich auf *Inqabas* Parkplatz ein. Der Motor wurde abgestellt. Jill stieg auf einen Erdhügel und verrenkte sich den Hals, um zu sehen, wer da angekommen war, aber wippende Baumkronen verdeckten ihr die Sicht. Ein neuer Gast konnte es nicht sein, und die Filmcrew wurde erst für morgen erwartet. Sie zögerte kurz, aber dann fiel ihr ein, dass Thabili ja Wein bestellt hatte, der jetzt wohl gerade angeliefert wurde. Ihre Leute waren nicht mehr zu sehen, auch Philani war bereits weitergegangen. Sie sprang mit einem Schulterzucken vom Hügel herunter und beeilte sich, den Anschluss an Philani und die anderen nicht zu verlieren.

Der Busch schlug mit leisem Rascheln über ihr zusammen.

4

Nils Rogge sprang aus dem Wagen, streckte sich und gähnte herzhaft. Der Flug war mit Verspätung in Frankfurt gestartet und zu spät in Johannesburg angekommen. Sein Anschlussflug nach Durban war weg, und er hatte nur mit großem Glück die übernächste Maschine erwischt. Außerdem hatte es unangenehme Turbulenzen gegeben, und sein Sitznachbar hatte geschnarcht wie ein Bär und dabei Knoblauchwolken ausgestoßen.

Mit Genuss atmete er die würzige Luft ein. Er war froh, endlich zu Hause zu sein – besonders da es einen Tag früher als geplant war –, und freute sich schon diebisch auf Jills Gesicht, die ihn erst morgen erwartete. Vielleicht konnten sie heute Abend ja zum Essen ausgehen. Die Kinder hatten Ferien, Nelly würde auf sie aufpassen können. Thabili könnte auch den Tisch auf der Terrasse ihres Hauses decken, und er würde Mario auftragen, ein ganz besonderes Menü zu kochen. Falls der sich nicht wieder mit seinem Freund gezankt hatte, was sich unweigerlich auf seine Kochkünste auswirkte.

Nach kurzem Nachdenken entschied er sich, Jill auszuführen. Sie kam selten von *Inqaba* weg, höchstens, wenn sie Vorräte für die Lodge kaufen musste, und es war eine Ewigkeit her, dass er sie in einem schönen Kleid gesehen hatte. Auf der Farm trug sie immer ihre Uniform oder allenfalls mal T-Shirt und Jeans.

Mit Visionen von Felsenlangusten aus dem Riff, das sich unmittelbar vor der Küste entlangzog, frisch gebackenem Brot und einem Fruchtsalat, den er selbst aus Mangos, süßen Ananas und Papayas zum Nachtisch zubereiten könnte, wuchtete er Koffer,

Kamerakoffer und Laptoptasche aus dem Wagen und verschloss ihn. Er hielt Ausschau nach einem von den Lodge-Angestellten, der ihm mit dem Gepäck helfen konnte, entdeckte aber niemand. Also hängte er sich den Computer über die Schulter, packte Koffer und Kameratasche und machte sich durch den flirrend grünen Blättertunnel auf den Weg zum Haus. Er wandte sich dabei in Gedanken wieder dem Problem zu, was es zum Abendessen geben könnte. Passionsfrüchte gehörten auch in den Salat und vielleicht rosa Guaven, die jetzt gerade reif wurden. Wenn er sich beeilte, würde er jetzt noch ein paar im Obstgarten von *Inqaba* ernten können, und der Salat würde heute Abend bei ihrer Rückkehr aus dem Restaurant auf sie warten. Fröhlich pfeifend betrat er die Terrasse des Haupthauses.

Über der Lodge lag eine idyllische Ruhe. Morgen, wenn Dirk Konrad und das Filmteam eintrafen, würde das anders sein. Nils schmunzelte. Nach einer fürchterlichen Saufparty hatten Dirk, der Kriegsreporter gewesen war wie er, und er sich im Morgengrauen auf einer Parkbank in Hamburg kennengelernt und das Ereignis mit einer Flasche Whisky begossen, die Dirk von der Party hatte mitgehen lassen. Anschließend waren sie in irgendeiner Kneipe auf dem Kiez restlos versackt. Das hatte sie zu Freunden fürs Leben gemacht.

Bevor Dirk ins Fach des Kameramanns gewechselt hatte, waren sie sich in großen Abständen in irgendwelchen Kriegsgebieten oder auf einem entlegenen Flughafen wiederbegegnet. Seit er aber mit Jill verheiratet war und auf *Inqaba* lebte, waren diese Treffen ausgeblieben. Nur per Telefon oder E-Mail hatten sie Kontakt gehalten. Höchste Zeit, Dirk endlich einmal wiederzusehen und die Welt geradezurücken.

Er sah sich um. An den Tischen unter den Palmen und den zierlichen Schattenbäumen, um die herum die Restaurantveranda gebaut war, war kein Mensch zu sehen. Die Gäste lagen wohl alle am Swimmingpool, vermutete er und schaute auf die Uhr. Es war bereits vier Uhr nachmittags. Da könnten sie zum größten Teil mit den Rangern im Landrover unterwegs sein, um die Big Five aufzuspüren. Trotzdem war es ungewöhnlich ruhig. Seine Schritte hallten auf dem Holzboden wider, aber sonst war es absolut still. Selbst vom Küchenbereich her hörte er keine Stimmen. Nils runzelte die Stirn. Das war ungewöhnlich. Sonst wurde dort fröhlich geschwatzt und gelacht, oft auch gesungen. Leicht befremdet ging er unter den herunterhängenden Blütenranken der Bougainvilleen zum Privathaus.

»Jill!«, rief er. »Ich bin wieder da.«

Niemand antwortete. Das war nun mehr als ungewöhnlich. Das war sogar außerordentlich beunruhigend. Wenigstens die Kinder und ihr Kindermädchen hätten hier sein müssen. Eine böse Vorahnung kroch ihm wie eine kalte Schlange über den Rücken.

»Jill?«

Wieder nichts. Er setzte das Gepäck ab und holte sein Handy hervor. Seine Finger zitterten leicht, als er ihre Nummer wählte. Er wartete. Das Blut dröhnte ihm in den Ohren. Endlich, nach einer Zeit, die ihm wie eine Ewigkeit erschien, vernahm er ihre Stimme.

»Ja, bitte?«

Ihm fiel ein Stein vom Herzen. »Jill, wo bist du?«, rief er ohne weitere Begrüßung.

»Mitten im Busch.« Sie klang erschrocken. »Von wo aus rufst du an? Hast du deinen Flug nach Frankfurt verpasst?«

»Nein, im Gegenteil. Ich bin einen Tag früher gekommen, um dich mit Dirk und seiner Meute morgen nicht allein zu lassen. Jetzt stehe ich auf unserer Veranda, und es ist kein Mensch hier. Was ist los?«

»Die … die Filmleute kommen doch erst übermorgen …«, stotterte Jill.

»Was? Nein, ich bin mir sicher, dass Dirk gesagt hat, dass sie morgen kommen. Ich hab erst vorgestern mit ihm telefoniert. Da war er irgendwo am Rand von nirgendwo, zwischen Pofadder und Namibia.«

»Morgen! Mir werden allein bei der Vorstellung, dass ab morgen der helle Wahnsinn auf *Inqaba* regiert, die Knie weich.«

»Nun beruhige dich. Ich rufe Dirk heute Abend noch einmal an, dann wissen wir es sicher. Die Schriftstellerin, nach deren Buchvorlage der Film gedreht wird, kommt übrigens auch. Allerdings privat. Eingeladen war sie nur an den Set von Pofadder. Soll aber ganz nett sein. Sagt Dirk. Wo bist du gerade genau? Wie schnell kannst du zur Lodge kommen, um deinen heimgekehrten Helden zu begrüßen, der dich heute Abend in das Restaurant deiner Wahl einladen wird?«

Er lachte leise, jenes intime Lachen, das nur für sie bestimmt war.

Heute aber reagierte sie nicht darauf. »Ich bin zu Fuß unterwegs ...« Sie klang nervös.

Nils hatte ein feines Ohr für die Nuancen ihrer Stimme. »Zu Fuß? Ist etwas passiert?«, fragte er.

Jill holte hörbar tief Atem und antwortete nicht gleich. »Kira ist verschwunden«, sagte sie schließlich. Ihre Stimme war tränenerstickt.

Nils wurde kalt. Jill weinte selten. Sie konnte mehr aushalten als die meisten Menschen, die er kannte, sicherlich mehr als alle Frauen seiner Bekanntschaft, und sie bewahrte selbst in Situationen, wo andere längst zusammengebrochen wären, einen kühlen Kopf. Er packte das Telefon so fest, dass seine Fingerknöchel weiß hervortraten. »Was heißt verschwunden?«

Jill sagte es ihm, auch das, was sie von Luca erfahren und was Nelly erzählt hatte. »Eine Art Buckel soll dieses Wesen haben, angeblich so dick wie Nellys Hintern. Ich weiß nicht, ob ich ihre Geschichte als Unsinn abtun oder darüber nachdenken soll, was sie gesehen haben könnte. Und niemand hat eine

Ahnung, wer den Gockel geklaut haben könnte. Wir suchen schon den ganzen Tag. Wir haben bislang keine einzige Spur gefunden.«

»Ich erwürge dieses verdammte Vieh und den, der es geklaut hat, ebenfalls!«, schrie er. »Wo seid ihr?«

Das Telefon am Ohr, nahm er sein Gepäck hoch. Er ging hinüber zum Haus, stieß die Terrassentür auf, setzte den Koffer ab und warf den Kamerabehälter und die Laptoptasche auf die Couch im Wohnzimmer. Dann schleuderte er seine Schuhe von den Füßen und machte sich auf die Suche nach seinen Buschstiefeln. Er fand sie im Schrank, wo ohne Zweifel Nelly sie platziert hatte, die immer geduldig hinter ihm herräumte. Er schlüpfte hinein. Glücklicherweise trug er Jeans. Ideal für einen Fußmarsch durch Dornengebüsch. Sein Hemd aus schwarzer Baumwolle konnte er anlassen. Es genügte, die Ärmel hochzukrempeln. »Soll ich dich irgendwo abholen, oder hast du den Wagen in der Nähe?«

»Wo genau wir sind, kann ich nicht sagen. Irgendwo mitten in der Pampa. Aber ich kann in einer Viertelstunde an der Wegkreuzung sein, wo der Isivivani steht. Und Jonas müsste sich im Büro befinden, er kann dir alle Informationen geben.«

»Okay, ich komme. Warte da auf mich. Kopf hoch, mein Liebling, unsere Kira kennt den Busch wie ihr Kinderzimmer. Vermutlich hat sie mal wieder einen kranken Vogel gefunden und darüber die Zeit vergessen. Bis gleich.« Damit schaltete er das Handy ab. Er fühlte sich beileibe nicht so zuversichtlich, wie er geklungen hatte, aber es war der einzige Strohhalm, an den sie sich klammern konnten. Kiras Kenntnisse vom Busch, ihre unerschütterliche Liebe zu allen Kreaturen, die im übertragenen Sinn einen gebrochenen Flügel hatten. Sie würde jegliche Gefahr für sich vergessen, um das Tier zu retten. Er hetzte den Weg hinunter zum Haupthaus und machte sich auf die Suche nach Jonas.

»Jonas?«, brüllte er. Das Haus warf ein leeres Echo zurück.

Sekunden später kam Jonas den Gang hinuntergeeilt und

schloss im Laufen den Reißverschluss seiner Hose. »Was machst du denn hier?«, rief er überrumpelt. »Du solltest doch erst morgen ankommen.« Er warf Nils einen unsicheren Seitenblick zu, der deutlich die Frage ausdrückte, ob der schon wusste, was gerade auf *Inqaba* vor sich ging.

Nils fing den Blick auf und interpretierte ihn korrekt. »Ich weiß Bescheid. Kira ist verschwunden. Ich habe eben mit Jill gesprochen. Bring mich kurz aufs Laufende mit allen Einzelheiten, die dir bekannt sind. Wer sucht wo, habt ihr die Polizei geholt, ist ein Hubschrauber eingesetzt worden?«

Jonas trat vor die Karte, die hinter seinem Schreibtisch an der Wand hing. »Bis auf Jenny und Phumile beteiligen sich alle an der Suche, und ich meine alle. Das schließt jeden ein, den wir kennen, bis hinauf nach Ngoma, obwohl Kira sicherlich nicht bis dorthin gelangt ist. Jedenfalls nicht zu Fuß. Unsere Leute und Jill durchkämmen die Gegend in einem relativ engen Gittermuster. Jill müsste hier sein.« Sein Zeigefinger markierte einen Punkt auf der Karte in einiger Entfernung von dem eingetragenen Isivivani. »Die Polizei haben wir nicht angerufen, auch ein Helikopter ist nicht im Einsatz. Jill meinte, es wäre sinnlos. Man würde wegen des dichten Buschs nichts sehen können und nur die Tiere verrückt machen.«

Nils nickte. »Sie hat recht. Okay, danke, Jonas. Ich fahre auch hin. Bitte bleib am Telefon. Nimm dein Handy auch mit auf den Lokus. Eingeschaltet.«

Jonas quittierte die Bemerkung mit einem blassen Lächeln. »Viel Glück, Boss.«

Aber das bekam Nils nicht mehr mit. So schnell er konnte, rannte er zu seinem Wagen, sprang hinein und ließ den Motor an. Er wendete mit quietschenden Reifen und trat dann den Gashebel rücksichtslos durch. Immer wieder rutschte ihm das Lenkrad aus den schweißnassen Händen, was dazu führte, dass er einmal die Kurve nur im letzten Augenblick bekam und beinahe im Gestrüpp landete. Er fummelte ein Taschentuch aus der Hosentasche, wischte damit das Lenkrad trocken und steckte es dann gar nicht erst wieder weg. Dass er viel zu schnell fuhr, was im Wildreservat lebensgefährlich sein konnte, das wusste er natürlich, aber das war ihm gleichgültig. Jede Sekunde konnte über das Leben seiner Kira entscheiden.

Seine Frau sah er schon von ferne, als er unten am Hügel um die Kurve bog. Sie war auf den Isivivani geklettert, ihre schlanke Gestalt zeichnete sich scharf vor dem blauen Himmel ab. Mit den Händen beschattete sie ihre Augen und schaute angestrengt in seine Richtung. Die Sonnenbrille hatte sie abgenommen, ihr Buschhut hing an einem Riemen über ihren Rücken. Ihr glänzend schwarzes Haar wurde vom Wind verwirbelt. Als sie sein Auto bemerkte, winkte sie mit beiden Armen. Hinter ihr konnte er Rangeruniformen und auch ein paar Farmarbeiter erkennen.

Nils bremste scharf und stieß die Autotür auf. Er konnte Jill, die sich ihm in die Arme warf, gerade noch auffangen. Für ein paar Sekunden umschlang sie ihn und presste sich an ihn, bevor sie ihn von sich schob.

»Wir haben keine Zeit.« Sie schaute auf die Uhr. »In zwei Stunden wird es stockfinster sein ...« Mit einer Handbewegung, die alles sagte, ließ sie den Satz in der Luft hängen.

Im Busch wurde es nachts wirklich pechrabenschwarz, es sei denn, der Mond schien, obwohl sein bleiches Licht die Schatten dann noch solider und unheimlicher erscheinen ließ und Lichtreflexe die Sinne täuschten. Es war nicht ratsam, sich nachts ohne Licht im Busch aufzuhalten. »Habt ihr außer den Suchscheinwerfern auf den Autos noch Handscheinwerfer hier?«, fragte Nils.

Jill biss sich auf die Lippen und schüttelte den Kopf. »Wir haben nicht geglaubt, dass die Suche so lange dauert. Wir müssen welche besorgen.« Ihr Blick glitt über die anwesenden Männer. »Philani und Mark, bitte fahrt zum Haus, treibt alles auf, was Licht gibt. Hambani shesha!«

Wortlos machten beide Ranger auf dem Absatz kehrt und rannten zu Marks Safariwagen. Sekunden später spritzten Sand und Geröll auf, kurz darauf bogen sie um die Kurve am Fuß des Hügels und waren ihrer Sicht entzogen. Das Motorengeräusch entfernte sich schnell.

Nils wandte sich wieder seiner Frau zu. »Wo habt ihr bisher gesucht?«

»Wir haben einen Radius geschlagen …« Sie zeigte ihm die Karte von *Inqaba*, die sie auf dem Isivivani ausgebreitet hatte. Mit dem Haupthaus als Mitte war mit Bleistift ein Kreis eingezeichnet, der etwa drei Kilometern Durchmesser entsprach. »Weiter kann sie in der Zeit, die sie verschwunden ist, auf keinen Fall gekommen sein. Dieser Teil hier ist übrig geblieben.« Sie zeigte auf den Teil, der jenseits des Isivivani lag. »Sie muss hier irgendwo sein! Es gibt keine andere Möglichkeit.« Der letzte Satz klang wie eine Beschwörung.

Nils lehnte mit verschränkten Armen an seinem Wagen. Die Falten, die von seiner Nase zum Mund liefen, waren schärfer eingegraben als üblich. »Und wenn nicht?« Er sah sie bei dieser Frage nicht an.

»Dann suchen wir, bis wir sie gefunden haben.« Jills Antwort kam schnell, heftig und zu laut. Ihre Angst stand ihr deutlich ins Gesicht geschrieben.

Nils verkrampfte sich innerlich, konnte seine eigene Angst kaum in Schach halten. Für einen Moment betrachtete er seine Füße, als wollte er dort Halt suchen, ehe er sich zwang, das auszusprechen, was ihm seit Minuten wie Blei auf der Seele lag. »Habt ihr … ich meine, hast du auch die Möglichkeit einer Entführung in Betracht gezogen?«

»Was?«, schrie Jill entsetzt. »Um Himmels willen, nein! Ich bin mir sicher, sie sucht ihren Jetlag, so wie mir Luca das erzählt hat. Niemand kann unser Kind von *Inqaba* entführen. Hier kommt keiner hinein!« Sie war fahlweiß geworden.

Nils nahm sie bei den Schultern. »Nein, das nicht, aber sie hat den engeren Bereich der Lodge verlassen.« Unter seinen Händen spürte er die Schockwellen, die ihren Körper durchliefen. »Ganz ruhig«, flüsterte er. »Aber wir müssen an alles denken. Wenn wir sie in der nächsten Stunde nicht finden, geben wir Alarm. Okay? Polizei, Helikopter, alles, was wir mobilisieren können.«

Jill nickte schwach.

»Hat sie was zu essen dabei?«, mühte er sich, sie abzulenken. Etwas Besseres fiel ihm nicht ein.

»Glaube ich nicht. Aber abgesehen davon, dass unsere Tochter eigentlich immer hungrig ist, muss sie mittlerweile fürchterlichen Durst haben.« Sie schlug eine Hand vor den Mund. »Meine Güte, hoffentlich trinkt sie nicht aus irgendeinem Tümpel …«

»Doch nicht Kira, sie weiß genau, dass das gefährlich ist«, fuhr er dazwischen, schon um sich selbst zu beruhigen. Drei Wochen zuvor war einem unvorsichtigen Ranger von einem Krokodil in kaum knietiefem Wasser der rechte Fuß abgebissen worden. »Irgendwann hat sie mir erzählt, dass man, falls man sich im Busch verlaufen hat, einen Zweig eines bestimmten Buschs abbrechen und daran saugen soll …«

»Thula«, unterbrach ihn Ziko unvermittelt und hob gebieterisch eine Hand.

Nils verschluckte den Rest des Satzes, und unwillkürlich hielten alle den Atem an. Auch Jill. Aber außer den normalen Buschgeräuschen wie Zikadensirren und Vogelstimmen vernahm sie nichts. Sie schüttelte den Kopf. Nils hob die Schultern und schüttelte ebenfalls den Kopf. Beide sahen Ziko fragend an.

»Ndlovu.« Der Zulu hatte seine Stimme zu einem Flüstern gesenkt und wies hinunter in die flache, locker mit Gebüsch bewachsene Senke. Eine Barriere aus Schattenbäumen stand in etwa hundert, hundertfünfzig Metern Entfernung im hüfthohen gelben Gras.

Jills Augen weiteten sich vor Schreck. »Elefanten?«

Ziko nahm seine Brille mit den dicken Gläsern ab, polierte sie mit dem Hemdzipfel, setzte sie wieder auf und versuchte das Dickicht mit Blicken zu durchbohren. Gleich darauf nickte er.

»Wie viel?«, wisperte Jill. Ihr Hemd war auf einen Schlag völlig durchgeschwitzt.

Ziko zählte die Zahl an den Fingern ab und hob dann beide Hände, zuckte eloquent mit den Schultern und hob die Hände noch einmal.

Sie starrte ihn an. »Mehr als zehn, vielleicht sogar zwanzig? Also eine größere Herde?«

»Yebo. Da sind sie.« Ziko zeigte auf die Baumgruppe.

Zu sehen waren die Elefanten nicht direkt. Aber das Brechen von Holz war zu hören, die Krone eines Baumes schlug hin und her, und das Rauschen, mit dem der Baum sich zur Seite legte und ins Dickicht krachte, war deutlich zu vernehmen. Der gewaltige Aufprall setzte sich im Erdboden fort. Die grauen Riesen bewegten sich seitwärts zum flachen Abhang, offensichtlich in Richtung eines Gebietes mit dichterem Buschwerk, das sich ans Grasland anschloss. Das Splittern von Ästen drang an ihre Ohren, schwere Tritte, wieder ein Krachen und das Rascheln von Blättern, mit dem die Elefanten sich ihren Weg durch den Busch bahnten. Tiefes, resonantes Rumpeln erfüllte die Luft, Fressgeräusche, dann hohes Quieken.

»Sie haben Junge.« Nils las ihr die Worte von den Lippen ab.

Wieder quiekte ein junger Elefant, leichtes Trappeln folgte, dann schnaufte eines der erwachsenen Tiere, und das Rumpeln kam näher. Aus dem staubigen Gelbgrün der Büsche schoben sich die schiefergrauen Rücken der mächtigen Tiere.

Jill zog Nils zu sich herunter und legte ihre Lippen an sein Ohr. »Sie versperren uns den Weg, aber wenn wir versuchen, die Herde zu vertreiben, werden sie unkontrolliert durch den Busch stürmen, und wir bringen Kira in höchste Gefahr. Sie werden sie …« Sie schluckte den Rest hinunter. »Was sollen wir bloß machen?«

Er zog sie in die Arme und betete, dass sie nicht merkte, wie verzweifelt und unsicher er sich selbst fühlte. Jill vergrub ihr Gesicht in seiner Halsgrube.

»He, Ziko, bleib hier!« Musas Stimme.

Mit Jill im Arm fuhr Nils herum. Der breitschultrige Zulu hatte Ziko am Hemd gepackt und hielt ihn fest, obwohl der energisch daran zerrte.

»Wo willst du hin?«, fragte Jill und machte sich von Nils los.

Zikos Augen wirkten hinter den Brillengläsern unnatürlich groß. »Mama, die Elefanten kennen mich, besonders die Tanten. Meinen Geruch kennen sie, meine Stimme. Sie werden mich passieren lassen.« Er gestikulierte heftig, sein rundliches Gesicht glänzte vor Schweiß.

Jill hieb nachdrücklich mit der Handkante durch die Luft. Eine nicht misszuverstehende Geste. »Nein, Ziko. Das verbiete ich dir. Das ist zu gefährlich.«

Trotz der Vehemenz, mit der sie gesprochen hatte, fand Nils, dass der Zulu recht hatte. Jill hatte ihm erzählt, dass Ziko ihr vor Jahren geholfen hatte, zwei der Elefantenkälber gesund zu pflegen, nachdem die durch eine Wildererfalle verletzt worden waren. Und Elefanten besaßen nun einmal ihr sprichwörtliches Gedächtnis. Außer Jill war wohl Ziko der Einzige, der sich ihnen nähern konnte, ohne von den tonnenschweren Kolossen sofort zu Brei getrampelt zu werden.

»Mama, sie werden mir nichts tun«, flüsterte Ziko.

Jill schüttelte energisch den Kopf. »Nein, du bleibst hier, und damit basta«, sagte sie. »Ich bin die Eigentümerin von *Inqaba* und trage allein die Verantwortung. Du hast Frau und Kinder, dazu noch die vier deiner verstorbenen Schwester, und du bist der einzige Ernährer deiner Familie.«

Ziko machte eine protestierende Bewegung, aber sie stoppte

ihn. »Es ist meine Tochter, ich werde gehen«, sagte sie. »Die Matriarchin und die Tanten vertrauen mir ebenfalls. Sie werden mich in Frieden lassen. Ich gehe zu Fuß weiter.«

»Kommt nicht infrage«, sagte Nils prompt. Seine Kinnbacken mahlten. »Auf keinen Fall!«

Ihr Wortwechsel wurde in zischendem Flüstern geführt. Die übrigen Ranger und Farmarbeiter standen in einem engen Kreis um sie herum. Nils fixierte seine Frau. »Niemand wird sich mit den Elefanten anlegen. Auch du nicht. Das ist viel zu gefährlich.« Er stand breitbeinig da, die Arme vor der Brust verschränkt, das Kinn aggressiv gehoben, und vermittelte glasklar, dass er vorhatte, sie zur Not körperlich daran zu hindern.

»Honey, wir haben keine Zeit mehr zum Diskutieren«, flüsterte Jill verzweifelt. »Die Sonne geht unter.«

Er sah hoch. Es stimmte. Die Sonnenstrahlen färbten die Hügelkuppen feurig orange, die weiten Täler füllten sich bereits mit blauen Schatten, und das Buschwerk nahm solide Formen an. Entschlossen fischte er sein Mobiltelefon aus der Tasche. »Jetzt ist Schluss mit dem Herumeiern. Ich rufe David Rafferty. Sein Hubschrauber, der äußerst starke Suchscheinwerfer hat, steht gleich nebenan in der Starling Safari Lodge. Wir bewegen uns auf dem Boden vorwärts, zu Fuß oder mit dem Auto, während er die Gegend von oben absucht.« Er tippte eine Nummer ein.

Jill riss ihm das Telefon aus der Hand. »Bist du wahnsinnig?«, zischte sie. »Ein Hubschrauber, der so tief fliegt, dass er in seinem Scheinwerferlicht ein Kind im Busch erkennen könnte, wird alle Tiere in Panik versetzen. Die Gefahr für Kira würde sich verhundertfachen. Sollte sie wirklich zwischen die Elefanten geraten sein, ist ihr Leben keinen Penny mehr wert.«

Nils starrte sie wie vor den Kopf geschlagen an. Daran hatte er nicht gedacht. Er war früher bei Reportagen aus Unruhegebieten oft genug in gefährliche Situationen geraten, aber was das Verhalten von Tieren anbetraf, hatte er nicht viel Ahnung. Jill dagegen war ein Buschbaby gewesen, eine, die barfuß durch den Busch streunte, wusste, welche wilde Frucht essbar war, wie man dem Honigvogel zu den Bienenwaben folgte, um an die süße Beute zu gelangen, und in welchem Teil vom Fluss sie nicht schwimmen durfte, weil dort Krokodile hausten. Ein weißes Mädchen, das mit einer Steinschleuder eine Rohrratte treffen konnte. Eine, die ein verwaistes Nashornjunges mit der Flasche aufgezogen hatte, das sich mit den Jahren zu einem tonnenschweren, schlecht gelaunten Nashornbullen wandelte, der ihr – und nur ihr – wie ein Hund folgte. Allen anderen trachtete er mit seinem unfreundlich spitzen Horn nach Leib und Leben.

»Okay, du führst das Kommando«, sagte er mit deutlich zerknirschter Miene. »Was sollen wir tun?«

Aber sie schien ihm nicht zuzuhören. Hoch konzentriert, den Kopf schräg gelegt, lauschte sie auf die Geräusche, die aus der Baumgruppe heraufdrangen. »Sie drehen ab«, wisperte sie. »Sie ziehen hinunter zum Fluss. Dort gibt es noch ein paar größere Tümpel, in denen Wasser steht. Jessas, haben wir Schwein gehabt, dass sie uns nicht gewittert haben!« Sie zog ihr Funkgerät hervor und beorderte flüsternd die übrigen Ranger zum Isivivani.

Fast gleichzeitig hielten zwei der Safariwagen hinter ihnen. Jabulani, der Schwager von Ziko, und Nkosi sprangen heraus. Der stämmige Jabulani landete leicht wie eine Katze auf seinen Füßen. Jill erklärte ihnen kurz, was vorgefallen war und was sie vorhatte.

»Wir warten, bis sie sich weit genug entfernt haben, dann teilen wir uns wieder auf. Wir haben vier Wagen, und mit Ziko, Musa und Philani haben wir die bestens Scouts von Zululand. Nils und ich fahren mit Philani, Ziko mit Mark, Jabulani mit Musa, und Africa mit Nkosi.« Mit knappen Handbewegungen dirigierte sie ihre Leute. »Alle anderen suchen zu Fuß noch einmal den weiteren Bereich um die Lodge ab. Geht immer mindestens zu dritt.« Sie reckte den Hals. »Hoffentlich beeilen sich Mark und Philani …«

Wie als Antwort kündigte Motorengeräusch die Rückkehr der beiden an, und Minuten später hielten sie neben Jill, sprangen heraus und schulterten ihre Gewehre. Nils ging hinüber zu seinem Wagen und nahm ebenfalls sein Gewehr heraus. Mark verteilte die Handscheinwerfer, während Jill ihnen die Aufteilung der Suchmannschaft erklärte. Trotz der brennenden Eile wirkte sie beherrscht, während sie ihre Anweisungen gab.

»Direkt vor uns gabelt sich der Weg dreifach. Jabulani, du nimmst den Weg nach links. Er vereinigt sich in ein paar Hundert Metern wieder mit dem, der zur Senke führt. Den fahren wir hinunter, Mark und Ziko suchen die Strecke bis zur Felswand ab. *Shesha* … beeilt euch. Wir werden bald kaum noch die Hand vor den Augen sehen können. Also, in die Autos, die Scouts auf ihren Platz, und los!«

Sie schwang sich auf den Beifahrersitz ihres Landrovers, befestigte ihr Gewehr in der Halterung und schnallte sich an. Nils warf sein Gewehr auf den Rücksitz, stieg auf den Fahrersitz des Landrovers, schloss den Sitzgurt und ließ den Motor an. Philani kletterte auf den kleinen Schalensitz, der am vorderen linken Kotflügel angebracht war, und schnallte sich ebenfalls an. Auch Ziko und Musa waren bereits auf ihre Späherposten geklettert. Ihr Suchlicht hatten sie noch nicht eingeschaltet. Noch reichte die Tageshelligkeit aus. Jill lehnte sich noch einmal aus dem Wagen. »Wer immer etwas Ungewöhnliches sieht, funkt mich sofort an. Ansonsten bitte ich um absolute Ruhe. Verstanden?«

»Verstanden«, kam es als leises Echo von den übrigen Rangern zurück.

Die Wagen setzten sich in Bewegung. An der Weggabelung fächerten sie sich auf. Jill spähte ins Gestrüpp auf der rechten Seite, Philani beobachtete die linke, die spärlicher bewachsen war. Schweigend schaukelten sie im Schritttempo über den mit Schlaglöchern und Rinnen durchsetzten Weg. Die Hitze des Tages stieg vom sonnengebackenen Boden auf und verursachte eine leichte Luftbewegung, die aber keinerlei Kühlung brachte. Jill schob ihren Hut in den Nacken und wischte sich die Stirn, wobei sie mit den Augen weiterhin hoch konzentriert jede Kleinigkeit auf ihrer Seite abtastete.

»Halt«, sagte sie auf einmal leise.

Nils bremste sofort sanft. »Was siehst du?«

»Dort.« Jill wies mit dem Zeigefinger in den Busch. »Schau dorthin.« Sie streckte den Arm aus.

Sein Blick glitt über ihren Arm zu ihrem Zeigefinger und weiter in die Schatten. Und dann sah er es in dem Bruchteil der Sekunde, wo das Scheinwerferlicht es streifte. Ein zusammengekauertes Wesen im Schlagschatten eines Baums. Es durchfuhr ihn wie ein elektrischer Schlag. »Kira!«, brüllte er aus dem Fenster, während er am Sitzgurt zerrte. »Liebling.«

Sein Ruf war noch nicht verhallt, da brach die Hölle los. Vögel flatterten auf, kreisten schrill zwitschernd über ihnen, Paviane bellten, in der Nähe krachte ein schweres Tier durchs Unterholz, und das Wesen unter dem Baum stellte sich als im Gras liegendes Impalajunges heraus, das bei ihrem Anblick mit wenigen Sätzen ins Dickicht floh. Gleichzeitig trompetete ein Elefant, immer noch gefährlich nah. Ein urweltliches, nervenzerfetzendes Geräusch.

Jill wurde weiß. Sie fuhr herum und starrte Nils an. »Verdammt, Nils!«

Nils hätte sich ohrfeigen können. »Sorry, Darling«, flüsterte er. Die Angst, schuld daran zu sein, seine Tochter in Lebensgefahr gebracht zu haben, packte ihn an der Kehle. Wie hatte er nur so dumm sein können. »Was machen wir nun?«, setzte er kleinlaut hinzu.

»Warten und beten, dass dein Gebrüll Kira nicht in eine … Notlage gebracht hat.« Ihre Augen glühten schwarz vor Wut. Sie schien Mühe zu haben, nicht ausfallend zu werden.

»Sorry«, flüsterte er noch einmal und legte ihr die Hand aufs Knie.

Jill schob sie weg. »Weißt du, wie das ist, wenn ein in Rage geratener Elefant unaufhaltsam wie eine Lokomotive auf dich zurast und dabei ein Kreischen wie von hundert Höllendämonen ausstößt?«, fauchte sie. »Glaub mir eines, das ist ein Anblick, den nicht viele überleben.«

Nils starrte sie entsetzt an. Prompt liefen vor seinem inneren Auge ein paar Szenen im Zeitraffer ab, bei denen er darum kämpfen musste, sich nicht in hohem Bogen zu übergeben. Seine Tochter von durchgegangenen Elefanten zu einer blutigen Masse getrampelt, von Hyänen in Stücke gerissen oder wütenden Büffeln aufgespießt. Er presste fest die Lider zusammen, um die Bilder zu vertreiben. Es gelang ihm nicht.

Allmählich verstummten die Warnrufe, das Gekreisch der Paviane verebbte, die Vögel landeten wieder in den Bäumen. Erst zögernd, dann immer machtvoller schwoll das schrille Zirpen der Zikaden an, die Paviane schnatterten wieder friedlich, und die Vögel schäkerten miteinander. Der Busch kam langsam zur Ruhe. Jill atmete hörbar auf, und auch Nils fühlte eine leichte Entspannung.

Jill tippte Philani auf die Schulter. »Kannst du die Elefanten noch hören? Sind sie in Panik geraten?«

Der Ranger neigte den Kopf und lauschte konzentriert. Dann huschte ein Lächeln über sein dunkles Gesicht. »Cha. Sie sind ruhig. Die Leitkuh ist alt und erfahren. Menschliche Stimmen auf *Inqaba* ist sie gewohnt.« Er warf einen schnellen Seitenblick auf Nils. »Auch laute.«

Nils fühlte, dass sich seine verkrampften Muskeln etwas lockerten. »Können wir weiterfahren? Es wird in Kürze stockdunkel sein, und ich habe wenig Lust, mit einem Rhino oder einem Büffel zusammenzustoßen oder mich mit einem Elefanten auseinanderzusetzen.«

Die Sonne war längst über den Horizont geglitten, ihr Widerschein erloschen. Die Kronen der Bäume wurden zu schwarzen Scherenschnitten vor dem rosafarbenen Himmel.

»Yebo. Kahle.« Philani saß äußerlich entspannt auf seinem Ausguck, aber aus Erfahrung wusste Nils, dass ihm nichts entging, nicht die geringste Bewegung.

Jill nickte. »Wie Philani sagt. Langsam. Lass uns einen Bogen schlagen, um ans Wasserloch zu gelangen. Es liegt näher am Haus. Ich glaube nicht, dass Kira sich so weit entfernt hat.«

Behutsam steuerte Nils den großen Wagen die abschüssige Straße hinunter durch eine Senke und umfuhr danach den Ausläufer eines Hügels in Richtung Lodge. Schweigend und hoch konzentriert suchten sie die Umgebung ab.

»Stopp«, befahl Philani plötzlich, als sie sich einem Tümpel näherten, in dem das letzte Wasser eines Seitenarms des Krokodilflusses zusammengelaufen war. »Ich höre etwas.«

Nils bremste weich und schaltete die Zündung aus. Obwohl der Motor leise tickte, hörten sie das Geräusch trotzdem, und was sie vernahmen, verschlug ihnen den Atem.

Kiras klare Stimme schwebte in der weichen Abendluft zu ihnen herauf. Sie schimpfte, laut und vernehmlich. »Wenn du noch einmal abhaust, Jetlag, steck ich dich in die Suppe, und vorher schneid ich dich in ganz kleine Stücke. Ich schwör's. Papa sagt das auch immer. Also, denk dran, noch mal, und es geht ab in die Suppe.« Dann setzte sie in einer exakten Kopie ihres Vaters hinzu: »Blöder Gockel!«

Nils bekam weiche Knie. Tränen schossen ihm in die Augen. »Meine Kleine«, flüsterte er rau und wischte die Nässe mit dem Handrücken weg. Angestrengt starrte er in die Richtung, aus der Kiras Stimme gekommen war.

»Verdammt, da ist auch die Herde«, raunte Jill. »Direkt vor uns, dort am Tümpel.«

»Eh, indlovu, bayete!« Philani entbot den Elefanten leise und voller Respekt den Gruß der Könige.

Jill leckte einen Finger an und hob ihn hoch. »Wir haben den Wind von vorn. Sie können uns nicht wittern. Gott sei Dank. Aber wo ist Kira?«

Es dauerte eine Weile, bis auch Nils durch die belaubten Zweige die grauen Leiber erkennen konnte. Er zählte, verzählte sich, zählte noch einmal. Zwanzig Mitglieder umfasste die Herde etwa. Offenbar alles Weibchen mit mehreren Jungen, und selbst er wusste, dass Weibchen mit Jungen gefährlicher waren als jeder Bulle mit Zahnweh. Sein Puls beschleunigte sich. Er ließ die Elefanten nicht aus den Augen.

Im rosa Widerschein der versunkenen Sonne bewegten sich die grauen Kolosse gemächlich am Flussufer entlang, tranken hier und da aus Pfützen, die sich im Schlamm gebildet hatten, und rupften das grüne Gras ab, das am Rand der Tümpel gedieh. Andere rissen belaubte Zweige von den Büschen herunter, schoben sie sich mit dem Rüssel ins Maul und kauten mit ihren riesigen Backenzähnen hörbar und offensichtlich voller Genuss darauf herum. Die Jungen jagten sich gegenseitig, Rüssel in die Luft gestreckt, Pinselschwänze hoch aufgerichtet, oder wälzten sich im Schlamm und bespritzten sich von oben bis unten, wobei sie vor Vergnügen grunzten.

Eine idyllische Szene, dachte Nils, wenn man vergaß, dass ausgewachsene Elefanten bis zu siebeneinhalb Tonnen wiegen konnten und völlig unberechenbar waren.

Und dann sah er das rosa T-Shirt seiner Tochter im schwindenden Licht leuchten.

Ihm stockte das Herz. Der Tümpel in ihrer Nähe reflektierte den noch hellen Himmel. Er konnte deutlich erkennen, dass Kira Jetlag unter einen Arm geklemmt hatte. In der anderen Hand hielt sie ein Büschel Gras, das sie einem Elefanten entgegenstreckte. Es war ein furchterregend riesiges Tier, wohl das älteste der Herde, dessen runzliger Körper Narben trug, die nur von Speeren oder Kugeln herrühren konnten. Eine besonders große Narbe lief quer über den vorderen Oberschenkel. Unwillkürlich spannte Nils die Muskeln wie vor einem Sprung.

Jill schien es gemerkt zu haben, jedenfalls packte sie ihn warnend am Arm und bedeutete ihm, sich absolut still zu verhalten. Er erstarrte in Bewegungslosigkeit und beobachtete das Geschehen, das sich in höchstens fünfundsiebzig Metern Entfernung vor ihm abspielte, hilflos und mit mehr Angst, als er je in seinem Leben zuvor verspürt hatte.

Die Matriarchin schwang ihren Rüssel nach vorn und ließ ihn vor Kira auf und ab pendeln, beschnupperte sie, zupfte sanft am T-Shirt, blies ihr Luft ins Gesicht, wanderte mit der weichen Rüsselnase behutsam zum Hals des Mädchens und sog den Geruch ein.

Kira kicherte und schob den Rüssel weg. »Hör auf, das kitzelt«, sagte sie.

Ihre Eltern waren starr vor Angst, hielten sich an den Händen, klammerten sich wie Ertrinkende aneinander. Das kleinste Jungtier, ein übermütiger Elefantenjunge, wagte sich dicht an Kira heran und untersuchte Jetlag mit seinem Rüssel, rupfte unartig an dessen jämmerlichen Schwanzfedern. Der Gockel strampelte wütend. Jill japste. Kira schimpfte vernehmlich.

»Ich muss jetzt nach Hause«, verkündete sie den Elefanten und marschierte los.

Der Elefantenjunge trabte hinter ihr her, worauf zwei der Elefantenkühe sofort ein paar Schritte vorwärts machten und warnend die Ohren aufstellten, was Nils einen plötzlichen Schweißausbruch bescherte und ihn dazu veranlasste, sein Gewehr zu heben.

Jill drückte den Lauf herunter. »Lass das, sonst löst du eine Katastrophe aus. Warte.« Gebannt beobachteten sie ihre Tochter, die ohne irgendein Anzeichen von Furcht auf den flachen

Abhang zuging, der zu ihnen hochführte. Nach wenigen Metern war sie kurzfristig ihren Blicken entzogen. Nils reckte sich hoch, wollte schon aufstehen, aber Jill hinderte ihn abermals daran.

»Ganz ruhig«, hauchte sie. »Wenn sie uns zu früh entdeckt, wird sie rufen und zu uns rennen …« Sie brach ab. Die Anspannung in ihren Zügen sprach Bände.

Die Matriarchin machte einen weiteren Schritt auf Kira zu und schwang leise schnaufend den Rüssel.

Nils spürte, dass Jill zusammenfuhr.

»Was ist?«, flüsterte er.

»Es ist diese Bewegung … das Schnaufen …«, flüsterte sie. »Es versetzt mich zurück in meine Kindheit, als ich mich als kleines Mädchen einmal nach Umfolozi verirrt hatte und in eine Elefantenherde geraten war.«

Nils schaute sie gebannt an. »Davon hast du mir nie erzählt. Wann war das?«

»Es ist sehr lange her. Ich muss noch ziemlich klein gewesen sein, denn ich habe ihnen nicht einmal bis zum Bauch gereicht. Und die Leitkuh dort kenne ich. Sie hatte damals eine frische Kugelverletzung am Oberschenkel und tat mir furchtbar leid. Ben Dlamini hatte mir beigebracht, dass man auf Wunden Schlamm schmieren sollte, also habe ich das bei ihr gemacht. Erst schlug sie aufgeregt mit den Ohren, aber dann hat sie es zugelassen.

Genau wie bei Kira jetzt haben mich die Kühe beschnuppert und ein bisschen geschubst, und ich habe mich nicht einen Augenblick lang gefürchtet. Mir war nicht klar, dass sie mich mit einem Tritt hätten zu Brei zermalmen können. Ich stand da mitten unter den grauen Riesen, hörte das beruhigende Rumpeln ihrer Bäuche und bewunderte ihre sanften Augen mit den langen Wimpern, während sie mich aufmerksam beobachteten. Als ich meine Orientierung wiedergefunden hatte und mich auf den

Weg zu unserer Farm machte, hat mich die Herde in gleichbleibendem Abstand begleitet, bis ich an *Inqabas* Zaun angekommen war. Dann sind sie friedlich weitergezogen. Als ich meinen Eltern davon erzählt habe, sind sie nachträglich fast vor Angst gestorben. Kira wird nichts passieren, glaube mir.«

Nils sah den schnellen Pulsschlag in ihrer Halsgrube. So sicher, wie sie geklungen hatte, war sie sich wohl selbst nicht.

Philani beugte sich aufgeregt vor. »Da ist unser *itshitshi*.« Er deutete auf die Kante des Abhangs, wo ein schwarzbrauner Lockenkopf wie eine exotische Blume aus dem Schatten einer Krüppelpalme wuchs. »Sie ist in Sicherheit!« Sein schneeweißes Grinsen glänzte in der Dunkelheit.

Nils spannte die Muskeln, um aufzuspringen, aber seine Frau packte seinen Arm. »Warte«, flüsterte sie. »Der Abhang hat einen leichten Überhang, die Leitkuh wird ihre Familie nur hinaufführen, wenn sie es muss. Noch kann ein lautes Rufen von Kira sie aufscheuchen. Oder andere Buschbewohner.«

Nils sank zurück. Auch er wusste, dass jede ihrer Bewegungen hier in der Wildnis von vielen Augen beobachtet wurden. In der zunehmenden Dunkelheit waren aber außer den Elefanten jetzt lediglich ein paar blau schillernde Dungkäfer zu sehen, denen ihre Anwesenheit allerdings völlig egal zu sein schien.

Kira erreichte eben die Kuppe des Abhangs. Mit einem Klick schaltete Jill ihr Suchlicht ein und gab es Philani, der seines ebenfalls anmachte. Wie bleiche Finger tasteten sich die Strahlen der Scheinwerfer durch die sich rasch verdichtende Dunkelheit hinüber zu Kira, die jetzt das Gesicht hob und geblendet ins Licht blinzelte.

Jill sprang aus dem Wagen und lief los, dicht gefolgt von Nils. »Kira, Liebling ...«, rief sie.

»Mama!« Kira rannte auf sie zu, wobei der Gockel empört kollernd mit den Flügeln schlug. »Ich habe Elefanten gesehen! Und Springböcke ... und Warzenschweine und Nashörner ...«

Ihr Gesicht glühte vor Aufregung, die blauen Augen leuchteten. »Und Büffel und Hyänen waren auch da. Und eine Schlange hab ich gesehen, eine lange grüne mit einem großen Kopf. Die hat gegrinst, wirklich.«

»Mamba«, japste Jill, während sie und Nils auf Kira zuliefen. »Mir wird speiübel, wenn ich daran denke. Büffel, Elefanten, Nashörner und eine Mamba und unsere kleine Kira mitten unter ihnen!«

Auch Nils erschrak bis ins Mark. Nur mit Mühe konnte er die Bilder abschütteln, die Jills Worte heraufbeschworen hatten. Es musste eine grüne Mamba gewesen sein. Er hatte sich genau über die Giftschlangen in Natal informiert. Die grüne Baumschlange besaß wie die Grasschlange einen kleinen Kopf, die Mamba einen großen, länglichen, und das nach oben gebogene Maul dieser Schlange sah tatsächlich aus, als grinste sie.

Er rannte mit langen Schritten an Jill vorbei, und sie sprintete hinter ihm her. Kira lief ihm in die ausgebreiteten Arme, er fing sie auf und hielt sie so fest, dass sie nach Luft schnappend protestierte. Mit unendlicher Zärtlichkeit strich er ihr die wirren Locken aus dem Gesicht.

»Elefanten! Das muss toll gewesen sein, mein Schatz. Und sie haben dir nichts getan? Wo hast du sie getroffen? Erzähl doch mal.«

Und dann sprudelte die Kleine los, während Nils sie im Eilschritt durch den Busch zum Wagen trug und sich nicht eine Sekunde darum kümmerte, dass er dabei mehr Lärm als ein galoppierender Büffel verursachte.

Philani hielt beide Scheinwerfer auf die Elefanten gerichtet, um sicherzugehen, dass nicht eine der Kühe doch noch einen verspäteten Angriff starten würde. Aber die Herde war urplötzlich wie vom Busch verschluckt. Lautlos, ohne dass sich ein Blatt bewegt hätte. Wie körperlose Schatten. Sie waren einfach nicht mehr da.

Am Wagen angekommen, nahm ihm Jill Kira ab und gab über Funk Entwarnung an die anderen heraus. »Ja, es geht ihr gut, sehr gut sogar«, antwortete sie auf die vielstimmigen Fragen, und vor Erleichterung entgleiste ihr die Stimme. »Wir sehen uns am Haus. Alle, auch die Farmarbeiter. Es gibt etwas zu feiern. Und Jonas, bitte Thabili, ein reichliches Essen vorzubereiten und Bier kalt zu stellen. Wir kommen alle zur Lodge.«

Philani schaltete beide Scheinwerfer aus. Das einzige Licht kam von den ersten funkelnden Sternen. Nils startete den Motor und wendete den Wagen. Jill hielt den zarten, warmen Körper ihrer Tochter mit beiden Armen umschlungen, spürte den kräftigen Herzschlag und war einfach nur unaussprechlich glücklich.

Eine halbe Stunde später versammelten sich alle, die nach Kira gesucht hatten, auf der von Windlichtern in warmes Licht getauchten Restaurantveranda. Gäste waren kaum anwesend. Sie waren eineinhalb Stunden zuvor von der Safarifahrt gekommen, und lautes Platschen verriet, dass sie sich im beleuchteten Swimmingpool abkühlten. Drei männliche Safariteilnehmer saßen unter dem Überdach und unterhielten sich lauthals über ihre Erlebnisse. Jill grüßte sie kurz, rief anschließend Thabili zu sich und bat sie, Getränke zu servieren.

»Setzt euch«, forderte sie die Männer auf. Die Farmarbeiter zögerten. Der Alte, der ihr Mut zugesprochen hatte, knetete wieder verlegen seine Wollmütze und wusste offenbar nicht, wie er sich in dieser Umgebung verhalten sollte.

Jill nahm ihn lächelnd beim Arm, führte ihn zu einem Tisch und zog den Stuhl zurück. »Uhlala phansi, umngane wami. Setz dich, mein Freund. Gleich gibt es etwas zu essen.«

»Essen! Eh, das ist gut.« Der Alte grinste und ließ seine letzten beiden Zähne sehen. Breitbeinig setzte er sich hin, stülpte die Mütze wieder auf den spärlich bewachsenen Schädel, wobei sein schokoladenbraunes Gesicht vor Vorfreude glänzte.

Thabili ließ Braten mit reichlich Soße servieren und Kartoffeln, Maisbrei und Gemüse. Als Besteck legte sie Löffel und Gabeln hin, aber die einfachen Farmarbeiter aßen größtenteils mit den Fingern. Dazu gab es Bier in Flaschen, Saft und Wasser.

Die Rogges saßen mit ihnen am Tisch. Kira und Luca zwischen ihren Eltern, und Jetlag, wie er es gewohnt war, hatte auf einem Hocker zwischen den beiden Kindern Platz genommen. Kira fütterte ihn mit Brotkrümeln und erzählte aufgeregt, was sie alles im Busch erlebt habe. Jill und Nils ließen sie reden, vermieden es nachzuhaken, wer ihren Hahn geklaut und wo sie ihn wiedergefunden habe. Und warum sie allein ins Reservat gegangen sei, obwohl ihr das oft genug strikt untersagt worden sei. Darüber würden sie später sehr ernsthaft mit ihr reden müssen, aber erst, wenn sie allein waren.

»Diese dumme … diese dämliche …« Kira stockte, zog ein erschrockenes Gesicht und verbesserte sich sofort. »… dieser Idiot … Er wollte Jetlag mit einem Stein erschlagen und ihn dann aufessen.«

Die Tischrunde erstarrte, alle Augen wandten sich der Kleinen zu. Kira sah sich bestürzt um und verstummte, kratzte sich erst verlegen in den Haaren, dann spießte sie ein Stück Fleisch auf ihre Gabel, steckte es in den Mund und kaute es, wobei sie es geflissentlich vermied, ihre Eltern anzusehen.

Im dichten Schweigen fuhr ein weicher Windstoß raschelnd in die Palme über ihrem Tisch. Nils sah seine Tochter an.

»Wer war denn dieser … Idiot?«, fragte er. »Kennen wir sie … ihn, meine ich.« Er hielt seine Tonlage ruhig, gab sich sichtlich große Mühe, nicht zu interessiert zu erscheinen, nicht preiszugeben, wie sehr er das wissen wollte.

Aber Kira ließ sich nicht hereinlegen. »Welcher Idiot?« Sie hob ihr Kinn und schaute harmlos drein. Ein Trick, den sie bis zur Perfektion verfeinert hatte. Er hatte ihr schon oft geholfen.

»Der dämliche Idiot, der Jetlag mit einem Stein erschlagen und aufessen wollte«, half Nils nach.

»Hab ich nicht gesagt.« Seine Tochter schob die Unterlippe vor, flatterte mit den Wimpern und spielte ganz die gekränkte Unschuld.

»Doch, hast du«, mischte sich Jill aufgewühlt ein und hätte sich gleichzeitig treten können, dass ihr das so heftig herausgerutscht war. Sie wusste, dass es nur das Gegenteil bewirkte, wenn man ihre Tochter zu etwas drängen wollte. Mein entzückendes kleines Maultier, nannte sie Nils oft. Besser konnte man Kira nicht beschreiben.

»Hab ich nicht!« Kira kniff die Augen zu funkelnden Schlitzen zusammen und verschränkte die Arme vor der Brust, ein Bild wilder Entschlossenheit.

Die Geste glich so auffällig der ihres Vaters, dass Jill fast laut losgelacht hätte, wenn sie nicht so besorgt gewesen wäre. Hatte Kira erst auf stur geschaltet, war es nutzlos, weiter in sie zu dringen. Leider konnte der Zustand stundenlang anhalten. Jetzt blieb ihr nichts anderes übrig, als auf einen günstigen Moment zu warten. Möglicherweise gab es heute Abend eine Gelegenheit, wenn Kira zur Ruhe gekommen war und sie ihr eine Gutenachtgeschichte vorlasen. Dabei erzählte sie ihnen meistens, was sie am Tag erlebt hatte. Vielleicht würde es ihnen ja gelingen, die Geschichte aus der Kleinen herauszukitzeln.

Mit bangem Herzen dachte sie an den von Kira mit dämlich bezeichneten Idioten, der – nach ihrem Versprecher zu urteilen – vermutlich ein weibliches Wesen war, das sich jetzt wohl allein dort draußen im Dunklen herumtrieb. War es jemand Erwachsenes, wusste derjenige – oder diejenige – sich vermutlich zu helfen, aber Gott stehe einem Kind bei. Ihr lief ein Schauer über die Haut bei der Vorstellung, was alles hätte passieren können, wenn ihr kleines Mädchen nachts allein zwischen Hyänen, schlecht gelaunten Büffeln und Krokodilen gewesen wäre. Und Mambas. Und Löwen.

Für einen Moment vergrub sie ihr Gesicht in den Händen.

Dann aber schob sie jeden Gedanken daran, was Kira im Busch hätte zustoßen können, weit weg. Sie war rechtzeitig gefunden worden, und es war ihr nichts geschehen. Es war ein Wunder, aber es war so. Sie rieb sich über die Augen. Es war ein langer Tag gewesen, und sie war hundemüde.

»Was ist?«, fragte Nils leise.

Sie nahm die Hände herunter und zwang sich zu einem Lächeln. »Nicht jetzt. Wir reden nachher, okay?«

Nach kurzem Zögern nickte er und widmete sich wieder seinen Kindern. Von der Seite beobachtete sie, wie sich seine Züge dabei völlig veränderten, weicher wurden, entspannter, seine Augen von innen strahlten, und schickte ein Gebet zum Himmel, dass nichts ihr Glück je zerstören würde. Wie leicht das geschehen konnte, hatte sie selbst erlebt.

Ihr Blick lief in die Dunkelheit zu dem gegenüberliegenden Hügel, dessen Kuppe als scharfe Linie vor dem nachtblauen Himmel stand, und zu dem Tibouchinabaum, den sie nur noch als schwarzen Scherenschnitt erkennen konnte. Er wuchs auf dem Grab Christinas, ihrer Tochter, die gestorben war, bevor sie hatte leben können. Der Grabstein daneben, unter dem Martin lag, ihr erster Mann, und der zur Linken, unter dem ihre Mutter ihre letzte Ruhe gefunden hatte. Der Tibouchina war über und über mit Knospen bedeckt. In ein oder zwei Wochen würde er wie eine leuchtend rosa Fackel vor dem weiten Himmel glühen. Dann würde sie wieder daran denken müssen, dann brauchte sie ihre Kinder und ihren Mann, um ihr seelisches Gleichgewicht wiederzugewinnen. Nils hatte das schnell begriffen. Für die Wochen der Blütezeit des Tibouchinas blieb er auf *Inqaba* und lehnte alle Reportageaufträge ab, die eine Reise erforderten. Mit einer heftigen Aufwallung nahm sie unter dem Tisch seine Hand. Er erwiderte ihren Druck und streichelte mit dem Daumen ihre Handfläche.

Nachdem die Farmarbeiter alles gegessen hatten, was auf dem

Tisch stand, zum Schluss die Teller noch mit Brot ausgewischt und die Reste des Biers getrunken hatten, erhob sich einer nach dem anderen und bedankte sich bei Jill. Laut und vergnügt miteinander redend verließen sie schließlich zusammen die Terrasse. Ihr Zulu war eine Melodie aus gutturalen Lauten, klaren Klicks und lang gezogenen dunklen Vokalen, ihre tiefen Stimmen flossen so cremig wie dicker Honig. Es war die Hintergrundmusik, die Jill seit ihrer Geburt begleitete, die zu ihrem Gefühl von Heimat genauso gehörte wie *Inqabas* Landschaft und das abendliche Konzert der Nachttiere.

Aus den Augenwinkeln bemerkte sie, dass ihre Safari-Gäste, die schon seit Beginn des Essens die Szene neugierig beobachtet hatten, angestrengt lauschten. Sie besann sich ihrer Gastgeberinnenrolle, stand auf und ging hinüber zu ihnen, zog einen Stuhl heran und erzählte ihnen, was passiert sei, beschrieb in farbigen Worten Kiras Begegnung mit den sanften Riesen, und alle am Tisch hingen verzückt an ihren Lippen.

»Meine Güte«, rief eine stämmige Dame in einem Designer-Safarianzug. »Mit dieser Geschichte werde ich ganze Partys unterhalten können. Die Elefanten haben Ihre Tochter gekitzelt? Unglaublich!« Sie klimperte mit ihren goldenen Armreifen. »So riesig, wie die sind, wäre ich schreiend davongelaufen. Ihre Tochter ist wirklich ein tapferes Mädchen.«

»Vielleicht kann sie mit den Tieren reden?« Die Frau, die das fragte, hatte eine sanfte Stimme, sanfte blaue Augen und einen sehr sanften, romantisch verklärten Gesichtsausdruck. Hingebungsvoll schaute sie zu ihrem Mann hinüber. Sie befanden sich auf Hochzeitsreise, wie sie Jill erzählt hatte. Ihr Mann, ein schlaksiger, sportlicher Typ, streichelte ihr übers Haar.

»Mein Zuckermäuschen, kein Mensch kann wirklich mit Tieren reden …«

»Da muss ich aber protestieren!« Der Gast zur Linken der jungen Frau trug einen grauen Kinnbart, eine Brille mit kleinen, runden Gläsern und eine vom Sonnenbrand flammend rote Glatze. »Es ist durchaus möglich, mit Tieren zu kommunizieren.«

»Ach bitte, erklären Sie uns das doch, Professor«, hauchte die Sanfte.

»Gerne.« Der Professor lehnte sich mit geschmeicheltem Ausdruck vor und stützte das Kinn auf die gefalteten Hände. »Es ist so…«, hub er an. »Es gibt Forschungsergebnisse, die beweisen …«

Jill stand auf und entfernte sich leise. Diese Diskussion würde bis in die Nacht dauern und vermutlich ausgiebig begossen werden. Sie gab Thabili ein Zeichen, die daraufhin sofort zum Tisch eilte und nach den weiteren Wünschen der Gäste fragte. Schließlich musste sie ans Geschäft denken, und bei den Drinks verdiente sie gut.

In dieser Nacht ließen die Rogges ihre Hunde Roly und Poly, zwei Dobermänner mit einem Spezialtraining, frei im Haus laufen. Es war der beste Schutz, den es gab, und schon so lange Jill zurückdenken konnte, hatte es immer zwei ebenso ausgebildete Dobermänner mit diesen Namen auf *Inqaba* gegeben. Das feine Gehör, die Furchtlosigkeit und ihre unerschütterliche Loyalität ihrer Menschenfamilie gegenüber machte sie zu den besten Wachhunden, die man sich wünschen konnte. Abgesehen von ihrem furchterregenden Gebiss natürlich, der angezüchteten Aggressivität und der Kompromisslosigkeit, wieder loszulassen, wenn sie sich erst einmal in einen Eindringling verbissen hatten. Solche Hunde brauchte man in einer Gegend wie der, in der *Inqaba* lag.

Jetlag wurde trotz Kiras heftigen Protesten in seinem Käfig eingeschlossen.

»Sicher ist sicher«, bemerkte Nils mit einem Seitenblick auf seine Tochter und nahm den Schlüssel an sich.

Ob Kira das schattenhafte Wesen gewesen war, das Jill im Busch gesehen hatte – oder meinte, gesehen zu haben – und von dem Nelly fantasierte, war eine Frage, die beide für den heutigen Abend energisch verbannten.

5

Die Gegend um Upington am nordwestlichen Rand des Nordkaps galt als eine der heißesten in Südafrika. Auch heute war die Temperatur bereits auf 42 Grad gestiegen, doch das Innere des flachen Flughafengebäudes war überraschend kühl, vermutlich weil die Sonne jetzt gegen Mittag in einem zu steilen Winkel stand, als dass sie den offenen Restaurantbereich durch die großen Fenster aufheizen konnte.

Flavio Schröder marschierte gesenkten Kopfes, Hände in den Hosentaschen vergraben, ruhelos auf und ab. Die meisten Flüge hatten Verspätung, und die Halle war überfüllt. Überall türmte sich Gepäck, Kinder quengelten, ein winziger Malteserpudel kläffte ohne Unterlass auf dem Arm einer dicken, stark schwitzenden Frau, ein Mann mit tätowierten Armen brüllte am Schalter die Bodenstewardess an. Ein Teil des Filmteams hatte einen Sitzplatz ergattert, die anderen hockten auf ihrem Gepäck, einige am Boden. Ihr Flug sollte in einer halben Stunde aufgerufen werden.

Anita, das Haar irgendwie hochgezwirbelt und mit einem Gummi fixiert, saß neben der Visagistin auf ihrem Koffer und schwitzte trotz des ärmellosen Leinenkleids. Gelangweilt beobachtete sie Marina Muro, die – in ein kniekurzes Hängerkleidchen mit grüngoldenem Paisleymuster gehüllt – mit Tilo Krohn, ihrem Filmpartner, flirtete. Der lehnte entspannt an einer Säule und war sich seiner Wirkung offensichtlich bewusst. Sonnengebräunt, hochgewachsene, schlaksige Figur, helles Haar, das ihm in die Stirn fiel. Jetzt glitt sein Blick von der Muro ab hinüber zu Anita, und er zeigte sein berühmtes schneeweißes Lächeln. Aber sie schaute an ihm vorbei und versteckte sich hinter einer Illustrierten, mit der sie sich Kühlung zufächelte. An einer neuen Männerbekanntschaft war sie nicht im Geringsten interessiert. Sie konnte sich nicht einmal vorstellen, je wieder mit einem anderen Mann zusammen sein zu wollen, schon gar nicht mit einem so selbstgefälligen Typen wie dem Schauspieler.

Ein Windstoß schleuderte eine leere Coladose mit einem Knall an eines der Fenster. Gleichzeitig erlosch das gleißende Sonnenlicht, die Luft nahm eine eigenartig schwefelgelbe Färbung an. Einige Passagiere waren bei dem unerwarteten Geräusch hochgeschreckt, der Malteserpudel drehte durch und kreischte. Die Coladose rollte über den gepflasterten Hof, Zeitungsseiten flogen wie grauweiße Vögel umher. Ein Beamter der Flughafenpolizei, der bisher neben seinem Kollegen lässig an der Wand gelehnt hatte, ohne die Menschenansammlung in der Halle aus den Augen zu lassen, war jetzt ans Fenster getreten und schaute mit gerunzelter Stirn hinaus.

»Da ist ein ordentliches Gewitter im Anzug, das wird bestimmt für noch mehr Chaos sorgen«, bemerkte er zu seinem Kollegen und beäugte dabei eine Touristin mit flammend roter Mähne, die ihre Kurven in hautenge Jeans gezwängt hatte.

Der andere betrachtete den Himmel, während er sein Pistolenhalfter zurechtrückte. »Yebo«, sagte er. »Die Ahnen sind sehr zornig. Ich muss ihnen mal wieder ein Huhn opfern, damit mir und meiner Familie nichts zustößt.«

Anita, die den Wortwechsel mitgehört hatte, hielt es zuerst für einen Scherz, bis sie die ernsthafte Miene des Mannes bemerkte. Verblüfft streifte ihr Blick seine Pistole, das Handy in seiner Brusttasche, das Funkgerät, das er an seiner Schulter befestigt trug.

»Die tun das tatsächlich«, raunte ihr Dirk Konrad zu, der sich auf dem Koffer neben ihr lümmelte. »Man sagt, dass selbst der Präsident dieses Landes ab und zu seinen Ahnen opfert, um sie milde zu stimmen. Ein prominenter Politiker hat seine weißen

Nachbarn kürzlich restlos erschüttert, weil er in einem der teuersten Vororte Kapstadts auf traditionelle Zuluart einen Bullen geopfert hat, um seinen Ahnen mitzuteilen, dass er jetzt weit weg von zu Hause sei.«

Sein vielsagendes Grinsen hielt Anita davon ab, sich zu erkundigen, wie genau die Zulus die Bullen schlachteten. Sie betrachtete erneut den Sicherheitsbeamten, der eben in sein Funkgerät sprach. »Wie schaffen die nur den Spagat zwischen ihrer und unserer Welt?«

Der Kameramann rückte seinen Koffer näher an sie heran. »Offenbar ohne Schwierigkeiten. Die picken sich die Rosinen aus jedem Kuchen. Das heißt, bei einer Infektion lassen sie sich Antibiotika verschreiben, gehen aber zur Sicherheit noch zu ihrem traditionellen Heiler.« Ihm standen die Schweißperlen auf der Stirn. Er zerrte sein schwarzes T-Shirt aus den Jeans und wedelte sich darunter mit einem Prospekt Kühlung auf die nackte Haut.

Anita schaute nach draußen. Der Himmel hatte sich zusehends verfinstert, die ersten Tropfen prasselten so hart ans Glas, als hätte jemand eine Handvoll Kieselsteine dagegengeworfen, und dann stürzte ein Wasserfall an den Scheiben herab und löschte jede Sicht aus. Der starke Wind war zu einem Sturm angewachsen und fegte mit furchterregendem Gejaule ums Gebäude. Kurz darauf ratterte die Anzeigentafel, und neben der Nummer ihres Fluges erschien das Wort »verspätet«.

Anita wünschte sich jetzt, dass sie wie die meisten aus dem Filmteam in dem Schnellrestaurant im Ort etwas gegessen hätte. Aber angesichts der fettigen Speisen und der fleckigen Uniformen der Kellnerinnen hatte sie auf der Stelle den Appetit verloren. Sie setzte darauf, dass sie an Bord, spätestens in Durban, etwas zu essen bekam. Auf der Suche nach dem letzten Schokoriegel, den sie meinte eingesteckt zu haben, wühlte sie ihre Tasche durch, fand aber nichts. Sie seufzte verärgert.

»Mir ist scheißschlecht«, bemerkte ein dicklicher Mann mit Stirnglatze, der am Boden saß, und rieb sich die Magengegend. »Absolut scheißschlecht!«

»Frag mich mal«, stöhnte ein anderer, den Anita als einen der Beleuchter identifizierte. Er presste beide Hände auf den Bauch und krümmte sich vornüber, schnellte aber sofort wieder hoch. »Ich muss kotzen!«, ächzte er und rannte, ständig über herumliegendes Gepäck stolpernd, in Richtung Toiletten.

Dirk Konrad sah dem Mann besorgt nach, machte eine Bewegung, als wollte er ihm folgen, unterließ es dann aber. Es vergingen ein paar Minuten, bis der Beleuchter wieder erschien. Käseweiß, die Hände auf den Bauch gedrückt, sank er auf seinem Gepäck zusammen. Der Kameramann war sichtlich genervt.

»Na, den hat's offensichtlich erwischt«, brummte er. »Montezumas Rache, oder wie immer das in Afrika heißt. Ich werde mich mal um ihn kümmern. Er ist mein bester Beleuchter, den brauche ich ständig. Der darf jetzt nicht ausfallen.«

»Das scheint aber hoch ansteckend zu sein.« Anita deutete auf die Regieassistentin Jasmin Krüger. »Der geht es ganz offensichtlich auch nicht gut.«

Jasmin Krüger war grünlich blass im Gesicht und schaffte es eben noch, den Kopf über einen Papierkorb zu halten, den ihr Marina Muro geistesgegenwärtig hinhielt, ehe sie sich anhaltend erbrach. Schwankend richtete sie sich wieder auf. Die Schauspielerin schnappte sich einen Stuhl vom Restaurant und schob ihn der Regieassistentin eiligst unter. Sie zog ein blütenweißes Taschentuch hervor und tupfte ihr die Stirn damit ab.

»Shit«, sagte irgendjemand vernehmlich.

»Man könnte es nicht treffender ausdrücken«, antwortete ein anderer. »Was ist denn hier nur los?«

Im selben Moment stöhnte der Beleuchter laut auf, erbrach sich abermals und sehr lautstark, praktischerweise in denselben Papierkorb, der schon Jasmin Krüger gedient hatte. Säuerlicher

Geruch nach Erbrochenem breitete sich aus. Anitas Hunger verschwand schlagartig.

Die beiden Polizisten, die offenbar nur die Geräusche mitbekommen hatten, die der Mann von sich gab, kamen mit dem wichtigtuerischen Ausdruck aller Gesetzeshüter näher. Beide hatten ihre Hände automatisch auf die Pistolen gelegt und die Halfter aufgeknöpft.

»Wir brauchen Krankenwagen«, rief ihnen die Muro in bayerisch gefärbtem Englisch zu. »Schnell. Stehen Sie nicht herum, tun Sie etwas!«

Die beiden Polizisten ignorierten die Schauspielerin. Stattdessen widmeten sie sich aus sicherer Entfernung der sich in Magenkrämpfen windenden Jasmin Krüger und dem Beleuchter, der – grauweiß im Gesicht – mit geschlossenen Augen vor ihnen auf dem Boden lag und nur flach und hastig atmete. Nach eingehender Inspektion hob einer der Beamten sein Funkgerät und sprach hinein.

»Wir brauchen hier einen …« Er zählte schweigend die Opfer durch. »Nein, zwei Krankenwagen – oder am besten drei. Und zwar schnell.« Mit gerümpfter Nase trat er einige Schritte zurück.

Innerhalb kurzer Zeit waren bis auf den Regisseur, Marina Muro, Dirk Konrad und Andy Kaminski nicht nur der Herstellungsleiter, sondern auch der Produktionsleiter, Tilo Krohn und praktisch jeder von der Mannschaft außer Gefecht gesetzt. Die übrigen Passagiere in der Halle hatten sich so weit von den Kranken zurückgezogen, wie es ging, manche hielten sich ein Taschentuch vor die Nase. Der Polizeibeamte forderte zwei weitere Krankenwagen an.

»So viele haben wir doch gar nicht«, wandte der andere ein.

Sein Kollege wedelte mit der Hand. »Was soll's. Dann müssen die eben zweimal fahren, oder dreimal. Ich habe im Krankenhaus Bescheid gesagt, was hier abläuft, und der Arzt hat auf Lebensmittelvergiftung getippt.« Mit gekräuselter Nase schaute er auf die Szene in der Halle, die immer mehr einem Schlachtfeld glich. Einige der Kranken hatten sich einfach auf dem Boden ausgestreckt. Wenn sie sich übergeben mussten, taten sie das an Ort und Stelle. Der Polizist musste schlucken. »Ich frag mal, wo die gegessen haben.«

Flavio Schröder betrachtete den jämmerlichen Haufen seiner Leute mit blassem Gesicht und steigender Verzweiflung. »Dieses Desaster kann eigentlich nur etwas mit diesem Schnellrestaurant zu tun haben. Alle haben da gegessen.« Besorgt wandte er sich an seinen Kameramann. »Du etwa auch?«

»Nee, glücklicherweise nicht. Wie ist es mit Ihnen, Anita?«

»Ich auch nicht, und es scheint, dass wir die einzigen Standhaften hier sind.«

»Marina und Andy wirken auch noch ziemlich kregel«, bemerkte der Regisseur. »Und das schließt das Buffet auf unserer Party definitiv aus. Ich habe beobachtet, dass Sie sich auch etwas geholt haben.«

Anita nickte. »Ja, zwar nicht viel, aber es war wirklich sehr gut, und ich habe keinerlei Beschwerden gehabt, weder in der Nacht noch jetzt.«

Der Polizist war an Flavio Schröder herangetreten und hielt seinen Notizblock bereit. »Sir, sind Sie hier zuständig? Der Boss sozusagen?« Als Flavio Schröder stirnrunzelnd Zustimmendes brummte, fuhr er fort: »Wir haben dem Arzt die Symptome durchgegeben, und der meinte, die weisen auf eine Lebensmittelvergiftung hin. Können Sie mir Angaben machen, wo Ihre Leute zuletzt etwas gegessen haben?« Der Stift schwebte über dem Block.

Der Regisseur holte tief Luft und ließ seiner Wut freien Lauf, was seinem Englisch allerdings nicht sehr guttat. »In so einem verwanzten Schnellrestaurant, und ich kann Ihnen versichern, wenn verdorbene Speisen meine gesamte Mannschaft außer Gefecht gesetzt haben, dann kommt auf diesen verdammten Saftladen eine Schadensersatzforderung zu, dass denen die Augen tränen, das können Sie schon mal ausrichten. Wir verlieren pro Tag ein kleines Vermögen! Die Produktion dreht mir den Geldhahn ab.«

Der Beamte – es war der, der seinen Ahnen ein Huhn opfern wollte – hörte sich den Ausbruch Flavio Schröders mit ausdrucksloser Miene an. »Meinen Sie das Restaurant *Chakalaka* an der Hauptstraße, Sir? Grün gestrichene Fenster, rosa Wände?«

»Genau das. Es ist ein kakerlakenverseuchtes …« Der Regisseur bekam einen Hustenanfall.

Die Miene des Polizisten hatte sich unmerklich verhärtet. Er steckte sein Notizbuch weg. »Mach du hier weiter«, sagte er leise zu seinem Kollegen. »Der Mann hier macht Ärger. Ich muss meinen Bruder im Restaurant anrufen.« Damit nahm er sein Handy, trat ein paar Schritte abseits und tippte eine Nummer ein. Kurz darauf sprach er leise und nachdrücklich ins Telefon.

Flavio Schröder tobte immer noch. »Ich schleif den Eigentümer von dieser Bakterienschleuder von einem Restaurant vor Gericht. Ich klage den letzten Cent aus dem heraus, den allerletzten. Was ist das eigentlich?« Er sah Dirk Konrad rot vor Wut an. »Versuchter Mord? Totschlag?«

»Wohl nicht«, antwortete der Kameramann. Trotz der schlimmen Lage konnte er sich ein Grinsen kaum verkneifen. »Grobe Fahrlässigkeit vielleicht, und sicher gibt es hier auch Hygienevorschriften für Restaurants. Da könnte man ansetzen. Reg dich ab, das hilft nichts, sondern schadet nur deinem Blutdruck. Und der dürfte schon im Gefahrenbereich Tiefrot sein.«

»Ha!« Flavio Schröder stampfte davon, zog sein Mobiltelefon hervor und begann mit wütenden Gesten eine Nummer einzutippen, brach das Vorhaben aber gleich wieder ab und wandte sich Dirk zu. »Du kennst doch Nils Rogge von *Inqaba.* Ruf auf der Lodge an, und bring denen bei, dass der größte Teil unseres

Teams kotzend im Krankenhaus liegt und vorerst nicht kommt.« Er versetzte seinem Koffer einen Kick, dass er umstürzte. »Verdammt!«, schrie er dabei.

Dirk holte sein Handy hervor, hielt dann aber kurz inne. »Anita, Sie sind doch ebenfalls auf *Inqaba* eingebucht, nicht wahr?«

»Ja«, antwortete sie kurz. »Ich bleibe vorerst eine Woche dort.«

Neugierig musterte Dirk sie. »Was wollen Sie eine ganze Woche allein im Wildreservat machen? Irgendwann hat man doch alle Tiere zu Gesicht bekommen, alle Geschichten der Ranger und der anderen Gäste bis zum Überdruss gehört und jeden Abend dem Personal zugesehen, das Stammestänze vorführt.«

Anita zuckte die Schultern, hatte aber nicht vor, ihm vom Inhalt der Schatulle zu erzählen, von der Geburtsurkunde einer Cordelia Mbali Carvalho, geboren 1952 in KwaZulu Natal, Mutter Anna-Dora Carvalho geb. Lorentzen, Vater Rafael Carvalho, und dass diese Frau, die einen Zulunamen trug, demnach ihre Schwester sein musste. Dass sie keine Ahnung hatte, ob diese Cordelia helle oder dunkle Haut hatte. Ob sie noch dort lebte. Wenn sie überhaupt noch lebte.

Ganz bestimmt würde sie ihm auch nicht erzählen, dass sie seit dem Fund der Kassette immer wieder von den Bildern einer bestimmten Szene heimgesucht wurde. Einer Erinnerung, die sie über die Jahre so tief in sich vergraben hatte, dass es ihr beinahe gelungen wäre, sie ganz zu verdrängen. An Bouba. Er kam aus dem Senegal, seine Haut war ein goldenes Mahagonibraun gewesen, und er hatte diese unglaublich weißen Zähne gehabt, die Afrikanern eigen zu sein schienen. Wie sie studierte er in Hamburg. Er sah sehr gut aus, war musisch hochbegabt und faszinierte sie. Eines Abends hatte er sie zu einem Jazzkonzert abgeholt, ganz harmlos, nur weil es auf seinem Weg lag. Ihre Mutter, die sonst jeden ihrer Freunde mit Herzlichkeit begrüßte, hatte Bouba mit eisiger Feindseligkeit behandelt. Anita hatte sie zur Rede gestellt.

»Was hast du gegen Bouba?«

Ihre Mutter hatte ein paar Atemzüge lang schweigend vor sich hin gestarrt. Ihr Gesicht trug einen so fürchterlichen Ausdruck, dass Anita erschrocken zurückgefahren war.

»So einer ist nichts für dich«, hatte ihre Mutter schließlich geflüstert. Mehr nicht.

Anita glaubte, dass ihre Mutter Bouba falsch eingeschätzt hatte, dass sie annahm, er sei faul und ein Sozialparasit. Sein Vater sei Diplomat, hatte sie ihr vorgehalten, und Bouba ein sehr kultivierter Mann, der mit seinem Ingenieurstudium schon fast fertig sei. Aber selbst diesen Argumenten begegnete ihre Mutter nur mit einem kurzen, wortlosen Schulterzucken. Auch später war es Anita nie gelungen, sie zu einer Erklärung zu bewegen.

Weiterhin hatte sie auch nicht vor, Dirk Konrad zu erzählen, dass sie nur nach Zululand reiste, um herauszufinden, ob es diese Cordelia noch gab und ob sie wirklich ihre Schwester war. Dazu war sie viel zu aufgewühlt. Obwohl sie sogar den Boden der Kassette in der Hoffnung, dass dort noch etwas verborgen wäre, mit einem Meißel aufgestemmt hatte, hatte sie sonst nichts gefunden. Ihre Mutter hatte ihr kein Wort, keinen weiteren Hinweis, was es mit dieser Geburtsurkunde auf sich hatte, hinterlassen.

»Ich werde viel fotografieren, schließlich habe ich noch nie Löwen oder Elefanten in freier Wildbahn gesehen«, sagte sie endlich.

Nach einem weiteren forschenden Blick wählte Dirk Konrad die Nummer von *Inqaba*.

Jill nahm den Anruf in ihrem Büro an, und er erklärte ihr, welches Missgeschick das Team befallen habe.

»Ach, du liebe Güte, das wirbelt ja wirklich alles durcheinander!«, rief die Eigentümerin von *Inqaba*. »Sie wollten doch hier drehen, und ohne den Hauptdarsteller wird das wohl kaum gehen, oder? Können Sie absehen, wie lange Ihre Leute im Krankenhaus bleiben müssen?«

»Drei bis vier Tage, schätze ich, aber genau weiß das keiner«, sagte Dirk. »Es tut mir wirklich leid.«

»So wie ich Sie verstanden habe, kommen Sie also nur mit fünf Leuten. Werden die alle in einem Bungalow schlafen?«

Vor Dirks innerem Auge blitzte La Muros Reaktion auf, sollte sie mit der Forderung konfrontiert werden, ihren Bungalow mit anderen Menschen zu teilen. Er verzog das Gesicht. Ein Vulkanausbruch wäre da vorzuziehen. »Nein. Rechnen Sie mit mindestens vier Bungalows.« Er würde sich seinen mit Andy teilen. Das hatten sie schon öfter gemacht.

»Eine Minute bitte. Ich muss eben nachschauen, um welche Bungalows und Zimmer es sich handelt.« Klappernd landete das Telefon auf einer harten Oberfläche, das leise Klicken von Computertasten war zu hören und gedämpftes Gemurmel.

»Jill!«, rief Dirk.

Sie meldete sich sofort. »Ja?«

»Machen Sie sich keine Sorgen. Die Produktionsfirma wird das Finanzielle natürlich mit Ihnen klären. Für derartige Vorfälle haben wir eine Versicherung.«

»Na prima«, sagte die Eigentümerin von *Inqaba* nach einer kurzen Pause mit deutlicher Erleichterung in der Stimme. »Dann erwarte ich Sie irgendwann heute am späteren Nachmittag. Bis dann.«

Flavio Schröder war hinüber zu seiner Hauptdarstellerin gegangen, die ihrer keuchend auf ihrem Koffer zusammengesunkenen Visagistin den Rücken streichelte, und redete leise auf sie ein. Als diese nickte, ging er zurück zu seinem Kameramann. »Marina und ich bleiben noch. Ich muss erst herausfinden, was genau los ist und worauf ich mich einzustellen habe. Jasmin muss uns umbuchen und die anderen Plätze auf dem Flug stornieren.«

Draußen fuhren drei Krankenwagen unter Sirenengeheul vor, Sanitäter sprangen heraus und schoben im Laufschritt mehrere Tragen in die Halle. Ein Arzt begleitete sie. Von einem Betroffenen zum anderen gehend stellte er schnell fest, wer am schlimmsten dran war, und ließ dann bei Jasmin Krüger und dem Beleuchter sofort einen Tropf anlegen. Auf sein Zeichen hin wurden die beiden und weitere vier Erkrankte als Erste abtransportiert.

Dirk grinste mit gewisser Schadenfreude. »Das wirst du schon selbst machen müssen.« Er wies auf das jämmerliche Häuflein Mensch, das eben an ihnen vorbeigetragen wurde. »Jasmin wird kaum dazu imstande sein.«

Seit Langem bezweifelte er, dass der Regisseur ohne seine Assistentin überhaupt heil durchs Leben kam. Er behandelte sie wie eine Leibeigene, die alles – von ihren beruflichen Aufgaben bis zum Management seines Privatlebens – für ihn erledigen musste. Sie brachte seine Hemden in die Reinigung, kannte die Marke seines Rasierwassers und wusste, was seine Mutter sich zum Geburtstag wünschte. Sie schien es als ihre Berufung anzusehen.

»Dann mach du das«, befahl Flavio Schröder missgelaunt.

Dirk grinste noch breiter. »Nee, mein Lieber, das ist nicht mein Job. Außerdem habe ich keine Befugnis, und es wird Zeit, dass du mal lernst, wie das richtige Leben funktioniert. Bald lässt du dir von Jasmin noch den Hintern abwischen.«

Der Regisseur schoss ihm einen finsteren Blick zu, drängte sich dann aber wortlos durch die Menge zum Businessclass-Schalter durch.

Anita sah ihm nach. »Können Sie und Herr Schröder sich nicht leiden?«

»Ach, natürlich. Wir kennen uns schon eine Ewigkeit. Nur braucht er manchmal jemand, der ihm wieder zu ein wenig Bodenhaftung verhilft. Er ist ein phänomenaler Regisseur, gibt sich aber der Illusion hin, dass alle nur für ihn und seine Bedürfnisse da sein müssen. Was das tägliche Leben angeht, ist er ein hoffnungsloser Fall.«

Der Lautsprecher unterbrach ihn und kündigte zu Anitas Erleichterung ihren Flug an. Schnell verabschiedete sie sich von Flavio Schröder und Marina Muro und beeilte sich, an Bord zu gehen. Ihr Fensterplatz lag drei Reihen hinter den Sitzen des Kameramanns und seines Assistenten. Nachdem sie gestartet waren, stellte sie ihre Handtasche auf den Tisch, der den Nebensitz von ihrem trennte und erfreulicherweise frei geblieben war, und schob ihr Notebook darunter. Von dem jungen, farbigen Flugbegleiter nach ihren Wünschen gefragt, ließ sie sich eine Cola servieren, lehnte aber den Imbiss misstrauisch ab. Der Geruch nach Erbrochenem hing ihr immer noch in der Nase.

In Johannesburg erreichten sie den Weiterflug nach Durban in letzter Minute. Auch hier saß sie am Fenster. Neben ihr nahm ein übergewichtiger Schwarzer mit kahl geschorenem, fußballrundem Kopf und einem fröhlichen Grinsen Platz. Sie erwiderte sein lautes »Hi!« mit einem Nicken, hoffte aber, dass er keine Unterhaltung anfangen wollte, und stellte die Rückenlehne so ein, dass sie bequem hinausschauen konnte. Mit jeder Meile, die sich das Flugzeug dem Landstrich näherte, der im Leben ihrer Eltern eine so erhebliche Rolle gespielt hatte, klopfte ihr Herz heftiger.

Und dann sah sie die grünen Hügel, von denen ihre Eltern so geschwärmt hatten, dazwischen das glitzernde Band eines kleinen Flusses, winzige Spielzeughäuschen an den Hängen, hier und da auch grasgedeckte Rundhütten und traditionelle Bienenkorbhütten. Gebannt schaute sie hinunter, als sie das Stadtgebiet von Durban überflogen, Hochhäuser und breite Straßen glitten unter ihr weg, weiße Einfamilienhäuser, eingebettet in üppige Vegetation, dann zog der Pilot eine weite Kurve hinaus auf den Indischen Ozean, ehe er an der Küste entlang den Flughafen südlich von Durban ansteuerte.

Minutenlang war unter ihr nichts als Wasser. Rechts brachen sich die Wellen an einem Felsenriff, schäumten sahnig weiß den goldenen Strand hinauf, der wie ein Halsband üppige Gärten und weiße Villen mit funkelnd türkisen Swimmingpools gegen die Macht des Ozeans schützte. Kurz darauf setzte der Pilot zum Sinkflug an und landete mit kreischenden Reifen. Er ließ die Maschine ausrollen und kam neben dem quietschgrünen Flieger irgendeiner exotischen Fluglinie zum Stehen.

Da sie weit vorn saß, war Anita eine der Ersten, die die steile Gangway hinunter aufs Rollfeld stiegen. Es war so gut wie windstill, und heiße, feuchtigkeitsgeschwängerte Luft klatschte ihr wie ein nasser Waschlappen ins Gesicht. Binnen Sekunden lief ihr der Schweiß den Rücken hinunter. Gefolgt von Dirk Konrad und seinem Assistenten, marschierte sie über den kochenden Asphalt und betrat die niedrige Ankunftshalle. Drinnen war es kaum kühler als draußen, und jegliche Hektik schien den Einheimischen viel zu schweißtreibend zu sein. Die Flughafenangestellten vermieden alle überflüssigen Bewegungen, lehnten meist miteinander schwatzend an der Wand oder standen mit abwesendem Gesichtsausdruck herum, als gingen sie die hereinströmenden Passagiere nichts an.

Es gab offenbar nur ein einziges Laufband, das sich allerdings noch nicht rührte. Anita nahm einen Gepäckwagen, wuchtete ihr Handgepäck darauf, stellte das Notebook obendrauf und postierte sich dort, wo die Koffer zuerst erscheinen mussten. Dirk Konrad und sein Assistent stellten sich neben sie. Sie kreuzte die Beine, lehnte sich mit den Armen entspannt auf ihren Trolley und schaute sich gelangweilt um.

Als ihr ein mit hoch gestapelten Koffern schwer beladener Karren mit voller Wucht von hinten in die Beine rammte, war sie unvorbereitet und knickte mit einem Aufschrei in den Knien ein. Ihre Beine rutschten weg, sie fiel der Länge nach auf den Steinboden und schlug mit dem Kopf auf. Die Koffer auf dem

Wagen gerieten ins Rutschen und polterten herunter. Einer traf sie in die Seite.

»O verdammt, das tut mir leid!« Ein Mann beugte sich über sie und packte sie, um sie hochzuziehen. »Es tut mir schrecklich leid.«

Anita wehrte sich heftig. Sie fühlte sich gleichzeitig groggy und desorientiert. Vorsichtig setzte sie sich auf, betastete behutsam ihren Kopf und stieß dort auf eine sehr schmerzhafte Stelle, die bereits zu einer Beule anschwoll. Sie stöhnte unwillkürlich.

»Es tut mir fürchterlich leid«, wiederholte der Mann und streckte die Hand nach ihr aus.

»Hat aber trotzdem verdammt wehgetan«, fauchte sie und stieß die Hand beiseite. »Können Sie nicht aufpassen?« Sie versuchte, sich aufzurappeln, aber der Schmerzblitz, der ihr durch den Kopf schoss, ließ sie zurückfallen. Ihr Kopf dröhnte. Sie knirschte einen Fluch und warf dem noch immer verlegene Entschuldigungen stammelnden Mann einen gepeinigten Blick zu.

Er war etwas mehr als mittelgroß und schlank. Seine Haut glänzte wie braun gebrannter Zucker, er hatte sehr kurzes, stumpf braunes Haar, seltsam bernsteinfarbene Augen und ein einnehmendes Lächeln. Sein helles Hemd hing locker über der Hose, die nackten Füße steckten in Leinenslippern. Er zog ein schuldbewusstes Schuljungengesicht.

»Können Sie aufstehen?«, stotterte er hilflos. »Kann ich Ihnen irgendwie helfen?« Unbeholfen mühte er sich, sie mit einem Griff unter ihre Achseln zu stützen. Es misslang ihm. »Herrje, das tut mir wirklich leid. Warten Sie, ich hole einen Sanitäter ... Wir können Sie ins Krankenhaus bringen ... Himmel, wie dumm von mir ...«

»Was ist hier los?« Dirk Konrad, der Anitas Missgeschick offenbar erst jetzt bemerkt hatte, hatte sein Gepäck bei Andy Kaminski stehen lassen und war herübergelaufen. »Hat der Sie verletzt?« Sein Ton war aggressiv, die Bewegung, mit der er das Kinn vorschob, auch. Mit zusammengekniffenen Augen fixierte er den Übeltäter.

Anita hatte den deutlichen Eindruck, dass Dirk Konrad dem anderen im nächsten Moment die Nase einschlagen würde. Sie verdrehte die Augen. Eine Schlägerei war jetzt genau das, was ihr noch fehlte! Versuchsweise richtete sie sich auf, aber als die Halle zu einem vielfarbigen Karussell wurde, das sich um das karamellfarbene Gesicht und die bernsteinfarbenen Augen drehte, musste sie sich sofort wieder am Gepäcktrolley festhalten. »Nein … ist nicht so schlimm … wirklich nicht … es ist nur mein Kopf …«, stammelte sie und hob abwehrend die Hände.

Dirk ließ von dem Mann ab und sah sich die dicke blaue Beule auf ihrem Kopf an, aus der ein dünner Faden Blut sickerte. »Halten Sie doch endlich mal still«, raunzte er fast unfreundlich, aber sein besorgter Ausdruck sprach eine andere Sprache. Seine Fingerspitzen glitten überraschend zart über die Schwellung. »Ist Ihnen schlecht?«, fragte er. »Sehen Sie doppelt? Brauchen Sie einen Arzt?«

»Nein, nein und nein«, stieß Anita hervor. »Ich habe keine Gehirnerschütterung. Sicher nicht.« Dass ihr furchtbar übel war, erwähnte sie nicht. Das konnte auch eine simple Schreckreaktion sein.

Der Kameramann ignorierte ihren Einwurf und hielt ihr seine Hand mit gespreizten Fingern hin. »Wie viel Finger sind das?«

»Fünf natürlich«, sagte sie unwirsch.

»Ich fahre Sie in die Ambulanz vom Krankenhaus«, mischte der andere Mann sich ein. »Ich heiße übrigens Maurice. Es freut mich, Sie kennenzulernen.«

Anita, der der Kopf viel zu wehtat, als dass sie gesellschaftliche Floskeln hervorbringen konnte, nickte nur knapp. »Mich nicht«, knurrte sie.

Der Mann, der sich Maurice nannte, winkte nach einem weiteren betroffenen Blick auf sie hektisch einen Schwarzen in orangeroter Weste heran. In einer Anita völlig unverständlichen Sprache, die mit Klick- und Zischlauten gespickt war, unterbrochen von lang gezogenen, gutturalen Konsonanten, rief er ihm etwas zu. Prompt schob der Mann kurz darauf einen Rollstuhl heran. Obwohl sie sich lautstark wehrte, darauf bestand, dass sie völlig in Ordnung sei, packte Maurice sie unter einem Arm und hob sie ohne viel Federlesens hinein.

»He!«, brüllte Dirk Konrad und wollte ihn davon abhalten, aber Anita saß bereits im Rollstuhl.

»Besser so?« Maurice stellte ihr den Laptop auf den Schoß.

»Wie man's nimmt. Irgendjemand scheint mir die Schädeldecke aufzumeißeln.« Anita fasste sich an die Stirn, war aber insgeheim ganz froh, sitzen zu können.

Neben ihr fuhr das Transportband an, und die ersten Koffer polterten unter der Kunststoffschürze hervor. Ihrer war einer der ersten. »Das ist meiner!« Sie sprang unwillkürlich auf, sank aber sofort wieder ächzend auf den Stuhl zurück. »Mist, verdammter ...«, stöhnte sie.

»Den haben wir gleich!« Maurice drängte sich energisch durch die Wartenden hindurch, schnappte sich den Koffer, stellte ihn auf Anitas Trolley und legte ihre schwarze Jacke ordentlich gefaltet darüber. »Haben Sie noch mehr Gepäck?«

Sie schüttelte unvorsichtigerweise den Kopf und zog darauf prompt eine schmerzverzerrte Grimasse. »Ich hatte ein Auto für mich vorbestellt, aber ich traue mich jetzt nicht, zu fahren. Wie komme ich jetzt bloß zu diesem Wildreservat ... *Inqaba* heißt es doch, nicht?« Ihre Frustration war überdeutlich. »Kann ich bei Ihnen mitfahren, Dirk?«

»Inqaba.« Maurice, der nach seinem eigenen Gepäck spähte, drehte sich erfreut zu ihr um. »Welch ein Zufall! Ich lebe ganz in der Nähe, nur ein paar Kilometer weiter. Wir haben also denselben Weg. Ich nehme Sie in meinem Wagen mit und setze Sie auf

Inqaba ab, dann kann ich wenigstens etwas wiedergutmachen. Einverstanden?«

Anita zog ein skeptisches Gesicht. »Danke, sehr nett, aber Sie können ja nicht einmal einen Gepäckwagen sicher steuern.« Außerdem verspürte sie wenig Lust, in einem Kleinwagen über afrikanische Straßen zu rumpeln. Das würde ihr Kopf mit Sicherheit nicht aushalten.

»Unser Wagen ist groß und bequem und wartet draußen auf uns«, mischte sich Dirk Konrad ein. »Wir nehmen Sie mit Vergnügen mit. Sie könnten sich sogar auf den Rücksitzen hinlegen.« Er schob Maurice mühelos aus dem Weg, blockierte ihn mit seinem breiten Rücken und zog Anitas Gepäckwagen besitzergreifend an sich.

Andy Kaminski, der diese Aktion und den Wortwechsel verfolgt hatte und seinen Freund gut kannte, grinste in sich hinein, behielt aber einen Kommentar für sich.

Anita presste die Lippen zusammen. Sie empfand das überraschende Balzgehabe von Dirk Konrad als unangenehm. Franks Tod war noch wie eine rohe Wunde. Bei jeder Berührung wollte sie schreien. Dann aber gewann ihr Sinn fürs Praktische die Oberhand. Irgendwie musste sie schließlich in dieses Wildreservat kommen, wobei es ihr eigentlich restlos egal war, wer sie mitnahm, solange ihr Kopf nicht allzu sehr durchgeschüttelt wurde. Während sie noch unentschieden darüber nachdachte, bemerkte sie auf einmal aus den Augenwinkeln, dass ihr Notebook vom Gepäckwagen zu rutschen drohte. In letzter Sekunde fing sie es auf.

Als sie es zurückstellte, fiel ihr auf, dass ihre Jacke nicht mehr auf dem Trolley lag. Hastig zog sie den Wagen herum. Vielleicht war sie zwischen die Koffer gerutscht? Sie lehnte sich vor, konnte sie aber nicht entdecken.

»Meine Jacke scheint geklaut worden zu sein!«, rief sie und verrenkte sich den Hals, um aus ihrer Position die Halle überblicken zu können. Aber natürlich trug niemand eine schwarze Caban-Jacke aus Kaschmir. In diesem Klima würde demjenigen wohl ein Kreislaufversagen drohen.

»Moment. Die habe ich über die Koffer gelegt.« Maurice schob ihre Koffer auseinander und schaute unter den Wagen. Dann richtete er sich mit einem Kopfschütteln wieder auf und brüllte einem schwer bewaffneten schwarzen Polizisten in jener fremden Sprache etwas zu. Der klickte ein paar Worte, drehte sich auf dem Absatz um und marschierte durch die automatische Tür in die Haupthalle des Flughafens.

Trotz ihres starken Kopfwehs und der Sache mit der Jacke war Anita fasziniert. »Welche Sprache ist das?«

»Zulu.« Maurice lächelte sein angenehmes Lächeln. »Ich habe ihm gesagt, er soll draußen nachschauen, ob jemand die Jacke gefunden hat.«

»Netter Euphemismus«, murmelte sie und musterte ihn genauer. Sein Haar war dick und eher lockig als kraus, die Nase gerade und die Lippen voll. Der Karamellton seiner Haut rührte nicht von intensivem Sonnenbaden her, aber ein richtiger Schwarzafrikaner schien er auch nicht zu sein. »Sie sind Zulu?« Ihre Frage klang etwas ungläubig.

Für einen flüchtigen Moment verdunkelte ein Schatten seine Augen, dann grinste er. »Kommt drauf an, welche Hälfte Sie von mir meinen. – Aber da kommt Sifiso wieder!« Er winkte dem Polizisten, der eben die Ankunftshalle durch einen Nebeneingang betrat. Mimisch fragte er ihn, ob er die Jacke gefunden habe. Der Polizist hob seine Pranken und schüttelte den Kopf.

»Die Jacke ist weg«, übersetzte Maurice. »Tut mir leid. War sie teuer?«

Anita zuckte kommentarlos die Schultern. Die Jacke war brandneu und für ihre Verhältnisse teuer gewesen. »Wer kann in diesem Saunaklima etwas mit einer Kaschmirjacke anfangen?«

»Die wird über Ebay verkauft. Vielleicht behält sie der Dieb aber auch. Unsere Winter können besonders in den Bergen sehr kalt werden. Eine Kaschmirjacke wäre da genau richtig.«

»Ebay! Welche Frechheit.« Ihre Augen blitzten.

»Es gibt viel Armut hier.«

Langsam wurde sie wütend. »Das ist doch keine Entschuldigung! Ich muss auch für mein Geld arbeiten.« Ihre Antwort fiel schärfer aus, als sie beabsichtigte. Aber ihr Kopf pochte, und das mit der Jacke ärgerte sie furchtbar. »Wo kann ich hier eine Anzeige bei der Polizei machen?«

Maurice wedelte mit einer Hand. »Ach, glauben Sie mir, das bringt nichts außer Ärger und Zeitverschwendung. Sie sind doch bestimmt gut versichert, ihr Euro-Touristen seid das doch alle. Nehmen Sie die Euros, und kaufen Sie sich eine neue Jacke.«

Anita geriet ernsthaft in Rage, worauf sich das Hämmern in ihrem Kopf verstärkte. »Ist das ein neuer Wirtschaftszweig hier?«, fuhr sie ihn erregt an. »Klauen und bei Ebay verkaufen?«

»Die Dinge sind, wie sie sind. Die kann man nicht ändern. Die Leute sind arm. Wenn sie keinen Job haben, müssen sie trotzdem essen und eine Möglichkeit finden, um zu überleben.« Maurice wirkte kein bisschen beleidigt oder gar gereizt. »Wollen Sie hinter mir herfahren?«, fragte er den Kameramann. »Die letzte Strecke bis *Inqaba* ist etwas kompliziert.«

Anita brauchte einige Momente, um ihre Erregung niederzukämpfen. Als sie ruhiger war, drehte sie sich zu Dirk um. »Ehe wir da irgendwo in der Walachei herumirren … Es ist doch schon fast halb vier, hier wird es früh dunkel … Wie lange fahren wir, Maurice?«

»Drei Stunden, bei starkem Verkehr sogar länger. Sie werden *Inqaba* nicht vor Einbruch der Dunkelheit erreichen.«

Dirk stimmte zu, obwohl er diesen Maurice gern loswerden wollte. Aber Nils Rogge hatte ihn eindringlich davor gewarnt, bei Nacht durchs ländliche Zululand zu fahren.

»Ihr braucht nur eine Panne zu haben. Auf den Straßen reiht

sich Schlagloch an Schlagloch, da passiert das leicht. Oder jemand hat mit Absicht ein Hindernis auf die Straße gelegt und lauert im Gebüsch auf euch.«

Und dann hatte Nils ihm an ein paar drastischen Beispielen in den lebhaftesten Farben ausgemalt, was ihm und seinen Mitfahrern in so einem Fall zustoßen könnte. »Merk dir eins«, hatte er ihn anschließend noch gewarnt. »Solltet ihr wirklich eine Panne haben, so ist der dringende Rat der Polizei, dass man aus dem Wagen springen, hundert Meter weiterlaufen, sich irgendwo verstecken und dann die Polizei anrufen soll.«

Aus Zeitungsberichten wusste Dirk, dass Nils eher noch untertrieben hatte.

»Okay. Danke. Warte hier, Andy, und pass auf unser Gepäck auf.« Die übergroße schwarze Tasche aus hieb- und stichfestem Kunststoffgewebe stellte ein kleines Vermögen an Kameras und Objektiven dar. »Wo wollen Sie warten, in der großen Halle oder draußen vor dem Gebäude?«, erkundigte er sich bei Anita.

»In der Haupthalle, danke. Draußen ist es mir zu heiß. Und diesen albernen Rollstuhl brauche ich nicht mehr.« Sie stand auf, wartete mit zusammengebissenen Zähnen, bis die Halle aufhörte, sich um sie zu drehen, legte ihre voluminöse Umhängetasche ebenfalls auf den Gepäckwagen, drückte den Griff herunter und schob ihn auf die automatische Tür zu, die sich schmatzend vor ihr öffnete.

Ohrenbetäubendes, vielsprachiges Stimmengewirr brandete Anita entgegen, Farben wogten vor ihren Augen, Schweißgeruch vermischt mit dem von Kokosöl und starkem Parfum stieg ihr in die Nase, und um sie herum strudelte das, was die Welt wohl die Regenbogennation nannte. Mühsam steuerte sie den schweren Kofferwagen um eine Gruppe Inder herum – die Frauen in hauchzarten, bunten Saris und mit glitzernden Diamanten in den Nasenflügeln, ihre Männer in traditionellen weißen Gewändern mit reich verzierten Kappen –, die alle laut durcheinanderredeten. Eine schick nach der neuesten Mode gekleidete Afrikanerin, das Mobiltelefon am Ohr, rempelte sie an, entschuldigte sich zwar mimisch, eilte dabei aber laut telefonierend weiter.

Das nächste Hindernis waren zwei schwergewichtige schwarze Putzfrauen, die einen massiven Stau verursachten. Mitten in der quirligen Menge auf ihre Wischmopps gestützt, tauschten sie in höchsten Tönen Neuigkeiten aus und kreischten immer wieder vor Lachen auf. Anita glaubte, dass ihr Kopf jeden Moment explodieren würde. Um den Lärm zu dämpfen, presste sie die Hände auf die Ohren, was aber überhaupt nichts half. Glücklicherweise entdeckte sie einen freien Stuhl in einem der Cafés. Energisch stieß sie ihren Wagen durch die Menge dorthin, entschuldigte sich mit einem Lächeln, wann immer sie jemand anstieß, ließ sich schließlich aufatmend in den Metallstuhl fallen und schaute sich um.

Zu ihrer Linken saßen vier tiefverschleierte Muslima in schwarzen Burkas, die mit weit ausholenden Gesten und blitzenden dunklen Augen hinter den Gesichtsgittern in einer ihr unbekannten Sprache redeten. Vom Nebentisch zu ihrer Rechten kamen Klicks und dunkle, lang gezogene Laute. Es klang wie Zulu, dachte sie und drehte sich halb um.

Zwei muskulöse Schwarze saßen am Tisch, ganz entspannt. Über den nackten Oberkörper hatten sie ein Leopardenfell geworfen, statt Hosen baumelte ihnen eine Art Rock aus Wildkatzenschwänzen bis zu den Knien, blonde Kuhschwanzquasten bedeckten ihre Waden. Einer trug einen breiten Perlenkragen und eine Krone aus den schwarzweißen Stacheln, die Anita sofort als die von Stachelschweinen erkannte, der andere ein Stirnband aus mit Federn verziertem Leopardenfell, zusätzlich hatte er sich aber auch noch eine Baseballkappe aufgestülpt. Verkehrt herum. Beider Uhren waren aus Gold und sehr klotzig. Vor beiden stand eine Flasche Cola. Einer tippte rasend schnell eine

SMS in sein Mobiltelefon, der andere hatte seines am Ohr und zischte und klickte in seiner Sprache.

Anita blieb wortwörtlich der Mund offen stehen.

»Das sind Sangomas«, erklärte Maurice, der sie im Café gesichtet und ihre Blickrichtung bemerkt hatte. »Zulu-Medizinmänner, traditionelle Heiler oder Hexer – wie Sie wollen.«

Anita starrte die beiden seltsamen Männer entgeistert an. »Hexer? Ist das ein Witz?«

Maurice schüttelte den Kopf, gleichzeitig bedeutete er der rot gekleideten Kellnerin, dass er sofort wieder gehen würde und deshalb nichts trinken wolle. »Kein Witz. So ist es. Sie besitzen in der Zulukultur ungeheure Macht.«

Ungläubig schielte Anita zu den beiden Zulus hinüber. »Haben die sich verkleidet, oder laufen die immer so rum?«

Spott funkelte in den bernsteinfarbenen Augen. »Wenn sie geschäftlich unterwegs sind, schon.«

Ein Kichern kitzelte Anitas Kehle, aber sie konnte es unterdrücken. Sie war sich nicht sicher, wie empfindlich dieser Maurice war, der offensichtlich zumindest zum Teil ein Zulu zu sein schien, und sie wollte ihn nicht verletzen. Außerdem schaute er so aufrichtig drein, dass ihr langsam dämmerte, dass er vielleicht doch nicht vorhatte, sie zu veräppeln. »Was … was ist denn deren Geschäft?«, fragte sie und zwang sich, ein ernstes Gesicht zu machen.

Maurice zog einen Stuhl heran und setzte sich. »Die Zulus gehen zu ihnen, wenn sie einen Fürsprecher bei ihren Ahnen brauchen oder wenn sie krank sind, die Zukunft vorausgesagt haben wollen oder wenn sie ein Muti brauchen, das dafür sorgt, dass sie reich und berühmt werden. Oder die Frau bekommen, die sie wollen.«

»Tatsächlich?« Anita konnte die Augen nicht von den Sangomas nehmen. »Welches Muti bekomme ich denn, wenn ich reich und berühmt werden will?« Sie konnte nicht verhindern, dass Spott in ihre Stimme kroch.

Ein belustigtes Lächeln umspielte seine vollen Lippen. »Der Sangoma beschafft sich die Hand oder das Gehirn eines erfolgreichen Mannes oder einer berühmten Person und bereitet daraus mit Kräutern eine Medizin zu, die Sie dann trinken müssen.«

»Hören Sie auf, mich zu veralbern.«

Maurice legte eine Hand auf sein Herz und verdrehte die Augen. »Tu ich nicht! Ehrenwort! So etwas passiert wirklich. Wenn Sie das Muti nicht trinken wollen, vergräbt der Sangoma das Gehirn vielleicht vor Ihrem Haus. Gehört zu unserer Kultur.«

»Kultur? Das kann nicht Ihr Ernst sein!« Sie sah ihn ungläubig an, aber Maurice' Miene blieb offen und aufrichtig. Entweder zeigte er ein preiswürdiges Pokergesicht, oder er erzählte ihr tatsächlich die Wahrheit.

»O ja, das ist durchaus mein Ernst«, sagte er. »Wir Zulus zahlen eine Menge Geld für solche Mutis. Die meisten Sangomas sind inzwischen ziemlich wohlhabend. Die beiden haben draußen auf dem Parkplatz vermutlich einen Luxusschlitten stehen und wohnen in großen Häusern in einem der teuren Vororte.«

Anita verschlug es die Sprache. Maurice hatte von »wir Zulus« gesprochen. Zwar war sie sich immer noch sicher, dass er sich über sie lustig machte, und die Vorstellung, dass hier so etwas geschehen konnte, erschien ihr völlig unmöglich, aber es hatte sie doch eine merkwürdige Unruhe ergriffen. Verunsichert schaute sie diesen beiden bizarren Typen zu, die mit schwingenden Katzenschwänzen an einem Kiosk Zigaretten kauften. Sie nahm sich vor, das alles im Internet zu recherchieren.

Ihre Gedanken schwirrten durcheinander, in der Beule an ihrer Stirn hämmerte ein dumpfer Schmerz. Es war drückend heiß, und aus der Ankunftshalle ergoss sich ein stetiger Strom Gepäckwagen schiebender Passagiere, die zu dem Lärm in der Flughafenhalle beitrugen. Abrupt stand sie auf, strich ihr zerknittertes Kleid glatt und sah auf Maurice hinunter.

»Ich muss hier raus. Der Krach macht mich wahnsinnig. Ich warte draußen auf unseren Wagen.«

Er stand ebenfalls auf. »Lassen Sie mich das machen.« Damit nahm er ihr den Gepäckwagen ab, und es blieb ihr nichts anderes übrig, als sich hinter ihm durch die Menge zum Ausgang zu drängen.

Dirk Konrad kam ihr bereits entgegen. »Geht's Ihnen besser?« Er betrachtete besorgt die zu Pflaumengröße angeschwollene Beule über ihrer Schläfe.

»Ja, geht schon. Ich musste nur aus dieser Halle raus. So einen Krach hält mein Kopf noch nicht aus.«

»Unser Auto ist dort. Andy ebenfalls.« Dirk zeigte auf einen bulligen schwarzen Geländewagen, der mit geöffnetem Heck in einer der Parkbuchten stand. Andy Kaminski saß bereits mit der Kameratasche neben sich auf dem Rücksitz.

Gemeinsam mit Maurice verstaute Dirk ihre Koffer. »Sie fahren voraus, wir folgen Ihnen.«

Maurice klimperte mit seinen Autoschlüsseln in der Hosentasche. »Okay, und ich werde langsam fahren, damit Sie mich nicht verlieren.« Er wollte gerade über die Straße laufen, als Anita ihn am Hemdsärmel zurückhielt.

»Übrigens, mein Name ist Anita.«

Seine Augen leuchteten auf. »Anita. Welch ein hübscher Name. Bis nachher auf *Inqaba*, Anita!« Übers ganze Gesicht strahlend lief er hinüber zu einem weißen Pkw, schloss auf und stieg ein.

Anita zog sich mit Schwung auf den Beifahrersitz des Geländewagens, aber kaum saß sie, schoss sie sofort mit einem Schimpfwort wieder hoch, weil sie glaubte, anstatt auf einem teuren Ledersitz auf einer Herdplatte Platz genommen zu haben. Sie war sich sicher, dass ihre Haut an den Berührungspunkten Blasen gezogen hatte.

»Einfach hinsetzen und aushalten, bis man sich dran gewöhnt hat«, schlug Andy von hinten vor.

Anita schluckte einen genervten Kommentar herunter, ließ sich sehr langsam und vorsichtig auf dem Sitz nieder, bis sie es ertragen konnte, und schnallte sich an. Ihr Notebook stellte sie in den Fußraum, sodass es niemand von außen sehen konnte. Außer ihrem Verlobungsring trug sie keinen Schmuck. Ihre Halskette war in ihrer Handtasche verstaut, und ihre Uhr war ein unauffälliges Teil aus grauem Titan, auf die sie allerdings im Supermarkt bereits angesprochen worden war. Cool sei sie, hatte die Kassiererin gesagt, und sie hatte an die Berichte, die fast jeden Tag über Autoentführungen in der Zeitung standen, denken müssen. Es wurde immer wieder davor gewarnt, irgendetwas im Auto offen liegen zu haben. Absolut nichts. Unbehaglich schwang ihr Blick über die Umgebung, aber sie bemerkte niemand, der ihr besondere Aufmerksamkeit geschenkt hätte.

Dirk Konrad hatte die kleine Szene mit Maurice sehr wohl beobachtet. »Übrigens, ich heiße Dirk«, bemerkte er mit einem vielsagenden Grinsen.

»Und ich Andy«, kam es vom Rücksitz.

Anita lachte herzlich auf, wofür sie sofort mit einer Schmerzexplosion hinter der Stirn bestraft wurde. »Au verdammt!«, stöhnte sie. »Okay, hallo, Andy, hallo, Dirk, ich bin Anita, und vielen Dank, dass ihr mich mitnehmt.«

Erst im Nachhinein fiel ihr auf, dass sie gelacht hatte. Wirklich gelacht. Zum allerersten Mal seit dem Unglück. Die Erkenntnis zauberte ihr ein Lächeln ins Gesicht, und unerwartet standen ihr die Tränen in den Augen.

Der Kameramann bemerkte es, öffnete den Mund zu einer Bemerkung, unterließ diese dann, geriet dabei aber verbal ins Schleudern. »Na, Gott sei Dank bist du nicht so eine verklemmte Tussi, wie du bisher rübergekommen bist …«

Ihr Lächeln zerfloss. Sie presste ihre Lippen aufeinander.

Dirk räusperte sich verlegen. »Autsch! Das war ja schon wieder mitten ins Fettnäpfchen. Tut mir leid, wirklich!« Er schaute sie treuherzig an. »Du musst dich einfach daran gewöhnen, dass ich ein loses Mundwerk habe und dass es mir gelegentlich davonläuft.«

Anita verzog keine Miene. »Oh, das schaffe ich schon. Schließlich bin ich ja keine restlos verklemmte Tussi, wie du eben festgestellt hast.«

Andy schüttelte sich vor Lachen. Dirk grinste schief, startete wortlos den Wagen und fuhr aus der Parkbucht. Vor ihm wartete Maurice schon mit laufendem Motor. Minuten später bogen beide Autos hintereinander auf die N2 in Richtung Norden ab.

Anita lehnte ihren Kopf gegen die Rückenlehne und schloss die Augen. Das Gewicht auf ihrer Seele erschien ihr um einen Bruchteil leichter geworden.

Das Stadtgebiet von Durban umfuhren sie auf der Schnellstraße, die wenig schöne Anblicke bot. Heruntergekommene, ehemals bürgerliche Wohnviertel, Industrieanlagen, Abfall am Straßenrand. Nur einige in voller Blüte stehende Tibouchinabäume, deren rosa und lilablaue Kronen von den Hügeln herunterleuchteten, milderten den Eindruck. Ihr Vater hatte immer von diesen herrlichen Bäumen geschwärmt. In der Zwischenzeit waren sie in Richtung Nordküste abgebogen und fuhren nun durch ein ultramodernes Geschäftsviertel mit weißen Gebäuden, die praktisch alle einen Blick vom Hügelrücken herunter über den Indischen Ozean besaßen. Dirk fuhr konzentriert, Andy hatte sich die Ohrstöpsel seines MP3-Players ins Ohr gesteckt und lauschte seiner Musik mit geschlossenen Augen, Anita döste.

Maurice fuhr über den Kreisel vor dem Natal Sharksboard, dem Haiforschungsinstitut, und nahm eine der vielen kleinen Straßen, die nach rechts durch das exklusive Wohngebiet des Ortes Umhlanga Rocks führten. Anita setzte sich auf und schaute hinaus. Üppige Vegetation überwucherte hohe Mauern, die Einfamilienhäuser dahinter erschienen ihr unglaublich luxuriös. Eines besaß sogar einen gläsernen Aufzug an der Außenseite. Da alle Häuser am Hang lagen, hatten auch ihre Bewohner die gleiche herrliche Aussicht über den grünblauen Ozean.

Noch etwas aber war praktisch allen Häusern gemeinsam. Die hohen Mauern waren mit mehreren dünnen Drähten gekrönt, wie Anita befremdet bemerkte. »Was sind das für Drähte?«, fragte sie.

Dirk schaute kurz hinüber. »Elektrozäune.«

Sie verrenkte sich den Hals, um besser sehen zu können. »Himmel, die leben ja wie in Fort Knox!«

»Völlig normal hier. Hast du noch nicht gemerkt, dass alle Fenster schwer vergittert sind? Wie im Gefängnis.« Er drehte seinen Rückspiegel so, dass er ihr Gesicht sehen konnte. »Du siehst reichlich blass aus. Wir fahren gleich am Umhlanga Hospital vorbei. Soll ich dich hinbringen?«

Anita kicherte. »Nein, ich habe nur Hunger.«

»Dem können wir abhelfen.« Dirk blinkte Maurice an, fuhr links an den Straßenrand, stellte seinen Warnblinker an, stieg aus und lief zu Maurice, der vor ihm hielt und schon sein Fenster heruntergelassen hatte. Nach einer kurzen Unterhaltung kehrte er zurück.

»Wir werden hinunter in den Ort fahren und etwas essen. Von hier aus brauchen wir noch mindestens zweieinhalb Stunden, und bis dahin bist du mir verhungert.« Er grinste. »Das kann ich nicht riskieren, das gäbe nur endlos Schwierigkeiten.«

Anita fletschte aus Spaß die Zähne. Dirk fuhr vom Hügelrücken die abschüssige Straße hinunter, die unter dem Highway als Unterführung lief. Auf der anderen Seite wuchsen ausladende Schattenbäume an der zweispurigen Straße, links säumten teure Apartmentblocks und Hotels den Strand. In den Lücken dazwischen schimmerte das Blau des Ozeans. In der Ortsmitte allerdings blockierten drei rauchblau verglaste Wohntürme die Fernsicht aufs Meer.

Zweiunddreißig Stockwerke zählte Anita bei dem höchsten

Gebäude. »Die machen die gleichen Fehler wie überall auf der Welt und betonieren die schönsten Küsten zu …«, bemerkte sie enttäuscht. Niemand antwortete.

Dirk bog nach links ab. »Wir essen in der *Oyster Box*. Das ist das beste Hotel am Platz, und die haben ein Restaurant mit einer tollen Terrasse zum Ozean hin. Ich nehme an, dass man sich zumindest da auf die Qualität der Lebensmittel verlassen kann.«

Anita wurde sich sofort ihres verschwitzten Äußeren bewusst. Der Geruch nach Erbrochenem schien noch immer an ihrer Kleidung zu haften. »Ich bin nicht gerade edel angezogen …«

»Du siehst sehr gut aus«, beschied ihr Dirk kurz, während er durch ein hohes weißes Tor fuhr. Er wartete, bis der Sicherheitsdienst die Schranke für ihn geöffnet hatte und parkte anschließend vor einem weißen, lang gestreckten Gebäude im alten Kolonialstil mit dem schwungvollen Namenszug *The Oyster Box*. Ein Inder in weißer, hochgeschlossener Uniform mit rotem Turban auf der einen Seite und ein breit grinsender Zulu in Tropenanzug und Tropenhelm auf der anderen rissen ihnen die Türen auf. Anita betrat die kühle hohe Eingangshalle und schaute sich um.

Links säumte ein langer Tresen aus poliertem Mahagoni die Wand, und auf dem Tisch vor der Freitreppe, die in den Oberstock führte, stand eine Pyramide von sicherlich mehr als hundert roten Anthurien. Sie blieb verzückt stehen. Schwarze und weiße Fliesen, funkelnde, reich verzierte Spiegel, zierliche helle Möbel, rotgrundige Perserteppiche, an den Wänden große Bilder in kräftigen Farben und sepiafarbene Fotos aus vergangenen Epochen, eine Bambuspalme über zwei Etagen, darüber langsam rotierende Ventilatoren mit braunen Schmetterlingsflügeln aus Bambus.

»Zauberhaft«, flüsterte sie und ging weiter.

Diensteifrig eilte ein hochgewachsener Schwarzer im Anzug hinter dem Tresen hervor und geleitete sie hinaus auf die Terrasse. Hell gefliester Boden, edel eingedeckte Tische unter terrakottafarbenen Sonnenschirmen, eine weiße, durchbrochene Balustrade, und dahinter der endlose, ruhig atmende Ozean. Welle auf Welle rauschte aus der blauen Weite heran, wurde gläsern durchsichtig, ehe sie sich donnernd in einer Fontäne von blendend weißer Gischt auf dem vorgelagerten Felsenriff brach. Es klang, als tobte über ihnen ein Gewitter.

Auf der Stirnseite der Terrasse glühte ein weißer Pizzaofen. Kunstvolle farbige Mosaik-Ornamente überzogen seine Kuppel, Kellner in langen, weinroten Schürzen über gestreiften Hosen balancierten Tabletts herbei.

»Gott, ist das schön«, murmelte Anita beeindruckt.

Man führte sie zu einem Tisch direkt an der Balustrade, und Dirk zog ihr den Stuhl zurecht. Anita bemerkte interessiert, dass sie die einzigen weißen Gäste waren und dass es für die Tageszeit zudem erstaunlich voll war. Sie setzten sich. Terrakottafarbene Servietten wurden auf ihrem Schoß ausgebreitet, Wein- und Speisenkarte lagen im Handumdrehen vor ihnen. Sie wählten, und gleich darauf stand eine beschlagene Flasche Mineralwasser vor ihr. Dirk schenkte ihr ein.

Anita nahm das Glas in beide Hände und schaute hinaus ins gleißende Licht. Es blendete stark und trieb ihr die Nässe in die Augen. Das durchsichtige Grün der Wellenkämme verschwamm, die glitzernden Gischtschleier tanzten und wogten, und plötzlich war ihr, als würde sie hinausgezogen auf das weite, weite Meer, hinein in das funkelnde Licht. In den Sonnenreflexen flimmerte ein silbriger Schemen übers Wasser. Draußen, eben über dem Horizont … Schwebte da ein Lachen in der Luft?

»Frank?«, wisperte sie.

»Möchtest du noch ein Wasser?«

Sie starrte Dirk verständnislos an. Neben ihr schluckte Andy vernehmlich und kippte sein drittes Bier. Verwirrt schaute sie wieder übers Meer, aber der Schemen hatte sich in ein Segelboot verwandelt, und das Lachen schien vom Nebentisch zu kommen.

»Wasser, Sprudel.« Dirk hob die Flasche. »Sag mal, ist mit dir alles in Ordnung?«, fragte er mit einem Anflug von Sorge.

Verwirrt schaute sie sich um. »In Ordnung? Ja, ja …« Sie stotterte. »Ich habe nur für einen Augenblick abgeschaltet …«

Noch einmal glitten ihre Augen über das Funkeln und Glitzern, nach Norden, nach Süden und bis zum Horizont. Aber da war nur das Segelboot, dessen schlanke Silhouette sich jetzt im Licht auflöste.

»Ich glaube, ich brauche einen Kaffee«, murmelte sie und legte die Hände um ihr brennendes Gesicht. »Einen Espresso. Einen doppelten.«

Dirk winkte einen Kellner heran, bestellte zwei Espresso und sah dabei Andy und Maurice fragend an. Maurice nickte zustimmend.

»Einen Wodka«, orderte Andy.

»Nein, vier Espresso«, korrigierte Dirk.

Der Kellner, ein beleibter Inder mit langer Schürze, schaute aus unergründlichen asiatischen Augen abwartend von einem zum anderen. Andy war empört hochgefahren, aber als sein Boss ihm mimisch unmissverständlich klarmachte, wer hier das Sagen hatte, nickte er mürrisch. »Scheiße, dann eben auch einen Espresso.«

»Schickes Kleid«, lenkte Anita hastig ab und wies mit dem Kopf auf eine dralle Schwarze am Strand, die ein klar geschnittenes weißes Kleid mit angedeuteten Puffärmeln trug. Eine Tasche aus schwarzem Lackleder hing ihr von einer Goldkette über die Schulter, ein durchbrochener weißer Sonnenhut warf spitzenartige Schatten auf das jugendliche braune Gesicht. »Ein bisschen reichlich eng und kurz«, setzte sie hinzu.

Dirk warf aus den Augenwinkeln einen flüchtigen Blick hinüber. »Chanel«, sagte er.

»Woher willst *du* das wissen?«, sagte Anita amüsiert und unterzog die Frau einer intensiveren Musterung. Einmal hinauf und wieder hinunter. Die Zulu hatte ihren Hut abgenommen. Glattes, blauschwarz glänzendes Haar kam zum Vorschein. Eine Perücke? Um den Hals schimmerte eine breite Goldkette, ihre Finger waren üppig beringt, an den Armen klimperten mehrere Reife. Auch Gold.

Dirk zuckte mit den Schultern. »Ich arbeite tagaus, tagein mit Schauspielerinnen. Die meisten Labels hab ich drauf.«

Anita war beeindruckt. »Muss ziemlich teuer gewesen sein … Die Klunker sind dann wohl auch echt …«

»Aber sicher«, mischte sich Maurice ein. »Wir Zulus lieben Gold, einfach alles, was glitzert, groß und protzig ist.« Er verzog keine Miene, aber aus den olivfarbenen Augen sprühte der Spott.

Anita ließ die Frau nicht aus den Augen. »Ich habe gehört, dass die neue schwarze Elite zum Teil obszön reich ist.«

»Ja, und alle haben das nur mit ihrer Hände Arbeit erreicht.« Dirks Stimme troff vor Sarkasmus. »Neunzig Prozent der Bevölkerung versinkt in Armut und Dreck, während viele Offizielle ihr Mandat als Recht zum Geldstehlen ansehen. Die Korruption in Südafrika ist horrend …«

»Schön zu wissen, wohin unsere Entwicklungshilfe geht«, knurrte Andy auf Deutsch. »Gut, dass ich keinen Cent gespendet habe – und dabei bleibt's auch!«

»Aber Südafrika hat doch demokratische Gesetze«, rief Anita aus.

Dirk hob beide Hände in einer Art Bankrotterklärung. »Demokratie versteht ein Afrikaner nicht. Er hält sie für dumm. Egal, wie dreckig es ihm geht, wählen wird er immer nach seiner Stammeszugehörigkeit. So halten sich afrikanische Diktatoren seit eh und je im Amt.«

»Interessante Theorie«, murmelte Maurice. »Mal überlegen,

welche Hälfte von mir in den Kommunalwahlen wen wählen wird.«

Anita prustete laut los, fasste sich jedoch sofort mit schmerzverzerrtem Gesicht an den Kopf, worauf Dirk und Maurice sich ihr erschrocken zuwandten.

»Ist dir übel?«, fragten beide gleichzeitig.

»Brauchst du einen Arzt?«, setzte Dirk hinzu.

»Nein und nein – danke«, wehrte sie ab, während Andy Kaminski nur die Augen verdrehte. »Was kosten hier die Zimmer?«, fragte sie, ohne eigentlich zu wissen, warum sie das tat.

Ein ironisches Grinsen erhellte Maurice' Miene. »Teuer. Und ihr Überseeleute, auch Euro-Touristen genannt, zahlt etwa das Doppelte, weil wir armen Südafrikaner uns das sonst nicht leisten können.« Er gluckste.

Andy Kaminski hatte missmutig seinen Espresso ausgetrunken und noch den Bodensatz vom Bier hinterhergekippt. »Abzocker«, raunzte er.

»Man nimmt, was man kann«, sagte Maurice und grinste ihn an.

Ihr Essen wurde gebracht, und sie aßen es schweigend. Nach einer knappen Stunde schaute Dirk auf seine Uhr und winkte den Kellner heran. »Andiamo, Leute, wir müssen los!«

Sowohl Anita als auch Maurice bestanden darauf, ihren Anteil zu zahlen. Andy schwieg. Minuten darauf fuhren sie im Konvoi durchs Tor der *Oyster Box* über die Hauptstraße Umhlangas wieder auf die N2.

»Jetzt geht's schnurgerade nach Norden, zweieinhalb Stunden lang«, verkündete Dirk und trat aufs Gas.

6

Irgendwo auf *Inqaba* klingelte das Telefon. Nils Rogge, der in einem Rattansessel auf der Veranda fläzte, hörte es. Er nahm seine Lesebrille ab und rieb sich die Augen. Wenn er bei Lampenlicht lesen wollte, konnte er auf die Brille nicht verzichten, was ihn ziemlich wurmte. Es störte das Bild, das er von sich hatte.

»Ich gehe«, sagte er zu Jill, die neben ihm im Liegestuhl lag und auch las. »Ruh du dich aus.« Mit einer Kniebewegung beförderte er den Stapel Zeitschriften auf den Boden, den er auf dem Schoß gehabt hatte, zog seine langen Beine von der Balustrade herunter und stand auf. »Ich schätze, unsere Gäste sind im Anmarsch – wird auch langsam Zeit, es gibt ja schon bald wieder Frühstück«, setzte er nach einem Blick auf seine Uhr unwirsch hinzu und ging ins Haus. Mit dem Telefon in der Hand kehrte er nach ein paar Minuten zurück.

»Das war Dirk. Er wird in etwa einer Stunde mit seinem Assistenten und der Autorin hier sein. Ich frage mich, was die hier eigentlich will. Auf dem Set wird sie nur im Weg sein. Autoren haben immer etwas zu meckern. Aber vermutlich hat man ihr den Mund zugeklebt, damit sie sich nicht einmischt.«

Jill, die außer einer sandfarbenen Leinenhose und einem hauchdünnen Hemd in der gleichen Farbe, das sie über ein weißes, ärmelloses Oberteil geworfen hatte, eine dicke Schicht Mückenspray trug, legte ihr Buch beiseite. »Das kann ich nicht beurteilen, ich habe noch nie einen Autor getroffen.« Sie hievte sich aus dem Liegestuhl. »Ich werde Thabili sofort Bescheid sagen, dass sie Essen vorbereitet. Die müssen ja völlig ausgehungert sein. Nach dieser Katastrophe in Upington wird keiner dem

Essen im Flugzeug vertraut haben, das meist ohnehin ziemlich scheußlich ist.«

»Dirk sagt, dass sie in der *Oyster Box* etwas gegessen haben …«

»Macht nichts, trotzdem bekommen sie noch etwas. Thabili und Mario stehen schon mit dem Kochlöffel bei Fuß. Mario wäre total eingeschnappt, und du weißt, was das nach sich ziehen kann. Tage von Schmollanfällen und misslungenen Soßen. Ich geh mal rüber und schaue, was wir denen anbieten können. Und wann kommt dieser Schröder?«

»Morgen früh, zusammen mit Marina Muro.«

»Das wird bestimmt interessant.« Sie angelte mit den Zehen nach ihren Flipflops, nahm ihr Gewehr, das wie immer neben ihr lehnte, und lief hinüber zur Restaurantküche.

Es wurde fast neun, ehe der Wächter am Tor die neuen Gäste ankündigte. Jill prüfte eilig ihre Erscheinung im Spiegel, zog den Lippenstift nach, lockerte das Haar auf, schnappte sich ihr Gewehr und machte sich mit Nils durch den von Lichterketten romantisch beleuchteten Blättertunnel auf den Weg zum Parkplatz. Scheinwerferlicht kündigte die Ankunft ihrer Gäste an, und Sekunden später bogen zwei Autos – ein großer Geländewagen und ein weißer Pkw – auf den Platz ein und parkten nebeneinander.

Bevor sich Jill wundern konnte, wer die zusätzlichen Gäste waren, flog die Tür des großen Wagens auf. Der Fahrer kletterte von seinem Sitz und streckte sich ausgiebig. Dann schaute er sich um.

»Dirk! Mann, ist das gut, dich zu sehen!«, rief Nils und breitete die Arme aus.

Die beiden Männer fielen sich um den Hals, schlugen sich gegenseitig heftig auf den Rücken, boxten sich auf die Oberarme und grinsten dabei unaufhörlich. Schließlich schob Nils seinen Freund ein Stück von sich und musterte ihn eingehend.

»Du kriegst graue Haare.«

»Und du Falten«, gab der Kameramann zurück. Danach grinsten sie sich wieder an.

Etwas einfältig, fand Jill und trat ein paar Schritte abseits, um Ziko und den neuen Ranger Africa über Funk anzurufen, damit sie die Gäste samt ihren Koffern zu den Bungalows brachten.

»Gut siehst du aus«, sagte Nils. »Trotz der grauen Haare«, setzte er feixend hinzu. »Erfolg steht dir. Ich werde immer gelb vor Neid, wenn ich verfolge, was du so alles drehst ... wie du in der Welt herumkommst. Dabei warst du mal genauso ein kleiner Reporter wie ich, immer auf der Jagd nach der besonderen Story. Wenn ich mich recht erinnere, war dein Spitzname Bluthund ...« Seufzend verdrehte er die Augen und wedelte die Mückenwolken weg, die über ihm um die Lichtkuppeln tanzten.

Bei den letzten Worten stockte Jill plötzlich der Atem. Erschrocken sah sie ihren Mann an. Nils hatte nie auch nur angedeutet, dass er sich danach sehnte, sein Zigeunerleben, das ihn von einem Kriegsschauplatz zum nächsten führte, wieder aufzunehmen. Ihr war er bisher immer glücklich erschienen, glücklich mit seiner Familie und mit seinem Posten als Auslandskorrespondent für seinen Sender. Außerdem hatte er gerade angefangen, sein zweites Buch über die politische Entwicklung des Landes zu schreiben. Ein brisantes Thema, das ihn ungeheuer beschäftigte.

Ein winziges Knäuel Angst ballte sich hinter ihrem Brustbein zusammen. Verkrampft verfolgte sie die Unterhaltung weiter.

»Nun untertreib mal nicht so«, wehrte Dirk ab. »Du warst eine Berühmtheit unter den Kriegsreportern und hast viel mehr von der Welt gesehen als ich.« Er warf ihm einen anzüglichen Blick zu. »Und in jedem Hafen gab es eine, die auf dich gewartet hat, und eine war hübscher als die andere.«

Jill wurde eiskalt. Das Gesicht ihres Mannes verschwamm vor ihr. *In jedem Hafen eine ... eine hübscher als die andere ...* Dirks

Worte traten eine Lawine in ihrem Kopf los. Die Bilder überschlugen sich. Es passierte mehr als häufig, dass weibliche Gäste sich unmissverständlich an Nils heranmachten, ihn dabei auf eine ganz bestimmte Art ansahen – sehr direkt, sehr herausfordernd. Meist blieb es dabei, aber es hatte schon Damen gegeben, die sich ihm im wahrsten Sinne des Wortes an den Hals geworfen hatten. Es war diesen Frauen völlig egal, dass sie selbst verheiratet waren und dass Nils Frau und Familie hatte. Eine hatte Nils einmal, als ihr eigener Ehemann auf Safari war, unter einem Vorwand in ihren Bungalow gelockt, hatte blitzschnell hinter ihm die Tür abgeschlossen und ihn angefallen. Nils hatte die Dame zwar mit links gebändigt, aber dabei war ein Fenster zu Bruch gegangen. Jill hatte ihr das in Rechnung gestellt und sie hinausgeworfen. Vorher hatte sie dem Ehemann den Grund mitgeteilt.

Natürlich kam es auch vor, dass männliche Gäste ihr unmissverständliche Blicke zuwarfen, manchmal auch alles taten, um auf Hautkontakt an sie heranzukommen. Aber spätestens wenn sie Nils kennenlernten, beschränkten sie sich sehr schnell darauf, ihr ganzes Interesse auf die vierbeinigen Attraktionen von *Inqaba* zu konzentrieren.

Jill spürte, dass ihr alles Blut aus dem Gesicht wich. Sie warf Nils einen hastigen Seitenblick zu, hoffte, dass er es nicht mitbekommen hatte.

Aber er schien ganz in sein Gespräch mit Dirk vertieft zu sein. »In jedem Hafen eine andere?«, wiederholte er jetzt leise und zuckte gleichzeitig verlegen grinsend die Achseln. »Na, ganz so schlimm war es nun doch nicht. Wie ist es mit dir? Streifst du noch immer als einsamer Wolf um die Welt? Oder hat dich endlich eine dingfest gemacht?«

Noch immer fiel Jill das Atmen schwer. Erstarrt wartete sie darauf, in welche Richtung die Unterhaltung laufen würde.

»Nee, mich kriegt keine, da pass ich auf. Außerdem hat sich

noch keine an mein Nomadenleben gewöhnen können, und ich kann mich nicht daran gewöhnen, sesshaft zu werden. So einfach ist das. Immer an einem Ort zu leben …« Dirk machte eine komisch resignierte Geste. »… das würde mir sehr schnell auf den Keks gehen.«

Nils unterbrach ihn. »Unsinn, so weit kenne ich dich doch. Du leckst dir doch immer noch die Wunden, die dir Kirsten beigebracht hat. Vergiss sie! Nur weil sie dich sitzen lassen und Geld geheiratet hat, heißt das noch lange nicht, dass alle Frauen so sind. Sie war ein dummes kleines Mädchen … das wäre mit euch nie gut gegangen. Sei froh, dass sie abgehauen ist.«

Der Kameramann scharrte in Gedanken versunken mit den Fußspitzen. Dann grinste er schief. »Ach, du kennst ja den Spruch vom gebrannten Kind. Nun aber zu dir! Als wir uns das letzte Mal gesehen haben … Warte, das muss zwölf oder dreizehn Jahre her sein. Jedenfalls wolltest du damals gerade eine Story über den politischen Umbruch in Südafrika in einer privaten Game Lodge drehen …« Sein Blick strich langsam über das angeleuchtete Grün hinüber zum sanft erhellten Blättertunnel. »Hier?«

»Hier.« Nils' blaue Augen funkelten.

Dirk Konrad wirkte sichtlich beeindruckt. »Meine Herren, du musst einen Volltreffer gelandet haben. Du siehst wirklich penetrant glücklich aus.« Etwas wie Neid und auch eine deutliche Spur Bedauern schwang dabei mit.

Nils drehte sich zu Jill um, legte ihr den Arm um die Schultern und zog sie zu sich. »Und ich möchte dir den Grund dafür vorstellen. Jill, das ist Dirk Konrad, mein alter Freund. Dirk, das ist meine Frau Jill, die Liebe und das Zentrum meines Lebens.«

Bei diesen Worten lächelte er zu ihr herab. Es war jenes spezielle Lächeln, das nur für sie bestimmt war. Es sagte ihr alles, was sie wissen wollte. Ihr Gesicht glühte vor Erleichterung. Das Verlangen, ihn zu küssen, ihm in der Privatsphäre ihres Schlafzimmers zu sagen, was er für sie war, hob sie sich für später auf. Sie begnügte sich mit einem schnellen Kuss, bevor sie Dirk die Hand reichte.

»Hallo, Dirk. Wie schön, dass du es endlich geschafft hast, uns zu besuchen.« Wie Nils sprach sie deutsch. Der Gründer von *Inqaba*, Johann Steinach, stammte aus dem Bayerischen Wald, seine Frau Catherine aus dem Norden Deutschlands. Ihre Nachfahren pflegten diese Sprache. Jeder von ihnen konnte sie sprechen.

»Ich höre seit Jahren von dir, und natürlich von dem legendären Saufgelage auf der Hamburger Parkbank. Du musst mir unbedingt einmal deine Version erzählen.«

»Es ist mir eine ganz besondere Freude.« Dirk Konrad hielt ihre Hand etwas zu lange fest, ehe er sich seinem Freund zuwandte. »Und erzähl du mir nie wieder etwas davon, dass du mich beneidest.« Er schaute an Nils vorbei. »Sind das etwa eure Kinder?«

Nils drehte sich um. Kira und Luca, beide in kurzem Höschen und hellem T-Shirt, beide mit einem Plüschtier unter dem Arm, waren ihnen wohl unbemerkt durch den Blättertunnel gefolgt. »Das sind sie allerdings, und allein haben sie hier eigentlich nichts zu suchen. Außerdem sollten sie schon längst im Bett sein. He, ihr Rabauken, ihr wisst, dass ihr im Dunklen nicht allein rumlaufen sollt.«

Kira hörte unbeeindruckt zu. »Ziko läuft da hinten rum, und der hat ein Gewehr.« Sie sah zu Dirk hoch. »Ist das der Freund, auf den du dich so gefreut hast?«

»Das ist er«, lächelte Nils und verwuschelte ihr zärtlich die schimmernden Locken.

Kira streckte dem Kameramann die Hand hin. »Guten Tag, ich bin Kira Rogge.« Sie schob Luca vor, der den Daumen in den Mund gesteckt hatte und verlegen dreinschaute. »Das ist mein Bruder Luca. Wie heißt du?«

Dirk nahm lächelnd Kiras Hand und ging vor ihr in die Hocke. »Dirk heiße ich. Guten Tag, Kira, wie schön, dich kennenzulernen – und hallo, Luca.«

»Hallo«, sagte der Kleine, nahm seinen Daumen dabei aber nicht aus dem Mund.

Jill hob ihr Funkgerät. »Ich rufe Duduzile an, damit sie die Kinder abholt. Die beiden stehen auch jetzt in den Ferien mit der Sonne auf und sollten deswegen längst im Bett sein.« Eine Frauenstimme meldete sich auf Zulu, Jill sprach ein paar Worte in derselben Sprache und schaltete das Gerät dann wieder aus. »Duduzile ist gleich da«, sagte sie und steckte das Gerät an den Gürtel.

»Ich sterbe vor Hunger«, sagte Andy Kaminski unwirsch. »Bekommen wir hier noch was zu essen?«

Jill wandte sich dem rothaarigen Kameraassistenten zu und lachte. »Natürlich. Hallo, ich bin Jill Rogge. Mir gehört die Lodge.« Sie reichte ihm die Hand, die er heftig schüttelte. »Wir haben für euch auf der Veranda gedeckt. Ich hoffe, ihr seid wirklich hungrig. Thabili, meine Oberkellnerin und Küchenmanagerin, und mein Koch Mario haben hemmungslos alle unsere Essensvorräte für euch geplündert. Sie werden genug auffahren, um eine ganze Armee zu verköstigen.«

Dirk streckte beide Arme in die Höhe und atmete mit zurückgelegtem Kopf die würzige Abendluft ein. Die schwere Süße der Frangipaniblüten kam durch die Dunkelheit herübergeweht. »Himmel, so ähnlich muss das Paradies riechen. Bin ich froh, endlich hier zu sein! Du kannst dir nicht vorstellen, was da in Upington los war. Die Flughafenhalle sah aus, als wäre sie ein Kriegsschauplatz. Überall lagen halbe Leichen herum, es stank nach Kotze und anderen unangenehmen Sachen.« Er schüttelte sich theatralisch.

»Lebensmittelvergiftung, hab ich gehört.«

»Aber wie, kann ich dir sagen. Außer mir hat nur Andy, der

Regisseur und unsere Hauptdarstellerin nicht in diesem versifften Schnellrestaurant gegessen. Und unsere Autorin hier natürlich.« Während er sprach, hatte er Anita vom Beifahrersitz geholfen. »Anita, das ist mein Freund Nils. Wir kennen uns schon furchtbar lange, und das ist Jill, seine Frau. Und das sind ihre ganz und gar hinreißenden Sprösslinge.«

Bei seinen Worten kicherte Kira und vollführte strahlend einen Knicks.

Anita begrüßte die Rogges mit Handschlag. »Wie schön, euch kennenzulernen. Ich heiße Anita.« Dann beugte sie sich zu den Kindern hinunter. »Hallo, ihr, das sind aber niedliche Kuscheltiere.«

Kira und Luca schwiegen und bedachten sie mit einem spöttischen Augenaufschlag.

Anita lächelte Jill unsicher an. »Ich habe wenig Erfahrung im Umgang mit Kindern … ich habe … noch keine«, flüsterte sie hinter vorgehaltener Hand. »Und meine Freunde haben die Familienplanung karrierebewusst in die Zukunft verschoben.«

Luca nahm den Daumen aus dem Mund. »Das ist ein Löwe. Löwen sind keine Kuscheltiere«, informierte er sie streng.

Anita erklärte ihm mit angemessenem Ernst, dass es bei ihr zu Hause keine Löwen gebe.

Jill deutete auf die Beule auf Anitas Stirn. »Ich hoffe, das war nicht Dirk«, sagte sie scherzhaft. »Ich freue mich wirklich, dich kennenzulernen. Wir haben einen unserer schönsten Bungalows für dich vorbereitet. Ich werde dich gleich hinbringen.«

Ein hübsche junge Frau mit kaffeebrauner Haut und Augen wie schwarze Kirschen kam auf den Platz geeilt. »Sorry, Ma'am, die Kinder sind mir ausgerissen, als ich auf Toilette musste.«

Jill ließ sie ihre Verärgerung deutlich spüren. »Nun gut, Duduzile, jetzt sorg aber dafür, dass sie ins Bett kommen und vor allen Dingen auch drinbleiben. Ich komme gleich zum Gutenachtkuss.«

Duduzile nickte betreten, nahm die Kinder an der Hand, zog sie mit sanfter Gewalt vom Platz und scheuchte sie durch den Blättertunnel.

Jill sah ihr mit gerunzelter Stirn nach. Das Mädchen konnte sich gegen Kira nicht durchsetzen. Schon vom ersten Tag an hatte ihr Kira auf der Nase herumgetanzt. Sie würde ein neues Kindermädchen suchen müssen, ein lästiges Problem, das sie aber in naher Zukunft lösen musste, denn ohne dass sie die Kinder sicher beaufsichtigt wusste, konnte sie ihre Arbeit in der Lodge nicht erledigen. Niemand würde die Kinder daran hindern, einfach so ins Gelände zu wandern, und allein der Gedanke daran ließ ihr das Blut in den Adern gefrieren.

»Hi, Jill«, rief Maurice, der sich bislang nicht bemerkbar gemacht hatte.

Jill drehte sich erstaunt um. »Maurice, nett, dich zu sehen. Was führt dich auf *Inqaba?*«

»Ich habe eure Freunde hierhergelotst. Wir haben uns auf dem Flughafen kennengelernt ...«

»Er hat Anita seinen Gepäckwagen in die Kniekehlen gerammt und sie dabei fast umgebracht«, unterbrach ihn Dirk heftig. »Sie ist mit dem Kopf auf die Steine geknallt. Daher der Bluterguss.« Erregt deutete er auf Anitas Stirn.

Jill musterte diese mit Besorgnis. »Die Beule sieht wirklich hässlich aus. Wie fühlst du dich? Ich könnte einen Arzt rufen.«

Anita wehrte sie lächelnd ab. »Es geht schon wieder. Nur der Kopf brummt noch, und nein, ich habe keine Gehirnerschütterung.« Sie hob ihr Notebook aus dem Wagen und ging dann zur Heckklappe, um auch ihre Koffer zu holen, aber Maurice schob sie ohne viel Federlesens beiseite und hievte das Gepäck heraus.

»Das Mindeste, was ich tun kann, ist, hier den Kofferkuli zu spielen.« Er grinste lausbubenhaft.

»Wolltest du sonst noch etwas von mir?«, fragte Jill.

»Ma sagt, dass du ihr ein Rezept versprochen hast. Wofür, weiß ich allerdings nicht.«

»Rezept? Ach ja, richtig, für eine Fruchtcharlotte. Es liegt irgendwo in meinem Büro. Aber jetzt ist der Zeitpunkt wirklich ungünstig. Ich werde es ihr bei Gelegenheit abschreiben und per E-Mail schicken, okay? Ziko wird euch zu Anitas Bungalow begleiten und dich zurückbringen …«

»Ist nicht nötig«, unterbrach Maurice sie und hob einen Hemdzipfel hoch. Aus seinem Hosenbund ragte der Griff einer Pistole. »Und du weißt, dass ich weiß, wie Löwen ticken.«

Anita fuhr herum. »Löwen?« Ihre Stimme quietschte plötzlich. »Gibt es um die Lodge und das Gebiet herum, auf dem die Bungalows stehen, etwa keine Zäune?«

»Die äußeren Grenzen sind mit einem elektrischen Zaun gesichert, innerhalb *Inqabas* gibt es keine Zäune«, erklärte Jill und bemühte sich, beruhigend zu klingen. Ab und zu gab es Gäste, die es aufgrund dieser Information vorzogen, wieder abzureisen. »Deswegen darf niemand nachts allein hier herumlaufen. Wenn du deinen Bungalow verlassen willst, ruf bitte im Haupthaus an, dann kommt ein Ranger und holt dich ab.«

»Und die werden dann mit einem hungrigen Löwen fertig? Oder sind das alles zahme Miezekätzchen, die an der Leine laufen?«

Vor Jills innerem Auge tauchte der prachtvolle Mähnenlöwe auf, der das *Inqaba*-Rudel anführte. »Nein, Miezekätzchen sind es nicht unbedingt. Aber sie nähern sich ungern menschlichen Behausungen. Das passiert äußerst selten.«

»Aber das heißt, dass es doch passiert! Wenn sie also Lust dazu verspüren, könnten Löwen, Elefanten und was sonst noch hier durch den Busch streicht, sich einfach auf meiner Terrasse niederlassen?«

»Im Prinzip schon«, antwortete Jill und erschlug eine Mücke, die sich gerade daranmachte, sie in den Handrücken zu stechen.

»Aber das ist wirklich noch nie vorgekommen. Du musst dir keine Sorgen machen.« Sie kreuzte beschwörend die Finger hinter dem Rücken und betete, dass Anita nie erfahren würde, dass vor einigen Jahren am Swimmingpool eine Frau von einer Löwin gerissen worden war. Sie hatte lange gebraucht, um jenen Anblick in die hinterste Ecke ihres Gedächtnisses zu verbannen. Vergessen konnte sie ihn natürlich nicht. Fast hätte sie aufgelacht. Diese Ecke quoll langsam über. »Moskitos sind viel gefährlicher als Raubkatzen. Hast du etwas zur Prophylaxe dabei?«

Aus den Augenwinkeln beobachtete sie Anita und hoffte dabei, dass die Ablenkung Erfolg haben würde. Die Diskussion über gefräßige Löwen, die sich über ahnungslose Gäste auf deren Veranda hermachten, musste sie fast jeden Tag führen, und manchmal überkam sie der Impuls, den Gästen klarzumachen, dass sie sich hier in Afrika befanden, mitten unter wilden Tieren, und ja, die könnten sich auf der Terrasse niederlassen. Es war zwar eher unwahrscheinlich, aber nicht unmöglich. Für diesen Nervenkitzel bezahlten sie doch, und nicht gerade wenig. Natürlich sagte sie das nie laut. Die Gäste waren meist verweichlichte Geschöpfe aus Europa, wo das wildeste Tier der Mensch war. Man musste behutsam mit ihnen umgehen, denn ohne sie fehlte *Inqaba* und allen, die davon ernährt wurden, die Lebensgrundlage.

»Ja, hab ich«, antwortete Anita. Misstrauisch schaute sie immer noch hinüber zum dichten Busch, der den Parkplatz einrahmte und jetzt bei Nacht wie eine unheimliche, schwarze Mauer erschien.

»Keine Angst«, sagte Nils und verzog dabei keine Miene. »Da lauert kein Löwe – der hätte uns längst gefressen.« Er grinste frech.

Für eine Sekunde fixierte Anita ihn irritiert, dann richtete sie den Blick an ihm vorbei in die tiefen Blätterschatten, als hätte sie plötzlich etwas entdeckt. »Und der da? Kann ich mich darauf verlassen, dass der schon satt ist?«

Nils' Grinsen fiel ihm schlagartig herunter. Er fuhr herum, starrte nervös in den Busch, aber da war nichts als Schwärze, und als alle losprusteten, merkte auch er, dass er hereingelegt worden war.

Anita lächelte ihn süß an.

Jill schüttelte sich vor unterdrücktem Lachen. »Geschieht dir ganz recht, mein Lieber«, murmelte sie entzückt.

Unter den überhängenden Zweigen erschienen Ziko und Africa. Beide trugen ihr Gewehr geschultert. Ein kleines Mädchen mit Augen wie schwarze Kirschen, barfuß, in zerfransten Jeans und einem T-Shirt mit dem Aufdruck eines Elefantenkopfes mit aufgestellten Ohren hüpfte neben Ziko her.

»Sawubona und willkommen auf *Inqaba*«, rief er, wie Jill ihm das beigebracht hatte, und grinste dabei sein breites, afrikanisches Grinsen. Die Kleine zupfte an seiner Uniform, woraufhin er den Kopf schüttelte und ihr etwas auf Zulu zuflüsterte. Mit hängendem Kopf rannte das Mädchen über die Terrasse davon.

»Die ist ja niedlich«, murmelte Anita. »Was für wunderschöne Augen.«

»Meine Tochter Jabulile«, erklärte der Ranger verlegen. »Sie rennt mir nach wie ein Hündchen. Dabei soll sie bei den Hütten bleiben. Sorry, Ma'am.«

Jills Miene wurde weich. »Mach dir keine Sorgen. Jabulile ist hier immer willkommen, solange sie die Gäste nicht stört.« Geschäftsmäßig blickte sie anschließend in die Runde. »Das ist Ziko, einer der besten Ranger und Scouts, den wir haben. Er kann bei Nacht eine Ameise auf einem Baum erspähen. Absolut phänomenal.« Sie wies auf den anderen Ranger. »Und das ist Africa. Er ist neu bei uns, aber er ist schon jetzt ein guter Ranger. Wir sind sehr froh, ihn zu unserem Team zählen zu können.«

Ziko lächelte geschmeichelt. Seine Brillengläser blitzten, seine Zähne leuchteten weiß in der Dunkelheit. Africa schaute unbewegt drein. Jill wies beide an, Dirk und Andy mit ihrem Gepäck zu Bungalow zwei zu bringen, und reichte Anita anschließend eine Taschenlampe. »Hier, die werdet ihr brauchen.«

Etwas befremdet nahm Anita die Lampe, packte ihr Notebook, hängte ihre Tasche über die Schulter und folgte Maurice. »Sind die Wege denn nicht beleuchtet?« Gepflasterte, gut beleuchtete Wege erwartete sie. Dass es keine Zäune gab, verdrängte sie vorerst.

Seine Antwort war ein fröhliches Grinsen und Kopfschütteln. Er ging ihr mit langen Schritten voraus. Offenbar kannte er sich auf *Inqaba* gut aus. »Ich bin häufig hier«, erklärte er Anita. »Unsere Farm grenzt im Norden an *Inqaba*.«

Die Luft unter dem dichten Blätterdach war stickig und feucht, der Weg stieg leicht bis zu einem weiten, beleuchteten Platz an. Anita sah sich um. Zur Rechten verlief eine weiße, etwa zwei Meter hohe Mauer, in der eine dunkle Holztür eingelassen war, zur Linken lag die hell erleuchtete Lodge. Weiße Mauern, Rieddach, viel Holz, viel Glas. Auf der Platzmitte erhob sich ein ausladender, üppig blühender Baum, der von unten von Scheinwerfern angestrahlt wurde. Unter ihm breitete sich ein rosa Blütenteppich aus. Behutsam betrat sie ihn und tauchte in eine Duftwolke ein. Am Ende der fleischigen Äste saßen rosa Sternenblüten in Dolden so dick wie Sträuße, die von einer Manschette glänzend grüner Blätter eingefasst waren.

»Wie heißt der Baum? Er duftet umwerfend.«

»Frangipani«, antwortete Maurice. Er setzte einen der Koffer ab, pflückte ihr einen rosa Stern und steckte ihn ihr hinters Ohr. »Sieht super aus«, sagte er grinsend und trat beiseite, um sie vorbeizulassen.

Anita berührte den Stern, wunderte sich gleichzeitig, dass sie so viel Nähe zu Maurice zugelassen hatte. »Frangipani«, murmelte sie. Der Name klang so schön, wie die Blüten dufteten.

Er gefiel ihr sehr. Aber Maurice würde sie in Zukunft auf Abstand halten. Auf der großen Holzveranda der Lodge saßen einige Gäste. Nur Weiße, wie Anita im Vorbeigehen registrierte. An der Bar standen zwei dunkelhäutige Kellnerinnen in butterblumengelben Uniformen. Ein Schwarzer in königsblauem Overall schleppte einen Kasten Bier um die Hausecke. Von einem Zulu-Ranger geführt, stieg ein älteres Paar ächzend die kurze Treppe am anderen Ende der Veranda hoch. Ihre Gesichter waren krebsrot mit einer weißen Maske, wo ihre Sonnenbrillen gesessen hatten. Trotzdem schienen sie bester Stimmung zu sein, denn sie grüßten die anderen Gäste mit großem Hallo und erzählten schon von Weitem, wie fantastisch der Abendmarsch durch den Busch gewesen sei und welche Tiere sie gesehen hätten.

»Dort die Treppe hinunter und dann geradeaus«, sagte Maurice hinter ihr.

Langsam ging sie weiter. Als sie den Bereich der Lodge verließen, fand sie auch schnell heraus, warum man hier eine Taschenlampe brauchte. Der Weg zum Bungalow war schmal, unbeleuchtet, ungepflastert und von wulstigen Baumwurzeln durchzogen, Busch und lichtes Gehölz wucherten bis an den Rand und über ihn hinweg und ließen nur einen engen, jetzt stockdunklen Korridor frei. Sie zog ein Gesicht und setzte die Füße vorsichtig auf, um nicht zu stolpern, bemühte sich, den Lampenstrahl so zu richten, dass Maurice auch etwas erkennen konnte und nicht gegen den nächsten Baum rannte. Als es direkt neben ihr raschelte, machte sie einen erschrockenen Satz.

Maurice lachte überlegen. »Achtung, Löwen«, raunte er. »Keine Angst, ich habe ja die Pistole.«

»Dann musst du dem Löwen erst meinen Koffer an den Kopf werfen, ehe du deine Pistole ziehen kannst«, gab sie giftig und gleichzeitig leicht beunruhigt zurück. »Du hast nämlich keine Hand dafür frei.«

Der Südafrikaner gluckste unbeeindruckt in sich hinein. Die Luft war warm und roch nach überreifer Vegetation. Der Mond kam hinter schwarzen Wolken hervor, bläuliches Licht floss über den Weg, machte die Schatten noch schwärzer und schärfer. Anita hatte Mühe zu erkennen, wohin sie ihre Füße setzte. Wenige Minuten später standen sie vor einer Treppe, die laut Hinweisschild zu Bungalow eins führte.

Maurice blieb stehen und machte eine einladende Geste. »Bitte schön, da wären wir.«

Anita schaute hinauf. Vor dem schwarzen Himmel schien der Bungalow – eine luftige Glaskonstruktion mit weizengelbem Rieddach – aus einem Felsvorsprung herauszuwachsen. Licht leuchtete aus dem Inneren, sodass sie den Eindruck einer Raumkapsel im Dunkel des Weltalls bekam. Und teuer sah es aus. Das war es auch, wie sie sich ins Gedächtnis rief, und eigentlich konnte sie sich diesen Luxus nicht leisten. Nicht, wenn sie nicht bald das neue Buch anfangen würde. Entschlossen verbannte sie diese destruktive Anwandlung und streckte Maurice die Hand hin. »Hast du den Schlüssel?«

Er setzte die Koffer ab und wischte sich den Schweiß von der Stirn. »Es gibt keinen. Hier schließt keiner ab. Jills Sicherheitspersonal ist erstklassig. Du bist hier absolut sicher.«

»Vor Menschen vielleicht, aber was ist mit Affen? Mein Vater ist in Brasiliens Urwald aufgewachsen und hat mir endlose Geschichten über die Geschicklichkeit der Affen erzählt. Angeblich fummeln die auch den aufwendigsten Verschluss auf, und das Einzige, was sie zurückhält, scheint ein solides Vorhängeschloss zu sein.«

Er grinste mit einem Anflug von Ironie. »Offenbar sind unsere südafrikanischen Affen noch nicht so clever. Du weißt ja, wir Afrikaner gelten als zurückgeblieben. Kaum der Steinzeit entwachsen. Warum soll das bei unseren Affen anders sein? Sonst hätte Jill längst Schlösser angebracht. Du kannst also unbesorgt sein.« Neugierig musterte er sie. »Was haben die Eltern deines Vaters im brasilianischen Urwald gemacht?«

»Die hatten eine Kaffeeplantage, eine ziemlich große«, gab Anita kurz zurück und stieg die knarrenden Stufen hinauf. Mückenwolken umsirrten das Licht über der Eingangstür, Geckos klebten an der Wand und jagten Insekten, die Luft war erfüllt vom hohen Schrillen der Zikaden. Sie drückte die Klinke und stieß die Tür auf. Verblüfft blieb sie stehen.

Sanftes Licht flutete von oben, ließ die honigfarbenen Fliesen golden glühen, fiel auf Holzbalken und dichtes Grün, auf ein Felsengebilde und vermischte sich mit dem flimmernden Mondlicht. Für Sekunden glaubte Anita, irgendwo im Raum über den Felsen zu schweben. Erst auf den zweiten Blick wurde ihr klar, dass zwischen die massiven, aber trotzdem filigran wirkenden Holzbalken Glas eingesetzt worden war, rundherum, sodass der Eindruck entstand, dass sich der Wohnraum hinaus in die schimmernde afrikanische Wildnis erstreckte. Über ihr erhellten Spots die offen liegende Struktur des Rieddachs. Nachtschmetterlinge flatterten gegen die Glasscheibe, und Geckos huschten über die Holzbalken. Es roch süßlich nach trockenem Gras. Tief einatmend durchquerte sie das Zimmer, schob die Glastür auf und trat auf die Veranda, die um das ganze Haus lief.

Der Mond war hinter den Bäumen emporgestiegen und tauchte die Landschaft in geheimnisvolles Licht. Anita sah, dass das Land hinter einer dichten grünen Hecke, die ihre Veranda zum Abhang hin begrenzte, in sanften Wellen relativ steil zu einem Flusslauf abfiel. Außer gelegentlichem geheimnisvollem Schimmern war der Fluss selbst nicht auszumachen, aber ein dichter Gürtel aus Palmen und großblättrigen Pflanzen wand sich durch das Tal, was nur heißen konnte, dass dort ein Wasserlauf sein musste. An einer Stelle verriet großflächiges Glitzern, dass sich dort wohl ein Wasserloch befand. Und jetzt bemerkte sie auch einen riesigen, soliden Schatten, der sich langsam darauf zubewegte. Ein Elefant? Ihr Herz begann zu klopfen. Die weißen Blüten der Hecke unter ihr verströmten einen berauschenden Duft.

Anita verhielt sich ganz still. Schweigend nahm sie alles in sich auf und verlor sich in dem tiefen Frieden, der sie so unerwartet durchströmte. Ein Moment des Friedens, den sie seit Franks Tod nicht mehr erlebt hatte. Den sie nie erwartet hatte, überhaupt je wieder empfinden zu können.

»Toller Bungalow«, sagte Maurice direkt hinter ihr fröhlich. »In welches Zimmer soll ich das Gepäck bringen?«

Der Zauber war zerstört, und sie blitzte ihn ärgerlich an, beherrschte sich aber. »Lass es einfach hier stehen. Und danke, dass du mich hergebracht hast.« Ihr Ton drückte unmissverständlich aus, dass sie erwartete, jetzt allein gelassen zu werden.

Maurice blinzelte erschrocken und wandte sich gehorsam zum Gehen, zögerte dann aber. »Tut der Kopf noch weh? Wenn du doch noch Probleme bekommen solltest, lass Jill einen Doktor holen. Man kann nicht vorsichtig genug mit Kopfverletzungen sein. Ich zahle. Den Doktor, meine ich.« Seine Haltung war schüchtern, seine Miene betrübt.

»Das ist nicht nötig«, sagte Anita schnell und leicht beschämt. »Ich merke es fast nicht mehr.« Das stimmte zwar nicht ganz, die Beule pochte noch unangenehm, aber etwas Ernsthaftes konnte das nicht sein, weil sonst kein anderes Symptom auf eine Gehirnerschütterung hindeutete. »Vielen Dank für alles. Vielleicht sehen wir uns ja noch einmal wieder.« Das war eigentlich nur so dahingesagt, aber Maurice' Augen leuchteten auf.

»Gerne.« Er fummelte an seiner rückwärtigen Hosentasche, zog seine Brieftasche hervor und entnahm ihr eine Visitenkarte. »Hier, meine Adresse und Telefonnummer, steht alles drauf. Komm uns mal besuchen. Es ist nicht weit von hier. Jill weiß, wie man dort hinkommt. Oder du rufst einfach vorher an, und ich hole dich ab. Komm doch zum Essen. Meine Mutter würde sich sicher freuen.«

Anita nahm die Karte. Sie fragte sich, ob alle Südafrikaner so freundlich und hilfsbereit waren wie Maurice. »Maurice Beckmann«, las sie laut. »Okay, danke. Ich muss mich erst mal eingewöhnen, dann melde ich mich.«

»Ja, natürlich. Das verstehe ich. Ach übrigens, ein kleiner Tipp.« Er zeigte auf ihren diamantfunkelnden Verlobungsring. »Den solltest du abnehmen. Man sollte keine Begehrlichkeiten wecken, wenn du weißt, was ich meine.«

Sie fasste betroffen an ihren Ring. »Okay. Daran hatte ich noch gar nicht gedacht.« Langsam zog sie ihn ab und rieb die helle Stelle am Finger, schob den Ring dann aber wieder zurück.

»Sicher gibt es im Bungalow einen Safe. Ist nur eine Vorsichtsmaßnahme. Also … dann.« Mit einem Winken entschwand Maurice durch die Eingangstür. Der Lichtstrahl der Taschenlampe tanzte über den Busch, entfernte sich schnell und war bald nicht mehr zu sehen.

Endlich war sie allein. Sie machte sich daran, den Bungalow zu erkunden, und stellte fest, dass sie eine wohlgefüllte Bar zur Verfügung hatte und die Möglichkeit besaß, sich Kaffee und Tee zu kochen. Mit flinken Fingern durchsuchte sie den Bestand. Whisky, Cognac, Wodka. Nicht ihr Ding, jedenfalls nicht jetzt. Natürlich gab es Wein und Bier. Rotwein war ihr zu schwer, auf Bier hatte sie keine Lust, aber ein Grauburgunder tat es ihr an. Sie goss ein Glas voll und wanderte weiter.

Das Schlafzimmer sah sehr gemütlich aus, die Schränke waren geräumig, und das Badezimmer war eine Sinfonie aus mattem dunkelgrauem Stein und Glas. Übergangslos schien es sich hinaus in die Wildnis zu erstrecken. Ein Spotlicht strahlte eine vielstämmige, großblättrige Pflanze an, deren weiße Kranichkronenblüte sie an eine Strelitzie erinnerte. Von deren blauer

Zunge sah sie ein grasgrüner Frosch aus tiefgründigen, goldenen Augen an.

»Hallo, mein Prinz«, murmelte sie und schaltete das Licht im Bungalow aus. Zufrieden ließ sie sich in einem der zwei bequemen Rattansessel auf der Terrasse nieder, nippte an dem Wein und schaute sich um. Der Mond war wieder verschwunden, und es herrschte tiefe Dunkelheit, an die sich ihre Augen allmählich gewöhnten. Sie legte den Kopf in den Nacken. Über ihr flimmerte ein Sternenhimmel, wie sie ihn noch nie gesehen hatte. Mitternachtsblauer Samt, mit Myriaden von funkelnden Diamanten besetzt. Ihr Blick verlor seinen Fokus, es schimmerte und glitzerte, die weiche Luft umschmeichelte sie, das Nachtkonzert Afrikas nahm sie gefangen. Ihre innere Erregung löste sich, und eine köstliche Ruhe durchfloss sie, und das lag nicht an dem exzellenten Wein.

Dieser Zustand fand jedoch ein jähes Ende, weil das Telefon klingelte. Jill Rogge meldete sich und bot ihr an, einen Ranger zu schicken, um sie zum Dinner abzuholen. Im ersten Moment wollte sie ablehnen, tat es dann aber doch nicht, aus dem schlichten Grund, dass sie überraschenderweise einen Mordshunger verspürte.

Eilig begab sie sich ins Schlafzimmer, zog ihr verschwitztes Leinenkleid aus und warf es zusammen mit ihrer Unterwäsche auf den Badezimmerboden. Mit Sicherheit gab es auf *Inqaba* einen Wäscheservice, der die Sachen morgen waschen konnte. Sie duschte im Eiltempo und sprühte sich anschließend mit Mückenspray ein, und wie im Ratgeber für Malariaprophylaxe angegeben, trug sie helle, lockere Kleidung, die sie zur Vorsicht ebenfalls einsprühte. Über ausgeblichene Jeans zog sie ein weißes, ärmelloses Top und darüber eine Tunika aus hauchdünnem, weißem Baumwollstoff mit überlangen Ärmeln. Ihr Vater hatte jahrelang an Malaria gelitten, und zwar ziemlich übel. Ihre Mutter hatte erzählt, dass er, als er aus Afrika zurückgekehrt sei, nur noch aus Haut und Knochen bestanden habe und vom Chinin quittegelb gewesen sei. Die Fotos aus der Zeit waren erschreckend. Er sah aus wie ein KZ-Überlebender. Riesige, dunkle Augen in einem Totenschädel. Auch noch in den Jahren danach wiederholten sich die Malaria-Anfälle in regelmäßigen Abständen. Ein erschreckendes Erlebnis für ein kleines Mädchen.

Ihre Umhängetasche lag auf der Couch. Sie beugte sich vor, um sie hochzunehmen, als sie einen metallisch glänzenden Gegenstand unter dem Wohnzimmertisch entdeckte. Sie hob ihn auf und ließ ihn auf ihrer Handfläche hin und her rollen. Es war ein USB-Stick mit acht Gigabyte Speicher, wie sie feststellte. Ihr gehörte er nicht, also konnte ihn eigentlich nur Maurice verloren haben. Sie ging davon aus, dass der Bungalow vor ihrer Ankunft gründlich sauber gemacht worden war. Sie steckte ihn ein, nahm sich vor, ihn Maurice in den nächsten Tagen zurückzubringen, falls er sich nicht selber melden würde. Sorgfältig schloss sie die Eingangstür hinter sich und setzte sich auf einen der Verandasessel, um auf den Ranger zu warten.

»Hi, ich bin Mark«, sagte der Ranger und tippte mit zwei Fingern an seinen Safarihut, den er verwegen tief ins sonnengegerbte Gesicht gezogen hatte. Er grinste sie mit kräftigen, weißen Zähnen an. »Ich gehe vor und halte Ihnen die wilden Tiere vom Leib«, verkündete er mit berufsmäßiger Fröhlichkeit und klopfte auf den Kolben seines Gewehrs, das er über der Schulter trug. »Es kann Ihnen nichts passieren.«

Anita spähte beunruhigt hinter sich in die undurchdringliche Dunkelheit. »Greifen Löwen denn nur von vorn an?«

»Nicht immer, aber keine Angst, hier wird schon keiner auf uns lauern. Das würde ich riechen.« Mit weit ausgreifenden Schritten marschierte er in den Busch, und Anita blieb nichts anderes übrig, als ihm nachzueilen.

Jill hatte den Tisch nahe am Haupthaus unter einer ausladenden Palme decken lassen. Kerzen in einem gläsernen Windschutz warfen warme Lichtflecken auf schimmerndes Silber und dünnwandige Weingläser, winzige Glühbirnen glitzerten zwischen Palmenwedeln. Dirk und Andy saßen bereits am Tisch, ein flackernder Taschenlampenstrahl kündigte weitere Gäste an, die nach kurzem Gruß an die Neuankömmlinge zur Bar strebten.

»Anita, hier ist noch ein Platz frei«, rief Dirk Konrad und zog ihr einen Stuhl zurück.

Als sie sich setzte, spürte sie seinen Blick wie eine warme Berührung auf ihrer Haut und fragte sich flüchtig, warum ihr das nicht unangenehm war.

»Wie geht es dir?«, fragte Dirk und musste sich räuspern, weil seine Stimme ohne ersichtlichen Grund unvermittelt heiser geworden war.

Anita breitete sich die Serviette über die Knie. »Sehr viel besser, danke. Ich muss mich nur an das Parfum des Mückensprays gewöhnen. Was gibt es zu essen?«

»Geeisten Gazpacho, frischen Salat mit Avocado, Impalarücken mit fruchtiger Soße und Gemüse, und hinterher ein Mangosorbet«, antwortete Thabili, die mit einer dottergelb gekleideten Kellnerin den ersten Gang brachte.

»Lecker«, murmelte Andy.

Die Unterhaltung beim Essen tröpfelte spärlich. Es war offensichtlich, dass alle müde waren, und nach dem ausgezeichneten Mangosorbet und einem letzten Schluck Wein verabschiedeten sie sich voneinander und wurden zu ihren Bungalows eskortiert.

Anita ließ sich auf ihrer Veranda nieder, legte die Beine auf die Brüstung und atmete tief durch, ließ ihre Gedanken frei umherschweifen, genoss die Ruhe, die warme, feuchte Luft, das Rascheln im Busch, die verstohlenen Laute, die ihr sagten, dass sie nicht allein und unbeobachtet war. Der Busch hat viele Augen, das hatte ihr Vater ihr erzählt, als sie ihn ein einziges Mal während eines Brasilienbesuchs in den Urwald begleiten durfte. Damals hatte sie die Vorstellung als sehr unangenehm empfunden.

Heute fühlte sie sich zu ihrer eigenen Verwunderung auf merkwürdige Art geborgen. Gedankenverloren erschlug sie einen Moskito, der eben seinen Stachel in ihren Arm bohren wollte.

Nach einer Weile wurden ihr die Lider vor Müdigkeit schwer. Sie schwang die Beine von der Brüstung und ging hinein. Das Licht im Bungalow hatte sie angelassen, und der Lampenschein fiel auf die Schachtel, die die Geburtsurkunde Cordelias – Cordelia Mbalis – enthielt. Abwesend hob sie den Deckel und zog das Dokument hervor. Inzwischen hatte sie die Papierfetzen wie ein Puzzle zusammengesetzt und sorgfältig auf einen Bogen Papier geklebt. Er zitterte leicht in ihrer Hand.

Wollte sie diese Cordelia überhaupt finden? Sie hatte keine Ahnung, wer die Frau hinter diesem Namen war. Welch ein Mensch sie war. In welcher Umgebung sie lebte. Wenn sie noch lebte. Bedeutete ihr Zuluname, dass sie farbig war? Dann wäre entweder ihr Vater oder ihre Mutter fremdgegangen. War es das, was sie für immer aus dem Land getrieben hatte? Und wie würde diese Cordelia auf eine Schwester oder Halbschwester reagieren?

Die nervöse Unruhe in ihr regte sich erneut, verstärkte sich zunehmend. Sie ging zurück auf die Veranda, marschierte hin und her, ihre Schritte dröhnten auf den Holzbohlen. Blicklos starrte sie in den nächtlichen Busch.

Diese Suche war sinnlos, dachte sie, völlig idiotisch. Ihr Leben würde durcheinandergeraten, vermutlich restlos umgekrempelt werden, gerade jetzt, wo ihre innere Verfassung allmählich wieder ins Gleichgewicht kam. Plötzlich lief sie, ohne vorher bewusst den Entschluss gefasst zu haben, ins Haus, öffnete ihren Koffer, der noch gar nicht vollständig ausgepackt war, und begann, ihre Sachen hineinzuwerfen. Sie packte wie im Rausch, riss die Sachen förmlich aus dem Schrank.

Aber nach ein paar Minuten hielt sie inne und ließ sich auf die Bettkante fallen. Die Geburtsurkunde könnte sie zwar zerreißen, aber ihren Inhalt würde sie nie aus ihrem Gedächtnis löschen können. Bis an ihr Lebensende würde sie davon verfolgt werden, und das würde sie nicht aushalten, dazu kannte sie sich zu gut. Mit schweren Armen packte sie den Koffer wieder aus und ordnete ihre Sachen abermals in den Schrank ein.

Diese Frau war mit an Sicherheit grenzender Wahrscheinlichkeit der Schlüssel dazu, warum ihre Eltern Afrika von einem Tag auf den anderen für immer verlassen hatten. Also musste sie alles daransetzen, Cordelia Mbali Carvalho zu finden. Eigentlich auch wegen des Erbes ihrer Mutter. Die Wohnung, das Haus auf Mallorca und die Bilder. Rechtmäßig würde die Hälfte wohl Cordelia gehören. Geld war keines mehr da. Der Aufenthalt im Pflegeheim hatte alles aufgefressen, dazu noch den Erlös von zwei weiteren Bildern. Sie setzte sich wieder aufs Bett und zwirbelte die Fransen der schweren Tagesdecke abwesend zwischen den Fingern.

Und dann traf es sie, aus heiterem Himmel. Sie war nicht allein. Cordelia Mbali Carvalho war ihre Familie. Ihr Herz pochte. Eine tiefe Erregung machte sich in ihr breit, ein warmes, weiches Gefühl. Sie hatte eine Schwester, irgendwo hier, vielleicht ganz in der Nähe. Ihre Familie.

Allerdings hatte sie nicht die geringste Idee, wo sie mit ihrer Suche anfangen sollte, und beschloss, als Erstes das Telefonbuch der hiesigen Gegend zu durchforsten. Morgen. Heute war sie todmüde. Sie begann, sich langsam auszuziehen, um ins Bett zu gehen.

Als sie sich aus ihren Jeans schälte, fiel der silberne Speicherstift, den sie bereits vergessen hatte, aus der Hose. Nachdenklich drehte sie ihn in den Fingern. Gehörte er wirklich Maurice? Oder vielleicht dem Vorbewohner des Bungalows? Was allerdings kein sehr gutes Licht auf die Gründlichkeit von Jills Hauspersonal werfen würde.

Trotz ihrer Müdigkeit siegte am Ende ihre Neugier, und sie fuhr ihren Laptop hoch. Während der Computer zum Leben erwachte, vergewisserte sie sich, dass die feinmaschigen Moskitogitter vor den Türen und Fenstern nahtlos geschlossen waren. Sie dachte an den Moskito, der sie fast gestochen hätte. Es hätte eine Anopheles sein können, die den Malariaerreger in sich trug. Ihr Vater hatte sie davor gewarnt, in dieser Hinsicht nachlässig zu sein.

»Eine Raubkatze verletzt dich vielleicht nur. Ein Mückenstich kann dich dein Leben kosten! Wenn du dich also jemals in Malaria-Gebieten aufhältst, sei lieber übervorsichtig.«

Aber der Mückenschutz schien perfekt zu sein. Jill Rogge führte ein gepflegtes Haus. Sie kehrte zu ihrem summenden Laptop zurück und steckte den Stick in einen der USB-Ports. Zu ihrer Überraschung war er nicht verschlüsselt. Auf ihren eigenen Speichersticks hatte sie immer ein Verschlüsselungsprogramm. Sollte sie einen verlieren, wollte sie sicher sein, dass kein Fremder ihre Korrespondenz, privat oder geschäftlich, lesen konnte.

Aber auf dem Stick befanden sich lediglich ein paar Fotos, und das erste zeigte tatsächlich Maurice unter einer dickstämmigen Dattelpalme, das nächste war verschwommen, aber Maurice war darauf zu erkennen. Der Mann neben ihm – in jeder Dimension fast doppelt so groß wie er – war ihr auf unerklärliche Weise sehr unangenehm, zumindest schien er fürchterlich hässlich zu sein. Fleischig, immenser Bauch, der rechte Arm muskelbepackt, der linke war oberhalb des Ellbogens amputiert, säulenförmige Beine, obendrauf ein verhältnismäßig kleiner Kopf. Verspiegelte Sonnenbrille. Beide grinsten in die Kamera. Sie klickte sich weiter durch. Auf den übrigen Bildern waren schwarze Kinder zu sehen, die sich verängstigt aneinanderdrängten, ihre riesigen Augen waren schwarze Pfützen in mageren Gesichtern.

Die Fotos waren durchweg etwas unscharf, manche durch überhängende Zweige aufgenommen, als hätte sich der Fotograf versteckt. Auf einem der Bilder bemerkte sie einen soliden Schatten hinter den Kindern, größer, viel größer als die Kleinen. Sie schaute genauer hin, konnte aber nicht entscheiden, was sie sah. Ein Mensch war es nicht. Vielleicht ein Felsen? Einer, der die Umrisse eines Löwen hatte. Sie vergrößerte das Bild, aber es wurde so grobkörnig, dass sich die Konturen des Schattens völlig auflösten. Einzelheiten waren nicht zu unterscheiden. Vorsichtig zog sie die Linien auf dem Bildschirm mit dem Fingernagel nach. Es brachte nichts. Sie zuckte die Achseln. Vermutlich war es ein Busch, der zufällig diese Katzenform hatte.

Mittlerweile konnte sie kaum noch die Augen offen halten. Sie entfernte den Stick, fuhr den Computer herunter und klappte den Deckel zu.

Morgen würde sie versuchen, Maurice zu erreichen, damit sie ihm den Stick zurückgeben konnte. Nachdem sie sämtliche Telefonbücher, deren sie habhaft werden konnte, nach einer Cordelia Mbali Carvalho durchsucht hatte. Falls die überhaupt noch diesen Nachnamen trug.

Sie ging ins Badezimmer, und kurze Zeit später schlüpfte sie unter den Baldachin des Moskitonetzes, legte sich in dem weichen Kissen zurück und schloss die Augen, vergaß Maurice, die Filmleute und die Büsche, die wie Löwen aussahen.

Innerhalb von Minuten war sie eingeschlafen und trieb in einem dunklen, zähen Strom wirrer Träume davon.

7

Die Sonne war noch nicht aufgegangen, den Himmel überzog ein erstes zartes Rosa, als Anita von einem ohrenbetäubenden Kreischen geweckt wurde. Sie sprang entsetzt aus dem Bett, rannte mit hämmerndem Puls zur Terrassentür, riss sie auf und sah sich drei riesigen Vögeln gegenüber, die flügelschlagend und aus vollem Halse schreiend auf der Brüstung hockten und sie aus glänzend schwarzen Augen spöttisch anglotzten. Als sie aufgebracht auf die Tiere zustürzte, strichen diese mit lautem Gelächter in den pfirsichfarbenen Himmel davon.

Sie fiel auf einen der Rattansessel, legte den Kopf an die Lehne und ließ beide Arme herabhängen. Sie fühlte sich wie gerädert. Ihre Augen waren trocken, die Kehle rau, und die Beule am Kopf leuchtete nicht nur wie ein rotvioletter Hügel, sondern irgendjemand schien sie mit Messern zu bearbeiten. Stöhnend schleppte sie sich zurück ins Zimmer und sah auf ihre Armbanduhr, die auf ihrem Nachttisch lag. Es war noch nicht einmal halb fünf. Eindeutig nicht ihre bevorzugte Zeit zum Aufstehen. Sie warf sich aufs Bett und schloss die Augen. Kaum hatte sie sich entspannt, klopfte jemand vernehmlich an die Tür, und als sie nicht schnell genug öffnete, wurde dagegen getrommelt. Sie presste beide Hände über die Ohren und vergrub den Kopf im Kissen – es half nichts.

»Die sind wohl wahnsinnig geworden«, murrte sie wütend, stand auf und tappte ins Wohnzimmer. »Was wollen Sie?«, raunzte sie durch die geschlossene Tür. »Es ist mitten in der Nacht!«

Eine laute, nervtötend fröhliche Männerstimme antwortete ihr. »Hier ist Mark, Ihr Ranger«, sang der Mann. »Ich bin gekommen, um Sie zu unserer Frühsafari abzuholen. In einer Viertelstunde fahren wir los. Kaffee habe ich für Sie schon heiß gemacht. Kekse gibt es auch.«

Sie schluckte ein saftiges Schimpfwort herunter. Kaffee. Um diese Uhrzeit! »Lassen Sie mich in Ruhe. Ich bin hundemüde.«

»Aber morgens sieht man die meisten Tiere!«

»Haben Sie ein Bett an Bord?«

Sie hörte ihn herzlich lachen. »Nein, das nicht. Aber Getränke und gute Laune.«

Anita verzog ihr Gesicht, weil das Gelache ihren Kopf fast zum Platzen brachte. »Dann müssen Sie ohne mich auskommen.«

»Aber wir werden im Busch einen kleinen Imbiss einnehmen, mit Sekt und Häppchen – zwischen all den Tieren! Ein tolles Abenteuer.«

Vor ihrem inneren Auge sah sich Anita von Elefanten umringt und von hungrigen Löwen eingekesselt. »Fragt sich, wer dann den Imbiss einnimmt. Oder haben die Löwen um diese Uhrzeit schon gefrühstückt?«

Als Antwort erreichte sie nur eine weitere Lachsalve.

Sie zuckte zusammen. »Auf derartige Erlebnisse verzichte ich dankend. Auf Wiedersehen.«

Nach ein paar vergeblichen Versuchen, ihr den Ausflug doch schmackhaft zu machen, verstummte der Ranger endlich. Aber weil sie nun schon einmal wach war, stellte Anita ihm noch eine Frage. »Vorhin haben mich drei riesige Vögel, die groß wie Truthähne waren, mit Schreien geweckt, die Tote hätten auferstehen lassen können. Wie heißen die?«

Mark lachte wieder sein lautes Lachen. »Das sind Hadidahs, und ihr Name beschreibt ihren Ruf. Ha-ha-ha-di-dah. Es sind Ibisse. Hübsche Vögel, oder? Schimmern bunt wie eine Ölpfütze. Sie fliegen vorzugsweise kurz vor Sonnenaufgang laut trompetend herum, bis sie sich sicher sind, dass kein Lebewesen in ihrem Königreich mehr schläft. So möchte man zumindest meinen.

Gewöhnen Sie sich lieber daran. Unsere ansässigen Hadidahs sind gnadenlos.« Wieder lachte er laut und vergnügt, dann lief er die Treppe hinunter.

Anita wankte zurück ins Bett. Seine Schritte entfernten sich, und kurz darauf herrschte himmlische Ruhe. Sie schlief wieder ein.

Um halb acht schallte ein Trompetenstoß durch den Busch und erreichte Anita in ihren Träumen. Sie schnellte aus den Kissen hoch und starrte verwirrt um sich. Der Schlafraum war vom Sonnenlicht durchflutet. Von ihrem Kissen lief ihr Blick ungehindert über die dunklen Bohlen der Terrasse, über saftig grüne Büsche, die mit schneeweißen Sternenblüten übersät waren und aus denen der betörendste Duft zu ihr aufstieg, weiter über den Abhang hinunter zu der silbrig glänzenden Fläche des Wasserlochs. Der Himmel war kristallblau, die Schatten schon scharf.

Langsam stieg sie aus dem Bett, lief über die kühlen Fliesen zur Terrassentür und öffnete sie. Am Fuß des Abhangs glitzerte die Ausbuchtung des Flusslaufs, die das Wasserloch bildete, daneben stand ein riesiger Elefant, der noch einmal durchdringend trompetete. Im flachen Uferbereich planschten zwei winzige Ebenbilder des Riesen herum.

Sie lehnte sich über die Brüstung und schaute den Elefantenkälbern zu. Weicher, warmer Wind strich über ihr Gesicht, Schmetterlinge umgaukelten die duftenden Sternenblüten. Aus der Palme, deren Wedel über das andere Ende der Terrasse hingen, lugte das schelmische Gesicht eines winzigen Äffchens. Über allem pulsierte das hohe Zirpen der Zikaden.

Es war so friedlich, so paradiesisch unschuldig, dass sie glaubte, in einer Traumwelt gelandet zu sein. Nach einem Moment schüttelte sie sich energisch. So etwas gab es nicht, nirgendwo auf der Welt. Irgendwo lauerte immer eine Schlange im Paradies, und meist war die dann giftig.

Sie ging ins Haus, stellte sich unter die Dusche und drehte sie auf kalt. Das Wasser kam allerdings fast warm heraus. Sie ließ es über sich hinwegrauschen, legte den Kopf zurück, damit es ihr nicht in die Augen lief.

Ein Gecko lugte mit glänzend schwarzen Augen vom Holzbalken zu ihr herab. Als eine fette schwarze Fliege Zentimeter entfernt von ihm landete, wurde er unvermittelt abgelenkt. Der winzige Drache beäugte das Insekt regungslos, dann stieß er urplötzlich zu, packte es und verschlang es. Genussvoll leckte sich der Gecko über die schuppigen Lippen, warf den Kopf hoch und stieß einen Laut aus, der für Anita wie heiseres Kichern klang.

Unwillkürlich musste auch sie lachen, aber im selben Augenblick brach das kleine Reptil jäh ab, erstarrte und wollte dann verschreckt weghuschen, doch Bruchteile von Sekunden später ereilte ihn ein schreckliches Schicksal. Aus den tiefen Schatten zwischen den Balken glitt eine leuchtend grüne Schlange pfeilschnell auf den Gecko zu, packte ihn um die Mitte, warf ihn herum, bekam den Kopf zwischen die Kiefer und verschlang ihn.

Anita machte geistesgegenwärtig einen Satz aus der Dusche und schlug die Glastür zu. Tropfend rannte sie ins Wohnzimmer zum Telefon und wählte die Nummer der Rezeption. Jill meldete sich fast sofort. Während sie die Dachbalken im Wohnzimmer nicht aus dem Auge ließ, berichtete Anita, was vorgefallen war.

»Eine grüne Schlange?«, rief Jill. »Hatte sie ein diffuses schwarzes oder dunkelgraues Fleckenmuster an der Seite oder war sie rein grün? Und wie groß war ihr Kopf?«

»Moment.« Anita nahm das Mobilteil des Telefons und lief zurück ins Bad. Aus sicherer Entfernung spähte sie durch die gläserne Tür der Dusche nach oben. Eine Schlinge des Schlangenkörpers hing vom Balken herunter. Eine dicke Beule, die sich schwach bewegte, zeigte, wo der bedauernswerte Gecko gerade verdaut wurde. Sie zog sich schnell zurück.

»Sie hat so was wie dunkle Flecken an der Seite. Den Kopf konnte ich nicht erkennen, aber der ist eher klein gewesen.«

Jills Seufzer der Erleichterung war deutlich zu hören. »Gut, das ist eine Grüne Buschschlange, die sich verirrt hat. Sie ist harmlos. Wenn die Flecken nicht wären und sie einen großen länglichen Schädel hätte, wäre es eine grüne Mamba. Eine Boomslang hat einen kleinen Kopf mit großen Augen. Beide sind tödlich giftig, obwohl die Boomslang ein so kleines Maul besitzt, dass sie einen meist nicht richtig erwischt. Hast du fertig geduscht? Sonst kannst du es bei mir im Privathaus machen, falls du Angst hast …«

Anita versicherte ihr, dass sie im Augenblick nicht mehr zu duschen gedachte.

»Gut. Ich werde sofort jemand in deinen Bungalow schicken, der die Schlange entfernt und sich vergewissert, dass du keine weiteren Mitbewohner hast. Tut mir leid, wenn du einen Schrecken bekommen hast.«

»Na, ich bin jedenfalls schlagartig hellwach geworden«, gab Anita zurück und bewegte die Zehen in der Pfütze, die sich um sie gebildet hatte.

»Eigentlich kannst du tagsüber allein zum Haupthaus gehen. Soll ich dir nach dem Schreck trotzdem einen Ranger schicken, der dich zum Haus begleitet?«

Anita zögerte kurz, dann lachte sie mit mehr Bravado, als sie eigentlich verspürte. »Ach was, nein, danke. Ich werde meinen ganzen Mut zusammennehmen … Du kannst ja einen Suchtrupp aussenden, wenn ich in einer Dreiviertelstunde nicht eingetrudelt bin.«

Damit legte sie auf, ging zum Badezimmer, öffnete die Tür einen Spalt, zerrte das Badehandtuch heraus und warf die Tür wieder zu. Während sie sich abtrocknete, erwischte sie sich allerdings dabei, dass sie alle paar Minuten das Gebälk über ihr absuchte, um sich zu vergewissern, dass dort kein Reptil herumkroch. Sie nahm sich vor, ein Buch über hiesige Schlangen zu besorgen. Man konnte ja nie wissen, und wie ihr Vater stets gepredigt hatte, war es immer gut, den Feind genauestens zu kennen.

Anschließend cremte sie sich gründlich mit Sonnenschutz ein. Zum Schluss ihrer Badezimmerroutine tuschte sie sich die Wimpern und legte einen pastellfarbenen Lippenstift auf. Das musste genügen. Es gab niemand mehr, der bei ihr den Impuls auslöste, sich aufzubrezeln. Sie zerrte irgendein Top aus dem Schrank, zog es über und schlüpfte in ihre hellen Leinenshorts. Eine halbe Stunde nach Jills Anruf zog sie schließlich die Tür hinter sich zu.

Das Erlebnis mit der Schlange noch in den Knochen, tastete sie mit großer Sorgfalt jeden Zentimeter des schmalen, gewundenen Wegs und das überhängende Buschwerk mit den Augen ab. Über eine kahle, sonnenbeschienene Fläche erreichte sie endlich die Restaurantveranda. Mit ein paar Sätzen sprang sie die Treppe hoch. Die Tische waren sehr hübsch eingedeckt, aber außer ihr war noch niemand da. Sie wählte einen Tisch, der unter einer Palme stand und ihr eine herrliche Sicht über das Land und bis hinunter zum Wasserloch bot. Eine Herde zierlicher Impalas zog grasend an ihr vorbei. Mit einem unbewussten Seufzer stützte sie das Kinn auf die Hände und ergab sich dem Zauber Afrikas.

Kurze Zeit später strömten die Gäste, die an der Frühsafari teilgenommen hatten, vom Parkplatz auf die Restaurantveranda und machten sich sofort hungrig über das Buffet her. Lautstark unterhielt man sich in mehreren Sprachen über die Erlebnisse während der Safari. Dirk Konrad und Andy Kaminski erreichten als Letzte die Terrasse und setzten sich abseits an den Tisch, der am weitesten von den übrigen Gästen entfernt war.

»Die nächste Safarifahrt machen wir allein«, knurrte Dirk. »Diese Aufschneiderei, wer wie viel Löwen gesehen hat, wer den größten Elefanten und wer schon wo gewesen ist und vor allen Dingen wie viel das Ganze dann gekostet hat, geht mir gründlich auf die Nerven.«

Andy grinste so breit, dass die Sommersprossen auf seiner sonnengeröteten weißen Haut tanzten. »Hast du gemerkt, wie die kleine Blonde mit dem roten Schmollmund dich angemacht hat? Von mir wollte sie wissen, wie viel Filme du schon gedreht hast und welche. Warum die immer glauben, dass du sie zum Film bringen kannst, ist mir schleierhaft. Mich macht niemand an.«

Dirk sah ihn amüsiert von der Seite an. »Und was hast du der Dame gesagt?«

Andy zog ein seliges Gesicht. »Dass sie unbedingt mit Flavio reden sollte. Dass er der Regisseur ist und ständig neue Stars sucht, besonders solche, die so hinreißend aussehen wie sie.«

Dirk prustete los. »Flavio wird dich massakrieren.«

»Das ist mir der Spaß wert.« Andy grinste. »Allein die Vorstellung, wie Flavio auf sie reagieren wird, und vor allen Dingen, wie sich La Muro dabei verhält, wird mir den Tag versüßen. Die Blonde kann einem fast schon leidtun.«

Eine Kellnerin kam an den Tisch, zog einen Kuli aus ihrem Kraushaar und zückte einen Block. »Was soll's sein? Kaffee oder Tee? Rühreier, Spiegeleier, gekochte Eier oder verlorene Eier?« Während sie das herunterleierte, warf sie einen verlangenden Blick auf Philani, der eben in der Küche verschwand.

Nachdem Dirk und Andy Kaffee und Rühreier bestellt hatten, begaben sie sich zum Buffet. Dirk hatte von Nils gehört, dass das Buffet auf *Inqaba* für seine Vielfalt berühmt sei, und er musste ihm recht geben. Mit übervollen Tellern kehrten sie zu ihrem Tisch zurück. Erst jetzt entdeckte er Anita, die zwei Tische entfernt saß und ihn offensichtlich auch noch nicht bemerkt hatte. Unauffällig betrachtete er sie. Sie sah heute sensationell aus, wie er fand. Das Haar glänzte goldbraun, die sonnengebräunte Haut schimmerte, nur die Schatten unter ihren erstaunlichen Augen verrieten, dass sie noch ein bisschen angegriffen war.

Sie hatte ihr Kinn auf die Hände gestützt. An der rechten Hand trug sie einen breiten Ring aus mattem Gold, die wie hingestreut eingesetzten Diamanten schossen im Sonnenlicht Blitze. Nach der Art, wie sie ihn unbewusst streichelte, war es wohl der Ring von ihrem verunglückten Verlobten. Er schien locker zu sitzen, offenbar hatte sie in der letzten Zeit einiges abgenommen. Er setzte seinen Teller ab, ging zu ihr hinüber und grüßte sie mit jenem Lächeln, das Andy Kaminski sein Raubtierlächeln nannte.

»Hallo, Anita. Willst du lieber allein sein, oder bist du einfach nur schüchtern?«

Anita schaute hoch, musterte ihn mit schräg gelegtem Kopf und überlegte einige Zeit demonstrativ. »Allein sein«, sagte sie dann, ohne eine Miene zu verziehen.

Dirks Grinsen war schlagartig wie weggewischt. Andy Kaminski, der das Ganze offenbar mitbekommen hatte, lachte in sich hinein.

»Geschieht dir recht«, murmelte er grinsend. »Mal eine, die du nicht mit einem Fingerschnipsen kriegen kannst.« Die nackte Schadenfreude war ihm vom Gesicht abzulesen.

Dirk zögerte. Eine höchst ungewohnte Verlegenheit überfiel ihn. »Ich dachte nur … du kennst hier offensichtlich niemand …« Er brach verwirrt ab, ärgerte sich, dass er stotterte, ärgerte sich, dass er sich unbeholfen wie ein Bauerntölpel benahm. »Na, dann …«, sagte er und wollte wieder an seinen Tisch zurückkehren.

Anita sah ihn mit hochgezogenen Brauen an. »Du könntest mich ja einfach fragen, ob ich mit euch essen möchte.« Ihre weiche Altstimme war sanft, der Spott darin aber nicht zu überhören.

Dirk fing sich wieder. »Touché.« Lächelnd vollführte er eine kleine Verbeugung. »Anita, möchtest du dich vielleicht an unseren Tisch setzen? Es wäre uns eine Ehre.«

»Na siehst du, geht doch«, gab sie zurück, stand auf und ging mit ihm hinüber an seinen Tisch. Eine Kellnerin – eine hübsche schwarze Person mit Rastazöpfchen, die ihr wie Stacheln vom Kopf abstanden – nahm dort ihre Bestellung für eine große Kanne Kaffee auf. Danach schob Anita ihren Stuhl wieder zurück. »Ich werde jetzt das Buffet plündern. Ich habe einen Mordshunger. In den letzten Wochen habe ich praktisch nur von Brot mit Aufstrich und ein paar Früchten gelebt.«

Dirk wartete, bis Anita sich etwas entfernt hatte. »Ich werde mir noch Lachs holen«, murmelte er seinem Freund zu und stand auf. »Bleib ja sitzen, sonst spielst du mit deinem Leben«, zischte er. »Am besten machst du dich unsichtbar. Und hör auf, auf ihre Beine zu starren!«

Darauf fiel Andy in seinen Stuhl zurück und verschränkte mit verdrossener Miene die Arme. Mit vollen Tellern kehrten Anita und Dirk schließlich zurück. Anita lachte, offensichtlich über eine von Dirks Bemerkungen. Andy biss sich auf die Lippen.

Inzwischen stand eine Kanne mit frischem, aromatischem Kaffee auf dem Tisch. Dirk schenkte Anita eine Tasse ein und schob Milch und Zucker zu ihr hinüber.

»Nur Milch, danke.« Sie goss sich Milch ein. »Ich nehme an, dass diese unerfreuliche Geschichte in Upington euren Terminplan gehörig durcheinanderwerfen wird.«

»Völlig«, antwortete Dirk. »Heute werde ich in der Gegend herumfahren und ein paar Locations auskundschaften. Wir brauchen eine möglichst urige Farm, um die Ankunft deiner Protagonisten in Natal zu drehen. Ich hatte gehofft, dass *Inqaba* ein gutes Motiv wäre, aber es ist zu schön und zu neu, zu gepflegt. Vielleicht kann mir Jill Rogge da weiterhelfen.«

Anita, die mit offensichtlichem Appetit ihren Fruchtsalat löffelte, hörte ihm aufmerksam zu. »Kann ich vielleicht mitkommen? Ich möchte diesem Maurice einen USB-Stick zurückgeben, den er bei mir verloren hat. Er wohnt hier ganz in der Nähe, sagt er. Und ehrlich gesagt, bin ich auf der Suche nach der Farm meiner Eltern, die irgendwo in dieser Gegend gelegen haben muss … Vielleicht kann Maurice …« Sie machte eine vage Handbewegung und sah ihn fragend an.

Dirk war wie elektrisiert. »Aber natürlich, mit Vergnügen. Wir fahren gleich nach dem Frühstück los. Passt dir das? Wir treffen uns auf dem Parkplatz.« Dabei sah er Andy an und schüttelte ganz leicht den Kopf.

Andy reagierte wie gewünscht. »Äh, ich kann leider nicht mitkommen«, sagte er mit schiefem Grinsen. »Ich habe noch … äh … einige Dinge zu erledigen. Tut mir leid.«

Anita hatte Dirks Signal an seinen Assistenten aufgefangen und merkte die Absicht sofort. Und war verstimmt. Fast hätte sie als spontane Reaktion abgesagt. Machogehabe konnte sie nicht leiden. Zu ihrer eigenen Verwunderung tat sie es aber dann doch nicht, sagte sich, da sie lediglich ein einziges Mal in England einen rechtsgesteuerten Wagen gefahren hatte, würde sie auf diese Weise als Beifahrerin ein Gespür für den hiesigen Verkehr bekommen können. War ja ein guter Grund.

Dirk schaute auf die Uhr. »Treffen wir uns in einer Stunde auf dem Parkplatz?«

Nachdem Anita zugestimmt hatte, aßen sie und unterhielten sich dabei über dies und das und lachten zu ihrem Erstaunen viel. Sie berichtete von der Schlange im Badezimmer, was Andy in leichte Panik ausbrechen ließ. Wie er zugab, hatte er eine Höllenangst vor allen kriechenden Tieren, und sie erzählte, dass ihr Vater ihr bei Ausflügen in den brasilianischen Dschungel beigebracht habe, wie man sich Schlangen gegenüber verhalte.

»Wie denn?«, fragte Andy misstrauisch.

»Abhauen.« Anita lachte. »Und zwar schnell.«

Anschließend gab Dirk amüsanten Klatsch und Tratsch aus der Filmbranche zum Besten, nannte aber nie einen Namen, was Anita als sehr angenehm empfand. Mit den Jahren hatte sie gelernt, Menschen, die über andere klatschten und diese beim Namen nannten, grundsätzlich nicht zu vertrauen. Diese Haltung machte ihr den Kameramann eindeutig sympathischer.

Später trennten sie sich. Dirk wollte Jill fragen, ob sie ihm ein paar lohnende Objekte für seine Suche nach einem urigen Farmgebäude nennen konnte. Anita lief zum Bungalow, um die Ersatzbatterie für ihre Kamera aufzuladen, was einige Zeit in Anspruch nehmen würde.

Das Aufladen ging schneller, als sie erwartet hatte. Sie verstaute Sonnencreme, Mückenspray und eine Flasche Mineralwasser in ihrer Umhängetasche, zog Sandalen an, ergriff ihren Sonnenhut und machte sich zum Parkplatz auf. Ihr blieb Zeit genug, zwei winzige Antilopen zu beobachten, die sie aufmerksam mit großen, schwarzen Augen und bebenden Nasenflügeln musterten, ehe sie auf zierlichen Hufen davontanzten. Vögel schwirrten über sie hinweg, Käfer hasteten durch raschelnde Blätter, eine große Spinne flog ihr an ihrem Seidenfaden hängend ins Haar und verhedderte sich. Sie hatte zwar keine Angst vor Spinnen, aber diese war so groß, dass sie erschrak und sich unwillkürlich wie ein Hund schüttelte. Der Spinnenfaden riss, und das Insekt fiel ins Dickicht. Ihr Kopf allerdings nahm die heftige Bewegung übel. Die Beule begann wieder stark zu pochen, was ihr ein leises Stöhnen entlockte. Sie kramte Schmerztabletten aus ihrer Tasche, drückte zwei aus der Blisterpackung und spülte sie mit einem Schluck aus der Wasserflasche hinunter. Bevor sie weiterlief, setzte sie sich den breitkrempigen Sonnenhut auf, um etwaige weitere Spinnenattacken abzuwehren.

Dirk wartete schon neben seinem Auto. Seine Kameratasche stand auf der Motorhaube. In der Hand hielt er einen Camcorder, dessen Linse er vorsichtig mit einem Pinsel reinigte, während er mit Jill Rogge scherzte, die auf eine seiner Bemerkungen mit zurückgeworfenem Kopf herzlich lachte. Statt der Kakiuniform, die jeder Mitarbeiter auf *Inqaba* trug, war sie in Bermudashorts und T-Shirt geschlüpft, die ihre sonnengebräunten Arme und Beine bestens zur Geltung brachten, wie Anita feststellte.

»Davon hat Nils mir nie etwas erzählt«, rief Jill und gluckste. »Warte nur, bis ich es ihm unter die Nase reibe – ach, da ist ja Anita. Guten Morgen.«

Mit ausgestreckter Hand ging sie auf Anita zu und begrüßte sie mit einem Luftkuss, einmal rechts und einmal links, wie es hier, wie sie bereits feststellen konnte, Sitte war, und fragte anschließend, ob Anita lieber in einen Flachdachbungalow übersiedeln wolle, wo sich garantiert keine Schlangen ins Haus verirrten.

»Habt ihr Schlangenserum greifbar?«, fragte Anita.

Jill schaute fast gekränkt drein. »Selbstverständlich. Mark, Philani und ich haben uns eigens im Krankenhaus schulen lassen, damit wir bei einem Schlangenbiss Erste Hilfe leisten können.«

»Okay, dann bleibe ich in diesem Bungalow. Er ist wirklich traumhaft.«

Dirk schloss den Wagen auf, stellte die Kameratasche so, dass sie von draußen nicht sichtbar war, und legte den Camcorder in die Schublade, die er unter dem Fahrersitz entdeckt hatte. »Jill begleitet uns«, bemerkte er, offensichtlich nicht sonderlich erfreut. »Angeblich kann man sich auf dem Weg zu Maurice' Farm leicht verfahren …«

»Ihr kennt euch hier nicht aus«, fiel ihm Jill ins Wort. »Allein durchs ländliche Zululand zu fahren ist nicht ratsam, und sich zu verirren kann gefährlich werden. Ich bin eine Eingeborene und kenne hier fast jeden persönlich. Zulu habe ich gelernt, bevor ich englisch sprechen konnte.« Während sie auf den Rücksitz kletterte, setzte sie vergnügt schmunzelnd hinzu: »Meine weiße Hautfarbe ist eigentlich nur Tarnung.«

Aus dem Inneren des Wagens schlug Anita eine Glutofenhitze entgegen. Mit zusammengebissenen Zähnen ließ sie sich sehr vorsichtig auf den glühend heißen Sitz nieder. Gleichzeitig blies ihr eiskalte Luft aus der Klimaanlage mit Sturmstärke ins Gesicht. Offenbar hatte Dirk die Temperatur ganz heruntergeregelt. Trotz der Hitze fröstelte sie unwillkürlich.

»Scheußlich! Hier drinnen werden wir tiefgekühlt und draußen gebraten wie ein Hähnchen auf dem Rost. Sehr ungesund. Seid ihr nicht ständig erkältet?«

Jill zuckte die Achseln. »Ach, ich glaube, man gewöhnt sich nach einer Zeit daran. Außerdem benutzen wir im Haus die Klimaanlage nur in Ausnahmefällen. Manchmal haben wir hier aber weit über vierzig Grad. Das ist dann ohne Kühlung nicht mehr auszuhalten.«

Was Anita ohne Weiteres nachvollziehen konnte.

Dirk war mittlerweile vom Parkplatz abgebogen und fuhr die geteerte Straße entlang, die zum Eingangstor von *Inqaba* führte. Über dem Asphalt flimmerte die Hitze, dort, wo kein Busch wuchs, trieben gelbe Staubschleier über spärliches Gras, Sandsteinfelsen ragten aus der blutroten Erde wie die gebleichten Knochen eines Skeletts. Über allem wölbte sich der brennend blaue Himmel.

Jill war verstummt. Zwei tiefe Sorgenfalten erschienen auf ihrer Nasenwurzel. »Wir brauchen Regen«, murmelte sie. »Herr im Himmel, brauchen wir Regen! Sonst gibt es hier wieder das große Sterben.«

»Wie meinst du das?« Dirk verlangsamte das Tempo, um einem Zebra zu erlauben, die Straße zu kreuzen.

»Wenn es nicht bald regnet, und zwar wirklich ergiebig, trocknen die Wasserlöcher aus, die Tiere verdursten, und *Inqaba* verwandelt sich in einen Friedhof. Am Ende sterben auch Menschen in der Region, weil ihre Ernte vertrocknet ist. Dann liegt über dem ganzen Land der Gestank von Tod und Verwesung. Man kann ihm nicht entkommen und bekommt ihn wochenlang nicht mehr aus der Nase. Ihr könnt euch das nicht vorstellen. Es ist grauenvoll …« In verzweifeltes Schweigen versunken, starrte sie hinaus.

Schweigend fuhren sie weiter, bis sie kurz darauf das Tor erreichten. Der Wächter salutierte und ließ die Schranke hoch. Der Asphaltbelag brach ab, und die Reifen des schweren Wagens knirschten auf Sand und Geröll. Dirk musste in den zweiten Gang schalten, um die Schlaglöcher sicher zu umfahren. Rechts und links wucherte hohes Gras und Buschwerk bis an den Rand der Sandstraße, und gelegentlich erhaschte Anita einen Blick auf Rundhütten und Viehgatter, in denen ein paar Rinder unter Schattenbäumen dösten.

»An der nächsten Abzweigung musst du dich rechts halten, Dirk«, wies Jill ihn an. »Danach bei der nächsten Kreuzung links und der Straße durch den Ort namens KwaDuma folgen. Alles Weitere erkläre ich dir dann.«

Dirk befolgte ihre Anweisung. Hier war die Straße wohl ehemals geteert gewesen, mittlerweile aber zu einer Schotterstraße verkommen. KwaDuma stellte sich als nichts weiter als eine Ansammlung von grasgedeckten Rundhütten, Bretterverschlägen und ein paar heruntergekommenen Steinhäusern heraus, in deren Zentrum ein Sandplatz lag, auf dem ein Wochenmarkt abgehalten wurde. Im Schatten der ausladenden Zweige zweier dicht belaubter Bäume hatten Marktfrauen ihr Angebot ausgebreitet. Ananas, Avocados und rotbäckige, goldgelbe Mangos, aber auch afrikanische Schnitzereien. Zwei Hühner hingen, an den Beinen zusammengebunden, kopfüber an einem Baum, an dessen Stamm mehrere Ziegen angekettet waren. Lustlos meckernd scharrten sie im Dreck.

Auf einer Anhöhe – in einiger Entfernung hinter den Hütten, inmitten weiter Flächen hart gebackener, roter Erde, auf denen hier und da spärliche Grasbüschel ums Überleben kämpften – thronte ein flaches Haus mit riesigen Panoramafenstern und einer Windrose auf dem Dach, das mit unzähligen Anbauten über den Hügel wucherte wie Seepocken über einen Felsen. Um das Haus herum lag als grüner Gürtel ein liebevoll gepflegter Garten. Flammend rote Bougainvilleen rankten sich hinauf aufs Dach, Baumstrelitzien, grüne Palmenwedel und die lila und rosa Blütenbüschel der Tibouchinabäume leuchteten über der von einem elektrischen Zaun gekrönten hohen Mauer. Vor dem automatischen Tor aus Stahlgestänge saß ein uniformierter Schwarzer mit Buschschlapphut auf dem Kopf und einer großen Pistole an der Seite. Das Ganze wirkte in dieser sonnenverbrannten Landschaft so real wie eine Fata Morgana.

Beeindruckt ging Anita ein paar Schritte zur Seite, um einen besseren Blick auf das erstaunliche Gebäude zu bekommen. »Wer wohnt denn da? Ein solches Haus in dieser Gegend …«

»Das? Ein Bauunternehmer hat es für sich und seine Familie gebaut.«

»Ein … kein … ich meine, so ein Haus … ist er ein Schwarzer?«, stotterte sie verlegen.

»O ja … ein waschechter Zulu.«

Eine Ziege lief Dirk vor den Kühler, und er musste in die Bremsen steigen. Anita konnte sich gerade noch am Armaturenbrett abstützen, sonst wäre sie mit dem Kopf dagegengeschlagen. »Himmel, du blödes Vieh«, brüllte Dirk und schaute dann zu ihr hinüber. »Hast du dir wehgetan?«

»Ach wo, nur einen Schrecken bekommen.« Sie ließ das Fenster herunter und betrachtete verzückt eine Herde hölzerner Warzenschweine, die eine Marktfrau aufgebaut hatte. »Können wir hier anhalten? Ich möchte mir die Schnitzereien ansehen.«

Dirk tat es, und sie öffnete die Tür. Der Luftschwall, der sie von draußen traf, schien direkt aus dem Hochofen zu kommen.

Aber Jill schüttelte entschieden den Kopf. »Nein, lieber nicht. Nimm die nächste Straße rechts, Dirk, und fahr zügig.«

Dirk stutzte. »Was heißt das? Ist es hier gefährlich?«

Jill ließ ihre Augen kurz über den Marktplatz schweifen. Eine

Gruppe junger Burschen lungerte rauchend auf einer aus Holzplanken krude gezimmerten Bank. Sie sahen wie auf Kommando hoch, als sie den Geländewagen bemerkten. Die fünf Männer, die mit lebhaften Gesten und lauten Kommentaren Würfel gespielt hatten, verstummten und richteten sich auf. Fast alle, die sich auf dem Markt befanden, beäugten das teure Gefährt und seine Insassen mit größtem Interesse.

Jill hob die Schultern. »Sicher ist sicher«, sagte sie mit einer Mischung aus Resignation und Trauer in der Stimme. »Hier herrschen immerhin zwischen sechzig und siebzig Prozent Arbeitslosigkeit ...«

Wortlos zog Dirk die Tür wieder zu, bog ab und trat aufs Gas. Kinder, Ziegen und Hühner stoben zur Seite, und bald hatten sie KwaDuma unbehelligt hinter sich gelassen.

Jill atmete hörbar auf. »Da vorne geht es wieder rechts ab. Wir sind dann bald da.«

Die Straße stellte sich als eine von Löchern durchzogene schmale Schotterstraße heraus. Auch hier trieben Kinder mit langen Stöcken und lauten Rufen Kühe und Ziegen am Weg entlang. Immer wieder geriet eines der Tiere auf die Fahrbahn, blieb stehen und starrte ihnen dumpf entgegen, ehe ihm sein Hirte eins mit dem Stock überzog und es sich schleunigst trollte. Dirk war einsilbig geworden, die Verhältnisse auf der Straße forderten seine gesamte Aufmerksamkeit, und Anita hing ihren eigenen Gedanken nach.

Nach einer knappen Viertelstunde setzte sich Jill auf. »Dort hinten ist die Farm von Maurice. Kannst du das Haus sehen, Dirk? Unter dem Tulpenbaum, dem mit den becherartigen roten Blüten.«

Anita reckte den Hals. Der Tulpenbaum warf einen tiefen Schatten, und alles, was sie erkennen konnte, war ein dunkles Dach. Erst als sie langsam die breite Einfahrt hinauffuhren, die rechts und links von Dattelpalmen mit dicken Stämmen und orangefarbenen Fruchtständen flankiert wurde, konnte sie das Haus überblicken.

Es war einstöckig und in einer weiten U-Form gebaut. Das tiefe Schieferdach hielt die Sonne von der Veranda ab, die sich über die Länge des Hauses zog. Um die Pfosten, die das Verandadach stützten, wanden sich leuchtend rosa Bougainvilleen, und die feurig orange gefärbten Blütentrauben einer üppigen Kletterpflanze schoben sich über die grauen Schindeln. Eine schwarze Katze stolzierte in der orangeroten Pracht umher. Auf der weiten, gewellten Rasenfläche stand eine mächtige Würgefeige, unter der fliederfarbene Schmucklilien wucherten. Bäume mit herzförmigen Blättern, mit kleinen, glänzend dunkelgrünen Blättern, Bäume mit fedriger grüner Krone, in der hier und da Blüten wie kostbare rote Orchideen aufblitzten, warfen filigrane Muster auf den kurz gehaltenen Rasen, zart wie ein Spitzendeckchen. Ein uralter Baum, zwischen dessen dunkelgrünem Laub goldrote Früchte leuchteten, behütete die Zufahrt.

»Ein Mangobaum«, bemerkte Jill.

»Meine Güte, ist das hübsch … diese Farben!«, rief Anita. »Ist das Maurice' Verdienst?«

Jill lachte. »Ach nein, ich bezweifle, dass Maurice eine Blume von Unkraut unterscheiden kann. Seine Mutter ist die Gartenkünstlerin. Sie lebt ebenfalls hier. Lia Maxwell.«

Dirk parkte in der Einfahrt kurz vor dem Haus. Anita sprang hinaus und lief die gepflasterte Auffahrt hinauf. Eine breite, vierstufige Treppe führte über die Veranda zur Eingangstür, vor der ein schweres Gitter gezogen war. Auch die Fenster waren vergittert, wie bei den meisten Häusern, die sie bisher gesehen hatte. Maurice' Grundstück war wenigstens nicht von einer Mauer mit einer Krone aus Stacheldraht und elektrischem Draht umgeben.

Eine Klingel war nicht vorhanden, also klopfte sie. Niemand antwortete. Sie versuchte es noch ein paarmal, aber es war offensichtlich niemand zu Hause. Gerade als sie sich enttäuscht umwandte, um zurück zum Wagen zu gehen, erschütterte ein Gebrüll die Stille, das die Erde selbst erzittern ließ. Anita schrie vor Schreck auf und stürzte zum Auto. Sie warf sich auf den Vordersitz, schlug die Tür zu und drückte den Türsicherungsknopf herunter. »Was war das?«, japste sie.

»Ein Löwe«, antwortete Jill mit einem kleinen Lächeln in den Mundwinkeln.

Anita fuhr herum. »Was meinst du mit Löwe? Ein echter?« Ihre Stimme stieg, ihr Blick jagte über die Umgebung.

»Ein Plüschtier ist es nicht«, gab Jill fröhlich zurück. Sie fand es immer rasend komisch, wenn Touristen endlich aufging, dass Afrika kein Streichelzoo war. Das führte nämlich sonst hin und wieder zu wirklich gefährlichen Situationen wie neulich, als ein Österreicher überraschend aus dem Safariwagen sprang, um einen Büffel, der unter einer Akazie stand und damit beschäftigt war, schlecht gelaunt mit Schwanzschlägen Fliegen zu verjagen, aus der Nähe zu fotografieren. Nachdem es Philani und Mark gelungen war, den Mann in letzter Sekunde, bevor die lebensgefährlich spitzen Hörner des Büffels ihn erwischen konnten, an Bord zu hieven, stammelte der, dass der Büffel ebenso dumpf dreingeschaut hätte wie die Kühe seiner alpinen Heimat, und die seien friedlich.

Anita warf noch immer wilde Blicke um sich und kontrollierte erneut, ob die Tür verschlossen war. »Jill, jetzt bitte mal im Ernst – was war das? Mir schlottern die Knie. Hier laufen Löwen doch nicht etwa frei herum?«

Jill prustete los. »Nein, natürlich nicht. Es war bestimmt einer von Maurice' Löwen. Er züchtet Löwen.«

Anita fiel die Kinnlade herunter. »Löwen? Du liebe Güte! Um sie aufzuessen? Löwengulasch? Keule von Löwe an Rotweinjus?«

»Nein, er züchtet sie, um sie an Wildreservate zu verkaufen.«

»So wie man bei uns Hunde züchtet?«

»Haargenau so. Er hat sogar ein paar reinweiße Löwen, die sehr begehrt sind. Damit macht er ziemlich viel Geld.«

Anita musste diese Information offenbar erst einmal verdauen. »In Afrika ist wohl alles ein bisschen größer als bei uns. Die afrikanische Sonne brennt mir Blasen in die Haut, und wenn es regnet, ertrinkt das Land in einer Sintflut. Und bei Gewitter glaubt man, das Ende der Welt naht. Daran muss ich mich erst mal gewöhnen.« Sie lächelte. »Aber ich finde es aufregend. Ich fühle mich irgendwie lebendiger, plötzlich voller Energie.« Ihre Augen glänzten.

Jill sah sie erstaunt an. So hätte sie Anita nicht eingeschätzt. Gedanklich hatte sie die Deutsche bislang unter »Stadtpflanze« abgelegt gehabt.

Dirk, der in seiner Konzentration auf das Haus als mögliche Location von der Unterhaltung nichts mitbekommen hatte, war ausgestiegen und beschäftigte sich damit, mehrere Fotos von dem Haus zu schießen. »Wie weit sind wir eigentlich von *Inqaba* entfernt? Gefahren sind wir ja ziemlich lange.«

»Stimmt, die Straßenentfernung ist fast eine Stunde, tatsächlich aber liegt die Grenze von *Inqaba* nur wenige Hundert Meter von hier. Wir sind in weitem Bogen um *Inqaba* herumgefahren. Aber falls du vorhast, durch unser Land hierherzugelangen, vergiss es. Diesen nordwestlichen Teil von *Inqaba* benutzen wir als Rückzugsgebiet für unsere Tiere, wo sie niemand stört. Dort gibt es keine offiziellen Wege, keine Möglichkeit, mit dem Auto durchzukommen. Zwar gibt es entlang dem Grenzzaun einen Serviceweg, aber der ist meinen Rangern und mir vorbehalten.«

»Ach so, na ja, ich dachte nur, man könnte sich dann KwaDuma ersparen.«

»Wenn du vormittags oder während der Mittagszeit dort durchfährst, dürfte es so gut wie ausgestorben sein. Gegen vier allerdings ist die ganze Gegend mit weißen Mini-Bussen verstopft, mit denen jene Glücklichen, die irgendwo Arbeit gefunden haben, nach Hause gebracht werden.«

»Danke, daran werde ich denken.« Während er auf einen

Felsen kletterte, rief er: »Das Haus könnte übrigens für unseren Dreh passen. Von hier ist die Perspektive wunderbar.« Er sprach leise weiter. »Ganz wunderbar. Absolut cool. Vielleicht ein bisschen zu ordentlich. Der Rasen … sieht ja aus wie ein Golfrasen … Vielleicht sollten wir den wuchern lassen, damit es ein bisschen verwildert aussieht.«

Jill schob ihren Sonnenhut hoch und schaute ihn an. »Oh, tut das, unbedingt. Dann wird es wirklich afrikanisch. Jede Schlange der Umgebung wird sich dort rotzwohl fühlen.«

»Schlangen?« Dirk betrachtete das saftige Grün. Dann feixte er. »Hm! Wäre eine Idee. Marina mit einem Python um den Hals. Du kennst die Leute?«

Jill lehnte mit gekreuzten Beinen am Wagen. »Seit ich denken kann. Wenn du möchtest, rufe ich Maurice oder Lia an und verabrede einen Termin für dich.«

»Perfekt. Danke.« Dirk kletterte von dem Felsen herunter. »Ich bin gespannt, wie es von der anderen Seite aussieht. Gibt es noch mehr pittoreske Farmhäuser hier, die schon ein wenig Patina haben?«

Jill überlegte kurz. »Kiras beste Freundin lebt hier in der Nähe. Ihre Eltern besitzen eine Farm, schon in vierter Generation. Sie grenzt auch an *Inqaba* … aber ich glaube, die passt nicht … Sie ist zu sehr auf Business ausgerichtet, wenn du verstehst, was ich meine. Ich wüsste da aber noch eine andere.«

Dirk war mittlerweile wieder eingestiegen, und sie dirigierte ihn weiter über die Schotterstraße. Nach einer halben Stunde hielten sie an einem Tor. Dahinter schlängelte sich eine Auffahrt zu einem riedgedeckten, zweistöckigen Haus. Es war zur Hälfte von einem Nutzgarten mit Mangobäumen und mehreren Reihen Papayabäumen umgeben, die fußballgroße, goldgelbe Früchte trugen. Der übrige Garten war verwildert. Auf der linken Seite, von überschäumenden rosa Bougainvilleen fast verdeckt, gab es einen Anbau, offenbar eine Doppelgarage.

Im Schatten der breiten Veranda saß ein älterer Mann – nussbraun gebrannt, in Shorts, Kakihemd und Wildlederstiefeln – in einem Schaukelstuhl. Er rauchte Pfeife und starrte unter der tief heruntergezogenen, breiten Krempe seines Safarihuts misstrauisch zu ihnen herüber. Ein halbes Dutzend schön gezeichneter, teils meterlanger Pythonhäute zierten die Hauswand, dazu noch die Häute anderer Schlangen.

»Er heißt Napoleon de Villiers«, flüsterte Jill. »Wenn du ihn bei seinem Spitznamen Nappy nennst, spielst du mit deinem Leben. Das dürfen nur seine engsten Freunde.« Dann ließ sie das Fenster herunter. »Guten Tag, Leon, geht es dir gut?«, rief sie laut.

Die Antwort war ein unwirsches Brummen. Der Mann, der Napoleon hieß, hatte nicht einmal die Pfeife aus dem Mund genommen. Seine einzige Reaktion bestand darin, den Safarihut mit zwei Fingern aus der Stirn zu schieben und seine schwarzen Augen zu unfreundlichen Schlitzen zusammenzukneifen.

»Ist der immer so reizend aufgelegt?«, murmelte Dirk mürrisch. »Das verspricht von Anfang an Schwierigkeiten.«

»Heute hat er seinen guten Tag.« Jill kicherte und stieg aus. »Du solltest ihn mal erleben, wenn er schlecht drauf ist. Dann holt er sein Jagdgewehr, und gelegentlich benutzt er es auch. Wartet mal hier, ich rede mit ihm.« Sie drückte sich ihren Sonnenhut tiefer ins Gesicht und ging über den schmalen Plattenweg die kurze Treppe hinauf zu dem Alten. Der Alte nahm die Pfeife kurz aus dem Mund und hob sie in einer Art Salut. Sie beugte sich zu ihm hinunter und begrüßte ihn mit einem Wangenkuss. Dann erklärte sie ihm ihr Anliegen. Das unwirsche Brummen, das sie von ihm als Antwort erhielt, interpretierte sie als Zustimmung und winkte Anita und Dirk heran. Als beide die Treppe hochstiegen, stellte sie ihre Gäste mit einer Handbewegung vor.

»Das ist Dirk Konrad, der Kameramann. Er hat schon viele berühmte Filme gedreht und findet dein Haus sehr interessant.

Wenn es der Vorstellung des Regisseurs entspricht, wird die ganze Welt dieses Haus sehen. Das wär doch was, oder?«

Wieder stieß der Hausherr ein unverständliches Brummen hervor. Dann nahm er überraschend die Pfeife aus dem Mund und lüftete den Hut. Seine Züge waren scharf geschnitten, das weiße Haar drahtig und eng an den Kopf gekräuselt. »Und wer ist die Hübsche da?« Er zeigte auf Anita.

»Anita Carvalho«, stellte die sich selbst vor. »Ich habe das Buch geschrieben, nach dem der Film gedreht wird.«

»Also kein Filmstar? Was für eine Verschwendung. Sie sind viel zu hübsch für einen Bücherwurm.« Er nahm die Pfeife wieder zwischen die Zähne und nuckelte schweigend daran, während er sie in aller Ruhe musterte.

Anita wich seinem Blick nicht aus.

Jill wedelte ungeduldig den scharfen Tabakqualm vor ihrem Gesicht weg. »Irgendwann bringt dich dieser Knaster um, Leon.«

»Klar, irgendwann.« Leon grinste rechts und links vom Pfeifenstiel. »Aber irgendwann ist nicht jetzt. Vielleicht nie. Wer weiß?«

»Irgendwann kommt schneller, als man denkt«, schoss Jill zurück. »Wie ist es? Kann Dirk ein paar Aufnahmen machen?«

»Hmpf. Heute auf keinen Fall. Übermorgen. Vielleicht. Oder überübermorgen. Ich muss mich erst hübsch machen. Und nur wenn sie mitkommt.« Er deutete mit dem Pfeifenstiel auf Anita.

Dirk warf Anita ein Lächeln von der Art zu, das er nach seinen Erfahrungen mit anderen Frauen für unwiderstehlich hielt. Anita allerdings zeigte sich völlig unbeeindruckt.

»Wenn du mich vorher noch einmal zu Maurice' Farm fährst, gleich morgen, dann komme ich«, flüsterte sie ihm zu.

Die fehlende Reaktion auf seinen Charmeangriff traf ihn. Sein Lächeln verlor etwas von seinem Strahlen. »Erpressung auf ganzer Linie.« Er wandte sich Jill zu. »Und was muss ich für dich tun, damit du ihn dazu bekommst, mir Aufnahmen zu ermöglichen?«

»Jeden Abend eine beeindruckende Rechnung an der Bar machen.« Die Eigentümerin *Inqabas* lachte vergnügt.

»Da sehe ich keinerlei Schwierigkeiten.« Dirks Zähne blitzten weiß in dem tief gebräunten Gesicht. »Ich werde dafür sorgen, dass unsere Crew *Inqaba* trockentrinkt. Wart's ab. Es sind einige Bayern darunter.« Er wandte sich an den alten Mann. »Danke, Sir. Wann würde es Ihnen übermorgen passen? Es wäre ehrlich gesagt am besten am frühen Vormittag. Da ist das Licht am besten.«

Napoleon de Villiers knurrte seine Zustimmung, fing wieder an zu paffen und ignorierte die drei Besucher betont, ließ aber mit offensichtlichem Genuss seine Augen an Anitas eleganten Beinen hinauf- und hinunterlaufen. »Aber nur mit ihr, verstanden?«

»Versprochen.« Dirk grinste. »Und wenn ich sie an den Haaren herbeischleifen muss.«

Anita verdrehte die Augen. »Vergiss deine Keule nicht. Jeder ordentliche Neandertaler, der etwas auf sich hält, muss eine haben.«

Napoleon de Villiers' bellendes Lachen klang Dirk noch in den Ohren, als die Autotüren hinter ihnen zufielen.

»Es ist ja bereits vier«, stellte Anita erstaunt fest. »Ich habe gar nicht mitbekommen, wie die Zeit vergangen ist.«

Die Sonne schien schon schräg durch die Windschutzscheibe und blendete stark. Alle drei setzten dunkle Brillen auf. Dirk klappte zusätzlich die Sonnenblende herunter, wendete den Geländewagen und fuhr über die Schotterstraße, auf der lebhafter Gegenverkehr herrschte, heimwärts. »Na, dieser ... Leon ist ja eine merkwürdige Type«, bemerkte er. »Hoffentlich bessert sich seine Laune, und er lässt mich die Fotos machen, die ich möchte. Würde es ihn zugänglicher machen, wenn ich ihm einen Schein zustecke?«

Jill lachte vergnügt. »Nappy ist uralter Natal-Adel. Habt ihr die Pythonhäute an der Hauswand gesehen? Sein Vorfahr Daniel de Villiers, aus gutem Grund der Schlangenfänger genannt, hatte sich mit einer wütenden Puffotter angelegt, wurde in den Zeigefinger gebissen und überlebte nur, indem er den Finger an einen Baum legte und ihn kurzerhand abschnitt, ehe sich das Gift in seinem Körper ausbreiten konnte. Danach brachte er aus Rache jede Schlange um, die ihm begegnete, und zog ihr die Haut über den Kopf. Die Häute hat er dann zu Leder gegerbt und in Paris für sündhaftes Geld an die Modefatzkes, wie er sie nannte, verkauft. Richtig Geld aber hat er mit Elfenbeinhandel verdient, und zwar so viel, dass seine Nachfahren sich mit den schönen Dingen des Lebens beschäftigen konnten und ihre Zeit nicht mit Geldverdienen verschwenden mussten. Nappy züchtet Kois. Der Schlangenfänger war übrigens mit meinem Ururgroßvater Johann dick befreundet, und ich kenne Nappy seit meiner Geburt.«

Dirk zog scharf nach links, um ein weißes Sammeltaxi vorbeizulassen, das so dicht an Jills Seite vorbeifuhr, dass sie vor Schreck leise aufschrie. Der Kleinbus war so brechend voll, dass es ihr unmöglich erschien, dass die Insassen noch Platz zum Atmen fanden. Sie zählte dreiundzwanzig dunkle Gesichter, die sie teilnahmslos durch die verschmierten Scheiben anstarrten.

»Wir müssen uns beeilen«, sagte sie. Ihre Besorgnis war unüberhörbar. »Es gibt keinen anderen Weg durch KwaDuma als den, den wir auf der Herfahrt genommen haben, und den fahre ich zu dieser Zeit wie gesagt nur ungern.«

Warum, wurde schnell klar. Ein steter Strom von Menschen ergoss sich aus den Taxis und wanderte in Dreierreihen die Straße entlang. Für das Auto trat keiner zur Seite. Es war unmöglich, hier schnell zu fahren, und sie krochen mit weniger als zwanzig Stundenkilometern dahin. Sofort erregte das teure Auto wieder neugieriges Interesse. Schulkinder winkten, Straßenhändlerinnen, die ihre Ware in großen Körben auf dem Kopf balancierten, drängten sich heran und streckten ihnen ihre Ware – meist Ananas oder Avocados, manchmal auch eine ganze Bananenstaude oder Schnitzereien – entgegen.

Anita ließ spontan ihr Fenster herunter, winkte eine der Frauen heran und bedeutete ihr, dass sie eine Ananas kaufen wolle.

Im Nu drängte sich eine Menschentraube um den Wagen und nötigte Dirk zum Anhalten. Er griff automatisch zu seinem Camcorder, stellte ihn aufs Armaturenbrett und drückte den Auslöser. Seine eingerostete Reporterseele war zum Leben erwacht, und er genoss es. Keine zickigen Schauspieler, kein Regisseur, der herumschrie, kein betrunkener Assistent. Keine endlosen Wiederholungen.

Gesichter pressten sich an die Fenster, Kinder hüpften hoch, um ins Autoinnere zu spähen, mehrere Händlerinnen kletterten auf das Trittbrett, klopften an die Scheiben und gestikulierten. Der Wagen schwankte. Jill nahm ihr Pfefferspray aus der Tasche. Sie berührte Dirk an der Schulter.

»Dirk, fahr einfach weiter, die gehen dir schon aus dem Weg. Mir gefällt diese Situation nicht.«

Kaum hatte sie das gesagt, da drängten sich ein paar junge Männer zum Auto durch und schlugen auf die Kühlerhaube, als wäre sie eine Trommel. »Hey, beautiful white lady, fuck me!«, brüllte einer auf Englisch, wobei er breit grinsend sein lückenhaftes Gebiss zeigte.

»Verdammt!«, flüsterte Jill. »Mach das Fenster zu, Anita. Schnell!«

Anita zog hastig den Kopf zurück und ließ das Fenster schleunigst hochsurren. Dem Mann gelang es noch, eine Hand in den Wagen zu strecken und ihr ins Haar zu greifen, bevor sein Handgelenk eingeklemmt wurde.

»Hilfe, was soll ich tun?«, schrie Anita und wich vor der grapschenden Hand zurück.

Jill lehnte sich blitzschnell vor und drückte kurz den Fensterheber. Das Fenster fuhr ein Stück herunter. »Nimm deine Hand weg, oder du kriegst eine Ladung Pfeffer in die Augen«, fauchte sie und richtete ihr Pfefferspray auf den Angreifer.

»Umqwayizi!«, brüllte der Kerl und zerrte die Hand aus dem Spalt. Dann griff er sich mit einer eindeutigen Geste zwischen die Beine und stieß ein paar stakkatoschnelle Sätze auf Zulu hervor.

»Was … was hat er gesagt?« Anitas Stimme kletterte die Tonleiter hoch.

»Nichts Nettes«, antwortete Jill kurz. »Dirk, tritt aufs Gas. Wir sollten hier weg.«

Dirk ließ als Warnung den Motor aufheulen. Der schwere Wagen machte einen Satz vorwärts, worauf der Camcorder vom Armaturenbrett rutschte und Anita in den Schoß fiel. Die Faustschläge der aufgebrachten Männer auf die Kühlerhaube und gegen die Türen dröhnten im Inneren wie Paukenschläge. Anita hielt sich den schmerzenden Kopf. Endlich blieben ihre Verfolger zurück, und vor ihnen lag die freie Straße. Nur ein paar Ziegen rupften am Straßenrand Gras aus, und mitten im endlosen Grasmeer schwebten riesige Astbündel vorbei. Die zwei Frauen, die das Brennholz hoch aufgestapelt auf dem Kopf trugen, wurden von den Halmen gänzlich verdeckt.

Dirk schaltete in den dritten Gang hoch. »Das war unschön«, sagte er lakonisch. Während des gesamten Vorfalls hatte er kaum ein Wort gesagt und stattdessen die Menge angespannt im Auge behalten. Im Rückspiegel traf er Jills Blick. »Jill, müssen wir wirklich wieder durch Kwa… Wie hieß der Ort doch gleich?«

Jill legte ihr Pfefferspray griffbereit neben sich. »KwaDuma – ja, leider. Es gibt keine andere Straße. Aber vielleicht haben wir Glück, und die Rushhour ist dann vorbei. Es war einfach Pech, dass wir zu dieser Zeit dort durchgefahren sind.«

Anita war trotz der durch die Klimaanlage arktisch anmutenden Kälte im Wageninneren durchgeschwitzt. »Passiert so etwas häufiger?«

»Ich bemühe mich grundsätzlich, derartigen Situationen aus dem Weg zu gehen«, wich Jill nach kurzem Zögern aus. »Mit ziemlicher Sicherheit sind die Typen arbeitslos und frustriert bis zum Schreien, weil sie keinerlei Perspektive haben. Da haben sie das getan, was sie meist tun: getrunken oder Gras geraucht und Dampf abgelassen. So ist das hier eben. Die Arbeitslosigkeit unter der schwarzen Landbevölkerung ist exorbitant, und weil die meisten eine sehr lückenhafte Schulbildung haben, finden sie auch in den Städten nichts.« Nach einer Weile des Schweigens setzte sie leise hinzu: »Daran hängt alles, nicht wahr? An der Schulbildung.«

Dirk hatte kaum zugehört, er konzentrierte sich auf das Straßengeschehen. Seine Miene war grimmig. Aus Zeiten seiner Kriegsreportagen waren ihm potenziell gefährliche Situationen zur Genüge bekannt. »Ich muss in Ruhe arbeiten können und habe nicht die geringste Lust, mich mit Typen anzulegen, die besoffen oder bekifft sind, aus welchem Grund auch immer. Mir tun die armen Schweine auch leid, aber ich bin hier, um einen Job zu machen. Ich werde einfach zusätzliche Bodyguards von der Servicefirma anfordern.«

»Sich mit denen anzulegen wäre auch nicht anzuraten«, sagte Jill. »Die haben mit Sicherheit alle ein Messer in der Tasche oder Schusswaffen. Oder beides. Zusätzliche Bodyguards wären eine gute Idee.«

Anita drehte sich im Sitz zu Jill um. »Wie steht es mit der Sicherheit der Touristen während der Weltmeisterschaft? Ich habe so viel über die Regenbogennation gehört, von der Abschaffung der Apartheid, dass alle Menschen, einerlei welcher Hautfarbe sie sind, in Südafrika jetzt gleich sind und dass alle eine große liebende Familie bilden. Scheint wohl doch noch nicht so weit zu sein, oder? Es will mir einfach nicht in den Kopf, dass alle nur einen Schalter im Kopf umgelegt und eine vollständige Wende vollzogen haben. Sowohl die Weißen als auch die Schwarzen.«

Bei Anitas Worten verdüsterte sich Jills Miene zusehends. Sie hatte diese Frage bis zum Erbrechen satt, weil sie ihr fast jeden

Tag von irgendeinem Gast gestellt wurde und weil sie sich jedes Mal angegriffen fühlte.

Ja, natürlich ist es nicht ungefährlich, hätte sie Anita am liebsten geantwortet. Wir sind hier in Afrika. Es gibt Schlangen, die tödliches Gift haben, Haie, die zu den gefährlichsten der Welt zählen, giftige Fische, menschenfressende Großkatzen, Krokodile, die in den Flüssen lauern und einen unversehens unter Wasser ziehen können, und es gibt Menschen, die andere Menschen umbringen, nur weil diese etwas besitzen, was sie nicht haben. Nichts ist gemäßigt, die Kontraste hier sind so hart, dass sie wie Messerschnitte schmerzen. Arme hier sind so arm, wie es sich kein Europäer vorstellen kann, und Reiche unvorstellbar reich.

Aber meine Heimat ist eines der schönsten Länder der Erde, mit Landschaften, die so grandios sind, dass man auf die Knie gehen und dem Schöpfer danken möchte, dass es so etwas gibt. Und es gibt Menschen, unzählige wunderbare Menschen, die alles tun werden, damit die Touristen einen unvergesslichen Urlaub verleben werden und sicher vor jeglicher Gefahr sind. Aber natürlich gibt es wie für alles im Leben keine Garantie dafür.

»Wir freuen uns trotzdem schon alle wahnsinnig auf die Weltmeisterschaft, wir sind unglaublich stolz auf unser Land«, sagte sie stattdessen und schaute hinaus auf die vorbeifliegende Landschaft. Dass die Weltmeisterschaft hinter einer Mauer von Zigtausenden Polizisten und Militärpolizisten stattfinden würde, dass jeder der Spieler und Offiziellen ständig von mehreren Bodyguards umringt sein würde, erwähnte sie nicht. Ihr bereitete das alles großes Unbehagen.

Anita schien sofort zu begreifen, dass sich Jill angegriffen fühlte und ihr dieses Thema unangenehm war. »Tut mir leid – die Frage hörst du wohl oft, besonders von arroganten Ausländern, die alles besser wissen, oder?«

Jill musste lachen. »Du hast recht, aber dich würde ich nicht in diese Kategorie einstufen. Und natürlich ist die Frage auch berechtigt. Die Antwort ist, wir tun alles, was wir können, um die Weltmeisterschaft friedlich über die Bühne zu bringen. Hoffentlich ist es genug, und hoffentlich fallen wir hinterher nicht in ein schwarzes Loch, wenn die WM-Karawane weitergezogen ist. Unsere Regierung gibt Milliarden Rand für die Fußballweltmeisterschaft aus. Milliarden, die eigentlich benötigt werden, um die sozialen Feuer zu löschen. Da kommt Wut auf, und irgendwann folgt die Explosion, und davor haben viele Angst.« Sie deutete hinaus. »Wir sind fast in KwaDuma.«

Dirk nahm den Fuß vom Gas. Das protzige Haus auf dem Hügel funkelte wie ein monumentaler Diamant in den Sonnenstrahlen, auf der langen Auffahrt glitzerte eine Kette der oberen Modellreihen der Topmarken auf dem Automobilmarkt.

»Himmel, gibt es hier Geld«, brummte er. »So was sieht man drüben vielleicht auf Sylt am Strönwai oder in Portals Nous auf Mallorca. Irgendetwas mache ich in meinem Leben falsch.«

»Im Haus oben wird die Hochzeit der Enkelin des Häuptlings, eines ANC-Urgesteins, mit einem Topmann vom ANC gefeiert«, erklärte Jill. »Da spielt Geld keine Rolle. Geld gibt's genug hier. Für einige wenige jedenfalls.«

Als sie sich KwaDuma näherten, konnte Anita schon von Weitem erkennen, dass die Marktfrauen ihre Stände abgebaut hatten und der Marktplatz friedlich und so gut wie menschenleer in der sinkenden Sonne lag. Ein paar herrenlose Hunde streunten herum und fraßen das wenige, was die Leute weggeworfen hatten. Eine Schar winziger, rotschnäbliger Vögel badete in der Pfütze, wo jemand einen Eimer rostiges Wasser ausgekippt hatte.

Jill lachte unvermittelt laut los und deutete auf zwei flache, ungeheuer teuer aussehende Sportwagen, die auf dem Sandplatz einen perlmuttfarbenen Mercedes der S-Klasse flankierten. Einer war feuerwehrrot, der andere butterblumengelb lackiert. »Ach je, da oben sind offenbar sämtliche sogenannten A-Promis versammelt, um die alten Sandkastenspiele zu spielen. Du weißt schon – meiner ist größer als deiner, und ich kann weiter als du. Hier ist es halt in Pferdestärken umgesetzt.« Ihre Stimme troff vor Sarkasmus. »Denen spritzt das Testosteron doch schon aus den Poren, wie man sieht.«

»Wer fährt denn hier Ferrari und Lamborghini?«, fragte Dirk und ging mit der Geschwindigkeit herunter, um die Sportwagen mit erkennbarem Neid zu mustern. »Die kommen auf diesen Straßen hier doch nie aus dem ersten Gang heraus.«

Die Antwort folgte auf dem Fuße. Zwei Männer, sehr wohlgenährte Zulus, stürmten zwischen den Hütten hervor auf den Platz. Sie fuchtelten wild mit den Armen herum – glänzende Golduhren am Handgelenk, erbsengroße glitzernde Diamanten an den Fingern und breite Goldketten am Hals – und brüllten sich mit einer stakkatoartigen Folge von Klicks und Zischlauten auf Zulu an. Der im weißen Anzug ballte seine Faust mit dem scharfkantigen Diamanten am kleinen Finger und hielt sie dem anderen unter die Nase, worauf zwei Riesenkerle in zu engen schwarzen Anzügen mit gezogener Pistole auf den Platz rannten und sich neben den Mann stellten. Der Angreifer fauchte etwas, schnippte mit den Fingern, und im Nu wurde auch er von zwei Riesenkerlen eingerahmt. Auch sie barsten schier aus ihren schwarzen Anzügen, auch sie hielten eine Pistole in der Faust.

»Ist das nicht zu albern für Worte?«, flüsterte Jill Anita ins Ohr. »Übrigens ist der Typ im weißen Anzug ein ehemaliger ANC-Hitman …«

Dirk drehte sich halb zu ihr um. »Hitman – du meinst doch nicht einen Auftragskiller?«, fragte er und musterte den Mann ungläubig.

Jill nickte. »Allerdings. Mitte der Neunziger wurde er ursprünglich für acht Morde zu über sechzig Jahren Gefängnis verurteilt – sein Glück, dass die neue Regierung die Todesstrafe gerade abgeschafft hatte –, dann hat er aber vor der Wahrheitskommission alles zugegeben und Reue gezeigt, ein paar Krokodilstränen vergossen und die Hinterbliebenen um Verzeihung gebeten – und das war's. Er wurde amnestiert und ist nun ganz oben auf jeder Einladungsliste der neuen Durbaner Gesellschaft, hat mehrere Firmen gegründet, die auf wundersame Weise alle großen Ausschreibungen gewinnen. Er kann sich im Geld suhlen.« Ihre Stimme troff vor Hohn.

Jetzt sprang der im weißen Anzug in den Ferrari, der andere in seinen gelben Lamborghini. Die Motoren röhrten auf, die Wagen schossen rückwärts aus der Parkposition auf die Straße, und Dirk konnte gerade noch in letzter Sekunde auf die Bremse treten, sonst wären sie mit dem Ferrari zusammengestoßen. Geistesgegenwärtig fuhr er in die frei gewordene Parklücke, stellte den Motor ab, griff sich seinen Camcorder und sprang mit der Kamera im Anschlag aus dem Auto. Sein unter Dutzenden von Spielfilmen verschütteter Reporterinstinkt war augenscheinlich endgültig hellwach.

Die beiden Sportwagen standen sich brüllend wie zwei wütende Kampfstiere gegenüber. Blaue Abgaswolken quollen aus den Auspuffrohren, die den Durchmesser eines großen Ofenrohrs hatten. Die Fahrer hingen aus den Fenstern und schrien sich gegenseitig an, wobei sie immer wieder aufs Gas traten und die Motoren hochjagten.

»Gleich steigen sie aus und trommeln sich mit den Fäusten auf die Brust«, murmelte Anita. »Wie Tarzan.«

Jill kniff die Augen zu Schlitzen zusammen. »Das hier kann in null Komma nichts eskalieren, und ich habe keine Lust dazwischenzugeraten. Wir sollten schleunigst weiterfahren.« Sie ließ das Fenster herunter. »Komm zurück«, rief sie Dirk zu, aber ihre Aufforderung zeigte keinerlei Wirkung auf ihn. Jill musterte ihn scharf. »Der ist wie Nils wie ein Bluthund, wenn er eine Story riecht«, murmelte sie Anita zornig zu. »Dann vergisst er alles andere, besonders seine Sicherheit, und in diesem Fall auch unsere. Ich hole ihn jetzt zurück, wenn nötig mit Gewalt.« Sie stieg aus.

Mittlerweile waren sämtliche Hüttenbewohner zusammengelaufen und drängten sich aufgeregt um den Schauplatz. Einige stützten sich auf die Kühlerhaube des Geländewagens, ein paar Kinder und Halbwüchsige pressten ihr Gesicht an den Scheiben platt und lugten neugierig in jede Ecke. Ein etwas älterer Bursche, der eine Zigarettenkippe lässig zwischen den Lippen hielt, zeigte auf Anita, sagte etwas, lachte laut und winkte dann seine Kumpel heran. Sie kamen näher, und der mit der Zigarettenkippe klopfte ans Autofenster. Sein Gesicht mit den harten Augen war nur Zentimeter von Anitas entfernt, lediglich durch die Glasscheibe getrennt. Anita wich so weit wie möglich zurück, aber auch vor den Scheiben hinter ihr drängten sich Zuschauer.

Eine diffuse Angst kroch in ihr hoch. Körperliche Aggression war sie nicht gewohnt und wusste deshalb nicht, wie sie mit der Situation umgehen sollte. Sie konnte sie überhaupt nicht einschätzen. »Warte, ich komme mit«, rief sie Jill hinterher und zog am Türgriff. Die zwei Halbwüchsigen, die an der Beifahrertür gestanden hatten, lachten und rissen sie für sie auf. Gesenkten Kopfes kletterte sie heraus.

Jill hob eine Hand. »Bleib im Auto, das ist sicherer.« Sie hatte deutsch gesprochen.

Aber Anita stand schon draußen und sah sich im Nu von den Jugendlichen umringt. Sie blickte in einen See aus dunklen Gesichtern mit funkelnden, schwarzen Augen. Viele riefen ihr irgendetwas zu, was sie natürlich nicht verstand, aber sie nahm an, dass sie um Geld angebettelt wurde. Sie zögerte. Jill hatte sie davor gewarnt, Bettlern, auch wenn es Kinder waren, etwas zu geben.

»So lernen die nur, wie leicht es ist, auf diese Weise an Geld zu kommen, und gehen nicht mehr zur Schule«, hatte die Eigentümerin *Inqabas* auf ihre Frage geantwortet, warum sie das mit so besonderem Nachdruck sage. »Es gibt mehrere Organisationen, die sie von der Straße holen, ihnen Unterkunft, Essen und Schulunterricht bieten, aber sie hauen immer wieder ab und gehen betteln. Und irgendwann später fragen sie dann nicht mehr, sondern nehmen sich das, was sie wollen, und eines Tages haben sie dabei eine Waffe in der Hand.«

Anita hatte sich das alles angehört, es aber als Übertreibung abgetan. Jetzt hielt sie jedoch, vor innerer Spannung zitternd, nach Waffen in den Kinderhänden Ausschau. Mühsam bahnte sie sich einen Weg durch die johlenden Jugendlichen, immer wieder verlegen den Kopf schüttelnd und abwehrende Worte murmelnd, wenn eine Hand vor ihrer Nase herumfuchtelte, bis sie endlich Jill erreichte und sich absurderweise bei ihr einigermaßen sicher fühlte.

Indessen filmte Dirk ungerührt weiter. Er ging in die Hocke und zoomte aus drei Metern Entfernung auf das Gesicht des Ferrari-Manns. Plötzlich gab dieser Gas. Der rote Wagen machte einen Satz und knallte in den Kühlergrill des Lamborghinis. Funken stoben, Blech kreischte, aber der Fahrer drückte das Gaspedal weiter durch. Der Lamborghini wurde auf die andere Straßenseite geschoben, wo er trotz der verzweifelten Bemühungen seines Besitzers, das zu verhindern, in die Flanke eines parkenden BMWs krachte.

Der Lamborghini-Fahrer sprang weiß glühend vor Wut heraus, stürzte sich auf den Ferrari, riss die Tür auf und zerrte seinen Widersacher heraus. Sämtliche Bodyguards hatten ihre Hand an der Waffe und warteten mit höchster Anspannung, während ihre Bosse sich Nase an Nase mit geballten Fäusten gegenüberstanden. Unvermittelt trat der Lamborghini-Mann mit voller Wucht gegen die Tür des Ferraris. Es knirschte. Der Ferrari-Fahrer schrie auf, dass ihm die Augen hervortraten, befingerte die Delle an seinem roten Liebling und hämmerte daraufhin, vor Rage schäumend, auf das zerbeulte gelbe Blech des Lamborghinis ein. Anita bekam mit, wie er sich hinterher verstohlen die Handkante rieb.

Dirk filmte ungerührt weiter. Die beiden Zulus schrien noch ein bisschen herum, umkreisten die ineinander verkeilten Autos, lamentierten, wie hoch der Schaden sei, und gerieten über die Frage, wer angefangen habe, erneut aneinander. Für einen Moment sah es so aus, als würde die Schlägerei von vorn anfangen, da entdeckte der weiß gekleidete Fahrer des Ferraris Dirk. Er starrte mit zusammengekniffenen Augen unverwandt zu dem Kameramann hinüber, schnippte schließlich mit den Fingern, zeigte auf ihn und stieß einen Satz auf Zulu hervor, den man Anita nicht zu übersetzen brauchte, denn in derselben Sekunde sah er sich zwei Bodyguards gegenüber, die mit der Waffe in der Faust seinen Camcorder verlangten.

»Hände weg«, knurrte er und schob sie mühelos zur Seite. Die Pistolen ignorierte er.

Die Bodyguards packten ihn wortlos an den Oberarmen und versuchten, ihm den Camcorder mit Gewalt zu entwinden.

Dirk war sehr groß. Er war mit einer beeindruckenden Statur gesegnet und hatte das Kreuz eines Preisboxers. Die Auseinandersetzung schien er nicht zu fürchten. Er langte ein paarmal zielsicher hin, und zwei der Leibwächter wälzten sich unmittelbar zu Anitas Füßen am Boden, worauf einer der anderen Bodyguards seine Waffe zog und Dirk die Mündung vors Gesicht hielt. Der starrte dem anderen geradewegs in die Augen und hielt seinen Camcorder fest.

»Hau ab, du Kasper, den kriegst du nicht«, brüllte er auf Deutsch.

Jill und Anita wurde der Fluchtweg zum Auto durch die Zuschauer abgeschnitten, und der Mann, der Dirk mit der Waffe bedrohte, stand keine zwei Meter von Anita entfernt.

»Gib mir dein Pfefferspray«, hauchte sie Jill zu.

Ohne zu zögern, drückte Jill es ihr in die Hand, und Anita drückte auf den Knopf. Eine saftige Ladung Pfefferspray traf den Mann mitten ins Gesicht. Seine Pistole fiel mit einem dumpfen

Ton auf die Erde. Der Mann jaulte auf und drehte sich im Kreis, während er beide Hände auf die Augen presste. Überrascht, wie gut das gewirkt hatte, schwang Anita herum und sprühte auch seinem Kollegen eine Ladung ins Gesicht und danach den am Boden liegenden Bodyguards.

»Ja!«, schrie Jill und stieß eine Faust in die Luft. »Gut gemacht, Anita!«

Anita atmete stoßweise. Dirk hielt seine Kamera mit einem sardonischem Lächeln erst auf den jaulenden Mann und dann auf sie. Mit zusammengezogenen Augenbrauen schaute sie ins Objektiv. Charmant und locker war er ihr bisher vorgekommen, genussfreudig, im Umgang mit anderen Menschen freundlich, gelegentlich, wenn ihm danach war, liebenswürdig. Als ein bisschen zu glatt hatte sie ihn schon abgetan. Jetzt stand auf einmal ein ganz anderer Mann vor ihr. Aber bevor sie sich im Klaren darüber werden konnte, ob ihr dieser neue Dirk Konrad besser gefiel, erregte eine verwischte Bewegung am Rand ihres Blickfelds ihre Aufmerksamkeit.

Es waren die beiden Fahrer der Sportwagen. Sie griffen unter ihre Achseln, zogen Waffen hervor und richteten ihre Wut wie einen Bannstrahl jetzt völlig auf Dirk. Der Ferrari-Fahrer lud die Pistole in seiner Pranke mit lautem Ratschen durch und zielte aus unmittelbarer Nähe auf den Kopf des Kameramanns. Auch die Leibwächter, die er niedergeschlagen hatte, rappelten sich auf. Mit tränenüberströmtem Gesicht, das Weiß ihrer Augen feuerrot, stürzten sie mit gezogenen Waffen auf ihn zu. Dirk blickte in drei schwarze Mündungen, und jetzt rührte er keinen Muskel mehr.

Anita war vor Schreck wie gelähmt und brachte nur ein Wimmern hervor. Jill packte sie am Oberarm und und hielt ihn wie einen Schraubstock umklammert. »Gib mir das Spray«, wisperte sie. Anita tat es.

Das Auto, das nun mit hoher Geschwindigkeit den Hügel hinunter auf sie zufuhr, bemerkte Anita zunächst nicht. Bremsen quietschten, eine Tür schlug, Schritte waren zu hören, aber all das nahm Anita nur unterbewusst wahr. Ihre Augen klebten an den drei Waffen, die auf Dirk gerichtet waren. Sie fühlte sich, als würde sie durch einen leeren, schwarzen Raum fallen.

»Lass die Waffe fallen, du Pavian!« Eine laute Stimme, dann Keuchen wie von jemand, der Asthma hatte.

Beide Frauen wirbelten herum, und Anita blieb bei dem Anblick, der sich ihr bot, der Mund offen stehen.

Eine gewichtige ältere Zulu von königlicher Haltung und Statur – gekleidet in eine Kreation aus glänzendem smaragdgrünem Material, eng mit weitem Volant am Saum, riesigen Puffärmeln und großzügigem Ausschnitt, auf dem Kopf einen wagenradgroßen Hut aus demselben smaragdgrünen Stoff – hievte sich aus dem Auto und marschierte auf die Kampfhähne zu. In der Hand trug sie einen kräftigen, langen Stock, der in einer Kugel von der Größe eines Tennisballs endete. Sie packte ihn mit beiden Händen und schwang ihn hoch über dem Kopf.

»Lass die Waffe fallen, Ronnie«, sagte sie ruhig. »Auf der Stelle, sonst schlag ich dir den Kopf ein, dass dein Hirn quer über Zululand spritzt, du verblödeter Affe!« Sie setzte ein spöttisches Lächeln auf.

»Sarah«, rief Jill.

Die dunklen Augen der Zulu flackerten zu ihr hinüber. »Hallo, Jilly, geh aus dem Weg. Ich kümmere mich um diese Idioten.« Sie fixierte wieder den Mann. »Also, runter mit der Waffe, *wena nyoka*, du Ratte! Tu, was ich sage, oder …«

Als Ronnie kurz zögerte, hieb sie ihm mit dem dicken Ende des Kampfstocks zielsicher auf den Oberarm. Die Pistole fiel in den Sand, aber er machte keinerlei Anstalten, sich zu wehren, sondern schaute nur ziemlich belämmert drein.

»Der nächste Schlag trifft deinen Kopf. Den brauchst du ja sowieso nicht.« Die Zulu warf Jill einen kurzen Blick zu. »Jill, nimm die Pistole, du kannst die Bodyguards davon abhalten, weiter Unsinn zu machen.«

Jill hob die Waffe auf, packte sie mit beiden Händen und hielt die am Boden liegenden Männer damit in Schach. Anita wich zurück. Frauen, die wie selbstverständlich mit Pistolen und Kampfstöcken hantierten und sich mit einer Überzahl von Männern anlegten, kamen in ihrer Welt nicht vor. Sie starrte die überwältigende Erscheinung in Smaragdgrün ungläubig an. »Wer ist sie?«, flüsterte sie.

»Sarah Duma«, erwiderte Jill. »Ihre Enkelin heiratet heute hier.« Die Pistole in ihren Händen wich dabei nicht einen Millimeter von ihrem Ziel.

»Sie sieht … erstaunlich aus. Und was ist das für ein eigenartiger Stock?«

»Ein Zulu-Kampfstock. In den richtigen Händen eine fürchterliche Waffe. Und Sarah sieht nicht nur erstaunlich aus, sie ist es. Ganz und gar.«

Sarah Duma, die für ihr Gewicht bewundernswert leichtfüßig war, wandte sich dem Lamborghini-Fahrer zu und wedelte den Kampfstock vor seinem Gesicht hin und her. »Und du, Rolex, hebst deine Pfoten auch hoch. Höher, sag ich dir!«

Der Mann, den sie Rolex genannt hatte, reckte gehorsam die Arme hoch über den Kopf, und Anita konnte jetzt unschwer erkennen, woher er seinen Namen hatte. An jedem seiner Handgelenke glitzerten drei Rolex-Uhren. Wenn die echt waren, und davon ging sie mittlerweile aus, trug er dort ein Vermögen mit sich herum.

Rolex grinste Sarah Duma einschmeichelnd an und ließ dabei die Hände langsam sinken, ohne aber die Augen von dem Stock zu nehmen. »Ugogo, Nkosikazi, wir machen doch …«

»Pfoten hoch!«, brüllte jemand mit sonorer Stimme.

Ein muskulöser älterer Schwarzer – die Sonnenbrille auf den kahl geschorenen Kopf geschoben, in schwarzem Anzug, blütenweißem Hemd mit silberner Krawatte, in der Hand eine blauschwarz schimmernde Pistole – tauchte hinter Dirk auf, stieß ihn zur Seite und stürmte auf den Ferrari-Fahrer zu, der sichtlich erschrocken zusammenzuckte, als er sah, wer da vor ihm stand.

»Das ist Vilikazi Duma, Sarahs Ehemann und ANC-Urgestein, einer, der mit Mandela gekämpft hat«, sagte Jill halblaut. »Seitdem er meiner Cousine Benita bei einer ziemlich scheußlichen Sache geholfen hat, sind wir Freunde. Jetzt wird's lustig.«

»Wir wollen keine Presse hier«, muckte der Lamborghini-Mann auf und bleckte die Zähne in Richtung Dirk.

Mit ausgestreckten Armen schwang Jill die Pistole herum und richtete sie auf den Mann. »Der ist nicht von der Presse. Er ist ein Gast von mir und ein ganz normaler Tourist, der hier gefilmt hat. Touristen haben doch immer eine Kamera am Auge kleben. Manchmal glaube ich, dass die da festgewachsen sind.« Sie fuhr zu Dirk herum. »Steck den Camcorder weg«, fauchte sie auf Deutsch. »Die können die Presse hier nicht leiden, wie du gehört hast.«

Dirk wusste offensichtlich, wann es ratsam war, den Rückzug anzutreten, denn er gehorchte wortlos, und Jill ließ die Waffe sinken.

Vilikazi Duma betrachtete die zerdrückten Autos. »Was seid ihr bloß für Idioten. Sarah, gib mir mal den Isagila.« Er streckte die Hand aus, und seine Frau reichte ihm den Kampfstock. Vilikazi holte mächtig aus und ließ den Kopf des Stocks, der aus solidem Eisenholz war, wie Jill Anita zuflüsterte, immer wieder abwechselnd auf die Motorhaube des Lamborghinis und dann auf die des Ferraris niedersausen. Es machte ein grässliches Geräusch, und die Motorhauben verwandelten sich im Nu in einen Haufen eingedrücktes Blech. Die Fahrer und deren Leibwächter, die Vilikazi Duma mit Respekt, der an Furcht grenzte, betrachteten, konnten nichts dagegen unternehmen und sprangen vor Frustration fast aus ihrer Haut.

»So, das hat gutgetan. Das hatte ich schon lange vor.« Der Zulu lächelte mit tiefer Zufriedenheit und gab seiner Frau den Kampfstock zurück. »Für Leute wie euch haben wir im Untergrund nicht unser Leben und das unserer Familien riskiert. In einer halben Stunde habt ihr Knallköpfe euch, eure Blechbüchsen und eure Gorillas von meinem Land entfernt, sonst schicke ich meine Leute hinter euch her. Verstanden?« Er steckte seine Waffe in den Gürtel und begrüßte Jill dann mit dem traditionellen Dreiergriff der Afrikaner und küsste sie zum Schluss auf beide Wangen. »Gib den mir«, sagte er sanft und wand ihr vorsichtig die Waffe aus der Hand. Anschließend sammelte er auch alle anderen ein, nahm die Magazine heraus, ließ die Patronen einzeln in den Sand fallen und warf die entschärften Pistolen ihren Besitzern dann wieder zu. Murrend fingen die sie auf und steckten sie ein.

»Suka!«, befahl Vilikazi mit einem Lächeln, das seine Augen nicht erreichte. »Haut ab!«

Der Ferrari-Fahrer ballte rebellisch die Fäuste und machte einen Schritt auf ihn zu. »Hör mal, Ubabamkhulu …«

Vilikazi Duma hatte die Hände in den Hosentaschen vergraben und sagte kein Wort, aber plötzlich schien er zu wachsen, schienen seine Schultern noch breiter zu werden. Die Stärke, die er ausstrahlte, war greifbar, und sie hatte nicht nur etwas mit körperlicher Kraft zu tun. Mit einer Hand lockerte er seinen Schlips und öffnete die oberen zwei Hemdenknöpfe. Erst jetzt fiel Anita auf, dass sich eine breite Narbe quer über seinen Hals von Ohr zu Ohr zog, wie ein grinsender, rosafarbener Mund. Vilikazis Mundwinkel hoben sich, seine Zähne blitzten, die Narbe hüpfte. Der ehemalige ANC-Hitman bemerkte es und zögerte.

»Suka«, wiederholte Vilikazi Duma leise.

Der andere fiel in sich zusammen, als hätte ihm jemand die Luft herausgelassen. Er schnippte mit den Fingern, und seine Bodyguards standen mit einem Satz neben ihm. Gemeinsam marschierten sie zu dem demolierten Ferrari.

»Die Narbe an seinem Hals … woher hat er sie?«, flüsterte Anita Jill ins Ohr.

»Oh, die hat Vilikazi schon seit Ewigkeiten. Sie ist zu seinem Erkennungszeichen geworden. Vor vielen, vielen Jahren haben drei von der Polizei bezahlte Tsotsies in einer dunklen Nacht in Kwa Mashu versucht, ihm die Kehle durchzuschneiden. Keiner der Gangster hat es übrigens überlebt.«

Als Anita sich bildlich vorstellte, was in jener Nacht abgelaufen sein musste, lief ihr ein Schauer über den Rücken. Was war das nur für ein Land, das solche Menschen hervorbrachte! Im ersten Moment wirkte Vilikazi Duma nett, wie ein gutmütiger, verschmitzter Großvater, aber sah man genauer hin, entdeckte man einen völlig anderen Mann. Einen Mann mit eisernem Willen, einen Kämpfer. Einen, dem gewaltsamer Tod vertraut war. Scheu musterte sie ihn.

Hatte er im Widerstand Bomben gelegt und Menschen umgebracht? Hatte er sie gefoltert, um Informationen aus ihnen herauszubekommen? Und was war mit Sarah, der gemütlichen schwarzen Großmutter, die völlig unbeeindruckt von jeglicher Gefahr nur mit einem Stock auf die bewaffneten Leibwächter losgegangen war und ihnen die Pistolen abgenommen hatte?

»Und seine Frau?«, fragte sie.

Jill lachte und schaute hinüber zu der Zulu, die sich damit abmühte, mit einem winzigen Spitzentaschentuch ihr großflächiges Gesicht abzuwischen und ihren überdimensionalen Hut zurechtzurücken, der ihr auf den Hinterkopf gerutscht war und sie wie ein smaragdgrüner Heiligenschein umrahmte.

»Sarah? Sie ist ein Prachtstück. Durchtrieben und mutig, sehr intelligent, obwohl sie das geschickt verbirgt – du kannst dir gar nicht vorstellen, wie überzeugend sie eine dumme Schwarze spielen kann. Sie ist geschäftstüchtig bis zur Schmerzgrenze und ganz und gar liebenswert. Früher hat sie, wie so viele schwarze Frauen, als Hausmädchen bei Weißen gearbeitet. Ihre erste Anstellung war bei einer jungen Deutschen, die mittlerweile nicht mehr jung ist und jetzt bei Hamburg lebt. Die beiden sind Freundinnen geworden und bis heute geblieben.«

Anitas Blick glitt hinauf zu dem glasfunkelnden Haus. »Das Haus gehört also ihnen? Vilikazi sagte, dass es sein Land sei.«

»Das Land bis zum Hügel und alles, was du hier sehen kannst, gehört den Dumas.« Jill beschrieb einen weiten Kreis mit ihrer Hand. »KwaDuma heißt Ort des Duma. Das Haus da oben gehört seinem frischgebackenen Schwiegersohn und dessen Familie. Vor nicht allzu langer Zeit lebten die dort oben am Hang in einem Umuzi – einem traditionellen Zulu-Hof mit Rundhütten und dem Viehgatter in der Mitte. Dann hat der Alte beschlossen, Bauunternehmer zu werden und hat jede Menge Staatsaufträge, unter anderem für eines der Fußballstadien, an Land gezogen.« Ein böses Lächeln kräuselte ihre Mundwinkel. »Und nun geht es ihnen … ziemlich gut. Man nennt seinesgleichen heute Black Diamonds. Schwarze Diamanten.«

Anita bemerkte das Lächeln. »Heißt was?«, fragte sie befremdet.

Jill wandte sich zur Seite und rief sich innerlich zur Ordnung. Gewisse Umstände in ihrem Land – derart spektakuläre Erfolge beruhten im neuen Südafrika praktisch ausschließlich auf guten Beziehungen oder einer Position ganz oben in der Regierungspartei – reizten sie inzwischen oft so, dass sie ihren Sarkasmus nicht zügeln konnte. Der hatte sich allerdings erst in den letzten paar Jahren so richtig herausgebildet.

Als die Apartheidregierung hinweggefegt worden war, hatte sie wie so viele andere an das Wunder geglaubt, von dem sie zuvor nicht zu träumen gewagt hatte. Zur Vereidigung von Nelson Mandela war sie nach Kapstadt geflogen und hatte tränenüberströmt vor Begeisterung zugesehen, wie dieser Mann, der 27 Jahre seines Lebens dafür gegeben hatte, sein Land – das auch ihr Land war – vom Terror zu befreien, den Eid auf die Verfassung geschworen hatte. Jahrelang hatte sie sich an diesen Traum vom Wunder geklammert. Aber eines Tages waren die ständigen Berichte über horrende Mordraten, die Tatsache, dass alle dreißig Sekunden eine Frau vergewaltigt wurde, die explodierenden Aids-Infektionen, die jahrelange Behauptung der Regierung, dass Rote Bete dagegen helfen würde, und auch die unverfrorene, lawinenartige Korruption einfach zu viel geworden. Die Ernüchterung hatte fürchterlich wehgetan. Tat sie heute noch. Aber Touristen wollten wunderbare Ferien in diesem traumhaft schönen Land mit freundlichen Eingeborenen machen und solche Dinge nicht hören.

»Heißt gar nichts«, versetzte sie ruhig. »Er ist extrem erfolgreich, wie man sieht. Vom Ziegenhirten zum Multimillionär, das ist doch eine tolle Sache. Eines der Märchen in unserem Land, das wahr geworden ist.«

Dabei erinnerte sie sich nur zu gut daran, dass ihr eines Tages der Kragen geplatzt war und sie ihrer Enttäuschung über die neue Elite Nils gegenüber lauthals Luft gemacht hatte. Er hatte sie lange ruhig angesehen, ehe er ihr klargemacht hatte, dass ihre afrikanischen Landsleute Menschen seien – so gut und so schlecht wie Menschen eben waren – und dass die Zustände in Südafrika kaum anders seien als in anderen Ländern. Korruption gebe es überall, Vetternwirtschaft auch, und in jeder Suppe gebe es dicke Fettaugen, die oben schwämmen.

Hitzig hatte sie eingewandt, dass diese Leute die einzigartige Chance, eine neue Nation auf dem Fundament von Mandelas Traum zu bauen, mit Füßen träten, dass sie diesen Traum zerstörten und gleichzeitig den von Millionen Südafrikanern.

»Die Revolution frisst ihre Kinder, das war schon immer so«, hatte er geflüstert und unendlich traurig dabei ausgesehen.

Natürlich hatte er recht, aber ihre hilflose Empörung brach immer wieder durch.

»Und was für ein Märchen«, sagte Anita, die ganz offensichtlich nichts von Jills innerem Kampf mitbekommen hatte, und schüttelte bewundernd den Kopf. »Unglaublich! Und die Dumas, wo wohnen die?«

Jill war froh, dass sie diese Klippe umschifft hatte. »Die haben ein Haus in Umhlanga Rocks, einem schönen Vorort etwa fünfzehn Kilometer nördlich von Durban am Indischen Ozean – ihr habt da wohl auf dem Hinweg gegessen, nicht wahr? Sarah ist nicht gesund, und in einem Notfall will sie nicht erst Stunden bis zum nächsten anständigen Arzt fahren müssen. Warte mal einen Augenblick.« Sie ging hinüber zu Sarah, begrüßte auch diese mit dem Dreiergriff und einem Kuss auf die Wange. »Danke, dass ihr uns zu Hilfe gekommen seid.«

»Diese dummen Kaffern haben sich schon oben im Haus angebrüllt«, schnaufte die korpulente Zulu mit zusammengekniffenen Augen. »Danach habe ich aus der Ferne beobachtet, was sie hier unten veranstaltet haben. Ich kenne diese Kerle. Sie sind Tsotsies, auch wenn sie Millionen von Rand für Autos und Uhren ausgeben können und feine Anzüge tragen. Früher waren sie kleine Ganoven, die uns den Mais vom Feld geklaut haben, die wie die Hasen gerannt sind, wenn ich sie mal erwischt habe. Heute ...« Sie holte keuchend Luft. »Es sind Verbrecher, und sie leben vom Verbrechen, und keiner tut was dagegen. Also muss ich es tun.«

Hinter ihnen ertönte eine Fanfare, und Sarah machte einen Satz. Wütend fuhr sie herum. Ein Weißer mit Pferdeschwanz und dickem Diamanten im Ohr röhrte am Steuer eines Porsches an ihr vorbei. Der Wagen glänzte in Metallicschwarz, ein farbenfreudiger, zähnefletschender Löwenkopf zierte die Wagenfront, darüber stand »Lion's Den«.

»Löwengrube«, las Anita halblaut.

Sarah fuchtelte drohend mit dem Kampfstock. »Und der ist der schlimmste von denen. Ingwenya! Er stiehlt Kinder ...«

»Dem gehört die größte Kette von Bordellen im Land«, raunte Jill Anita zu. »Es wird gemunkelt, dass er illegal Frauen und Kinder aus dem Ausland nach Südafrika bringt und zur Prostitution zwingt. Kinder!« Sie spuckte das Wort aus.

»Menschenhandel?« Anita war zutiefst entsetzt. »Warum läuft der frei herum?«

Jill sah wie abwesend hinter den Autos her und zuckte dann aber mit den Schultern. »Beziehungen«, murmelte sie schließlich traurig. »Das ist das Dunkle unter der glitzernden Oberfläche unseres Traumlandes. Ein Abgrund, der so tief wie die ewige Hölle ist.«

Vilikazi war dem Wortwechsel gefolgt. Er schloss seine Lider zu schmalen Schlitzen, seine Kinnmuskeln mahlten. Nachdenklich strich er sich über seinen kahlen Schädel. »Ich muss herausfinden, wo er die Mädchen … zwischenlagert, bevor er sie auf seine Bordelle verteilt«, murmelte er und wechselte einen langen Blick mit seiner Frau.

Sarah nickte. »Die Sonne geht schlafen«, sagte sie dann und wandte ihr Gesicht in den goldenen Sonnenuntergang. »Zeit, dass ihr nach Hause fahrt, Jill. Hambani kahle. Geht in Frieden.«

Jill aber reagierte nicht. Sie stand regungslos da und sah noch immer dem Porsche nach, der mit einer roten Staubfahne hinter sich durch den Ort davonraste. Neben dem Mann mit dem Pferdeschwanz hatte ein weiterer Mann gesessen, ein massiger Kerl, Baseballkappe auf dem Kopf, das Gesicht zur Hälfte von einer schwarzen Sonnenbrille verdeckt. Irgendwie kam er ihr bekannt vor und löste ein scharfes Gefühl von Angst und Hass in ihr aus. Sie versuchte, es zu ignorieren, aber es wurde hartnäckiger, brachte ihr Herz zum Flattern. Sein Gesicht hatte sie nicht erkennen können, aber da war etwas in seiner Gestalt, in seiner Haltung … Sie durchsuchte ihr Gedächtnis, aber ohne Erfolg. Kein Bild, das sie aus der jüngeren Vergangenheit heraufbeschwor, passte. Unbewusst senkte sie die Brauen. Vielleicht gehörte es in die Zeit, als ihr Bruder von einer Paketbombe zerrissen wurde und zwei Typen vom Geheimdienst im Haus ihrer Eltern aufkreuzten?

»Jilly!«

Sie fuhr zusammen, fand nur mit großer Anstrengung zurück in die Gegenwart.

Sarah beugte sich vor und küsste sie fest auf beide Wangen. »Grüß Nils von mir, und deine Kinder auch.« Mit listigem Blick klopfte die Zulu ihr auf den flachen Bauch. »Mehr wirst du nicht bekommen?«

»Nein«, stotterte Jill. »Nein, wohl nicht.« Nach einer fürchterlichen Fehlgeburt hatte sie eigentlich geglaubt, sie würde nie Kinder bekommen, aber das Wunder war dann doch geschehen, und das gleich zwei Mal. »Ich bin doch schon viel zu alt.« Sie legte ihr Gesicht in komische Falten.

Sarah setzte eine überlegene Miene auf. »Geh zu meinem Sangoma, der gibt dir ein starkes Muti. Du brauchst noch mehr Kinder, die für dich und deinen Mann im Alter sorgen. Dein Mann ist sehr groß und isst viel. Zwei Kinder können euch nicht ernähren!«

Jetzt restlos von dem geheimnisvollen Mann abgelenkt, prustete Jill los. »Himmel, Sarah, ich liebe dich!« Sie küsste erst die alte Zulu und danach Vilikazi. »Unsere rettenden Engel! Bitte grüßt Mbali von mir, und ich wünsche ihr ein glückliches Leben und sehr viele Kinder. Salani kahle, ihr beiden. Bleibt in Frieden.« Mit einem Lachen und Winken strebte sie ihrem Geländewagen zu. Anita folgte ihr.

Die beiden Kontrahenten waren inzwischen in ihre zerbeulten Autos gestiegen und hatten den Rückwärtsgang eingelegt, um die Wracks voneinander zu trennen. Jeweils ein Bodyguard hatte seinen massigen Körper auf den Beifahrersitz gezwängt, die beiden anderen schoben und zerrten mit aller Kraft. Die Fahrer brüllten, ihre Begleiter ebenfalls, aber endlich trennte sich Metall von Metall mit ohrenzerfetzendem Kreischen. Die Motoren sprangen an. Die Bodyguards hingen aus den Autos. Sie mussten mit Handscheinwerfern die Straße beleuchten, weil die Scheinwerfer zerbrochen waren. In Schrittgeschwindigkeit quietschten und rumpelten die zerbeulten Fahrzeuge über die Schotterstraße. Die übrig gebliebenen Bodyguards warfen sich in ihre Autos, folgten mit aggressiv aufheulenden Motoren ihren Herren. Langsam verschwand die Kavalkade in die Dunkelheit.

Bevor Anita ins Auto stieg, verharrte sie kurz in der offenen Tür. Noch hatte sich die Nachtfeuchte nicht übers Land gelegt, noch roch es nach sonnenverbranntem Gras und trockenem Holz. Zikaden schrillten, dass es ihr in den Ohren klingelte, die heiße Luft stieg in Wellen von dem aufgeheizten Boden auf, ließ auch um diese Zeit noch nicht nach, sondern schien in der Dunkelheit drückender zu werden. Aber vielleicht war es nicht nur die Hitze, die sie niederdrückte, nicht nur die Konfrontation mit den Jugendlichen. Vielleicht war es dieser Mann, der Bordelle betrieb und dem Menschenhandel nachgesagt wurde. Vielleicht war es die Vorstellung von geraubten Kindern.

Ein Bild von Maurice' USB-Stick blitzte unvermittelt vor ihr auf. Das von den Kindern. Sekundenlang verschlug ihr das den Atem, aber dann rief sie sich zur Ordnung. Maurice züchtete zwar laut Jill Löwen, aber mit Menschenhandel hatte das mit Sicherheit nichts zu tun. Sie riss sich zusammen und schwang sich auf den Beifahrersitz.

Jill saß bereits hinten und schaute mit verschlossenem Gesicht in die sich schnell zu Dunkelheit verdichtende blaurosa Dämmerung. Wortlos stieg auch Dirk ein, ließ den Motor an, stellte die Klimaanlage auf Eissturm, wendete und fuhr los. Niemand hatte Lust auf Konversation. Dirk konzentrierte sich auf die Straße, die beiden Frauen schauten schweigend hinaus. Anita war innerlich leer, und sie tat nichts dagegen. Bevor sie über das, was sie eben erlebt hatte, nachdenken konnte, brauchte sie Abstand. Zeitlichen, räumlichen, innerlichen. Sie starrte hinaus.

Bald aber war es so dunkel, dass sie in der Fensterscheibe nichts mehr als ihr eigenes Spiegelbild sah.

Ab und zu glühten Augen von streunenden Hunden oder Katzen am Straßenrand auf, die Scheinwerfer streiften Gruppen von jungen Männern, die am Straßenrand rauchten oder vor ihren Mädchen mit einem Ghettoblaster am Ohr tanzten. Dunkle Augen verfolgten den vorbeifahrenden Wagen, Worte wurden nachgerufen, aber abgesehen davon passierte nichts. Der Rest der Fahrt verlief ereignislos und weiterhin vorwiegend schweigend. Jeder hing seinen eigenen Gedanken nach.

8

Am nächsten Morgen begrüßte Jill zunächst die Gäste, die wortreich von ihrer Morgensafari schwärmend beim Frühstück saßen. Mit einem Lächeln und viel Anteilnahme hörte sie sich ihre Geschichten an. Anschließend gesellte sie sich zu Anita und Dirk. »Darf ich mich ein wenig zu euch setzen? Um diese Zeit brauche ich immer literweise Kaffee, um aufzuwachen.« Nachdem Anita und Dirk erfreut zugestimmt hatten, winkte sie Thabili zu und teilte der Zulu ihren Wunsch mimisch mit. Ihre Kakiuniform mit dem *Inqaba*-Logo auf dem Ärmel war frisch gebügelt, der breitkrempige Buschhut hing ihr an einer Schnur über den Rücken, das schwarze Haar glänzte in der Morgensonne. »Habt ihr schon etwas von Flavio Schröder und Marina Muro gehört? Hoffentlich geht es der Crew besser.«

Dirk schüttelte kauend den Kopf. »Gestern hat er angerufen. Offenbar handelt es sich um ein wirklich aggressives Virus. Vorerst spucken die alle noch wie die Springbrunnen und werden ständig weniger, soll heißen, sie haben alle ziemlich stark abgenommen.«

Jill verzog mitfühlend das Gesicht. »Aber er kommt doch heute, oder? Mit Marina Muro. Ich finde die übrigens toll, als Schauspielerin und als Frau.«

»Das musst du ihr nur sagen, dann frisst sie dir aus der Hand.« Dirk grinste. »Pass nur auf, dass du hinterher deine Finger noch hast. Unsere Money Muro kann ziemlich bissig sein. Ich rechne damit, dass sie heute Morgen in Durban landen. Dann sollten sie wohl gegen Mittag hier aufkreuzen.«

»Gut, ihre Bungalows sind vorbereitet.«

Thabilis Gesicht glich einem lachenden, braunen Mond, als sie auf einem Tablett eine Kanne Kaffee und eine übergroße Tasse servierte, auf die ein wackeliges, rotes Herz mit den Worten »Für Mami« gemalt war.

»Von Kira«, lächelte Jill stolz, goss sich die Tasse bis zum Rand voll und trank die ersten Schlucke. Prompt verbrannte sie sich dabei den Mund und zog eine Grimasse. Die Tasse mit beiden Händen haltend schaute sie Anita durch den Dampf an. »Was machst du eigentlich, wenn du keine Bestseller schreibst?«

Anitas Blick rutschte ab und kehrte sich nach innen. Sie spielte mit den Spaghettiträgern ihres Tops, und es dauerte eine Weile, bis sie antwortete. »In grauer Vorzeit habe ich mal ein Kosmetiklabor geleitet.«

Jill beugte sich interessiert vor. »Das ist ja interessant. Hast du den Jungbrunnen gefunden? Cremes und Tinkturen gegen das Alter?«

»So ähnlich.«

»Und dann hast du entschieden, du schreibst ein Buch?«

Anita machte eine abwehrende Geste. »So ähnlich.«

»Einfach so? Oder gab es einen Anlass?«

»So ähnlich.«

Jill reagierte nicht gleich, sondern trank erst noch einen Schluck, bevor sie die Deutsche mit einem prüfenden Blick streifte. »Falsches Thema oder schlecht geschlafen? Hat dich irgendetwas verärgert? Kann ich etwas für dich tun?«

Anita schien selbst gemerkt zu haben, dass sie zuvor etwas unwirsch auf die Fragen reagiert hatte. Sie setzte eine entschuldigende Miene auf. »Falsches Thema, ich habe schlecht geschlafen, und ja, vielleicht kannst du etwas tun.«

Dirk, der den nächstgelegenen Bungalow bewohnte, sah hoch. »Ich habe ebenfalls grottenschlecht geschlafen. Hast du es auch gehört?«

»Wenn du das komische Geräusch, dieses grässliche Gurgeln,

meinst, so als ob jemand heftig husten und sich dabei übergeben müsste – ja, hab ich gehört. Ich meine auch so etwas wie einen abgeschnittenen Schrei gehört zu haben.«

»Genau das!« Dirk schlug mit der flachen Hand auf den Tisch. »Es klang wirklich beunruhigend. Ich habe noch eine Weile gelauscht, gehört habe ich dann allerdings nichts mehr und war mir eigentlich auch nicht mehr sicher, ob das alles wirklich stattgefunden hat.«

Anita lehnte sich ziemlich erregt vor. »Ich konnte danach nicht mehr schlafen, weil mir natürlich sämtliche Horrorgeschichten über Überfälle und Morde einfielen, die man sich hier so erzählt. Bei jedem Schatten bin ich zu Tode erschrocken und bei jedem Geräusch zusammengefahren.« Beide schauten Jill erklärungsheischend an.

Die setzte ihre Tasse so heftig ab, dass sie überschwappte. »Husten? Ein trockener, heiserer Husten?« Sie hustete. »So etwa, aber lauter?«

Anita schüttelte den Kopf. »Nicht trocken, eher als hätte derjenige einen Batzen Schleim im Hals. Tut mir leid, anders kann ich es nicht beschreiben. Wer hätte denn so trocken gehustet?«

»Ein Leopard.« Jill zog ihr Mobiltelefon hervor. »Ich muss euch jetzt allein lassen, das muss untersucht werden.« Damit hastete sie in Richtung Büro.

Dirk wischte mit einer Serviette die Kaffeelache auf. »Da scheint ja etwas dran zu sein. Jill ist offenbar beunruhigt, was mich wiederum nachdenklich macht. Sie erscheint mir als jemand, der fast jeder Situation gewachsen ist. Ich bin übrigens auch der Ansicht, dass ich eine Art Schrei gehört habe. Von einem Menschen.«

»Hi, meine Lieben!« Andy Kaminski polterte die Stufen hoch und schlurfte zu ihrem Tisch. Sein rotes Haar leuchtete in der Sonne, die Ringe unter seinen Augen glichen in Farbe und Größe halben Pflaumen. Mit einem leidenden Seufzer ließ er seine lange Gestalt in einen Stuhl fallen, streckte die Beine aus und hängte die Arme über die Lehnen. »Kaffee«, röchelte er und ließ mit geschlossenen Augen den Kopf zurückfallen. Alkoholgeruch strömte ihm aus den Poren.

Angewidert hob Dirk die Hand und winkte eine der Kellnerinnen heran. »Eine große Kanne Kaffee für den Herrn, doppelt stark, und vier Spiegeleier mit Schinken und Pommes frites«, bestellte er bei der jungen Zulu. Es war die mit den Rastazöpfchen. Um jedes einzelne hatte sie heute eine gelbe Schleife gebunden. Aus der Ferne wirkte das wie ein Heiligenschein.

»Ich mag keinen Schinken«, mäkelte Andy lallend. »Und schon gar nicht Pommes zum Frühstück.«

»Du wirst das essen, und wenn ich es dir wie einer Stopfgans in den Rachen stopfen muss. Sonst wirst du nicht nüchtern. Hast du einen Raubzug durch die Minibar gemacht? Ich dachte, wir hätten uns darauf geeinigt, dass du nur zwischen den Aufträgen in deiner Freizeit säufst.«

Andy Kaminski verzog gekränkt das Gesicht. »Ich wollte nur sicher sein, dass ich jedem Virus in meinem Körper den Garaus gemacht hab«, gab er mit schwerer Zunge von sich und wedelte unkoordiniert mit seinen Armen, wobei er die Alkoholwolke über den ganzen Tisch verteilte. »Stell dir vor, ich würde auch die Kotzerei kriegen und ausfallen.«

»Du kriegst die Kotzerei nicht mehr, sonst hättest du sie längst, und ausfallen wirst du nur, wenn du wieder säufst, und dann hole ich mir einen anderen Kameraassistenten. Rolf Möller vielleicht. Der ist gut. Und zuverlässig.«

Sein Assistent kicherte abschätzig. »Rolf Möller! Der treibt dich doch innerhalb von Minuten zum Wahnsinn. Außerdem ist er zu einem Dreh in irgendeiner Wüste!«

»Ersatz für dich werde ich schon finden, verlass dich drauf! Kameraassistenten sind keine aussterbende Spezies. Ich kann dir nur raten, dass du dich zusammenreißt.« Er machte eine Armbewegung.

Andy duckte sich, als hätte Dirk ihn schlagen wollen, und spielte nervös mit dem Besteck, das ihm die Kellnerin aufgedeckt hatte. Immer wieder schielte er hinüber zu Dirk.

Anita, die sich zurückgelehnt hatte, um sich optisch aus dem Streitgespräch herauszuhalten und auch der Alkoholwolke auszuweichen, fiel auf, dass Dirks Züge während der Diskussion eine subtile Wandlung durchgemacht hatten. Wirkten sie sonst wie aus Ton modelliert mit abgerundeten Konturen, schienen sie jetzt aus Granit gehauen zu sein. Offensichtlich konnte er außerordentlich ungemütlich werden. Und hart. Gar nicht mehr charmant, wie sie ihn zuvor wahrgenommen hatte. Ihr kam der Vorfall mit den Sportwagenfahrern von gestern in den Sinn. Sie lehnte sich wieder vor und stützte ihr Kinn auf die gefalteten Hände. Es würde interessant sein, den wirklichen Dirk Konrad unter der Oberfläche kennenzulernen.

Rastazöpfchen brachte einen Teller mit vier fettigen Spiegeleiern und stellte eine Schüssel mit einem Berg Pommes vor Andy. »Genießen Sie es«, zwitscherte sie und entfernte sich mit schwingendem Hinterteil und hüpfenden Tanzschritten, dass ihre Zöpfchen wippten.

»Pommes zum Frühstück«, moserte Andy Kaminski angeekelt, nach kurzem, intensivem Blickkontakt mit Dirk jedoch machte er sich wortlos, wenn auch mit Leidensmiene, über das Essen her. Kauend schaute er sich auf der Terrasse um. »Was is'n da los?« Er deutete mit der Gabel auf das Haus.

Anita sah hoch. Eine Gruppe Ranger rannte im Laufschritt zusammen mit Jill Rogge durch den Blättertunnel. Alle trugen ihr Gewehr in der Hand, auch Jill. Waren sie auf der Jagd? Nach einem Leoparden? Der würde husten, hatte Jill gesagt. Trocken und heiser. Aber so hatte sich das nächtliche Geräusch nicht angehört. Immer mehr war sie davon überzeugt, dass es kein Tier gewesen war, sondern ein Mensch. Wozu dann die Gewehre?

Dirk war ebenfalls von der Aktion aufgeschreckt worden. Abrupt stand er auf. »Ich schau mal nach.« Ohne ein weiteres Wort griff er seinen Camcorder vom Sitz neben sich und glitt zwischen den Tischen hindurch in Richtung Parkplatz.

Anita zögerte nicht lange. »Guten Appetit noch«, wünschte sie Andy und folgte dann dem Kameramann. Als sie sich noch einmal flüchtig umdrehte, erwischte sie den rothaarigen Kameraassistenten dabei, wie er die Spiegeleier samt Pommes über die Balustrade kippte. Eine Horde kreischender Affen stürzte sich darauf und prügelte sich um die Reste.

Thabili, die im Eingang zur Küche stand und die Gäste im Blick hatte, falls jemand etwas wünschte, erkannte offenbar sofort, was los war. Mit erbostem Ausdruck marschierte sie zu Andy hinüber. Anita blieb unwillkürlich stehen, konnte aber nicht verstehen, was die energische Zulu sagte. Es musste jedoch unmissverständlich sein, denn Andys langes Gesicht nahm einen zusehends belämmerten Ausdruck an. Schließlich stand er auf und verließ mit hängendem Kopf auf unsicheren Beinen die Veranda in Richtung seines Bungalows.

Als sie sich umwandte, um Dirk zu folgen, kam der ihr bereits wieder entgegen. »Und?«, rief sie. »Was ist da los?«

Mit einer gewissen Frustration hob er die Schultern. »Keine Ahnung, die sind schon unterwegs. Hinterherfahren hat wohl keinen Sinn.«

Hinter ihnen näherte sich Motorengeräusch. Ein Auto bog in den Parkplatz ein, und gleich darauf wurde der Motor ausgestellt. Türen knallten.

»Ich flieg auf der Stelle zurück nach Kapstadt«, schallte eine wütende Frauenstimme zu ihnen herüber.

»Marina«, stöhnte Dirk und verdrehte die Augen. »Hoffentlich macht sie ihre Drohung wahr. Wir haben nichts zu drehen, und sie wird unerträglich sein, wenn sie hier tagelang rumhängen soll, bis die anderen wieder fit sind. Keine Shops, keine sie anbetenden Fans, keine Journalisten mit Kameras, die darauf brennen, sie zu interviewen.«

»Es ist heiß wie die Hölle«, schrie Marina Muro. »Und schlimmer als in einem Dampfbad! Und ich kann nirgendwo ein Shoppingcenter sehen!«

Dirk grinste Anita an. »Hab ich's nicht gesagt?«

»Du bist in Afrika, verdammt. Dafür gibt's hier Löwen und Elefanten. Da hast du doch mehr davon als von einem Shoppingcenter! Die sind doch eh überall gleich, also reiß dich zusammen, und nerv hier nicht rum.« Flavio Schröders wohltönende Stimme. »Pass auf, dass du nicht auf eine Schlange trittst«, stichelte er.

»Also, ich sag dir, wenn ich auch nur einen Schlangenschwanz hier sehe, schrei ich die Lodge zusammen.«

Flavio Schröder lachte. »Bring mich nicht auf Ideen.«

»Sie lässt die Diva raushängen, und dann wird sie wirklich unausstehlich«, knurrte Dirk in Anitas Richtung.

Die Schauspielerin kam hüftschwingend vom Parkplatz, einen Shopper mit den zwei goldfarbenen, verschlungenen C von Chanel über die Schulter gehängt, Safarihut auf dem Kopf, haselnussgroßer Diamant am Hals. Das wohl maßgeschneiderte, kakifarbene Safarikostüm war einen Hauch zu eng für die üppige Figur, der Rock etwas kurz, und die zehenfreien, hochhackigen Sandalen waren für den Busch völlig ungeeignet. Immer wieder gerieten ihre Stilettohacken in die Fugen zwischen dem Wegpflaster. Einmal knackte es vernehmlich, und ein Absatz brach ab. Die schwarzen Augen sprühten.

»Marina, wie schön, dich zu sehen.« Dirk grinste sie spöttisch an.

»Wo ist hier der Butler oder wer immer die Koffer holt?«

Dirk unterdrückte sichtlich ein Lachen. Mit der Hand wies er in Richtung Rezeption. »Frag da mal nach. Momentan sind alle Ranger und die Eigentümerin unterwegs.« Er vergrub seine

Hände in den Hosentaschen und wippte auf den Fußballen. »Jetzt wird's unterhaltsam«, murmelte er Anita zu.

»Saftladen«, fauchte Marina Muro und humpelte unsicher zur Rezeption.

Jonas saß hinter dem Tresen am Computer, wie immer makellos in weißem, gebügeltem Hemd. Er schaute hoch, als Marina sich ihm geräuschvoll näherte. Was er für Madam tun könne, fragte er sie. Anita und Dirk hörten dem Gespräch ungeniert zu.

Marina ließ den Zulu mit klaren Worten wissen, was sie vom Service in der Lodge halte, dass niemand sie empfangen habe und der arme Flavio Schröder, der ein internationaler Starregisseur sei, sich mit den Koffern abschleppen müsse, und ob er nicht wisse, wen er vor sich habe.

Jonas hörte ihr geduldig lächelnd zu, antwortete dann etwas, was Anita nicht verstand, aber es musste Marina Muro an einem empfindlichen Nerv getroffen haben, denn die richtete sich zu ihrer vollen Größe auf – etwa eins siebzig plus neun Zentimeter Absatz – und fixierte den Zulu hoheitsvoll.

»Geradewegs aus Maria Stuart«, raunte Dirk. »Pass auf, jetzt greift sie nach dem Oscar.«

»Ich verlange …«, begann Marina Muro in ihrem grauenvoll stark bayerisch eingefärbten und nicht sehr korrekten Englisch. »Ich verlange, die Eigentümerin zu sprechen. Auf der Stelle!« Die schwarzen Augen funkelten, die dunkle Haarmähne wogte.

Das sei leider nicht möglich, entgegnete Jonas unerschütterlich höflich. »Aber ich vertrete sie. In jeder Beziehung.«

Sie pflege nicht mit Untergebenen zu verhandeln, giftete die Muro.

»Worüber?«, fragte Jonas mit unschuldigem Augenaufschlag.

Anita verschluckte sich fast vor Lachen, und Dirk grinste verzückt.

Marina Muro spießte Jonas Dlamini mit einem eisigen Blick

auf. »Sie werden jetzt sofort einen Boy mit einem Kofferkuli zum Auto schicken und mein Gepäck in den Bungalow bringen lassen. Und seien Sie ja vorsichtig mit meinen Kleidern. Sie sind sehr kostbar und müssen hängen, nicht liegen, verstanden? Hängen!«

Bei den Wörtern »Boy« und »Kuli«, auch wenn das Letztere im Zusammenhang mit Koffer benutzt wurde, war von Jonas jede Freundlichkeit abgefallen. Seine Kinnbacken mahlten.

Flavio Schröder hatte offensichtlich den letzten Wortwechsel mitbekommen und erkannt, was die Muro damit angerichtet hatte. Mit zornigem Gesichtsausdruck eilte er herbei.

»Flavio, mein Lieber«, rief die Schauspielerin in breitestem Bayerisch. »Bitte erkläre diesem …« Mit großer Gebärde zeigte sie auf den Zulu. »… diesem Menschen hier, dass das so überhaupt nicht geht. Gar nicht!« Als sie mit wogendem Busen kurz innehielt, schob Flavio sie kurzerhand beiseite.

»Ist die Bar geöffnet?«, fragte er den Zulu. Auf die Zusicherung, dass sie nicht nur geöffnet, sondern die am umfangreichsten bestückte Bar in Zululand sei, zwinkerte er ihm zu. »Bin gleich wieder zurück.« Damit packte er seine Hauptdarstellerin am Arm und zog die Widerstrebende mit sich fort.

Fünf Minuten später erschien er wieder an der Rezeption, entschuldigte die Wortwahl der Schauspielerin damit, dass sie gerade einen Film mit ihm drehe, in der sie eine reiche Weiße während der Apartheid spiele, und bat Jonas um Verständnis für den Ausrutscher, aber auch für die Bedürfnisse einer großen Schauspielerin. Mit diesen Worten schob er ein Bündel 100-Rand-Scheine über den Tisch und informierte Jonas, dass er die gern für einen guten Zweck spenden wolle.

Jonas, dessen dunkle Augen beim Anblick des Geldes zuerst wütend aufflammten, beruhigte sich jedoch zusehends. Er dankte dem Regisseur und sagte, dass er das Geld der Farmschule zukommen lassen werde. Das Lächeln, das seine Worte begleitete, war offen und ungemein anziehend und augenscheinlich auch ganz und gar so gemeint.

Er drehte sich zu Dirk und Anita um. »Sie ist mal wieder in Hochform«, seufzte er. »Das kann noch heiter werden.«

»Richtet ihr euch erst mal im Bungalow ein«, sagte Dirk. »Wir sprechen uns dann später.« Er zog Anita wieder hinüber zu ihrem Tisch. »Es ist besser, wenn wir die beiden allein lassen. Trinkst du noch einen Kaffee? Andy hat sich offenbar wieder verzogen.«

Anita nickte, verschwieg ihm aber die Sache mit der Fütterung der Affen und Thabilis Reaktion darauf.

Eine Viertelstunde später wurde der Regisseur, der mit Marina an der Bar ein Glas Champagner trank, von Jonas benachrichtigt, dass das Gepäck der Dame im Bungalow sei. Hängend.

»Nein, Marina, hier gibt es keinen Golfcart, der dich zum Bungalow fährt«, wurde die raue Stimme Flavio Schröders zu Anita und Dirk herübergetragen. »Du musst laufen, das tut man mit den Beinen, weißt du. Immer eins vors andere …«

Die Antwort der Schauspielerin war nicht zu verstehen, aber kurz darauf humpelte sie am Arm des Regisseurs über die Restaurantveranda den Weg hinunter zu ihrer Unterkunft. Anita, die inzwischen ebenfalls zu ihrem Bungalow unterwegs war, beobachtete erstaunt, wie die Muro, kaum dass sie außer Sichtweite der Rezeption war, die hochhackigen Sandalen auszog und barfuß weiterlief. Trotz der naturbelassenen Wege. Noch erstaunter war sie, als ein Warzenschwein mit senkrecht aufgerichtetem Schwänzchen quiekend aus dem Busch kam und direkt vor der Schauspielerin über den Weg wetzte, diese aber nicht etwa schrie, sondern stehen blieb, bis das Tier im Unterholz nicht mehr zu sehen war. Verwirrt setzte sie ihren Weg fort.

Jill Rogge und ihre Ranger kehrten kurz nach dem Mittagessen in drückender Hitze verschmutzt und durchgeschwitzt auf die Lodge zurück. Ihre Miene war grimmig, ihre Gestik abgehackt.

Sie war offensichtlich sehr erregt. Jonas kam hinter seinem Tresen hervorgeschossen.

»Jill, was ist – habt ihr jemand erwischt?«

Jill schüttelte den Kopf. »Es ist ein Rhino. Das Horn ist weg, und die besten Teile sind herausgeschnitten und abtransportiert worden.« Bitter setzte sie hinzu: »Vermutlich werden die jetzt geräuchert und an Spezialitätenrestaurants in Europa und Amerika verkauft.«

Jonas bleckte die Zähne. »Spuren?«

»Klar. Ein paar Patronen Kaliber 458. Aber die nützen uns nichts. Das sind Profis. Die sind längst über die nördliche Grenze abgehauen oder rüber nach Hluhluwe. Wir werden jetzt Wachen für jedes Nashorn abstellen. Auf die haben sie es hauptsächlich abgesehen. Bloß weil irgendwelche Potenzschwächlinge in Asien glauben, sie bräuchten nur pulverisiertes Nashorn-Horn zu essen, und schon klappt's!« Ihre Stimme vibrierte vor Empörung. »Wenn ich die Kerle in die Finger kriege, drehe ich ihnen persönlich das Genick um! Und jedes Mal sind 350000 Rand futsch! Sch…!« Sie schleuderte ihren Safarihut auf die Erde.

Jonas sah sie an. »Soweit es mich betrifft, kannst du die ganze Bande ins Jenseits befördern – die Wilderer und die Scheißkerle, die das Ganze am Laufen halten. Der Schaden, den die anrichten, vernichtet unsere Jobs und stößt ganze Familien an den Rand des wirtschaftlichen Abgrunds.« Er zog an seinen kräftigen Fingern und ließ sie knacken.

»Was ist los, Honey?« Nils kam aus seinem Arbeitszimmer, wo er Fotos auf dem Computer bearbeitet hatte. Er hob ihren Hut auf, staubte ihn ab und tat sein Bestes, ihn wieder in Form zu drücken.

»Wilderer, verdammt noch mal!«, tobte Jill. »Schon wieder ein Nashorn! Weißt du, dass allein dieses Jahr schon zwei Nashörner bei uns und vier in Hluhluwe gewildert worden sind? Und letztes Jahr wurden in unserem Land sage und schreibe einhundertzwanzig Rhinos wegen ihres Horns getötet. Nein, sogar einhundertzweiundzwanzig Tiere! Und Nkosi Dlamini schätzt, dass sich die Zahl dieses Jahr verdreifachen wird. Das hieße, an jedem Tag des Jahres ein geschlachtetes Nashorn.«

Ihr standen die Tränen in den Augen. Sie rieb sich mit dem Handrücken übers Gesicht und hinterließ dabei eine Schmutzspur quer über ihre Nase. Nils wischte sie ihr mit einem Taschentuch zärtlich weg und küsste sie auf den Mund. Es drehte ihm das Herz um zu sehen, wie verzweifelt sie war. Auch ihm war klar, dass der finanzielle Verlust eines Rhinos immens war.

Jill schniefte. »Ach, ich bin okay, es macht mich nur so unglaublich wütend ... Ich werde jetzt den ganzen verdammten Zaun abfahren, bis ich das Loch gefunden habe, wo diese Mistkerle durchgekommen sind, damit wir es schleunigst reparieren können ...« Sie klang resigniert, und ihre Haltung unterstrich das noch.

»Schick deine Leute, dafür bezahlst du sie«, sagte Nils.

Jill schüttelte den Kopf, allerdings ohne ihn dabei anzusehen. »Ich gehe. Ich kann doch meine Ranger nicht in diese höchst gefährlichen Situationen schicken, während ich sicher zu Hause sitze! Das bringe ich einfach nicht fertig.« Sie hob den Blick. »Außerdem haben wir jetzt eine professionelle Schutzpatrouille, so wie du es verlangt hast.«

Das stimmte. Die Männer überwachten das gesamte Areal des Reservats Tag und Nacht. Seither musste zumindest Jill nur noch selten nachts auf der Jagd nach diesen Kerlen den Busch durchstreifen. So wie heute. »Na gut. Aber ich komme mit ...«

»Nein«, fiel sie ihm heftig ins Wort. »Ich gehe allein.«

»Darling, lass uns jetzt nicht schon wieder über dieses Thema streiten. Das wird langsam zu einem Stolperstein zwischen uns. Wenn sich Wilderer auf *Inqaba* herumtreiben, schwer bewaffnete Wilderer, habe ich nicht vor, dich diese Fahrt allein machen zu lassen. Außerdem sitzt mir der Schreck von Kiras Verschwinden noch in den Knochen. Und bevor wir es nicht geschafft haben, unserer Kleinen das Geheimnis um den Idioten, der ihren Gockel in den Suppentopf stecken wollte, zu entlocken, treibt sich dieser Idiot wohl irgendwo auf *Inqaba* herum und spielt mit seinem Leben und setzt deines auch aufs Spiel.« Er nahm ihr Gesicht zwischen die Hände. »Denk an die Kinder … und an mich. Ohne dich kann ich nicht leben. Ich habe einfach furchtbare Angst um dich …«

Statt sich wortreich zu wehren, erstaunte sie ihn damit, dass sie ihn küsste, sich an ihn presste und »Danke« flüsterte. Er umschlang sie, atmete ihren vertrauten Geruch ein und wünschte sich, dass sie mehr Zeit füreinander und für die Kinder hätten, einfach einmal Zeit, nichts zu tun, nur zusammen zu sein, zu reden. Sich zu lieben. Ganz langsam, voller Genuss. Aber immer war die Zeit zu knapp, immer wieder kam der Alltag dazwischen. Er nahm sich vor, irgendwie einen Tag pro Monat herauszuboxen, der nur ihnen und den Kindern gehören würde.

Er hielt sie ganz fest, und für diesen wunderbaren Augenblick gab es nur sie beide, bis sich Jonas diskret räusperte. Mit leicht verlegener Miene wand sich Jill aus der Umarmung.

Im ersten Moment reagierte Nils unwirsch, sah aber ein, dass es nach einem Wildererüberfall für die Eigentümerin von *Inqaba* einiges zu tun gab. Schnell küsste er sie noch einmal. »Ich muss nur abspeichern und den Computer runterfahren. Bin gleich wieder zurück.« Mit ausgreifenden Schritten strebte er seinem Büro zu.

Mit beiden Händen lockerte Jill ihre verschwitzten Haare auf. Sie hatte das unangenehme Gefühl, von Kopf bis Fuß mit Schweiß und Schmutz verklebt zu sein. »Jonas, ruf bitte die Parkverwaltung von Hluhluwe an, und erkläre ihnen, was passiert ist. Lass dich gleich zu Nkosi Dlamini durchstellen. Das ist Chefsache. Und verständige unsere Wilderer-Schutzpatrouille über Funk, dass sie besonders aufmerksam sein sollen. Vielleicht müssen wir ihre Anzahl erhöhen. Sind Marina Muro und der Regisseur eigentlich inzwischen angekommen?«

Jonas hatte bereits bei ihren ersten Worten sein Mobiltelefon hervorgezogen und eine Kurzwahltaste gedrückt. Bei ihrer Frage verdrehte er die Augen. »Sind sie. Beide sind jetzt in ihrem Bungalow, aber sie haben bereits nach dir verlangt. Nachdrücklich.« Er grinste vielsagend.

Trotz allem musste Jill lächeln. Jonas' Mienenspiel war aufschlussreich. »Gut, schick ihnen eine Flasche Champagner in den Bungalow zusammen mit Blumen und den Komplimenten des Hauses – du weißt schon, das ganze Pipapo. Erzähl ihnen irgendetwas, weswegen ich sie noch nicht begrüßt habe, bloß nicht die Wahrheit.«

Sie zog ihre Bluse aus den Shorts, wedelte sie hin und her und schnupperte dabei.

»Herrje, ich muss erst duschen – gegen mich hat ein Stinktier eine delikate Duftnote. Sag Nils Bescheid, Jonas. Ich bin in zehn Minuten zurück.«

Nach wenigen Schritten drehte sie sich noch einmal um.

»Ach, übrigens, das Geräusch, das Frau Carvalho und der Kameramann nachts gehört haben, dieses Gurgeln – ich habe es dir doch erzählt –, wir wissen noch nicht, was es war. Das Röcheln des Rhinos vielleicht, als ihm die Kerle ihr Messer in die Halsschlagader rammten, nachdem sie ihm eine Kugel in die Seite gejagt haben. Das kannst du auch Frau Carvalho so erklären … Das heißt, lass das mit dem Messer lieber weg …« Sie zögerte kurz. »Ach, am besten sag gar nichts«, setzte sie dann mit einem schiefen Grinsen hinzu. »Vielleicht fragt sie ja nicht wieder.«

Schweigend ließ sie ihren Blick über den Busch schweifen und seufzte tief auf.

»Drück die Daumen, dass es tatsächlich so abgelaufen ist und dass es nicht ein Mensch war. Einer von diesen Namenlosen, die sich von der Grenze nach Durban oder Jozi durchschlagen wollen, um dann … Na ja, du weißt schon … Die Illegalen ergießen sich ja wie ein Ameisenstrom aus unseren Nachbarstaaten in unser Land.«

Jonas nickte mit grimmigem Gesicht. »Die glauben immer noch, dass in Johannesburg das Gold auf der Straße liegt.«

»Vielleicht sollten wir unsere nördliche Grenze verstärken. Doppelter Zaun oder so.« Bevor sie zum Haus eilte, wobei sie flach atmete, um sich nicht selber riechen zu müssen, rief sie noch: »Denk mal darüber nach!«

Dirk lehnte schon mit verschränkten Armen – Baseballkappe tief ins Gesicht gezogen – am Auto, als Anita auf dem Parkplatz auftauchte. Sie sah sich nach Andy Kaminski um, konnte ihn aber nicht entdecken. Irgendwie freute sie das. Obwohl sie lange über diese Regung nachgrübelte, kam sie dem Gefühl nicht auf den Grund und gab schließlich auf. »Sind wir heute nur zu zweit?«, fragte sie stattdessen.

Dirk schnaubte. »Alkohol ist hier entweder potenter, oder Andy hat irgendwo einen geheimen Vorrat, von dem ich nichts weiß. So stockbetrunken war er lange nicht mehr, und er ist immer noch voll bis an den Rand. Ich hab ihm Hausarrest erteilt und in der Bar Bescheid gesagt, dass jeder, der ihm Alkohol serviert, mit dem Leben spielt.«

Sie legte den Kopf schräg. »Er ist doch dein Assistent, oder? Nicht dein Leibeigener. Außerdem ist er erwachsen.«

»Ich bezahle ihn«, raunzte Dirk und stieg ins Auto.

Anita entschied, dass sie Andys durchaus tadelnswerte Entsorgung seines Frühstücks in Richtung Affen für sich behalten würde. Schweigend kletterte sie auf den Beifahrersitz. Die Klimaanlage arbeitete bereits auf Hochtouren, und es war angenehm kühl im Inneren. »Hoffentlich ist Maurice heute zu Hause. Ich will ihm diesen Stick wiedergeben. Findest du den Weg zu seiner Farm?«

Dirk zog ironisch die Augenbrauen hoch, antwortete aber nicht. Viel schneller, als sie erwartet hatte, bremste er vor dem Haus von Maurice. Sie stieg aus und nahm ihre Umhängetasche vom Rücksitz, in der sie alles herumschleppte, angefangen von der Geldbörse über Sonnencreme, Mückenspray, Fotoapparat und Make-up bis hin zu Traubenzuckerbonbons. Die Sonnenstrahlen fühlten sich an, als hätte ein Brenneisen ihre Haut berührt, und als sie mit den Fingerspitzen darüberfuhr, spürte sie tatsächlich kleine Blasen. Sie stülpte sich ihren Sonnenhut auf, schob die Sonnenbrille auf die Nase und wandte sich zum Gehen.

Dirk schloss den Wagen ab. »Wenn es dir recht ist, komme ich mit. Ich möchte mir das Haus und die Umgebung etwas näher ansehen. Vielleicht treffen wir ja den Eigentümer. Ich glaube nicht, dass es diesem Maurice gehört.«

»Warum? Weil er farbig ist?«, platzte es in aufsässigem Ton aus Anita heraus. Seine Art, mit Andy umzugehen, hatte sie geärgert.

Er schnaubte verächtlich, was ihr deutlich zeigte, dass er ihre Frage keiner Antwort für würdig hielt. Anita spürte, dass ihr das Blut heiß in den Kopf stieg, und sie wusste, dass sie knallrot geworden war.

»Entschuldigung, ich wollte dir nichts unterstellen«, murmelte sie und versteckte sich unter der Krempe ihres Sonnenhutes.

»Akzeptiert«, antwortete er mit einem winzigen Lächeln in den Mundwinkeln.

Seite an Seite gingen sie den Weg hinauf zum Haus. Dieses Mal stand die Eingangstür offen. Anita streckte den Kopf hinein. Es roch feucht. Das Haus besaß offenbar keine Klimaanlage. Sie klopfte fest gegen die Tür. »Hallo, ist jemand da? Hallo!« Erst als sie noch einmal laut rief und gerade überlegte, ob sie pfeifen sollte, erschallte das wütende Gebell mehrerer Hunde aus der Tiefe des Gartens hinter dem Haus.

»Thula, ruhig!«, schrie jemand mit befehlsgewohnter Stimme.

Die Hunde jaulten, der Mann brüllte, die Tiere verstummten. Kurz darauf kam ein athletisch gebauter, braun gebrannter Typ um die vierzig in Jeans mit nacktem Oberkörper und verspiegelter Sonnenbrille auf der Nase vom hinteren Teil des Grundstücks um die Hausecke. Die Spiegelaugen richteten sich auf die Neuankömmlinge. Der Mund lächelte nicht.

»Was wollen Sie?«

»Ist Maurice da?« Anita sah sich bei dieser unfreundlichen Begrüßung nicht veranlasst, irgendwelche Regeln der Höflichkeit zu beachten.

Wortlos zog der Mann ein Mobiltelefon aus der Gesäßtasche und wählte. »Maurice?«, raunzte er. »Beweg deinen Hintern hierher. Jemand will dich sprechen … Er kommt.« Damit ließ er die beiden stehen und verschwand wieder hinter dem Haus.

»Was für ein Arschloch«, murmelte Dirk. »Auch wenn er aussieht wie ein Model für Unterwäsche von Calvin Klein.«

»Macho-Blödmann«, kommentierte Anita. Die gereizte Verachtung in dem Ton des Mannes ließ sie über dessen Verhältnis zu Maurice spekulieren. Wer war Boss, wer Untergebener?

Keine Minute später erschien Maurice im Laufschritt. Seine Miene war abwehrend, als erwartete er einen Schlag ins Gesicht. Als er Anita und Dirk sah, änderte sich sofort seine gesamte Körpersprache. »Das ist ja eine wunderbare Überraschung«, rief er überschwänglich und mit mehr als deutlicher Erleichterung. »Entschuldigt, dass meine Köter gebellt haben, aber sie sind schließlich Wachhunde.«

Anita lächelte gnädig. »Die haben uns ja nichts getan. Was für Hunde sind es denn?«

»Bulldoggen, scharf wie Fleischermesser.« Maurice war sichtlich stolz auf seine Meute.

»Und wer war dieser unfreundliche Mensch, der dich angerufen hat?«, fragte Anita. Ihr fiel auf, dass Maurice so dünn war, dass man auf seinen Rippen hätte Klavier spielen können, und außerdem wirkte er trotz seiner Erleichterung nervös, irgendwie fahrig.

Maurice strich sich mit beiden Händen über das schwarze Haar. Es gab ein kratziges Geräusch. »Ach, das war Riaan. Mein Bruder.«

»Ist der immer so bissig?« Warum sein Bruder weiß und er farbig war, fragte sie natürlich nicht, obwohl sie es gern gewusst hätte.

Maurice grinste. »Keine Angst, Ausländer frisst er grundsätzlich nicht.« Er kicherte über den eigenen Scherz.

»Na, welch ein Glück«, sagte Anita und hielt ihm den USB-Stick entgegen. »Ich glaube, das gehört dir, nicht wahr? Du musst ihn verloren haben, als du meine Koffer in den Bungalow gebracht hast.«

Maurice nahm ihn, drehte ihn und sah sie erfreut an. »Yep, das ist meiner. Ich hatte schon angenommen, dass ihn mir jemand geklaut hat. Wie nett, dass du extra hergekommen bist. Kommt doch auf die Veranda. Es ist heiß, und ihr könntet doch sicher einen Kaffee oder etwas Kaltes vertragen.«

Anita reagierte nicht. Wie vom Blitz getroffen stand sie da. Reflexartig packte sie Dirks Hand und presste sie so fest, dass es ihr selbst wehtat. Ein Röcheln drang aus ihrer Kehle.

Besorgt musterte Dirk sie. »Was ist los? Ist dir nicht gut? Möchtest du dich hinsetzen? Ist es die Hitze?« Er wollte sie auf die Veranda zu einem der Stühle ziehen, aber sie widersetzte sich.

»Da steht meine Mutter«, krächzte sie schließlich mit Mühe. Sie zitterte wie ein verängstigtes Tier.

Überrascht sah er auf sie herunter. »Ich dachte, du hast gesagt, dass sie nicht mehr lebt.« Behutsam befreite er seine Hand und legte ihr den Arm um die Schulter. Sie wehrte sich nicht. »Wer immer dir erschienen ist, kann nicht deine Mutter sein, es sei denn, es gibt doch Geister«, sagte er scherzhaft.

Aber sie antwortete nicht, sondern hielt die Augen starr auf den Hauseingang gerichtet. In seinem Schatten stand eine Frauengestalt. So groß wie Anita etwa, gute Figur, kräftig, sonnengebräunt. Das Gesicht konnte man nicht erkennen. Sie trug weite, helle Leinenhosen mit Gürtel, das ärmellose Top war in die Hose gesteckt.

Dirk lachte leise. »Ach komm schon, Anita, krieg dich wieder ein, du kannst doch selbst sehen, dass das kein Geist ist«, murmelte er. »Es hat Kopf, Arme und Beine, und es kommt auf uns zu. Es ist ein Mensch. Eine Frau …« Dicht an ihrem Ohr flüsterte er: »Komm zu dir.«

Wortlos machte Anita sich von ihm los und tat einen zögernden Schritt vor, blieb aber wieder stehen. »Mama«, hauchte sie tonlos. »Mama?«

Als hätte die Frau sie verstanden, trat sie jetzt aus dem Schatten in die Sonne. Ihr Gesicht war nun gut zu erkennen. Klar gezeichnete Züge, volle Lippen, hellblaue Augen in einem Kranz von tiefen Falten, blondes Haar mit silbrigen Strähnen. Ein nordischer Typ, aber nicht mehr jung. Anfang bis Mitte fünfzig vielleicht. Sie wirkte auf den ersten Blick sympathisch.

Mit einem zögernden Lächeln kam die Frau auf Anita zu. »Hallo … guten Tag … ?« Ihr Ton hob sich zu einer Frage.

»Mum«, rief Maurice dazwischen. »Das ist Anita. Ich habe dir von ihr erzählt. Die, die ich mit dem Gepäckwagen angefahren habe. Und nun hat sie mir netterweise meinen USB-Stick zurückgebracht, den ich auf *Inqaba* verloren hatte.«

»Oh, das ist aber freundlich von Ihnen.« Die Frau streckte Anita die Hand hin. »Möchten Sie hereinkommen und etwas Kühles trinken? In dieser Hitze hat man ja das Gefühl, völlig auszutrocknen.« Sie begleitete ihre einladende Geste mit einem Lächeln. »Hier entlang. Wir sollten uns auf die Veranda setzen. Die ist herrlich schattig.«

Anita öffnete den Mund, aber ihre Stimme wollte ihr nicht

gehorchen. Sie schloss die Augen und atmete tief durch, dann sah sie der Frau fest in die Augen. »Cordelia?«, sagte sie laut. Nur dieses eine Wort.

Die Hand der Frau blieb bewegungslos in der Luft stehen, ihr Willkommenslächeln fror ein. Dann schüttelte sie leicht den Kopf, als hätte sie sich verhört. »Ich heiße Lia, Cordelia hat mich seit Jahrzehnten niemand mehr genannt. Ich schätze diesen Namen nicht. Kennen wir uns?«

Erneut durchlief Anita ein Zittern, ihre Zähne schlugen aufeinander. Dirk legte ihr wieder fürsorglich den Arm um die Schultern.

Die Frau war eine attraktive Erscheinung. Sie trug keinen Ehering, nur eine einfache Uhr, sonst keinen Schmuck. Verfärbungen an ihren unlackierten Fingernägeln und Händen zeugten von der Arbeit im Garten.

»Was zum Henker geht hier vor?«, flüsterte er Anita zu. »Du kannst unmöglich Angst vor dieser Frau haben. Die ist doch völlig harmlos. Und deine Mutter ist sie mit Sicherheit nicht.«

Anita antwortete nicht. Ihre Muskeln spannten sich zu harten Stricken. »Mein Name«, wisperte sie auf Deutsch, »mein Name ist Anita Carvalho.«

Der Kopf der Frau schnellte hoch. Das Lächeln erlosch schlagartig. »Wie bitte?«, sagte sie auf Englisch.

»Anita Carvalho«, wiederholte Anita mit etwas kräftigerer Stimme und wand sich aus Dirks Umarmung. »Anita Carvalho.«

Mit eingefrorener Miene starrte die Frau, die Anita mit Cordelia angesprochen hatte, ihr Gegenüber an. Niemand sagte etwas. Die Zeit dehnte sich zu einer Ewigkeit. Schließlich schüttelte die Frau mit misstrauisch zusammengezogenen Brauen den Kopf. Sie ließ die Augen wieder über die Besucherin gleiten, schüttelte abermals den Kopf, dieses Mal energisch, als wäre sie zu einer Entscheidung gekommen, und wandte sich wortlos ab, um ins Haus zu gehen. Aber ihr Sohn hielt sie zurück.

»Mum?« Maurice war näher gekommen und schaute ebenso verwirrt drein wie Dirk. »Was ist los? Carvalho … Seid ihr etwa verwandt? Anita?«

Die Frau, die Cordelia hieß, sich aber Lia nannte, blieb stehen und drehte sich wieder um. »Hör auf, Maurice. Das geht dich nichts an.« Um ihren Mund lag ein harter Zug, ihr Blick war von tiefer Feindseligkeit geprägt. »Gehen Sie«, forderte sie Anita auf.

Aber Anita rührte sich nicht, sie zitterte auch nicht mehr. »Meine Mutter hieß Anna-Dora und mein Vater Rafael Carvalho«, sagte sie laut und klar. »Er kam aus Brasilien, meine Mutter aus Norddeutschland … Sie hatten eine Farm in Zululand.« Wieder hatte sie deutsch gesprochen.

Die Frau im Eingang stand ganz still. Anita fing ihren flackernden Blick ein, hielt ihn fest und streckte ihr ganz langsam die rechte Hand hin. Aber die Frau bewegte keinen Muskel. Wie eine Statue stand sie da und gab nicht einmal zu erkennen, ob sie die Hand überhaupt bemerkt hatte.

Anita ließ ihre Hand herunterfallen und holte tief Luft. Sie musste es laut sagen, es würde sie sonst ersticken. »Ich glaube, du bist meine Schwester. Meine Schwester Cordelia.«

Der Satz platzte wie eine Bombe in die atemlose Stille zwischen ihnen. Die Frau versteifte sich, und auf ihrem Gesicht spielte sich ein wilder Kampf ab. Wie ein Gewitterleuchten wechselte ihre Miene zwischen Verwirrung, tiefer Erschrockenheit und unübersehbar Angst. Aber noch immer schwieg sie.

Maurice hatte während des Pingpong-Wortwechsels den Kopf von einer zur anderen gewendet. Bei Anitas Worten blieb ihm der Mund offen stehen. Offenbar verstand er die deutsche Sprache. »Heiliger Strohsack«, brach es aus ihm heraus. Völlig überrumpelt musterte er seine Mutter, aber die zeigte noch immer keine Reaktion. Er packte sie am Arm und schüttelte sie. »Mum! Shit, was geht hier ab? Sag's mir!«

Maurice' Mutter antwortete nicht, ja, es schien, als hätte sie weder das verstanden, was Anita gesagt hatte, noch die Frage ihres Sohnes. Ihre Augen irrten umher, ohne einen festen Punkt zu finden, ihr Gesichtsausdruck war dumpf, als hätte sie jemand geschlagen, ohne Unterlass schwang sie verneinend den Kopf hin und her. »Es kann nicht sein, ich habe keine Schwester«, murmelte sie monoton, immer und immer wieder. Auf Deutsch. »Ich habe keine Schwester!«

Plötzlich machte sie einen Schritt auf Anita zu, bis sie ganz dicht vor ihr stand.

»Verstehen Sie?«, schrie sie. »Ich habe keine Schwester, und ich habe keine Eltern in Deutschland!«

Anita wich zurück, als wäre sie gestoßen worden. Betroffen von dem glühenden Hass im Gesicht der Frau, ließ sie die Augen zur Seite gleiten. Sie fielen auf ein verwittertes, vergrautes Holzschild, das von der Straße aus nicht zu sehen gewesen war. Die Inschrift war abgeblättert, und nur noch einzelne Buchstaben waren auszumachen. Dankbar, Ablenkung gefunden zu haben, sah sie genauer hin.

»T, nichts, nichts, B, nichts, K, nichts, nichts«, buchstabierte sie lautlos und zuckte die Achseln, weil es keinen Sinn ergab.

Auf einmal stand sie stockstill da, leicht nach vorn geneigt, wie ein zum Sprung ansetzendes Tier. Unwiderstehlich angezogen, ging sie näher an das Schild heran, bis sie die Schatten der abgeblätterten Buchstaben erkennen konnte, die sich vor ihr zu einem Wort vereinten. Ihr Mund wurde trocken, ihr Herz hämmerte, als sie das Wort aussprach.

»Timbuktu«, flüsterte sie und wurde kreidebleich.

9

Timbuktu!

Maurice fuhr herum. »*Timbuktu* – ja, das war früher der Name unserer Farm. Heute nennt man sie einfach Lias Farm.« Angespannt fixierte er sie. »Anita, erklär mir jetzt endlich, was hier vorgeht. Meine Mutter hat keine Geschwister. Das wüsste ich doch. Sie hat außer mir überhaupt keine Familie. Was willst du also hier abziehen? Wenn du es auf die Farm abgesehen hast, lass dir gesagt sein, dass die mir gehört! Mit Brief und Siegel und rechtmäßig eingetragen. Da ist nichts zu holen.« Sein Ton war auf einmal hart und unfreundlich, seine Miene abweisend.

Statt eine Antwort zu geben, öffnete Anita mit fliegenden Händen ihre Umhängetasche, zog die aufgeklebte Geburtsurkunde heraus, entfaltete sie und hielt sie erst Maurice hin, dann Cordelia.

Es war eine offizielle Geburtsurkunde der Bundesrepublik Deutschland, die besagte, dass Anna-Dora und Rafael Carvalho ein Kind weiblichen Geschlechts mit Namen Cordelia Mbali hatten. In höchster Spannung wartete sie auf eine Reaktion.

Maurice begriff offenbar sofort, was er vor sich hatte. Er starrte das Dokument an, als wäre es eine Giftschlange. Cordelia streifte es nur mit einem flüchtigen Blick und wandte sich dann ab, um die Terrasse zu verlassen. Erst nach einigen Schritten schien sie in sich aufzunehmen, was sie gelesen hatte, denn sie wirbelte herum und sah noch einmal hin. Dieses Mal genauer. Schlagartig wich alle Farbe aus ihrem Gesicht. Ihre bläulich angelaufenen Lippen formten lautlos den Titel des Dokuments.

Geburtsurkunde. Mit allen Anzeichen von Panik glitten ihre Augen schließlich zu dem Namen, der dort eingetragen war. Ihrem eigenen Namen. Sie schwankte.

Maurice machte einen Satz, um seine Mutter aufzufangen, aber er kam zu spät. Sie fiel auf dem Treppenabsatz in sich zusammen, schlang die Arme fest um die angewinkelten Knie und verbarg ihr Gesicht, kroch in sich hinein wie in ein Schneckenhaus, wiegte sich tonlos hin und her.

Anita wusste nicht, wie sie sich verhalten sollte. Ihr erster Impuls war gewesen, Cordelia in den Arm zu nehmen, aber angesichts deren krasser Körpersprache ging sie auf Abstand. So stand sie mit hängenden Armen da und scharrte verlegen mit den Fußspitzen.

»Es tut mir leid«, flüsterte sie, obwohl es eigentlich nicht das war, was sie sagen wollte, aber es war ihr einfach unmöglich, ihre widerstreitenden Gefühle, die zwischen Freude, Angst vor Zurückweisung und auch Angst vor zu viel Nähe schwankten, unter Kontrolle zu bekommen. Hilflos stand sie da und schwieg.

Dirk Konrad zupfte Maurice am Ärmel seines T-Shirts. »Komm, wir sind hier überflüssig. Die beiden müssen einen Moment ungestört sein.«

Maurice sträubte sich, stotterte, dass seine Mutter ihn brauche, man könne doch sehen, wie geschockt sie sei, und dass er sie doch jetzt unmöglich allein lassen könne.

Dirk zog ihn resolut mit sich. »Doch, das kannst du, du musst es.«

Mit festem Griff führte der Cordelias Sohn hinüber in den Schatten des mächtigen alten Mangobaums, der seine ausladenden Zweige über die Auffahrt ausbreitete. »Wir warten jetzt hier, bis die beiden Frauen sich aussortiert haben. Da hat sich sicher im Laufe der Jahrzehnte viel Müll angesammelt. Schließlich bekommt man nicht jeden Tag eine brandneue Schwester präsentiert. Obwohl ich glaube …« Er schaute zu den beiden Frauen hinüber. »Ich glaube, da steckt noch mehr dahinter …«, murmelte er in sich hinein.

Verloren stand Maurice herum, schlenkerte mit den Armen, bückte sich dann und hob eine goldgelbe Mango auf, die heruntergefallen war, roch daran, warf sie weg und verlegte sich dann darauf, mit gesenktem Kopf hin und her zu laufen. Wie der sprichwörtliche Tiger im Käfig. Drei Schritte nach links, drei Schritte nach rechts. Seine Schuhe knirschten auf der ausgetrockneten, roten Erde. Die Sonne brannte. Eine Taube gurrte.

Dirk, der entspannt mit den Händen in den Taschen seiner Cargoshorts am Baumstamm lehnte und von einem eiskalten Bier träumte, sah ihm eine Weile zu. Mit wachsender Irritation.

»Herrje, Maurice, beruhige dich«, rief er endlich. »Deine Mutter wird schon mit dem Leben davonkommen. Du hast das Dokument gesehen. Akzeptier einfach, dass es so ist, wie Anita es sagt. Sie und deine Mutter sind Schwestern. Punkt, aus. Setz dich irgendwohin! Du machst mich kribbelig.«

Maurice sah ihn verwirrt an, blieb aber stehen und schaute sich unschlüssig nach einer Sitzgelegenheit um. Er fand einen kniehohen Felsen, der zwischen wulstigen Wurzeln aus dem Boden ragte, setzte sich und zog seine Schuhe aus. Tief in Gedanken begann er, mit seinen Zehen Kringel in den Sand zu malen. Die Blätter des Baumes bewegten sich kaum, der süßliche Duft überreifer Mangos erfüllte die Luft. Die Hitze lag wie eine Decke auf dem Land und dämpfte sogar das Schrillen des Zikadenchors. Irgendwo schwirrte das schläfrige Kichern zweier Vögel. Die Taube war verstummt.

Lethargie senkte sich auf Dirk. Er gähnte, und die Vision eines eisgekühlten Biers stand in Überlebensgröße vor ihm. Gerade als er sich vorstellte, wie der Schaum am kalten Glas herunterrutschte, erschütterte ein stoßartig kurzes, tiefes Röhren die Erde, sodass alle Lebewesen wie abgeschnitten verstummten. Das Abbild des schäumenden Biers vor Dirks innerem Auge brach abrupt in sich zusammen.

»Was war denn das?«, brüllte er.

Maurice sah nicht hoch und wedelte abwesend mit der Hand. »Ach, einer meiner Löwen.« Mehr Auskunft gab er nicht, stattdessen konzentrierte er sich auf die Armada großer roter Ameisen, die jetzt vor ihm aufmarschierte. Er zog seine Füße an und stocherte trotzig schweigend mit einem Stock zwischen den aufgeregt umherwimmelnden Insekten.

Dirk sah ihm ungläubig zu. »Du hast Löwen als Haustiere?« Unwillkürlich vergewisserte er sich, dass hinter ihm keine der großen Raubkatzen herumschlich. »Ein bisschen sehr speziell, nicht? Laufen die frei im Haus herum?« Er zog eine sarkastische Grimasse, um zu zeigen, dass er das natürlich als Scherz gemeint habe, und ließ sich wieder gegen den Baumstamm fallen.

»Ach was, das tun nur ein oder zwei, die ich selbst aufgezogen habe«, war Maurice' erstaunliche Antwort. »Eigentlich sind es keine Haustiere. Ich züchte sie zum Verkauf an Zoos und Wildtierfarmen.«

Der Reporter in Dirk wurde hellwach. Im Geist machte er sich eine Notiz, dass er bei diesem Thema noch einmal nachhaken musste. Über Löwenzuchten hatte er schon irgendwo etwas gelesen, aber alles, was ihm davon im Gedächtnis geblieben war, war das Gefühl von Empörung, das er bei der Lektüre gespürt hatte. Was ihn empört hatte, war ihm entfallen, aber er war sich sicher, dass es ihm bald wieder einfallen würde.

Er stieß sich vom Baumstamm ab. »Wann ist deine Mutter eigentlich nach Zululand gekommen?«

Überrascht hob Maurice den Kopf. »Sie ist hier geboren, hier auf ... *Timbuktu*. Damals gab es das neue Haus noch nicht. Meine Großeltern und Mama lebten in dem alten Farmhaus. Wir haben es inzwischen abgerissen ... Mama wollte es so, obwohl es eigentlich noch ganz in Ordnung war. Man hätte etwas draus machen können, aber ich glaube, das Haus hat sie an etwas oder an eine Zeit erinnert, an die sie nicht mehr erinnert werden wollte. Ich weiß noch genau, dass sie selbst mit angepackt hat, als es abgerissen wurde. Sie hat mit der Axt darauf eingeschlagen, als würde sie jemand umbringen wollen.«

Er zerquetschte eine Ameise, die sofort von ihren Artgenossen gepackt und weggezerrt wurde. Gesenkten Kopfes sprach er weiter.

»Gesagt hat sie nichts. Ich habe sie immer und immer wieder deswegen gelöchert, aber sie hat nie ein Wort darüber verloren.« Er drehte sich um und sah hinüber zu seiner Mutter. »Ist Anita wirklich ihre Schwester? Meine Tante?«

Der Kameramann hob die Schultern. »Keine Ahnung, aber es sieht so aus, oder? Die Geburtsurkunde ist offenbar echt. Würde dich das freuen?«

»Himmel, ja«, war die ebenso spontane wie überraschende Antwort. »Ich habe überhaupt keine Familie außer meiner Mutter … Deswegen hängen wir wohl auch so sehr aneinander.«

Tränen glitzerten in Maurice' Augenwinkeln, und er wirkte auf einmal viel jünger, als er war. Mehr wie ein Junge – ein Kind, das Kummer hatte und nicht mehr weiterwusste. Sehnsüchtig schaute er hinüber zu Anita. »Und ich mag Anita sehr. Ihre gradlinige Art, ihre Einfühlsamkeit … Es wäre schön, wenn sie zur Familie gehören würde.«

Aufmerksam beobachtete Dirk, wie Anita sich ebenfalls auf dem Treppenabsatz niederließ, behutsam eine Hand ausstreckte und die abweisende Schulter von Cordelia berührte. Diese schüttelte sie ab und verkroch sich noch tiefer in sich. Anita zuckte zurück. Ihr Pony fiel ihr über die Augen und verbarg ihr Gesicht.

Dirks Pulsschlag beschleunigte sich. Er spürte das Jagdfieber in seinen Adern, das ihn immer noch jedes Mal packte, wenn er einer guten Story auf der Spur war. Ihm wurde auf einmal klar, dass sich vor seinen Augen vermutlich die Fortsetzung von Anitas Buch *Timbuktu* abspielte. Von dem Film erwartete er sich einen großen Erfolg. Mit Flavio hatte er schon einen möglichen Folgefilm angedacht, und der Agent von Anita Carvalho hatte die Fortsetzung bereits in Aussicht gestellt. Zwar hatte er gemerkt, dass sie Probleme hatte, einen Anfang zu finden, aber das hatte sich ja wohl gerade geändert. Auch Anita würde das erkannt haben. Talent hatte sie, das war sicher.

Sowie er zurück auf *Inqaba* war, musste er mit Flavio sprechen, und mit Anita natürlich. Aber, so nahm er sich vor, da er den Regisseur sehr gut kannte, würde er wie ein Schießhund aufpassen müssen, dass Anita und Cordelia die Rechte an ihrer Geschichte behielten und dass Anita das Buch schreiben würde, nicht irgendein Drehbuchschreiber. Das war er ihr schuldig.

Und das, schoss es ihm gleichzeitig durch den Kopf, würde bewirken, dass er und sie sich über einen längeren Zeitraum öfter sehen würden. Dafür würde er sorgen. Er erwischte sich bei einem Lächeln. Na sieh einer an, dachte er. Na sieh doch einer an! Nachdenklich beobachtete er Maurice, der hektisch damit beschäftigt war, seine Füße vor dem entschlossen angreifenden Ameisenheer zu retten.

»Weißt du eigentlich, was passiert ist?«, fragte er ihn. »Anscheinend hatte deine Mutter Ewigkeiten lang keinerlei Kontakt zu ihren Eltern – ich meine, sie wusste ja offensichtlich nichts von der Existenz Anitas. Das ist wohl eindeutig, und das heißt, seit mindestens drei Jahrzehnten hat sie weder mit ihrer Mutter noch mit ihrem Vater kommuniziert.«

Maurice zuckte hilflos die Achseln und zerdrückte abwesend eine weitere Ameise, ein großes Tier mit unangenehm aussehenden Kneifzangen. »Ich weiß es nicht. Mir hat sie gesagt, dass meine … Übersee-Großeltern bei einem Unfall ums Leben gekommen sind. Schon vor Jahrzehnten. Anfang der Siebzigerjahre, glaub ich. Mehr nicht. Und jetzt scheint es, dass beide

Großeltern noch gelebt haben, als ich in Deutschland war, und dass meine Großmutter erst vor Kurzem gestorben ist … Und Mama hat mir nie etwas von ihnen erzählt. Ich verstehe das nicht.«

Mit Tränen in den Augen schaute er hoch.

»Ich meine, das tut man doch. Man erzählt Anekdoten über Menschen, die es nicht mehr gibt, man beschreibt sie, wie sie aussahen, wie sie waren. Was sie mit ihrem Leben gemacht haben. Man kann doch Menschen wiederauferstehen lassen, wenn man über sie spricht, oder? Aber sie – sie hat sie totgeschwiegen, und ich habe keine Ahnung, warum.« Ihm rutschte die Stimme weg.

Die Ameisen schwärmten den Stock hinauf und sprangen ihm auf den Arm. Er schleuderte den Stock von sich, packte eines der Insekten, das sich im Unterarm festgebissen hatte, drehte es samt Kopf heraus und zerdrückte es. Die winzige Wunde blutete. Maurice presste seinen Daumen darauf.

Unvermittelt tat Dirk dieser Mann, für den seine bisherige Welt soeben unwiderruflich auseinandergefallen war, sehr leid. Schnell ließ er sein geübtes Reporterauge über ihn gleiten. Maurice wirkte fast zerbrechlich, das dunkle Karamellbraun seiner Haut hatte einen fahlen Unterton bekommen. Die ganze Sache musste ihn völlig aus der Fassung gebracht haben. Aber er schien der Schlüssel zu dieser Geschichte zu sein. Weiße Frau, brauner Sohn. Nach Maurice' Alter zu urteilen – er schätzte ihn auf Ende dreißig –, war er zur Zeit der schwärzesten Apartheid zur Welt gekommen und aufgewachsen. Was Dirk auf seinen früheren Besuchen in Südafrika erlebt hatte, ließ darauf schließen, dass Maurice' Kindheit und Jugendzeit die Hölle gewesen sein musste. Was mit Sicherheit auch für Cordelia Carvalho zutraf.

Er rieb sich mit dem Zeigefinger über die Lippen. Interessante Geschichte. Außerordentlich interessante Geschichte. Geradezu unwiderstehlich. »Wie alt bist du?«, fragte er betont sanft. »Bist du auch hier geboren?«

Maurice beförderte gerade die hundertste Ameise ins Jenseits. Er schüttelte den Kopf. »Nein, ich bin in Deutschland geboren, 1972.« Er machte eine Pause, versank wieder tief in Gedanken. »Gleich nach der Geburt bin ich von Deutschen adoptiert worden. Mein voller Name ist Maurice Beckmann. Beckmanns waren Freunde von meiner Mum in Deutschland, die keine Kinder bekommen konnten. Ich habe sie geliebt. Liebe sie noch heute. Es sind durch und durch gute Menschen.« Wieder eine lange Pause.

Dirk verhielt sich ruhig und ließ ihn reden. Das brachte nach seiner Erfahrung fast immer verborgene Dinge zum Vorschein, die es ihm dann ermöglichten, die richtigen Fragen zu stellen.

Maurice blickte auf den Boden. »Meine Mutter hat mir oft geschrieben«, murmelte er. »Und immer wenn sie genug Geld zusammenkratzen konnte, hat sie mich besucht. Dann hat sie mir von Afrika erzählt … Und sie beschrieb eine paradiesische Welt, voller Licht und Wärme …« Seine Miene wurde träumerisch. »Die Beckmanns wohnten in einem Mietshaus. Es war eine schöne, große Wohnung, aber wir hatten keinen Garten, nur einen Balkon mit Geranienkästen. In meiner Freizeit habe ich Fußball hinter dem Haus gespielt, und Mama erzählte von Jungs, die auf Surfbrettern die Brecher des Indischen Ozeans ritten oder nach Langusten tauchten und angelten. So ein Leben war unvorstellbar für mich.«

Er schwieg, grub mit den Zehen Furchen in die rote Erde.

»Allein das«, fuhr er fort, »Indischer Ozean – das klang nach Unendlichkeit, nach glitzerndem Licht … nach Freiheit.« Er seufzte. »Mum erzählte von Streifzügen durch die unberührte Wildnis und Begegnungen mit wilden Tieren, die ich nur aus dem Zoo kannte, und schließlich wusste ich nicht mehr, wohin und zu wem ich gehörte. Meine Adoptiveltern liebten mich so sehr, dass sie meiner Mutter sagten, sie solle mich zu sich nach Afrika nehmen. Ich glaube, meiner Beckmann-Mama hat es das Herz gebrochen, aber sie hat mich gehen lassen.« Er ließ den Kopf hängen und verstummte, ganz in seinen trübsinnigen Gedanken verfangen.

Die stockend vorgetragene Geschichte ging Dirk zunehmend unter die Haut. Eine Geschichte von großer Liebe und Verlust, und von einem Geheimnis. Warum hatte Cordelia ihren Sohn weggegeben, wenn sie sich so nach ihm sehnte? Warum lebte er in Deutschland und sie in Südafrika? Das war der Kern der Sache. Er würde sich vorsichtig daran herantasten müssen.

»Wann bist du ins Land gekommen? Vor allen Dingen, wie? Als … Farbiger wird das nicht leicht gewesen sein.«

Ein Lächeln blitzte auf Maurice' Gesicht auf, wie ein Sonnenstrahl zwischen dunklen Wolken. »Mum hat gewissen Leuten ziemlich viel Geld dafür gezahlt, dass sie mich über die Grenze schmuggelten, und als ich dann hier war, war ich offiziell ihr Hausboy und hätte wie die anderen im Khaya wohnen müssen – das ist das Zuluwort für Haus. Schwarze Hausangestellte bekamen in einem weißen Haushalt in den meisten Fällen einen kleinen Raum zugewiesen, eine Art Betonbox, die oft an die Garage angebaut war.«

Mit einem Stöckchen zeichnete er ein Viereck in den Sand.

»Hier«, sagte er und malte einen Halbkreis. »Eine primitive Toilette mit einer Dusche und einem Handwaschbecken, vom Schlafraum abgetrennt. Ein winziges Fenster unter der Decke. Das war's. Natürlich wurde mir offiziell eine dieser Betonboxen zugewiesen, aber meine Mutter …« Stolz vibrierte in seiner Stimme. »Meine Mutter hat Gefängnis riskiert, als ich bei ihr einzog.« Abermals legte er eine Pause ein, in der er sich damit beschäftigte, Ameisen zu zerdrücken.

Dirk zügelte seine Ungeduld und schwieg ebenfalls. Nach ein paar Minuten nahm Maurice seine Geschichte wieder auf.

»Nur wenn der Bantu-Polizeiinspektor kam, bin ich wie der Blitz in das Khaya gerannt und habe mich dort unter der Bettdecke versteckt. Der Kerl hatte einen sechsten Sinn. Er hat überall herumgeschnüffelt und auch die anderen Hausangestellten befragt. Aber die hatte Mum reichlich dafür bezahlt, dass sie das Maul hielten.« Er stieß ein freudloses Lachen aus. »Aber iPimpi gab's genug. Irgendjemand hat dem Inspektor etwas gesteckt, worauf der sogar die Bettlaken befühlte, um zu sehen, ob ich was mit der Hausherrin am Laufen hatte. Sex zwischen Weiß und Schwarz war so ziemlich das schlimmste Verbrechen unter der Apartheidregierung. Mum, die allein wohnte, war ihnen ohnehin suspekt, das kurbelte ihre schmutzige Fantasie an. Weiße Frau, farbiger Boy. Diese Schweine.« Er spuckte in den Sand.

Dirk schwieg. In seinem Kopf drehten sich die Bilder und zogen ihn immer tiefer in die Thematik. »Wenn wir uns also während der Apartheid begegnet wären, hätte ich dich Boy genannt und du mich Master?«

Maurice warf den Kopf zurück und lachte aus vollem Hals. »Yes, Master, Boss, Sir!« Kichernd schüttelte er den Kopf. »Oh yes, Master.«

»Kein Wunder, dass es hier geknallt hat«, murmelte Dirk. Stirnrunzelnd betrachtete er die beiden Schwestern. Aus dieser Entfernung war die Ähnlichkeit deutlicher, obwohl Anita goldbraunes Haar hatte und Cordelia blondes. Der Gesichtsschnitt war gleich, ihr Körperbau und auch ihre Gestik ähnelte sich. Und sie besaßen die gleiche melodiöse, weiche Altstimme. Die Frage, ob Anita die ganze Zeit über nur das Ziel gehabt hatte, ihre Schwester zu finden, interessierte ihn mehr als alles andere. Während der kurzen Zeit, die er sie kannte, war er nie auf die Idee gekommen, dass sie aus einem anderen Grund nach Südafrika gekommen war, als ein paar Tage auf dem Filmset zu verbringen. Wenn das nicht so war und sie eigentlich vorgehabt hatte, nach ihrer Schwester zu suchen, dann war sie sehr gut darin, ihre Emotionen zu verbergen. So weltfremd, wie sie manchmal wirkte, bewusst oder unbewusst, war sie offenbar doch nicht. Er wandte sich wieder zu Maurice um, der es aufgegeben hatte, Ameisen zu morden, und sich einen anderen Fels als Sitzplatz gesucht hatte.

»Und dein Vater … War er Südafrikaner?«

Das Lachen auf Maurice' Gesicht erlosch. Wieder zuckte er hilflos die Achseln. »Glaube ich schon. Ich habe ihn nie kennengelernt, und meine Mutter redet nicht über ihn … kein Wort. Wie bei ihren Eltern. Nicht eine Silbe.« Er hob einen Arm und betrachtete seine karamellfarbene Haut. »Ganz offensichtlich war er nicht weiß«, setzte er mit einem bitteren Grinsen hinzu. »Sonst ist mir wirklich nichts weiter über ihn bekannt.«

Die tiefe Traurigkeit, die in diesen Worten mitschwang, die Tränen, die Maurice über die Wangen rannen, berührten selbst Dirk, den ehemaligen Reporter, der an verschiedenen Kriegsschauplätzen unvorstellbare Grausamkeiten erlebt hatte und sich eigentlich für immun gegen derartige Gefühlsdarbietungen hielt.

»Armes Schwein«, murmelte er, allerdings so leise, dass Maurice es nicht verstehen konnte. Aus den Augenwinkeln nahm er wahr, wie Anita aufstand und ihrer Schwester auf die Beine half. Deren helle Leinenhosen waren mit rostroten Staubflecken verschmutzt. Anita bückte sich fürsorglich, um sie mit einer Hand abzuklopfen, und Cordelia wehrte sie nicht ab. Ihr Verhalten zueinander erschien harmonischer als zuvor. Keine abweisende Schulter, keine heftige Gestik, keine laute Auseinandersetzung. Allerdings wirkte Cordelia dabei etwas hölzern. Scheu, so als schreckte sie vor Berührungen zurück. Anitas Berührung? Völlig gefangen sah er zu. Sein Herzschlag wurde schneller. Nach einem kurzen, geflüsterten Wortwechsel kamen die Frauen auf sie zu.

Cordelia blieb vor Maurice stehen und wies mit der Hand auf Anita. »Maurice, das ist Anita … meine Schwester, wie es scheint.«

Hier machte sie eine winzige Pause. Eigentlich war es mehr ein Luftholen, bevor sie fortfuhr. »Anita, das ist mein Sohn, dein Neffe …« Ihre dunkle Stimme wurde heiser, wie verstopft. »Verdammt, gleich fange ich auch noch an zu heulen«, murmelte sie und schluckte krampfartig. Ihre Hände flatterten in einer Geste, die gleichzeitig hilflos und verlegen war.

Maurice starrte sie ein paar Sekunden perplex an, dann wurde sein Gesicht von einem breiten, glücklichen Grinsen überstrahlt. »Anita … Tante Anita!«, rief er. »Wie wunderbar!« Er warf die Arme um sie und drückte sie fest an sich. Ihm stürzten die Tränen aus den Augen. »Plötzlich habe ich eine Familie«, schluchzte er. »Es ist nicht zu fassen.«

Cordelia stand steif neben ihm, biss sich auf die Lippen, zog dann ein Taschentuch hervor und putzte sich die Nase. Auch das wirkte wie eine Verlegenheitsgeste. »Kommt doch bitte auf die Veranda«, sagte sie schließlich mit belegter Stimme. »Ich brauche jetzt einen Tee – oder vielleicht einen Cognac.« Sie sah hinunter auf ihre Fußspitzen und schüttelte dann den Kopf, als wäre sie in einen inneren Dialog verstrickt. »Eine richtige, lebendige Schwester – ich kann es immer noch kaum glauben«, murmelte sie und sah Anita an. »Aber du musst mich Lia nennen, den anderen Namen will ich nicht hören. Verstanden? Der gehört zur Vergangenheit, zu einer schrecklichen Zeit.«

»Lia«, sagte Anita und verschob die Frage, was so schrecklich an der Vergangenheit sei, dass sie ihren eigenen Namen nicht hören möge, auf später.

Maurice stand hemmungslos schluchzend neben ihr, und auch Dirk wirkte, als würde er von unerwarteten Gefühlen überschwemmt.

»Ich brauche einen Whisky, ein ganzes Becherglas voll«, verkündete Maurice. »Ich …«

»Du sollst deine Finger doch vom Alkohol lassen«, fiel ihm Cordelia ins Wort, streichelte ihm dabei aber die Wange. »Tee brauchen wir, frisch gebrühten Tee …« Sie wandte sich an Dirk. »Oder trinken Sie Kaffee?«

»Oje, entschuldige bitte, das hatte ich ganz vergessen«, rief Anita. Mit einer Handbewegung stellte sie ihn ihrer Schwester vor. »Das ist Dirk Konrad, Dirk, das ist meine … Schwester.« Sie stolperte über den Begriff und lachte. »Meine Güte, daran werde ich mich aber schnell gewöhnen müssen. Meine Schwester Lia!«

Darauf erklärte sie Cordelia kurz, dass sie über die Reise ihrer Eltern quer durch Afrika ein Buch geschrieben habe. »Timbuktu heißt es, und es wird gerade verfilmt. Dirk ist der Kameramann und sucht für die letzten Szenen noch eine Location. Ehrlich gesagt, waren wir gestern schon hier, aber wir haben euch nicht angetroffen. Dirk findet, dass euer Haus sich wunderbar dazu eignen würde … Kein Wunder, wir wissen jetzt ja, dass es tatsächlich das *Timbuktu* ist, von dem Mama und Papa immer erzählt haben …« Sie brach ab, als sie Cordelias verspannte Miene bemerkte. »Natürlich nur, wenn du nichts dagegen hast«, setzte sie hastig hinzu und hoffte, dass sie das zarte Gespinst der ersten Annäherung nicht zerstört hatte.

»Timbuktu«, murmelte Lia abwesend. »Darüber kann ich jetzt noch nicht nachdenken. Es ist einfach zu viel. Wir setzen uns jetzt auf unsere schöne, kühle Veranda und trinken Tee. Ich sage Cathy Bescheid, dass sie Scones backen soll. Du magst doch Scones?«

»Aber nur mit dick Marmelade und einem großen Klacks Schlagsahne«, antwortete Anita, die bemüht war, alles zu tun, damit die Stimmung nicht kippte. Sie lehnte sich hinüber zu Dirk. »Das ist ein kleines Gebäck mit Marmelade und Schlagsahne. Es ist ein Klassiker der englischen Teatime. Himmlisch lecker und Kalorien ohne Ende. Kennst du es? Es ist einfach himmlisch.«

Dirk nickte. Während Cordelia ins Haus ging, setzte er sich neben Anita in einen der tiefen, ziemlich ausgesessenen, rot gepolsterten Korbstühle auf der Veranda. Er streckte seine langen Beine aus und schien auf das zu warten, was noch passieren würde.

Anita allerdings hielt es nicht auf dem Stuhl aus. Aufgewühlt lief sie auf der Veranda herum und lenkte sich mit der Katze ab, die auf lautlosen Pfoten vom Dach heruntergehüpft war und jetzt schnurrend um ihre Beine strich. Während sie eine Hand in dem warmen Fell versenkte, das verzückte Vibrieren des schnurrenden Katzenkörpers unter den Fingerspitzen spürte, herrschte in ihrem Inneren Chaos. Summendes, kribbelndes Chaos. Als hätte sich das starke Fundament ihres Lebens auf einmal in Treibsand verwandelt. Nichts war mehr sicher, kein Punkt definiert. Wagte man, es zu betreten, würde man verschlungen.

Die Katze wand sich unter ihrer Hand heraus, machte einen Buckel, streckte sich, gähnte genüsslich und stolzierte dann, ohne sich nach ihr umzusehen, hinüber zu Dirk und sprang ihm auf den Schoß. Dort rollte sie sich ohne Federlesens zusammen und entschwand ins Katzentraumland.

Cathy – jung, hübsch, mahagonibraun, prächtige Zähne und Augen wie Kullerkirschen – deckte vor sich hin trällernd den Tisch und brachte die frisch gebackenen Scones auf einem mit Streublumen verzierten großen Porzellanteller, den Anita sofort erkannte. Ihre Mutter hatte genau den gleichen gehabt. 18. Jahrhundert, Meißen. Kostbar. Cathy bot ihr von den Scones an. Anita nahm ihr den Teller ab und schaute auf die Unterseite.

Die Marke mit den gekreuzten Schwertern, identisch mit der von dem Teller, der jetzt ihr gehörte. Ihrer war nie benutzt worden, hatte in der Vitrine gestanden, seit sie denken konnte. Es war ihr strikt verboten worden, ihn auch nur anzufassen. Wie kam ein solcher Teller hierher in die Hände des Hausmädchens? Er musste ihrer Mutter gehört haben, und dass sie ihn einfach nur vergessen hatte, konnte sie sich beim besten Willen nicht vorstellen. Nicht ihre Mutter. Es sei denn, ihre Abfahrt war überstürzt erfolgt. Was sofort zur nächsten Frage führte, warum sie ihre Farm und das Land überstürzt verlassen hatten. Es war zum Aus-der-Haut-Fahren!

Was war damals passiert, dass ihre Mutter ihren kostbaren Teller zurückgelassen hatte? Sie biss in das Küchlein. Es war warm und goldgelb, die Butter schon geschmolzen, die Erdbeermarmelade fruchtig, und die Sahne leckte an den Seiten herunter, schneeweiß und kalorienreich. Genau das, was sie jetzt nötig hatte. Aus den Augenwinkeln sah sie, dass ihre Schwester auf die Veranda zurückgekehrt war und offenbar die schnelle Musterung, der Anita den Teller unterzogen hatte, bemerkt hatte, denn ihre Miene war kühl, fast abweisend geworden.

»Unsere Mutter hatte ursprünglich zwei davon«, sagte Cordelia mit ausdrucksloser Stimme und schob ihre Sonnenbrille auf den Kopf. »Diesen hat sie wohl vergessen.«

Glaub ich nicht, dachte Anita und fuhr mit dem Finger über die Streublumen, die an einigen Stellen schon abgerieben und verblasst waren. Nicht meine Mutter. Jetzt war der Zeitpunkt gekommen, jetzt musste sie fragen. Jetzt würde sie vielleicht endlich erfahren, was damals geschehen war. Sie atmete durch.

»Wann hat sie ihn vergessen?« Ihre Stimme zitterte nicht. Darauf war sie stolz.

Statt eine Antwort zu geben, verschwand Cordelia wieder hinter der Sonnenbrille. Dann fasste sie sich mit einer Bewegung an die Stirn, die Anita mit leisem Frösteln als die erkannte, die ihre Mutter immer ausgeführt hatte, bevor sie einen Migräneanfall bekommen hatte.

»Bekommst du Migräne?«, brach es aus ihr heraus.

Überrascht ließ Cordelia die Hand sinken und nahm die Brille abermals ab. Ihre hellblauen Augen zeigten Verwirrung. »Woher weißt du das?«

Anita zuckte die Achseln. »Mama hat immer die gleiche Bewegung gemacht, wenn sich ein Anfall ankündigte.«

Cordelia schaute ihr für ein paar Sekunden ins Gesicht, ganz direkt, so als suchte sie etwas, dann glitt ihr Blick ab und verlief im Nichts. Ihre Miene war angespannt, und ihre Kiefermuskeln arbeiteten, als müsste sie etwas hinunterkauen.

Dirk lehnte sich vor, wollte offensichtlich die Antwort auf Anitas Frage nicht verpassen. Maurice spielte gesenkten Kopfes mit seiner Tasse. Niemand sprach. In diese tiefe, übervolle Stille klingelte ein Handy. Laut, misstönend, aufdringlich. Die ersten Takte von »Nkosi S'ikelele Africa«, der südafrikanischen Nationalhymne. Cordelia fuhr zusammen. Im ersten Moment schien sie desorientiert zu sein, dann langte sie jedoch in die Seitentasche ihrer Hosen und holte ihr Mobiltelefon hervor. Sie meldete sich mit einem kurzen »Ja?« und lauschte dann schweigend, was der Anrufer zu sagen hatte, worauf sie zuerst zunehmend ernster und besorgter wurde, dann jedoch auf eigenartige Art ruhiger. »Ich bin gleich da«, sagte sie, klappte das Telefon zu und stand auf. »Es tut mir sehr leid, aber einer unserer Arbeiter hat einen schweren Unfall gehabt. Ich muss zu ihm. Kannst du morgen wiederkommen? Dann können wir reden.« Ihre Stimme war nicht nur kühl, sondern merkwürdig abweisend, ohne die gewisse zaghafte Freundlichkeit, mit der sie Anita noch vor Minuten angesprochen hatte.

Sie ist froh über die Unterbrechung, dachte Anita. Irgendetwas war gerade zwischen ihnen vorgefallen, hatte ihr beginnendes Verhältnis verändert, und sie hatte keine Ahnung, was. War es ihre Frage gewesen, wann ihre Mutter den Teller vergessen hatte? Die Bemerkung wegen der Migräne? Frustriert biss sie sich auf die Lippen. Aber es blieb ihr keine Wahl, als zuzustimmen, sonst würde sie Cordelia noch weiter zurückstoßen.

Widerstrebend nickte sie. »Nach dem Frühstück, um neun?«

»Perfekt«, sagte Cordelia. »Ich muss jetzt los – bis morgen dann.« Ohne ein weiteres Wort zu Anita strebte sie mit klappernden Absätzen die Verandastufen hinunter. »Komm, Maurice!«

Aus ihren Bewegungen las Anita die Erleichterung, einen Grund zu haben, die Veranda verlassen zu können. Mich zu verlassen, setzte sie für sich hinzu. Vielleicht war es auch gut so. So hatte jede von ihnen Zeit, sich an diese außergewöhnliche Situation anzupassen. Aber morgen würde sie von vorn anfangen müssen. Cordelia hatte ihre innere Tür einen winzigen Spalt weit geöffnet, einen Zipfel von ihr hatte sie zu fassen bekommen. Jetzt war er ihr entglitten, jetzt war die Tür ins Schloss gefallen, und morgen würde die Tür fest verschlossen sein.

Sie sah ihrer Schwester hinterher und schwor sich, alles zu unternehmen, diese unsichtbare Mauer, hinter die sich Cordelia zurückgezogen hatte, einzureißen.

»Kann ich euch nicht begleiten?«, rief sie ihr nach. »Ich bin in Erster Hilfe ausgebildet. Vielleicht kann ich helfen?«

Cordelia wechselte mit Maurice einen schnellen Blick, bevor sie antwortete. »Nein, danke. Du wärst nur im Weg, glaub mir.« Mit dieser so kryptischen wie provokanten Bemerkung wandte sie sich erneut zum Gehen.

Verwirrt davon – und auch von dem Blickwechsel, der mit Sicherheit eine Art Mitteilung gewesen war, die Anita zu ihrem Verdruss nicht interpretieren konnte –, fiel ihr nichts Besseres ein, als Cordelia nachzurufen, ob sie kurz die Toilette benutzen dürfe.

»Erste Tür links vom Eingang«, rief Maurice und joggte davon.

Nach kurzem Zögern – Anita schien es, dass sie eigentlich noch etwas sagen wollte – folgte ihm Cordelia ebenfalls im Laufschritt.

»Also, auf zum Lokus«, murmelte Anita.

»Ich könnte mich ja gleichzeitig ein wenig im Haus umsehen«, sagte Dirk. Er hatte den Kopf vorgestreckt, als witterte er schon wieder eine Geschichte.

Aber Anita wehrte ab. »Nein, lieber nicht. Wenn ich das tue, ist es etwas anderes – schließlich … gehöre ich zur Familie. Irgendwie jedenfalls, und ich habe auch nicht vor herumzuschüffeln – ich will halt nur einmal einen Blick hineinwerfen. Ich bin sofort wieder zurück.« Sie schob ihre Sonnenbrille ins Haar und betrat das Haus ihrer Schwester.

Drinnen war es kühler als draußen. Wie in den Häusern mediterraner Länder besaßen die hölzernen Fensterläden Lamellen, die geschlossen waren und das Licht zu einem Halbdunkel dämpften. Sie schnupperte. Das tat sie immer, wenn sie ein fremdes Haus betrat. Feuchtigkeit und der Geruch nach süßlichem Bohnerwachs hingen in der Luft, die Trompetenblüten einer Datura, die neben der Eingangstür in einem großen Terrakottatopf wuchs, verströmte einen intensiven Parfumduft. Ihre Augen gewöhnten sich schnell an das Zwielicht. Im Eingang stand eine Mahagonikommode, darüber hing ein Bild, ein Blumenaquarell. Nicht besonders fein gemalt, wie sie mit geschultem Blick feststellte. Ihr Vater hatte ihr beigebracht, Qualität zu erkennen. Der Essensgeruch, der ihr in die Nase stieg, sagte ihr, dass die Küche rechts von ihr lag. Links konnte sie durch die offene Tür einen soliden Esstisch mit geschnitzten Stühlen erkennen. Die Tür gegenüber war zu. Sie huschte hinüber und drückte die Türklinke. Die Tür schwang auf.

Die Wand auf der linken Seite war durch eine ungefähr drei Meter breite Fensterfront unterbrochen. Hier und da funkelte Sonnenlicht durch die Jalousielamellen und malte Lichtkringel auf die honigfarbenen Holzdielen. Davor gruppierten sich eine Couch, zwei tiefe Sessel und mehrere Stühle aus verschiedenen Stilepochen um einen niedrigen Tisch. In der Ecke glühte das Stand-by-Auge eines Flachbildfernsehers, an den Wänden, die einen neuen Anstrich nötig gehabt hätten, hingen jede Menge Bilder. Ob es Originale oder Drucke waren, konnte sie nicht ausmachen. Auf dem Regal an der gegenüberliegenden Wand waren Bücher und Zeitschriften in unordentlichen Stapeln aufgeschichtet. Cordelia las offenbar gern und viel. Anita versuchte vergeblich, die Titel von der Tür aus zu erkennen. Bücher verrieten viel über ihre Besitzer. Neugierig machte sie einen Schritt in den Raum.

»Und was tun Sie hier?« Eine scharfe Männerstimme.

Sie wirbelte herum und sah sich einem massigen Mann gegenüber, einem Fleischberg mit Hamsterbacken, in Kakihemd mit Schulterklappen, halblangen Shorts und hellblauen Kniestrümpfen. Er musterte sie aus eng stehenden, in abstoßende Fettwülste eingebetteten Augen. Zentimeter für Zentimeter kroch sein Blick über sie. Sie spürte ein Kribbeln auf der Haut, bekam keinen Laut heraus. Es war eindeutig der Mann auf dem Foto, das sich auf Maurice' USB-Stick befand.

»Also, was wollen Sie, und wer sind Sie?« Seine ungesund rötliche Haut war von Pigmentflecken übersät. Den Daumen der rechten Hand hatte er in den Gürtel gehakt, an dem ein Pistolenhalfter hing. Der Knauf der Waffe ragte heraus. Der linke Ärmel seines Hemdes war leer, der Arm offensichtlich oberhalb des Ellbogengelenks amputiert.

Anitas Mund war plötzlich staubtrocken. Sie schluckte. »Entschuldigung ... ich wollte nicht ... ich wollte nur ...« Sie brach ab und machte eine hilflose Handbewegung.

»Also, wollten Sie nicht, oder wollten Sie doch? Mich interessiert vor allen Dingen, was.« Sein Daumen streichelte über den Pistolenknauf. Die dünnen, roten Lippen, die wie ein blutiger Schlitz unter seiner Nase saßen, kräuselten sich. Er roch nach Alkohol und Knoblauch. »Fangen wir mal damit an, wer Sie sind.«

Unter seinem klebrigen Blick wurde ihr bewusst, wie knapp ihre Shorts saßen, wie nackt ihre Schultern waren und dass das tief ausgeschnittene Spaghettiträger-Top einem Mann von seiner Körperlänge eine erstklassige Sicht in ihren Ausschnitt gewähren musste. Sie legte schützend eine Hand auf ihren Brustansatz und räusperte sich kräftig. »Anita«, krächzte sie. »Anita Carvalho.«

Der Mann zog sichtlich überrascht die Brauen hoch. »Carvalho? Sind Sie etwa mit Cordelia verwandt?«

»Ihre Schwester.«

Der Dicke starrte sie ausdruckslos aus eisgrauen Augen an. Der Schlitzmund war fest geschlossen. »Ich zähle bis drei«, flüsterte er schließlich. »Dann will ich wissen, wer Sie wirklich sind. Cordelia hat keine Schwester. Eins ...«

Anita hob trotzig ihr Kinn und zwang sich, seinem Blick zu begegnen. Sie hatte nicht vor, sich von diesem Fleischklops einschüchtern zu lassen. Was konnte er ihr schon antun? Dirk wartete draußen, und er war mindestens ebenso groß wie dieser Kerl und obendrein jünger. Außerdem hielten sich Cordelia und Maurice auf dem Grundstück auf. Zur Not musste sie nur schreien.

»Wir haben dieselben Eltern, also bin ich wohl ihre Schwester und habe ein Recht, hier zu sein. Fragen Sie Cordelia, sie wird es bestätigen.« Was ihre Schwester allerdings dazu sagen würde, dass sie in ihrer Abwesenheit das Haus inspiziert hatte, war eine andere Sache. Sie stemmte die Arme in die Seiten, um sie nicht lahm hängen zu lassen. Es ärgerte sie im Nachhinein, dass sie sich vor diesem Menschen gerechtfertigt hatte. »Und wer sind Sie, bitte?«

Der Mann lächelte. Ein unangenehmes, feuchtrotes Lächeln, das das fleischige Gesicht wie ein Messerschnitt teilte und die Augen nicht erreichte. Er machte eine leichte Verbeugung, worauf ihm das schüttere, blonde Haar in die Stirn fiel. »Mein Name ist Len Pienaar. Ich bin ein Freund des Hauses.«

»Aha«, sagte Anita und schaute betont die Pistole an. »Sind Sie so etwas wie ein Bodyguard?« Wozu ihre Schwester den Dienst eines solchen Mannes brauchte, konnte sie sich nicht vorstellen. Alles hier wirkte friedlich. Alles Böse schien in einer anderen Welt stattzufinden.

Pienaar nahm seine Hand vom Knauf der Waffe und lächelte

wieder. »Nein, ein Bodyguard bin ich nicht. Ich helfe Maurice mit den Löwen.«

Sein Tonfall war hart und guttural. Offenbar sprach er von Haus aus Afrikaans. Am Kap hatte sie viele Farbige Afrikaans sprechen hören und konnte einfach nicht verstehen, dass diese die Sprache ihrer Unterdrücker als Muttersprache angenommen hatten.

»Hat er Ihnen nicht von den Löwen erzählt?« Er musterte sie misstrauisch.

»Doch, doch, natürlich.« Die Löwen hatte sie völlig vergessen. »Na dann, ich werde jetzt gehen.«

Pienaar blockierte mit seiner Körperfülle die Wohnzimmertür und rührte sich keinen Zentimeter vom Fleck. Wieder dieser argwöhnische, lauernde Blick, der an ihr herabglitt und langsam und genüsslich über ihren Körper wanderte, sodass sie meinte, seine Berührung zu spüren. Sie machte sich ganz steif und hielt diesen Blick aus.

»Wohnen Sie denn nicht bei … Ihrer Schwester?« Das klang noch immer ungläubig.

»Nein, ich wohne auf einer Lodge in einem privaten Wildreservat. *Inqaba* heißt es …« Warum sie ihm das verriet, wusste sie nicht, und prompt ärgerte sie sich wieder über sich selbst. Es ging diesen Menschen weiß Gott nichts an, wo sie untergekommen war.

Aber der sah sie überrascht an. »*Inqaba?* Sieh einer an.« Er trat dicht an sie heran, die eisgrauen Augen glitzerten. »Das kenne ich gut … sehr gut sogar.« Abermals streichelte er zärtlich den Pistolenknauf. »Bitte grüßen Sie die schöne Jill Rogge ganz herzlich von mir, von Len Pienaar. Jill und ihre entzückenden Kinder. Luca und Kira, nicht wahr? Nicht vergessen!« Er drohte ihr scherzhaft mit dem Finger.

Aus irgendeinem Grund lief es Anita kalt den Rücken hinunter. »Nein, ich meine, ja, natürlich, ich werde Jill grüßen …«

»Und Kira und Luca. Denken Sie daran. Von Len Pienaar.«

»Ja, und Kira und Luca. Von Len Pienaar. Natürlich.«

Der Mann war ihr unheimlich, und sie wollte so schnell wie möglich aus dem Haus raus, aber Len Pienaar versperrte ihr weiterhin den Weg. Sie wich wieder zurück. »Ich muss jetzt gehen … mein Freund wartet vor dem Haus.«

Die Lüge ging ihr leicht über die Lippen. Sie diente ja auch nur dazu, ihm klarzumachen, dass sie nicht allein, sondern in männlicher Begleitung und ihm daher nicht schutzlos ausgeliefert war. »Darf ich?« Sie machte eine Bewegung vorwärts.

Er grinste. »Aber natürlich, Ma'am. Verzeihen Sie … Es war mir ein Vergnügen, Ma'am.« Er tippte wie bei einem militärischen Salut mit zwei Fingern an die Stirn und trat aus der Türöffnung zurück, doch seine Augen betasteten Anita erneut. Mit angehaltenem Atem tauchte sie an ihm vorbei durch die Alkohol- und Knoblauchwolke hindurch auf den Gang. Len Pienaar drehte sich um und stieß zwei gellende Pfiffe aus.

Wie aus dem Boden gewachsen erschienen zwei Schwarze vor ihr. Beide waren kräftig gebaut, ihre Haut glänzte in dem warmen Schokoladenbraun der einheimischen Zulu-Bevölkerung. Beide waren in königsblaue Overalls gekleidet, deren Oberteile ihnen auf den Hüften baumelten, über ihre Oberkörper rannen Schweißbäche. Die Männer würdigten sie keines Blickes, stattdessen hatten sie ihre ganze Aufmerksamkeit mit einer eigenartigen hündischen Unterwürfigkeit auf Len Pienaar gerichtet. Der Bure stieß ein paar Worte in einer Sprache hervor, die Anita als Zulu identifizierte. Die beiden Schwarzen machten auf dem Absatz kehrt, öffneten die Küchentür und verschwanden am anderen Ende durch eine zweigeteilte Tür hinaus auf einen sonnenbeschienenen Innenhof. Len Pienaar warf ihr ein öliges Lächeln zu und folgte seinen Männern, ohne ein weiteres Wort an sie zu richten.

Anita war wieder allein. Langsam atmete sie tief durch und

strebte dann eiligst zur Eingangstür. An der Küchentür wandte sie den Kopf, um zu sehen, was Pienaar und seine Schwarzen auf dem Innenhof vorhatten, konnte aber keinen von ihnen sehen, obwohl ihr Geräusche verrieten, dass die sich dort noch aufhielten. Wie von Dämonen gehetzt, rannte sie aus dem Haus und dann über die Verandastufen nach draußen.

Dirk, der im tiefen Schatten des Tulpenbaumes am Stamm lehnte, richtete sich auf und sah ihr befremdet entgegen. »Anita, was ist passiert? Hat dir jemand etwas getan? Du bist ganz käsig im Gesicht geworden.«

Sie lief ihm voraus zum Auto. »Nein, nein … alles in Ordnung«, rief sie über die Schulter. »Lass uns schnell wegfahren.«

Eigentlich war ja auch nichts vorgefallen. Sie hatte sich unberechtigt im Haus umgesehen, ein Mann, der offensichtlich irgendwie zur Familie gehörte, hatte sie dabei erwischt. Das war ihre eigene Schuld. Dass der Mann ihr außerordentlich unangenehm war, sie ihn wie eine Bedrohung wahrgenommen hatte, war eine andere Sache, eine, die nur auf Gefühlen basierte und rational nicht zu fassen war. »Hast du was zu trinken dabei?«, fragte sie, nachdem sie und Dirk im Wagen saßen.

Dirk langte nach hinten, öffnete die Kühlbox und reichte ihr eine Flasche Mineralwasser. Anita setzte sie an und trank sie in einem Zug leer. Dann wischte sie sich den Mund ab und warf die Flasche auf den Rücksitz. »Danke, das tat gut. Hoffentlich habe ich dir nicht alles weggetrunken?«

Er schüttelte verneinend den Kopf und wendete. »Du bist so blass geworden, dass ich schon dachte, dass du dir nach all dieser Zeit doch dieses Virus eingefangen hast und dich gleich übergeben würdest«, sagte er, während er vom Grundstück auf die Schotterstraße fuhr.

Das Letztere hätte sie auch fast getan, aber das behielt sie für sich. »Ich wollte mich im Haus umsehen und bin dabei von einem Kerl erwischt worden, dem ich nicht im Dunklen begegnen möchte.« Sie bemühte sich, Len Pienaar zu beschreiben, ohne dabei großartig zu übertreiben. »Außerdem trug er eine Waffe.«

»Ach, den habe ich ganz kurz gesehen, als er vom Garten ins Haus ging.« Dirk kurvte weiträumig um ein Schlagloch herum. »Waffen tragen hier viele, das ist nichts Ungewöhnliches. Das Land ist mit illegalen Waffen überschwemmt, auch wenn die Regierung so tut, als würde sie das strafrechtlich verfolgen. Jill geht nie ohne Gewehr in den Busch, wie wir wissen. Ihre Ranger ebenfalls nicht.«

»Das ist etwas völlig anderes. Schließlich laufen auf *Inqaba* Löwen, Leoparden, Hyänen und andere hungrige Viecher frei herum. Ich glaube nicht, dass du im Busch mit einer Pistole etwas gegen Elefanten und Löwen ausrichten kannst.« Sie beschrieb, wie Pienaar seine Hand auf den Knauf der Waffe gelegt und während der gesamten Unterhaltung nicht weggenommen hatte. »Er hat sie regelrecht gestreichelt! Ich hasse Waffen! Überhaupt jede Gewalt.«

Dirk warf ihr einen Seitenblick zu. »Steckt dahinter die ganz normale Abneigung gegen Waffen und Gewalt, wie sie jeder zivilisierte Mensch haben sollte?«, sagte er. »Oder gab es etwas in der Geschichte deiner Eltern, was das hervorgerufen hat?«

Anita antwortete nicht, sondern drehte das Gesicht zum Fenster, um ihm klarzumachen, dass sie nicht zum Plaudern aufgelegt war. Sie versuchte zu ergründen, warum Len Pienaar ihr derart unangenehm war. Eigentlich konnte er ihr völlig gleich sein. Sie hatte nichts mit ihm zu tun, und vermutlich würde sie ihn nie wiedersehen. Trotzdem blieb dieses unverständliche Gefühl. Für eine Weile ließ sie ihre Gedanken schweifen. Sie wusste, dass es der beste Weg zu ihrem Unterbewusstsein war, und es half auch dieses Mal, denn sie kam dann ziemlich schnell auf die Erklärung.

Dieser Mann kannte Cordelia, und zwar offensichtlich ziemlich gut. Was das über ihre neu gefundene Schwester aussagte, war das, was sie so sehr störte. Sie kannte Cordelia nicht, hatte keine Ahnung, wie deren Vergangenheit aussah. Dieser Len Pienaar dagegen bewegte sich in ihrem Haus, als lebte er da. Ein unangenehmer Gedanke überfiel sie. Die Möglichkeit, dass Pienaar Cordelias … Partner, ihr Geliebter war, musste sie ihn Betracht ziehen. Vielleicht waren sie sogar verheiratet. So nahe war sie ihrer Schwester noch nicht gekommen, dass sie das mit Sicherheit ausschließen konnte.

Unwillkürlich schüttelte sie sich. Um sich abzulenken, schaute sie hinaus auf die heruntergekommenen Gebäude am Straßenrand, die Hütten mit Wellblechdach, in denen es im Sommer heiß wie in der Hölle sein musste, die Kinder, die barfuß zwischen streunenden Hunden und Ziegen im Dreck spielten, die Schulkinder in ihren adretten Uniformen, die in einer langen Reihe auf dem schmalen Randstreifen an der Straße entlang nach Hause liefen. Endlose Kilometer, denn außer den paar Hütten war keine Siedlung zu sehen. Wie sah wohl ihr Leben aus?

Metallisch glänzende Schwalben schossen durch ihr Blickfeld. Die eleganten Vögel waren aus den kalten, nördlichen Ländern in die Wärme des südlichen Sommers geflohen, um hier in der Nähe zu Hunderttausenden zu überwintern. Für eine verrückte Sekunde wünschte sie sich, wie die Schwalben immer der Sonne nachzuziehen, dachte an ihren Vater, der vor Sehnsucht nach Licht und Wärme und nach den glühenden Farben seiner Heimat oft fast verging. Die Vögel waren zu winzigen Punkten im Blau des gleißenden Himmels geworden, und sie sah ihnen nach, bis sie verschwunden waren und ihr das Blau vor den Augen flimmerte, dass ihr die Tränen kamen.

Dirk bremste, und als sie hochsah, stellte sie fest, dass sie bereits das Eingangstor von *Inqaba* erreicht hatten. Verstohlen wischte sie sich die Augen trocken und versteckte sie wieder hinter der Sonnenbrille. Der Wagen ratterte über das Wildgitter, und kurz darauf bog Dirk auf den Parkplatz ein. Nachdem er den Motor abgestellt hatte, wandte er sich ihr zu.

»Danke, dass du mich gefahren hast, das war sehr nett von dir«, sagte sie schnell, bevor er etwas von sich geben konnte, und stieg aus. Sie warf sich die Umhängetasche über die Schulter und machte sich auf den Weg zu ihrem Bungalow.

»Wollen wir uns gleich auf der Veranda zu einem Kaffee treffen?«, rief er ihr nach.

»Nein danke, im Moment nicht, nachher vielleicht«, antwortete sie, ehe sie die grünliche Dämmerung des Blättertunnels umfing. Als sie die Stufen zur Veranda hochging, sah sie Jonas an der Rezeption sitzen. Halb verdeckt hing hinter ihm das Plakat einer Autovermietung. Sie blieb stehen, überlegte, ob sie es sich jetzt schon zutrauen würde, mit einem rechts gesteuerten Wagen zu fahren. Auf der linken Straßenseite. Auf der hinter jeder Biegung Ziegen oder Kühe stehen konnten. Oder Kinder.

Jonas, der sie beobachtet hatte, sah sie über seine randlose Brille an und schmunzelte. »Ich klebe Ihnen einen Zettel an die Windschutzscheibe, der Sie daran erinnert, links zu fahren. Fahren Sie einfach langsam, dann kann nichts passieren.«

Sie lachte. »War mein Mienenspiel so deutlich?«

Er ließ die Brille auf die Nasenspitze gleiten. »Na ja, schon, aber wir haben viele Touristen aus Übersee, und dieses Problem ist nicht gerade selten. Sie möchten also einen Wagen mieten?«

Sie nickte, und er zog einige Unterlagen hervor. Während sie die Vordrucke ausfüllte, kopierte er ihren Führerschein und den Reisepass und riet ihr zu einer Vollkaskoversicherung ohne Eigenbeteiligung.

»Das ist zwar etwas teurer, aber dann haben Sie wirklich keinen Ärger. Ich würde auch ein Fahrzeug mit genügend PS wählen.«

Sie sah ihn fragend an.

»Das kann man gelegentlich gut gebrauchen«, sagte er. »Manchmal gibt es Situationen, in denen man darauf angewiesen ist, schnell von der Stelle zu kommen.« Er erklärte nicht, welche Situation er meinte, und sie fragte nicht nach.

Letztendlich wählte sie einen kleinen SUV mit Klimaanlage und einem geschlossenen Kofferraum. Der sei wichtig, bemerkte Jonas, weil man nichts offen im Wagen liegen lassen sollte.

»Und ich meine wirklich gar nichts«, warnte der Zulu und legte ihr die Papiere vor.

Sie unterschrieb. »Wo ist die Übergabe des Wagens?«

Jonas prüfte kurz, was sie ausgefüllt hatte, steckte die Dokumente dann alle in einen Klarsichtumschlag und hob das Telefon ab. »In einer Stunde wartet er unten auf dem Parkplatz auf Sie.«

Sie dankte ihm und machte sich mit dem guten Gefühl, kompetent beraten worden zu sein, auf den Weg zu ihrem Bungalow.

10

Kaum hatte Anita die Veranda verlassen, betrat sie eine andere Welt. Sonnenstrahlen blitzten durchs Blättergewirr und warfen Lichtpfützen auf den schmalen Weg. Es roch nach trockenem Holz. Eidechsen huschten die Baumstämme hoch, ein Pillendreher mühte sich mit seiner perfekt runden Kugel, die Baumwurzeln zu überwinden. Mit schrillem Warngeschrei stob unvermittelt ein Vogel auf. Als Antwort trappelten Hufe, eine größere Antilope floh krachend durchs Unterholz, Affen schimpften ihr hinterher.

Sehen konnte sie keines der Tiere, aber sie war sich mehr denn je bewusst, dass sie in deren Welt keinen unbeobachteten Schritt tun konnte. Vorsichtig ging sie weiter, passte auf, wohin sie ihre Füße setzte. Aber außer einem Chamäleon, das mit seiner grünen Tarnfarbe aussah, als wäre es ein Blatt, entdeckte sie nichts.

Doch dann hörte sie etwas und blieb abrupt stehen. Schluchzen, hohes, jämmerliches Schluchzen, eindeutig von einem Menschen. Es kam aus der Richtung ihres Bungalows. Im Laufschritt legte sie die paar Meter zum Haus zurück. Kira Rogge, Jills Tochter, kauerte auf einer Baumwurzel am Fuß der Treppe. Sie hatte den Kopf auf die Arme gelegt und weinte so bitterlich, wie nur ein Kind weinen konnte.

»Kira«, rief Anita erschrocken. »Kira, was um Himmels willen ist denn geschehen?« Sie ging neben dem kleinen Mädchen in die Knie.

Kira schluchzte laut und schaute auf. Ihre herrlichen, blauen Augen schwammen in Tränen, der Rotz lief ihr aus der Nase. Mit beiden Händen wischte sie sich übers Gesicht, wobei sie alles verschmierte und Dreckstreifen quer über ihrer Nase hinterließ. Auf Anitas etwas hilflose Frage, ob ihr etwas wehtue oder ob sie etwas verloren habe, antwortete sie jedoch nicht. Sie reagierte auch nicht darauf, dass Anita sie schließlich an sich zog, sondern ließ den Kopf wieder nach vorn auf die Arme fallen und weinte, als ob es ihr das Herz zerreißen würde. Langsam bekam Anita es mit der Angst zu tun. Was war bloß geschehen, was die Kleine in diesen Zustand versetzt hatte? Sie stand auf, beugte sich zu dem Mädchen hinunter und streckte ihr die Hand hin.

»Komm, Kira, wir gehen in den Bungalow und rufen deine Mama an.«

Wieder bekam sie außer Weinen keine Reaktion. Kurz entschlossen schlang sie die Arme um Jills Tochter, trug sie ins Wohnzimmer und legte sie aufs Sofa. Sie blieb auf der Sofakante sitzen, strich der Kleinen die verschwitzten dunklen Haare aus dem Gesicht und redete beruhigend auf sie ein. Das Weinen wurde etwas leiser und etwas weniger krampfhaft, und als sich eine feuchte, kleine Hand in ihre bohrte, sich das heiße Gesichtchen an ihren nackten Arm presste, überfiel sie die verzweifelte Sehnsucht nach der Wärme und Geborgenheit einer kleinen Familie.

Nach Sonntagsfrühstück im Bett und Kuscheln vor dem Schlafengehen. Nach Frank. Für einen Augenblick vergaß sie ihre Umgebung und verlor sich in einem zuckersüßen Tagtraum, der munter dahinsprudelte, bis sie plötzlich das Geräusch einer platzenden Kokosnuss brutal in die Wirklichkeit riss.

Um ihres seelischen Durcheinanders Herr zu werden, stand sie auf und brachte Kira ein Glas kaltes Wasser. Aber auch das rief nur eine lautstarke Steigerung des Schluchzens hervor. Reichlich hilflos sah sie auf die Kleine hinunter und entschied, dass hier die Mutter gefragt war. Weil sie die Direktnummer der Familie Rogge nicht hatte, rief sie Jonas an der Rezeption an. Rasch erklärte sie ihm, in welch jämmerlichem Zustand sie

Kira aufgefunden habe, und bat ihn, Jill sofort zu ihrem Bungalow zu schicken. Sie hörte ihn bereits nach Jill rufen, bevor sie auflegte.

Innerhalb von zwei Minuten kam Kiras Mutter außer Atem die Treppe heraufgehastet. »Wo ist sie?«, stieß sie hervor.

Anita zeigte aufs Wohnzimmer. Jill stürzte hinein, umschlang Kira fest und wiegte sich mit ihr in den Armen hin und her, bis nach einer Weile der Abstand zwischen den Schluchzern größer wurde. Schließlich unterzog sie ihre Tochter einer schnellen, aber gründlichen Untersuchung

»Alles okay?«, fragte Anita leise.

Jill nickte. »Gott sei Dank keine Verletzungen. Vor einem Schlangenbiss hatte ich die meiste Angst.« Sie zog Kira hoch und nahm ihr Gesicht in ihre Hände. »Kira, mein Liebling, was ist passiert? Sag's mir bitte.«

Aber auch sie bekam aus der Kleinen nichts heraus. Im Gegenteil, die Schluchzer wurden lauter und deutlich mehr. Das einzige Wort, das zwischendurch einigermaßen zu verstehen war, war »gestorben«, aber auch das rief nur ein hilfloses Schulterzucken bei Jill hervor.

»Weißt du, was oder wen sie meint?«, fragte sie Anita, die als Antwort nur stumm den Kopf schüttelte.

Jill unternahm noch einen Versuch. »Schatz, war es dieser … Idiot, der Jetlag in den Kochtopf werfen wollte?«

Ihre Tochter versteifte sich schlagartig, worauf Jill sofort nachhakte. »Kira, wer war das? Ist er in Gefahr, sollen wir ihm helfen? Denk dran, wer immer es ist, er ist ganz allein da draußen zwischen all den wilden Tieren.«

Kira richtete sich in ihren Armen auf und wischte sich die Augen aus. Ihr Blick ging über die Schulter ihrer Mutter, und Anita hatte den deutlichen Eindruck, dass die Kleine draußen im Busch etwas sah. Sie drehte sich um und suchte die Umgebung ab. Aber da war nichts.

»Nein«, flüsterte Kira auf einmal. »Nein, niemand braucht Hilfe …« Mit einem ängstlichen Blick auf ihre Mutter setzte sie »ganz bestimmt nicht« hinzu, und die Tränen stürzten ihr wieder über die Wangen.

Das entsprach so offensichtlich nicht der Wahrheit, dass Jill mit einer heftigen Geste spontan zum Sprechen ansetzte – vermutlich, um zu protestieren –, sich aber sofort auf die Lippen biss und verstummte. Kira wirkte derart verstört, dass sie es wohl nicht übers Herz brachte, ihre Tochter jetzt zur Rede zu stellen. Sie sah Anita an. »Es hat keinen Sinn. Ich bringe sie zu uns nach Hause, vielleicht finde ich dort etwas heraus. Danke für deine Hilfe. Bitte sei so lieb und ruf Jonas an. Er möchte Nils Bescheid sagen, dass wir uns in fünf Minuten im Haus treffen. Sag ihm, es geht um Kira.« Sie hob ihre Tochter hoch, bettete das verweinte Gesichtchen auf ihrer Schulter und verließ den Bungalow.

Erst nachdem Anita bereits mit Jonas telefoniert hatte, fiel ihr wieder ein, dass sie die Eigentümerin *Inqabas* ja von Len Pienaar grüßen sollte. Nach dem Abendessen würde sie Jill darauf ansprechen, dann hatte sich sicherlich auch die Sache mit Kira geklärt. Die Art, wie Len Pienaar den Gruß ausgesprochen hatte, verursachte ihr noch im Nachhinein Beklemmung. Dieses unterschwellig Drohende, die fette Selbstgefälligkeit, der lauernde Blick. Aber vielleicht sah sie das alles auch ganz falsch. Am liebsten würde sie die ganze Sache vergessen.

Außerdem hatte sie auch versäumt nachzufragen, ob Jill herausbekommen hatte, was es mit dem merkwürdigen Geräusch auf sich hatte, das sie und Dirk nachts gehört hatten. Aber auch das konnte bis später warten. Wenn sich allerdings da draußen im Busch jemand herumtrieb, hatte sie vor, aus diesem abgelegenen Bungalow auszuziehen. Ins Haupthaus oder vielleicht ganz woandershin.

Zerstreut schaute sie auf die Uhr. Eigentlich müsste ihr Mietwagen in Kürze zur Verfügung stehen. Abwesend nahm sie eine

Handvoll Erdnüsse aus der Schale, die auf dem Wohnzimmertisch stand, und überlegte kauend, was sie mit dem Rest des Tages anfangen sollte. Noch lag die Mittagshitze über dem Land, und es war auf der Lodge nichts los. Die wenigen Gäste, die noch in der Lodge waren, lagen sicherlich am Pool oder hielten Siesta in ihren Bungalows. Die nächste Safari fand um halb fünf statt. Bis dahin erstreckten sich noch drei lange, leere Stunden vor ihr.

Zurück zu Cordelia fahren wollte sie auf keinen Fall. Nicht allein. Nicht heute. Ihr Zusammentreffen hatte sie mehr mitgenommen, als sie erwartet hatte. Sie fühlte sich angeschlagen, so, als hätte sie einen Langstreckenlauf hinter sich, eine Erschöpfung, die tief drinnen in ihrer Mitte saß. Hauptsächlich hatte es damit zu tun, dass sie sich nicht erklären konnte, warum Cordelias Stimmung, unmittelbar bevor das Handy klingelte, so jäh umgeschlagen war. Diese Frage steckte ihr wie ein Dorn in der Seele. Und dann war da die Begegnung mit diesem Len Pienaar gewesen.

Sie ließ sich in einen der weichen Wohnzimmersessel fallen und grübelte über den Mann nach. Diese Sorte Mensch war ihr noch nie zuvor begegnet, und in ihren Augen warf seine so selbstverständlich wirkende Anwesenheit im Haus ein ganz neues Licht auf die Frau, die ihre Schwester war. Unruhig stand sie wieder auf und lief im Zimmer umher. Vielleicht war ihr Urteil über ihn an seinem unangenehmen Äußeren hängen geblieben und sie hatte nie hinter die Fassade gesehen? Was hatte er ihr denn eigentlich getan? Schließlich war sie ins Haus eingedrungen, hatte sich dort unberechtigterweise aufgehalten, während er sich dort wie ein Mitglied der Familie bewegte. Gut, er hatte eine Waffe getragen, hatte sie gestreichelt, ihr damit Angst eingejagt, aber ob das seine Absicht gewesen war? Unsicher geworden, nagte sie an ihrem Daumennagel.

Die widersprüchlichen Gedanken, die ihr wie panische Schmetterlinge im Kopf herumflatterten, bekam sie einfach nicht unter Kontrolle. Frank hätte ihr helfen können. Frank, der die Welt bereist und so viel gesehen hatte, dessen herausragende Eigenschaft es gewesen war – außer dass er sie bedingungslos liebte –, Probleme kühl sezieren zu können, bis der Kern freilag. Sie vergrub ihr Gesicht in den Händen, bemühte sich, ruhig zu atmen, aber sie konnte nicht verhindern, was jetzt kam.

Es fing in ihrem Bauch an. Die Muskeln verkrampften sich, dann ihr Zwerchfell, Schluchzen zerriss ihren Körper, und ein Schmerz explodierte in ihrer Mitte, der sie völlig verwüstete. Als wäre eine Schleuse geöffnet worden, stürzten ihr die Tränen aus den Augen, und sie weinte und weinte. Um Frank, um sich, um ihre verlorene Zukunft. Mit jeder Faser ihres Körpers sehnte sie sich nach ihm. Sehnte sie sich danach, ihn zu fühlen, zu riechen, zu schmecken und mit ihm reden zu können, sich an ihn anzulehnen. Seine ruhige Klugheit würde Ordnung in ihre wirre Gefühlslage bringen. Oft, wenn sie sich ihrer selbst nicht sicher war, hatten ein paar Worte von ihm genügt, und ihr Blick war wieder klar geworden, und sie hatte ihr Ziel erkennen können.

Ihr Weinen steigerte sich, wurde immer lauter, bis sie schrie. Sie warf sich aufs Bett und schrie und trommelte auf die Kissen, bis sie alles aus sich herausgepresst und sich leer geschrien hatte. Völlig ausgepumpt blieb sie auf dem Bett liegen, bis der Anfall vorüber war. Irgendwann schleppte sie sich ins Badezimmer und hielt ihr Gesicht unter den Kaltwasserhahn, aber das Wasser war von der Sonnenhitze aufgeheizt und brachte keinerlei Erleichterung. Sie taumelte hinüber zur Minibar, brach Eiswürfel aus deren Behälter und rieb sich damit Gesicht, Ausschnitt und Arme ab, bis sie in einer großen Wasserpfütze stand.

Immer noch wie in Trance, tappte sie auf die Terrasse, wobei sie die ganze Nässe über den Wohnzimmerboden verteilte. Es war ihr egal. Die Fliesen waren warm, das Wasser würde schon von allein verdunsten. Auf der Veranda fiel sie in einen der Rattansessel. Sie fühlte sich brüchig, ausgetrocknet von der Tränenflut, hatte rasende Kopfschmerzen und einen tonnenschweren Druck auf der Seele. Sie legte den Kopf gegen die Lehne und schaute einer einzelnen schneeweißen Wolke nach, die im tiefblauen Himmelsmeer schwamm. Sie zwang sich, in sich aufzunehmen, was sie spürte.

Sonnenwärme, einen feinen Feuchtigkeitsschleier auf der Haut, Blütenduft. Die Hand tat ihr weh. Sie hob sie hoch und drehte sie. Unterhalb der Handwurzel hatte sich ein kleiner Bluterguss gebildet. Offenbar hatte sie sich bei ihrem Ausbruch gestoßen, ohne es zu merken. Auf dem hölzernen Verandageländer balancierte ein junger Affe und sah sie neugierig an. Sie ignorierte ihn und rieb abwesend mit dem Daumen über den Fleck. Die gleiche Bewegung, mit der Pienaar seine Pistole gestreichelt hatte.

Len Pienaar? Eigenartigerweise schien er jetzt in ihrer Erinnerung zu schrumpfen. Im Nachhinein war sie sich ziemlich sicher, dass er nur ein Angestellter der Farm war. Nicht mehr. Niemand von Bedeutung.

Auf einmal stieß der Affe ein lang gezogenes Kreischen aus und schoss als grauer Blitz in den nächsten Baum.

»Hallo.« Eine sanfte männliche Stimme.

Sie erschrak derart, dass es sie schüttelte. Dirk stand am unteren Ende der Treppe, eine Flasche unter dem Arm und zwei Champagnerflöten in der Hand. Verärgert sprang sie auf. »Meine Güte, musst du mich so erschrecken? Was willst du?«

»Darf ich für eine Weile heraufkommen?« Ohne ihre Einwilligung abzuwarten, stieg er die Stufen hoch.

Sie hatte schon eine empörte, ablehnende Antwort auf den Lippen, als sie erneut dieses entsetzlich leere Gefühl der Einsamkeit überfiel, das wie ein Felsbrocken auf ihrer Brust lag. Gegen ihren Willen nickte sie stumm.

Dirk schaute sie mitfühlend an. »Du siehst aus, als könntest du Aufmunterung gebrauchen. Ich kann dir außer meiner prickelnden Anwesenheit eisgekühlten Champagner anbieten und … einen Augenblick …« Er lief ins Wohnzimmer und öffnete die Minibar. »Champagner mit Orangensaft oder Orangenlikör … oder vielleicht geht Maracujasaft … oder Angostura? Und ich weiß von Thabili, dass heute geräuchertes Krokodil auf dem Speiseplan steht. Eine Delikatesse! Du musst dich nur entscheiden, ob du es als Ganzes oder in kleinen Happen wünschst.« Er hielt sein Telefon in der Hand. »Ich brauche sie nur anzurufen.«

»Ein ganzes Krokodil?« Sie sah ihn entgeistert an.

Sein glucksendes Lachen war so ansteckend, dass ihr ein Gurren die Kehle hochperlte wie der Champagner in den Gläsern. Sie konnte nicht anders, sie musste es herauslassen. Als sie endlich, nach Luft schnappend, ihre Lachtränen abwischte, waren der Druck erträglich und die Einsamkeit zumindest vorübergehend zurückgewichen.

»Champagner pur«, japste sie. »Und gibt es wirklich geräuchertes Krokodil? Genau das Richtige für mich. Ich fühle mich heute extravagant.« Sie kicherte, während Dirk die Bestellung an Thabili weitergab.

Thabili servierte ihnen das geräucherte Krokodil in Stücken – so glasig wie kurz angebratener Speck – auf einem wunderbar knackigen Salat mit frisch gebackenem Brot. Sie aßen und redeten und tranken dabei die Champagnerflasche leer. Dirk bestellte eine neue. Als die sich ebenfalls dem Ende zuneigte, war sie so weit, dass sie mit ihm über Cordelia sprechen konnte.

»Hast du mitbekommen, wie Cordelia, nachdem ihr Mobiltelefon geklingelt hat, auf einmal völlig zugemacht hat? Wie sie hinter einer inneren Mauer seelisch in Deckung ging? Und die Tür zugeworfen hat?«

Dirk antwortete nicht gleich. Offenbar rief er sich die Szene wieder ins Gedächtnis. »Ja«, sagte er dann. »Da war etwas, aber ich könnte nicht sagen, was. Es geschah ganz unerwartet.

Eigentlich dachte ich, ihr fallt euch gleich um den Hals und der Himmel hängt voller Geigen – dann zack!, und die Stimmung bei ihr schlug um. Ich hatte auch den deutlichen Eindruck, dass sie einen anderen Vorwand gefunden hätte, sich zu entfernen. Das Telefonat war nicht der alleinige Grund. Da bin ich mir jetzt sicher.«

Anita trommelte mit den Fingern auf den Tisch. »Genau. Und wenn es mir nicht gelingt herauszufinden, warum, werde ich nie wieder näher an sie herankommen.«

»Frag sie doch einfach. Willst du morgen wieder hin? Soll ich dich fahren?« Er schaute sie bei dieser Frage nicht an.

»Nein, ich meine, ja, ich will hin, und nein danke, ich möchte nicht, dass du mich begleitest. Ich muss allein mit ihr reden. Hoffentlich ist dieser Fettklops nicht auch wieder da. Er war mir wirklich unheimlich.« Sie hielt ihm ihr Glas hin. »Ich habe schon einen Kleinen sitzen, und der ist ganz allein. Er braucht Gesellschaft.« Sie kicherte wieder.

Dirk nahm die Flasche aus dem Eiskübel und schenkte ihr nach, während er ihr fasziniert aus nächster Nähe in die Augen starrte. So fasziniert, dass ihm entging, dass der Champagner in ihrem Glas überschäumte und auf seine Hosenbeine tropfte.

»Du hast dich nass gemacht«, gluckste sie und bekam einen Schluckauf.

Dirk grinste verlegen. »Tut mir leid, ich habe nicht aufgepasst.« Er trocknete ihr Glas von außen ab und reichte es ihr. »Ich habe mich übrigens, während du mit deiner Schwester auf der Treppe gesessen hast, mit Maurice unterhalten und ihn ein wenig ausgefragt.«

Anita hörte ihm konzentriert zu, als er wiedergab, was er von Maurice erfahren hatte. »Wenn Cordelia ihren Sohn so sehr liebte, sich so sehr nach ihm gesehnt hat«, schloss Dirk seinen Bericht, »frage ich mich, warum sie ihn überhaupt zu Pflegeeltern gegeben hat.«

Konsterniert schaute sie ihn an. »Davon wusste ich gar nichts. Und ich möchte gerne wissen, wie es sein kann, dass Riaan, sein Bruder, der demnach auch mein Neffe ist, weiß ist, während Maurice … farbig ist. Das heißt, ob sie verschiedene Väter haben.«

»Könnte aber auch derselbe Vater sein. Es gibt Eltern, die Zwillinge bekommen, und einer ist weiß und der andere schwarz. Aber mysteriös ist es trotzdem.«

»Es gibt so viel, was ich sie fragen müsste. Ich will endlich wissen, was hier vorgefallen ist. Warum unsere Eltern das Land offenbar Hals über Kopf und für immer verlassen haben, warum Cordelia hier geboren ist und Maurice in Deutschland … und Riaan …« Trübsinnig sah sie auf ihre Hände. »Der ist so ganz anders als Maurice. Unfreundlich … unhöflich … Na, du hast es ja selbst erlebt.«

Bevor Dirk antworten konnte, klingelte sein Handy. Mit einem Unmutslaut holte er es aus der Hosentasche und sah auf das Display. »Flavio«, murmelte er. »Da sollte ich rangehen. Entschuldige bitte.« Er stand auf, ging ans andere Ende der Terrasse und stellte einen Fuß auf den ersten Querbalken des Geländers, während er zuhörte, was der Regisseur zu sagen hatte. Nach einer kurzen Unterhaltung schaltete er das Telefon wieder aus und kam zurück zu Anita.

»Flavio fragt, ob du Lust hast, mit ihm, Marina und mir zu Abend zu essen. Eigentlich würde ich viel lieber mit dir allein dinieren, aber du weißt ja, wie es ist: Geschäft ist Geschäft.« Er schaute geknickt drein. »Ich bin leider nicht zum Vergnügen hier, und Flavio ist für die Dauer des Films so etwas wie mein Boss.«

Anita musste nicht lange überlegen. Einem dunklen, leeren Abend, an dem die Bilder und die Erinnerungen an ihre Zeit mit Frank wie Felsbrocken auf sie herabstürzen würden, fühlte sie sich noch nicht gewachsen. Angeblich würden sich mit den

Jahren die scharfen Kanten abschleifen – so hatte ihr zumindest Dr. Witt versichert –, aber das konnte sie sich jetzt noch nicht vorstellen. »Gern«, antwortete sie deshalb vorsichtig. »Wann?«

Dirks Gesicht leuchtete auf. »Um halb acht, auf der Restaurantveranda. Soll ich dich abholen? Es wird dann schon stockdunkel sein.«

»Nicht nötig, die werden mir einen bewaffneten, strammen Ranger schicken, der mir die Löwen vom Hals hält.« Etwas verwundert registrierte sie, wie gut es ihr getan hatte, diesen Nachmittag nicht allein gewesen zu sein. Ihr Blick flatterte hinüber zu ihm. Dirk Konrad hatte ihr heute gutgetan.

Doch jählings überfiel sie das Schuldgefühl gegenüber Frank, das sie seit seinem Tod immer dann beschlich, wenn sie einmal von Herzen lachte oder sich amüsierte, und erneut breitete sich graue Kälte in ihr aus. Die Kanten waren noch zu scharf, und auch Ströme von Champagner würden nicht helfen, sie abzuschleifen. Nur Zeit.

Schon Viertel nach sieben war sie fertig und setzte sich auf ihre Veranda. Sie schob den knielangen Saum ihres schwingenden Hängerkleids hoch und fächelte sich Kühlung zu. Der telefonisch angeforderte Ranger sollte in den nächsten Minuten bei ihr auftauchen. Zu ihren Füßen sammelten sich tiefe Schatten zwischen den Büschen. In wenigen Minuten würde auch der letzte pfirsichfarbene Widerschein der längst untergegangenen Sonne verloschen sein, aber schon schimmerte der Mond durch die Äste. Die Sternenblüten der Amatungulubüsche unterhalb der Brüstung strömten exquisiten Duft aus. Anita fühlte sich leicht und gleichzeitig wunderbar träge, so als schwebte sie schwerelos in der warmen Nachtluft. Das war sicherlich eine Nachwirkung des Champagners, aber das war ihr egal. Nachher würde sie auch noch mehr trinken, bis sie es schaffte, einen Abend lang an etwas anderes zu denken als an die Vorfälle an jenem heißen Julitag von vor zwei Jahren. Vielleicht würde sie danach einmal wirklich durchschlafen. Ohne Albträume, ohne Panikanfälle. Ohne diesen eiskalten Schmerz der Einsamkeit.

Sie schaute auf die Uhr. Sieben Minuten waren seit ihrem Anruf vergangen. Ihr bewaffneter Begleitschutz sollte gleich bei ihr eintreffen, und sie entschied, unten an der Treppe zu warten. Sie stand auf und rettete erst einen großen Nachtfalter, der vom Licht, das aus dem Wohnzimmer strömte, angezogen gegen das große Fenster flatterte. Als er lautlos in die Schatten davonflog, ging sie langsam die Stufen hinab. Unten tat sie ein paar Schritte, überlegte, ob sie dem Ranger ein Stück entgegenlaufen sollte, aber sie hatte keine Taschenlampe, und schwarze Wolken schoben sich jetzt vor den Mond. Dunkelheit verschluckte den Weg. Außerdem war ihre Nachtsicht nicht sehr gut, und diese tiefe, dichte Schwärze verursachte bei ihr eine Beklemmung, so als sickerte kaltes Wasser durch ihre Adern.

Schnell kehrte sie zur Treppe zurück, stieg hinauf und setzte sich auf die oberste Stufe. Offenbar war der Ranger aufgehalten worden. Die Darbietungen der nächtlichen Sänger hatten eingesetzt. Erst zögernd, dann lauter, bis ein vielstimmiger Klangteppich über dem Busch lag. Afrikas Wiegenlied, hatte es ihre Mutter immer genannt und davon geschwärmt, wie herrlich das war. Sie lauschte mit geschlossenen Augen. Es war herrlich.

Es war so schön, dass es wehtat.

Erst nach einer Weile drang ein weiteres Geräusch in ihr Bewusstsein. Eigentlich war es mehr ein tiefes Vibrieren der Luft, so als arbeitete irgendwo in der Ferne ein großer Generator. Ihre dahinplätschernden Gedanken befassten sich nur flüchtig mit der Frage, wo hier in der Wildnis ein Generator laufen könnte. Unbewusst zuckte sie mit den Schultern. Vielleicht bei der Lodge.

Erneut stand sie auf und sah dabei verärgert auf ihre Uhr. Der Ranger hätte längst auftauchen müssen. Sie ging hinunter, rümpfte die Nase, weil ein stechender Geruch aus dem Busch zu ihr herüberwehte, und ging ein paar Schritte den mittlerweile von schwachem Mondlicht erhellten Pfad entlang. Jetzt wurde das Vibrieren lauter, klang viel näher, hatte schon fast etwas Bedrohliches.

Und dann verstummte das nächtliche Konzert der Tierstimmen plötzlich. Unvermittelt überlief Anita eine Gänsehaut, und ihr Herz begann zu hämmern. Energisch rief sie sich zur Ordnung. Es gab keinen Grund, Angst zu haben. Doch jetzt wurde ihr bewusst, dass das Vibrieren sich als ein volles, resonantes Knurren manifestiert hatte, so als würde jemand die Membran einer großen Basstrommel in Schwingungen versetzen. Es schien von allen Seiten auf sie zuzukommen. Und nun vernahm sie noch ein anderes Geräusch. Knacken. Trockenes Knacken, wie von brechenden Ästen. Oder Knochen. Ihr sackte das Blut in die Beine, und Sterne tanzten ihr vor den Augen. Sie wagte keinen Muskel zu rühren.

Was war hier im Busch, was ein solches Geräusch verursachen konnte? Ein Tier, natürlich, aber wie groß …

Ihr stockte der Atem. Löwen?

Im Bruchteil einer Sekunde war sie nass bis auf die Haut. Sie presste die Zähne aufeinander, damit sie sich nicht durch ihr Klappern verriet, aber dann fiel ihr ein, dass Löwen außer einem hervorragenden Gehör auch einen ebensolchen Geruchssinn besaßen. Ohne weiter darüber nachzudenken, wirbelte sie herum, dass ihr Kleid hochflog. Sie rannte die Treppe zum Bungalow hoch und wollte die Tür öffnen, aber die Klinke rutschte ihr unter den schweißnassen Händen weg. Erst mit Nachgreifen schaffte sie es, sie herunterzudrücken. Mit dem Fuß stieß sie die Tür auf und warf sich dann von innen sofort mit aller Kraft dagegen. Sie wollte abschließen, aber dann fiel ihr ein, dass sie keinen Schlüssel bekommen hatte. Weil hier keine nötig seien.

Ihre Gedanken rasten. Was wog ein Löwe? 250 Kilogramm,

schätzte sie. Würde sich eine der riesigen Raubkatzen gegen die Tür werfen, böte diese wohl so viel Schutz wie ein Gazevorhang. Ein Eisklumpen setzte sich in ihrem Magen fest. Ihr Blick hetzte durch den Raum auf der Suche nach etwas, was sie als Barriere benutzen konnte, und blieb an dem niedrigen Wohnzimmertisch hängen. Sie zerrte das überraschend schwere Möbelstück zur Tür, kippte es hochkant und schob es so unter die Klinke, dass es diese blockierte, rannte zurück und schob die zwei Sessel davor.

Dann flog sie von Lichtschalter zu Lichtschalter, schlug auf jeden, bis sie im Dunkeln war. Schwer atmend stand sie in der Mitte des Zimmers. Wenigstens hatte sie nicht mehr das Gefühl, von allen Seiten sichtbar zu sein wie ein Fisch im Aquarium, den eine hungrige Katze von außen beobachtete.

Quälend lange musste sie warten, ehe ihre Nachtsicht wiederhergestellt war und sie das Telefon fand. Als sich nach dem zweiten Klingeln Jill selbst meldete, brach Anita in ein hysterisches Weinen aus und konnte kein zusammenhängendes Wort hervorbringen. Endlich gelang es ihr, ihre Angst herauszustammeln.

»Rühr dich nicht aus dem Haus«, wies Jill sie überflüssigerweise an. »Ich bin mit unseren Rangern sofort da.«

»Ich schließe mich im Schrank ein«, sagte Anita und tat genau das. Langsam rutschte sie mit dem Rücken an der Wand in die Knie, kauerte sich völlig zusammen, wagte es nicht, aus dem schmalen Spalt zwischen beiden Türen nach draußen zu schauen.

Bald hörte sie Motoren, und kurz darauf schnitten starke Scheinwerfer Schneisen durch die Nacht. Mehrere Autotüren schlugen. Mit wackeligen Knien kroch sie aus dem Schrank heraus. Gedämpft durch die Fenster vernahm sie Rufe, sah hier und da das Kaki der *Inqaba*-Uniformen durchs Gestrüpp schimmern. Dann lief Jill zusammen mit einer Zulu-Rangerin die Treppen hoch und klopfte an ihr Fenster. Beide Frauen hatten ihr Gewehr schussbereit in der Hand, beide trugen lange Kakihosen, die in hochgeschnürten Buschstiefeln steckten. Hastig schaltete Anita das Licht im Wohnzimmer und über der Eingangstür wieder an, wuchtete die Blockade beiseite und öffnete die Tür einen Spalt.

Jill schlüpfte mit ihrer Kollegin herein und schloss die Tür sofort wieder. Besorgt musterte sie Anita. »Ach, um Himmels willen, du bist ja weiß wie die Wand!«, rief sie. Ohne ein weiteres Wort ging sie zur Bar, öffnete den Kühlschrank, schraubte den Deckel von einer Miniflasche Chivas Regal ab, goss den Inhalt bis zum letzten Tropfen in ein Becherglas und hielt es Anita dann hin. »Setz dich hin, und dann runter damit! Du siehst wirklich wie durchgekaut und ausgespuckt aus.«

Obwohl sie erst ablehnen wollte, nahm Anita das Glas und setzte es an die Lippen. Der Rand klirrte gegen ihre Zähne, aber sie trank ein paar große Schlucke. Der Alkohol brannte ihr die Kehle hinunter in den Magen, sie musste husten, aber dann rann ihr die Wärme durch die Adern und half ihrem Blutdruck auf die Sprünge. »Danke«, flüsterte sie und leerte das Glas.

Jill streichelte ihr besorgt übers Haar. »Geht es wieder? Hast du dich ein wenig erholt? Es tut mir furchtbar leid, dass du dich so erschrocken hast. Wir durchkämmen jetzt den Busch in der Umgebung der Bungalows, um herauszufinden, was sich da herumgetrieben hat. Phumile hier …« Sie machte eine Handbewegung zu der schwarzen Rangerin. »Sie bleibt inzwischen bei dir. Sie hat ihr Gewehr dabei und kann bestens damit umgehen. Du bist bei ihr sicher.« Mit einem aufmunternden Lächeln strebte sie zur Tür.

»Warte«, rief Anita. »Das Knurren … das war anders … als würde ein Hund knurren. Es schien von überallher zu kommen … Es … es muss ein sehr großes Tier gewesen sein …« Sie scheute sich, Löwen zu erwähnen, weil sie befürchtete, sich lächerlich zu machen. »Gibt es im Wildreservat auch Hunde?«

»Wir haben Hunde, zwei Dobermänner, aber die können sich

nur in einem gewissen Bereich um unser Privathaus herum bewegen. Trotzdem … Warte einen Moment …« Jill drückte die Taste ihres Funkgeräts. »Jonas? Sieh mal nach, ob Roly und Poly da sind, wo sie hingehören.«

Es dauerte nicht einmal eine Minute, bis Jonas sich zurückmeldete.

»Okay. Over and out.« Jill ließ die Taste los. »Ein Hund ist es nicht gewesen.«

Die Zulu-Rangerin, die bisher stumm neben ihr gestanden hatte, überraschte Anita. »Es können Löwen gewesen sein«, bemerkte sie. »Löwen gehen gern auf Wanderschaft. Das kommt schon mal vor. Das gehört zum Buschleben. Sie haben wirklich gut reagiert.«

Anita quittierte das Lob mit einem winzigen Lächeln.

Jill sandte der Rangerin einen warnenden Blick. »Ich halte es für außerordentlich unwahrscheinlich, dass sich Löwen so nah an die Bungalows gewagt haben. Aber wir werden dem jetzt nachgehen. Sowie wir sicher sind, dass die Luft rein ist, holen wir dich ab. Mit dem Auto. Ist das in Ordnung?« Jill stand bereits in der offenen Tür.

»Ja, ja, das ist gut.« Der Schrecken war abgeebbt, und Anita nahm sich und die Umgebung wieder wahr. Ihr wurde bewusst, dass ihr Kleid schweißnass war, und bemerkte erst jetzt, dass der Saum zerrissen herunterhing. Irgendwo auf ihrer Flucht musste sie an einem dornigen Ast hängen geblieben sein. Sie stand auf, um sich umzuziehen, warf aber vorher noch einen Blick nach draußen. Die Ranger bewegten sich im 100-Meter-Radius um den Bungalow. Bis auf Mark und Jenny waren es durchweg Zulus, und alle verständigten sich in deren Sprache. Scheinwerferlicht geisterte über Busch und Bäume, Baumstämme verwandelten sich in den huschenden Strahlen zu gespenstischen Figuren, und einmal glaubte sie, die aufglühenden Augen eines Tiers gesehen zu haben. Jetzt, wo Phumile mit einem Gewehr neben ihr stand, war es aufregend. Ein Erlebnis, von dem man später auf Partys erzählen konnte, ein Erlebnis, das einmal zum Geflecht ihres Lebens gehören würde. Sie blieb am Fenster stehen.

Plötzlich wurden die Rufe draußen lauter und dringlicher, die Gestik der Ranger hektischer. Dann brüllte Mark etwas, und die übrigen Ranger versammelten sich um ihn. Leider verdeckten Büsche diesen Bereich, und Anita konnte nicht erkennen, was dort vor sich ging. Phumile stellte sich neben sie, Gewehr über die Schulter gehängt, Hände in die Hüften gestemmt, konzentrierter Blick. Sie war eine stramme Person mit kräftigen Armmuskeln. Ihr dunkles Gesicht zeigte keine Regung.

»Was ist los? Ich verstehe kein Zulu.« Anita bemühte sich, die Dunkelheit mit den Augen zu durchbohren.

Die Rangerin antwortete lediglich mit einem Schulterzucken, und Anita blieb nichts anderes übrig, als zuzusehen, wie Phumiles Kollegen wie Suchhunde immer im Kreis um eine Stelle herumliefen, bis sie endlich etwas gefunden zu haben schienen, was sie anschließend zu einem der Geländewagen trugen.

Erst nach einer gefühlten Ewigkeit lief Jill wieder die Treppe zu ihnen hinauf. Im Gehen schulterte sie ihr Gewehr, das sie vorher unter dem Arm getragen hatte. Sie war ungewohnt blass geworden und wirkte sehr angespannt. Phumile fragte leise etwas auf Zulu. Jill antwortete ein paar Worte in derselben Sprache, worauf Phumile die Luft scharf durch die Zähne zog und die Augen entsetzt verdrehte.

Anitas Blick sprang von einer zur anderen. »Was ist los, Jill?«, rief sie. Als keine der Frauen antwortete, stemmte Anita die Arme in die Hüften. »Du kannst mich hier nicht so stehen lassen. Ihr habt doch etwas gefunden – ich kann es dir vom Gesicht ablesen. Also bitte, was ist da unten passiert? Nach dem, was ich erlebt habe, habe ich ein Recht darauf, es zu erfahren.«

Jill Rogge schien sich schnell wieder im Griff zu haben, denn auch ihr Gesicht bekam endlich wieder etwas Farbe. »Du hattest recht, es waren Löwen, zwei junge Männchen, um genau zu sein. Kürzlich sind einige Löwen aus dem Hluhluwe-Wildreservat ausgebrochen und zu uns herübergekommen. Das ist schon öfter passiert. Sie graben sich unter den Zäunen durch, die an einer Stelle unmittelbar nebeneinanderliegen. Es hat etwas mit Revierkämpfen zu tun.«

Anita starrte sie entsetzt an. »Ja, aber ... was ist, wenn sie sich nicht nach *Inqaba* durchgraben, sondern einfach ... nach draußen gelangen? In die Dörfer?«

»Dann schwärmen zig Jäger aus, um sie zu erlegen«, erklärte Jill trocken.

»Könnte es nicht auch sein, dass die Löwen von Maurice' Farm ausgebrochen sind?«

Die Eigentümerin *Inqabas* schüttelte langsam den Kopf. »Glaube ich nicht, aber sicher sein kann ich mir ehrlich gesagt nicht. Ich werde ihn gleich anrufen, damit er das nachprüft. Im Endeffekt spielt es ja auch keine Rolle, woher die Löwen gekommen sind, oder? Natürlich war das jetzt auch ein Schreck für mich, und glaube mir, ich kann mir ziemlich gut vorstellen, wie du dich fühlen musst. Es ist noch nie vorgekommen, dass Raubkatzen so nahe an der Lodge waren, ob unsere eigenen oder eingewanderte. Ich kann dir nur anbieten, sofort in eine Suite im Haupthaus oder einen Bungalow direkt neben unserem Privathaus umzuziehen. Wenn du die Lodge verlassen willst, würde ich das bedauern, aber auch das wäre natürlich völlig in Ordnung. Und verständlich.«

»Und das war alles? Löwen?« Anita schaute wieder misstrauisch von einer zur anderen. »Deswegen siehst du aus, als hättest du einen Geist gesehen? Das nehme ich dir nicht ab. Löwen siehst du hier doch sicher häufiger.«

Jill wechselte einen schnellen Blick mit ihrer Rangerin. Die hob nur die Schultern. »Nein«, antwortete Jill zögernd. »Wir haben offensichtlich Wilderer auf *Inqaba*, und das ist mir in die

Knochen gefahren. Was die Löwen da zwischen den Zähnen hatten, war der Kopf eines gewilderten Gnus. Er hatte ein Schussloch, und wir haben eine Kugel gefunden.«

Überrascht merkte Anita auf. »Oh. Wilderer? Also war es keine Trophäenjagd? Mit einem Loch im Kopf sieht ein Gnu an der Wand doch nicht so hübsch aus. Mein Vater hatte damals einige Jagdtrophäen im Arbeitszimmer unseres Hauses hängen und mir einmal erklärt, wie wichtig es sei, den Kopf bei der Jagd nicht zu verletzen.«

»Nein, diese Kerle haben wohl wegen des Fleisches gewildert. Sie zerteilen das Tier, und dann wird es auf irgendeinem Markt verkauft. Das ist ein gutes Geschäft. Es gibt viele hungrige Menschen in Zululand.«

Bevor sie fortfahren konnte, rannte Ziko die Treppe hoch. »Ma'am!« Sichtlich aufgeregt hielt er den Balg eines sehr großen Vogels hoch. »Ma'am, wir haben einen Geier gefunden. In einer Falle. Ohne Kopf!«

Jill erbleichte beim Anblick des blutigen Halses. Halblaut knurrte sie einen saftigen Fluch. »Vom Kopf gibt es wirklich keine Spur?«, fragte sie dann.

Der Zulu schüttelte heftig den Kopf. »Der wird auf dem Muti-Markt verkauft. Fünfzig Rand für eine winzige Flasche mit einem Krümel Geierhirn vermischt mit Schlamm.«

Anita schaute ungläubig von einem zum anderen, hielt sich allerdings mit Fragen zurück, wozu man Geierhirn mit Schlamm vermischt benutzen könne. Jill wirkte zu angespannt und wütend, als sie jetzt langsam den Kadaver des Vogels umrundete und dabei Ziko befragte, wo genau die Falle gestanden und ob sie zerstört worden sei. »Habt ihr vergiftetes Fleisch gefunden?«

Der Zulu zögerte. »Fleisch haben wir gefunden«, gestand er endlich, ohne Jill dabei anzuschauen.

Jill sah ihn scharf an. »Ziko, ihr dürft es nicht anrühren. Verstanden?« Sie packte ihn an den Schultern, zwang ihn, ihr in die

Augen zu sehen. »Das Gift ist nicht nur für Tiere tödlich, sondern auch für Menschen. Ihr müsst es verbrennen! Kann ich mich darauf verlassen, oder muss ich es selbst tun?«

Zikos Blick hinter den verschmierten Gläsern rutschte ab. »Okay, wir verbrennen es«, murmelte er. Es war deutlich, dass er darüber nicht erfreut war.

Seine Chefin musterte ihn misstrauisch. »Phumile, sag allen Bescheid, sie sollen sich unten vor dem Bungalow versammeln«, befahl sie. »Ich komme sofort nach unten.«

»Yebo, Ma'am!« Phumile wandte sich um, sprang die Treppe hinunter und war gleich darauf von der Dunkelheit verschluckt. Ziko folgte ihr erheblich langsamer.

»Moment«, sagte Jill zu Anita und drückte die Taste auf ihrem Funkgerät. »Können mich alle hören?« Nach der vielstimmigen Antwort wiederholte sie das, was sie Phumile gesagt hatte. »Jetzt sofort, unten vor dem Bungalow! Alle!« Dann wandte sie sich an ihren Gast. »Tut mir leid, ich muss zu meinen Leuten … Hast du noch Fragen?«

»Allerdings. Wird das Gehirn gegessen? Paniert, wie Kalbsbregen? Und vor allen Dingen, warum?«

»Gegessen? Nein, dahinter steckt etwas anderes. An der Ostküste des südlichen Afrikas ist der Aberglaube verbreitet, dass man nur getrocknete Geiergehirne in eine Zigarette gerollt rauchen muss, und schon kann man die Lottogewinnzahlen vorhersagen. Oder Gewinner bei den nächsten Pferderennen, die Antworten auf Examensfragen und so weiter. Die Dämpfe des Geiergehirns verleihen dem Raucher die sagenhafte Sehkraft des Vogels, die es ihm erlaubt, in die Zukunft zu sehen, heißt es. Um böse Geister zu verscheuchen, muss man allerdings Eselsfett zu sich nehmen. Ist das genug Erklärung?«

Anita starrte sie mit offenem Mund an. »Du machst Witze, oder?« Gleichzeitig fiel ihr die Geschichte ein, die ihr Maurice über die Praktiken der Sangomas aufgetischt hatte, und mit einem flauen Gefühl im Magen wurde ihr klar, dass er durchaus die Wahrheit gesagt haben könnte. Und Jill auch.

»Witze?«, sagte Jill. »O nein, absolut nicht. Die Geier werden erschossen, in Fallen gefangen oder mit vergiftetem Fleisch angelockt. Wenn dann andere Tiere den vergifteten Kadaver oder das ausgelegte Fleisch fressen, gehen auch sie ein. Und da viele der Einheimischen das entweder nicht wissen oder nicht glauben, kommt es immer wieder vor, dass sie von dem Fleisch essen ...« Trübsinnig hob sie die Schultern. »Und dann ... dann passiert es eben.«

»Na so was«, war alles, was Anita hervorbrachte. Begreifen tat sie nichts. Es war einfach zu viel auf einmal. Zu einer Welt, in der so etwas vorkam, fand sie keinen Zugang. Sie dachte an die mondänen Läden der Waterfront in Kapstadt, an die edlen Apartmenthäuser in Umhlanga Rocks, die sinnliche Atmosphäre der *Oyster Box* und fand keine Verbindung. Der Gran Canyon wäre als Metapher nicht weit und tief genug, um den Abstand zu beschreiben, den sie jetzt zu dem Leben verspürte, das Jill Rogge führte. Ihre Gedanken schwirrten. Aber ihr Puls verlangsamte sich auf annähernd normales Maß. Zumindest hatte sich das Gefühl verzogen, dass Jill ihr etwas verheimlichte. »Was unternehmt ihr dagegen?«

»Wir verdoppeln die Patrouille. Wenn du also hier Männern in Tarnuniform mit Maschinenpistolen begegnest, sind das keine Kriminellen oder Terroristen, sondern unsere Leute. Im Allgemeinen bekommt niemand sie zu Gesicht. Sie sind so gut getarnt, dass sie nur Meter von dir entfernt stehen können, und du siehst sie nicht.«

Das Bild vor Anitas innerem Auge wechselte. »Maschinenpistolen. Das klingt nach Krieg.« Sie konnte einen Schauer nicht unterdrücken. Krieg und Waffen. Es gab kaum etwas anderes, was sie so sehr fürchtete. Körperliche Gewalt vielleicht. Es war sicherlich der Nachhall der Geschichten ihrer Eltern vom letzten Weltkrieg, von den fürchterlichen Dingen, die da passiert waren.

»Das ist es auch.« Jill hatte offenbar nicht vor, dieses Thema auszuweiten.

Aber Anita blieb hartnäckig. »Wie viel Mann hat eure Patrouille? Zehn? Zwanzig? Oder mehr?«

Jill druckste einen Augenblick herum. »Zehn«, gab sie dann mit deutlichem Widerwillen zu.

Anita blickte bestürzt drein. »Zehn Mann für ein derartig riesiges Gebiet! In einem Zeitungsartikel las ich kürzlich, dass die Wilderer hochprofessionell mit Maschinenpistolen und Nachtsichtgeräten ausgerüstet sind. Wie steht es damit bei deinen Rangern?«

Jill biss sich auf die Lippen.

»Bitte sei ehrlich«, sagte Anita. »Ich glaube, das habe ich mir verdient.«

Ein kurzer Kampf spielte sich auf Jills Gesicht ab, dann zuckte sie die Achseln. »Auch einige unserer Ranger haben Maschinenpistolen ... aber bei einem Schusswechsel ...«

Ihr Funkgerät knackte, und sie griff danach wie nach einem Rettungsanker. Phumiles Stimme ertönte. Sie berichtete, dass alle Ranger versammelt seien. »Ich komme«, sagte Jill und wandte sich dann mit offensichtlicher Erleichterung an Anita. »Ich schicke dir einen Wagen«, sagte sie und öffnete die Tür.

Anita stand vom Sessel auf. »Halt, nur noch eine letzte Frage – wie geht es Kira? Habt ihr herausbekommen, weswegen sie so geweint hat?«

Jills Augen verdunkelten sich. Sie schüttelte langsam den Kopf. »Noch nicht. Kira hat allen Versuchen widerstanden, das aus ihr herauszulocken. Aber sie hat sich beruhigt.« Sie zögerte kurz. »Da ist noch etwas«, sagte sie dann. »Ich möchte dich bitten, die Sache mit den Wilderern vor niemand zu erwähnen.«

»In Ordnung«, sagte Anita. »Es geht mich ja auch nichts an.

Aber dass sich Löwen in der Nähe meines Bungalows herumgetrieben haben, werde ich erzählen. Irgendetwas muss ich doch als Entschädigung für meinen Schrecken bekommen, oder? Und wenn es nur Aufmerksamkeit ist.« Sie grinste spitzbübisch. »Frau Muro wird sicherlich sofort nach Bodyguards oder der Armee oder beidem rufen.«

Jetzt musste sogar Jill lachen. »Da könntest du recht haben. Ich sage gleich Bescheid, dass man dich abholt.«

»In einer Viertelstunde bin ich fertig. Ein Wagen wird nicht nötig sein.« Als Jill eben die Tür hinter sich zuzog, rief sie ihr noch »ein todesmutiger Ranger genügt« hinterher. Im selben Augenblick läutete ihr Mobiltelefon. Sie nahm den Anruf an. »Ja, bitte?«

Es war Dirk, der fragte, ob etwas geschehen sei, weshalb sie noch nicht zum Essen erschienen sei. »Marina und Flavio vergehen vor Hunger«, setzte er scherzend hinzu.

»Gebt mir zwanzig Minuten – oder riskiere ich damit, dass eine weltberühmte Schauspielerin und ein ebenso berühmter Regisseur vor Hunger sterben?« Ihr Kleid war verschmutzt und zerrissen, und ihr Make-up bedurfte einer ausgedehnten Restaurierung. »Sonst fangt doch bitte ohne mich an«, sagte sie und ging dabei ins Badezimmer. »Ich habe auch eine gute Geschichte zu erzählen.«

»Okay. Zwanzig Minuten, keine Minute mehr, sonst mache ich mich mit einem Suchtrupp auf den Weg!« Mit diesen Worten legte Dirk auf.

Sie schaffte es in zwölf Minuten. Das Kleid, das sie aus dem Koffer gezogen hatte, hatte sie in Kapstadt gekauft, weil sie die hiesige Hitze um diese Jahreszeit unterschätzt und außer dem verschmutzten Hängerkleid nichts Vergleichbares mitgenommen hatte. Es war ein kniekurzes Etuikleid, puderfarben mit Spaghettiträgern und breitem Gürtel, aus einem dieser neuen Hightechstoffe, die kaum knitterten, luftig waren und einen seidigen Glanz hatten. Die hochhackigen Riemchensandaletten waren für den Weg durch den Busch wirklich nicht geeignet, aber es musste gehen. Sie hatte Lust auf High Heels. Als sie Jills Stimme aus dem Busch zu sich heraufschallen hörte, erinnerte sie sich daran, dass sie ihr noch immer nicht den Gruß von diesem Pienaar ausgerichtet hatte. Nachher würde sie daran denken. Sicherlich.

Mark holte sie ab. Sie kam ihm über die Treppe entgegen, und als er ihrer ansichtig wurde, blieb er stehen. »Wow!«, stieß er hervor. Mit wenigen Schritten war er an der Treppe und streckte die Hand aus, um sie hinunterzugeleiten. »Sie sehen toll aus.«

Anita schmunzelte in sich hinein, musste aber zugeben, dass sie sich geschmeichelt fühlte. Aber sie vermied es, mit ihm zu flirten. Touristinnen, die sich mit muskulösen Rangern einließen, handelten sich schnell einen zweifelhaften Ruf ein. Außerdem war er ohnehin nicht ihr Typ. Er spielte die Rolle des verwegenen afrikanischen Buschläufers, der mit Löwen auf Du und Du stand, etwas zu offensichtlich.

Auf der Veranda wurden sie von Thabili in Empfang genommen und zu dem Tisch gebracht, an dem der Regisseur, Marina Muro und Dirk bei einer Flasche Wein saßen. Die Schauspielerin trug eine weiße Corsage zu hautengen, weißen Jeans, die sie sehr stramm ausfüllte. Ihr dunkles Haar hing glänzend und schwer über den Rücken. Über sie gebeugt standen zwei Frauen, die sich offensichtlich Autogramme von ihr geben ließen und sie, dem Gesichtsausdruck und der Gestik nach zu schließen, anschwärmten. Die Muro strahlte und schrieb bereitwillig jeweils eine Widmung auf die Autogrammkarten.

Als Dirk Anita erblickte, sprang er auf. Er funkelte geradezu vor unverhohlener Bewunderung. Sie begrüßte aber erst Marina Muro, die ihr Luftküsschen links und Luftküsschen rechts verpasste und eine große Show daraus machte, wie schön es sei, sie wiederzusehen. Auch Flavio Schröder war aufgestanden und schüttelte ihr die Hand. Anita bat um Verzeihung für ihre Verspätung und setzte sich auf den Stuhl, den Dirk ihr hinschob.

»Nenn mich Marina, meine Liebe, und Flavio kannst du auch Flavio nennen«, sagte die Schauspielerin. »Nicht wahr, Flavio?«

»Natürlich«, sagte der Regisseur mit einer leichten Verbeugung. »Ich heiße Flavio.«

»Anita«, stotterte sie, fing sich dann aber wieder. »Ich habe eine gute Entschuldigung für meine Verspätung.« Lächelnd beschrieb sie ihrem atemlos lauschenden Publikum anschließend die abenteuerlichen Ereignisse vor ihrem Bungalow. Natürlich in der mit Jill abgesprochenen Kurzform.

»Löwen direkt am Bungalow?«, unterbrach sie Marina Muro sofort. Ihre Stimme stieg dramatisch in die Höhe. »Ich verlange auf der Stelle bewaffnete Wachen vor meiner Tür. Und einen Bodyguard, der mich ständig begleitet.«

»Auch auf die Toilette, was?«, knurrte Flavio Schröder. »Mach dich nicht lächerlich! Nach diesem Vorfall werden die hier schon aufpassen. Schon aus Selbsterhaltungstrieb. Aufgefressene Gäste würden Jill ganz schön das Geschäft verderben.«

Es gelang Anita, einen Lachanfall zu unterdrücken. »Habt ihr schon bestellt?«, fragte sie und öffnete die Speisekarte. »Ich habe jetzt wirklich Hunger.«

»Kürbissüppchen mit Ingwer«, las die Muro halblaut vor. »Springbockbraten in Rotwein … oder Warzenschwein … Du meine Güte, Warzenschwein!« Sie lachte und las weiter. »Salat … wunderbar, und Fruchtsalat mit Passionsfrüchten … Klingt gut. Nehmen wir das alle?« Sie winkte Thabili heran.

»Springbock«, bestellte Flavio Schröder.

»Warzenschwein«, sagten Anita und Dirk wie aus einem Mund, sahen sich an und glucksten.

Marina bestellte für alle. »Aber statt des Kürbissüppchens hätte ich gern eine klare Brühe, kein Gemüse und auch keine Soße zum Springbock, und den Salat ohne Dressing. Ach – und den Fruchtsalat ohne Zucker.«

Thabilis dunkler Blick ruhte einen Lidschlag lang mit unergründlichem Ausdruck auf der Schauspielerin, dann seufzte sie diskret. »Ich werde schauen, was unser Koch machen kann, Madam.«

Flavio Schröder hob die Brauen. »Bist du schon wieder auf Diät? Denk dran, deine Rundungen sind dein Kapital. Als klapperndes Knochenbündel wird dich keiner mehr buchen.« Er grinste boshaft. »Ich auch nicht.«

Die Schauspielerin bedachte ihn mit einem pechschwarzen Blick, erwiderte aber nichts. Stattdessen lehnte sie sich zu Anita hinüber. »Hast du die Löwen eigentlich gesehen? Sie können ja nur Meter von dir entfernt gewesen sein. Eigentlich ein Skandal, dass die Lodge nicht umzäunt ist.«

Anita antwortete nicht gleich. Aus den Augenwinkeln bemerkte sie Jill Rogge, die eben auf der Veranda erschienen war. Statt Uniform und Buschstiefel trug sie ein schmales, kniekurzes schwarzes Kleid und goldene Ballerinas. Nils, der ausnahmsweise keines seiner schreiend bunten Hawaiihemden und keine knielangen Shorts, sondern ein hellblaues Hemd und Chinos angezogen hatte, folgte ihr.

Mit ihrer charmanten Art begrüßte Jill die Gäste, deren Anzahl deutlich abgenommen hatte.

Als die Rogges ihren Tisch erreichten, streckte Jill als Erstes Marina Muro die Hand entgegen und hieß sie auf *Inqaba* willkommen. »Es tut mir leid, dass ich mich nicht früher um Sie kümmern konnte. Ich hoffe, der Bungalow und alles Drum und Dran gefallen Ihnen.«

»Oh, alles wunderbar«, antwortete die Schauspielerin und versicherte, dass ihr Bungalow sehr schön und bequem sei.

Jill sah sehr erleichtert aus und bekannte, dass sie ein großer Fan von ihr sei. »Wir können hier einige deutsche Fernsehkanäle empfangen. Oft kann ich Ihre Filme dort ansehen, aber bedauerlicherweise nicht immer.«

Die Muro schnurrte vor Vergnügen und bot Nils mit eleganter Geste die Hand. Er deutete einen federleichten Kuss über ihrem

Handrücken an und lächelte ihr dabei zu. Marina Muro sprühte Funken und richtete ihre ganze Aufmerksamkeit wie einen Scheinwerferstrahl auf ihn, nicht ohne durch einen raschen Blick die Wirkung auf Flavio Schröder zu kontrollieren.

Jill, die offenbar genau bemerkt hatte, was vor sich ging, unterdrückte einen genervt klingenden Seufzer. Einen Augenblick schaute sie mit verschlossenem Ausdruck zu, wie die Schauspielerin ihre Federn spreizte. Dann wandte sie sich mit liebenswürdigem Lächeln Anita zu.

»Du hast das Abenteuer offenbar bestens verkraftet, du siehst aus wie das blühende Leben. Aufregung scheint dir gutzutun. Hast du schon erzählt, was du heute durchmachen musstest?«

Anita hob die Hände. »Das meiste. Es hat gebührenden Eindruck gemacht.«

Marina Muro forderte erneut bewaffnete Wachen vor ihrer Unterkunft an und zudem mindestens einen Ranger, besser zwei, die sie überallhin begleiten sollten. Auch tagsüber, verlangte sie nachdrücklich. Dabei ruhten ihre schwelenden Augen auf Nils.

Jill setzte ein professionell kühles Lächeln auf. »Kein Problem. Ich werde Ihnen Ziko und Phumile schicken. Das sind hervorragende Leute. Bei denen sind Sie in sehr guten Händen.«

Marina Muro setzte an zu protestieren, aber Jill ließ ihr keine Gelegenheit. »Anita, vor lauter Aufregung habe ich versäumt, vorhin zu fragen, wie euer Ausflug heute verlaufen ist.«

Anita reagierte zurückhaltend. »Oh, sehr aufschlussreich. Dirk hat sich offenbar in das Haus verliebt und hält es als Filmlocation für ideal. Glücklicherweise haben wir die … Eigentümerin, die Mutter von Maurice, getroffen. Sie hat uns zu Tee und Scones auf der Veranda eingeladen.«

»Klingt wunderbar. Lia ist eine interessante Frau, nicht wahr? Gehörte der USB-Stick nun tatsächlich Maurice?«

»Ja, allerdings, und er war sehr erfreut, ihn wiederzubekommen.«

»Das kann ich mir denken«, sagte sie, lächelte ihr Gastgeberinnenlächeln und wandte sich zum Gehen. Sie sah, dass Nils sich mit routinierter Geschicklichkeit der Gefahrenzone namens Marina Muro entzogen hatte und einige Schritte entfernt auf sie wartete.

»Meine Güte, da fällt mir etwas ein«, rief Anita. »Bei Maurice habe ich einen Typen getroffen, von dem ich dich sehr herzlich grüßen soll. Dich und ausdrücklich Kira und Luca. Sein Name ist Len Pienaar. Kennst du ihn?«

Es war, als hätte jemand Jill Rogge stehend k. o. geschlagen. Versteinert stand sie da und starrte Anita an. Ihre Lippen bewegten sich wie im Krampf. »Mich und die Kinder?«

»Ausdrücklich.« Anita nickte. »Kira und Luca. Er schien euch gut zu kennen.«

»Sag den Namen noch einmal.« Jills Worte waren kaum zu verstehen. Ihre Stimme gehorchte ihr offenbar nicht richtig.

»Len«, antwortete Anita, erstaunt über die Reaktion. »Len Pienaar.«

»Beschreib ihn bitte«, krächzte Jill mühsam. Die Hände hatte sie geballt, die Knöchel schimmerten weiß.

»Groß, massig, fast fett, kleiner Kopf, fiese Augen, Mund wie ein Schlitz. Hellblaue Kniestrümpfe. Er hatte einen Kamm darin stecken. Eklig.« Anita legte den Kopf schief. »Ach ja, und sein linker Arm ist amputiert.«

Der Effekt ihrer Worte war furchtbar. Entsetzt beobachtete sie, wie die stets besonnen und beherrscht wirkende Eigentümerin von *Inqaba* anfing zu zittern. In Wellen liefen die Anfälle durch den schlanken Körper hindurch. Die Bilder, die sie augenscheinlich jetzt vor sich sah, mussten schrecklich sein, so verzerrt war ihre Miene, so unübersehbar groß war ihre offensichtliche Angst.

Nils war mit wenigen Schritten neben seiner Frau, schlang einen Arm um sie, zog einen Stuhl heran und ließ sie behutsam darauf nieder. Dann drehte er sich um und stieß einen gellenden Pfiff aus. Sekunden später schoss Thabili aus der Küche und schaute sich empört um.

Nils hob den Arm. »Thabili! Hier!« Dann feuerte er einen Stakkato-Satz in Zulu ab, woraufThabili zum Büro stürzte. Nils fixierte Dirk mit einem Blick, der Stahl hätte schneiden können. »Was ist hier eben passiert, Dirk?«

Anita räusperte sich betreten. »Ich kann das erklären. Gestern traf ich einen Mann auf der Farm von Maurice. Als ich *Inqaba* erwähnte, ließ er Ihrer Frau und Ihren Kindern herzliche Grüße ausrichten. Und zwar nachdrücklich. Grüße an die schöne Jill und Kira und Luca. Das habe ich weitergegeben. Der Mann heißt Len Pienaar. Er hilft Maurice mit den Löwen, hat er gesagt.«

In abgeschwächter Form hatte die Erwähnung dieses Namens auf Nils eine ähnliche Wirkung wie vorher auf seine Frau. »Die Verkörperung des Bösen«, flüsterte er und ging neben Jill in die Knie. Sanft nahm er ihre Hände in seine und schob sein Gesicht ganz dicht an ihres. »Ich passe auf euch auf, Honey. Hörst du? Niemand kommt an euch heran, und schon gar nicht dieses Schwein. Das schwöre ich!«

Jills Lippen waren weiß, ihre Unterlippe bebte. Schweißperlen standen ihr auf der Stirn. »Kira ist bei Lucy. Wir müssen sie sofort abholen.«

»Ich mache das. Du bleibst hier bei Luca. Wir werden noch heute Bodyguards für euch einstellen. Roly und Poly lassen wir nachts frei im Haus laufen, und sie bekommen zum letzten Mal mittags etwas zu fressen, damit sie nicht nachts ihren Verdauungsschlaf halten und zu faul zum Aufpassen sind. Und wir sollten uns überlegen, den Terrorzaun wieder zu installieren.«

Jill klammerte sich an seine Hände. »Herrgott, der Terrorzaun? Ich war so verdammt froh, als ich ihn endlich abreißen konnte. Es war, als wären wir in einem Hochsicherheitsgefängnis eingeschlossen … Vergitterte Fenster … Der meterhohe elektrische Zaun, und die Pistole immer griffbereit in meinen Jeans, das Gewehr neben meinem Bett … Und dann diese ständige Angst …« Jills Stimme versagte ihr den Dienst. Sie verstummte.

Anita musterte sie mitfühlend. Sie hatte von diesen sogenannten Terrorzäunen gehört. Doppelzäune, die elektrische Drähte krönten und in deren breitem Zwischenraum Hunde und Wachleute patrouillierten. Vor der politischen Wende dienten diese Zäune als Abwehr von Überfällen der Freiheitskämpfer – Terroristen in der Umgangssprache der Apartheidregierung.

»Ich will das nicht, nicht noch einmal«, flüsterte Jill jetzt mit geballten Händen, die nicht aufhörten zu zittern. Sie nahm ihre Unterlippe zwischen die Zähne, um sie stillzuhalten.

Thabili schlängelte sich gewandt durch die Tische hindurch und stellte eine kleine Tropfflasche und ein Glas mit klarer Flüssigkeit vor Nils hin. »Die Tropfen und der Wodka.«

Nils öffnete das Fläschchen. »Hast du einen Löffel mitgebracht?«

Bevor Thabili antworten konnte, reichte ihm Anita ihren unbenutzten Kaffeelöffel. Nils nickte seinen Dank, ließ wortlos eine größere Anzahl Tropfen in den Löffel fallen und flößte sie seiner Frau ein.

Verstohlen legte Anita den Kopf schief, um das Etikett zu lesen. Rescue-Drops, entzifferte sie, gegen Schock und Angstzustände, stand darunter. Die Tropfen mussten gut wirken, denn Jill hörte auf, so erschreckend zu schlottern, auch das Zucken ihrer Unterlippe gab sich.

Nils zog vom Nachbartisch einen freien Stuhl heran, setzte sich ebenfalls und schob Jill das Glas mit dem Wodka hin. »Hier, trink das, Liebling.«

»Es geht schon, danke«, wehrte Jill ab. Noch immer wirkte sie wie betäubt. »Wie ist er herausgekommen?«, wisperte sie. »Wie hat er das nur geschafft? Er hat mehrfach ›lebenslänglich‹

bekommen. Unter der alten Regierung hätten sie ihn aufgehängt. Wusstest du, dass er … Wusstest du davon?«

Die Antwort fiel ihrem Mann sichtlich schwer. »Mick hat mich in Frankfurt auf dem Flughafen auf dem Handy erwischt. Er wiederum hatte einen Anruf von Vilikazi erhalten, der ihm berichtet hat, dass Pienaar gestern aus dem Gefängnis hätte entlassen werden sollen, inoffiziell aber schon vor fast vier Wochen freigekommen ist. Es tut mir leid, dass ich nichts gesagt habe. Mir ist es durch die Sache mit Kira einfach entfallen.«

Sie verschränkte die Arme vor der Brust und fixierte ihn mit zusammengepressten Lippen. »Und wann hattest du vor, mir das mitzuteilen?«, fragte sie schließlich scharf. »Wolltest du es mir überhaupt sagen, oder wolltest du das kleine Frauchen schonen?«

Mit einer Mischung aus Betroffenheit und Hilflosigkeit sah er sie an. »Natürlich nicht! Dazu respektiere ich dich viel zu sehr, und das weißt du. Ich will mich nicht entschuldigen, aber Kiras Verschwinden kam dazwischen, dann die Sache mit den Wilderern und so weiter. Nie war der richtige Zeitpunkt. Ich hatte einfach schreckliche Angst, dir diesen Schock zuzumuten … Irgendwie hatte ich wohl gehofft, dass der Kerl ins Ausland geht und auf Nimmerwiedersehen verschwindet. Es tut mir furchtbar leid, dass du es auf diese Weise erfahren hast, Liebling …«

Jill bewegte abwesend ihre Lippen. Mit der rechten Hand strich sie unaufhörlich ihr Kleid über den Schenkeln glatt. Schließlich zuckte sie leicht mit den Schultern. »Es ist okay, es wäre immer ein Schock gewesen. Jede Erwähnung dieses Namens haut mich um.«

Sichtbar erleichtert atmete Nils durch. »Wie er es überhaupt geschafft hat, aus Pretoria Central herauszukommen, ist mir ein Rätsel … Die einzige Erklärung wäre, dass der Kerl auch im jetzigen Justizsystem genügend Leute sitzen hat, die ihm was schulden …«

»Oder er hat sie in der Hand, weiß, welche Geheimnisse sie verbergen«, ergänzte Jill. »Vermutlich hat er von den meisten Leuten schon zu Dienstzeiten Dossiers angelegt. Es ist also alles beim Alten geblieben. Das Netzwerk besteht nach wie vor.« Sie versank augenscheinlich in Gedanken. »Weiß Neil Bescheid? Könnt ihr irgendetwas … unternehmen …?«, fragte sie dann.

Nils antwortete nicht, schien nur zu blinzeln, aber Anita beobachtete, dass Jill fast unmerklich nickte und sofort verstummte. Sie sah hinüber zu Dirk. Offenbar war auch ihm diese verdeckte Kommunikation nicht entgangen. Was nicht verwunderlich war. Sie war so schnell und so kryptisch geschehen, dass es natürlich war, dass seine Reporterneugier angestachelt wurde.

»Wer ist dieser Pienaar?«, fragte Dirk jetzt. »Ich habe ihn nur kurz zu Gesicht bekommen, und mir kam er lediglich wie ein schmieriger Typ vor, der sich Anita gegenüber aufgeblasen hat.«

Marina Muro fiel ihm ins Wort. »Jill, ich konnte nicht verhindern, dass ich Ihr Gespräch mitbekommen habe. Bodyguards, Hunde? Was geht hier vor? Erwarten Sie einen Terroristenangriff? In dem Fall verlange ich, dass ich unter Polizeischutz hier weggebracht werde.« Sie presste eine Hand auf die Brust und atmete schwer. Das Abbild einer zutiefst verängstigten Frau.

»Hör auf, dich aufzuspielen, hier geht es nicht um dich«, zischte Flavio Schröder. »Wer also ist dieser Mensch, Nils?«

»Er hat nichts mit Ihnen zu tun, und Sie sind in keinerlei Gefahr. Hier handelt es sich um eine sehr persönliche Sache. Es tut mir nur leid, dass Sie das alles hier mitbekommen haben.« Er streckte Jill die Hand hin. »Komm, Honey.«

»Moment mal, Nils.« Dirk hielt ihn am Arm fest. »Anita ist morgen wieder bei … Maurice. Was ist denn, wenn sie Pienaar dort wieder begegnet …?«

Anita registrierte sehr erleichtert, dass er in letzter Sekunde zu erwähnen vermied, wen sie eigentlich besuchen würde. »Dirk, bitte …«, unterbrach sie ihn. »Ich kann für mich selbst reden. Aber es stimmt. Falls ich diesen Mann noch einmal treffen sollte, muss ich wissen, mit wem ich es zu tun habe.« Erwartungsvoll wandte sie sich den Rogges zu.

Nils aber schob den Stuhl zurück und stand auf. »Später … entschuldige, ich muss meine Frau …«

Dirk schlug mit der Hand auf den Tisch. »Verdammt, jetzt hör aber auf, Nils! Droht Anita Gefahr, wenn sie Pienaar über den Weg läuft? Ja oder nein? Du kannst jetzt unmöglich einfach weggehen, ohne etwas zu sagen …«

Jill sah hoch. Ihre tiefblauen Augen waren rot gerändert, das Make-up verschmiert, ihr schwarzes Haar verschwitzt. Sie zog ihren Mann zurück. »Dirk hat recht. Setz dich wieder hin, ich werde es ihnen kurz erklären.«

»Das macht es nur noch schlimmer für dich«, sagte Nils eindringlich. »Der ganze Dreck wird wieder hochkommen, das weißt du.«

Jill schenkte ihm ein kurzes Lächeln. »Ist schon gut, Liebling. Es ist schon alles hochgekommen, als Anita mir den Gruß ausgerichtet hat. Er ist in unserer Nähe. Ich muss mich dem stellen, und Anita muss wissen, wer … Pienaar ist. Ob sie will oder nicht, sie ist mit hineingezogen worden und hat in gewisser Weise ein Anrecht auf eine Erklärung. Außer dir kennt keiner die ganze Geschichte. Nicht einmal unsere Freunde Neil Robertson und Vilikazi Duma.« Sie streichelte ihm zärtlich über die Wange. »Wer weiß, vielleicht verschwinden die Albträume, wenn ich endlich einmal darüber spreche.«

Sie räusperte sich, faltete die Hände auf der Tischdecke, heftete ihre Augen fest darauf und begann mit schleppender Stimme zu reden.

»Len Pienaar war Kommandant einer geheimen Eliteeinheit von Polizeioffizieren, die für die Geheimpolizei politische Morde ausführten. Man nannte ihn nur die Verkörperung des Bösen, und ich kann versichern, dass diese Bezeichnung außerordentlich akkurat ist.«

Am Tisch wurde es schlagartig totenstill, alle lehnten sich gebannt vor. Jill dämpfte ihren Ton weiter, wohl um nicht noch mehr Aufmerksamkeit zu erregen. Die Gäste an den Nachbartischen hatten sich schon bei ihrem Zusammenbruch mit einer Mischung aus Besorgnis und Neugier herumgedreht, um zu sehen, was da vorgefallen war. Es wurde getuschelt, Blicke flogen hin und her, Hälse waren gereckt, jemand öffnete verstohlen seine Digitalkamera.

Nils legte ihr die Hand auf den Arm. »Wart mal einen Moment.« Er stand auf, hob eine Hand und lächelte breit in die Runde auf der Veranda. Sofort hatte er die Aufmerksamkeit aller Anwesenden. »Ich sehe, Sie sind besorgt, aber es ist alles in Ordnung. Meine Frau hat nur zu wenig Flüssigkeit zu sich genommen, und ihr ist von der Hitze schlecht geworden. Nehmen Sie sich das also als Beispiel, und vergessen Sie nie, genügend Wasser zu trinken. Danke für Ihre Aufmerksamkeit, und nun guten Appetit und einen schönen Abend.«

Befreites Gemurmel begrüßte seine Worte, es wurden sofort mehrere Bestellungen für Mineralwasser und Fruchtsäfte bei den Kellnerinnen aufgegeben, und die Unterhaltung drehte sich wieder um Safari-Abenteuer.

»So, jetzt haben wir Ruhe.« Nils setzte sich wieder und nickte seiner Frau zu.

Jill räusperte sich noch einmal. »Die Verkörperung des Bösen«, fuhr sie fort und hielt dabei den Blick weiterhin auf die gefalteten Hände geheftet. »Besser kann man Pienaar nicht beschreiben. Es gab eine Farm in Südafrika namens Vuurplaas – heute wird sie als eine Art Denkmal erhalten, warum, kann ich nicht verstehen. Es war eine Folterfabrik, wo systematisch politische Gefangene gefoltert und getötet wurden. Praktisch ausschließlich welche mit schwarzer Hautfarbe. Ich erspare Ihnen die

Einzelheiten, aber wenn Pienaar und seine Helfer mit ihren Opfern durch waren, waren die meisten tot und wurden auf einem Scheiterhaufen verbrannt. Daneben veranstaltete Pienaar dann eine Grillparty für seine Leute.«

Die letzten Worte waren so leise gesprochen, dass Anita sie nur im Nachhall verstand. In diesem Moment servierte Rastazöpfchen am Nachbartisch frisch gegrillte Steaks. Eine Duftwolke wehte zu ihnen herüber. Anita drehte sich der Magen um. Sie konnte sich in letzter Sekunde gerade noch die Hand auf den Mund pressen und krampfhaft schlucken, damit sie sich nicht übergab. Marina Muro war höchst uncharakteristisch still und blass, von ihren Nasenflügeln liefen zwei bläuliche Falten zu den Mundwinkeln. Niemand beachtete sie, nicht einmal ihr Regisseur, der Jill mit gespannter Intensität lauschte. Diese wirkte mittlerweile ruhiger, hielt die Hände aber immer noch so krampfhaft gefaltet, dass die Knöchel weiß glänzten.

»Diese Einzelheiten sind erst nach dem Fall des Apartheidstaates herausgekommen.« Jills Stimme hatte an Kraft gewonnen. »Ende der Achtziger wechselte Pienaar seinen Arbeitsplatz und ging nach Europa, wo er für die Anschläge auf politische Gegner des Apartheidregimes in Übersee zuständig war. Briefbomben, in Kopfhörern versteckte Bomben, vergiftete Kleidung gerne auch für Kinder von Regimegegnern …«

»O Gott«, murmelte Marina Muro.

»… vergiftetes Bier«, fuhr Jill fort. »Derartige Sachen waren sein Hobby. Seine Tarnung als internationaler Playboy mit Rennboot und Privatflugzeug war perfekt. Er war … er war teuflisch gut, teuflisch erfolgreich.« Sie verstummte.

Anita überlief ein Schauer. Jills Gesichtsausdruck nach zu urteilen, war das, was sie jetzt vor sich sah, grauenvoll. Niemand sagte ein Wort, alle hielten den Blick gesenkt. Der Wind raschelte in den Bäumen, leises Gläserklirren begleitete animiertes Gesprächsgemurmel, eine Taube gurrte. Friedliche Geräusche.

Nach einer langen Pause fand Jill wieder zu sich und redete weiter. »Es gibt einen Ausspruch von ihm, der mich noch heute in meinen Träumen heimsucht«, flüsterte sie rau. »Elf Monate im Jahr jage ich Menschen, pflegte er zu sagen, im letzten Monat mache ich Ferien. Dann jage ich Tiere …« Sie verstummte abermals.

»O Scheiße«, flüsterte Dirk.

»Er hat … er ist …«, begann Jill, brach dann aber wieder ab. Tränen glänzten in ihren Augen. »O verdammt, Entschuldigung … es geht gleich wieder.« Sie vergrub ihr Gesicht in den Händen. Es war totenstill am Tisch. Die anderen verharrten in erschüttertem Schweigen, bis Jill sich wieder gefasst hatte.

»Er hat meinen Bruder und meine Mutter auf dem Gewissen. Mein Bruder flog mit einer Paketbombe in die Luft, meine Mutter ist mit einem Flugzeug abgestürzt. Die Ursache ist zwar bis heute nicht geklärt, aber es gibt viele Gerüchte über den Absturz.« Sie hatte schnell geredet, wie um den Satz loszuwerden. »Dass … es eine Bombe war, dass der Geheimdienst eine Ausländerin, eine hochrangige Kommunistin, eliminieren wollte. Ein anderes Gerücht besagt, dass sie sich eines Professors entledigen wollten, der dem geheimen Broederbund der Afrikaansen angehörte und trotzdem gegen die Regierung kämpfte … Am Ende ist es egal. Meine Mutter ist tot. Erst vor ein paar Jahren hat man das Flugzeug gefunden. Zur gleichen Zeit ist Pienaar hier aufgetaucht und hat probiert, sich *Inqaba* unter den Nagel zu reißen.« Sie starrte hinaus in die Schwärze der Tropennacht, und das Grauen von damals spiegelte sich auf ihrem Gesicht.

Anita versuchte sich vorzustellen, wie das gewesen sein musste. Die Briefbombe, der Flugzeugabsturz. Die Familie zerstört. Mit einem Stich im Herzen wurde ihr klar, dass Jill das durchgemacht hatte, was sie im letzten Jahr erlebt hatte, nur auf unvorstellbar gewaltsame Weise und in noch größerem Umfang. Auch sie war plötzlich allein und ohne Halt dem Sturm preisgegeben gewesen.

Aber bei mir ist kein Nils mit breiten Schultern aufgetaucht, schoss es ihr durch den Kopf, niemand war für mich da, keiner hat mich festgehalten. Ich war ganz allein. Bin allein, dachte sie und ertrug das Gefühl von knochenkalter, pechschwarzer Einsamkeit, das in ihr hochkroch, wusste nicht, was sie von dem Hauch von Neid zu halten hatte, der sie unerwartet traf.

»Was meinst du mit ›unter den Nagel reißen‹?«, fragte Dirk in das allgemeine Schweigen hinein.

Jill schaute ihn an. »Ganz einfach. Er hatte einen Sicherheitsdienst gegründet, und die Angst vor Wilderern und Überfällen von Terroristen machten es ihm leicht, mit vielen von uns Farmern hier Schutzverträge abzuschließen. Einige dieser Farmen ließ er dann von seinen Leute überfallen ...« Ihre Stimme wurde hart. »Meine Freundin Angelica und ihre Kinder waren allein auf ihrer Farm, als sie kamen. Sie haben es nur knapp überlebt. Auf *Inqaba* hat er Feuer gelegt, und zwei Kindheitsfreunde von mir, Popi und Thandi Kunene, wären um ein Haar darin umgekommen. Sein Ziel war einfach. Er hatte vor, uns so lange zu terrorisieren, bis wir freiwillig unsere Farmen verlassen und er sie für einen Spottpreis bekommen hätte. Dieses verdammte, blutrünstige Schwein!«

Die letzte Bemerkung kam scheinbar beiläufig, aber die kalte Rage in ihren Augen ließ Anita einen Schauer über den Rücken rieseln. Die drei Filmleute schauten ebenso verständnislos wie verstört drein, und erst nach und nach schienen alle zu begreifen, was Jill da beschrieben hatte. Dirk hatte sich vorgelehnt, der Regisseur trank seinen Wein, hatte abwesend die Augen zu Schlitzen gekniffen, als sähe er einen Film vor sich. Marina Muros Gesichtsausdruck war unverhüllt, keine Spur von Schauspielerei. Sie wirkte, als blickte sie vom Rand der Hölle hinunter in unaussprechliches Grauen.

»Und?«, flüsterte Anita.

»Eines Tages haben meine Farmarbeiter ihn erwischt«, fuhr

die Eigentümerin *Inqabas* mit ausdrucksloser Miene fort. »Und als ich dazukam, waren sie gerade dabei, ihm das Halsband umzulegen – so nennt man das, wenn sie einen Autoreifen mit Benzin füllen, den sie ihrem Opfer dann um den Hals legen und anzünden. Eine beliebte Methode bei den Zulus, jemand zu bestrafen und anderen eine nachdrückliche Warnung zu schicken.«

Die Muro sog schockiert Luft durch die Zähne und wurde noch blasser. Nils' Kiefermuskeln mahlten. Dirk hatte die Hände zu Fäusten geballt. Anita hatte die Augen geschlossen.

Jill aber fiel wie ein Stein in die Vergangenheit zurück. Die Szene von damals stand ihr wieder vor Augen, so lebendig, als fände sie gerade statt. Bis zu ihrem letzten Atemzug würde sie das nicht vergessen können.

Als Erstes hatte sie es gehört. Das Brüllen, den aggressiven Rhythmus stampfender Füße, ein nervenzerfetzendes Zischen wie aus hundert Schlangenrachen. Bei der nächsten Biegung hatte sie es gesehen. Über die dicht an dicht gedrängten Köpfe von mehreren Dutzend Zulus entdeckte sie die Pferde Pienaars und seiner Spießgesellen. Die Tiere waren am Indababaum festgebunden worden, ihre Reiter lagen bäuchlings, aus mehreren Wunden an Kopf und Oberkörper blutend, quer über die Sättel und waren verschnürt wie ein Rollbraten. Die Zulus schüttelten Kampfstöcke, schossen mit AK-47-Gewehren Salven in die Luft, stampften auf die rote Erde und brüllten dabei die Kriegsgesänge ihres Stammes. Immer wieder streckten sie den Gefangenen die Hände entgegen, ließen sie wie Flügel flattern und stießen dabei dieses schreckliche Zischen aus.

Sie hatte sofort bemerkt, dass die Männer Dagga geraucht hatten. Der süßliche Geruch hing schwer in der Luft, und die stecknadelkopfgroßen Pupillen bezeugten das. Seit Urzeiten rauchten die Zulus ihr einheimisches Cannabis, besonders vor Kampfhandlungen. Erschrocken hatte sie versucht, Nils, der alles mit seiner ständig paraten Kamera dokumentierte, am Fotografieren zu hindern. Aber er hatte ungerührt weitergemacht, auch als eine Gruppe junger Männer johlend drei alte Autoreifen heranschleppte. Einer von ihnen hatte mit dem Zeigefinger einen Kreis um seinen Hals gezogen und dabei Len Pienaar breit angegrinst. Die Erinnerung ließ ihr auch jetzt wieder die Haare zu Berge stehen.

Bevor sie reagieren konnte, hatte Popi Kunene vor ihr gestanden. Popi – Kindheitsfreund, Unruhestifter, Widerstandskämpfer, Zwillingsbruder von Dr. Thandi Kunene. Ein Schatten mit sanfter Stimme und glühenden Augen. Jahre später war er an Aids gestorben. Er war der Wortführer des Lynchmobs gewesen.

»Bist du gekommen, um dir dein Pfund Fleisch aus Usathane zu schneiden?«, hatte er ihr zugeflüstert. »Eines für deinen Bruder und eines für deine Mutter?«

Die Worte hatten sie erstarren lassen. Atemlos hatte sie ihm gelauscht, als er ihr mitteilte, was der Mann, den die Schwarzen Usathane nannten, getan habe, ihr sagte, dass Pienaar für den Tod ihrer Mutter und ihres Bruders verantwortlich sei. Völlig außer sich vor Erregung hatte sie schließlich vor dem ehemaligen Kommandeur der Eliteeinheit gestanden, dem Mann, der ihre Familie zerstört hatte. Erst ihren Bruder, dann ihre Mutter und dann Christina, das Baby, das sie durch den Schock verloren hatte. Ihre gesamte Familie.

Die schrecklichen Bilder von damals tauchten wieder vor ihr auf. Tommy im Leichenschauhaus, der Paketaufkleber, der in seiner blutigen Brusthöhle klebte. Der Tag, als sie ins nasse Grab ihrer Mutter im Indischen Ozean getaucht war. Deren skelettierter Arm, in dessen Knochenfingern eine goldene Kette mit einem Opal-Anhänger hing, der in der Düsternis des nassen Grabes so erschreckend lebendig schillerte.

Nils, der sie während ihres Berichts nicht aus den Augen gelassen hatte, legte ihr den Arm um die Schulter und schob ihr wortlos den Wodka hin. Gehorsam nahm sie einen Schluck und schüttelte sich reflexartig, ehe sie fortfuhr.

Pienaar habe gestunken, sagte sie. Nach Angst. Diesem abstoßenden, säuerlich scharfen Geruch, und sie hatte sich gefragt, ob er diesen Geruch von seinen Opfern so gewohnt war, dass er ihn an sich selbst nicht mehr bemerkte. Die strammen Seile und die Bauchlage hatten eine normale Atmung verhindert, und er habe wie ein Tier hechelnd über dem Sattel gehangen. Ein jämmerlicher, abstoßender Anblick.

»Ich habe ihn gefragt, warum«, sagte sie leise. »Aber statt zu antworten, hat er mir vor die Füße gespuckt. Selbst in dieser Lage hat er seine Arroganz nicht abgelegt.« Sie stockte, weil sie sich nur zu gut daran erinnerte, was dann geschehen war.

Sie war explodiert. Rasend vor Wut hatte sie einem der Männer die Waffe entrissen, und bis ans Ende ihrer Tage würde es ihr im Gedächtnis bleiben, dass sie tatsächlich angelegt hatte. Auf einen Menschen. Und den Finger am Abzug gekrümmt.

Glücklicherweise war es Nils rechtzeitig gelungen, sich durch die fanatisch brüllende Menge zu ihr durchzuboxen und ihre Waffe beiseitezuschlagen. Er hatte sie grob geschüttelt und so lange angeschrien, bis sie zu sich gekommen war. Bis heute hatte sie das Entsetzen über ihr Verhalten, das ihm ins Gesicht geschrieben stand, nicht vergessen. Bis heute schämte sie sich dafür. Bis heute war sie sich nicht sicher, ob sie den Abzug durchgezogen hätte.

Sie starrte ins Leere. Damit war es noch nicht vorbei gewesen.

»Er tanzt auf den Knochen unserer Freunde …« Popis Stimme war sanft wie der Wind in den Bäumen gewesen. »Er tanzt auf den Knochen unserer Freunde und denen unserer Kinder. Aber nun werden wir auf seinen Knochen tanzen …« Dabei hatte er einen Panga in der Faust gehalten, das breite Hackmesser der Zulus. Die Menschenmasse um ihn herum hatte wie Lava gebrodelt.

»Wozani, kommt!«, schallte es ihr aus der Vergangenheit in den Ohren. »Bulala, tötet!«

Pangas waren durch die Luft gepfiffen, Maschinenpistolen geschüttelt worden. Jemand hatte seine Waffe mit einem metallischen Ratschen durchgeladen, mehrere andere waren gefolgt, und da hatte sie gewusst, dass auch Nils und ihr nicht mehr viel Zeit verbleiben würde zu entkommen. Schon hatte sie geglaubt, den Gestank von verbranntem Gummi und geröstetem Fleisch riechen zu können.

In letzter Sekunde, als die Situation bereits außer Kontrolle geraten war, war Ben erschienen. Ben Dlamini, ein Baum von einem Mann. Nellys Mann und Jonas' Großvater, der Zulu-Häuptling, der ihr alles beigebracht hatte, was sie über die Natur ihres Landes heute wusste. Wie aus dem Boden gewachsen hatte er plötzlich vor seinen Stammesgenossen gestanden. Zu seinen Arbeitshosen hatte er ein Leopardenfell über den nackten Oberkörper geworfen, auf dem Kopf trug er eine Krone aus Stachelschweinstacheln.

»Cha, nein!« Wie Donner war seine Stimme über den Platz gerollt, hatte den Tumult übertönt, das Geschrei verstummen lassen. »Ich will, dass diese Männer vor der Wahrheitskommission stehen und den Familien ihrer Opfer in die Augen sehen und erklären, warum und wie ihre Angehörigen getötet wurden. Und ich will, dass sie uns alles sagen, und ich will, dass sie sagen, dass sie ihre Taten bereuen.« Damit hatte er seinen Kampfstock in den Abendhimmel gestreckt.

»Yebo«, hatten ihm seine Stammesgenossen wie aus einer Kehle entgegengebrüllt. »Sie sollen es sagen, wir wollen es hören. Wir wollen endlich trauern können.«

So war es geschehen.

Und jetzt war Len Pienaar wieder frei, und er war in ihrer Nähe. Und, viel schlimmer, in der ihrer Kinder.

Sie hob den Blick und sah in die Runde. »Wir haben verhindern können, dass Pienaar und seine Genossen gelyncht wurden, und die Polizei gerufen. Pienaar wurde zu viermal ›lebenslänglich‹ verurteilt.« Sie griff nach dem Wodka und kippte den Rest der klaren Flüssigkeit in einem Zug herunter.

»Bist du dir sicher, dass es derselbe Mann ist, den Anita gesehen hat?«, fragte Dirk heiser.

»Die Beschreibung passt hundertprozentig, Gestalt, Augen, amputierter Arm, sogar die hellblauen Kniestrümpfe stimmen«, flüsterte Jill. »Usathane. So wird er von den Zulus genannt. Der Satan. Und jetzt ist er zurück, und er kann durch Mauern gehen.«

»Mami, wer ist Usathane?« Eine helle Kinderstimme. »Und niemand kann durch Mauern gehen, das ist doch Quatsch!«

Jill drehte sich um. »Luca! Was machst du hier? Du sollst doch im Bett sein.«

Luca, einen flauschigen Teddy unter den Arm geklemmt, einen Daumen im Mund, schaute seine Mutter vorwurfsvoll an.

»Kann nicht schlafen«, nuschelte er am Daumen vorbei. »Duduzile macht so einen verdammten Krach.«

»Luca, du sollst nicht verdammt sagen und den Daumen nicht in den Mund stecken.« Jill hob ihren Sohn auf den Schoß und schlang ihre Arme so fest um ihn, als wollte sie ihn nie wieder gehen lassen.

»Ist das Ihr Ernst? Der Satan.« Flavio Schröder zog eine spöttische Grimasse.

Marina Muro fuhr herum wie eine Furie. Ihre dunkle Mähne flog, die schwarzen Augen glühten. »Wenn du nicht sofort ruhig bist, bekommst du es mit mir zu tun!«

Das spöttische Grinsen erstarb. »Ja, ja, ist ja schon gut«, murmelte der Regisseur in die entstandene Stille.

Die Schauspielerin schüttelte ihr Haar und verschränkte dann die Arme vor der Brust, dabei ließ sie Flavio Schröder nicht aus den Augen.

»Was für eine Geschichte«, sagte der mehr zu sich selbst. Während er nachdenklich mit den Fingern auf den Tisch trommelte, warf er seinem Kameramann einen schnellen Blick zu. »Ein Zweiteiler … was meinst du? Oder eine Miniserie?«

Nils lehnte sich aufgebracht vor. »Ist das alles, was Ihnen dazu einfällt?«, brüllte er den Regisseur an. »Ob das für einen Film taugt?«

Flavio hob beschwichtigend die Hände. »Tut mir leid. Beruhigen Sie sich. Es ist nun einmal eine sehr aufregende Geschichte, und mein Geschäft sind Geschichten. Sie waren doch selbst gewissermaßen in der Branche, und Sie wissen, dass wir alle hinter guten Storys her sind. Außerdem sollten Sie auch wissen, dass ich nie etwas verwenden würde, was Ihre Privatsphäre verletzt.«

»Sie werden gar nichts verwenden«, fuhr ihn Nils wütend an. »Sie lassen die Finger von meiner Familie, verstanden? Sonst bekommen Sie es mit mir zu tun.« Er stand auf und richtete sich zu seiner vollen und höchst beeindruckenden Größe auf. »Komm, Honey, wir bringen unseren Kleinen ins Bett.« Er legte den Arm um Jill und seinen Sohn und führte sie von der Veranda.

Flavio Schröder schaute unbeeindruckt hinter ihnen her. Er lehnte sich weit in seinem Stuhl zurück und faltete die Hände vor dem Bauch. Nils' Bemerkung kommentierte er nicht. Aber das Glitzern in seinen kühlen grauen Augen war das eines Jägers auf der Spur einer Beute.

»Scheißkerl«, sagte Nils, als sie sich außer Hörweite der Gäste befanden. »Filmleute sind wie Hyänen.«

Jill verkniff sich den Hinweis, dass Reporter im selben Ruf stünden und er zumindest früher nicht viel anders reagiert hätte. »Wir müssen ernsthaft mit Kira reden. Sie muss uns sagen, was sie so erschreckt hat. Was im Busch passiert ist. Wenn ich daran denke, dass dieser … dieser Pienaar wieder in der Gegend ist, wird mir schlecht.«

»Redest du mit ihr? Mir tanzt sie doch nur auf der Nase herum.«

Trotz der bösen Situation musste sie lächeln. »Sowie sie von Lucy nach Hause kommt, werde ich sie mir vorknöpfen. Das hatte ich ohnehin vor. Ein T-Shirt und ein Paar Shorts von ihr sind unauffindbar. Beide sind relativ neu, und die Shorts sind ihre Lieblingsshorts, und das macht mich stutzig. Da ich nicht annehme, dass eine unserer Angestellten oder einer der Gäste die geklaut haben, muss etwas anderes dahinterstecken. Obendrein habe ich aus der Küche gehört, dass immer wieder Essen verschwindet. Nicht viel, aber immer dann, wenn vorher Kira da gewesen ist. Unsere Kira hat zwar dauernd Hunger, aber sie braucht nur in der Küche zu fragen und bekommt dann alles, was sie will. Es gibt keinen Grund für sie, heimlich Essen zu klauen.«

Sie vergewisserte sich mit einem schnellen Blick auf Luca, dass er nicht zuhörte. Aber der war völlig in ein Spiel auf einem nervtötend piependen elektronischen Gerät versunken und stieß dabei höchst merkwürdige Geräusche aus. Seine Mutter verdrehte die Augen. Das Ding drohte sie in den Wahnsinn zu treiben, aber wenigstens war er beschäftigt.

»Seit ich Kira heulend bei Anita auf der Treppe gefunden habe, kann ich das dumme Gefühl nicht abschütteln, dass sie irgendjemand im Busch mit Essen und Kleidung versorgt. Und ich bin überzeugt davon, draußen am Fluss ein Kind gesehen zu haben.« Sie fing Nils' skeptischen Blick auf und setzte ungeduldig hinzu: »Glaub mir, es war entweder ein Kind oder ein kleiner Erwachsener. Daran habe ich keinen Zweifel. Auch wenn unsere bisherige Suche erfolglos war.«

»Verdammt«, murmelte Nils. »Ein Kind bei uns auf dem Gelände, bis an die Zähne bewaffnete Wilderer und jetzt noch Len Pienaar. Was geht hier eigentlich vor?«

Unter den Bougainvilleakaskaden entlang erreichten sie ihr

Privathaus. Er ging ihr voran, schob die Glastür vom Wohnzimmer zurück und ließ sie eintreten. »Bleib du hier bei Luca, ich hole Kira von Lucy ab. Aber mach alle Türen zu, und stell die Alarmanlage an. Soll ich die Hunde schon holen?«

»Nein, nein, noch nicht. Ich bringe inzwischen Luca ins Bett und lese ihm noch ein bisschen vor, damit er zur Ruhe kommt.« Sie schob die Tür hinter Nils wieder zu, schloss alle Fenster, drehte die Klimaanlage auf die niedrigste Temperatur und aktivierte nach kurzem Zögern die Alarmanlage. Energisch drückte sie die Erinnerung an den Terrorzaun und elektrisch geladene Drähte beiseite, an das ständige Gefühl von Gefahr, das früher ihren Tagesablauf beherrscht hatte. Im Kinderzimmer setzte sie sich zu Luca aufs Bett und wählte eine Geschichte über die Abenteuer eines kleinen Jungen im Schnee der Alpen aus. Leise begann sie daraus vorzulesen.

Als Nils eine Stunde später mit Kira das Haus betrat, umfing ihn eine tiefe Stille. Eine völlige Abwesenheit jeglichen Geräuschs. »Bleib hier stehen, Kira, rühr dich nicht vom Fleck, hörst du?«, flüsterte er seiner Tochter zu.

Dann hetzte er, seine plötzlich aufwallende Angst nur unzureichend unterdrückend, zum Kinderzimmer und öffnete leise die Tür. Jill lag ausgestreckt auf Lucas Bett und hielt ihren kleinen Sohn im Arm. Sein Kopf ruhte in ihrer Halsgrube, und beide schliefen fest. Er fiel gegen den Türrahmen und brauchte ein paar Atemzüge, um sein Gleichgewicht wiederzuerlangen. Kira rannte an ihm vorbei ins Zimmer.

»Mami, aufwachen!«, krähte sie und warf sich aufs Bett.

Luca quietschte, Jill schoss hoch und schaute orientierungslos um sich, bis sie Kira sah. »Hi, Süße.« Sie zog ihre Tochter an sich und küsste sie ausgiebig. »Wie war's bei Lucy?« Über den dunklen Lockenkopf warf sie ihrem Mann einen Luftkuss zu und klopfte aufs Bett. Er setzte sich zu seiner Familie.

»Wie war's bei Lucy?«, fragte sie.

»Super!«, zwitscherte Kira, kuschelte sich in ihre Arme und erzählte.

Nachdem sie noch ein bisschen mit ihren Kindern gespielt hatten, brachten Jill und Nils die beiden gemeinsam ins Bett. Die Diskussion über die verschwundenen Jeans und das T-Shirt und die merkwürdigen Vorgänge in der Küche verschoben sie auf den morgigen Tag. Leise schlossen sie die Kinderzimmertür hinter sich.

»Jetzt möchte ich einfach mit dir allein sein. Keine Kinder, keine Gäste, keine Wilderer und was uns sonst noch stören könnte«, raunte sie und legte ihre Arme um ihn.

Marina Muro lehnte sich weit über den Tisch und fixierte den Regisseur, wobei ihr Dekolleté eine Aussicht erlaubte, die fast bis zu ihrem Bauchnabel reichte. »Denkst du ernsthaft darüber nach, einen Film über die Geschichte Jills zu drehen? Ich glaube nicht, dass sie dir die Rechte dazu überlässt.«

Flavio ging auf ihre Frage nicht ein, stattdessen nahm er die Menükarte zur Hand. »Wollen wir bestellen?«

»Gefühlloser Mistkerl«, bemerkte Marina mit Inbrunst.

Der Regisseur hob in gespielter Empörung die Brauen. »Mein Magen rumort, und mir ist ziemlich flau, also ich muss etwas essen. Und das hier ist, soweit ich weiß, ein Restaurant, und zwar ein gutes.«

Anita hatte dem Geplänkel nicht zugehört. Jills Bericht über das, was sie mitgemacht hatte, das, was dieser Pienaar verkörperte, wollte ihr nicht in den Kopf. So etwas las man in der Zeitung oder bekam es in den Abendnachrichten im Fernsehen präsentiert. Im Auslandsjournal vielleicht. So etwas war nicht die Wirklichkeit, nur Fernsehen, so etwas war Lichtjahre von ihrem eigenen Leben entfernt.

»Was hat Jill da beschrieben?«, fragte sie niemand im Besonderen. »Bandenkrieg der Drogenmafia? Wilder Westen? Ich glaube, ich bin im falschen Film gelandet.«

Dirk Konrad starrte sekundenlang mit einem solchen Ausdruck im Gesicht ins Leere, dass Anita unwillkürlich den Atem anhielt.

»Afrika«, sagte er schließlich leise. »So ist Afrika. Und Afrika liegt auf einem anderen Planeten.«

11

Anita hatte schlecht geschlafen. Wirre Träume hatten sie durch dunkle Tunnel getrieben, und mitten in der Nacht wurde sie von Herzjagen und einer diffusen Panik geweckt. Nachdem sie ein Glas Wasser getrunken hatte, fiel sie am Ende doch noch in einen tiefen, ungestörten Schlaf.

Allerdings hämmerte in aller Herrgottsfrühe – es war gerade vier Uhr – dieser unerträglich ausgeschlafene, unerträglich fröhliche Ranger Mark wieder einen Trommelwirbel an ihre Tür und lud sie zur Morgensafari ein. Bis zu diesem Moment hatte sie relativ gut geschlafen, das heißt, sie hatte nichts Besonderes geträumt, zumindest nichts, was ihre Seele verdunkelte, nichts, was ihr jetzt noch nachhing.

Nachdem sie Mark sehr klar mitgeteilt hatte, was sie von ihm und seiner Morgensafari hielt, war sie zwar wieder ins Bett gekrochen, hatte aber schlaflos ins dämmrige Gebälk über ihr gestarrt und an Schlangen gedacht. An Cordelia und Maurice natürlich auch, und auch an diesen Len Pienaar. Geschlafen hatte sie nicht mehr.

Kurz vor Sonnenaufgang stand sie missgelaunt auf, duschte, zog sich Shorts und ein luftiges Spaghettiträger-Top an – es war jetzt schon bullig heiß – und streckte den Kopf aus der Eingangstür.

Außer den Vogelstimmen, die die Begrüßung der Sonne probten, herrschte Stille. Kein Knurren im Busch, niemand hustete, keiner hämmerte an die Tür. Sie nahm ihren Mut zusammen und zog einen Sessel zur Holzbalustrade der Veranda. Die Eingangstür allerdings ließ sie offen, und das Handy hatte sie griffbereit in der Tasche. Schließlich war das hier Afrika. Hier konnte alles passieren. Zu jeder Zeit.

Die Luft war lau und schmeichelnd, die restliche Feuchtigkeit der Nacht eine prickelnde Erfrischung. Mit einem Singen im Herzen sah sie zu, wie von Osten her ein Strahlen die Welt erleuchtete, die zarten Wolkenschleier sich rosa färbten und eine feurige Linie die Konturen der Hügel nachzeichnete.

Und dann erschien sie, die Lebenspenderin, und der Himmel stand in Flammen. Überrascht spürte sie, dass ihr die Tränen in die Augen stiegen. Es waren seit Langem zum ersten Mal keine der Trauer oder des Schmerzes. Sie schaute in das Gefunkel um sie herum und ließ die Tränen laufen.

Später, als die ersten Sonnenstrahlen heiß auf ihrer Haut tanzten und die Hadidahs, die metallisch schimmernden Ibisvögel, laut trompetend über dem Bungalow kreisten, zog es sie unwiderstehlich hinunter in den flirrenden Schatten des Buschpfades. Alle Sinne hellwach, erkundete sie die schmalen Wege, die die Bungalows und die Lodge verbanden, bog hier ein, nahm dort eine Abkürzung, die nichts weiter war als ein Trampelpfad durch lichtes Gehölz. Die Sonne war höher gestiegen, die Zikaden waren aufgewacht, und in dem Baum, der keine zwanzig Meter von ihr entfernt auf einer winzigen Lichtung stand, hingen Meerkatzen – silbernes Fell und Augen wie dunkle Trauben – an den Zweigen. Ein Warzenschwein, auf den Vorderbeinen kniend, das Hinterteil hochgestreckt, grub die Erde mit seinen Hauern auf der Suche nach saftigen Graswurzeln um.

Jill hatte gesagt, dass diese Tiere gefährlich werden könnten, aber mit flüchtiger Verwunderung registrierte sie, dass sie so allein in der Wildnis überhaupt keine Angst empfand. Leise, um die Natur nicht zu stören, ging sie weiter, atmete tief und ließ die herrliche Morgenluft in die kleinsten Verästelungen ihrer Lunge strömen.

Afrika umgarnte sie mit seinem Zauber. Heimlich und unbemerkt kroch es ihr unter die Haut, nahm Stück für Stück Besitz von ihrer Seele und ihrem Herzen, machte sich verstohlen daran, sie völlig in seinen Bann zu schlagen. Noch war es ihr nicht bewusst, aber war sie erst in seinem Netz gefangen, würde sie nie wieder davon loskommen.

Noch ganz erfüllt von all der Herrlichkeit, schlenderte sie zum Restaurant, um zu frühstücken.

Nils hatte sich in Jills Auftrag bei Thabili vergewissert, dass die Lebensmittellieferungen, besonders die von Gemüse und Fleisch, rechtzeitig angekommen waren und auch der Wartungsdienst für den Notfallgenerator schon unterwegs war, und ging anschließend in die Küche, um ein paar Früchte zu holen. Gewohnheitsmäßig machte er ein paar Schritte vor die Tür, um zu sehen, ob mit den Dobermännern, die sich tagsüber in dem von einer weißen Mauer eingefriedeten Hof aufhielten, alles in Ordnung war, als er plötzlich über einen dahingestreckten Körper stolperte. Zu seinem Schrecken sah er, dass es Nelly Dlamini war.

Die Zulu lag, Gesicht nach unten, im Kräuterbeet. Der Rock ihres dunkelblauen Kleides war weit über die Knie hochgeschoben, aus einem Kratzer an ihrem Arm sickerte Blut. Erst glaubte Nils, sie wäre betrunken, und wollte ihr schon einen Eimer kaltes Wasser über den Kopf schütten, aber dann fiel ihm ein, dass Nelly außer höchstens einmal einem Krug von ihrem selbst gebrauten Bier keinen Alkohol zu sich nahm.

Er rief ihren Namen und rüttelte sie an der Schulter, bekam aber außer einem unverständlichen Röcheln keine Antwort. Alarmiert griff er unter ihre Achseln und drehte sie behutsam um, was bei dem Gewicht der alten Frau eine ziemliche Kraftanstrengung war. Nellys Kopf fiel nach hinten. Ihr Gesicht hatte die Farbe von nasser Asche, die dunklen Lippen zeigten einen bläulichen Schimmer, ihre Haut war von kaltem Schweiß bedeckt. Er schlug ihr sanft mit der flachen Hand ins Gesicht.

»Nelly, aufwachen, komm schon, mach die Augen auf ...«

Nelly stöhnte, blinzelte, kam aber nicht richtig zu sich.

»Jill!«, schrie er. »Schnell – ich brauche Hilfe! Nelly geht's nicht gut.«

Seine Frau musste den Schrecken in seiner Stimme sofort mitbekommen haben, denn sie stürzte aus ihrem Haus auf den Hof. Nach einem Blick auf ihre alte Nanny zog sie ihr Mobiltelefon heraus. »Ruf Thandi Kunene von deinem Telefon aus an«, sagte sie zu Nils, während sie rasch zwei, drei Fotos mit der Handykamera machte.

»Ich hab Thandi dran«, sagte Nils und reichte ihr sein Telefon.

»Nein, sie ist nicht bei Bewusstsein, jedenfalls nicht so, dass sie ansprechbar wäre«, sagte Jill zu Nellys Ärztin und beschrieb dann die Symptome. »Ja, ihre Lippen sind richtig blau, und ihr Atem geht schwer. Das jagt mir richtig Angst ein, sie ist ja Asthmatikerin. Ich habe ein paar Fotos mit dem Handy gemacht. Würden die dir nützen? Okay, dann schicke ich sie dir gleich.«

Sie beendete den Anruf und rief das MMS-Programm auf. Eine Minute später waren die Bilder auf dem Weg zu Dr. Thandile Kunene, die ihre eigene Klinik im Herzen von Zululand leitete.

»Hier können wir nichts für sie tun. Wir müssen sie sofort zu Thandi ins Krankenhaus bringen. Auf den Krankenwagen zu warten dauert viel zu lange. Ich hole den Wagen her.«

Nils, der Nellys Hand hielt, schüttelte den Kopf. »Wir müssen den Hubschrauber holen. Ihr geht es verdammt schlecht.« Den Gedanken an die exorbitanten Kosten eines Hubschrauberflugs schob er energisch beiseite. Wenn Nelly einen Hubschrauber brauchte, dann war es eben so.

Jill tippte wortlos die Notfallnummer ein und gab die Adresse *Inqabas* und den Zustand der Patientin durch. »Sie kommen«, sagte sie zu Nils und rief noch einmal Dr. Kunene an, um ihr Bescheid zu sagen.

»Hol ein Kopfkissen für Nelly«, rief Nils ihr zu, und stellte einen Sonnenschirm so auf, dass die Zulu im Schatten lag.

Jill kam in Windeseile mit einem flachen Kissen aus dem Haus gerannt, und er schob es der Kranken unter den Kopf.

Jill nahm die Hand ihrer alten Nanny. »Thandi meint, es könnte eine Herzattacke sein … und das mit ihrem Asthma!«, flüsterte sie.

Es dauerte nicht lange, bis das Wummern von Hubschrauberrotoren die Luft erfüllte. Nils öffnete die Tür, die vom Hof zum Vorplatz führte, und lief hinaus. Kurz darauf landete der Helikopter, und ein Arzt und zwei Sanitäter sprangen heraus. Während sie Nelly untersuchten und sie an den Tropf legten, gab Jill ihnen alle Informationen, die sie brauchten.

»Dr. Kunene habe ich bereits gesprochen. Sie hat alles vorbereitet und erwartet sie.«

Ohne viele Worte zu machen, hoben die Sanitäter die Kranke auf die Trage und eilten mit ihr, während der Arzt die Tropfflasche hochhielt, zum Hubschrauber, dessen Rotoren bereits langsam Schwung aufnahmen. Im Senkrechtflug erhob sich der Helikopter über die Baumkronen, drehte ab und war bald nur noch ein winziger Punkt im Blau des Sommerhimmels.

Jill starrte ihm nach und klammerte sich an Nils' Arm. »Sie darf nicht sterben«, wisperte sie. »Schon als junges Mädchen hat sie auf *Inqaba* gelebt. Von Geburt an hat sie mich durch mein Leben begleitet, und seit Papa letztes Jahr gestorben ist, ist sie die Einzige, die ich noch fragen kann, wie es damals war, die Einzige, die meine Mutter als junges Mädchen kannte. Und meinen kleinen Bruder … Sie ist meine schwarze Mutter.«

Nils legte einen Arm um sie. »Nelly ist eine unglaublich starke Person, sie hat schon viele Kämpfe gewonnen. Sie wird es schaffen. Bestimmt.« Er bemühte sich, seine Worte zuversichtlicher klingen zu lassen, als er es selbst war. Was Nelly Dlamini seiner Jill bedeutete, wusste er besser als jeder andere. Aber der Zustand der alten Zulu schien ihm sehr ernst gewesen zu sein.

»Was ist bloß passiert? Ich habe nie bemerkt, dass ihr Herz ihr Probleme macht.« Jill fasste sich an den Kopf. »Wir müssen Duduzile Bescheid sagen, dass sie heute den ganzen Tag bei den Kindern bleiben muss. Eigentlich hat sie heute Nachmittag frei, und Nelly wollte die Kinder übernehmen.« Sie biss sich auf die Lippe. »Obendrein sagt Luca, dass er Bauchweh hat. Er hat geweint, und das tut er nicht so leicht. Ich habe sofort Fieber gemessen. Es war zwar nicht sonderlich erhöht, aber das hat nichts zu sagen … Ich muss erst eine Kontrollfahrt durchs Gelände machen, aber hinterher bleibe ich bei den Kindern. Das ist mir lieber. Es ist nicht so, dass ich Duduzile nicht traue …«

»Du kannst dir Zeit lassen«, unterbrach Nils sie. »Ich werde den Termin in Richards Bay absagen und hierbleiben. Ich passe auf unsere Kleinen auf. Das ist kein Problem. In Ordnung?«

Sie warf ihm ein erleichtertes Lächeln zu. »Danke. Wollen wir zu Ende frühstücken? Wir können im Augenblick nichts weiter für Nelly tun. In einer Stunde werde ich Thandi mal anrufen. In der Zwischenzeit müssen wir uns überlegen, wer uns bis Nellys Rückkehr den Haushalt führt.«

Keiner von beiden erwähnte die Möglichkeit, dass es für Nelly Dlamini keine Rückkehr geben könnte. Nils nahm Jills Hand, und sie gingen zurück an den Frühstückstisch. »Hast du Jackie schon angerufen? Sie sollte sich Luca wohl mal ansehen, oder?«

»Nein, habe ich noch nicht, aber wenn es ihm in der nächsten Stunde nicht besser geht, mach ich das.«

»Wie geht's Kira?«, fragte er und reichte ihr die hausgemachte Guavenmarmelade.

Sie schmierte die Marmelade fingerdick auf ein Croissant. »Putzmunter und nichts als Unsinn im Kopf.«

Nils grinste. »Also wie immer.«

Seine Frau stieß ein komisches Stöhnen aus. »Manchmal wünschte ich, die Ferien wären vorbei. Ein Sack voll Flöhe hat eine ganz neue Definition bekommen, kann ich dir versichern: Kira!«

Da weder Dirk noch Andy zu sehen war, hatte Anita allein gefrühstückt. Ausgiebig. Und dabei zu viel Papaya gegessen. Und nun saß sie hier fest und wagte es nicht, sich mehr als einen Meter von der Toilette zu entfernen.

Spätestens um neun Uhr wurde sie von Cordelia in deren Haus erwartet. Den ganzen Tag wollten sie miteinander verbringen. Den ersten gemeinsamen Tag in ihrem Leben. Jetzt war es bereits fünf Minuten vor neun. Sie würde sich ziemlich verspäten. Angefressen verfolgte sie den Versuch einer fetten Fliege, in die Freiheit zu entkommen, wobei sie im Sekundentakt gegen die Fensterscheibe knallte.

Kurz darauf kreuzte zu ihrem Verdruss auch noch Dirk auf, hämmerte an die Tür, rief nach ihr, nervte rum, wollte wissen, was mit ihr los sei, und ging erst weg, nachdem sie ihn angeschrien hatte, ihr sei kreuzelend, er solle verdammt noch mal abhauen und sie allein sterben lassen. Und zwar sofort.

Irgendwann aber hatte ihr Gedärm ein Einsehen, und sie konnte die Sitzung endlich beenden. Obwohl sie sich völlig leer und ausgelaugt fühlte, duschte sie noch einmal. Anschließend zog sie ein weißes Tanktop und sandfarbene Shorts an, die ziemlich kurz geschnitten waren – eine Tatsache, die ihr Len Pienaar wieder unangenehm ins Gedächtnis rief –, was aber jetzt nicht zu ändern war. Eilig schluckte sie ein paar Kohletabletten und überlegte, ob sie Cordelia anrufen solle, um ihr mitzuteilen, dass sie sich verspäten würde.

Sie ließ es aber dann bleiben, warf Bikini, Sonnencreme und Kopfschmerz- und Kohletabletten in ihre geräumige Umhängetasche, zog Sandalen an, drückte sich den Sonnenhut auf den Kopf und machte sich auf den Weg.

Dirk Konrad war nirgendwo zu sehen, und sie ging ohne Umwege zu Jonas, der ihr den Autoschlüssel für ihren Mietwagen aushändigte. Im Blättertunnel roch es leicht modrig, und außer herumgaukelnden Schmetterlingen bemerkte sie kein Tier. Was nicht viel zu sagen hatte, wie sie inzwischen gelernt hatte.

Der Wagen, der wie versprochen auf dem Parkplatz auf sie wartete, war noch ziemlich neu und, soweit sie das bei ihrer Inspektion feststellen konnte, in guter Kondition. Sogar der Ersatzreifen hatte ein gutes Profil. Sie befestigte den Schlüssel an ihrem Schlüsselring mit der winzigen Igelskulptur. Die Strassaugen des kleinen Igels funkelten sie an. Die Erinnerung an jenen Augenblick, wo Frank ihn ihr geschenkt hatte, stürzte mit zerstörerischer Macht über sie herein. Mit geschlossenen Augen ertrug sie die dunkle Flut, bis sie endlich abgeebbt war. Dann drückte sie auf den elektronischen Türöffner und stieg ein.

Dumpfe Hitze empfing sie. Kaum war der Motor zum Leben erwacht, stellte sie als Erstes die Klimaanlage auf Eissturm und richtete die Düsen auf ihren Oberkörper. Ihr Oberteil blähte sich auf. Sie rückte einen Träger zurecht, der ihr von der Schulter geglitten war, setzte rückwärts aus der Parkposition und wendete.

Ein gazefeiner Schleier aus Luftfeuchtigkeit hatte sich über dem Horizont gebildet. Sie wischte sich übers Gesicht. Vielleicht würde es Regen geben, vielleicht würde diese verdammte Hitze dann etwas nachlassen. Ihr Blutdruck fing schon an, auf die Schwüle zu reagieren. Immer wieder sackte er weg. Vor ihr trottete eine Ziege unverdrossen über die Schotterstraße. Sie schlug mit der flachen Hand auf die Hupe und riss gleichzeitig das Steuer herum. Mit quietschenden Reifen schaffte sie es, die Ziege am Leben zu lassen und ihren Kreislauf dauerhaft wieder anzukurbeln.

Einmal bog sie falsch ab, aber dann schimmerte der Tulpenbaum im Morgenlicht. Entlang der Grenze von Cordelias Farm lagen Betonpfeiler, Maschendraht, aufgerollter Natodraht und eine Art Verteilerkasten, alles Dinge, die gestern noch nicht dort gelegen hatten. Zwei Zulus und ein Weißer standen beieinander und diskutierten. Offenbar wollte ihre Schwester nun auch ihre Farm einzäunen lassen und mit einem elektrischen Draht sichern. Neugierig spähte sie hinüber.

Die Illusion der heilen Welt, die ihr der Garten *Timbuktus* vorgegaukelt hatte, würde der Wirklichkeit weichen. Der Gedanke bescherte ihr ein eigenartiges Verlustgefühl. Erstaunt spürte sie, dass ihr, obwohl sie erst seit Kurzem von der Existenz von *Timbuktu* wusste, das Haus und der Garten eine Art innerer Zufluchtsort geworden waren. Es war das Haus ihrer Eltern gewesen, es hatte etwas mit ihren Wurzeln zu tun. Und jetzt wurde es mit einem elektrisch geladenen Zaun umgeben, der jeden Eindringling außer Gefecht setzen würde.

Unbewusst nahm sie den Fuß vom Gas und rollte langsam durch die Dattelpalmenallee. Im Schatten des Tulpenbaums stellte sie das Fahrzeug ab. Als sie ausstieg, bemerkte sie sofort, dass das Tageslicht sich merkwürdig verändert hatte. Alle Farben leuchteten auf besondere Art. Das Grün schimmerte grüner, das Rot war flammender. Die Sonne brannte heiß wie immer, über ihr war der Himmel ein unnatürlich tiefes Blau, aber der Gazeschleier hatte sich verdichtet, war zu einem undurchsichtigen schwefelgelben Vorhang geworden. Über dem Horizont brodelte die Atmosphäre, und aus dem Schwefelgelb baute sich ein Wolkenturm auf.

Es würde Gewitter geben, dachte sie und wurde unvermittelt von einer Vorahnung überfallen, die sie nicht genau fassen konnte. Angst war es nicht – wovor auch –, eher eine Art bohrende Unruhe. Entschlossen schüttelte sie das Gefühl ab, ging die Stufen hoch zur Veranda und klopfte an die Tür.

»Corde… Lia, ich bin's. Anita.«

Bis sie Schritte hörte, dauerte es so lange, dass sie schon umkehren wollte. Schließlich öffnete Cordelia die Tür.

»Hi«, sagte Anita angesichts der verschlossenen Miene ihrer Schwester etwas beklommen, unsicher, ob sie tatsächlich willkommen war. »Tut mir leid, dass ich mich verspätet habe. Wie geht es dir?«

Cordelias lange Beine steckten in steinfarbenen Shorts, die Füße in offenen Sandalen. Die dunkelblaue Bluse hatte sie in der Taille geknotet, was ihre Figur sehr vorteilhaft zur Geltung brachte. »Danke … ganz gut«, sagte Cordelia nach einer Pause.

»Wie schade, dass du *Timbuktu* einzäunen lässt …«, sprudelte es aus Anita heraus. Sofort biss sie sich auf die Zunge. Sie konnte sich selbst nicht erklären, warum sie das Thema überhaupt angeschnitten hatte.

Cordelias Gesicht verschloss sich weiter, so als wäre eine Tür zugefallen. »Umstände haben es notwendig gemacht. Hör mal, wir müssen reden. Nur wir zwei.«

Anita nickte und wusste nicht, was sie antworten sollte, fand ohnehin, dass ihr die Stimme nicht richtig gehorchte. Mehr als ein krächzendes Geräusch brachte sie nicht heraus.

»Setzen wir uns auf die Veranda, da ist es am angenehmsten«, sagte Cordelia. »Ich habe ein paar Kekse gebacken und Kaffee gemacht.« Sie drehte sich in der Tür um. »Cathy!«, rief sie ins Haus hinein. »Bring Kekse und Kaffee für zwei Personen auf die Veranda!«

Sie ging Anita voraus und wies auf einen der Sessel. Anita ließ sich hineinfallen und klemmte ihre Umhängetasche neben sich. Cordelia setzte sich schräg gegenüber, legte die Hände auf die Knie und schwieg, ihr Gesicht ausdruckslos, der Blick abgewendet. Auch Anita schwieg und betrachtete dabei intensiv ihre Zehen. Der Lack war an einigen Stellen abgesplittert, stellte sie fest. Die Frage, warum ihre Schwester auf einmal so abweisend wirkte, brannte ihr auf der Seele. War in der Nacht etwas vorgefallen, dass sie sich ebenso unvermittelt wie gestern hinter ihrer inneren Mauer verschanzt hatte? Sie entschied, dem ein anderes Mal nachzugehen.

»Du hast die Augen von Vater«, hörte sie plötzlich Cordelias Stimme. »Ich kann einfach nicht ertragen, dich anzusehen … Immer sehe ich seine Augen … Verstehst du?«

Anita reagierte, als hätte sie ein Schlag ins Gesicht getroffen. Ihr Kopf flog hoch. »Was hat das mit mir zu tun? *Ich* hab dir doch nichts getan.«

»Du hast nichts getan, es ist eben Vater, den ich in dir sehe. Diese Augen. Die Erinnerung an ihn kann ich nicht aushalten … Er war ein furchtbarer Mann.« Ihre Finger verkrampften sich ineinander.

Anita versteifte sich. »Das wirst du mir erklären müssen. Für mich war Papa der liebevollste Vater, den ich mir vorstellen konnte.« Mit mahlenden Kinnbacken wartete sie auf die Antwort ihrer Schwester. »Also, was war so furchtbar? Was soll er getan haben?«

Cordelias Augen verfolgten einen Schmetterling, der durchs Sonnenlicht gaukelte. Sie sah ihm nach, bis er verschwunden war. Dann fing sie an zu sprechen, und Anita spürte, dass sich wieder ein Spalt in ihrem seelischen Panzer geöffnet hatte. Mit angehaltenem Atem hörte sie ihrer Schwester zu.

»Ich bin auf *Timbuktu* geboren und habe fast mein ganzes Leben hier verbracht. Es gab nur … Vater, Mama und mich. Und natürlich die Zulus … das Farmpersonal. Die Schulzeit habe ich in einem Internat mitten im Nirgendwo in den Midlands verbracht, wo auch Deutsch unterrichtet wurde. In den Ferien war ich dann hier auf der Farm. Nachbarn waren weit entfernt und nur mit dem Auto zu erreichen. Abgesehen davon, dass wir lediglich einen Bakkie besaßen, der auch noch fürchterlich nach all dem Viehzeug stank, das darin transportiert wurde, gab es den Highway noch nicht. Wollte ich mal nach Richards Bay oder so, musste ich warten, bis Vater dorthin fuhr, und das war sehr selten der Fall.

Elektrizität hatten wir nur, wenn der Generator angeworfen wurde, und der war viel zu schwach, um mehr als ein oder zwei Glühbirnen zu betreiben. Musik musste ich mir selbst machen, also lernte ich, Gitarre zu spielen. Ins Kino nach Richards Bay kam ich nur dann, wenn mich Freunde abholten. Vielleicht zweimal im Jahr.«

Anita bemühte sich, hinter den trockenen Worten das Leben zu erahnen, das ihre Eltern und Cordelia in Zululand geführt hatten. Während beide Schwestern für sich ihren Gedanken nachhingen, erschien Cathy aus der Küche, und der Duft von Kaffee und frisch gebackenen Keksen breitete sich aus.

Cordelia nahm ihrer Haushaltshilfe das Tablett ab, goss Kaffee in die Tassen und bot Anita die Kekse an. »Ich habe sie vorhin extra gebacken.«

Für mich, dachte Anita und lächelte. Also liegt ihr doch etwas an mir. Dankend nahm sie einen Keks und hob die Tasse an die Lippen. Der Keks aus Mürbeteig war wirklich sehr gut. Zwischen zwei Bissen wagte sie eine Zwischenfrage. »Seid ihr nie woandershin gefahren?«

Cordelia zuckte die Achseln. »Doch. Kurz vor Weihnachten sind wir immer in die Großstadt Durban gefahren, wo es Geschäfte mit einer ordentlichen Auswahl gab, viele Restaurants und mehrere Kinos. Dort kaufte Mama eine neue Schuluniform für mich, wenn ich aus der alten herausgewachsen war. Ein Festtag. Wir aßen in einem kleinen Restaurant an der Marine Parade, und ich durfte im Meer schwimmen. Es war der Höhepunkt des Jahres. Sonst verlief unser Alltag jahraus, jahrein immer gleich. Es war zum Heulen langweilig, und ich bin oft vor Frustration schier die Wände hochgegangen.«

Was Anita unschwer nachvollziehen konnte. Sie aß schweigend. Der Keks knirschte, und sie versuchte, leiser zu kauen, was ihr nicht gelang. Sie bürstete sich die Krümel vom Top und ließ den zweiten Keks vorerst auf dem Teller liegen. Cordelia nippte an ihrem Kaffee. Sie hatte sich offensichtlich weit in die Vergangenheit zurückgezogen und schien sie gar nicht mehr wahrzunehmen.

»Und dann?«, flüsterte Anita schließlich. Sie ahnte, dass jetzt der Punkt in Cordelias Leben gekommen war, an dem sich alles unwiderruflich verändert hatte. Nach dem nichts mehr so gewesen war wie zuvor.

Cordelia setzte ihren Kaffee ab und sah sie an. »Und dann kam Mandla.«

Sie sprach das erste A des Namens lang aus, das zweite kurz und hart, und in der Mitte war ein eigenartiger weicher Laut, kein Sch, aber so ähnlich. Maandlá!

»Mandla?« Anitas Aussprache war falsch, das hörte sie selbst, aber dieser Laut in der Mitte war für ihre Zunge einfach zu schwierig.

Ein Funke glühte in der Tiefe der hellblauen Augen auf. »Mandla Silongo ist … war ein Zulu. Er war schön … seine Lippen …« Cordelias Züge wurden weicher, ihr Blick verschleierte sich träumerisch, ein paar Sekunden verstrichen, ehe sie weitersprach. »Er war groß und breit wie ein Schrank. Eines Tages, nach einem verheerenden Unwetter, saß er da vorn.« Sie zeigte zur Straße. »Er saß auf einem von den Regenmassen angeschwemmten Baumstamm und aß Mopaniraupen aus einem Blechgefäß. Als er fertig war, wusch er sich in dem schmalen Flüsschen, das dahinten vorbeifließt – allerdings ist es jetzt so gut wie ausgetrocknet – und putzte sich mit Baumrinde die Zähne. Anschließend marschierte er geradewegs zur Haupteingangstür unseres Hauses – nicht zu dem für Schwarze am Küchenhof – und erklärte Vater, dass er Bossboy sein wolle. Mein Vater lachte laut, wollte ihn schon rauswerfen, aber Mandla …«

»Was ist ein Bossboy?«, unterbrach Anita sie, obwohl sie sich das halbwegs denken konnte.

»Vorarbeiter ...«

Anita hob in übertriebenem Erstaunen die Augenbrauen. »Bossboy? Junge? Er war doch erwachsen!« Natürlich hatte sie gehört, dass unter der Apartheidregierung erwachsene Männer Boy und Frauen Girl genannt wurden. Aber dieser Frage konnte sie nicht widerstehen.

Ihre Schwester schien nicht beleidigt zu sein und zuckte nur die Achseln. »Du scheinst nicht viel über Südafrika zu wissen. So war es halt damals.«

»Die Eltern haben sich geweigert, etwas über Südafrika zu erzählen. Bis zu ihrer Ankunft in Zululand kenne ich jedes Detail, aber von dem Punkt an ... nichts. Kein Wort über die Zeit danach, nicht der kleinste Hinweis. Bis heute weiß ich nicht, warum. Kannst du dir einen Reim darauf machen?«

Nach einem langen, unergründlichen Blick schüttelte Cordelia wortlos den Kopf. Ihre Augen verloren ihren Fokus, sie versank erneut in ihrem früheren Leben, und Anita war darauf angewiesen, ihr Mienenspiel zu interpretieren. Die zusammengezogenen Augenbrauen und angespannten Kinnbacken sprachen ihre eigene Sprache, die verräterisch glänzenden Augen auch. Doch es schien nicht dieselbe Sprache zu sein. Wut und Sehnsucht stritten offenbar in Cordelia um die Oberhand.

»Lia?« Anita streckte die Hand nach ihrer Schwester aus und berührte sie am Arm.

Cordelias Augen flackerten kurz zu ihr herüber, dann schaute sie wieder weg. »Mandla heißt Kraft und Stärke ... und auch Macht ...« Ein Ruck ging durch sie hindurch. Sie drückte den Rücken durch und schaute Anita an. »Nun denn, er wurde Bossboy. Und in der jämmerlichen Hütte, in der ihn Vater untergebracht hat, las er in seiner Freizeit bei Kerzenlicht alles, was ihm in die Finger kam. Später erzählte er mir, was in den Büchern passierte. Mit seiner herrlich sahnigen Stimme …« Ihre Augen füllten sich mit Tränen. Sie schluckte und machte eine hilflose Geste. »Um es kurz zu machen, er besaß eine gewisse Bildung und war unglaublich hungrig auf mehr, und da konnte ich ihm helfen. Es waren Ferien, ich war sechzehn Jahre alt, und ich war vor Langweile schon fast wahnsinnig. Und das ist das Ende der Geschichte.« Sie klatschte mit der flachen Hand wie als Schlusspunkt auf ihren Schenkel und griff nach einem Keks.

»Das Ende?«, sagte Anita. »Glaub ich nicht. Ich glaube vielmehr, das hier ist der Anfang deiner Geschichte. Was ist dann passiert?«

Cordelia stieß scharf die Luft durch die Zähne, ein Geräusch voller herausforderndem Spott. »Was denkst du denn, was passiert ist? Wir sind zusammen im Bett gelandet, was sonst? Nur im übertragenen Sinn allerdings. Tatsächlich war der Ort, an dem ich meine Jungfräulichkeit verlor, ein auseinandergezogener Ballen Stroh hinter dem stinkenden Schweinestall.« Ihre hellblauen Augen funkelten. »Natürlich hatte ich noch nie einen Mann gehabt. Es gab ja wahrhaftig kein Überangebot in dieser … gottverlassenen Gegend, und Mandla war …« Sie lächelte versonnen in sich hinein. »Nun, danach haben wir es getan, wann immer wir konnten. Ich war süchtig danach. Aber die Ferien gingen zu Ende, ich musste für die letzten Monate in die Schule, um mein Examen zu schreiben.« Wieder verlor sie sich in ihrem vergangenen Leben. »Er hatte eine Narbe, neben seinem Mund. Als Junge hat er wie alle kleine Zulujungs Stockkämpfe ausgetragen, und einmal wurde er dabei verletzt. Es blieb eine leuchtend rosa Narbe zurück … in der Form eines Sterns … So hab ich ihn dann immer genannt … mein Stern, mein Morgenstern – auf Deutsch. Kitschig, oder?«

Sie lachte freudlos und starrte sekundenlang an Anita vorbei in eine Zeit, als ihre Welt noch in Ordnung gewesen war. Als sie weitersprach, war ihre Stimme belegt.

»Mandla hat immer versucht, das deutsche Wort nachzusprechen … Morgenstern … Es klang so schön, mit seiner sahnigen Stimme. Er war sehr sanft, weißt du, nicht aufbrausend und aggressiv … Er liebte Kinder …«

Anitas Puls galoppierte, aber sie bedrängte ihre Schwester nicht, sondern wartete. Mit verschwommenem Blick knabberte Cordelia zwei Kekse und leerte dabei schluckweise ihre Tasse, ehe sie mit monotoner Stimme wieder zu sprechen anfing.

»Das war Ende Januar. Wir schrieben uns, bis ich im Juni zu den Winterferien nach Hause zurückkehrte, obwohl das schwierig war, ohne entdeckt zu werden, weil unsere Post immer vorn an der Straße in einem Kasten landete, zu dem nur mein Vater den Schlüssel besaß. Mandla benutzte als Absender einen Mädchennamen, und ich erzählte den Eltern, ich hätte eine Brieffreundin. Sie haben es geglaubt, obwohl sie gelegentlich mal nachbohrten und fragten, ob diese Freundin mich denn nicht einmal besuchen wolle. Ich flunkerte irgendetwas und lebte nur für die Augenblicke hinter dem Schweinestall.

Als ich im Oktober mein Abschlussexamen schreiben musste, wusste ich, dass ich ein Kind bekommen würde. Ich konnte es geheim halten, bis ich meine Prüfungen hinter mir hatte. Ich hatte Angst, wie Mandla reagieren würde, aber bis zum Ende meines Lebens werde ich das Leuchten in seinen Augen nicht vergessen, als ich es ihm sagte. Das Leuchten seiner wunderschönen Augen …«

Für ein paar Sekunden schirmte sie ihr Gesicht mit einer Hand ab.

»Für einige Zeit bekam niemand mit, dass ich mich jeden Morgen übergeben musste. Es war ein stürmischer Novembertag, warm und klebrig feucht, als Mutter endlich merkte, was los war. Sie brach zusammen, und so erfuhr es dann auch Vater.« Sie atmete tief durch, als ob sie für die nächsten Sätze Kraft sammeln wollte. »Er zitierte mich zu sich ins Schlafzimmer, zog seinen Ledergürtel aus der Hose und verprügelte mich nach Strich und Faden. Mandla musste meine Schreie gehört haben. Er kam angerannt und schwang dabei hoch über dem Kopf eine Schaufel als Waffe. Aber Vater hatte einen Revolver, und er schoss. Er erwischte Mandla an der linken Schulter, nur Zentimeter über seinem Herzen. Mandla ... er konnte nicht mehr fliehen, trotzdem fesselte ihn Vater an Fuß- und Handgelenken an die Beine unseres Esstisches. Da lag er wie gekreuzigt und blutete den Boden voll. Mich sperrte Vater in mein Zimmer, und dann rief er die Polizei. Die warfen Mandla wie ein Stück Fleisch auf die Ladefläche ihres Wagens, und ich habe es vom Fenster aus mit ansehen müssen. Ich habe geschrien und an den Fenstergittern gerüttelt, aber natürlich hat das überhaupt nichts genützt. Ich schrie Mandla meine Liebe nach ... ich weiß nicht, ob er mich gehört hat. Die Polizisten schleiften ihn ins Gefängnis. Nicht ohne ihn vorher fast zu Brei geprügelt zu haben ... Jemand brachte mir Tage später die Nachricht und sagte mir, dass er noch lebe, aber dass es auf Messers Schneide stehe.«

Nach einem tiefen Atemzug, sprach sie gesenkten Kopfes weiter.

»Bis zu diesem Tag hatte ich Vater Papa genannt und Mutter Mama ... Ich ... ich habe Mandla nie wiedergesehen ... Ich weiß nicht einmal, ob er tot ist oder noch am Leben. Man sagte mir, er sei tot ... hätte sich umgebracht.« Sie stieß eine Art Lachen aus, ein schreckliches Geräusch. »Umgebracht. Ausgerechnet Mandla. Im Leben hätte er das nicht getan. Ich glaube, sie haben ihn zu Tode gefoltert oder wie so viele aus dem Oberstock des Polizeihochhauses geworfen. Und seinen Tod haben sie wie bei all den anderen als Selbstmord ausgegeben – du kannst dir nicht vorstellen, wie viele Menschen auf diese merkwürdige Art damals Selbstmord begangen haben sollen. Aber er muss tot sein, sonst wäre er längst gekommen, um mich zu holen … Er ist nie gekommen …« Sie vergrub ihr Gesicht in den Händen.

»Was hat Pap… Vater darauf getan?«, wisperte Anita.

Cordelia stand auf und schlang sich die Arme um den Leib. Mit hochgezogenen Schultern begann sie, hin und her zu laufen. Ihre Schritte hallten auf den Dielen. Ein harsches Klappern in der dichten Stille der afrikanischen Mittagshitze. Plötzlich wirbelte sie herum und stemmte die Arme in die Hüften.

»Er wollte mich zwingen, mein Kind wegzumachen. Er schleppte mich in Durban zu einer Engelmacherin – so eine, die es auch mit Stricknadeln macht, weißt du, in ihrer Küche auf dem Küchentisch. Sie hatte ein Gebräu zusammengemischt, das mein Kind aus meinem Bauch heraustreiben sollte … Ich hab es ihr und Vater ins Gesicht geschüttet …« Eine Tränenflut überwältigte sie, und sie sank in ihren Sessel.

Anita starrte ihre Schwester mit glasigen Augen an. Sie war bis in ihre Grundfesten erschüttert. Vergeblich versuchte sie, das Bild, das sie von ihrem Vater in sich trug, mit dem Mann in Einklang zu bringen, der seine schwangere Tochter mit einem Gürtel verprügelte. Der alles getan hatte, um ihr Kind, sein eigenes Enkelkind, zu töten. Der den Vater des Kindes mit einem Schuss fast umgebracht hatte, um ihn dann den Grausamkeiten der Schergen des Apartheidregimes zu überlassen.

Sie glitt von ihrem Stuhl und hockte sich vor ihre Schwester, die ihr Gesicht abgewandt hatte. »Aber du hast durchgehalten und das Baby bekommen … Maurice? Das ist … wunderbar. So ist ein Teil von Mandla immer bei dir. Das ist doch zumindest ein Trost …« Verzweifelt suchte sie nach weiteren Worten, die Cordelia helfen könnten.

»Trost? Wie man's nimmt. Natürlich habe ich meinen Sohn, aber in seinen Augen sehe ich Mandla. Jedes Mal wenn ich ihn ansehe, sehe ich Mandlas Gesicht hinter den Gitterstäben des Polizeiwagens.« Cordelia legte mit zusammengekniffenen Augen und schmerzverzogener Miene die Hand auf die Stirn. Sie zitterte. »Ich kann jetzt nicht mehr, Anita. Den Rest erzähle ich dir vielleicht ein anderes Mal.«

Anita wurde das Herz schwer, als sie die Zeichen erkannte. Ein Migräneanfall war im Anzug. Cordelia würde für einige Stunden außer Gefecht sein, vielleicht sogar für Tage, und sie würde ihre Ungeduld zähmen müssen. »Willst du dich hinlegen? Ich bringe dir eine Kühlpackung – du hast doch sicher so etwas?«

Cordelia ließ es geschehen, dass Anita sie in ihr Schlafzimmer begleitete, die Vorhänge vorzog und ihr eine Packung aus Eiswürfeln – erst in Plastik und dann in ein dünnes Geschirrtuch gewickelt – auf die Stirn legte. Zum Schluss stellte sie den Ventilator auf die höchste Stufe, sodass sich die Vorhänge blähten.

»Wir haben noch keine Klimaanlage«, sagte Cordelia leise. Sie war blass geworden und hatte einen Arm über die Augen gelegt. Selbst jetzt vermied sie es, Anita voll anzusehen.

»Kann ich ein wenig in deinem Garten herumspazieren? Ich liebe Gärten. In einer halben Stunde schaue ich nach dir. Abgemacht?« Als Cordelia nur wortlos nickte, verließ sie das Zimmer und schloss behutsam die Tür. Nach einigem Suchen fand sie Cathy in der Küche. Die Zulu lehnte mit gekreuzten Beinen am Tisch, auf dem frische Karotten und ein Schälmesser lagen, und schob mit einer Hand lustlos ihren Besen hin und her. In der anderen Hand hielt sie eine fast aufgegessene Banane. Als sie die Schwester ihrer Arbeitgeberin erblickte, stopfte sie die Banane in die Tasche ihrer Kittelschürze und fing an, geschäftig zu fegen. Anita unterdrückte ein Lächeln und teilte ihr mit, dass Cordelia mit Kopfschmerzen im Bett liege und dass sie bitte keinen Krach machen möge.

Hinter Cathy entdeckte sie die Tür, durch die Len Pienaar in den Hof gegangen war. Sie war zweigeteilt wie eine norddeutsche Klöntür. Der obere Flügel stand offen, das Licht, das hereinfiel, war gleißend hell. Wo sich Maurice' Doggen aufhielten, fragte sie Cathy. Allein die Aussicht, diesen riesigen Bestien zu begegnen, erfüllte sie mit Fluchtgedanken.

Cathy hörte auf zu fegen. »Keine Angst, die sind eingeschlossen. Sonst würden sie uns alle auffressen.« Sie kicherte vergnügt. »Monster sind das, Ma'am.« Sie rollte die Augen, dass nur noch das Weiße zu sehen war, bleckte dabei ihre kräftigen Zähne und lachte laut.

Auf die Frage, ob die Tür vom Hof in den Garten führe, brummte Cathy zustimmend, dann machte sie sich über die Karotten her. Anita schob den unteren Teil der Tür auf und trat hinaus.

Der Hof war nicht sehr groß, vielleicht achtzig oder neunzig Quadratmeter, und wurde von etwa drei Meter hohen, frisch getünchten Mauern begrenzt, von denen die Mittagshitze abprallte. Die Schatten waren kurz und hart wie schwarze Lacksplitter, die sonnenbeschienenen Mauerflächen grellweiß, dass es ihr die Tränen in die Augen trieb. Geblendet setzte sie die Sonnenbrille auf, öffnete die Holztür am anderen Ende des Hofs, und dann stand sie im Garten.

Großblättrige Stauden, eine Pflanze, die sie erstaunt als Monstera deliciosa, als das Fensterblatt, identifizierte, das sie zu Hause neben ihrem Fenster päppelte, und ein hoher, sattgrüner Strauch, vor dessen korallenfarbigen Blütenbüscheln ein kleiner Vogel mit grünblau schillerndem Gefieder schwirrte, ließen sie an den brasilianischen Dschungel denken.

An ihren Vater.

Ihre Gedanken machten einen Satz und landeten auf dem Wort »Engelmacherin«. Es tat so weh, dass sie laut aufstöhnte. Bildfetzen von Stricknadeln, dampfender Giftsuppe und einem blutbesudelten Küchentisch wirbelten durch ihren Kopf. Und die Filmsequenzen aus jenem Film, in dem gezeigt wurde, wie sich das winzige Ungeborene im Bauch seiner Mutter gegen seine Abtreibung wehrte. Ihr sackte alles Blut in die zitternden

Knie, und sie suchte Halt an dem dicken Stamm einer Dattelpalme, die unmittelbar an der Mauer wuchs. Die Rinde war rau und drückte sich durch ihr dünnes Oberteil. Mit geschlossenen Augen lehnte sie den Kopf dagegen.

Ihr Vater war liebevoll gewesen, voller Aufmerksamkeit für sie, seine Tochter. Nicht ein einziges Mal hatte er auch nur die Hand gegen sie erhoben, geschweige denn sie geschlagen. Die Vorstellung, dass er sie mit dem Gürtel verprügelt hätte, war für sie so abwegig wie die, dass er Cordelia zu einer Engelmacherin geschleppt hatte. Behutsam wischte sie sich mit den Fingerspitzen die Nässe aus den Augen und stieß sich dann von der Palme ab.

Es war Unsinn. Das alles konnte mit ihrem Vater nichts zu tun haben. Cordelia log ihr etwas vor. Eine andere Möglichkeit gab es nicht. Wenn der Migräneanfall vorüber war, würde sie ihre Schwester zur Rede stellen. Mit beiden Händen fuhr sie sich in die Haare, hob sie hoch und schüttelte sie nach hinten. Ein kühler Luftzug berührte ihren schweißnassen Nacken.

Entschlossen blockierte sie jeden weiteren Gedanken an das, was Cordelia erzählt hatte, und erkundete den Garten weiter. Üppiger Jasminduft und der würzige Geruch nach feuchtem Grün schwängerten die Luft. Das Gras war sehr kurz gehalten und voller gelber Flecken, wo die Sonne es verbrannt hatte, jegliches Unterholz und etwaiges Unkraut war sorgfältig entfernt worden. Wegen der Schlangen, vermutete sie. Ein weiß gepflasterter Pfad wand sich durch den Rasen und verschwand weiter hinten zwischen blühenden, hübsch getrimmten Büschen und Palmenwedeln. Neugierig folgte sie dem Weg um die Biegung.

Ohne Vorwarnung durchbrach auf einmal ein wütendes Hundegebell die Stille, und sie sprang fast aus der Haut. Ihr Blick flitzte nervös umher, aber zu sehen war nichts, nicht einmal dieser unangenehme Riaan. Aufmerksam ging sie weiter, immer darauf gefasst, dass Maurice' blutrünstige Doggen über sie herfallen könnten. Schließlich hatte sie nur das Wort von Cathy, dass sie weggeschlossen waren.

Die Pflastersteine hörten irgendwann auf, und der Weg schlängelte sich wie eine rote, sandige Schlange durchs Grün. Der Sand drang seitlich in ihre Sandalen ein, färbte ihre Fußsohlen ziegelrot und setzte sich unter den Riemen fest. Sich an einem Baum abstützend zog sie die Schuhe aus, leerte sie, säuberte ihre Füße und schlüpfte wieder hinein.

Erfreulicherweise verebbte das Gebell bald, und es kehrte wieder Stille ein. Unbemerkt von ihr hatte sie den angelegten Garten längst hinter sich gelassen und war immer tiefer in den wilden Teil der Farm vorgedrungen, begierig zu entdecken, was hinter dem nächsten Gebüsch lag. Das Land stieg schrittweise an, bis es sich zu einer Hügelkuppe abflachte. Die Vegetation war hier karger. Knochenweiße Felsen wuchsen aus dem roten Boden, der hier und da von spärlichem Dornengestrüpp überwuchert wurde. Es roch heiß. Käfer krabbelten geschäftig herum, eine Eidechse fing eine kleine Heuschrecke und kaute sie mit genussvoll geschlossenen Augen herunter. Hier hatte offenbar noch keine Menschenhand Veränderungen vorgenommen. Hier musste es noch so aussehen wie zu der Zeit, als ihre Eltern hier gelebt hatten. Völlig gefangen von dieser Vorstellung, wanderte sie herum.

Die Hitze war mit steigender Sonne immer stärker geworden, die Luft stickiger, der Busch knisterte vor Trockenheit, und sie spürte, wie sich ihre Gesichtshaut zusammenzog. Automatisch tastete sie nach ihrer Umhängetasche, um die Sonnencreme herauszuholen, musste aber feststellen, dass sie die Tasche gar nicht bei sich hatte. Sie blieb stehen. Die Tasche musste noch auf der Veranda im Sessel liegen. Während sie noch zögerte, ob sie gleich zurückgehen oder erst die faszinierende Wildnis der Farm, die einmal *Timbuktu* geheißen hatte, weiter erforschen solle, drang ein Geräusch an ihr Ohr. Ganz kurz, sodass sie sich nicht sicher war, ob sie es tatsächlich gehört hatte. Das hohe Weinen eines Kindes.

Sie blieb stehen, um zu lauschen. Oder war es ein Tier gewesen? Lange Zeit geschah nichts. Sie ging ein paar Meter und beschloss dann umzukehren. Doch auf einmal hörte sie etwas anderes. Einen Schrei, der wie abgeschnitten aufhörte.

Sicherlich ein Affe, dachte sie, um sich zu beruhigen, aber es gelang ihr nicht. Es hatte wie ein Mensch geklungen, entweder eine junge Frau oder … ein Kind. Ihr sträubten sich die Haare im Nacken. Eine undefinierte Angst und auf der anderen Seite das Bedürfnis nachzusehen, wer oder was da geschrien hatte, stritten in ihr miteinander.

Am Ende gewann ihr Verantwortungsgefühl. Wenn es ein Kind gewesen sein sollte, brauchte es vielleicht ihre Hilfe. Mit Herzklopfen schlich sie dem Geräusch auf Zehenspitzen entgegen und schrak bei jedem Knacken eines Zweiges unter ihren Tritten zusammen, bei jedem ungewohnten Laut, aber der Schrei wiederholte sich nicht. Verunsichert blieb sie stehen. Vielleicht hatte sie sich doch getäuscht? Selbst wenn es ein Kind gewesen sein sollte, könnte es ja auch ein Freudenschrei gewesen sein. Oder vergnügtes Kreischen beim Spielen. Oder ein trotziges Kind, das schrie, weil es etwas nicht bekam.

Die Hunde fingen wieder an zu bellen, aber sie musste schon ziemlich weit vom Zwinger entfernt sein, denn es klang nicht mehr so bedrohlich. Das Gebell hörte nicht auf, und sie befürchtete, dass der Krach Cordelia aufwecken würde. Sie musste umkehren, überredete sie sich, ihre Schwester brauchte sie. Vermutlich hatte sie sich ohnehin geirrt. Da war kein Schrei gewesen. Afrikanische Vögel schrien so, dachte sie und hörte im Geiste die Hadidahs.

Sie drehte sich um, hastete den Weg zurück, orientierte sich am Hundegebell, verlief sich trotzdem, aber irgendwann schimmerte das bläuliche Schieferdach des Hauses durch den Busch, und sie atmete auf.

Vielleicht erwies sich der Migräneanfall als ein Segen, dachte sie, vielleicht bewirkte er, dass sich der Spalt in Cordelias Gefühlspanzer wieder öffnete.

12

Flavio Schröder war während des Mittagsimbisses deutlich ruhiger geworden, auch schien sein Appetit verschwunden zu sein. Marina, die eben ein saftiges Steaksandwich mit frischem Salat serviert bekam, bemerkte, dass er eine grünlich käsige Farbe angenommen hatte.

»Du siehst aus wie ein Stück Roquefort«, meinte sie mit maliziösem Lächeln und stopfte sich ein ölglänzendes Salatblatt in den Mund. Es machte ihr immer viel Spaß, Flavio ein wenig zu piesacken, besonders was sein Aussehen betraf, auf das er sehr viel Wert legte. Aber außer einem gequälten Blick bekam sie von ihm keine Antwort. Er hing in seinem Stuhl, als wäre er zu schwach, aufrecht zu sitzen, und atmete schnell und flach. Innerlich zuckte sie die Achseln. Vielleicht hatte er in der Nacht die Minibar geleert. Das tat er manchmal, und dann geschah es ihm recht.

»Ich hab nicht gesoffen«, knurrte er böse.

»Kannst du neuerdings Gedanken lesen?« Ein weiteres Salatblatt verschwand in ihrem Mund, wobei ihr das Dressing übers Kinn rann. Mit der Serviette tupfte sie es behutsam ab.

Flavio Schröder warf seine Serviette hin und schob heftig den Stuhl zurück. »Lass den Quatsch, mir ist kotzübel«, stieß er aus, blieb aber mit krampfhaft geschlossenen Lippen vornübergebeugt sitzen, als dächte er über etwas nach.

Sie ließ die Gabel sinken und lehnte sich zu ihm. Ihr Ton war jetzt bar jeder Ironie. »Was ist los? Vom Essen gestern Abend kann's nicht kommen, sonst wären wir wohl alle krank. Mir fehlt nichts, und ich habe vorhin Anita gesehen, die wegfuhr, und die schien auch völlig in Ordnung zu sein. Abgesehen davon macht das Restaurant einen Topeindruck auf mich. Was hast du genau? Kotzübel ist eine eher allgemeine Aussage.«

»Bauchkrämpfe, Durchfall, und jetzt muss ich mich … übergeben.« Das letzte Wort japste er nur noch. Die Hand fest über den Mund gepresst, stürmte er an den Tischen vorbei in Richtung Toiletten, stieß dabei einen leeren Stuhl um, kümmerte sich aber nicht weiter darum, sondern hastete weiter und verschwand im Haupthaus.

Marina betrachtete ihren Salat. Die Blätter glänzten ölig, unter einem ragte etwas hervor, was sie nicht definieren konnte. Sie hob das Blatt an. Es war ein Teil einer Garnele. An sich ein leckeres Tierchen, aber die leicht glasige Konsistenz, die gräulich rosa Farbe und die komischen kleinen Dinger, die an ihm klebten und die sie erst beim zweiten Hinsehen als kleine, goldene Fischeier erkannte, ließen ihren sonst gesunden Appetit irgendwie schwinden. Sorgfältig pulte sie alle Garnelen heraus, häufte sie auf dem Brotteller auf und bemühte sich, die Fischeier von den Salatblättern zu kratzen. Schließlich gab sie auf und schob den Teller weg.

»War etwas nicht in Ordnung, Ma'am?«, fragte die Kellnerin mit den Rastazöpfen, die wie aus dem Nichts neben ihr erschienen war und besorgt auf den Garnelenberg schaute.

Marina machte eine Handbewegung als würde sie ein Insekt verscheuchen. »Ich mag das nicht mehr. Sie können alles abräumen.«

»Ma'am mag die Gambas nicht?« Die Zulu kippte die Garnelen mit unbewegter Miene auf den Salat und stapelte Teller und Schüsseln aufeinander. »Soll ich Ma'am vielleicht eine traditionelle Zuluspeise zum Probieren bringen?« Ihre schwarzen Augen glitzerten.

Marina wollte erst ablehnen, überlegte es sich dann aber anders. »Was ist es denn?«

»Eine Spezialität, Ma'am. Sehr gut, das garantiere ich Ihnen.«

»Na gut. Aber nur ein ganz kleines bisschen.« Sie lehnte sich zurück und hielt nach Flavio Schröder Ausschau, während die Kellnerin das schwer beladene Tablett hochwuchtete und es in die Küche trug. Im Vorbeigehen sagte sie etwas zu zwei ihrer Kolleginnen, die daraufhin hinter vorgehaltener Hand die Muro ansahen und ungläubig gluckten.

Es dauerte nicht lange, und Rastazöpfchen erschien wieder mit einer kleinen Schale, die sie vor Marina absetzte. »Genießen Sie es«, sagte sie mit zähneblitzendem Lächeln.

»Was ist denn das?«, fragte der Regisseur, der eben von seinem Martyrium auf der Toilette zurückkehrte. Unter der Sonnenbräune war er blass geworden. Mit einem zerknüllten Taschentuch wischte er sich über den Mund, lehnte sich dabei über den Tisch und beäugte den Inhalt der Schale mit deutlichem Ekel.

Marina schnupperte daran und stocherte mit der Gabel darin herum. Sie hob etwas heraus, was wie eine ziemlich große Garnele aussah. »Ich weiß nicht, irgendeine Zulu-Spezialität in Tomatensoße.« Sie knabberte ein Stückchen davon, während ihr praktisch das gesamte Restaurantpersonal dabei mit aufgerissenen Augen gespannt zusah. Kichern zwitscherte durch die Luft.

»Schmeckt … weich, etwas wie Gambas, nach Tomate natürlich …« Sie winkte Rastazöpfchen heran. »Was ist es denn nun?«, fragte sie.

»Mopaniraupen«, grinste die Zulu scheinheilig. »Sehr gut, sehr nahrhaft. Alle Zulus essen die.«

Einige der Kellnerinnen wandten sich prustend ab, während sich Flavio Schröders Gesicht bei dem Wort Mopaniraupen schlagartig verfärbte. Er griff sich an die Kehle und konnte sich gerade noch umdrehen, ehe er sich lautstark auf den Restaurantboden übergab.

Im ersten Augenblick verschlug es Marina die Sprache, dann aber legte sie los. »Raupen!«, kreischte sie. »Unglaublich! Nehmen Sie das sofort weg, Sie dumme Pute. Ich werde mich bei Ihrer Chefin beschweren.« Sie ließ die Gabel fallen. Die Mopaniraupe rollte über den Tisch und blieb auf einem Tomatenfleck kleben.

Die übrigen Gäste hatten aufgehört zu essen und verfolgten die Szene mit offensichtlichem Vergnügen. Auch Jill, die eben ihrem Büro zustrebte, hörte den Ausbruch und kam sofort an den Tisch.

»Gibt es eine Beschwerde, Frau Muro?«

Die Schauspielerin zeigte mit dramatisch bebendem Finger auf die Mopaniraupe, die, leicht gekrümmt, in der Tomatensoße auf dem Tischtuch lag. »Das wurde mir eben serviert. Raupen! Als Spezialität der Zulus.«

Jill gelang es, ein vollkommen ernstes Gesicht zu machen. »Das ist es in der Tat, Frau Muro. Eine Spezialität und ein sehr nahrhaftes Gericht, aber ich kann verstehen, dass es für Sie etwas ungewöhnlich ist. Natürlich hätte man Sie aufklären müssen. Es tut mir wirklich leid, und ich werde sofort mit der betreffenden Angestellten reden. Darf ich Ihnen einen Cognac oder vielleicht einen Dom Pedro anbieten?«

»Ich will keine …«

Flavio Schröder unterbrach sie mit erneutem Würgen, worauf Jill auf die unappetitliche Pfütze auf dem Boden aufmerksam wurde. »Thabili«, rief sie und zeigte diskret auf die gelbgrüne Lache. Thabili nickte, schnippte mit den Fingern und bedeutete Rastazöpfchen, Eimer und Feudel zu bringen.

»Soll ich einen Arzt holen, Sir?« Jill musterte sehr besorgt das fahle Gesicht des Filmemachers, den feinen Schweißfilm, der auf seiner Haut glänzte. Erbrechen, kalter Schweiß, fahle Hautfarbe – sie schickte ein Stoßgebet gen Himmel, dass der Zustand des Regisseurs nichts mit ihrem Essen zu tun hatte. Sie sah schon die Schlagzeile vor sich: »Berühmter Regisseur aus Deutschland auf *Inqaba* vergiftet!«

»Meine Ärztin wird ohnehin bald da sein, weil mein Sohn erkrankt ist«, sagte sie.

»Auch Brechdurchfall? Ich hoffe nicht, dass ein Hygieneproblem Ihrer Küche dahintersteckt.« Marina lehnte sich hinüber und fühlte den Puls ihres Gefährten. »Weich und schnell«, murmelte sie und legte die Hand auf seine Stirn, wobei sie absolut professionell wirkte. »Und Fieber hat er auch. Er muss Antibiotika nehmen, also brauchen wir einen Arzt, und wir müssen Herrn Schröder zum Bungalow bringen.«

»Ich kann allein gehen«, raunzte Flavio Schröder und stand auf. Er schwankte heftig, blieb aber auf den Beinen. Sein Gesicht war inzwischen gelblich blass geworden. »Marina …«, sagte er und streckte eine Hand nach ihr aus.

Sie sprang auf, warf sich ihre Tasche über die Schulter und schlang ihm dann einen Arm um die Taille. »Stütz dich auf mich, mein Lieber. Ich bringe dich ins Haus, und bitte keine Widerrede. So, und nun im Gleichschritt, sonst hol ich jemanden und lass dich tragen!«

Flavio Schröder fletschte die Zähne, aber es blieb ihm keine Wahl. Eng umschlungen marschierten die Schauspielerin und er über die Veranda und dann die Treppe hinunter.

Jill, der bei der Erwähnung von Hygieneproblemen das Herz fast in die Kniekehlen gesackt war, hatte der Szene mit wachsendem Erstaunen zugesehen. Die nervende Diva war verschwunden, an ihre Stelle war eine Frau getreten, die kompetent und tatkräftig wirkte und den Eindruck vermittelte, als verstünde sie etwas von Medizin. Sie sah den beiden nach, die eben in Richtung ihres Bungalows um die Wegbiegung verschwanden. Während sie die Nummer von Dr. Jackie Harrison auf ihrem Handy aufrief, überlegte sie, ob Marina Muro gerade nur einen Beweis ihres Könnens als Schauspielerin erbracht oder ob sie durch ihre vielen Rollen als Ärztin einiges medizinische Fachwissen erworben hatte. Oder ob sie vielleicht in einem anderen Leben Medizin studiert hatte.

Jackie Harrison meldete sich nach längerem Läuten, und sie berichtete ihr von dem zweiten Krankheitsfall. »Klingt ansteckend, oder? Der Regisseur hat die gleichen Symptome wie Luca. Ich habe gehört, dass da was im Umlauf ist. Einige Freunde der Kinder haben so etwas Ähnliches. Luca geht's wirklich nicht gut. Eigentlich ist er nicht wehleidig, aber jetzt ist er nur ein Häuflein Elend.«

»Halt Kira von ihm fern, nur zur Vorsicht, aber er könnte auch etwas Verdorbenes gegessen haben. Mach dir nicht zu viel Sorgen, ich bin in zwei Stunden da.« Die Ärztin beendete das Gespräch und ließ Jill mit einem akuten Anfall von Übelkeit zurück. Verdorbenes, aus ihrer Küche!

Eilig machte sie sich auf, Kira zu suchen, um ihr erstens zu untersagen, mit ihrem Bruder zu spielen oder womöglich in sein Bett zu kriechen, was beide gern taten, wenn der andere krank war, und um ihr zweitens zu vermitteln, dass aus ihrem Plan, den heutigen Tag bei ihrer Freundin Lucy zu verbringen, nichts wurde.

Lucys Eltern, Liz und Sean Mortimer, lebten schon in vierter Generation auf ihrer Farm. Sie lieferten Mangos und zuckersüße Ananas in alle Welt und Guaven an die Marmeladenfabriken und hatten sich kürzlich auf den Anbau von Minigemüse verlegt, das auch in *Inqaba*s Küche verwendet wurde. Nils war zwar der Ansicht, dass Kira dort sicherer sein würde, aber ihr war bei der Vorstellung nicht wohl. Sie war eine Glucke und hatte ihr Junges am liebsten unter ihren Fittichen. Mit langen Schritten lief sie über den Hof ihres Privathauses.

Nils Rogge saß auf seinem Drehstuhl im Büro, hatte die Beine auf den Schreibtisch gelegt und kaute auf seinem Bleistift, was er häufig tat, wenn er über etwas Wichtiges nachdenken musste.

Nachdem er einige Minuten so gesessen und den Stuhl dabei sachte hin und her gedreht hatte, vergewisserte er sich mit einem Blick über die Schulter, dass die Tür fest geschlossen war, bevor er sein Mobiltelefon herausnahm und auf eine der Kurzwahltasten drückte.

»Wer will etwas von mir?«, kam eine tiefe, volle Stimme durch den Hörer.

»Vilikazi, hier ist Nils … Wie geht es dir?«

Ein paar Minuten lang tauschten sie Neuigkeiten über die Familie aus, ob es allen gut gehe, wohin Vilikazis Enkelin auf Hochzeitsreise gefahren sei und dass bereits ein Kind auf dem Weg sei.

»Urgroßvater, ich!«, stöhnte Vilikazi. »Stell dir das einmal vor. Na, wenigstens sind das zwei weitere Hände, die für Sarah und mich später sorgen können.« Er lachte sein tiefes, dunkles, angenehmes Lachen.

Nils lachte ebenfalls, wurde aber schnell ernst. »Es gibt ein Problem, ein plötzlich aufgetretenes Problem«, begann er behutsam und wählte seine Worte sorgfältig. »Du hattest mit … dem Sohn deines Freundes darüber gesprochen. Erinnerst du dich?« Er zog seine Beine vom Schreibtisch und setzte sich auf.

Namen würde er am Telefon nie nennen. Dem Telefon als sicherem Kommunikationsmittel hatte er schon immer misstraut, und nachdem Jill ihm erzählt hatte, dass man in der Zeit der Apartheid nie sicher gewesen sein konnte, ob nicht jemand mithörte, hatte er es sich angewöhnt, wichtige Gespräche so vage zu halten, dass ein Außenstehender den Inhalt nicht verstehen würde. Gewisse Dinge besprach man unter vier Augen.

Nach einer winzigen Pause antwortete Vilikazi: »O ja, allerdings. Wie geht es Jill?«

»Jemand hat ihr Grüße ausgerichtet. Ihr und den Kindern.«

Wieder gab es eine Pause auf Vilikazis Seite, dieses Mal etwas länger. »Vielleicht sollten wir uns des Problems …«

»Annehmen?«, ergänzte Nils trocken. »Ja, das wäre eine gute Idee.«

»Strebst du da eine permanente Lösung an?«

Gespanntes Schweigen trat ein. Im Hörer knackte es, ganz entfernt hörte man jemand reden und lachen. Nils hatte seinen Kaffeebecher und die Stapel von Unterlagen auf seinem Schreibtisch beiseitegeschoben und seine langen Beine wieder auf die verstaubte Oberfläche gelegt. Er kaute an seinem Bleistift. Ein Holzsplitter löste sich und geriet ihm zwischen die Zähne. Er löste ihn mit der Zunge und spuckte ihn aus.

»Ich bin mir nicht sicher, dass ich verstehe, was du meinst … Vermutlich will ich das auch nicht … Ich will nur, dass … dieses Problem aus unserem Leben verschwindet, verstehst du?«

Ein leises Lachen, eher ein zufriedenes Glucksen, kam durch die Leitung. »Wir hören voneinander.«

Es klickte, und die Verbindung war getrennt. Nils legte sein Handy auf den Schreibtisch und nahm abwesend den Kaffeebecher hoch. Im Kopf spulte er die Unterhaltung mit Vilikazi noch einmal ab, Wort für Wort. Hatten sie etwas gesagt, was von einem zufälligen Zuhörer hätte falsch interpretiert werden können? Er war nicht naiv, er hatte zu lange in diesem Land gelebt, als dass er nicht wüsste, was Vilikazi mit einer permanenten Lösung angedeutet hatte. Schließlich entschied er, dass niemand aus ihrer Unterhaltung schließen konnte, dass Vilikazi und er gerade einen Mord verabredet hätten.

Er trank einen Schluck und verzog angewidert das Gesicht. Der Kaffee hatte schon eine Weile dort gestanden, und die Milch darin war sauer geworden. Er stellte den Becher auf den Schreibtisch. Hinter ihm ging die Tür auf, er nahm die Beine vom Tisch und drehte seinen Stuhl herum. Es war Jill, und sie schien ziemlich aufgebracht zu sein. Unwillkürlich setzte er sich gerade hin.

»Hör mal, ich möchte nicht, dass Kira zu Lucy fährt«, sagte

sie ohne Umschweife und sehr energisch. Und ziemlich laut. »Ich möchte sie bei mir in der Nähe haben.«

Nils wirbelte seinen Bleistift zwischen den Fingern. Den Ton kannte er. Ein Unwetter war im Anzug. Eines von der explosiven Art. Er setzte ein gewinnendes Lächeln auf. »Ich finde es eine gute Idee, sie zu Lucy Mortimer zu bringen, Schatz. Die Farm liegt weitab, und Pienaar wird sie dort nicht suchen. Die Lösung halte ich für die beste.«

»Ich aber nicht. Ich will, dass sie hierbleibt. Mortimers Farm grenzt für ein paar Hundert Meter an die nordwestliche Grenze von *Inqaba,* wie du sehr wohl weißt. Das ist mir viel zu nah.«

Innerlich seufzte er, hütete sich aber, das laut zu tun. Jill auf dem Kriegspfad war etwas, was man nicht herausfordern sollte. »Wirst du jetzt nicht ein bisschen unsinnig? Wir können Kira nicht einsperren. Die Farm ist riesig, zwischen dem Haus der Mortimers und der Grenze liegen Ananas-, Mango- und Guavenplantagen. Wie sollen die Mädels bis dorthin kommen? Auch wenn der unwahrscheinliche Fall eintritt und sie das tun – wie sollte das Pienaar wissen? Außerdem müsste er, um an sie zu kommen, irgendwie auf *Inqaba*s Seite gelangen.«

»Nein, müsste er nicht. Zwischen dem Farmgelände der Mortimers und Lias Farm liegt ein niedriger Hügelrücken. Eine öffentliche Straße führt um den Hügel herum, dann entlang Mortimers Farm, berührt kurz *Inqaba*s Grenze und danach die von Lias Farm.«

»Also Jill, wirklich! Das ist an den Haaren herbeigezogen. Es kommt doch nicht darauf an, was wir wollen, sondern darauf, wo unsere Tochter am sichersten ist, und das ist sie meiner Meinung nach bei Lucy.«

»Luca geht es nicht gut, und weil Nelly krank ist und Duduzile weggelaufen ist, werde ich mich um ihn kümmern. Deswegen möchte ich, dass Kira hierbleibt, damit ich sie im Auge behalten kann. Wenn irgendetwas mit ihr sein sollte – jeder kann mal in ein Erdloch treten und sich den Fuß verstauchen –, muss ich Luca allein lassen, und das werde ich nicht tun. Also, Kira bleibt hier!«

Nils betrachtete seine Frau. Sie stand da, die Hände in die Hüften ihrer Klassefigur gestemmt, ihre Augen unter dem schwarzen Haar schossen blaue Blitze. Er fand, dass sie hinreißend aussah. »Als Glucke machst du dich wirklich gut«, murmelte er und beobachtete zufrieden, wie ihr Zorn in sich zusammenfiel.

»Ich habe einfach fürchterlich Angst«, flüsterte sie erstickt. »Stell dir vor, er bekommt eines unserer Kinder in die Finger …«

»Dann bringe ich ihn um«, sagte Nils wie nebenbei, aber genau so meinte er es.

»Gut«, gab sie klein bei. »Aber ihr Bodyguard geht mit.«

Jackie Harrison rief nur wenig später an. »Jill, wir haben hier einen schlimmen Notfall. Ich kann einfach nicht weg, ich hoffe, du verstehst das. Wenn ich dir sage, was du Luca geben sollst, kämst du für heute allein zurecht? Wir haben doch *Inqabas* Hausapotheke erst kürzlich durchgesehen und aufgefüllt. Du hast wirklich alles vorrätig. Im Übrigen hast du recht, hier geht ein Magen-Darm-Virus um, das aber meist nur kurz wütet. Vermutlich hat sich Luca das eingefangen.«

»Was ist kurz?«

»Ein oder zwei Tage, dann sind die Kranken wie neu«, antwortete Jackie Harrison. »Er soll aber erst zur Sicherheit ein Antibiotikum nehmen.«

Es blieb Jill nichts anderes übrig, als dem Vorschlag zuzustimmen. Sie schrieb mit, was ihr die Ärztin diktierte. »Was ist mit dem Regisseur? Der wartet auch auf dich.«

»Er hat sich erbrochen? Alkohol kann nicht im Spiel sein, oder? Ich meine, Filmleute kippen ja immer ganz schön was weg.«

Jill fragte sich irritiert, woher Jackie Harrison dieses Wissen nahm. Sie versicherte der Ärztin energisch, dass der Regisseur stocknüchtern gewesen und er ihr wirklich krank vorgekommen sei.

»Okay, dann kann er das Gleiche nehmen wie Luca, nur in der folgenden Dosierung.« Sie nannte ein paar Zahlen. »Er scheint ja nicht in Lebensgefahr zu sein. Zur Not könnt ihr ja immer noch den Hubschrauber rufen.« Damit verabschiedete sich die Ärztin und legte auf.

Zähneknirschend holte Jill zwei Packungen des verordneten Antibiotikums aus dem kleinen Medizin-Kühlschrank, der in ihrer privaten Küche stand, und rief dann Marina Muro im Bungalow an. Diese hörte sich mit deutlichem Unmut an, was Jill ihr zu sagen hatte. »Ich lasse die Medikamente sofort von einem Ranger zu Ihrem Bungalow bringen. Falls Sie noch irgendetwas benötigen, bitte sagen Sie es mir.«

Die Muro verneinte. Jill rief daraufhin Ziko zu sich, übergab ihm die verordneten Arzneien für Flavio Schröder und überlegte, was sie noch mitschicken könnte, um die Stimmung der beiden zu heben. Wein oder etwas Ähnliches war wohl nicht das Richtige. Sie schaute sich um, und ihr Blick fiel auf ihre prachtvollen Bougainvilleen. Fünf Minuten später marschierte Ziko mit den Medikamenten und einem riesigen Strauß, der in verschiedenen Rosa- und Kupfertönen leuchtete, los.

Anita war inzwischen vor dem Schlafzimmer ihrer Schwester angelangt. Lautlos schob sie die Tür auf, ging ein paar Schritte auf Zehenspitzen hinein und schaute zum Bett. Cordelia hatte den Kopf zur Seite gedreht. Es war nicht zu erkennen, ob sie schlief oder wach war. Bei ihrer Mutter hatten die Anfälle oft zwei oder drei Tage gedauert, selten mal nur ein paar Stunden. Wenn Cordelia nach ihr kam, hatte es wenig Sinn, jetzt noch länger hierzubleiben. Leise zog sie die Tür zu.

»Komm ruhig rein, es geht schon wieder.« Es war Cordelias Stimme, noch etwas belegt, aber gut verständlich.

Anita öffnete die Tür wieder. Ihre Schwester schwang eben die Beine langsam aus dem Bett. Der Eisbeutel schmolz auf dem Nachttisch, und das Wasser tropfte auf den Dielenboden, wo sich bereits eine größere Wasserlache gebildet hatte. Cordelia schaute hohläugig zu ihr herüber.

»Scheißmigräne«, murmelte sie. »Aber ich habe Glück gehabt, es war nicht der große Sturm. Willst du nicht noch ein wenig bleiben?«

Anita schielte auf ihre Uhr. Es war Viertel nach eins. Sie musste an die Invasion von Sammeltaxis denken, die Ströme von Menschen, die vorgestern auf der Fahrt mit Jill und Dirk die Straßen verstopft hatten. In diese Lage wollte sie auf keinen Fall noch einmal geraten, und schon gar nicht allein. »Um drei Uhr spätestens möchte ich hier los«, sagte sie.

»Vernünftig.« Cordelia nickte und stand auf. »Setz dich auf die Terrasse, ich komme gleich nach.« Mit einer Handbewegung wies sie auf die halb offene Tür, die vom Schlafzimmer direkt ins Badezimmer führte.

Anita ging hinaus auf die Veranda und ließ sich in dem Sessel nieder, wo sie auch ihre Umhängetasche entdeckte.

Cathy streckte den Kopf aus der Tür. »Soll ich Tee bringen? Kommt Ma'am auch?«

Anita bejahte das und bat um Kaffee. Tee hatte sie noch nie etwas abgewinnen können. Außerdem bekam er ihr nicht. Über dem Land hing eine Hitzeglocke und dämpfte alle Geräusche, kein Lüftchen rührte sich. Sie setzte ihre Sonnenbrille auf und beobachtete eine schlanke Eidechse mit blauem Schwanz, der die Pflastersteine der Zufahrt offensichtlich zu heiß wurden, denn sie tanzte unentwegt von einem Bein aufs andere. Als eine Fliege in ihrer Nähe landete, erstarrte sie, zwei Beine in der Luft hängend. Dann vollführte sie eine Bewegung, die so schnell war, dass Anita sie nur verwischt wahrnahm, und als Nächstes kaute die Echse vernehmlich knirschend auf der Fliege herum, die sie alsbald herunterschluckte. Nachdem sie sich mehrmals über die schuppigen Lippen geleckt hatte, nahm sie wieder ihren hektischen Tanz auf.

»Das ist ein Regenbogenskink. Hübsch, nicht wahr?« Cordelia, das Haar noch feucht von der Dusche, kam eben aus dem Haus und brachte einen Teller mit hellem Biskuitgebäck. Sie setzte sich, schlang die Beine ineinander, ganz fest, und verschränkte die Arme zum Schutz vor der Brust. »So, jetzt willst du unsere Familiengeschichte wohl weiterhören, was?«

Anita schaute auf ihre gefalteten Hände und hatte den fast unwiderstehlichen Impuls wegzulaufen, um nicht noch mehr von diesem Horror zu erfahren. »Nein, erst muss ich etwas klären. Ich kann einfach nicht glauben, dass Papa so etwas getan hat.« Sie zwang sich, ihrer Schwester fest in die Augen zu sehen. »Eine Engelmacherin! Dich mit dem Gürtel verprügeln, ganz zu schweigen, was er mit diesem Mandla gemacht haben soll! Weißt du, dass er mir nie auch nur eine kleine Ohrfeige gegeben hat, nicht einmal im Ansatz?«

»Nein, woher auch. *Mein* Vater war da anders.« Cordelia vermied es, ihren Blick zu erwidern, während sie sich damit beschäftigte, Tee in ihre Tasse zu gießen. Mit beiden Händen umschloss sie die Tasse, als suchte sie Wärme.

Anita wollte sie nicht so einfach davonkommen lassen. »Papa war warmherzig und liebevoll, er hat mich und … Mama geliebt, und er hat es gezeigt. Immer. Ein Mann kann sich doch nicht derart verändern, und er hat sich doch unmöglich so verstellen können!« Sie war laut geworden, und ihr Herz klopfte heftig. Entschlossen, sich ihre glückliche Kindheit nicht zerstören zu lassen, redete sie weiter. »Hat er dich auch sonst geschlagen? Mit dem Gürtel? War er immer so?«

Endlich reagierte ihre Schwester. »Nein … nein. Erst als

Mandla und ich …« Ihre Hände flatterten abwehrend. »Da fing es an.«

»Nun, vielleicht hatte er ja Angst. Ihr habt doch gegen einen Haufen Gesetze verstoßen, wenn ich mich nicht irre. Ich habe mich da ein bisschen schlaugemacht.«

»O ja, das haben wir tatsächlich. Und Angst hatte er sicherlich auch. Vor dem, was die Leute sagen würden. Das war immer das Wichtigste, besonders auch für … Mutter.« Das letzte Wort spuckte sie Anita förmlich vor die Füße.

Was aber nur dazu beitrug, dass Anita noch hartnäckiger wurde. »Ich habe gelesen, dass ein solcher Verstoß gegen das Kerngesetz der Apartheid immer mit Gefängnis bestraft wurde. Laut einem Bericht zu urteilen, den ich mal im deutschen Fernsehen gesehen habe, waren die Gefängnisse hier die reinste Hölle. Kann es nicht sein, dass er auch davor Angst hatte? Ins Gefängnis zu kommen?«

Cordelia hob die Schultern und nippte wieder an ihrem Tee. »Kann sein.« Sie zögerte. »Möglicherweise«, setzte sie hinzu.

»Wärst du auch ins Gefängnis gekommen?«

Cordelia fuhr erstaunt auf. »Ich? Ich war doch erst siebzehn …« Doch plötzlich spannten sich ihre Muskeln, ihr Blick bohrte sich in den Boden. »Ich weiß es nicht«, flüsterte sie schließlich mit einem Achselzucken.

Irgendetwas an ihrer Haltung machte Anita furchtbar wütend. »Mit siebzehn wärst du sicherlich auch eingelocht worden«, schrie sie. »Glaubst du nicht, dass Papa das befürchtet hat? Dass er vor sich sah, was sie mit dir im Gefängnis gemacht hätten? Du wärst vergewaltigt worden, von den Wachen, den Mithäftlingen, Frauen und Männern, und was da sonst noch alles passieren kann! Vielleicht hättest du das Ganze nicht einmal überlebt! Und dein Baby schon gar nicht.« Sie atmete heftig und starrte Cordelia in die Augen. »Vielleicht war es das, was Papa vor sich sah.«

Ihre Schwester machte die Schultern krumm, schlang sich die Arme um den Leib und starrte mit leerem Ausdruck vor sich hin. Welche Bilder sie jetzt vor sich sah, war in ihren verkrampften Zügen nicht zu lesen. Anitas Zorn steigerte sich.

»Cordelia!« Der Name knallte wie ein Peitschenhieb.

Ihre Schwester zuckte zusammen, als hätte sie jemand geschlagen. Die blassen Lippen bewegten sich, aber zu hören war nichts.

»Du musst schon lauter reden, ich habe kein Wort verstanden.«

Cordelias Kopf flog hoch, ihre Augen glühten eisblau, die Pupillen waren wegen der Helligkeit zu schwarzen Punkten zusammengezogen. »Das war aber noch nicht alles!«, schrie sie. »Da kam ja noch viel mehr! Willst du es nun hören oder nicht? Sonst scher dich zum Teufel!«

Ihre Blicke verkrallten sich. Anita atmete schwer, ihr Herz raste. Nach einer atemlosen Minute nickte sie vorsichtig.

»Hältst du dich zurück, bis ich dir alles erzählt habe? Wirst du es dir schweigend anhören? Bis ich fertig bin?«

»Okay, mach ich«, sagte Anita nach kurzem Zögern und lehnte sich in ihrem Sessel zurück. Ihr Kaffee, der auf einem Seitentischchen stand, war inzwischen kalt geworden, aber das störte sie momentan herzlich wenig. Sie trank ihn aus und schob sofort einen Keks hinterher.

Cordelia strich sich das Haar hinter die Ohren, zupfte ihre Shorts und die Bluse zurecht und räusperte sich. »Also gut, ich versuch's«, sagte sie. »Auf der Missionsschule hatten sie etwas gegen Mandlas Namen. Ob es daran lag, dass sie den Mittellaut nicht aussprechen konnten oder dass der Ausruf ›Amandla!‹ der Schlachtruf des ANC war – keine Ahnung. Vermutlich beides. Auf jeden Fall nannten sie ihn ›Maurice‹. Das heißt der Maure, der Mohr. Sehr kreativ, was? Deswegen habe ich seinen Sohn Maurice genannt.«

»Wo ist er geboren? Hier auf *Timbuktu*?«

Cordelia warf die Hände hoch und verdrehte die Augen. »O nein, um Himmels willen, doch nicht hier. Ein farbiges Baby auf unserer Farm. Wo denkst du hin!« Ihre Stimme troff vor Sarkasmus. »Nein, Vater hat mich auf der Stelle nach Deutschland geschickt. Ich sollte bei den Großeltern, die ich nicht einmal kannte, unterkommen, bis das Baby geboren war, und dann ...« Ihre Brust bebte. »Und dann sollte ich ihn zur Adoption freigeben. Das Kostbarste, was ich in meinem Leben besaß, sollte ich für immer weggeben. Als ich mich dagegen wehrte, kam noch mal der Gürtel zum Einsatz. Danach wurde ich wie ein Paket einfach nach Deutschland verfrachtet. Ich konnte nichts dagegen machen. Am anderen Ende warteten die Großeltern. Hast du sie gekannt?«

Anita sah ihre Großeltern vor sich, blauäugig, kultiviert, gütig. Hände, die sie streichelten, ein Lächeln, das sie als liebevoll in Erinnerung hatte. Sie nickte vorsichtig.

»Nun, sie standen am Flughafen und wirkten so hart wie aus Holz geschnitzt«, fuhr Cordelia fort. »Nicht einmal umarmt haben sie mich. Die Hand haben sie mir gereicht, ganz kurz, wie einer Fremden. Ihrem damals einzigen Enkelkind. Weißt du, was mir von ihnen hauptsächlich im Gedächtnis geblieben ist? Großmutter trug irgendein altmodisches Parfum. Ihre Haut, ihre Kleidung war durchdrungen davon ... Es roch süßlich, ein bisschen wie alter Puder. Ich habe es noch heute in der Nase ... Ich fand es ... unangenehm.« Unvermittelt stieß sie eine Art Lachen aus. »Aber dann lief doch nicht alles so, wie mein Vater es befohlen hatte. Sobald Großmutter herausbekam, dass mein Baby voraussichtlich nicht blütenweiß sein würde, dass ich mich mit einem Neger eingelassen hatte, warf sie mich raus. Einfach so. Was ihre Freunde und die Leute dazu sagen würden, war ihr immerwährender Albtraum. Das hatte Mutter von ihnen geerbt.«

Anita stand auf und lief ein paar Schritte. Sie musste sich einfach bewegen, konnte nicht stillsitzen und das verdauen, was ihr Cordelia da wieder servierte. Ihr Kopf schien von einer pulsierenden Masse ausgefüllt zu sein, die immer weiterwuchs und ihr den Schädel zu sprengen drohte. Sie presste beide Hände an die Schläfen. Sollte sie den ersten Migräneanfall ihres Lebens bekommen?

Ihre Großmutter sollte so etwas getan haben? Ihre freundliche, elegante Großmutter, die zwar immer etwas distanziert wirkte, aber sehr liebevoll mit ihr umgegangen war, die sie stolz ihren Freundinnen vorgezeigt hatte? Die sie geliebt hatte? »Das kann ich mir von Großmutter nicht vorstellen.«

Cordelia lachte. Ein hartes, kurzes Lachen. »Glaub mir, Schwester, sie hat es getan. Und Großvater hat nichts dagegen unternommen. Ich stand buchstäblich auf der Straße. Hochschwanger. Und nur die paar Geldscheine, die sie mir zum Schluss in die Hand gedrückt hatte, waren das Bollwerk zwischen mir und dem Platz bei den Obdachlosen unter der Brücke.«

»O Gott.« Anita wurde schwindelig. War denn alles in ihrem bisherigen Leben eine Lüge gewesen? Die Nachmittage bei den Großeltern, die Liebe ihrer Mutter zu ihr, ihrer Tochter? Die Liebe ihres Vaters? Cordelia konnte doch unmöglich eine derart blühende Fantasie haben.

Der Boden unter ihren Füßen schwankte. Sie fiel in den Sessel und packte mit beiden Händen die Lehnen, um Halt zu finden. Das durfte nicht wahr sein. Wie sollte sie mit der Tatsache weiterleben, dass ihre Eltern und Großeltern Cordelia so kalt und brutal behandelt hatten, dass sie widerliche, engstirnige Rassisten gewesen sein mussten? Ein anderes Wort fiel ihr nicht ein. Ihre Eltern, die immer von Afrika und seinen Menschen geschwärmt hatten? Verdammt, was war das für ein Sumpf? Die pulsierende Masse drückte von innen gegen ihre Augäpfel. Ehe sie es verhindern konnte, brach ein Stöhnen aus ihr heraus.

»Ich habe rasende Kopfschmerzen. Hast du ein Aspirin für mich?«

Cordelia stand schweigend auf und kehrte kurz darauf mit einer Packung Aspirin und einem Glas Wasser zurück. »Es sind Brausetabletten, die wirken schneller. Kriegst du auch eine Migräne?«

»Das wäre dann das erste Mal in meinem Leben«, nuschelte Anita und ließ zwei der Tabletten ins Wasser gleiten, wo sie sich sprudelnd auflösten. Sie schwenkte das Glas, ließ das Wasser kreisen und schüttete es dann in einem Zug in sich hinein. Mit einem Taschentuch wischte sie sich den Mund ab. »Was hast du bloß gemacht? Wie hast du es nur geschafft, dass Maurice heute bei dir lebt?« Wie muss das gewesen sein, dachte sie, in einem fremden Land Fuß zu fassen, hochschwanger, praktisch kein Geld, keinen Menschen, den sie um Hilfe bitten konnte. »Ich glaube, ich hätte kurzen Prozess gemacht und wäre von der nächsten Brücke gesprungen.«

»Und hättest dein Baby umgebracht? Das hättest du getan? Dann passt du ja prima in unsere Familie!«

Anita spürte, wie ihr das Blut ins Gesicht schoss.. »Natürlich nicht … entschuldige«, stammelte sie. »Ich habe überhaupt nicht nachgedacht … Du hast das falsch verstanden … Doch nicht das Baby …«

»Also, ich bin nicht von der Brücke gesprungen«, unterbrach Cordelia sie. »Ich habe mich mit meinem Koffer in irgendein Straßencafé gesetzt und in meinen Kaffee geheult, den ich mir eigentlich nicht leisten konnte. Am Nebentisch saß eine lebhafte Gruppe von vier Frauen. Sie bemerkten schnell, dass ich weinte, und mein körperlicher Zustand war ja offensichtlich. Eine von ihnen beugte sich zu mir herüber und fragte mich, ob sie mir helfen könnten. Wir kamen ins Gespräch, und sie holten mich an ihren Tisch. Alle vier waren sehr nett, so aufgeschlossen … so anders. Zum Schluss bezahlten sie nicht nur meinen Kaffee, sondern boten mir sogar ein Zimmer in ihrer Wohngemeinschaft an. Bis heute sind sie meine besten Freundinnen geblieben. Wir schreiben uns oft, und immer wieder besuchen sie mich hier.« Für einen Moment beschäftigte sie sich mit ihrem Tee, nippte daran und ließ ihn in der Tasse kreisen. Schließlich setzte sie die Tasse ab. Ihre Gestik und Miene war zurückhaltender geworden, und Anita hatte den deutlichen Eindruck, dass sie sich wieder innerlich zurückgezogen hatte. Sie verwünschte ihre dumme Bemerkung.

»Das Schicksal wollte es, dass die verheiratete Schwester der einen keine Kinder bekommen konnte und verzweifelt nach einem Adoptivkind suchte«, fuhr Cordelia fort, wobei sie an Anita vorbei in den Garten sah. »Wie sie und ihr Mann es am Ende geschafft haben, dass sie trotz der behördlichen Hürden tatsächlich Maurice adoptieren konnten, weiß ich nicht, aber es klappte – es klappte«, wiederholte sie mit einer Inbrunst, in der die Erleichterung von damals mitschwang. »Maurice Beckmann hieß er von da an. Von Anfang an wusste er, dass er adoptiert war, und er wusste von mir. Ich war zurück nach Südafrika geflogen, aber die Beckmanns erlaubten mir, ihn so oft zu besuchen, wie ich wollte. So oft ich es mir leisten konnte.« Ein Lächeln glänzte in ihren Augen.

»Was haben die Eltern gesagt? Hast du ihnen von der Geburt erzählt?«

Cordelia überraschte sie mit einem Kichern. Es war nicht fröhlich, sondern eher schadenfreudig, fast ein wenig bösartig. »Aber ja. Das habe ich ihnen geschrieben, aber ich habe auch an Mandla geschrieben und den Brief Freunden von ihm mit der Bitte gesandt, ihm den Brief ins Gefängnis zu bringen. Damals hatte ich noch die Hoffnung, dass Mandla …« Sie stockte. »Dass es ihn noch gab«, setzte sie dann leise hinzu. »Ob er den Brief wirklich bekommen hat, habe ich nie erfahren, auch nicht, ob er überhaupt noch lebte … lebt.« Wieder stieß sie dieses eigenartige Kichern aus. »Aber die Freunde verbreiteten die Nachricht von meinem Baby, und innerhalb von Tagen wusste es die ganze Gegend. Und alle redeten darüber. Die Polizei kreuzte wieder auf und verhörte die Eltern. Stundenlang saßen sie auf dem Polizeirevier. Immerhin hatten sie in den Augen des Gesetzes gegen den Immorality Act verstoßen. Ich war noch nicht volljährig und hatte mich mit einem Schwarzen eingelassen, also trugen sie die Verantwortung.« Sie schnaubte verächtlich. »Mutter hielt dem nicht stand. Sie veranlasste Vater, heimlich ihre Sachen zu packen und Hals über Kopf das Land zu verlassen. Mich ließen sie allein zurück und *Timbuktu* in der Hand ihres Managers. Wie sie es geschafft haben, ungeschoren über die Grenze zu kommen, ist mir noch heute ein Rätsel.« Sie nagte an einem Nagel. »Ich habe sie nie wiedergesehen, und sie sind auch nie wieder zurück nach Zululand gekommen.«

Anita, die mit jagendem Herzen gelauscht hatte, fuhr bei einem plötzlichen Geräusch zusammen. Anfänglich war sie sich nicht sicher, was es war, aber dann war sie davon überzeugt, dass jemand geschrien hatte. Nicht in der Nähe, sondern weiter weg. »Hast du den Schrei gehört?«, sagte sie.

»Schrei?« Cordelia sah sich um. Sie setzte schon an, den Kopf zu schütteln, aber dann verengten sich auf einmal ihre Augen, und Anita schien es, dass sie unerklärlicherweise nervös wurde. »Da hat niemand geschrien. Das war vermutlich einer von Maurice' Löwen.«

Anita warf die Hände hoch. »Ach, Cordelia, ich bitte dich! Löwen schreien nicht, sie brüllen. Das war ein Schrei, und zwar ein menschlicher. Du musst ihn doch gehört haben.«

»Habe ich nicht«, beharrte Cordelia und steckte einen Keks in den Mund. Er knirschte zwischen ihren Zähnen. »Da ist nichts. Du hörst Gespenster!« Ihr Ton setzte einen Schlusspunkt hinter diese Diskussion.

Anita horchte hinaus in die Wildnis, aber es blieb ruhig. »Okay, kann sein, dass mir meine Ohren einen Streich gespielt haben«, sagte sie schließlich. »Kann ich die Löwen einmal sehen?«

Cordelias Hände flatterten vor ihrem Gesicht, als wollte sie einen Moskito verscheuchen. »Nein … lieber nicht … die Tiere haben …« Sie zögerte. »Ja, ich glaube, sie haben Junge. Zwei Weibchen haben Junge, und dann – das kann ich dir versichern – ist mit denen überhaupt nicht gut Kirschen essen. Vielleicht ein anderes Mal.«

»Okay«, sagte Anita gedehnt. Warum wurde sie den Eindruck nicht los, dass Cordelia gerade nicht die Wahrheit sagte? Oder einfach etwas verschwieg? Was im Prinzip aufs Gleiche hinauskam.

Ihre Schwester redete weiter, als wäre nichts vorgefallen. »Ein paar Jahre später habe ich Anthony Maxwell geheiratet. Ihm habe ich meine ganze Geschichte erzählt und eigentlich erwartet, dass er das Weite suchen würde, aber eine Woche später hieß ich mit Nachnamen Maxwell. Ich habe ihn sehr geliebt, nicht wie Mandla natürlich. Nie habe ich je wieder einen Mann so lieben können wie ihn. Aber Tony war ein wirklich guter Mensch.«

Anita hörte nur mit halber Aufmerksamkeit zu. Der Schrei hatte sich nicht wiederholt. Dass sie etwas gehört hatte, stand für sie außer Frage, aber sie musste sich eingestehen, dass es tatsächlich irgendein Tier gewesen sein konnte. Ihre hartnäckige innere Stimme allerdings gab keine Ruhe, so sehr sie sie auch zu unterdrücken suchte. Da hatte kein Löwe gebrüllt. Da hatte jemand geschrien, jemand, der in Not war. Zu diesem Zeitpunkt jedoch würde sie das nicht herausbekommen können. Sie zwang ihre Aufmerksamkeit zurück zum Rest von Cordelias Geschichte.

Es war drei Uhr, als sie *Timbuktu* verließ. Cordelia brachte sie zum Auto. Zum Abschied umarmten sie sich nicht, sondern gaben sich förmlich die Hand. Es stand noch zu viel zwischen ihnen, als dass es Nähe erlaubt hätte.

Bevor sie in den Wagen stieg, fiel Anita noch etwas ein. »Und Riaan? Er ist doch nicht von Mandla, oder? Oder ist er von deinem Ehemann?«

Cordelia runzelte verwirrt die Stirn. »Von Tony? Dieser Riaan Fourie? Wie kommst du darauf?«

»Maurice hat gesagt, er wäre sein Bruder.«

Ihre Schwester schnaubte durch die Nase. »Bruder? Na, das wäre ja was. Dass ich nicht lache! Dieser Mann ist nichts weiter als eine … Hilfskraft.«

»Eine Hilfskraft? Ihr seid gar nicht verwandt? Hattest du keine Kinder mit Tony?«

»Verwandt?«, rief Cordelia unerklärlich heftig. »Ganz bestimmt nicht. Eines Tages ist er hier aufgetaucht und hat nach einem Job gefragt. Er kommt aus dem Oranje Freestate und ist einfach ein Farmarbeiter. Und ich hatte keine Kinder mit Tony. Leider. Er wäre ein wunderbarer Vater gewesen.«

»Vielleicht meint Maurice, dass er sein Freund ist, so wie ein Bruder.«

»Ach, Maurice …« Cordelia schüttelte den Kopf, sprach aber dann nicht weiter, sondern trat einen Schritt zurück, wie um ein Signal zu geben, dass Anita fahren solle.

Aber Anita musste noch eine weitere Sache klären, die ihr auf der Seele lag. Sie suchte Cordelias Blick. »Da ist noch jemand auf eurer Farm. Ich habe ihn zufällig getroffen. Ein Len Pienaar. So ein großer, massiger Typ. Sein Arm ist auf der linken Seite amputiert. Ist er so etwas wie dein Partner oder Farmmanager? Er schien sich hier sehr zu Hause zu fühlen.« Sie hielt ihren Tonfall bewusst neutral.

Cordelias Augen flackerten. Sie wandte das Gesicht ab. »Pienaar … ja, nun … Maurice arbeitet mit ihm zusammen … Maurice hat ihn zufällig im Spielcasino getroffen … Er suchte … Ja, er hilft Maurice mit den Löwen … Er ist Löwenexperte. Und dieser Riaan ist seine Hilfskraft.« Ihre Stimme hatte wieder an Sicherheit gewonnen.

Anita allerdings hatte den deutlichen Eindruck, dass sie sich um die Wahrheit herumlaviert hatte. Vielleicht sollte sie ihre Schwester fragen, ob sie sich im Klaren darüber sei, dass der Mann, der in ihrem Haus aus und ein ging, einst als Kommandeur einer geheimen Eliteeinheit von Polizeioffizieren für die Geheimpolizei politische Morde ausgeführt habe, und ob sie seinen Spitznamen kenne. »Verkörperung des Bösen«.

Ob er auch ihr gegenüber erwähnt habe, dass er elf Monate im Jahr Menschen jage, im letzten Monat Ferien mache, um dann Tiere zu jagen. Das alles hätte sie ihre Schwester gern gefragt, aber sie brachte es nicht fertig. Sie fürchtete sich davor, was diese Fragen hervorlocken konnten.

Pienaar war gefährlich, und wenn Cordelia das alles bekannt war, dann würde sie sich ohnehin dementsprechend verhalten. Hatte sie keine Ahnung, würde sie womöglich nachfragen, um sich zu vergewissern, und das könnte Reaktionen von diesem … Kerl auslösen. Reaktionen, die nicht nur für Maurice, sondern auch für seine Mutter lebensgefährlich sein könnten.

Also hielt sie den Mund, nickte nur und setzte sich hinters Steuer. Sie wollte eben die Fahrertür zuziehen, als Cordelia sie überraschend daran hinderte.

Für einen langen Moment schaute ihre Schwester sie an, irritierend direkt, und schien etwas in ihren Zügen zu suchen. Anita wollte sich gerade abwenden, als Cordelia ihr den Arm auf die Hand legte.

»Eines wollte ich dir noch sagen«, flüsterte sie. »Deine Augen sind doch anders als die von Vater. Heller, leuchtender … Seine waren wie … Schlamm … grünbraun. Trübe … wie Gift. Deine sind wie Meerwasser … klar, durchsichtig.« Ihr Zungenschlag war schwerfällig, die Worte kamen schleppend. »Das wollte ich dir nur sagen.« Damit trat sie zurück und gab die Tür frei.

Anita sah sie an. Erstaunen und Misstrauen jagten über ihr Gesicht, gleichzeitig breitete sich in ihrer Mitte eine wunderbare Wärme aus. Unsicher öffnete sie den Mund, blieb dann aber doch stumm. Sie zog die Tür zu und legte den ersten Gang ein.

»Eine Hilfskraft, Löwenexperte«, murmelte sie, als sie Gas gab.

13

Dirk saß auf der Veranda seines Bungalows, aß einen leichten Salat als Mittagsimbiss und versuchte dabei zum x-ten Mal, seinen Assistenten zu erreichen, bekam auf dem Handy aber keine Antwort. Er warf seines auf den Tisch. Vermutlich lag der Mensch wieder sturzbetrunken hinter irgendeiner Palme. Er fluchte, prüfte aber, ob er Empfang hatte. Fast vier Empfangsbalken. Also war in dieser Hinsicht alles im grünen Bereich. Am liebsten würde er seinen Assistenten hinauswerfen, war sich aber im Klaren darüber, dass er ihn brauchte. Andy Kaminski war schlicht der Beste, auch wenn Dirk ihm gegenüber etwas anderes behauptet hatte. Rolf Möller konnte ihm nicht das Wasser reichen.

Sein Handy tanzte vibrierend über den Tisch. Er fing es ein und prüfte das Display. Eine unbekannte Nummer. Er nahm das Gespräch an.

»Crosscare-Krankenhaus Richards Bay«, meldete sich eine Frauenstimme. »Einen Augenblick.« Kurz darauf kam Andys Stimme durchs Telefon.

»He, du glaubst nicht, was mir passiert ist.« Andy sprach mit schwerer Zunge und klang müde.

Dirk wartete. Zumindest lallte sein Assistent nicht, das war immherhin ein Fortschritt. »Mach es nicht so spannend, sag's mir einfach.«

»Ich bin im Krankenhaus. Hab mir das Bein gebrochen … Na ja, vermutlich … Die werten noch das Röntgenbild aus … Ist das nicht eine Scheiße?«

Eigentlich nicht, fuhr es Dirk durch den Kopf. Dann wirst du wenigstens von Grund auf nüchtern, denn an Alkohol wirst du da nicht herankommen.

»Wann, wie und wo?«

»Heute Morgen. Jemand hat mich getreten, und bums war der Knochen durch.«

»Getreten? Wer war das? Hast du dich geprügelt? Ist die Polizei informiert?« Er seufzte. Andy zog Ärger an wie Licht die Motten.

»Polizei?« Andy machte eine Pause. »Na ja, es war ein Zebra …«

»Ein Zebra?«, raunzte Dirk. »Kannst du mir das bitte näher erklären?«

Andy gluckste verlegen. »Es stand da rum, mitten auf der Straße und wollte nicht zur Seite gehen … Ich bin ausgestiegen und wollte es wegschieben … Ziemlich dummer Fehler, wie ich herausgefunden habe. Versuche nie, ein Zebra aus dem Weg zu schieben, sag ich dir. Das ist eine Lebensweisheit. Das kann nämlich ganz schön heftig auskeilen.«

Dirk stellte sich die Szene vor und brüllte vor Lachen. »Du bist wirklich so blöd, dass dich … ein Zebra tritt!« Dann riss er sich zusammen. »Entschuldige, tut mir natürlich leid, Andy. Sag mir, in welchem Krankenhaus du liegst, dann bring ich dir eine Tüte Weintrauben oder was immer man jemand mit einem gebrochenen Bein mitbringt.« Er lachte noch immer, schrieb sich die Adresse auf und versprach, sofort zu kommen. »Ich muss nur noch meinen Salat zu Ende essen, dann fahre ich los.«

Minuten später war er fertig. Bevor er losfuhr, erkundigte er sich bei Jonas Dlamini, ob das Krankenhaus in Richards Bay vertrauenswürdig sei. Er gab ihm eine abgekürzte Version dessen, was Andy passiert war. Es stellte sich heraus, dass Jonas längst von dem Ranger, der Andy gefunden hatte, benachrichtigt worden war und selbst den Krankenwagen gerufen hatte. Er versicherte Dirk, dass das Crosscare-Hospital in Richards Bay ausgezeichnet sei.

»Wo kann ich Weintrauben kaufen?«, fragte er anschließend, und Jonas hatte auch darauf eine Antwort.

Dirk setzte die Sonnenbrille auf und ging durch den sonnenflirrenden Blättertunnel zum Parkplatz. Er hatte seinen Geländewagen unter einem Baum geparkt. Zwei Affen saßen in den Zweigen, bequem an den Stamm gelehnt, und ließen kleine harte Früchte aufs Autodach fallen. Jedes Mal wenn es zufriedenstellend knallte, hüpften sie vor Vergnügen auf und ab und klapperten mit ihrem beachtlichen Gebiss.

»Verschwindet, ihr Gangster!«, brüllte Dirk und stürzte mit rudernden Armbewegungen auf sie zu. »Weg da!«

Die Affen schleuderten ihm als Antwort eine Handvoll Früchte ins Gesicht und zogen sich mit wenigen Sätzen in die Baumkrone zurück, von wo aus sie, sich voller Genuss kratzend und leise schwatzend, zu ihm hinunteräugten.

Wütend untersuchte er, ob die Attacke Dellen in der Karosserie hinterlassen hatte, schließlich war das ein Mietwagen. Seine Stimmung verfinsterte sich, als er auf dem Dach mehrere Beulen entdeckte. Er rieb mit dem Daumen darüber. Vielleicht konnte er sie mit Zahnpasta wegpolieren, einen Versuch war es zumindest wert. Rachsüchtig sammelte er eine Handvoll kleiner Steine auf und schleuderte sie auf die Affen. Ihrer gelassenen Reaktion nach zu urteilen – sie bogen sich vor den heranfliegenden Steinen nur leicht zur Seite –, bekamen sie keinen Treffer ab. Missmutig stieg er ein und fuhr los.

Anita wich einigen Schlaglöchern und einer schläfrigen Ziege aus, schimpfte vor sich hin, weil sie deswegen wieder mit der Geschwindigkeit heruntergehen musste. Der Verkehr war bereits dichter, als ihr lieb war. Die ersten Sammeltaxis kamen ihr entgegen, die Straße wurde durch einen stetigen Menschenstrom eingeengt.

Aber glücklicherweise kam sie ohne irgendeinen Zwischenfall durch. Im Gegenteil, viele Schulkinder winkten ihr zu, und als sie eine ältere Zulu bemerkte, die nicht nur eine schwere Schüssel mit Ananas auf dem Kopf trug, sondern auch noch schwere Netze mit Zwiebeln schleppte, hielt sie spontan an, ließ das Fenster herunter und fragte, ob sie eine Ananas kaufen könne. Das ungläubige Lächeln, das über das verhärmte Gesicht flog, der Eifer, mit dem die alte Frau ihr zwei Ananas zur Auswahl hinhielt, veranlasste Anita, gleich beide zu nehmen. Der Preis erschien ihr lächerlich, und sie rundete den Betrag großzügig auf. Die Alte nahm das Geld mit beiden Händen und strahlendem Gesicht entgegen. Ein Wasserfall von schnellem Zulu ergoss sich über sie, den sie lachend abwehrte. Sie stellte die Ananas auf den Nebensitz, und sofort duftete der gesamte Innenraum aufs Himmlischste.

Mittlerweile drängte sich eine große Anzahl Leute um ihr Auto, meist Frauen, die ihr Früchte oder Geschnitztes zum Kauf hinhielten. Sie klopften gegen die Scheiben und riefen ihr Unverständliches auf Zulu zu, das in ihren Ohren zunehmend aggressiv klang. Für einen winzigen Augenblick flackerte doch Angst in ihr auf. Blitzschnell drückte sie auf den Fensterheber. Während die Scheibe hochsurrte, ließ sie den Motor aufheulen. Die Menge teilte sich zögernd. Immer wieder aufs Gas tretend schob sie sich hindurch, und bald hatte sie wieder freie Fahrt. Ohne einen weiteren Zwischenfall bog sie auf die Straße nach *Inqaba* ein und fuhr durch das Tor. Innerlich sehr erleichtert, stieg sie aus und marschierte dann durch den Blättertunnel zur Lodge.

»Miss Anita … Ma'am!« Jonas Dlamini lehnte sich über den Tresen der Rezeption und winkte ihr zu, als sie über die Veranda zu ihrem Bungalow strebte. »Ich habe ganz vergessen, Sie darauf hinzuweisen, dass Ihr GPS auf dem Dach des Mietwagens eine eigene Stromversorgung hat«, rief er ihr entgegen, als sie näher kam. »Sie brauchen es nicht extra anzuschalten.«

Sie reagierte verwundert. »Das Navi? Das geht doch mit der Zündung an, und es ist eingebaut und nicht auf dem Dach.«

»Nicht das Navi, sondern das GPS, das die Position des Autos an eine spezielle Einsatzzentrale meldet, falls Sie entführt werden«, sagte er und notierte sich etwas auf einem Stück Papier. Anita betrachtete ihn mit einer Mischung aus Schock und Ungläubigkeit.

»Entführt?« Ihre Stimme kletterte die Tonleiter hoch.

Er sah auf und bemühte sich sichtlich um ein beruhigendes Lächeln. »Keine Angst, Ma'am. Ihr Auto trägt auch eine Nummer auf dem Dach, die so groß ist, dass man sie vom Hubschrauber aus lesen kann.« Wieder widmete er sich seinen Notizen.

»Aha«, sagte Anita und verstand überhaupt nichts mehr.

Der Zulu bemerkte nun doch ihre Verwirrung. »Tja, es ist eine traurige Tatsache, dass es in unserem Land sehr üblich ist, sich ein Auto nicht dadurch zu verschaffen, indem man Geld dafür bezahlt, sondern indem man ein Fahrzeug samt Fahrer entführt«, erklärte er liebenswürdig.

»Aha«, sagte Anita noch einmal. Sie verstand jetzt zwar die Fakten, aber begreifen tat sie nichts. »Wozu entführt? Es gibt niemand, der für mich Lösegeld zahlen würde.«

»Um Lösegeld geht es eigentlich nie«, begann Jonas, verstummte aber, als Nils, der eben vom Parkplatz hochkam, ihn mit einem zornigen Blick zum Schweigen brachte.

»Jonas, Jill braucht den Monatsabschluss. Jetzt sofort!« Sein Ton war barsch, und er fixierte den Zulu durchdringend, der darauf verlegen nickte und in sein Büro abtauchte, das hinter der Rezeption lag. »Hallo, Anita«, grüßte Nils. »Ist alles so, wie du es dir wünschst?«

Sie hatte die Arme in die Hüften gestemmt. »Wie man's

nimmt. Muss ich Angst haben, entführt zu werden? Das hat Jonas gerade angedeutet. Das kann doch wohl nicht wahr sein! Ich hätte gern eine klare Antwort. Kein Herumeiern.«

Er blinzelte von seiner Höhe auf sie herab. »Lass es mich so formulieren: Wenn du gewisse Verhaltensregeln beachtest, sinkt das Risiko gewaltig.«

»Na super«, sagte Anita und musste an den Zwischenfall in KwaDuma mit den wild gewordenen Sportwagenfahrern denken. »Wer kann mir die Verhaltensregeln erläutern, und wo kann ich hier ein Pfefferspray bekommen?«

Nils warf ihr einen erstaunten Blick zu. Kein Geschrei, kein Gejammer, wie gefährlich dieses Land sei und wie sicher es in Deutschland zugehe. Nur eine praktische Frage. Anita Carvalho passte gut in dieses Land, dachte er.

»Die Verhaltensregeln erfährst du von mir, ich kann sie dir auch in schriftlicher Form geben, und Sprays haben wir vorrätig. Hast du eine Minute Zeit?« Als sie zustimmend nickte, ging er ihr voraus zu seinem Büro. Sein Computer war angeschaltet. Er tippte ein paar Befehle, rief eine Datei auf, schaltete den Drucker ein, und Sekunden später zog er ein Dokument aus der Papierausgabe.

»Hier, das sind Verhaltensregeln, die von der Polizei und der größten Versicherung des Landes aufgestellt wurden. Du kannst sie ja später in Ruhe lesen.« Einer Schublade entnahm er ein versiegeltes Pfefferspray und reichte es ihr.

Anita nahm es und drehte es mit leichter Beklemmung in der Hand. »Wie viel kostet das?«

»Das geht aufs Haus, natürlich. Aber lies dir die Regeln genau durch, damit du jede Situation meidest, in der du dieses Spray benutzen müsstest.«

»Ich werde daran denken. Hat sich bei euch irgendetwas ergeben ... ich meine wegen der Bodyguards und wegen ...« Sie zögerte.

Nils wusste sofort, worauf sie anspielte. »Wegen Pienaar, meinst du? Nun, ich habe Leute engagiert, die auf Kira, Luca und Jill aufpassen, sobald sie die nahe Umgebung der Lodge verlassen. Und die Hunde sind nachts im Haus. Außerdem haben wir die Patrouillen entlang dem Grenzzaun verstärkt.«

»Innerhalb *Inqaba* nicht?«

»Nun, eigentlich nicht. Die Grenzzäune unserer Lodge werden sehr gut bewacht, und ich denke nicht, dass so ein Mann wie dieser … Pienaar sich durch den Busch schlägt, um …« Er verstummte und hob vielsagend die Schultern. »Aber Kiras Bodyguard muss immer dicht bei ihr bleiben. Sie ist schlimmer als ein Sack Flöhe. Ständig ist sie da, wo man sie nicht haben will.« Er grinste.

Anita erwiderte das Lächeln nicht. »Bodyguards, abgerichtete Hunde, schwer bewaffnete Patrouillen«, murmelte sie, während sie das Spray in ihrer Tasche verstaute. »Das klingt mir immer mehr nach Krieg.«

Bevor sie sich jedoch zum Gehen wenden konnte, flog auf einmal die Tür zum Hof auf, und Kira schoss mit fliegenden Locken heraus, verfolgt von einem deutlich gestressten, komplett kahlköpfigen Mann in schwarzen Jeans und schwarzem T-Shirt. Der Knauf einer Pistole ragte aus seinem Gürtel. Sie baute sich breitbeinig vor ihrem Vater auf und stemmte ihre Fäuste in die Hüfte.

»Daddy, das nervt tierisch! Ich will das nicht! Sag ihm, er soll mich in Ruhe lassen!« Sie zeigte auf den Mann, der den Knopf seines Funkgeräts, der ihm aus dem Ohr gefallen war, eben wieder einsetzte.

Nils betrachtete seine wütende Tochter, dachte, dass sie wohl das Schönste war, was er je gesehen hatte, und beugte sich zu ihr hinunter. »Jetzt hör mal zu, meine Süße. Ich habe Zak engagiert, damit er dich beschützt. Er ist dein Bodyguard, und ein Bodyguard muss immer bei dir sein …«

Zak war deutlich ungemütlich zumute. Sein Blick irrte umher. Er trat von einem Fuß auf den anderen und wusste offenbar nicht, was er mit seinen muskelbepackten, oberschenkeldicken Armen anfangen sollte. Schließlich faltete er sie vor der Brust und erstarrte in napoleonischer Haltung.

Kira war rot vor Zorn geworden. »Wozu brauch ich einen Bodyguard? Der steht ja, sogar vorm Klo, wenn ich drin bin!« Sie richtete sich kerzengerade auf. »Das ist Belästigung von Kindern, und das muss man der Polizei sagen, das sagen die Lehrer in der Schule. Wogegen soll er mich überhaupt beschützen? Jetlag?«

Nils hatte seine liebe Mühe, das Lachen zu unterdrücken, das ihn in der Kehle kitzelte. Er suchte nach Worten, Kira zu erklären, dass es zu diesem Zeitpunkt notwendig war, sie zu beschützen. Gleichzeitig wollte er unter allen Umständen vermeiden, dass seine mutige, furchtlose Tochter später zu einem ängstlichen Mädchen wurde, wie es so häufig bei Mädchen der Fall war.

Kira, die ihn mit einer gewissen Unruhe beobachtet hatte, legte den Kopf schief. »Ist es wegen den Wilderern, die wir auf *Inqaba* haben?«, fragte sie auf einmal sehr ernst. Sie hatte ihre Hände so fest zu Fäusten geballt, dass die Knöchel weiß erschienen. »Hast du Angst, die können uns kidnappen?«

Nils schaute sie ebenso erschrocken wie konsterniert an. Ihm war nicht klar gewesen, wie viel die Kinder doch mitbekamen. Vermutlich hatten die Ranger untereinander darüber diskutiert. Kira, die sich ständig bei den Ranger-Unterkünften herumtrieb, schnappte dort oft Dinge auf, die nicht für ihre Ohren bestimmt waren. Bestürzt wog er ab, was für sie leichter zu verkraften wäre. Ein Mann wie Len Pienaar oder Wilderer. Wilderer gehörten zu einem Wildreservat, sagte er sich. Das würde sie verstehen, und deswegen würde es sie nicht zu sehr belasten und hätte den von ihm erwünschten Effekt.

Hoffentlich, dachte er, denn ihr plötzlich so angespanntes Gesicht, der vor Schreck offen stehende Mund, die verkrampften kleinen Fäuste ließen ihn daran zweifeln. Etwas musste vorgefallen sein, was ihr Angst machte. Wie sollte er Kira beschützen können, wenn sie das verheimlichte? Auch Jill hatte sie bisher nicht dazu bewegen können, etwas preiszugeben.

Er ging vor ihr in die Hocke. »Du hast recht, Liebling. Es ist wegen der Wilderer …«

»Die hab ich schon gesehen, und die kriegen mich nicht!« Mit einer trotzigen Bewegung, die auf komische Weise der ihrer Mutter ähnelte, warf sie ihren Haarschopf aus dem Gesicht und verschränkte ihre Hände auf dem Rücken. »Die Blödmänner nicht! Also, schickst du Zak wieder weg?«

»Nein, das tue ich nicht«, antwortete er fest. Am liebsten hätte er seine Kleine hochgehoben und festgehalten und ihr gesagt, dass es ihn umbringen würde, wenn ihr etwas passierte. Aber natürlich tat er das nicht. Es würde lautes Geschrei und Gestrampel geben und jede Menge Widerworte und den Hinweis, dass sie schließlich kein kleines Baby mehr sei.

»Nein, ich schicke ihn nicht weg«, wiederholte er. »Ich bin dein Vater, ich muss dafür sorgen, dass du und Luca sicher seid. Betrachte Zak als deinen Schatten.«

Kira änderte geschickt ihre Taktik. Ein leuchtend blauer Blick durch dichte Wimpern, ein schmeichelndes Lächeln, so süß, dass es einem das Herz brechen konnte. »Ich will bitte, bitte Lucy besuchen. Da gibt es keine Wilderer, und außerdem sind die Ananas reif.«

Nils zog die Brauen zusammen und zwang sich, möglichst streng dreinzuschauen. »Morgen, heute nicht.«

Der schmelzende Blick verschwand. »Aber ohne Zak!«, verlangte Kira, offensichtlich vollkommen unbeeindruckt.

Nils seufzte verhalten. »Darüber müssen wir noch reden. Mami hat da auch noch ein Wort mitzureden. Luca ist krank, und ich möchte sie jetzt nicht damit belästigen. Falls wir entscheiden, dass Zak mitgeht, will ich keine Widerrede hören, verstanden?«

»Tust du ja auch nicht, ich bin ganz leise«, sang seine Tochter und hüpfte mit einem stoisch dreinschauenden Zak auf den Fersen davon.

Anita sah ihr nach. »Himmel, ist die süß«, flüsterte sie. Himmel, hätte ich gern auch so eine Tochter, schoss es ihr durch den Kopf, bevor ein heißer Schmerz sie an das Kind erinnerte, das sie verloren hatte. An Frank. An das, was hätte sein können. Es riss ihr fast den Boden unter den Füßen weg. Sie atmete zitternd durch.

Nils grinste schief. »Es fällt mir wirklich schwer, hart mit ihr zu bleiben, aber dieses Mal geht es nicht anders. Das Problem ist nur, dass ich ihr einfach nicht gewachsen bin. Ein Blick von ihr, die vorgeschobene Unterlippe, und ich zerfließe wie Butter unter der afrikanischen Sonne. Ich weiß, dass ich härter sein müsste. Hoffentlich gibt das später nicht irgendwelche Probleme. Für Kira oder für uns.«

Anita musste an Cordelia und ihre Eltern denken. »Seit wann kann Liebe zu einem Problem werden?«

Nils steckte die Hände in die Taschen seiner Chinos und sah seiner Tochter nach, die ihrem Bodyguard mit einer gebieterischen Armbewegung bedeutete, den Abstand zu ihr zu vergrößern. »Hoffentlich hast du recht.«

Anita lachte. Nils erschien ihr als wunderbarer Vater. Härte stellte sie sich anders vor. »Kira hat nicht nur einen umwerfenden Charme, sie ist auch immens lebensfähig und sehr intelligent. Sie wird sich immer zu helfen wissen. Ihr könnt wirklich stolz auf sie sein.« Bevor sie sich abwendete, fiel ihr noch etwas ein. »Was ich noch fragen wollte: Habt ihr eigentlich herausgefunden, warum Kira so furchtbar geweint hat, als ich sie vor meinem Bungalow fand?«

Nils fuhr sich über das raspelkurze Haar. Es war eine Geste völliger Hilflosigkeit. »Nein. Haben wir nicht, obwohl wir es weiß Gott immer wieder probiert haben. Sie muss sich über irgendetwas wahnsinnig erschrocken haben …«

Anita schob eine Spinne, die eben ihr Bein hochlaufen wollte, mit der Spitze ihres anderen Schuhs weg. »Eine Schlange vielleicht?«

Nils winkte sofort ab. »Ach wo. Sie ist mit den Gefahren des Buschs aufgewachsen. Schlangen begegnet sie immer wieder und kennt sich gut damit aus. Sie weiß, was sie in einem solchen Fall zu tun hat.« Gedankenverloren wippte er auf den Fußballen. »Nein, ich glaube nicht, dass ein Tier sie dermaßen erschrecken kann. Ich habe den Verdacht, dass sie ins Gelände gestreunt ist, was sie leider immer wieder tut, obwohl wir ihr das strikt verboten haben, und dass sie einen Wilderer überrascht hat. Die Kerle sind meist komplett schwarz gekleidet, mit schwarzen Masken oder Tüchern vor dem Gesicht. Das würde jeden Erwachsenen erschrecken, nicht zu reden von einem Kind. Außerdem sind sie schwer bewaffnet und haben überhaupt keine Skrupel. Die Tatsache, dass Kira noch ein kleines Mädchen ist, würde sie nicht davon abhalten …« Er stockte, wirkte wie jemand, der plötzlich einen Schlag erhalten hatte. »So ein Kerl würde …«, flüsterte er. »Er würde … er hätte Kira …« Er brach wieder ab und starrte Anita sekundenlang blicklos an.

»Ich muss dringend mit Jill reden«, rief er dann, wirbelte herum und war schon auf dem Weg zum Büro.

Anita sah ihm verblüfft nach. Sie konnte beim besten Willen nicht nachvollziehen, was eben vorgefallen war. Nun, es betraf ohnehin nicht sie, und sie wollte endlich duschen. Auf dem Weg zu ihrem Bungalow dachte sie darüber nach, was das für ein Leben war, in dem man seine Familie von Bodyguards beschützen lassen musste, ein Leben, in dem ein Kind im Busch verschwinden konnte, der von Raubtieren wimmelte.

Die Sonne stand sehr tief. Das Licht veränderte sich, wurde weicher, legte sich wie ein Goldgespinst über die Landschaft und ließ das Sonnenbraun ihrer Haut leuchten. Die ersten Moskitos waren unterwegs, und Anita beeilte sich, in ihren Bungalow zu kommen. Dort angekommen, ging sie geradewegs an die Minibar, nahm ein kleines Fläschchen Maltwhisky, goss den Inhalt in ein Becherglas und leerte es in einem Zug, ehe sie darüber nachdenken konnte, warum sie das tat.

Ihr Kreislauf reagierte prompt auf den Alkohol. Sie riss eine Tüte Macadamianüsse auf, aß eine Handvoll und setzte sich auf die Veranda. Als ein unangenehm großer Moskito aus den Amatungulus heransirrte, verzog sie sich ins Badezimmer und duschte erst mal ausgiebig. Mit großer Mühe gelang es ihr, nicht ständig an Len Pienaar und Cordelia zu denken, nicht ständig in grellen Farben das zu sehen, was Jill über Pienaar gesagt hatte, und nicht darüber nachzugrübeln, was dieser Mann wirklich auf *Timbuktu* machte.

In jedem Bungalow stand eine große Dose Mückenspray, und nachdem sie sich abgetrocknet hatte, sprühte sie sich großzügig ein. Anschließend kehrte sie auf die Veranda zurück. Ans Geländer gelehnt, strich ihr Blick über den Busch, der im schwindenden Tageslicht unheimliche Formen annahm. Blätter raschelten, heimliche Stimmen wisperten, es knackte ein Zweig, ein Fiepen, hoch und schrill, gellte durch die Dunkelheit, dann war alles wieder still. Sie schlang sich unbehaglich die Arme um den Leib, als müsste sie sich vor etwas schützen. Als ihr Handy klingelte, war sie froh über die Ablenkung.

Es war Cordelia. Der Empfang war sehr schlecht, und das, was ihre Schwester zu sagen hatte, kam nur verstümmelt bei ihr an. Mehrmals musste sie nachfragen, aber sie begriff, dass sie gefragt wurde, ob sie übermorgen wiederkommen könne. »Gleich morgens, nach dem Frühstück. So zwischen acht und neun? Ich möchte mit dir reden.«

»Ja, natürlich«, stimmte sie überrascht zu. Ehe sie jedoch nachfragen konnte, ob ihre Schwester etwas Besonderes wolle, ob es etwas mit Len Pienaar zu tun habe oder mit ihrer Geschichte, hatte Cordelia bereits wieder aufgelegt. Seufzend tat Anita das Gleiche. Bis übermorgen würde sie sich gedulden müssen.

»Deine Augen sind doch anders, heller, leuchtender …« Das hatte Cordelia gesagt. Geistesabwesend steckte sie sich noch ein paar Nüsse in den Mund.

Jill saß im Arbeitszimmer ihres Privathauses am Computer. Als Nils hereingestürmt kam, sah sie erschrocken hoch.

»Darling«, keuchte er. »Hast du inzwischen mit Kira geredet? Sie hat mich gerade breitgeschlagen, dass sie morgen ohne Bodyguard zu Lucy darf. Du musst vorher herausfinden, was sich da im Busch abgespielt hat … Es ist besser, wenn du das machst als ich …« Er rang nach Atem.

Ihre Augen auf den Computer gerichtet, tippte Jill etwas ein. »Unsere Kleine weiß genau, welchen Knopf sie bei dir drücken muss. Ich sollte sie wohl einmal fragen, wo der sich befindet. Vielleicht nützt mir der auch …«

»Du kennst alle meine Knöpfe«, murmelte Nils.

Jill lachte. »Gut, zu gegebener Zeit werde ich dich daran erinnern. Jetzt speichere ich den Kram ab, und dann rede ich mit Kira. Und bevor ich nicht alles erfahren habe, werde ich nicht lockerlassen.«

»Frag sie … frag sie … ob sie…«, stotterte Nils und gestikulierte dabei hilflos.

Jill reagierte beunruhigt. »Was soll ich sie fragen?«

Nils rang sichtlich nach Fassung, ehe er antwortete. »Ich will wissen, ob ihr etwas … zugestoßen ist.« Er sah Jill an. Verzweiflung verdunkelte seine Augen. »Herrgott, ich will wissen, ob ihr jemand etwas angetan hat«, brach es schließlich aus ihm heraus. »Sie ist offenbar irgendwann Wilderern über den Weg gelaufen.«

Jill fuhr zusammen. »Du meinst…?« Ihre Stimme bebte.

Er nickte stumm.

Erschrocken rief sie sich Kiras Verhalten seit dem Vorfall ins Gedächtnis und schüttelte dann langsam den Kopf. »Ich glaube nicht, dass sie …dass so etwas passiert ist.« Sie konnte sich nicht dazu zwingen, das Wort »vergewaltigt« zu benutzen. »In dem Fall würde sie anders reagieren, aber ich werde es herausfinden.« Sie zog ihn zu sich heran und küsste ihn auf den Mund. »Ich bin gleich wieder da.«

Im Kinderzimmer war Kira dabei, ihren Schlafteddy in ihren Rucksack zu stopfen. Jill beobachtete sie für ein paar Augenblicke. Ihre Tochter erschien ihr weder verschüchtert noch verängstigt. Und das war ein sehr gutes Zeichen. Sie schloss die Tür hinter sich und kniete neben ihrer Tochter auf den Fußboden. »Hast du deine Shorts eingepackt? Die leichten, du weißt schon … und das T-Shirt mit dem lustigen Krokodil drauf?«

»Nein, die finde ich doof …« Kira stand auf und setzte sich aufs Bett, sah ihre Mutter aber nicht an.

»Deine Lieblingsshorts? Seit wann denn das?« Jill schaute sie betont ungläubig an.

»Schon lange …«

»Aber das stimmt doch nicht, mein Herz. Du läufst doch ständig damit herum. Allerdings habe ich sie jetzt schon einige Zeit nicht mehr gesehen.« Außerdem waren die Shorts erschreckend teuer gewesen. Warum Kinderkleidung oft genauso viel kostete wie die für Erwachsene, würde sie nie verstehen. Weniger Stoff und weniger Arbeit und doch der gleiche Preis. »Kira? Hast du mich gehört? Wo sind deine Shorts?«

Kira baumelte mit den Beinen, ihr Bick flatterte im Zimmer umher. »Hab ich schon eingepackt.«

Ein heißes Kribbeln manifestierte sich in Jills Magengegend. Sie sah ihre Tochter scharf an. Sie log, und das war sie von ihr nicht gewohnt. Sie log über den Verbleib von einem Paar lächerlichen Shorts. Warum? Sie setzte sich zu ihr. »Soll ich deinen Rucksack auspacken und nachsehen?« Sie fing Kiras Blick ein. »Ich glaube, mein Schatz, du sagst mir nicht die Wahrheit, und da du das sonst immer tust, macht mir das jetzt große Sorgen. Hat dir jemand die Shorts weggenommen, hast du deswegen so sehr geweint?«

Heftiges Kopfschütteln, ein tränenumflorter Blick aus unglaublich blauen Augen.

Jill spürte den Druck einer dumpfen Vorahnung. »Hast du Angst, uns zu sagen, warum du im Gelände warst, als du zwischen die Elefanten geraten bist?«

Kira war in die Betrachtung ihrer nackten Zehen versunken. Spreizte sie, wackelte damit, schlenkerte die Beine hin und her. Und schwieg.

Jill verzweifelte fast, bemühte sich jedoch, das nicht zu zeigen. Vorsichtig schob sie ihren Arm um Kiras Taille und zog sie an sich. »Schatz, du weißt, dass bei Daddy und mir ein Geheimnis so sicher ist wie in einem Safe. Es gibt nichts auf dieser Welt, was du uns nicht erzählen kannst.« Sie strich ihr übers Haar. Es fühlte sich an wie warme Seide. »Ist da jemand, der unsere Hilfe braucht?«

Kira hörte auf, mit den Beinen zu baumeln, und starrte angestrengt auf den Boden. Langsam ballte sie ihre Fäuste, bis die Finger weiß waren, sagte aber immer noch nichts. Gerade als Jill aufgeben und den Raum verlassen wollte, hob sie den Kopf, schaute ihre Mutter an und begann, leise und stockend zu sprechen.

Nils war ins Wohnzimmer gegangen und lief dort umher wie ein gefangener Tiger. Als Jill eintrat, fuhr er heftig herum. »Hat sie mit dir geredet?«

»Hat sie. Setz dich hin. Das ist eine längere Geschichte.«

»Und?« Nackte Angst stand ihm ins Gesicht geschrieben.

Jill schüttelte den Kopf. »Nein, ich bin mir sicher, in dieser Hinsicht ist alles … in Ordnung.«

Nils ließ sich mit offensichtlicher Erleichterung auf die Couch fallen und zog sie mit sich. Jill legte die Beine auf den niedrigen Couchtisch. »Kinder können verdammt anstrengend sein. Ich bin völlig erledigt.«

»Willst du einen Drink? Einen Grappa?«

Sie nickte, und gleich darauf kam er mit zwei Gläsern zurück und reichte ihr eines. Jill kippte den Schnaps, schüttelte sich und begann zu erzählen.

»Also, Kira sagt, dass Jetlags Käfig offen stand und er nicht aufzufinden war. Nur eine Feder lag ein paar Meter weiter auf der Erde, woraus sie messerscharf schloss, dass jemand ihren Gockel geraubt hatte. Mensch oder Tier. Du kennst ja unsere Tochter. Angst ist ihr fremd, also ist sie auf ihrer Suche schnurstracks über die Veranda an den Bungalows vorbei in den Busch marschiert, wild entschlossen, ihren Jetlag zu retten, und hat dabei nicht gemerkt, dass es schon spät war und bald dunkel werden würde.

Kurz darauf hörte sie Jetlag kollern und stieß auf ein schwarzes Mädchen, das ein Baby auf dem Rücken trug. Dieses Mädchen hatte Jetlag an den Beinen gepackt und war auf dem Weg, ihn in ihr Versteck zu schleppen, wo sie den Gockel in den Kochtopf stecken wollte …«

»Schade, dass sie es nicht geschafft hat«, murmelte Nils. »Wie alt werden Hühner eigentlich?«

Jill grinste schief. »Wir hatten mal eines, das acht Jahre alt geworden ist. Bis Jetlag in den Hühnerhimmel kommt, dauert es also noch. Du willst doch nicht etwa nachhelfen?« Als Antwort bekam sie ein Grunzen. »Sieh dich bloß vor, unsere Tochter wird dich zur Schnecke machen. Aber lass mich weitererzählen. Kira hat dem Mädchen den Hahn entrissen, worauf es furchtbar zu weinen anfing und sagte, dass es so entsetzlichen Hunger hätte und seine kleine Tochter auch. Kira sagt übrigens, dass das Mädchen nur ein bisschen älter gewesen sei als sie, vielleicht zwölf Jahre. Zwölf Jahre, und sie hat ein Kind! Kamali ist ihr Name, Lulu der des Babys. Ich nehme an, dass sie aus Simbabwe kommen, denn offenbar spricht sie einen Ndebele-Dialekt, sagt Kira. Sie hat ihn zumindest teilweise verstanden, er basiert ja schließlich auf Zulu. Danach hat Kamali Kira in ihr Versteck mitgenommen, und da haben sie wohl so lange geredet, bis es auf einmal dunkel war.« Schweigend hielt sie ihm das leere Grappaglas hin, wartete, bis er es gefüllt hatte, und trank dann mit kleinen Schlucken. Anschließend wischte sie sich den Mund mit einem Taschentuch ab.

»Und dann ist sie einfach dort geblieben? Morgen kaufe ich ihr ein Handy. Ich will, dass sie uns jederzeit anrufen kann. So eine Nacht will ich nie wieder erleben!«

Jill nickte. »Streichhölzer hatte Kamali nicht mehr, also konnten sie kein Feuer machen. Kira hat im Mondlicht ein paar Dornzweige herangezogen und eine Art Verhau gebaut, um wenigstens etwas Schutz gegen Raubtiere zu haben. Dann haben sie sich aneinandergekuschelt und geschlafen, Kira mit Jetlag im Arm, Kamali mit Lulu. Seitdem hat sie die beiden mit Kleidung und Essen versorgt. Ich bekomme eine Gänsehaut, wenn ich mir klarmache, wie häufig sie inzwischen tatsächlich im Gelände gewesen sein muss, ohne dass wir es gemerkt haben.«

Nils und sie schwiegen. Jill stellte sich vor, was diese Kamali mit Lulu durchgemacht haben musste. Was sie wohl jetzt noch durchmachte.

»Wir müssen die kleine Kamali so schnell wie möglich finden. Sonst …« Jill machte eine eindeutige Geste.

»Warum hat sie so geweint?«, fragte Nils, aber Jill konnte ihm von den Augen ablesen, dass er schon ahnte, was geschehen war.

»Ja, Lulu, das Baby, ist gestorben.« Ihre Stimme war rau geworden. »Irgendwann eines Nachts, und Kamali hat mit dem toten Baby im Arm den Rest der Nacht auf einem Baum verbracht, weil sie Angst hatte, dass die Hyänen kommen würden und …« Jill musste ein Schluchzen hinunterschlucken. »Als Anita Kira bei sich am Bungalow fand, hatten die beiden Mädchen das Baby kurz zuvor beerdigt … Sie haben zu zweit einen großen Stein aufs Grab gewälzt. Damit die Hyänen es nicht fressen, hat Kira gesagt. O Gott, Nils, was sollen wir nur tun?« Sie brach in Tränen aus. »Wir müssen dieses Kind finden!«

Abends saßen sie nur zu dritt am Tisch. Anita, Dirk und Marina Muro. Die Stimmung war nicht gerade überschwänglich, besser gesagt: Sie war bedrückt, die Unterhaltung schleppend.

»Wie geht's denn Flavio?« Dirk grinste. »Hat er einen akuten Anfall von Bequemlichkeit und lässt sich betüteln, oder hat er ein wirkliches Wehwehchen?«, flachste er, um etwas Leichtigkeit heraufzubeschwören.

»Flavio ist sterbenskrank und spuckt sich die Seele aus dem Leib«, fuhr ihn Marina Muro streng an. »Er ist bereits so abgemagert, dass er glatt einen Besenstiel mimen könnte.«

Dirk hob beschämt beide Hände. »Das wusste ich nicht. Tut mir leid. Ehrlich.«

»Und wo ist Andy?«, fragte die Schauspielerin. »Hat den auch das afrikanische Virus erwischt, das Flavio umgehauen hat?«

»Im Krankenhaus«, brummte Dirk. »Aber ein afrikanisches Virus hat ihn nicht erwischt. Er hat im Suff versucht, ein Zebra von der Straße zu schieben, was bei dem Vieh auf Unverständnis stieß. Es hat ihn getreten und ihm das Bein gebrochen. Seine Saufeskapaden gehen mir so was auf den Wecker, und ich kann sie mir auch einfach nicht mehr leisten. Sonst ruiniert er auch noch meinen Ruf.«

Marina prustete los. »Der arme Kerl«, rief sie, als sie wieder Luft bekam. »Aber jetzt wirst du erst mal Ruhe haben. Im Krankenhaus gibt es nämlich außer grauenvollem Orangensaft nichts

Stärkeres zu trinken. Das weiß ich aus Erfahrung. Ich finde ihn übrigens nett.«

»Wenn er nicht säuft, ist er das meistens.« Dirk tat zwei Löffel Zucker in seinen Cappuccino und rührte vorsichtig um. Immer wenn er wieder nüchtern war, kam Andy angekrochen und schwor Stein und Bein, dass er nie wieder eine Flasche Hochprozentiges anrühren würde. So war es schon unzählige Male gelaufen. Unwillkürlich stieß er einen Seufzer aus, probierte einen Schluck von seinem Cappuccino und drehte sich zu Anita.

»Wie war's bei deiner …« Gerade noch rechtzeitig stoppte er sich. »Bei Maurice«, ergänzte er dann schnell. »Hast du die Löwen gesehen?«

Anita machte eine abrupte Handbewegung, wobei sie ihren Schlüsselbund auf den Boden fegte. Sie bückte sich und wäre fast mit Dirk zusammengestoßen, der sich ebenfalls gebückt hatte, um ihre Schlüssel aufzuheben. Er war schneller und händigte ihr den Bund wieder aus. »Niedlich«, sagte er, als der kleine Igel ihn anglitzerte.

Anita dankte ihm, ging aber nicht auf seine Bemerkung ein. Auch seine Frage nach ihrem Besuch bei Maurice ließ sie unter den Tisch fallen. Stattdessen beschäftigte sie sich wieder eingehend mit der sensationellen Baked Alaska, einer göttlichen Kombination von Eiscreme und Früchten auf Biskuitteig, umschlossen von einer federleichten, knusprigen Baiserkruste. Über Cordelia konnte sie noch nicht reden. Bevor der schmutzige Schlamm, den Cordelias Bericht aufgewühlt hatte, sich nicht in ihr gesetzt hatte und sie wieder klar sehen konnte, konnte sie nicht darüber reden.

Jetzt wollte sie nicht einmal darüber nachdenken. Jetzt saß sie in der warmen afrikanischen Nacht unter Palmen auf *Inqabas* Veranda und aß Baked Alaska. Sie hatte vor, das zu genießen, und darauf konzentrierte sie sich. Jetzt. Sie brauchte diese mentale Auszeit.

Jill kam, gefolgt von Nils, an den Tisch und erkundigte sich nach ihrem Wohlbefinden und ob das Essen gut sei.

»Es ist wunderbar, wie immer«, antwortete Dirk. »Wollt ihr euch nicht kurz zu uns setzen? Anita und Marina haben sicherlich nichts dagegen.«

»Im Gegenteil«, sagte Marina.

Auch Anita signalisierte mit einem erfreuten Lächeln, dass sie die Unterbrechung begrüßen würde. Alle rückten zusammen. Jill ließ eine Flasche ihres besten Grauburgunders bringen und goss jedem ein Glas ein.

»Dirk hat gerade berichtet, dass Andy mit einem gebrochenen Bein im Krankenhaus liegt«, sagte Marina und spielte mit ihrer Serviette. »Ob über dem Film ein Fluch liegt? Außer uns dreien sind alle außer Gefecht. Vielleicht sollten wir das als Zeichen nehmen?« Sie versenkte ihren Blick bedeutungsvoll im Weinglas. »Ich werde uns die Karten legen. Es gibt Mächte zwischen Himmel und Erde …«

»Red keinen Quatsch«, knurrte Dirk. »Verschone uns bitte mit deinen übersinnlichen Anwandlungen. Du würdest das gesamte Filmteam damit durcheinanderbringen.«

Marina funkelte ihn empört an.

»Flavio ist irgendwas auf den Magen geschlagen«, fuhr Dirk in genervtem Ton fort. »Der wird schnell wieder auf den Beinen sein, genau wie unsere Crew. Dann drehen wir hier den Rest, und danach geht's ab in die Heimat. Bis zum nächsten Film.«

Bei seinen Worten verdunkelte ein Schatten Anitas Miene, wie eine Wolke, die sich vor die Sonne schob.

Nils, der das offensichtlich bemerkt hatte, trat seinem Freund unter dem Tisch gegen das Schienbein, und als der ansetzte, empört zu protestieren, stoppte er ihn mit einem scharfen Blick. »Wolltest du nicht noch etwas länger auf *Inqaba* bleiben? Du hattest doch vor, auf eine Tour durch Zululand zu gehen, Fotos zu machen, Anregungen für einen neuen Film zu suchen …«

Anita rührte mit dem Löffel in ihrer schmelzenden Eiscreme herum, während sie angespannt auf die Antwort wartete.

Verlegen grinsend fuhr sich Dirk übers Haar. »Ach, natürlich, hatte ich euch ja zugesagt …«, stotterte er. »Richtig, das hatte ich völlig verdrängt … Klar.«

»Ich geh jetzt schlafen«, sagte Marina und erhob sich. »Könnte mich bitte jemand zum Bungalow bringen?«

»Natürlich.« Nils stand ebenfalls auf. »Mark hat heute Abend Dienst. Wir begleiten dich zu Jonas, der wird Mark Bescheid sagen. Dann werden wir auch Schluss machen.« Mit einem vielsagenden Lächeln streckte er seiner Frau die Hand hin. »Komm, Honey, ich bin müde …«

»Es war ja auch ein wirklich anstrengender Tag«, sagte Jill und gähnte demonstrativ. »Ich bin tatsächlich todmüde. Ich hoffe, ihr entschuldigt uns.« Sie schob ihren Stuhl zurück und verabschiedete sich herzlich von Anita und Dirk. Die beiden blieben allein zurück. Sie sahen sich an.

»Möchtest du noch ein Glas Wein?«, sagte Dirk schnell in dem offensichtlichen Bemühen, sie dazu zu bewegen, noch nicht zu gehen. Er hob die Flasche. »Für zwei Gläser reicht es noch.« Als sie ihm lächelnd ihr Glas hinschob, goss er es bis zum Rand voll.

So saßen sie unter dem afrikanischen Sternenhimmel, tranken Wein, redeten kaum, sahen einander ab und zu an, lächelten, schauten wieder weg. Die Nacht war warm, Fledermäuse huschten zwischen den Tischen herum und jagten die Insekten, die im Lampenlicht umherschwirrten. Auf dem Geländer saß ein Gecko mit riesigen, schwarzen Augen und fast durchsichtiger Haut, der ebenfalls auf der Jagd war. Dirk lehnte sich vor, um ihn genauer zu betrachten.

»Man kann sein Herz pulsieren sehen«, sagte er leise.

Urplötzlich schoss auf lautlosen Schwingen ein Schatten heran, stieß herunter, ergriff das kleine Reptil und verschwand wieder in der Dunkelheit.

»Afrika«, flüsterte Anita. »Fressen und gefressen werden.« Sie spürte eine Gänsehaut auf ihren Armen.

Später begleitete Dirk sie mit Mark als bewaffneter Nachhut zu ihrem Bungalow. Am Fuß der Treppe blieben sie stehen und standen sich gegenüber, ganz nah. Es war ein winziger, magischer Augenblick, in dem vielleicht etwas hätte passieren können, aber dann wurde Mark von einer Mücke gestochen, er schlug zu, es klatschte laut, und sie fuhren auseinander wie ertappte Schulkinder. Anita machte einen schnellen Schritt zurück.

»Wir … sollten das lassen …«, sagte sie und schob ihn von sich, nicht heftig, sondern nur, um etwas Abstand zwischen ihnen zu schaffen.

Dirk warf dem Ranger einen wütenden Blick zu. »Wenn du das so möchtest, akzeptiere ich das«, sagte er zu Anita. »Fürs Erste. Aber ich warne dich, aufgeben werde ich nicht.« Die letzten Worte begleitete er mit einem Lächeln. »Schlaf gut«, setzte er etwas unbeholfen hinzu. »Ich warte hier, bis du drinnen bist.«

»Danke.« Sie berührte flüchtig seine Hand, wandte sich ab und lief die Stufen hinauf. Als sie die Tür hinter sich schließen wollte, hörte sie ihn summen. Sie erkannte den Song sofort und zuckte zusammen.

»I just called to say I love you …«

Stevie Wonder hatte ihn geschrieben, und es war ihr Lied gewesen. Franks und ihres. Und jedes Mal wenn einer von ihnen es irgendwo hörte, hatte er den anderen angerufen. Jetzt, in dieser anderen Welt, erreichten sie die paar Takte, vom Busch gedämpft und vom leichten Wind verweht, und es tat entsetzlich weh.

Dann war Dirk außer Hörweite. Für eine lange Zeit blieb sie an die Wand gelehnt stehen, lauschte in die Nacht hinaus, aber außer dem Sirren der Zikaden und dem gelegentlichen Rascheln im Unterholz vernahm sie nichts. Vielleicht hatte sie sich geirrt?

Kurz bevor die Tür hinter ihr ins Schloss fiel, flirrte ein Licht im Dunkel, ein schimmernder Schemen, aber obwohl sie sehr genau hinsah, nahm er keine Form an. Offenbar wieder ein Irrtum. Merkwürdigerweise fühlte sie sich viel besser. Sie lächelte versonnen und verlor sich ganz in diesem Augenblick.

Die Rogges saßen auf ihrer Veranda und hatten eben ihr spätes Abendessen beendet. Kira und Luca lagen längst in ihren Betten.

»Jetzt bin ich wirklich zum Umfallen müde«, sagte Jill und legte ihre Serviette auf den Tisch. »Ich muss ins Bett. Willst du noch aufbleiben?«

»Nein. Mir reicht's für heute auch. Geh schon duschen, ich sage inzwischen in der Küche Bescheid, dass abgedeckt werden kann.« Er griff nach dem Funkgerät, das Jill aufs breite Geländer gelegt hatte.

»Ja, danke. Himmel, ich muss mich jetzt wirklich ernsthaft auf die Suche nach einer neuen Haushälterin machen. Thabili hat eine Nichte, die sehr gern bei uns arbeiten möchte. Nur ist sie wirklich frisch aus dem Kraal. Einen modernen Haushalt hat sie laut ihrer Tante noch nie von innen gesehen, und ich habe einfach keine Zeit und ehrlich gesagt auch keine Geduld, sie anzulernen.«

»Sag Thabili, sie soll sich drum kümmern.«

Jill sah ihn verblüfft an. »Das ist mal eine hervorragende Idee. Das werde ich sofort morgen früh erledigen, dann kann sie gleich bei uns anfangen. Hoffentlich hat sie Talent zum Kochen.«

Nils schob den Stuhl zurück. »Willst du noch einen Drink? Oder vielleicht einen Wein? Der Tag war danach.«

»Kann man wohl sagen. Scheußlich genug. Und ja, ich würde gern noch ein Glas trinken. Wein, rot, einen schönen Bordeaux vielleicht, der hilft mir einzuschlafen.«

»Wer passt heute Nacht aufs Haupthaus auf?«

»Ich habe Mark und Philani eingeteilt. Morgen haben sie dafür frei. Bis … bis diese Sache erledigt ist, habe ich vor, die Nachtwache reihum zu organisieren …« Sie vergrub ihr Gesicht in den Händen. Als sie wieder aufsah, war ihre Mascara verschmiert. »Dieser Kerl wird doch nicht von allein von hier weggehen. Er wird uns nie in Ruhe lassen, bis … bis …« Die Stimme brach ihr.

»Honey, nicht …« Nils stand auf, zog sie vom Stuhl und nahm sie in den Arm. Unwillkürlich musste er an sein Gespräch mit Vilikazi denken, von dessen Inhalt Jill nie erfahren durfte. »Ich werde dafür sorgen, dass dieser Albtraum schnell vorbei ist. Das verspreche ich dir.«

Sie bog den Kopf zurück, um ihn anzusehen. »Aber wie denn? Er ist offensichtlich begnadigt worden oder vorzeitig entlassen, was praktisch aufs Gleiche hinauskommt. Da können wir nichts mehr ausrichten.«

»Es gibt sicher einen Weg … ich werde über unsere Organisation meine Fühler ausstrecken …«

Hoffentlich würde Jill das schlucken und aufhören zu fragen. Die Organisation, von der er gesprochen hatte, »Verlorene Seelen«, beschäftigte sich damit, verschwundene Opfer der Apartheid aufzuspüren. Zusammen mit Neil und Mick Robertson hatte er vor einiger Zeit von Vilikazi Duma die Leitung übernommen. Die Opfer aufzuspüren, das hieß fast immer, dass sie Leichen ausgraben mussten. Immerhin bedeutete das eine Art Erleichterung für die Angehörigen, ihre Toten endlich beerdigen zu können. Oft trafen sie während der Anhörungen der Wahrheitskommission mit den Mördern zusammen und erfuhren von ihnen in grausigen Einzelheiten, was ihren Verwandten angetan worden war. Ihre Würde, das Fehlen jeglicher Rachegelüste, überraschte ihn jedes Mal aufs Neue. Ihn hatten die Berichte der Mörder stets zu wütenden Tränen reduziert. Er würde diese Größe nicht haben, er würde Rache üben.

Und jetzt war Len Pienaar freigekommen, einer der Schlimmsten unter den Mördern, und bevor der sich nicht wieder etwas zuschulden kommen ließ, gab es keine gesetzliche Handhabe gegen ihn.

Er hatte Glück, Jill fragte nicht weiter. »Ich schau schnell noch einmal nach den Kindern.«

Erleichtert machte er sich auf den Weg zur Bar, um die Weinvorräte von *Inqaba* zu plündern. Mit sicherer Hand fand er einen wundervollen Bordeaux, tiefrot, Saint-Émilion Grand Cru. Sehr guter Jahrgang. Er machte eine Notiz in der Liste, dass er die Flasche entnommen hatte, ging in die Küche, sagte Bescheid, dass abgedeckt werden könne, und ließ sich von Mario, dem Chefkoch, der zufällig noch anwesend war, einen Käseteller zusammenstellen.

»Welchen Wein hast du denn da genommen?«, sagte Mario und drehte die Flasche zu sich, um das Etikett zu lesen. »Hm. In Ordnung. Moment.« Er steckte ein Baguette, das vom Dinner der Gäste übrig geblieben war, unter den Grill, und im Nu war es wieder knusprig. Zusammen mit einem kleinen Glasgefäß mit Butter stellte er das Brot und den Käseteller auf ein Tablett. Dann zauberte er von irgendwoher eine schmale Vase mit einer Rose hervor und präsentierte Nils das Ganze. »Buon appetito!« Er zwinkerte ihn an.

»Grazie«, grinste Nils und zog ab.

Jill war bereits in der Dusche. Er beraubte einen Bougainvilleenzweig auf der Veranda aller Blüten, streute sie auf die Betten und überlegte, ob er dazu ein paar Kerzen anzünden solle, entschied sich aber dagegen. Sie würden in der Hitze, die kaum nachgelassen hatte, bald schmelzen, was nicht sehr romantisch wäre. In Windeseile stellte er sich in seinem Badezimmer unter die Dusche. Zwei Badezimmer nur für das Elternschlafzimmer zu besitzen war ein Luxus, der in Südafrika – außerhalb der Townships – eher Standard war. In einer Luxus-Lodge wie *Inqaba* war es das ohnehin. Natürlich hatten auch die Kinder ihr eigenes Badezimmer, und dann gab es noch eine Gästetoilette. Das sorgte für größtmögliche Privatsphäre für Jill und ihn, etwas, was er besonders genoss, wenn er sich an seine Junggesellenunterkünfte vor der Zeit mit Jill zurückerinnerte.

»Alles in Ordnung mit den Kindern?«, rief er gedämpft, als auch nebenan die Dusche abgestellt wurde.

»Alles bestens. Beide schlafen.«

Erfreut hörte er, dass Jill nicht mehr so niedergeschlagen klang. Schnell drehte er das Wasser ab, schlang sich ein Handtuch um die Hüften und ging ins Schlafzimmer.

Der Wein war hervorragend, der Käse exzellent, und als Jill sich langsam entspannte, wurde es für beide noch eine wirklich wunderbare Nacht.

Anita lag, nur mit Slip und Hemdchen bekleidet, auf ihrem Bett. Die Klimaanlage hatte sie ausgestellt und den Deckenventilator eingeschaltet, der jetzt in trägen Umdrehungen die feuchte Wärme, die durchs offene Fenster strömte, verwirbelte. Myriaden von Mücken und ein riesiger, schön gezeichneter Nachtfalter flatterten außen ans Fliegengitter. Sie schloss die Augen und horchte in die weiche Dunkelheit hinaus.

Das Sirren der Zikaden versetzte die Luft in Schwingungen, der hohe Sopran der Baumfrösche eröffnete Afrikas Nachtkonzert, die Ochsenfrösche stimmten ihren vollen Bass an, ein Pavian bellte, und bald stieg ein vielstimmiger Chor in den sternenübersäten Nachthimmel.

Stevie Wonders Lied schimmerte im Raum. Anita lächelte und ließ sich auf einem warmen Strom von Gefühlen dahintreiben.

Irgendwann schlief sie ein, und in dieser Nacht wanderte sie durch Träume von Licht und Hoffnung. Zum ersten Mal seit langer Zeit.

Vielleicht hatte Afrikas Zauber etwas damit zu tun.

Vielleicht.

14

Der Gesang der afrikanischen Vögel war meistens nicht so melodiös wie der der europäischen, und morgens herrschte oft eine ziemliche Kakofonie von Zikadengefiedel, Affengeschrei und Vogelstimmen und allen voran die schrillen Trompetenstöße der Hadidahs. Trotz ihres herrlich schimmernden Gefieders hatte sich Anita bisher wegen ihres infernalischen Geschreis nicht für die hübschen Ibisse erwärmen können.

Der erste zarte, orangefarbene Schleier färbte den östlichen Himmel, als auch an diesem Morgen drei dieser gänsegroßen Vögel auf der Balustrade von Anitas Bungalow landeten. Und schrien. Lustvoll und durchdringend. Als die Tür aufflog und die Bewohnerin armefuchtelnd erschien, strichen sie spöttisch lachend zum nächsten Haus davon. Ihr Ziel hatten sie erreicht. Anita war wach.

Verschlafen tappte sie zur kleinen Küchenzeile und stellte den Wasserkocher an. Jetzt brauchte sie einen wirklich starken Kaffee. Während der Kocher aufheizte, nahm sie eine kurze, lauwarme Dusche.

Zehn Minuten später zog sie einen der Korbsessel heran, ließ sich hineinfallen und legte die Beine auf die Balustrade. Der Kaffee war stark und süß, und nach einer Weile klärte sich ihr Blick. Das Kreischen der Hadidahs schallte aus der Ferne über die Palmwipfel, Zikaden schrillten, Affen bellten, und irgendwo sang ein kleiner Vogel. Eintönig, klagend, irgendwie herzerweichend. Sein Gesang schwoll an, brach ab, begann von Neuem, und erst allmählich ging ihr auf, dass das kein Vogel war, sondern ein Mensch, der weinte, eine Frau, der Stimmlage nach zu urteilen. Mit einem Ruck schüttelte sie ihre Lethargie ab, sprang auf, lief über die Terrasse, die Stufen hinunter und zielstrebig auf das Geräusch zu.

Es war eine Frau. Eine Zulu mit glänzend brauner Haut und zarten Gliedern. Sie saß auf dem Boden, Rücken und Kopf an einen Baumstamm gelehnt, ein Bein ausgestreckt, das andere angewinkelt darübergelegt. Ihr blau gemustertes Baumwollkleid war zerdrückt und verschmutzt. Die Arme hingen seitlich schlaff herunter, die Hände berührten – die hellen Innenseiten nach oben – den Boden. Tränen strömten ihr aus den großen, dunklen Augen, ihr Körper wurde von Schluchzern geschüttelt.

Anita beugte sich zu ihr hinunter. »Was ist mit Ihnen?«, fragte sie leise auf Englisch. »Kann ich Ihnen helfen?«

Die Frau antwortete nicht, bewegte lediglich das ausgestreckte Bein. Es schurrte über den Boden, und betroffen stellte Anita fest, dass die Frau eine Prothese trug und dass die Haut am Ansatz zum Beinstumpf blutig gescheuert war. Sie setzte erneut an. »Wie heißen Sie?«

»Busi«, wisperte die Frau.

Anita ging vor ihr in die Hocke und nahm ihre Hand. »Was ist geschehen, Busi? Haben Sie sich wehgetan? Brauchen Sie Hilfe?«

Ein heftiges Kopfschütteln und ein erneutes Aufschluchzen waren die Antwort. Anita erwog, Jonas oder Jill per Handy zu holen, aber dann wisperte Busi ein paar Worte auf Englisch.

»Was haben Sie gesagt? Ich habe es nicht verstanden.« Anita neigte ihr den Kopf zu.

»Mein Baby. Jabulile ...« Die Zulu weinte laut und murmelte dann ein paar Worte. Anita wartete geduldig, bis sich Busi so weit gefasst hatte, dass sie weitersprechen konnte. »Jabulile ist verschwunden. Schon gestern...«

»Jabulile ist Ihre Tochter? Wie alt ist sie?« Dann fiel ihr wieder das süße Mädchen mit den Kirschaugen ein, das an ihrem ersten Tag auf *Inqaba* ihren Vater Ziko begleitet hatte. Sie erschrak.

»Zehn … Jahre«, stammelte Busi. »Sie ist von der Schule nach Hause gekommen. Erst ist sie im Bus gefahren, da war sie noch da, sagen ihre Freunde, dann ist sie weiter zu Fuß gelaufen, und dann war sie weg, sagen die anderen. Ich habe es erst gemerkt, als sie nicht mit ihren Schulkameraden nach Hause kam.«

»Muss sie allein durch das Wildreservat laufen?«, fragte Anita, entsetzt von dieser Vorstellung.

Die Zulu schüttelte den Kopf und schniefte lang anhaltend. »Am Tor von *Inqaba* werden die Kinder abgeholt und zu unseren Hütten gefahren. Ich habe alle gefragt, aber niemand wusste etwas, niemand hat gemerkt, ab wann sie nicht mehr da war. Dann habe ich sie gesucht, bin ihren ganzen Schulweg entlanggegangen, aber es wurde dunkel, und ich hatte kein Licht und konnte nichts mehr sehen. Ziko war nicht da, er musste mit Mama Jill Wilderer jagen.« Sie zog ihre Hand aus Anitas zurück und bemühte sich, ihre Prothese zurechtzurücken. Als sie die wunde Stelle berührte, zog sie mit einem Schmerzenslaut die Luft durch die Zähne. Plötzlich hob sie ihr Gesicht, ihre Augen waren schreckgeweitet. »Ich habe in der Nacht Löwen gehört«, flüsterte sie.

Anita überrieselte es eiskalt, und sie erinnerte sich, dass sie ebenfalls, ganz entfernt, ein Grollen vernommen hatte. Im Halbschlaf hatte sie es auf ein nahendes Gewitter geschoben. Und tatsächlich musste es geregnet haben, denn auf dem Weg standen noch Pfützen, wie sie erst jetzt bemerkte, und die Luft war schwer und feucht, dass sie einem wie ein Getränk den Mund füllte. Löwen oder Gewitter?

»Löwen?«, sagte sie. »Ich dachte, dass es gedonnert hat und ein Gewitter aufgezogen ist.«

Außer noch lauterem, anhaltendem Schluchzen war kaum etwas aus der Zulu herauszukriegen, nur gestammelte Satzfetzen. Kurz entschlossen wählte Anita die Nummer der Rezeption.

»Jonas? Hier ist Anita Carvalho von Bungalow eins – ich

habe hier Busi, die Frau von Ziko, gefunden. Ihre Tochter Jabulile ist verschwunden, und Busi kann nicht mehr laufen, weil die Prothese ihren Beinstumpf blutig gescheuert hat. Bitte schicken Sie jemand, der sich um sie kümmert ... Wir sind in der Nähe von Bungalow vier ...« Auf Jonas' Bitte antwortete sie: »Natürlich bleibe ich so lange bei ihr.« Mit einem Tastendruck beendete sie das Gespräch und beugte sich wieder zu der Zulu hinunter. »Gleich wird Hilfe kommen, Busi.«

Die Zulu nickte nur weinend. Ihre Hände bebten, sie zupfte an ihrem Kleid, kratzte sich, schlang die Finger ineinander, löste sie gleich darauf wieder. Anita legte den Arm um sie, bestrebt, die Frau so weit zu beruhigen, dass sie eine klare Auskunft geben konnte, wo und wann ihre Tochter verschwunden war.

Löwen, dachte sie, das darf nicht wahr sein. Mit Mühe zügelte sie ihre Fantasie, sich auszumalen, was da geschehen sein könnte.

Es dauerte keine zehn Minuten, und Jill selbst erschien im Laufschritt zusammen mit Jabulani. Sie legte Anita eine Hand auf den Arm. »Danke, dass du bei ihr gewartet hast. Welch ein Glück, dass du gerade hier vorbeigekommen bist.«

Anita ließ Busis Hand los, streichelte ihr über die Wange und richtete sich auf. Mit einer Handbewegung stellte Jill den stämmigen Schwarzen vor.

»Das hier ist Jabulani, Busis Bruder. Er wird sie zu ihrem Haus bringen und dafür sorgen, dass ihr Beinstumpf verbunden wird. Dass sie ihn sich wund scheuert, ist schon öfter passiert. Jabulani wird zusammen mit Ziko auch die Suche nach Jabulile organisieren.« Sie ging neben Busi in die Hocke, untersuchte ihren Beinstumpf und redete dabei in schnellem Zulu auf die verzweifelte Mutter ein, ehe sie sich wieder aufrichtete.

»Wir werden alle verfügbaren Leute aussenden«, teilte Jill Anita auf Deutsch mit. »Jabulile ist schon einige Male ins Reservat gelaufen. Das ist strikt verboten, und die Kleine weiß das genau. Hoffentlich hat sie das gestern nicht wieder getan. Hoffentlich hat sie nur schlechte Zensuren und versteckt sich bei einer Freundin. Oder sie hat Kummer, den sie in sich hineinfrisst, und hat sich irgendwo verkrochen. Dann werden wir sie schnell finden …« Sie hielt inne, als Busi leise etwas auf Zulu zu ihr sagte. »Busi meint auch, dass es sein könnte, dass sie sich wegen schlechter Zensuren nicht nach Hause wagt«, übersetzte Jill anschließend.

»Soll ich hierbleiben?«, fragte Anita. »Kann ich noch irgendwie helfen?«

»Nein.« Jill winkte ab. »Wir haben hier alles im Griff. Du kennst die Gegend überhaupt nicht, du würdest …«

»… nur im Weg sein«, beendete Anita den Satz. »In Ordnung. Dann gehe ich jetzt frühstücken.« Sie schaute auf die Uhr und stutzte. »Es ist ja erst sechs. Ist das nicht zu früh?«

»Ach wo, überhaupt nicht. Thabili ist schon am Wirbeln. Die Gäste, die auf die Morgensafari gehen, bekommen schon vor fünf ein kleines Frühstück serviert, damit sie durchhalten. Bei ihrer Rückkehr gegen zehn Uhr wartet dann ein umfangreiches Buffet auf sie, und das wird jetzt gerade aufgebaut.«

»Na wunderbar. Sag mir bitte Bescheid, wenn ihr Jabulile gefunden habt.«

»Natürlich.« Jill warf ihr ein dankbares Lächeln zu, während sie sich weiter um die weinende Zulu kümmerte. »Wirst du heute die Nachtsafari mitmachen? Die ist wirklich sehr interessant.«

»Ja, ich denke schon. Von den anderen Gästen habe ich aufregende Geschichten gehört. Gestern ist wohl ein Leopard gesichtet worden. Sieht man die oft?«

»Nein, außerordentlich selten, aber glaube mir, sie beobachten uns. Du kannst fünf Meter von einer dieser großen Katzen entfernt stehen und siehst sie nicht. Oft finden wir nur ihre Tatzenspuren und wissen genau, in welchem Areal sie sich verstecken, können sie aber nicht aufstöbern.«

Mit einem letzten Gruß an Busi wandte sich Anita zum Gehen. Nach wenigen Schritten musste sie mit einem Satz zur Seite springen, weil Ziko in hohem Tempo um die Wegbiegung kam. Er schwitzte stark, seine Brille war auf die Nasenspitze gerutscht, und seine Buschstiefel waren schlammverschmiert.

»Wo ist meine Frau, Ma'am?«, keuchte er und schob die Brille wieder hoch.

»Gleich hier.« Sie wies ihm die Richtung. »Jill und Jabulani kümmern sich schon um sie.«

»Ngiyabonbga kakhulu«, rief ihr der Zulu zu und hastete an ihr vorbei.

Anita blieb stehen und sah zu, wie er Busi zärtlich übers krause Haar strich und sie dann zusammen mit Jabulani und Jills Hilfe vorsichtig auf die Beine stellte. »Wir bringen dich jetzt in die Hütte«, hörte sie ihn sagen. »Dort kannst du dein neues Bein mit der Salbe einschmieren, die Thandi dir verschrieben hat. Jabulani und ich suchen unsere Tochter.«

Ein zaghaftes Lächeln seiner Frau war die Antwort, ein winziger Sonnenstrahl durch schwere Regenwolken.

Jill sah auf ihre Uhr. »Ich gehe jetzt auch frühstücken. Lasst mich sofort wissen, wenn ihr mehr Leute braucht.«

Anita fiel wieder ein, dass Busi offenbar Löwen gehört hatte. Sie überlegte, ob sie bei Jill deswegen nachhaken sollte. Vergebens wehrte sie sich gegen die Vorstellung, dass die zierliche, kleine Jabulile ganz allein im Busch war, umgeben von Löwen, Schlangen und rabiaten Moskitos. Die schlimmen Bilder ließen sich einfach nicht unterdrücken. Sie nahm sich vor, Jill später darauf anzusprechen.

Niedergeschlagen schlug sie den Pfad ein, der zurück zu ihrem Bungalow führte. Die ersten Sonnenstrahlen, die durch die Blätter blitzten, brannten ihr trotz des frühen Morgens auf der Haut. Sie kehrte zu ihrem Bungalow zurück und cremte sich großzügig mit Sonnenschutz ein. Nachdem sie sich die Sonnenbrille aufgesetzt hatte, begab sie sich ohne weitere Umwege zum Haupthaus. Sie hatte Hunger, und zwar richtig.

Der Pfad wurde etwas breiter, aber die bisher feste Oberfläche war von der Nässe schmierig geworden, und sie rutschte ein paarmal weg. Eine winzige Antilope scharrte im Unterholz, während die Meerkatzenfamilie sie auf ihrem Weg mit langen Sprüngen von Busch zu Busch begleitete. Schon aus der Ferne wehte der appetitanregende Duft von Kaffee und gebratenem Speck zu ihr herüber. Sie beschleunigte ihre Schritte.

Dirk, der allein unter den fedrigen Wedeln einer Palme frühstückte und dabei Notizen machte, winkte ihr zu, als sie die Stufen zur Veranda hinaufstieg. »Hi, Anita, setz dich zu mir … Ich bin gerade erst bei der ersten Tasse Kaffee.« Während er ihr einen Stuhl heranzog, sah er sie forschend an. »Ist etwas vorgefallen? Du siehst bedrückt aus.«

»Ach, es ist wegen Busi«, begann sie und berichtete ihm, wie sie die Zulu gefunden habe und dass Jabulile nicht aufzufinden sei. »Busi hat heute Nacht Löwen gehört … Kannst du dir vorstellen, was sie jetzt durchmachen muss? Mir wird ganz schlecht, wenn ich daran denke.«

»Na, die Kleine ist vielleicht nur ausgerissen …«

»Vielleicht«, unterbrach sie ihn. »Vielleicht aber irrt sie allein im Busch umher oder hatte einen Unfall, oder …« Sie stockte, redete dann aber weiter. »Hier gibt es Giftschlangen, deren Gift die Nerven lähmt, und man stirbt bei vollem Bewusstsein. Wusstest du das? Stell dir das nur vor! Und das Gift der Puffotter zersetzt das Blut, macht es flüssig wie Wasser, sodass man innerlich verblutet …« Sie schüttelte sich.

»Hör auf!«, befahl Dirk. »Das hilft Jabulile nicht, und dich macht es nur verrückt. Afrika ist eben nicht der Englische Garten. Hier trachtet dir immer etwas oder jemand nach dem Leben, und Jabulile ist hier geboren. Sie wird das wissen. Wie Kira. Die Kleine bewegt sich im Busch, als wäre sie eine Kreatur der Wildnis. Mit Jabulile wird es nicht anders sein. Willst du Spiegelei oder Rührei?«

»Rührei«, stotterte sie überrumpelt. »Mit Speck.«

Bis auf einige Bemerkungen, die sie über die Ereignisse des Morgens fallen ließen, aßen sie vorwiegend schweigend. Drei junge Meerkatzen unterhielten sie mit ihren Kapriolen, die sie vollführten, während sie sich wenige Meter von ihnen entfernt vergeblich damit abmühten, eine Papaya von ihrem Stiel abzudrehen.

»Wie läuft es mit deiner Schwester?«, fragte Dirk irgendwann, ohne sie dabei anzusehen.

Anita zerpflückte das Rührei mit der Gabel, wobei sie den Blick gesenkt hielt. »Was hat Maurice dir erzählt? Ihr habt doch lange miteinander geredet.«

»Abgesehen davon, dass sein Vater kein Weißer ist – und das ist ja offensichtlich –, eigentlich nichts.«

»Na, dann weißt du schon das Wesentliche.« Mit großer Konzentration schob sie Eierflocken über den Teller. »Außer dass mein Vater Cordelia nach Strich und Faden verprügelte, als er herausbekam, dass sie schwanger war, und das von einem Schwarzen, und dass er dann auf ihren schwarzen Liebhaber geschossen und ihn schwer verwundet hat, um anschließend die Polizei auf ihn zu hetzen, die ihn fast totprügelte und dann verschleppte. Außer dass Cordelia ihn nie wieder gesehen hat und meine Eltern sie zwingen wollten, das Baby abzutreiben, und als sie sich weigerte, sie zu guter Letzt ohne einen Pfennig verstoßen haben. Und außer dass ich mit alledem einfach nicht fertigwerde, weißt du alles.« Ihre Stimme zitterte. Ihr Rührei war nur noch gelber Matsch.

Fassungslos starrte er sie sekundenlang an. »Ist das wahr?«

Erschrocken sah sie hoch. »Verdammt, hab ich das etwa laut gesagt?« Sein Gesichtsausdruck sagte ihr, dass sie das tatsächlich getan hatte. »Ich kann nicht darüber reden«, sagte sie schroff. »Tut mir leid, dass mir das rausgerutscht ist.« Sie schob den Teller weg. »Gibt es noch Kaffee?«

»Klar«, sagte Dirk nach einer spannungsgeladenen Pause. Er goss ihr ein und schob das Milchkännchen hinüber, wobei er sie nicht aus den Augen ließ.

Die Ellbogen aufgestützt, nahm sie die Tasse in beide Hände und starrte lange auf die Milchblasen, die auf der Oberfläche schwammen. »Es hat nichts mit dir zu tun«, flüsterte sie schließlich. »Ich kann einfach nicht darüber reden.«

»Ich weiß. Aber ich bin da, wenn du mich brauchst.« Der weiche Blick, der ihn daraufhin streifte, das flüchtige Lächeln, das ihre Mundwinkel kräuselte, verursachten ihm zu seiner Verwirrung ein plötzliches Herzklopfen und einen papiertrockenen Mund. Um die überraschende Reaktion zu überspielen, fragte er, ob sie ihn zu Nappy de Villiers begleiten würde. »Oder hast du heute etwas anderes vor?«

»Okay. Aber ich wollte die Abendsafari mitmachen. Es soll sehr aufregend sein. Mitten in der Nacht von einer Elefantenherde umringt zu werden, auf ein Rudel Löwen zu stoßen, die noch kein Abendessen gehabt haben – so etwas in der Art. Bis dahin müssen wir zurück sein. Komm doch mit.«

Nachdem er ihr versichert hatte, dass es nichts gebe, was er lieber tue – was er auch getan hätte, hätte sie ihn zum Latrinensäubern oder zu einem Kampf gegen eine Kobra aufgefordert –, fragte er, ob sie sich schon Gedanken über eine Fortsetzung zu ihrem Buch gemacht habe.

Mit einer gequälten Grimasse hob sie beide Hände. »Ganz schlechtes Thema. Den Abgabetermin habe ich längst, den Vorschuss auch, was fehlt, sind schlicht nur noch etwa sechshundert Seiten Handlung. Ich will nicht darüber reden.«

Dirk spielte mit dem Salzfass, rollte es zwischen den Fingern hin und her und überlegte, ob er sie mit der Nase daraufstoßen solle, dass sie nur aufzuschreiben brauche, was zwischen ihr und Cordelia ablaufe. Er dachte nach, das Salzfass rotierte. Schließlich setzte er es mit einem leisen Knall auf dem Tisch ab. Die Geschichte war einfach zu gut. Ganz vorsichtig würde er sich am äußeren Rand des Themas entlangtasten.

»Ich finde es immer noch unglaublich, dass es eure alte Farm *Timbuktu* wirklich gibt«, begann er behutsam. »Hast du damit gerechnet, sie zu finden? Und dann so schnell?«

Wortlos schüttelte sie den Kopf. Er wartete eine Weile, aber es kam keinerlei Kommentar.

»Wie ist das eigentlich rechtlich: Gehört dir auch ein Teil davon?«

Wieder war die Antwort ein wortloses Kopfschütteln. Das Salzfass kam erneut zum Einsatz, wirbelte zwischen seinen Fingern. Er versuchte es aus einer anderen Richtung. Mit Flavio hatte er zwar über die Möglichkeit einer Fortsetzung des Films gesprochen, aber natürlich noch nichts von der eigentlichen Geschichte verraten. Das war Anitas Sache. Und Cordelias. Das Salzfass kullerte über die Tischplatte. Kurz vor dem Rand fing er es ein.

»Flavio wird vor Aufregung Herzstolpern bekommen, wenn er hört, dass du außer der Farm auch noch eine verschollene Schwester gefunden hast …«

Sie blinzelte ihn an. »Dann werde ich ihm das ersparen und es nicht erzählen.« Mit beiden Handflächen schlug sie auf den Tisch. »Hör auf, mich zu nerven. Ich werde die Geschichte von Cordelia und Maurice auf keinen Fall als Fortsetzung verwursten, wenn du darauf hinauswillst.«

Mit keinem Lidzucken verriet er, dass sie ihn durchschaut hatte. »Hast du sie denn gefragt? Vielleicht würde sie ihre Zustimmung für eine bestimmte Summe Geld gern geben. *Timbuktu* wirkt ein bisschen…« Er zögerte und suchte nach unverfänglichen Begriffen. »Man bekommt den Eindruck, dass die

Besitzer nicht ausreichend Geld für den Unterhalt haben. Du könntest sie am Buch beteiligen.«

»Halt dich da raus, hörst du?«, fuhr sie ihn an. »Wage es ja nicht, mit meiner Schwester darüber zu reden! Oder mit Maurice.« Sie sprühte vor Zorn.

Am liebsten hätte er sie geküsst, zog aber sofort ein betretenes Gesicht und machte einen Rückzieher. »Okay, okay. Beruhige dich. Es war nur so eine Idee von mir für dein nächstes Buch.« Und eine, die er sicherlich nicht aufgeben würde. Er würde warten. Darin war er gut. Der Abgabetermin des Verlags war dabei ein perfekter Verbündeter. Sie war eine gute Schriftstellerin, und er hatte nicht vor, ihr zu erlauben, dass sie ihr Talent einfach vergeudete.

Etwas beherrschter lehnte Anita sich jetzt über den Tisch und sah ihn verständnisheischend an. »Wenn ich nicht darüber reden kann, kann ich schon überhaupt nicht darüber schreiben. Ist doch logisch, oder? Das musst du doch verstehen!«

»Natürlich. Entschuldige, ich werde nicht wieder danach fragen.« Das war natürlich gelogen. »Wann müssen wir wieder hier sein, damit wir die Nachtsafari nicht verpassen?«

Die Ablenkung funktionierte insoweit, dass sie ihm die Abfahrtszeit nannte, aber ihre Federn waren immer noch leicht gesträubt, das war unschwer zu erkennen. Umso erfreuter war er, als er Nils mit flatterndem, schreiend buntem Hawaiihemd den Pfad vom Swimmingpool herauf zur Veranda rennen sah. Er winkte ihm heftig zu. »He, Nils, warum hast du es so eilig? Ist ein Löwenrudel hinter dir her?«

»Nee, meine Frau«, gab Nils trocken zurück. »Hi, Anita. Wenn der Kerl zu frech wird, ruf mich. Ich weiß, in welchem Schrank bei ihm welche Skelette vor sich hin klappern, außerdem bin ich kräftiger als er.«

Nils' Sprüche zauberten schließlich zu Dirks Erleichterung ein Lächeln auf Anitas Gesicht. »Ich hätte nicht vermutet, dass er ein Mann dunkler Geheimnisse ist. Davon musst du mir unbedingt mehr erzählen.« Sie lachte sogar, wurde dann aber schnell wieder ernst. »Ist Jabulile gefunden worden? Ihre Mutter war restlos verzweifelt. Kein Wunder. Ich an ihrer Stelle wäre völlig hysterisch.«

Auch Nils wurde schlagartig ernst. »Wir haben Ranger und Tracker losgeschickt. Sie haben in einem Umkreis von einem Kilometer ziemlich alles abgesucht, aber gefunden haben wir die Kleine nicht. Jetzt zählen wir auf unsere Wilderer-Patrouille. Alle sind alarmiert. Aber ehrlich gesagt, glaube ich nicht, dass Jabulile irgendwo auf *Inqaba* im Busch herumläuft. Bestimmt ist sie ausgerissen. Sie ist ein intelligentes Kind und hat große Rosinen im Kopf, was ihre Zukunft betrifft. Alles, was kleine Mädchen sich so vorstellen. Model, Titelbilder, Filmstar, Popsängerin. Prinzessin.« Ein flüchtiges Lächeln umspielte seinen Mund. »Ich bin mir sicher, dass sie in Kürze wieder von allein auftaucht.«

Anita schien davon nicht überzeugt zu sein. »Hoffentlich hast du da recht.«

»Wir werden jedenfalls suchen, bis wir sie gefunden haben. Übrigens, bevor ich das vergesse, die Nachtsafari findet trotzdem statt, aber alle Gäste werden gebeten, die Augen nach Jabulile offen zu halten. Sehen wir uns nach der Safari zum Abendessen, Anita?«

»Wenn wir nicht selbst zum Abendessen für irgendein Raubtier geworden sind, gern.«

Dirk lachte lauter über ihren kleinen Scherz, als der es verdiente. Er war einfach froh, dass sie ihre gute Laune wiedergefunden hatte. »Wir fahren gemeinsam noch einmal zu de Villiers' Haus«, teilte er seinem Freund mit. »Als Location für unseren Film ist es einfach perfekt. Aber bevor ich Flavio dorthin schicke, muss ich noch einiges mit dem Besitzer besprechen.«

Nils blinzelte. »Nappy de Villiers? Sieh dich bloß vor, das ist ein ganz ausgekochtes Schlitzohr. Tut so, als wär er ein armes

Schwein, dabei hat er mehr Geld als jeder andere hier. Lass dich, falls ihr handelseinig werdet, bloß nicht über den Tisch ziehen.«

Dirk grinste. »So wird man reich. Nimm dir ein Beispiel daran. Ich werd's mir aber merken. Die finanziellen Verhandlungen würde sowieso Flavio führen, und glaub mir, der ist ebenso ein Schlitzohr und mindestens genauso knauserig. Der zählt einem die Zuckerstücke in den Kaffee.«

Nils gluckste, hob die Hand und joggte in einem Wirbel greller Farbkleckse davon.

Anita und Dirk trafen sich nach einer kurzen Abkühlung im Pool auf dem Parkplatz wieder. Die feuchte Hitze drückte wie eine schwere Decke auf Anita nieder, und sie hatte deswegen einen weiten, kniekurzen Baumwollrock angezogen. Er war sonnenblumengelb und ließ viel Luft an ihre Beine.

Dirk warf ihr einen anerkennenden Blick zu, der kurz an ihren Beinen hängen blieb, dann legte er den Gang ein und fuhr los. Zwar verfehlte er einmal den richtigen Weg, und sie mussten zwei Kilometer lang hinter einer dahintrottenden Kuhherde Schritt fahren, aber sie erreichten das Haus Leon de Villiers' dennoch am frühen Vormittag. Als sie durchs Tor gingen, schlug irgendwo im Hintergrund ein großer Hund an, der zu Anitas Erleichterung aber unsichtbar blieb.

Der Hausherr kam aus dem Haus und blinzelte ins grelle Licht. Erst als er die Augen mit einer Hand schützte, erkannte er Anita und den Kameramann und winkte heftig mit beiden Armen. »Kommt her, kommt her. Ich will gerade meinen Vormittagstee einnehmen. Setzen Sie sich, meine hübsche Anita.« Er klopfte auf den Stuhl neben sich und stand auf. »Ich werde drinnen Bescheid sagen, dass wir Gäste haben. Tee, beide?«

Beide nickten gehorsam. Nappy de Villiers ging zur Tür, brüllte ein paar Worte ins Haus und ließ sich dann in seinem

Schaukelstuhl nieder. Umständlich zündete er sich seine Pfeife an. »Was gibt's?« Er plierte durch den Rauch.

Bevor Dirk eine passende Antwort geben konnte, hechtete ihr Gastgeber völlig überraschend und so heftig aus seinem Schaukelstuhl, dass dieser klappernd hin und her schlug. Mit der Pfeife in der Luft herumfuchtelnd stürzte er ans Ende der Veranda und brüllte los. »He, hau ab, du geiler Bock! Chrissie ist nicht zu verkaufen! Mach, dass du wegkommst!«

Anita drehte sich erschrocken um und entdeckte einen dunkelhäutigen Ranger in Kakiuniform, der ihr bekannt vorkam. Sie sah genauer hin. Es war Africa, der neue Ranger von *Inqaba*, der unter gesenkten Brauen kampfeslustig zu ihnen herüberstarrte.

»Was macht der denn hier?«, fragte Dirk halblaut.

Nach einer erneuten Schimpftirade des Hausherrn trollte sich der Zulu. Die Hände in die Taschen seiner Rangeruniform vergraben, den Kopf zwischen die Schultern geduckt, als erwartete er Prügel, entschwand er um die Hausecke in den hinteren Teil des Grundstücks.

De Villiers war völlig außer sich. »Zisch ab, hab ich gesagt, und lass dich hier nicht wieder blicken, sonst sag ich es Tiki, und die macht dir die Hölle heiß, aber wie!«, schrie er dem Mann hinterher und warf sich dann krachend wieder in seinen Schaukelstuhl. »Der Kerl will sich eine zweite Frau kaufen, damit er sich faul unter den Indababaum legen, Bier saufen und den lieben Gott einen guten Mann sein lassen kann. Schleicht hier rum, wie ein liebestoller Köter … will meine Chrissie kaufen … ich werd ihn…« Er schüttelte wütend die Faust. »Das ist mein Mohrenpüppchen, hörst du!«, brüllte er. Als Anita peinlich berührt dreinschaute und Dirks Brauen in die Höhe schossen, gluckste er vergnügt. »Das war für euch Europäer wohl nicht politisch korrekt genug, was?« Er brüllte vor Lachen. »Ach, stellen Sie sich nicht so an, meine Hübsche. Ich darf das, ich gehöre zu ihnen. Das Mohrenpüppchen war meine Ururgroßmutter.

Lulinda hieß sie und war eine Häuptlingstochter, ein ganz entzückendes Wesen, soweit man das auf einem vergilbten Foto erkennen kann, mit riesengroßen Kulleraugen, und mein Vorfahr, Daniel der Schlangenfänger, war ihr völlig verfallen. Chrissie gehört zu ihrem Clan, und ich nenne alle Mohrenpüppchen. Wenn sie hübsch sind. Das wissen sie.« Er drehte sich in dem Stuhl um. »Komm her, Mohrenpüppchen, und begrüße unsere Gäste!«, rief er ins Haus.

Anita schaute gespannt zum Eingang, wusste nicht ganz, was sie erwarten sollte. Es dauerte eine Weile, bis eine junge Frau erschien. Ihre Haut war glänzend dunkelbraun, und ihre verführerischen Kurven steckten in einem tief ausgeschnittenen, roten Top und bis zu den Knien aufgerollten Jeans. Einen Besen schwingend betrat sie mit energischen Schritten die Veranda.

»Du brauchst nicht so zu schreien, ich bin nicht taub«, sagte sie im Ton einer Mutter, die ihr Kind tadelte. Dann ließ sie ihre Zähne blitzen. »Sanibona«, grüßte sie die Besucher und schob ihre Goldrand-Sonnenbrille von der Nase ins gelglänzende, glatt gezogene, steif vom Hals abstehende Haar.

»Sawubona«, antwortete Anita leicht verblüfft. Sie wusste nicht, ob das die korrekte Antwort war. Aber das schien so zu sein, jedenfalls nickte Chrissie anerkennend.

»Yebo, Ma'am. Usapila na?« Sie stützte sich auf den Besen und betrachtete die Besucherin.

Anita lachte hilflos. »Ich habe keine Ahnung, was das heißt, Chrissie.«

»Nur, ob es Ihnen gut geht«, übersetzte Napoleon. »Sie können ruhig englisch mit Chrissie sprechen. Sie hat die Schule mit dem Matric abgeschlossen, das heißt, sie könnte sogar an der Universität studieren, wenn sie wollte. Aber das will sie nicht, nicht wahr, mein Mohrenpüppchen?«

Anita sah die junge Zulu überrascht an. »Warum denn das nicht?«

Die Antwort war eindeutig und wurde mit einem eloquenten Schulterzucken serviert. »Es gibt keine ordentlichen Jobs hier in der Gegend, und Nappy zahlt gut. Ich kann meiner Mutter jeden Monat so viel Geld geben, dass sie ihr Rheuma behandeln lassen kann und dass meine kleinen Brüder in die Schule gehen können, statt Kühe hüten zu müssen. Deshalb ertrage ich ihn.« Der Besen schwang in Richtung ihres Arbeitgebers, ein vergnügtes Grinsen begleitete die Geste.

Während Anita das noch verdauen musste, ließ Dirk seinen Blick mit unverhohlener Neugier zwischen de Villiers und Chrissie hin und her schnellen. »Und Sie sind Wirtschafterin bei Mr. de Villiers?«, fragte er mit harmlos wirkendem Gesichtsausdruck.

Chrissie sah ihn ausdruckslos an und lächelte dann mit leiser Ironie. »Wenn Sie damit fragen wollen, ob Nappy und ich wie Mann und Frau zusammenleben, dann geht die Antwort Sie nichts an.«

Dirk hatte den Anstand, mit offensichtlicher Verlegenheit eine Entschuldigung zu murmeln.

Anita kicherte. »Man merkt die Absicht und ist verstimmt«, flüsterte sie. »Das war ziemlich blöd.«

Nappy de Villiers zog seine buschigen Brauen zusammen, dass sie sich über seiner Nasenwurzel trafen, und fuchtelte mit seiner Pfeife herum. »Was glauben Sie, weswegen ich mich über diesen Boy so aufrege, he?« Er sah Chrissie an. »Dieser Pavian streicht schon wieder ums Haus. Ich will ihn hier nicht sehen, hörst du …?«

»Du sollst nicht Boy und nicht Pavian sagen, Fischbauch«, fuhr ihn Chrissie an.

»Ich sag, was ich will. Boy! Pavian! Wirf ihn raus, wenn er wiederkommt, oder noch besser, sag mir Bescheid, dann brenn ich ihm mit dem Gewehr eins auf den Pelz!«

Chrissie knickste. »Ja, Baas, sofort, Baas. Soll ich die Nilpferdpeitsche holen, Baas?« Ihr Spott war unüberhörbar. »Du benimmst dich schon wieder wie ein richtiger Scheißbure.«

»Das kommt daher, mein Mohrenpüppchen, dass ich ein Scheißbure bin. Das weißt du doch.« Er grinste. »Könntest du uns bitte Tee machen und einige deiner konkurrenzlos leckeren Cookies dazulegen?«

»Ha!«, machte Chrissie, konnte aber ein geschmeicheltes Lächeln nicht unterdrücken. »Tee in zehn Minuten.« Sie begab sich, den Besen schlenkernd und provokativ ihre Hüften schwingend, zurück ins Haus.

Anita schwieg. Sie verspürte eine gewisse Verlegenheit, wie immer, wenn Paare in ihrer Gegenwart die Tür zu ihrem Intimbereich einen Spalt öffneten. Dirk beugte sich abrupt vor, und sie streifte ihn mit einem Blick. Die blanke Neugier stand ihm deutlich ins Gesicht geschrieben. Vermutlich sabberte seine Reporterseele geradezu, mehr über den Schlangenfänger, das Mohrenpüppchen und allgemein über Leon de Villiers zu erfahren. Ihr ging es nicht anders.

Der Hausherr war währenddessen damit beschäftigt, heftig in seiner Pfeife zu stochern, um die Glut wieder anzufachen. Schließlich gelang es ihm, und er nahm die wieder Rauchwolken produzierende Pfeife aus dem Mund. »Meine Ahnin Lulinda war im Übrigen die Schwester von Lulamani«, sagte er. »Der ersten Frau von Stefan Steinach, Jills Vorfahr …«

Dirk sah hoch. »Dann sind Sie mit Jill Rogge verwandt?«

»Nein, haarscharf dran vorbeigeschlittert. Lulamani und Stefan waren nicht lange genug verheiratet, als dass sie hätten Kinder bekommen können. Kurz nach der Hochzeit wurde sie hingerichtet …«

»Hingerichtet?« Anita schüttelte sich voller Entsetzen. »Warum? Hat sie jemanden umgebracht?«

Paffend schüttelte der Hausherr den Kopf. »Das nicht, nein«, quetschte er an der Pfeife vorbei. »Sie hat Stefan Steinach mit einem seiner Zulu-Berater betrogen. Das Gesetz ihres Volkes verlangte diese Strafe für den Ehebruch. Der Henker des Königs, ein hünenhafter Kerl von großer Grausamkeit namens Kikiza, brachte sie zur Strecke.«

»Es war nicht der König, der den Hyänenmann auf sie gehetzt hat. Hast du das vergessen?« Chrissie war mit dem Teetablett aus der Küche gekommen und stellte es auf einem Tisch ab, der an der Hauswand stand. Sie füllte die Tassen und reichte sie herum.

»Nein, habe ich nicht. Aber es tut schließlich nichts zur Sache. Das Ergebnis blieb gleich. Sie war tot.« Nappy de Villiers lehnte sich vor und nahm ihr seine Tasse ab. »Komm, setz dich zu uns.« Lächelnd zeigte er auf den Stuhl neben ihm.

Die junge Zulu schüttelte mit bedauerndem Ausdruck den Kopf. »Würde ich gern, aber Thandi Kunene wartet auf mich. Ich habe ihr versprochen, den Kleinen auf der Kinderstation vorzulesen, damit diese armen Würmchen von ihren Schmerzen abgelenkt werden.« Sie stellte einen Teller mit Cookies auf den Tisch und verabschiedete sich mit einem Lächeln von den Besuchern. »Salani kahle … bis später«, sagte sie zu Nappy de Villiers.

»Grüß Thandi von mir. Sag ihr, ich brauche keinen Check-up. Mir geht's prima! Und das bleibt so.«

Chrissie drehte sich noch einmal um. »Glaub bloß nicht, dass ich dich pflege, wenn du zusammenklappst. Da kannst du jammern, so viel du willst! Du bist sturer als ein Rhinozeros!« Mit ihrem aufreizenden Hüftschwung verschwand sie im Haus. Kurz darauf sprang ein Motor an, und Chrissie fuhr mit einem Geländewagen vom Grundstück.

Nappy de Villiers sah ihr blinzelnd nach, kicherte vergnügt und stieß Rauchwolken aus.

»Welch eine hübsche Frau«, sagte Anita.

Der Ausdruck des Stolzes, der wie ein Sonnenstrahl über Nappy de Villiers' Gesicht huschte, verriet Anita einiges. Ihre

Neugier stieg. Figuren wie Nappy und Chrissie waren genau das, was eine Geschichte farbig machte. Dirk schaute abwesend drein, und sie war überzeugt, dass er in Gedanken Nappys Geschichte bereits als Filmsequenzen vor sich sah.

Dirk lehnte sich im Stuhl vor und stützte die Unterarme auf seine Knie. »Und?«, sagte er. »Wie ging es weiter?«

»Lulamani war tot, und Stefan Steinach brach es das Herz – das war alles«, erklärte Napoleon de Villiers trocken und widmete sich wieder intensiv seiner Pfeife, die erneut auszugehen drohte. Schließlich wandte er sich wieder seinen Gästen zu. »So, nun zu euch. Warum seid ihr hier?«

»Ich würde mir gern Ihr ganzes Anwesen ansehen«, antwortete Dirk, »und dann an einem anderen Tag mit meinem Regisseur herkommen…«

Das Klingeln eines Mobiltelefons unterbrach ihn.

»Das ist meins«, murmelte de Villiers. Er fischte sein Handy aus der Brusttasche, las die Nummer auf dem Display und hievte sich dann aus dem Schaukelstuhl. »Entschuldigt bitte. Ein Freund will etwas von mir.« Nach ein paar Schritten nahm er den Anruf an.

»Vilikazi, sawubona«, verstand Anita noch, aber das war auch schon alles. Die Unterhaltung wurde in leisem Zulu geführt. Nur einmal meinte sie, dass de Villiers Lias Farm erwähnte, aber Zulu war für sie so fremdartig, dass sie die einzelnen Wörter akustisch nicht trennen konnte. Da war es mehr als wahrscheinlich, dass sie sich getäuscht hatte. Der Hausherr beendete den Anruf, steckte das Telefon weg und blickte sie bedauernd an.

»Mein Freund braucht mich. Ich muss unser Gespräch auf morgen verschieben. Oder gibt es etwas, was brandeilig ist?«

Anita bemerkte verblüfft, dass mit ihrem Gastgeber eine erstaunliche Wandlung vor sich ging. Hatte sie ihn vorher auf Mitte sechzig geschätzt, stand da jetzt ein Mann, der zehn Jahre jünger wirkte. Während sie sich noch Gedanken darüber machte, beteuerte Dirk, dass es nichts gebe, was nicht ohne Weiteres bis morgen warten könne. Danach verabschiedeten sie sich rasch. De Villiers ging ins Haus und schloss die Tür hinter sich.

Kurz darauf rumpelten sie über die Schotterstraße davon. »Hast du auch gehört, mit wem er telefoniert hat?«, sagte Anita.

»Ja, Vilikazi. Es wäre ungewöhnlich, wenn de Villiers und er sich nicht kennen würden. Beide haben ihr ganzes Leben hier verbracht.«

Anita nickte abwesend. »Ich könnte schwören, dass er Lias Farm erwähnt hat ...«

Nach kurzem Nachdenken zuckte Dirk die Achseln. »Das habe ich nicht mitbekommen. Zulu ist für mich nur ein Klangbrei. Einzelne Wörter kann ich da beim besten Willen nicht rauspicken.« Er streifte sie mit einem schnellen Seitenblick. »Und was machen wir nun mit unserem angebrochenen Tag? Soll ich dir die Gegend zeigen? Wir könnten ans Meer fahren. Der Indische Ozean ist wirklich von beeindruckender Wildheit. Hast du einen Bikini mit?«

»Habe ich nicht, der ist im Bungalow. Aber ein Ausflug ans Meer wäre sehr schön, und vielleicht finde ich ja einen Laden, wo ich mir einen Bikini kaufen kann. Wohin fahren wir? Zu dem Ort, wo die *Oyster Box* steht – den Namen vergesse ich immer wieder –, ist es ja wohl zu weit.«

Statt in Richtung *Inqaba* abzubiegen, blieb Dirk auf der Hauptstraße und fuhr weiter nach Süden. »Umhlanga Rocks. Ja, die Fahrt dauert über zwei Stunden, aber an der Küste vor Mtubatuba gibt es einen Strand – allerdings können wir dort nicht schwimmen.«

»Und warum nicht?«

»Haie, und es gibt keine Netze.«

Anita seufzte. »Na, dann sonnenbaden wir eben.«

Sie fanden einen Laden, und Anita ließ sich dazu hinreißen, sich einen smaragdgrünen Bikini zu kaufen, der so winzig ausfiel, dass sie sich nicht sicher war, ob sie den Mut aufbringen würde, ihn auch zu tragen.

Barfuß liefen sie über den sandigen Pfad, der sich durch den Küstenurwald wand, und schließlich traten sie aus dem schattigen Grün hinaus in die gleißend helle Strandwelt. Anita rannte, bis sie den Rand des Indischen Ozeans erreicht hatte, und vergrub ihre Füße im körnigen, heißen Sand. Meterhohe Wellenberge rollten unablässig auf sie zu, funkelten im Sonnenlicht wie teuerstes Kristall, ehe sie in einem Wirbel aus schneeweißem Schaum auf den Strand hinaufzischten.

Und dann geschah es wieder, wie an jenem Tag, als sie auf der Terrasse der *Oyster Box* gesessen hatten. Das Sonnenfunkeln, das so herrlich war wie das Leben selbst, verschwamm vor ihren Augen, die Grenze zwischen Wasser und Himmel zerfloss. Sie vergaß, dass es keine Hainetze gab, und machte einen Schritt mitten hinein in die sahnige Gischt.

Das Meer war warm, Sonnenstrahlen tanzten auf der Oberfläche, die Wellen strudelten um ihre Beine, saugten, zogen sanft, und wieder machte sie einen Schritt, tiefer hinein, und noch einen, das Wasser stieg ihr bereits über die Oberschenkel. Willig folgte sie dem Sog und machte einen weiteren Schritt. Die nächste Woge hob sie sanft hoch, ihre Füße lösten sich vom Meeresboden, und sie trieb hinaus in das Funkeln. Ihr Rock blähte sich auf der Oberfläche, wie eine Sonnenblume schwebte sie schwerelos davon ins Licht.

Sie wollte sich zu Dirk umdrehen, ihm zuwinken, da rollte ein meterhoher Brecher heran, krachte auf sie herunter, warf sie herum wie im Schleudergang einer Waschmaschine und zog sie mit sich in die Tiefe.

Dirk, der sie gerade vor den Haien und der Gewalt der Brandung hatte warnen wollen, war nur für einen kurzen Moment von einem Brandungsboot abgelenkt worden, das mit aufheulenden Motoren auf den Strand zuschoss. Als er sich wieder umwandte, stand Anita nicht mehr am Saum der auslaufenden Wellen. Seine Blicke flogen übers Wasser, und für Sekunden flirrte ein sonnenblumengelber Fleck vor seinen Augen, der nur wenige Meter von ihm entfernt aufs Meer hinaustrieb. Dann rauschte ein Wellenberg heran, und die gelbe Sonnenblume war verschwunden.

Er rannte schon schreiend über den glühenden Sand, ehe sein Gehirn überhaupt begriff, was da passierte. Mit einem Hechtsprung warf er sich den Brechern entgegen und tauchte dann unter ihnen hindurch. Er bewegte seine Arme wie Windmühlenflügel, um vorwärtszukommen, schrie, verschluckte sich, schrie lauter. Schrie um sein Leben, denn ohne Anita würde es zu Ende sein. Bewusst war ihm das nicht, aber sein Körper wusste es, in jeder Faser. In jeder Zelle. Die Gewalt der Brecher warf ihn ständig ein Stück zurück. Er schluckte literweise Wasser, spuckte, schrie, aber er gab nicht auf, gab Anita nicht auf. Irgendwann wurde das Brandungsgeräusch leiser, die Wellen brachen sich hinter ihm, und er geriet in eine ruhigere Zone und konnte durchatmen.

Wassertretend hielt er nach Anita Ausschau. Immer wieder glaubte er, den sonnenblumengelben Fleck zu erkennen, aber jedes Mal entpuppte es sich als tanzender Sonnenreflex. Verzweifelt jagte sein Blick über die flimmernde, leere Meeresoberfläche. Was dann geschah, hätte er nicht geglaubt, hätte er als Märchen abgetan, hätte es ihm jemand erzählt. Aber es geschah.

Ein torpedoförmiger, schiefergrauer Körper schoss durchs durchsichtige Wasser, tauchte unter und dann wieder auf und mit ihm ein dunkler Kopf. Sonnengebräunte Arme schlugen um sich, Sonnengelbes bauschte sich, und über die Gischt gellte ein hoher Schrei. Der Delfin sprang hoch über die Wellen, drehte eine Pirouette in der Luft, klatschte zurück und war verschwunden.

Dirk warf sich vorwärts. Eine plötzliche Kraftexplosion ließ ihn durch die Wogen schießen, er spürte Stoff in seinen Fingern, griff zu, und dann hielt er sie in den Armen. Anita allerdings glaubte offensichtlich, ein Hai hätte sie zwischen den Zähnen, und schlug in Todesangst um sich.

»Halt still, du bist in Sicherheit, ich lass dich nicht wieder los!«, schrie er und packte sie unter den Achseln. Wie ein geübter Surfer nutzte er die Kraft der Wellen und ließ sich und Anita in Richtung Strand tragen. Bald darauf spuckte der Ozean sie auf den groben Sand. Hustend, Wasser herauswürgend, nach Atem ringend blieben sie eng umschlungen liegen.

»Danke«, flüsterte Anita irgendwann, als sie wieder Luft bekam, und machte sich sanft los.

Dirk drückte sich hoch und half ihr auf die Beine, strich ihr zärtlich das nasse Haar aus den Augen. Hand in Hand liefen sie den Strand hoch, bis sie den Dünensaum erreichten, und warfen sich dann nebeneinander in den heißen Sand. Anita zitterte noch immer vor Schreck, aber auch vor Kälte. Es war ihr ein völliges Rätsel, woher dieser einzelne Delfin in letzter Sekunde gekommen war und wie er gespürt haben konnte, dass sie um ihr Leben kämpfte.

Je länger sie darüber nachdachte, desto unwirklicher erschien ihr das Ganze, desto mehr war sie davon überzeugt, dass es eine Sinnestäuschung gewesen war. Delfine, die Ertrinkende retteten, kamen nur in Märchen vor. Märchen waren nicht wirklich.

Nun spielten einem die Wellen, die sich am Strand von Kwa-Zulu-Natal brachen, oft akustische Streiche. Man meinte, im Hintergrund das Donnern eines Gewitters rollen zu hören oder ein Röhren wie von großen Motoren, manchmal auch ein Klingeln. Anita hörte jetzt auf einmal ein Lachen, wildes, lautes Lachen, eines, das vor Lebensfreude schier barst.

Ungläubig schaute sie sich um, aber außer ihr und Dirk befand sich niemand am Strand. Das Lachen schwebte für Sekunden über den Wellen, wie eine Lerche im Frühsommerhimmel, dann wurde es vom Brüllen der Brandung verschluckt. Regungslos lauschte sie, aber vergeblich. Mit Verwunderung spürte sie, dass der Schmerz, dieser Brocken aus Eis, den sie seit Franks Tod in sich trug, nicht mehr da war.

Mit pochendem Herzen horchte sie in sich hinein. Nur die Wärme war geblieben, die Wärme seiner Liebe, und seine unbändige Freude am Leben. Sie lächelte. Draußen zog eine Schule Delfine vorbei. Sie tauchten auf und wieder unter, ruhig, gleichmäßig. Ein elegantes Wasserballett. Urplötzlich aber sprang einer hoch in die Luft und tanzte in einem glitzernden Tropfenregen auf seinem Schwanz im Lichtgeflimmer über die Wellen.

Anita wurde die Kehle eng. Dann lachte sie, mit Tränen in den Augen, aber sie lachte. Der Eisbrocken war geschmolzen.

Auf der Fahrt zurück nach *Inqaba* schwiegen beide einträchtig. Jeder verarbeitete auf seine Weise das, was dort an dem gleißenden Strand geschehen war. Sie hatten Unglaubliches erlebt, etwas, was für immer zu ihrem jeweiligen Leben gehören würde, etwas, was als Datumsgrenze dienen würde. Vor der Sache mit dem Delfin oder danach.

Dirk befand sich in einer Art Schwebezustand. Ein höchst ungewohntes Gefühl für ihn. Aber keineswegs unangenehm, dachte er. Absolut nicht. Er lächelte unbewusst.

Als der Schlagbaum an der Einfahrt zu *Inqaba* geöffnet wurde, begann es zu tröpfeln, dicke Tropfen zerplatzten mit kleinen Staubexplosionen auf der Windschutzscheibe. Innerhalb von wenigen Hundert Metern schüttete es wie aus Kübeln. Die Scheibenwischer kamen nicht dagegen an.

»Blindflug«, murmelte Dirk. Er öffnete das Seitenfenster, hängte den Kopf hinaus und bemühte sich, den Übergang der Straße zur Böschung zu erkennen. Ein wahrer Sturzbach klatschte ihm ins Gesicht, lief ihm in die Augen und in den Kragen. Bis auf die Haut durchnässt, gab er auf und ließ das Fenster hochsurren. Für die kurze Strecke zum Parkplatz brauchten sie eine halbe Stunde.

Die Nachtsafari war wegen des Wolkenbruchs abgesagt worden, teilte ihnen Jonas mit. Er drückte ihnen jeweils einen Regenschirm von der Größe eines Sonnenschirms in die Hand und organisierte Philani und Musa als bewaffneten Begleitschutz.

Nach dem Dinner im Restaurant verabschiedete sich Anita. Das Abenteuer mit dem Delfin schien sie angestrengt zu haben, auf jeden Fall war sie schrecklich müde. Dirk hielt sie kurz zurück.

»Wollen wir morgen etwas zusammen unternehmen?«, fragte er hoffnungsfroh.

Anita schüttelte den Kopf. »Ich bin mit Cordelia verabredet. Gleich nach dem Frühstück, und es könnte sein, dass ich den ganzen Tag dort bleibe. Aber ich melde mich, wenn ich zurück bin. Versprochen.« Sie legte ihre Hand auf seine und sah ihm in die Augen. »Und … danke«, flüsterte sie. »Das war sehr mutig.« Impulsiv beugte sie sich herunter und küsste ihn. Auf die Wange.

Dirk, der sonst sofort schlief, wenn er das Kissen berührte, lag nach einer Stunde immer noch hellwach im Bett. Er stand auf, öffnete die Verandatür, zog einen Sessel heran und warf sich hinein. Bis in die frühen Morgenstunden saß er dort und starrte hinaus in die silbrig graue Regenwelt, atmete die regenfeuchte Nachtluft und wusste mit absoluter Sicherheit, dass sein Leben sich unwiderruflich geändert hatte. Als wäre er aus einem engen Kokon geschlüpft und würde in den goldenen Sommerhimmel fliegen. So wunderbar würde es von nun an sein, sein Leben.

Als er endlich einschlief, lag ein Lächeln auf seinem Gesicht.

15

Am nächsten Morgen war Anita gerade auf dem Weg zum Parkplatz, um allein zu Cordelia zu fahren, als ihr Kira mit einem Rucksack auf dem Rücken, dem strampelnden Jetlag unter einem Arm und ihrem Kopfkissen unter dem anderen vom Privathaus der Rogges entgegenkam. In ihrem hellblau-weiß gestreiften, ärmellosen Oberteil, das locker über ihre engen Bermudas hing, sah sie zum Anbeißen niedlich aus.

»Hallo, Kira. Du siehst aber schick aus. Willst du verreisen?«

»Hi, Anita«, grüßte die Kleine. »Ich besuche heute Lucy. Ist das nicht toll? Sie ist meine beste Freundin. Ihre Eltern haben einen Haufen Obstbäume, nicht nur langweiligen Busch wie wir. Guaven und Papaya und so. Und supersüße Ananas. Mami fährt mich hin, und mein blöder Bodyguard kommt nicht mit.«

Vom Hahn behindert, fummelte sie umständlich in der Tasche ihrer Hose herum. Schließlich fischte sie einen fast geschmolzenen Schokoriegel heraus, riss die Verpackung mit den Zähnen auf und biss hinein. Jetlag pickte nach der Süßigkeit und kollerte dann empört vor sich hin, weil Kira sie ihm vorm Schnabel wegzog. »Hühner fressen keine Schokolade, also sei ruhig, du dummes Vieh!«, sagte sie mit vollem Mund.

»Wirst du Jetlag mit zu deiner Freundin nehmen?«, fragte Anita.

Kira schüttelte immer noch kauend den Kopf. »Der bleibt bei Luca, weil der krank ist.«

Anita konnte sich kaum ein Lachen verbeißen. Kira hatte offenbar auf ganzer Front gegen ihre Eltern gewonnen. »Viel Spaß bei Lucy! Stell nicht zu viel Unsinn an, sonst machst du deinen Eltern Kummer.«

»Ach wo, das sind die gewohnt.« Kira grinste schokoladenverschmiert und drückte ihrem Vater, der ihr vom Haus gefolgt war, Jetlag in die Arme. »Luca passt auf Jetlag auf«, informierte sie ihn und hüpfte davon.

Anita winkte Nils zu, der mit dem strampelnden Hahn unter dem Arm ein wenig hilflos grinsend seiner Tochter nachsah, und ging zu ihrem Wagen. Dort stieg sie auf einen der umliegenden Felsen, stellte sich auf die Zehenspitzen und suchte die Nummer auf dem Autodach, von der Jonas gesprochen hatte. Und tatsächlich! 102 war da in riesigen weißen Ziffern aufgemalt. Sie stellte sich vor, wie ein Hubschrauber im Tiefflug übers Land strich und Ausschau nach dem Auto mit dieser Nummer hielt. Ob irgendjemand daran gedacht hatte, dass ein Entführer, der einigermaßen auf Zack war, nichts weiter zu tun brauchte, als die Nummer zu überpinseln, um das Auto unauffindbar zu machen?

Kopfschüttelnd stieg sie ein, stellte die Klimaanlage an, betätigte die Zentralverriegelung und fuhr los. Dass sie dabei versehentlich den Fensterheber berührte und das Fenster sich etwa zwei Zentimeter öffnete, entging ihr.

Kurz vor dem Tor stand mitten auf der schmalen Straße ein Nashornkalb und erleichterte sich. Anita bremste und schaltete den Motor ab. Gebannt beobachtete sie die gepanzerte Miniausgabe eines Nashorns.

Kotballen von Pampelmusengröße kullerten über den Asphalt, das Kalb zwirbelte die Ohren und schnaufte, worauf sich die Böschung unmittelbar neben Anitas Wagen in Bewegung setzte, sich als massive graue Wand an ihr vorbeischob und das Licht blockierte.

Das Muttertier! Keinen Meter von ihr entfernt, getrennt nur durch Blech und Glas. Anita erstarrte. Wenn sie nicht gereizt wurden, neigten Nashörner nicht zur Hektik, das wusste sie, und die Bewegungen des Tiers waren Gott sei Dank eher als bedächtig zu bezeichnen. Das Rhino hielt inne, und erst jetzt nahm Anita wahr, dass das mächtige Tier neben dem Auto auf der Böschung stehen musste, denn sein Maul befand sich in ihrer Augenhöhe. Das Nashorn wandte sehr langsam seinen Kopf, und Anitas Blick traf als Erstes auf das furchterregend spitze Horn, das sie in aller Ruhe aus nächster Nähe in jeder Einzelheit hätte studieren können. Aber sie war zu sehr mit der Frage beschäftigt, wohin sie sich retten sollte, falls das Tier angreifen würde – auf den Boden unter das Armaturenbrett oder zwischen die Rücksitze?

Aber dann war es zu spät. Das Nashorn hatte sie entdeckt. Sie wusste zwar, dass diese Tiere nur sehr schlecht sehen konnten, befürchtete aber, dass es einen Menschen aus einem halben Meter Entfernung wohl erkennen würde. Sie wagte es nicht, auch nur mit einem Muskel zu zucken. Nur ihre Augen rollte sie herum, bis sie das Tier sehen konnte.

Das Nashorn schob seinen Kopf heran, der praktisch die gesamte Fensteröffnung ausfüllte. Es wurde dunkel im Auto. Aus einem Kreis wulstiger Falten blinzelten sie kleine, bewimperte Augen an. Sanfte Augen, absolut nicht aggressiv. Traurig vielleicht, um den Ausdruck ins Menschliche zu übersetzen. Für einen langen, knisternden Moment schauten sich Nashornkuh und Menschenfrau an. Dann schnaufte das Kalb wieder und trottete zu seiner Mutter. Der Nashornkopf verschwand aus Anitas Blickfeld, die graue Wand bewegte sich, und es wurde wieder hell im Auto. Die Kuh walzte die Böschung hinunter und begrüßte ihr Kalb mit einem zärtlichen Grunzen. Das Junge drängte sich sofort an ihre Zitzen und trank. Es schmatzte und quiekte ab und zu, und Anita war restlos gefangen von diesem seltenen Schauspiel.

Aber die Kuh schien durch irgendetwas beunruhigt zu sein. Bald schon schob sie ihr Junges mit vorsichtigen Stupsern von der Straße ins meterhohe Gras, und innerhalb von Sekunden waren beide Tiere nicht mehr zu sehen. Nur noch einige zitternde Büsche zeugten davon, welchen Weg die Kolosse genommen hatten.

Anita brauchte einen Moment, um wieder zu sich zu kommen. Als wäre sie aus einer anderen Welt in ihre zurückgekehrt. Mit dem widersprüchlichen Gefühl von Sehnsucht und gleichzeitigem Bedauern drehte sie den Zündschlüssel und fuhr los. Der Schlagbaum am Wärterhäuschen wurde für sie gehoben, und sie fuhr aus *Inqaba* hinaus auf die Hauptstraße. Warme Luft strömte durch den offenen Fensterspalt, den sie noch immer nicht bemerkt hatte.

Am nächsten Tag sollte Dirk herausfinden, dass Anita an einer Wegkreuzung, die nur kurz vor der lag, die zu Cordelias Haus führte, falsch abgebogen war. Eigentlich wäre das nicht weiter bedeutsam gewesen, aber dieser Weg führte statt zur Auffahrt von *Timbuktu* zu einem unscheinbaren flachen Gebäude, das von einem hohen Zaun umgeben war. Hier, so vermutete er zumindest, musste sie aus irgendeinem Grund ausgestiegen sein, wahrscheinlich um nach dem Weg zu fragen. Was danach passierte, wie es dazu kam, dass sie sich von dieser Minute an einfach in Luft auflöste, blieb ihm ein Rätsel. Ihr Wagen wurde ebenfalls nicht gefunden, und weder wurde das GPS geortet noch ein Autodach mit der Nummer 102 gesichtet.

Aber auch das erfuhr Dirk erst viel später, denn durch eine Verkettung unglücklicher Umstände wurde Anita erst einen Tag nach ihrem Verschwinden vermisst.

Als er am frühen Morgen des nächsten Tages vergnügt vor sich hin pfeifend zu ihrem Bungalow hochstieg, trübte keine Vorahnung seine Laune, keine innere Stimme warnte ihn. Er klopfte. Erst vorsichtig, dann lang anhaltend, und zum Schluss trommelte er mit der ganzen Faust gegen die Tür. Niemand rührte sich. Er umrundete, immer noch pfeifend, das Haus so weit, wie es der Verlauf der Veranda zuließ, und spähte durch die Glaswände. Die Räume gähnten ihm mit jener absoluten Stille entgegen, die ihn sofort davon überzeugte, dass sich dort kein Lebewesen aufhielt. Er hörte auf zu pfeifen.

Völlig unvorbereitet wurde er von der unerklärlichen Angst gepackt, dass Anita irgendwo verletzt und hilflos in ihrem Blut lag. Aber so sehr er sein Gesicht auch an die Scheibe presste, das Haus mit den Augen absuchte, er konnte nichts Auffälliges entdecken. Auf jeden Fall keine in ihrem Blut liegende Anita. Er atmete tief durch, um sein inneres Gleichgewicht zurückzugewinnen, und rief sie dann auf ihrem Handy an.

Eine metallische Stimme informierte ihn, dass der Teilnehmer im Augenblick nicht erreichbar sei. Während er auf dem schmalen Pfad zur Lodge lief, fragte er per Telefon bei Jonas nach, wer den Bungalow von Anita Carvalho heute sauber gemacht habe und ob demjenigen aufgefallen sei, ob das Bett benutzt gewesen sei oder nicht.

»Das darf ich Ihnen nicht sagen«, beschied ihm der Zulu. »Jeder Gast hat ein Recht auf Schutz seiner Privatsphäre.«

»Jetzt hören Sie mir genau zu«, begann Dirk und gab sich Mühe, nicht zu brüllen. »Anita Carvalho war gestern Abend mit mir verabredet. Sie ist nicht gekommen. Sie ist nicht in ihrem Bungalow, auf dem Handy kann ich sie nicht erreichen … Also, verdammt noch mal, ist ihr Bett benutzt worden oder nicht?« Jetzt war er doch laut geworden.

»Moment«, sagte Jonas. Kurz darauf meldete er sich wieder: »Es war nicht benutzt. Anita ist offenbar seit gestern gar nicht im Haus gewesen.«

Dirks Angst explodierte. Eine innere Stimme sagte ihm zwar, dass sie vermutlich über Nacht bei ihrer Schwester geblieben war, aber seine Besorgnis nahm schnell überhand. »Ist Jill zu sprechen?«, fragte er Jonas. »Ich bin gleich an der Rezeption.«

»Ich rufe sie sofort an.«

Bald darauf kam Jill ihm über die Veranda entgegen. »Dirk, guten Morgen. Was kann ich für dich tun?«

Ohne höfliche Umschweife informierte er sie, dass er umgehend die Telefonnummer von Maurice haben müsse. »Oder am besten Cordelias.«

Jill reagierte erstaunt. »Du kennst Lia? Nette Frau eigentlich, nicht?« Sie rief die Kontakte in ihrem Mobiltelefon auf. »Aber letztlich ist sie etwas … unwirsch, ziemlich kompliziert, ehrlich gesagt, aber ich glaube, sie meint es nicht so. Irgendetwas scheint sie zu bedrücken. Wenn du wegen der Filmaufnahmen mit ihr reden willst, solltest du das im Hinterkopf behalten. So, hier haben wir sie. Lia Maxwell.«

»Sie ist Anitas Schwester«, platzte es aus ihm heraus, und im selben Moment hätte er sich dafür treten können. Wie konnte er Anitas Vertrauen nur so verraten?

»Was?« Jill starrte ihn verblüfft an. »Ihre Schwester? Na, das ist ja ein Ding! Wie kommt es, dass sie hier eine Schwester hat?«

Er bewegte die Schultermuskeln, als wollte er ein Gewicht abschütteln. »Das musst du sie selbst fragen. Mir ist es sehr unangenehm, dass ich das herausgelassen habe, aber ich war mit den Gedanken woanders. Bitte erwähne es niemand gegenüber.« Er fühlte sich wie ein Denunziant.

Jill warf ihm einen schnellen Seitenblick zu. »Kein Problem. Ich werde es für mich behalten. Hier ist die Nummer.« Sie rasselte die Zahlen herunter, wartete, bis er sie bei sich eingetippt hatte, und klappte dann das Handy zu. »Reicht das? Ich muss jetzt los und Kira von ihrer Freundin abholen. Sie hat die Nacht dort verbracht.«

Dirk nickte nur abwesend und drückte die Anruftaste. Es klingelte. Er wartete. Nervös scharrte er mit den Zehenspitzen. Lief ein paar Schritte. Blieb stehen, steckte eine Hand in die Hosentasche. Nahm sie wieder heraus. Als Cordelias Stimme unvermittelt an sein Ohr drang, fuhr er zusammen. Er räusperte sich.

»Hi, hier ist Dirk Konrad, der Kameramann, erinnern Sie sich? Ich war mit Anita bei Ihnen.« Cordelia bejahte mit kühler Stimme, und er fuhr fort: »Ich suche Anita ... sie ist doch gestern zu Ihnen gefahren, nicht wahr? Kann ich sie bitte kurz sprechen?«

Cordelia antwortete nicht gleich. Hundegebell drang entfernt durch den Hörer – Maurice' Köter vermutlich – und das Rauschen des Windes. Offensichtlich war sie im Freien. »Aber hier ist sie nicht«, teilte Anitas Schwester ihm schließlich mit. »Gestern Morgen hatte ich sie erwartet, aber sie ist nicht aufgetaucht. Ich hatte angenommen, dass ihr etwas dazwischengekommen ist und sie vergessen hat, mir Bescheid zu sagen. Wenn Sie sie sprechen, sagen Sie ihr bitte, sie soll mich anrufen.«

Nachdem er Cordelia das zugesagt hatte, schob er sein Telefon in die Hosentasche. Unfähig stillzustehen, lief er über die Veranda die Treppe hinunter, ein paar Meter den Pfad entlang. Er drehte um, sprang die Treppe wieder hoch, setzte sich an einen der Tische, trommelte mit den Fingern auf die Platte, schubste dann abwesend sein Mobiltelefon, dass es kreiselte, und bemühte sich dabei, seine Gedanken zu ordnen. Er zählte die Fakten auf.

Es stand lediglich fest, dass Anita nicht im Bungalow übernachtet hatte und dass sie auf ihrem Handy nicht zu erreichen war. Im Wohnzimmer hatten auf dem Sessel eine Leinenhose und ein ärmelloses Oberteil gelegen. Abgereist war sie offenbar nicht. Warum also machte er sich Gedanken?

»Was möchten Sie bestellen, Sir?«, fragte eine Kellnerin.

Er schaute hoch und schüttelte nur abwesend den Kopf. »Nichts, danke. Ich gehe gleich wieder.«

»Einen Tee vielleicht? Es ist wieder sehr heiß, da müssen Sie viel trinken.« Die Zulu hatte große, weiße Zähne und ein sehr hübsches Lächeln.

Erst jetzt bemerkte er, dass seine Haare schweißnass waren und ihm sein T-Shirt am Rücken klebte. Er bestellte ein großes Mineralwasser und einen Espresso. Die junge Schwarze notierte es sich und entfernte sich mit schlurfenden Schritten. Er nahm sein Mobiltelefon hoch und drückte die Anruftaste. Sekunden später warf er das Gerät so heftig hin, dass es über die Tischplatte rutschte. Wieder nichts, nicht einmal diese nervende metallische Frauenstimme.

»Auch keinen Empfang?«, fragte ein Mann mit Baseballkappe und blau-weiß gestreiftem Poloshirt vom Nebentisch.

»Wie bitte?«

»Keinen Empfang.« Der Mann hielt sein Handy hoch. »Mausetot!«

Keinen Empfang? Hastig griff Dirk zu seinem Telefon und prüfte den Empfangsbalken im Display. Nichts. Nicht einmal ein einziger Strich. Er war so erleichtert, dass er nach Luft schnappen musste. Herrje, was für eine simple Erklärung. Fast wäre er aufgesprungen und hätte einen Freudentanz aufgeführt. Oder den Menschen am Nachbartisch geküsst.

Der Mann zog eine saure Grimasse. »Irgendwo sollen wieder Kabel geklaut worden sein, und schon sind wir von der Außenwelt abgeschnitten. Vom schönen neuen Kommunikationszeitalter – plumps! – zurück in die Steinzeit.« Er war sichtlich erbost.

»Wenn's dringend ist, hat Jonas am Empfang noch ein Funkgerät, vielleicht funktioniert ja auch das Festnetztelefon«, bemerkte Dirk und fühlte richtige Zuneigung zu dem Mann.

»Ach, so dringend war es nicht«, sagte der Mann. »Es ist nur – im Prospekt hat gestanden, dass man hier überall Handyempfang hat, und das stimmt einfach nicht«, maulte er. »Ich hab dafür bezahlt, dann will ich das auch haben.«

»Das ist Afrika.« Dirk lachte und barst fast vor Erleichterung. »Da weiß man nie, was passiert! Dafür haben Sie auch bezahlt.«

Der Gast musterte ihn unsicher, stimmte dann aber in das Gelächter ein. »Ja nun«, murmelte er.

Als seine Getränke serviert wurden, gab Dirk der Zulu ein viel zu hohes Trinkgeld, für das sie ihn sofort mit ihrem schönen Lachen belohnte. Immer noch ganz zittrig vor Erleichterung, trank er erst den Espresso und leerte dann das Wasser in einem Zug.

Cordelia hatte mit der Antwort gezögert. Vielleicht hatte sie ihm nicht die Wahrheit gesagt, und Anita hatte bei dem Gespräch neben ihr gestanden. Vielleicht wollte Anita einfach nur ungestört mit ihrer Schwester zusammen sein. Das erschien ihm als eine völlig einleuchtende Erklärung. Dies und der gestörte Handyempfang. Irgendwo auf dem Highway würde der Empfang sicherlich besser sein.

Er beschloss, dem alten Napoleon de Villiers einen Besuch abzustatten, hoffte, dass der ihn hereinlassen würde, auch wenn Anita nicht dabei war. Vielleicht würde ein guter Wein zur besseren Verständigung beitragen. Er erstand von Thabili eine Flasche hervorragenden Kapwein, die beeindruckend teuer war, und begab sich anschließend wieder unbeschwert vor sich hin pfeifend zu seinem Geländewagen.

Auf dem Weg zum Parkplatz kamen ihm Mark und Philani entgegen. Sie hielten einen Zulu, der ebenfalls die Rangeruniform von *Inqaba* trug und den er nach näherem Hinschauen als den Neuen namens Africa erkannte, mit festem Griff an den Oberarmen gepackt und marschierten mit ihm zum Haupthaus. Dem Mann lief Blut aus der Nase, eines der Augen war völlig zugeschwollen, das andere blutunterlaufen. Die beiden älteren Ranger machten ein grimmiges Gesicht, das von Africa drückte eine Mischung aus Aufsässigkeit und Angst aus. Philani trug einen Jutesack, der ziemlich voll zu sein schien.

Neugierig sah Dirk den Rangern hinterher. Für ein paar Sekunden spielte er mit dem Gedanken, ihnen nachzugehen, um herauszufinden, was da vorgefallen war, und nach einer kurzen

Unentschlossenheit tat er genau das. Er lungerte am Haupthaus herum und gab vor, sich mit seiner Videokamera zu beschäftigen. Jill war inzwischen eingetroffen, und ihre aufgebrachte Stimme war durch ihr offenes Bürofenster klar zu verstehen. Sie warf dem Zulu lautstark vor, systematisch auf *Inqaba* gewildert zu haben.

Geier, wie Dirk hörte. Africa bestritt die Anschuldigungen vehement und wortreich. Doch so wie es schien, waren die Beweise erdrückend. Verstohlen spähte er durchs Fenster. Mark und Philani hatten abgeschnittene Geierköpfe, einen kopflosen Balg dieser riesigen Vögel, aber auch ein paar größere Fleischstücke auf Jills Schreibtisch auf einer Zeitung ausgebreitet. Die Auseinandersetzung wurde noch lauter, die Gestik aggressiver, alle redeten durcheinander, bis Jill die drei Männer mit erhobener Hand zum Schweigen brachte.

»Africa, du ziehst auf der Stelle diese Uniform aus, händigst alle Schlüssel aus und verlässt *Inqaba.* Du wirst mein Land nie wieder betreten.«

Africas gesundes Auge sprühte vor hilflosem Zorn. »Ich brauche Geld!«, schrie er. »Wir haben nicht genug zu essen, und ich brauche Kinder, die mich in meinem Alter versorgen. Ich brauche eine zweite Frau, und ich will Chrissie haben, aber wovon soll ich das Lobola für sie denn bezahlen? Gute Frauen sind teuer heutzutage. Wie soll ich jetzt an Geld kommen?«

Jill warf die Hände in die Luft. »Ach, verschone mich mit diesem Mist«, fauchte sie. »Geld bekommt man für Arbeit. Du wilderst, tötest Lebewesen und stiehlst damit auch mein Geld, womit ich eigentlich deine Kollegen bezahlen will. Das werde ich nicht können, und dann müssen die hungern. Verschwinde, und wage es ja nicht, *Inqaba* jemals wieder zu betreten! Außerdem werde ich Anzeige wegen Wilderei gegen dich erstatten. Philani, begleite ihn zu den Rangerunterkünften, und sieh zu, dass er alles ordnungsgemäß abgibt und *Inqaba* verlässt. Sag überall Bescheid, dass er Hausverbot hat. Auch der Wilderer-Patrouille. Besonders der!«

Philani salutierte mit zwei Fingern an der Stirn, packte Africa, der viel kleiner war als er, am Oberarm und zerrte ihn weg. Dirk trat schnell in den Schatten zurück. Er wartete, bis Philani mit Africa die Veranda verlassen hatte, und begab sich danach zum Parkplatz.

Dass sie an der vorletzten Weggabelung falsch abgebogen war, hatte Anita deswegen nicht mitbekommen, weil der Fahrtwind durch den schmalen Fensterspalt, den sie immer noch nicht bemerkt hatte, eine Fliege hereingeweht hatte. Geradewegs in ihren geöffneten Mund. Reflexartig schluckte sie, die Fliege geriet ihr in die Luftröhre, und in dem darauffolgenden krampfartigen Hustenanfall verriss sie das Steuerrad so, dass sie, ohne es zu merken, scharf rechts statt halb rechts abbog, und da war es geschehen.

Nachdem sie die Fliege schließlich ausgehustet hatte und wieder Luft bekam, fuhr sie weiter die schmale Straße mit dem zerbröckelten Asphalt entlang, die eigentlich nur ein Pfad war. Es war heiß, das Licht flimmerte, und ihre Gedanken glitten ab. Das passierte ihr beim Autofahren ab und zu. Sie fuhr, lenkte, schaltete, reagierte korrekt auf den Verkehr, aber auf einer anderen Bewusstseinsebene gingen ihre Gedanken auf Wanderschaft. Kam sie zu sich, geriet sie manchmal in Panik, wenn sie feststellte, dass sie viele Kilometer zurückgelegt hatte, ohne es wahrzunehmen. Jetzt berührten ihre Gedanken Cordelia, sprangen zu ihrer Mutter und landeten bei dem, was ihr Vater getan haben sollte. Ihre Hände verkrampften sich am Steuerrad.

Der scharfkantige Stein ragte nur zwei Handbreit aus der roten Erde, aber es genügte, den Reifen ihres Wagens aufzuschlitzen. Das Steuer wurde ihr aus der Hand gerissen, der Wagen schleuderte ein paar Meter weiter und stoppte dann, als wäre er gegen eine Wand geprallt.

Anita wurde nach vorn geworfen. Der Sitzgurt zog sich automatisch stramm und riss sie mit einem Ruck in die Gegenwart zurück. Ihr wurde klar, dass sie mit geborstenem Reifen auf einer Schotterstraße im Herzen von Zululand festsaß. Sie stieß ein saftiges Schimpfwort aus, erinnerte sich daran, dass Jill sie genau vor einer solchen Situation gewarnt hatte, wie es auch in den entsprechenden Verhaltensregeln stand, die Nils ihr ausgedruckt hatte. Was wurde einem dort geraten? Sie fuhr sich über die Stirn. Sollte sie im verriegelten Auto sitzen bleiben, bis Hilfe kam? Oder aussteigen, sich irgendwo hinter einem Busch verstecken und den AA anrufen, das südafrikanische Äquivalent zum ADAC?

Meine Güte, wie hochdramatisch, dachte sie und wusste, dass sie sich einfach zu blöd vorkommen würde, irgendwo hinter einen Busch zu springen. Sie spähte aus dem Fenster. Selbst den Reifen wechseln?

Auch keine verlockende Lösung.

Sie musste sich in unmittelbarer Nähe von *Timbuktu* befinden. Hinter der nächsten Biegung musste es liegen, da war sie sich sicher. Sie nahm ihr Handy und wählte Cordelias Nummer, merkte aber im selben Moment, dass auf dem Display kein Empfangsbalken zu sehen war. Sie saß im Funkloch. Mal wieder.

»Sch…!«, zischte sie und warf das Telefon wütend auf den Nebensitz. Es rutschte über das Leder und fiel auf den Boden. Nach kurzer Überlegung klaubte sie es wieder auf, hängte sich ihre Tasche über die Schulter, fischte kurz entschlossen das Pfefferspray heraus, stieg aus und warf die Tür zu.

Eine Welle heißer, wüstentrockener Luft brandete ihr entgegen, Sonnenstrahlen prickelten auf der Haut, dass sie wirklich fürchtete, Verbrennungen zu erleiden. Sie riss die Autotür noch einmal auf, holte ihren Sonnenhut und setzte ihn auf. Nach kurzem Zögern schloss sie nicht ab. Sollte sie es eilig haben, in den Wagen zu gelangen, war es so besser.

Telefon in der einen, Pfefferspray in der anderen Hand – obwohl sie das eigentlich übertrieben und ein bisschen peinlich fand –, marschierte sie die mit Geröll übersäte Sandstraße hinunter, wobei sie immer wieder das Empfangssignal ihres Handys prüfte. Aber das zuckte nicht einmal.

Nach nicht ganz hundert Metern machte die Straße eine Kurve, hinter der sie Cordelias Farm erwartete. Aber sie entdeckte weder den herrlichen Tulpenbaum noch *Timbuktu.* Am Wendehammer des Weges lag lediglich ein flaches, weiß getünchtes Gebäude mit wenigen, schwer vergitterten Fenstern. Irritiert blieb Anita stehen. Sie war in eine Sackgasse geraten.

Das weiße Gebäude reflektierte das Licht, die Konturen flimmerten in der Hitze, der Himmel über ihr brannte. Ihre Augen begannen zu tränen. Ein paar Sekunden lang hatte sie die irrsinnige Vorstellung, dass *Timbuktu* und Cordelia nichts als ein Traum gewesen waren. Wunschdenken, eine Illusion. Die Beule an ihrem Kopf pochte. Mit dem Handrücken strich sie darüber. Maurice. Er war keine Illusion gewesen. Sie kniff die Augen zu Schlitzen zusammen und schaute sich um.

Irgendwo musste sie falsch abgebogen sein. So einfach war das. Aber wo? Vorsichtig näherte sie sich dem Haus, das hinter einem meterhohen Zaun, auf dem sich Rollen von Natodraht schlängelten, offenbar verlassen dalag. Ihr Blick glitt ab, flog über staubigen Busch, eine riesige, vom Wind zerfledderte Baumstrelitzie, über vertrocknetes Gras und Geröll. Langsam drehte sie sich um ihre eigene Achse. Noch mehr Busch, verwildertes Zuckerrohr, dazwischen große Flächen nackter roter Erde. Ein mannshoher Termitenhügel. Die Schotterstraße, ihr Auto, der tiefblaue Himmel, zwei Schwalben. Sonst nichts.

Unschlüssig hielt sie ihr nutzloses Telefon in der Hand und spähte hinüber zu dem Haus, bei dem sich nichts regte. Ob es unbewohnt war? Sie schaute die Straße zurück, wog ab, welches das kleinere Übel war. Bei dem Haus ihr Glück zu versuchen oder zu Fuß die Straße entlang zurückzulaufen, bis sie entweder Empfang auf ihrem Handy hatte oder die Stelle fand, wo sie falsch abgebogen war. Oder sollte sie auf der Hauptstraße ein Auto anhalten, um den Fahrer um Hilfe zu bitten? Das würde sie in Deutschland tun. Ebenso schnell wie ihr der Einfall kam, fielen ihr die Horrorbeschreibungen von Entführungen und Vergewaltigungen ein, die ständig in der Zeitung erschienen. Von Mord. Ihr Mund wurde trocken.

Fast hätte sie über ihre eigene Dummheit gelacht. Es blieb ihr eigentlich nichts anderes übrig, als bei dem Haus anzuklopfen, was allerdings schwierig sein würde, weil nirgendwo am Zaun eine Tür zu finden war.

»Verdammter Mist!«, schrie sie so laut sie konnte. »Mist! Mist! Mist!« Ihre Stimme steigerte sich zum Kreischen. Erschrocken hielt sie inne und lauschte mit offenem Mund, ob jemand sie gehört hatte. Aber außer Zikadenschrillen und gelegentlichen schläfrigen Rufen einer Taube blieb es still. Sie betrachtete den Zaun genauer und stellte mit einer gewissen Erleichterung fest, dass kein elektrisch geladener Draht auf der Krone entlanglief. Das war immerhin ein Hoffnungsschimmer. Entschlossen steckte sie das Pfefferspray und das Telefon in die Tasche ihrer Shorts und ging näher. Vorsichtig berührte sie den Zaun mit einem Finger, und als sie kein elektrischer Schlag traf, griff sie in den Maschendraht und rüttelte daran.

Das aber brachte, außer der Erkenntnis, dass der Draht ziemlich dick war, überhaupt nichts. Sie strich am Zaun entlang. Vielleicht gab ja es irgendwo ein Loch, durch das sie kriechen konnte. Aber vergebens. Auch wiederholtes Rufen hatte keinen Erfolg. Im Haus blieb alles ruhig. Kein Ton drang durch die geschlossenen Fenster. Es musste unbewohnt sein.

Endlich gab sie auf und ging zögernd auf der schmalen Schotterstraße in die Richtung ihres Autos. Dort angekommen, öffnete sie die Heckklappe, nahm eine Wasserflasche heraus und trank ein paar tiefe Schlucke. In Afrika konnte man nie wissen. Die Hitze flimmerte in der Luft, der Sand war hart, die Straße uneben und von Furchen durchzogen, nicht für Riemchensandalen gemacht, was der Grund war, weswegen sie bereits mehrfach umgeknickt war. Sie ging weiter, langsamer, und setzte ihre Füße vorsichtig auf. Durch die kaum belaubten Zweige der Büsche glänzte es hier und da metallisch. Offenbar lief sie immer noch am Zaun entlang.

Außer einem braunen Skink mit goldenen Streifen und einem arbeitslosen Pillendreher, der hastig vor ihr ins gelbe Gras rannte, begegnete sie keinem Lebewesen. Keine Kinder, die Ziegen und Kühe vor sich hertrieben, keine herumstreunenden Hunde, keine Hühner, die nach Körnern suchten. Fast war ihr das ein bisschen unheimlich, und sie beschleunigte ihre Schritte, soweit es Geröllbrocken und Regenfurchen zuließen. Vor ihr machte die Straße eine scharfe Biegung nach rechts. War sie hier falsch abgebogen? Sie ging um die Kurve.

Im spärlichen Busch war hier eine Lücke, und unmittelbar hinter einem Streifen mit vertrocknetem Gras und Gestrüpp entdeckte sie Maschendraht. Sie ging näher heran. Der Zaun? Ihr Blick tastete sich weiter und traf etwa dreihundert Meter entfernt auf eine blaugraue Fläche im Grün, die sie schnell als ein Schieferdach identifizierte. *Timbuktu?* Aufgeregt suchte sie den Tulpenbaum, irgendeinen Anhaltspunkt, um ihre Annahme zu bestätigen.

Vergeblich. Um derartige Einzelheiten zu erkennen, war sie wohl zu weit vom Haus entfernt. Vor ihr wölbte sich das Land zu einer sanften Kuppe, helle Flecken schimmerten durch den spärlichen Bewuchs, und sie erinnerte sich an die Felsen, die auf dem flachen Hügel hinter Cordelias Haus wie weiße Knochen aus dem Boden zu wachsen schienen.

Jetzt war sie sich sicher. Der Zaun musste der von Cordelias Farm sein. Schon wollte sie mit neuer Energie weiterlaufen, als sie bemerkte, dass der Maschendraht an einer Stelle kaputt und leicht hochgebogen war. Sie blieb stehen und sah sich um. Die Schotterstraße verlief ab jetzt offenbar in einem weiten Bogen weg vom Zaun. Abschätzend sah sie zum Haus. Durch das Loch im Zaun wäre der Weg zum Haus mit Sicherheit wesentlich kürzer als entlang der Straße, und sicherer. Sie zögerte nur eine Sekunde, dann ging sie entschlossen zu dem Loch im Maschendraht hinüber und begutachtete es.

Die Öffnung war ziemlich klein. Sie würde vielleicht gerade so hindurchpassen, allerdings schienen die Enden des zerschnittenen Drahts ziemlich scharf zu sein. Sie rieb ihren Daumen darüber. Verdammt scharf waren sie, wie sie mit einer Grimasse feststellte, aber glücklicherweise befand sich das Loch direkt über dem Boden. Auf dem Rücken, die scharfen Spitzen immer im Blick, würde sie sich darunter hindurchwinden können.

Sie nahm den Strohhut ab und schob ihn zusammen mit ihrer Tasche hindurch. Nachdem sie vorher die Umgebung sorgfältig nach Schlangen und ähnlich unfreundlichem Getier abgesucht hatte, legte sie sich hin und stieß sich mit den Füßen vorsichtig vorwärts.

Es dauerte einige Zeit. Steine bohrten sich in ihren Rücken, ihr Top verhakte sich am Draht, der ein kleines Loch hineinriss und ihr Arme und Beine zerkratzte, aber dann endlich war sie hindurch. Erleichtert sprang sie auf, bürstete die rote Erde, so gut es ging, von ihrer Kleidung ab, setzte den Hut wieder auf und schulterte ihre Tasche. Vorsichtig bahnte sie sich dann den Weg durch den dichten Busch und das hohe, harte Gras in der Hoffnung, bald auf den Pfad zu stoßen, auf dem sie gestern – erst gestern? – Cordelias Garten erkundet hatte.

Sie fand den Weg tatsächlich und blieb stehen, um einen Schluck Wasser zu trinken und die Kratzer an ihren Beinen zu untersuchen. Das Wasser war erwartungsgemäß lauwarm und schmeckte scheußlich. Die Kratzer waren oberflächlich, aber trotzdem würde sie Cordelia um Betaisodona bitten, das Allheilmittel in einem solchen Fall. Top und Shorts klebten ihr auf der Haut, unter dem Sonnenhut hing ihr Haar nass vor Schweiß herunter. Sie setzte ihn ab, goss Wasser in ihre hohle Hand und klatschte es sich ins Gesicht. Das brachte zwar etwas Erleichterung, aber nicht viel. Bei Cordelia würde sie erst einmal duschen, nahm sie sich vor. Sie verstaute die Flasche in ihrer Tasche und wandte sich nach links zum Haus hin.

Es geschah nur wenige Sekunden später. Es war kein Schrei wie am vorherigen Tag, eigentlich nur ein ängstliches Quietschen, klarer und deutlicher diesmal, und es kam von rechts. Sie erstarrte. Ein kurzes Wimmern zitterte in der Luft, danach herrschte wieder Stille. Ihr Blick flog nach rechts.

Als Erstes schoss ihr durch den Kopf, dass sie sich am Vortag nicht geirrt hatte. Es war ein Schrei gewesen. Sie hatte sich nicht verhört. Auf merkwürdige Art erleichtert, schlich sie in die Richtung des Geräuschs. Als sie auf einen Stein trat, knickte sie um und rutschte ab. Als dabei ein größerer Ast zerbrach, erschien ihr das Knacken ohrenbetäubend. Wieder erstarrte sie. Und wieder umfing sie nichts als Stille.

Entschlossen, endlich herauszufinden, was oder wer da geschrien hatte – es war zwar nicht von der Hand zu weisen, dass es möglicherweise eine junge Ziege gewesen war, aber ebenso gut hätte es auch ein Kind gewesen sein können –, tastete sie sich immer näher an das merkwürdige Gebäude. Nachdem sie etwa zweihundert Meter zurückgelegt hatte, stieß sie auf eine weiß getünchte Steinmauer mit rasiermesserscharfen Natodrahtrollen obendrauf. Erfreulicherweise gab es hier eine Eingangstür aus massiven Holzbohlen.

Sie klopfte vorsichtig. Tiefe Stille war die Antwort. Sie klopfte noch einmal, heftiger und länger. Jetzt war ihr, als hörte sie etwas. Ein Scharren, wie ein heimliches Schleichen. Energisch hämmerte sie mit der Faust gegen die Bohlen, und zu ihrer Überraschung gab die Tür nach. Mit der flachen Hand drückte sie dagegen, und die schwere Tür schwang auf gut geölten Scharnieren nach innen. Anita presste sich an die Wand und spähte um die Ecke. Vor ihr lag im grellen Licht eine Art betonierter Hof, leer offenbar, jedenfalls konnte sie niemand sehen. Rechts endete die Mauer an dem Gebäude, das sie von der Straße her entdeckt hatte. Vor Anspannung hielt sie die Luft an und schob sich an der Mauer entlang bis zum Haus. Und dann stand sie abermals vor einer Holztür, die, wie sie sofort feststellte, nicht vollständig geschlossen war. Behutsam drückte sie dagegen, bis sich der Spalt weit genug vergrößerte, um ihr einen Blick hinein zu ermöglichen.

Das Erste, was sie sah, auf dem Boden direkt vor ihr, war ein Bein. Ein kleines, braunes Kinderbein. Überrascht stieß sie die Tür völlig auf. Noch geblendet von der gleißenden Helligkeit draußen, trübten tanzende Flecken ihren Blick, und sie konnte im ersten Moment gar nichts erkennen, auch weil im Inneren des Raums praktisch Dunkelheit herrschte. Sie hörte Atmen, unterdrücktes Weinen, Scharren. Angst verschloss ihr die Kehle, aber sie musste warten, bis sich die Flecken vor ihren Augen verzogen hatten.

Nach einer Ewigkeit, wie es ihr erschien, hatte sie sich endlich an die Finsternis gewöhnt. Aus der Schwärze traten Konturen hervor, und jetzt erkannte sie, dass das Bein einem Kind gehörte, offensichtlich einem Mädchen. Es lag zusammengekauert in den Armen eines anderen Kindes, auch ein Mädchen, das etwas älter zu sein schien, aber sicher nicht mehr als elf Jahre alt sein konnte. Die Kleine presste ihr Gesicht weinend in den Schoß der Größeren. Beide waren dunkelhäutig und trugen lockere, ausgeblichene Hängerkleidchen, die ihnen knapp bis zu den Knien gingen.

Zögernd wanderte ihr Blick weiter. Die Hautfarbe der Kinder

verschmolz mit den Schatten, alles was sie erkennen konnte, waren Augen. Schreckgeweitet, die Iris wie schwarze Rosinen auf weißen Mandeln, starrten sie ihr entgegen. Keines der Kinder rührte sich oder sagte etwas. Nach und nach bemerkte sie weitere Einzelheiten. Auf dem grauen Betonboden standen Blechteller herum, gefüllt mit steifem Brei. Von keinem war gegessen worden.

Dann nieste jemand, und Anita wurde klar, dass sich draußen im Hof noch mehr Kinder befinden mussten. Zögernd trat sie hinaus und schaute um die Hausecke. Mehrere Kinder, ein knappes Dutzend vielleicht, saßen dort auf dem Betonboden. Offenbar alles Mädchen, alle mehr oder weniger im selben Alter von zehn oder elf Jahren, nur drei schienen etwas älter zu sein. Alle trugen diese merkwürdigen Hängerkleidchen. Und alle zeigten deutliche Anzeichen von Todesangst. Noch als Anita damit kämpfte zu verstehen, was hier vor sich ging, drang ein weiteres Geräusch an ihre Ohren.

Ein tiefes, vibrierendes Knurren, das sich wie eine Stoßwelle in der Luft ausbreitete, ihren Körper und Kopf ausfüllte. Die Kinder stießen unterdrückte Angstschreie aus, und Anitas Herz setzte für eine Sekunde aus. Das hatte sie schon einmal gehört, das gleiche drohende, grauenvolle Knurren. Vorgestern, vor ihrem Bungalow. Löwen!

Und dann sah sie es am anderen Ende des Hofs. Eine große Öffnung in der Mauer, wie ein Fenster, die mit zentimeterdicken Metallstäben vergittert war und von der eine Art Käfiggang in den Busch führte. Wieder hörte sie das Knurren, konnte aber keine der Großkatzen sehen, weil der Gang teilweise von überhängenden Büschen verdeckt war. Die Käfigstangen glänzten, reflektierten die Sonne und warfen filigrane Schattenmuster auf die Umgebung. Das unangenehme Gefühl, dass sie beobachtet wurde, kroch ihr den Rücken hoch, kribbelte wie Ameisen über ihre Haut. In dem verwirrenden Lichtspiel Genaueres zu erkennen war schwierig. Waren das zwei gelbe Käfer hinter den überhängenden Zweigen? Blinzelnd schaute sie dorthin. Die gelben Käfer schillerten, in der Mitte ihres mandelförmigen Rückens saß ein schwarzer Punkt.

Ein Adrenalinstoß schoss ihr durch die Adern, alle Geräusche entfernten sich. Nur das Knurren, das das Universum zu erfüllen schien, blieb. Ihre Kehle war schlagartig wie zugeschnürt, als sie erkannte, dass es bernsteinfarbene Augen waren. Katzenaugen, die sie unverwandt durch die Käfigstäbe fixierten. Gleichzeitig verwandelte sich der gelbliche Schatten hinter den Zweigen in die Umrisse einer Löwin. Den Hals vorgestreckt, die Ohren auf sie gerichtet, starrte die riesige Raubkatze sie unverwandt an und verfolgte jede ihrer Bewegungen. Das Knurren drang tief aus ihrer mächtigen Brust.

Gleichzeitig tauchte hinter dem Tier ein männlicher Löwe mit einer prächtigen schwarzen Mähne auf. Er drängte das Weibchen beiseite. Sein Körper spannte sich, als er Anitas ansichtig wurde, die gelben Augen funkelten. Die Pranken steif nach vorn geschoben, dehnte er sich genussvoll und wölbte den Rücken zu einem Katzenbuckel. Und dann, ohne irgendeine Vorwarnung, warf er seinen mächtigen Kopf zurück, sprang mit seinem Gewicht von fast drei Zentnern gegen die Vergitterung, dass die Mauer erzitterte, und brüllte.

Und brüllte noch einmal. Dieses urweltliche Röhren schien sich tief in der Erde fortzusetzen und das ganze Universum zu füllen.

Anita standen die Haare zu Berge. Innerhalb von Sekunden war sie schweißnass. Wieder und wieder brüllte die riesige Raubkatze. Das Geräusch lief in Schockwellen durch Anita hindurch. Sie schrie. Auch als der Löwe endlich genug hatte und sich grollend hinlegte, schrie sie weiter.

»Na, wen haben wir denn da?« Eine vor Hohn triefende, männliche Stimme. Dann deutlich ärgerlicher: »Ach, nun hören

Sie doch auf, so einen Krach zu machen, Sie dummes Weib. Der kann sich doch nicht durch die Gitter quetschen!« Der Mann packte sie an der Schulter und schüttelte sie, dass ihr Kopf hin und her flog.

Der Schrei blieb ihr in der Kehle stecken. Sie starrte den Mann an und begriff erst nicht, wen sie da vor sich hatte. Erst allmählich reagierte ihr Gehirn. Es war Len Pienaar. Ein-Arm-Len. Die Verkörperung des Bösen. Vor Schreck verschluckte sie sich und krümmte sich anschließend in einem Hustenanfall.

Pienaar drehte sie so, dass sie ihm ins Gesicht schauen musste. »So, und nun erzählen Sie mir, was Sie hier zu suchen haben! Wie Sie überhaupt hier hereingekommen sind.«

Stotternd erklärte sie, was vorgefallen war. »Ich hatte eine Panne und habe Hilfe gesucht.« Das Loch im Maschendraht unterschlug sie aus Angst, er könne merken, dass sie etwas verheimlichte. Aber er hakte nicht nach.

»Warum haben Sie nicht Ihr Handy benutzt und Cordelia angerufen? Oder jemand auf *Inqaba?*« Lauernd, zupackend. »Raus mit der Sprache, wen haben Sie angerufen?«

»Ich habe keinen Empfang gehabt. Die ganze Zeit nicht … Ich konnte niemand erreichen.« Sie senkte den Kopf, um seinem wütenden Blick auszuweichen.

»Geben Sie mir Ihr Telefon!« Len Pienaar streckte ihr seine Pranke entgegen.

Anita nestelte mit zitternden Fingern an der Tasche ihrer Shorts und musste entdecken, dass sie das Telefon offensichtlich verloren hatte. »Ich … habe es irgendwo verloren.« Selbst in ihren eigenen Ohren klang das wie eine Ausrede.

Bevor sie sich wehren konnte, fuhr er mit seiner Hand grob in ihre Hosentasche und zog diese nach außen. Dann stieß er Anita herum und durchsuchte die andere Tasche auf die gleiche Weise. Nachdem er auch die leer hervorgezogen hatte, nahm er ihr die Umhängetasche ab, durchwühlte sie und kehrte das Unterste zuoberst. Zum Schluss schüttete er den Inhalt einfach auf die Erde und schob ihn mit den Zehenspitzen auseinander, fand aber kein Telefon. Für einen Moment verzerrte sich sein Gesicht vor Wut, dann aber lächelte er wieder. Anita war sich nicht sicher, welcher Gesichtsausdruck ihr lieber war.

Pienaar stieß einen gellenden Pfiff aus, worauf ein Mann mit tiefschwarzer Haut und absolut ausdruckslosem Gesicht erschien. »Jacob, ihr Handy ist weg. Sie hat es verloren, sagt sie. Wo?« Die eisgrauen Augen bohrten sich in ihre.

Sie zwang sich, gleichmütig mit den Schultern zu zucken. »Keine Ahnung. Irgendwo dahinten ...« Ihre Hände flatterten in die allgemeine Richtung des Gartens. Sollten sie sich doch totsuchen. Sie vermutete, dass es in der Umgebung des Lochs im Maschendraht lag. Sicherlich war es ihr aus der Hosentasche gerutscht, als sie sich dort hindurchgezwängt hatte. Auch ihr Sonnenhut musste dort liegen.

»Wo, verdammt, haben Sie das Telefon verloren, Sie dumme Kuh?«, brüllte Pienaar ebenso urplötzlich los wie zuvor der Löwe.

Anita schrie vor Schreck auf. »Ich weiß es nicht«, stammelte sie. »Wirklich nicht. Irgendwo da ...« Ihr ausgestreckter Zeigefinger zitterte auf höchst demütigende Art und Weise. Sie atmete tief ein und hielt die Luft an, hoffte, ihren Herzschlag einigermaßen auf eine normale Frequenz zu bringen. In der Hoffnung, dass Cordelia sie hören könnte – oder Maurice –, erwog sie kurz, laut zu schreien. Aber was hatte ihre Schwester gesagt? Das war kein Schrei, das war ein Löwe? Obwohl es offensichtlich ein Mensch gewesen war und Cordelia das auch wissen musste? Len Pienaar sei Löwenexperte, hatte ihre Schwester hinzugesetzt, und er helfe Maurice mit den Tieren, zusammen mit diesem Riaan Fourie, der Anita allein schon durch seine körperliche Präsenz Angst einjagte.

Nein, zu schreien hatte jetzt keinen Sinn. Sie musste sich etwas anderes einfallen lassen. Wer wusste, dass sie hierhergefahren war? Sie überlegte fieberhaft und kam lediglich auf Dirk. Der aber würde sie frühestens heute Abend, vermutlich jedoch erst morgen vermissen. Vielleicht würde das Hausmädchen ihre Chefin informieren, dass der Gast von Bungalow eins nicht in seinem Bett geschlafen habe, und vielleicht würde Jill Rogge mit dieser Frage zu Dirk gehen. Vielleicht. Vielleicht würde sich Dirk genug für sie interessieren, dass er bei Cordelia anrief.

Oder auch nicht. Schließlich hatte sie ihn nicht immer nett behandelt. Trotzdem hatte er sein Leben riskiert, sie aus dem Meer zu fischen.

Während sie ihre Habseligkeiten wieder in die Tasche stopfte, warf sie einen verstohlenen Blick auf die verängstigten Kinder. Gerade setzte sie zu der Überlegung an, was deren Anwesenheit hier zu bedeuten habe, wer sie hierhergebracht habe und vor allen Dingen, wozu, als sie Jills Stimme zu hören meinte.

»Dem gehört die größte Bordellkette im Land.«

Ihr Herzschlag geriet aus dem Takt. Menschenhandel? Grauenvolle Bilder von missbrauchten Kindern, die sie im Fernsehen oder in Zeitschriften gesehen hatte, drehten sich als Schreckenskarussell vor ihren Augen, während die plötzliche Erkenntnis, was der fette Kerl mit diesen Mädchen wohl vorhatte, tropfenweise in ihr Bewusstsein sickerte. Entsetzt sprang ihr Blick von Kind zu Kind. Sie fand kleine Unterschiede in der Hautfarbe und der Gesichtsform, hätte aber nicht sagen können, ob die Kinder Einheimische waren oder aus anderen Ländern stammten.

Doch dann fiel ihr ein Mädchen auf, das ausgefranste Jeans und ein verdrecktes T-Shirt mit einem aufgedruckten Elefantenkopf trug. Eine Erinnerung regte sich, sie sah genauer hin, und nun erst erkannte sie Jabulile, Busis Tochter, so sehr hatte sich die Kleine verändert. Sie zitterte wie im Fieber, wirkte völlig verängstigt und war so dünn geworden, dass ihr die Jeans von den schmalen Hüften rutschten.

Himmelherrgott! Busis verschwundene Tochter! Dieser Mistkerl hatte auch sie entführt. Um sie an ein Bordell zu verkaufen? Anita wurde von krampfartiger Übelkeit überfallen, graue Flecken schwammen durch ihr Blickfeld. Sie schwankte. Mit Daumen und Zeigefinger kniff sie sich fest in die Nasenwurzel, und langsam wurde ihre Sicht wieder klar. Gleichzeitig fiel ihr eine weitere Bemerkung von Jill ein.

»Es wird laut gemunkelt, dass er illegal Frauen und Kinder aus dem Ausland ins Land bringt und zur Prostitution zwingt«, hatte sie gesagt und auf einen Mann mit Pferdeschwanz und Diamantohrring gezeigt, der in einem schwarzen Porsche vorbeigefahren war, auf dessen Kühler ein zähnefletschender Löwenkopf und das Logo »Lion's Den« prangte.

Löwengrube! Ihr Blick wurde unwiderstehlich von den großen, goldfarbenen Raubkatzen angezogen, die jetzt ruhig hinter dem Gitter lagen, sie aber nicht eine Sekunde unbeobachtet ließen. Löwengrube?

Sie wirbelte herum. »Was haben Sie mit den Kindern hier vor?«, schrie sie Pienaar an und schaute ihm geradewegs ins Gesicht. Er musste nicht merken, dass ihr noch immer vor Angst die Knie schlotterten.

Die eng stehenden Augen richteten sich auf sie. Die feuchten, roten Lippen spitzten sich wie zu einem Kussmund. »Meine Liebe, auf diese entzückenden Kinder warten liebende Adoptiveltern, die die armen Kleinen hier aus dem Dreck holen und ihnen ein menschenwürdiges Leben bieten«, sagte er salbungsvoll. »Ist das nicht wunderbar?«

Anita rutschten die Worte wie stinkender Schlamm über die Haut. Sie stierte ihn an, und plötzlich explodierte etwas in ihr, grelle Lichtblitze zuckten vor ihren Augen, und eine heiße Zornesflamme schoss durch sie hindurch und fegte ihre Angst weg. Ohne auch nur den Bruchteil einer Sekunde nachzudenken, holte sie mit ihrem rechten Fuß aus und trat Len Pienaar zwischen die Beine. Genau wie sie es im Selbstverteidigungskurs gelernt hatte, auf den Frank bestanden hatte. Es war das erste Mal in ihrem Leben, dass sie einem Menschen gegenüber körperliche Gewalt anwendete.

Ihr Fuß traf auf ekelhaft Weiches, aber das schmerzerfüllte Grunzen des Fleischbergs darauf war Musik in ihren Ohren. Vornübergebeugt stand er da, presste beide Hände zwischen die Beine und stieß ein halb ersticktes, harsches Stöhnen aus. Er hob den Kopf. Sein Gesicht war hochrot angelaufen, die eng stehenden Augen verschossen eisgraue Blitze.

Sie wollte gerade noch einmal zutreten, da traf sie ein furchtbarer Schlag hinter dem rechten Ohr, und alles Licht erlosch.

16

Jill nahm die Kurve etwas zu schnell. Die Hinterreifen rutschten auf der Schotterstraße weg, und sie hatte mit dem Steuerrad zu kämpfen, um den schweren Wagen wieder unter Kontrolle zu bringen. »Sorry«, sagte sie zu dem schweigsamen, baumlangen Schwarzen auf dem Beifahrersitz.

»Kein Problem«, war die lapidare Antwort.

Jill sah ihn von der Seite an. Er hieß Wilson, sprach ein vorzügliches Englisch, hatte eisenharte Muskeln und war ganz in Schwarz gekleidet. Schwarzes Hemd, schwarze Jeans, schwarze Sonnenbrille. Und die Waffe, die er sonst hinten im Hosenbund unter seinem locker herunterhängenden Hemd versteckt trug, ragte jetzt griffbereit aus dem Gürtel. Seit gestern Morgen begleitete er sie auf Schritt und Tritt. Meist bemerkte sie ihn gar nicht, was sie für eine der hervorragendsten Eigenschaften eines Bodyguards hielt, und sie hatte den Eindruck, dass er ein eingebautes Radar für das besaß, was hinter seinem Rücken vor sich ging. Sich ihm zu nähern, ohne dass er es merkte, hatte sich als unmöglich erwiesen. Sie hatte es probiert, nur um zu wissen, woran sie war.

Jetzt lehnte er entspannt im Sitz. Hinter der goldgeränderten, verspiegelten Sonnenbrille waren seine Augen nicht zu erkennen, aber sie wusste, dass sein ruheloser Blick ständig systematisch über die Gegend strich. Dass ihm nichts entging, was um sie herum geschah. Eigentlich war das beruhigend, auch wenn es Jill ziemlich irritierte, bedeutete es doch, dass sie einen Teil ihrer Bewegungsfreiheit aufgeben musste. Aber der Gedanke, dass Len Pienaar sich in der Gegend aufhielt, war genug, das vorläufig zu relativieren.

Sie betätigte den Blinker und bog in eine schmale Sandstraße ein, deren geriffelte Oberfläche an Wellblech erinnerte. Bei derartigen Straßenverhältnissen gab es nur zwei Möglichkeiten, mit dem Auto darauf vorwärtszukommen. Entweder man fuhr langsam im Schaukelgang jede Bodenwelle aus, oder man gab Vollgas, sodass die Reifen nur eben die Kuppen berührten und der Wagen gleichsam dahinflog.

Jill gab Vollgas. Wilson packte rechts seinen Sitz und mit der linken Hand den Handgriff oberhalb der Tür und verankerte seine langen Beine im Fußraum. Jill bemerkte es und grinste vergnügt. Zu beiden Seiten der Straße dehnte sich gelbbraunes Grasland aus, lediglich hier und da war ein durch die Trockenheit verkrüppelter Baum zu sehen, unter dem sich meist eine Schatten suchende Ziegen- oder Kuhherde drängte. Hitzeschlieren flimmerten über der Straße, und der Rest des Tages versprach nur noch heißer zu werden. Sie stellte die Klimaanlage auf die höchste Stufe.

Vor dem Frühstück hatte sie mit Liz, der Mutter von Lucy, gesprochen und Bescheid gesagt, dass sie Kira noch vor dem Mittagessen abholen werde. Als Kira hörte, dass ihre Mutter sich bereits auf den Weg machen wollte, um sie abzuholen, hatte sie gebettelt, länger dableiben zu dürfen, weil es so supertoll sei, mit ihrer Freundin den Tag zu verbringen, und die Köchin von Lucys Mutter so supergeile Schokoladenshakes mache.

»Gordie ist auch supergeil«, hatte sie nebenbei bemerkt.

Gordon war der Älteste der Mortimers. Ein hübscher Bengel. Himmel, dachte Jill, ging das heutzutage schon so früh los? Kira war doch erst zehn Jahre alt.

Schließlich hatte sie ihrer Tochter versprochen, dass sie in der nächsten Woche für zwei, vielleicht sogar drei Tage bei ihrer Freundin bleiben könne, vorausgesetzt, Lucys Eltern erlaubten das.

»Tun sie«, hatte Kira im Brustton der Überzeugung gerufen.

Jill beschloss, auf jeden Fall darauf zu bestehen, dass Kira von

Zak, ihrem Bodyguard, begleitet wurde. Es sei denn, der Spuk mit Len Pienaar würde unvorhergesehen schnell vorbei sein. Nils hatte so etwas angedeutet. Zwar war er nicht sehr konkret geworden, aber er schien sich seiner Sache relativ sicher zu sein. Woher er diese Zuversicht nahm, war ihr allerdings schleierhaft. Bevor es nicht vorbei war, würde sie keine Ruhe finden.

Außer den Grüßen, die ihr Anita von Usathane ausgerichtet hatte, hatte sie keinen Hinweis auf seine Anwesenheit bekommen. Weder hatte er sich gemeldet, noch war er von irgendjemand gesichtet worden. Nun waren sie rund um die Uhr von Bodyguards umgeben, und Nils hatte den Männern nachdrücklich klargemacht, worum es hier gehe. Die Männer hatten schweigend zugehört, und seitdem lief jedes Lebewesen, das im Umkreis ihrer Schützlinge ein unerwartetes Geräusch machte, Gefahr, sofort eliminiert zu werden.

Als kleines Zugeständnis ihrer Tochter gegenüber erledigte sie zuerst ihre Einkäufe in Mtubatuba und auf einem nahe gelegenen Markt, ohne sich dabei übermäßig zu beeilen, damit Kira noch etwas mehr Zeit mit ihrer Freundin verbringen konnte. Es war schon fast ein Uhr, und sie würde Liz wohl ins Mittagessen fallen. Aber das war in diesem Land kein Problem. Man rückte am Tisch ein wenig zusammen, ein weiterer Stuhl wurde gebracht, ein Teller und Besteck, und schon konnte der zusätzliche Gast Platz nehmen. Alle Köchinnen kochten ohnehin immer mehr, als benötigt wurde, hauptsächlich um etwas für sich abzweigen zu können.

Vor ihr lag eine Haarnadelkurve, und sie schaltete in den ersten Gang, bis der Wagen im Schritttempo über die Bodenwellen rumpelte. Nicht lange danach sah sie das Tor der Mortimers, das in eine mit einem fünffachen Hochspannungsdraht versehene Mauer eingelassen war, durch das staubige Grünzeug schimmern. Sie hielt davor und hupte zweimal. Das Tor lief auf Rollen zur Seite und gab ihr den Weg aufs Grundstück frei. Kaum hatte sie gehalten, sprang Wilson hinaus und schaute sich gründlich um, ehe er ihr dann die Wagentür öffnete. Jill erschien die Aktion völlig übetrieben.

Liz Mortimer kam ihnen bereits entgegen. Sie war eine große Frau mit ausdrucksvollen dunkelbraunen Augen und einem anziehenden Lächeln. Ihre Haut war von der afrikanischen Sonne lederbraun gebrannt und vorzeitig von unzähligen feinen Fältchen zerknittert, das hellbraune, gelockte Haar von den ersten silbernen Strähnen durchzogen. »Jill, schön, dich zu sehen. Komm rein. Kira, Lucy und Gordie sind hinten in den Ananasfeldern.«

»Oje, bei Ananas kann Kira sich nicht beherrschen. Selbst Bauchweh hält sie nicht davon ab, sich vollzustopfen, obwohl sie hinterher garantiert Durchfall bekommt.« Sie fischte ihre Tasche vom Rücksitz und hängte sie sich über. »Man sollte glauben, dass sie das irgendwann lernt … aber nein, es ist jedes Mal das Gleiche.«

»Ananas sind ungeheuer gesund, ein bisschen Durchfall schadet nichts«, bemerkte Lucys Mutter trocken.

»Aber das Gejammer hinterher geht mir auf die Nerven.« Jill lachte und musterte ihre Freundin. »Das Kleid steht dir.«

Liz strich über das kniekurze Hängerkleid, das sie über dreiviertellangen, engen Hosen trug und grinste. »Schummelt einige Kilos weg.«

»Hast du den Kindern eine Zeit vorgegeben, wann sie wieder am Haus sein müssen?« Jill ließ ihre Schlüssel um den Zeigefinger wirbeln. Es wirkte nervös.

Lucys Mutter zog ein betretenes Gesicht. »Meine Güte, das habe ich vergessen. Hätte ich das machen sollen? Allerdings wusste ich auch nicht genau, wann du kommen würdest.«

Jill steckte den Schlüssel ein. »Na ja, ist nicht so schlimm. Wir haben noch Zeit.«

Trotzdem wäre es ihr lieber gewesen, wenn Kira hier am Haus

auf sie gewartet hätte. Den ganzen Tag schon ließ eine innere Anspannung ihre Nerven vibrieren. Es fiel ihr zunehmend schwerer, zumindest äußerlich ruhig zu bleiben. Sobald sie Kira wieder bei sich hatte, würde sich die Unruhe wohl schlagartig legen, hoffte sie und zwang sich, ein unverbindlich freundliches Gesicht zu machen.

»Ich habe dir übrigens etwas mitgebracht.« Sie ging ums Auto herum und wollte den offenen Karton mit Pflanzenablegern vom Rücksitz wuchten, aber Wilson war schneller.

»Lassen Sie mich das machen«, sagte er. Er nahm den schweren Karton mit einer Hand und richtete sich mit einer geschmeidigen Bewegung zu seiner vollen Größe auf.

Liz, die Wilson offenbar vorher nicht wahrgenommen hatte, ließ ihren Blick verblüfft zuerst an Wilsons imponierender Erscheinung hochgleiten und dann wieder zurück zu Jill. »Wen haben wir denn da?«, sagte sie mit einem Anflug von scherzhaftem Spott. »Ist das der neue Mann in deinem Leben?«

Jill nahm ihrem Leibwächter den Karton ab. »Ach, tut mir leid, Liz, ich habe dir Wilson ja noch nicht vorgestellt.« Mit dem Kinn wies sie auf ihn. »Wilson ist … ein Freund von uns, den ich … überraschend unterwegs abholen musste. Ich hoffe, du hast nichts dagegen, wenn er mit hineinkommt. Sonst verbanne ich ihn ins Auto …« Mühsam zog sie ihren Mund zu etwas Ähnlichem wie einem Lächeln in die Breite.

»So weit kommt es noch. Als Nächstes stellst du ihn wie einen Regenschirm in der Diele ab.« Liz Mortimer lachte und machte eine einladende Handbewegung. »Nett, Sie kennenzulernen, Wilson. Sind Sie von hier?«

»Vom Kap«, sagte Wilson, nahm seine Sonnenbrille ab und verbeugte sich leicht.

Jill musterte ihn überrascht. Von einem Bodyguard hatte sein Benehmen wirklich nichts. Auch seine Waffe war plötzlich nicht mehr sichtbar, worüber sie sehr froh war, denn so musste sie keine umständlichen Erklärungen erfinden. Erleichtert hielt sie ihrer Freundin den Karton hin. »Ich habe dir Ableger vom roten Frangipani und von meiner weißen Orchidee mitgebracht. Hinter denen bist du doch schon lange her, nicht wahr?«

Liz schaute hinein. »Wunderbar. Das ist wirklich lieb von dir, dass du daran gedacht hast. Die werde ich nachher gleich einpflanzen. Die Orchidee kommt in ein großes Glasgefäß auf die Veranda. Das wird ungeheuer edel aussehen.« Sie schmunzelte. »Ihr esst doch mit uns, oder? Wir sind etwas spät dran, so passt es gut. Aber lass uns vorher einen Gartenrundgang machen. Ich würde dir gern meine neuesten Errungenschaften zeigen. Ich hole schnell einen Korb, damit du dir Ableger mitnehmen kannst.« Bevor Jill ihr fürs Essen eine höfliche Absage erteilen konnte, war Liz schon ins Haus gelaufen. Kurz darauf kam sie mit einem großen Henkelkorb zurück und lief los, und Jill blieb nichts anderes übrig, als ihr nachzueilen.

Dicht gefolgt von Wilson, wanderten sie von Pflanze zu Pflanze, begutachteten Blüten und Früchte, fachsimpelten mit Leidenschaft. Jill hielt ihre Anspannung unter eiserner Kontrolle. Vor einem kleinen Baum mit saftig grünen Blättern und zierlichen, roten Blütentrauben, die an langen, zarten Stielen im Wind pendelten, blieb Liz stehen.

»Jatropha«, sagte sie. »Von denen bekommt man in Gärtnereien nicht einmal mehr die Samen. Man wagt den Namen gar nicht laut auszusprechen, sonst wird man gleich als Ökoterrorist abgestempelt, weil die Jatropha nicht einheimisch ist. Lieber Himmel, die wachsen doch mindestens seit der zweiten Hälfte des neunzehnten Jahrhunderts hier.«

Jill lachte bissig. »Die Ananas gibt es auch nicht länger, und ich wette, sie wird zur Ehreneinheimischen erklärt, weil sie Säcke voll Devisen ins Land bringt. Wie Papayas, Passionsfrüchte und, und, und!«

Liz seufzte und schaute über ihr Haus und ihr Land. »Wie

lange muss man hier wurzeln, um wirklich als Einheimischer zu gelten? Hundert Jahre?«

»Also, der erste Steinach kam 1848 ins Land, vielleicht genügt das …«

»Darauf würde ich mich nicht verlassen. Ihr seid weiß wie wir.« Liz' Ton hatte seine Leichtigkeit verloren. Ihr liebenswürdiges Lächeln verrutschte, ein sorgenvoller Ausdruck verdunkelte ihre Augen. Doch Sekunden später hellte sich ihr Gesicht wieder auf. »Welch ein Thema für einen so schönen Tag. Lasst uns vor dem Essen einen Tee trinken, danach holen wir Kira und Lucy ab.« Sie hakte sich bei Jill unter und führte sie auf die Veranda, die unter einem dicht belaubten, smaragdgrünen Flamboyant lag. Seine Blütezeit war im November, jetzt trug er nur noch vereinzelt seine scharlachroten Blütenbüschel.

Jill war nahe daran, darauf zu dringen, die Mädchen gleich abzuholen, beherrschte sich aber. Was sollte den Kindern hier schon passieren, versuchte sie sich zu beruhigen, was ihr aber nur ansatzweise gelang. Sie ließ sich in einen tiefen Rattansessel fallen und fächelte sich mit der Hand Kühlung zu. »Dieser Sommer hat es wieder in sich, nicht wahr? Wenn es nicht bald regnet, gibt es eine Katastrophe.«

»Wenn es regnet, gibt's auch eine. Die Erde ist betonhart.« Liz langte hinter sich und schaltete den großen Ventilator an einem der Querbalken der Veranda auf Sturmstärke. »Zani, wir haben einen zusätzlichen Gast, bring noch eine Tasse«, rief sie ins Haus.

Kurz darauf erschien eine ältere Zulu, deren Körperfülle ihr nur noch einen watschelnden Gang erlaubte, und setzte ein Tablett mit einer Teekanne, drei Tassen und einem Schokoladenkuchen ab.

»Danke, Zani, ich mach das schon«, sagte Liz und goss ein. Sie schaute hoch. »Wie geht's Nils?«

Jills Blick rutschte an ihr vorbei, streifte kurz Wilson und verlor sich dann im Nichts. Nicht so prächtig, wäre die korrekte Antwort gewesen. Was daher kommt, dass Usathane wieder frei ist und unseren Kindern und mir nach dem Leben trachtet. Am liebsten hätte sie Liz das gesagt. Aber sie biss sich auf die Lippen und lächelte mit Mühe. »Gut geht's ihm, wie immer. Du weißt, dass er das Leben vollauf genießt. Und Sean, wie geht es ihm?«

»O ja, ja, gut. Glaub ich jedenfalls.« Liz grinste amüsiert. »Seit er Präsident des Country Clubs ist, schwebt er in höheren Sphären und lässt sich nur noch selten in die Niederungen zu uns herab.« Sie kicherte wie ein Teenager.

Jill drehte verstohlen ihr Handgelenk und schaute auf die Uhr. Schon halb zwei. Spontan wandte sie sich ihrer Freundin zu. »Ach je, es tut mir leid, wir werden nicht mitessen können, ich bin ehrlich gesagt schon zu spät dran. Luca liegt mit Bauchweh im Bett, Nelly ist im Krankenhaus, und mein Kindermädchen hat das Weite gesucht. Nils passt auf unseren Kleinen auf. Lass uns die Mädels holen. Bitte.«

»Na klar.« Liz trank ihren Tee in Ruhe aus und stand dann auf. »Komm, wir gehen durchs Haus. Mein Auto steht vor der Hintertür.«

»Kann ich mitkommen?«, sagte Wilson. »Ich würde mir die Ananasfelder auch gern ansehen.« Sein Gesicht drückte nichts als Interesse aus.

»Sicher, folgen Sie mir.«

Liz Mortimers Haus war weitläufig und hatte große Fenster, aber es war verwinkelt wie eine mittelalterliche Burg. Es glich im Grunde genommen dem Haus auf *Inqaba*. Seit Generationen hatten die jeweiligen Besitzer hier einen neuen Trakt oder dort weitere Räume angebaut.

Jill lief, mit Wilson dicht auf den Fersen, hinter ihrer Freundin her. »Für dein Haus braucht man ja eine Straßenkarte, sonst verläuft man sich und wird erst Jahrhunderte später als Mumie gefunden.«

Liz lachte und stieß die Tür auf, die von ihrer altmodischen Küche hinaus auf die große Veranda führte, die von allen Seiten das Haus beschattete. Auf dem gepflasterten Platz davor, unter einem strohgedeckten Carport, stand Liz' Range Rover. Die beiden Frauen stiegen vorn ein, während Wilson auf den Rücksitz kletterte. Liz ließ den Motor an, und sie kurvten durch die schmalen Wege der riesigen Plantage.

Bald kamen die Felder mit den steifen, grünen Blattrosetten der Ananas in Sicht. Liz spähte über die endlosen Reihen der niedrigen Anpflanzungen. »Komisch, ich kann die Mädels nicht sehen. Warte mal.« Sie sprang aus dem Wagen und ging hinüber zu einer ihrer Ananaspflückerinnen, die mit mehreren anderen noch nicht ausgereifte Ananas auf ein Förderband legte, das die Früchte vom Feld zum Lastwagen transportierte. Liz sprach ein paar Sätze mit den Frauen und kehrte dann zum Wagen zurück.

Sie wirkte sehr verärgert. »Die Mädchen waren hier, sind aber dann mit unserem Manager zur Guavenplantage gefahren.«

Jills Herzschlag stolperte. »Eure Guaven wachsen doch praktisch an der Grenze zu *Inqaba,* oder?«, sagte sie und schaffte es kaum noch, ihre Unruhe zu unterdrücken, die von Sekunde zu Sekunde stärker wurde.

»Ja, und ich werde Lucy die Ohren lang ziehen. Ohne Erlaubnis von uns darf sie sich nicht weiter als bis zur Grenze unseres Hausgrundstücks bewegen, und das weiß auch mein Manager. Dem werde ich die Hölle heißmachen.« Liz wurde zunehmend aufgebrachter. Sie startete den Motor, wendete und fuhr an den Ananasfeldern vorbei.

Jill starrte aus dem Fenster und schwieg, innerlich bis zur Unerträglichkeit angespannt. Ohne es zu merken, presste sie ihre Nägel in die Handflächen. Später sollte sie entdecken, dass sie halbmondförmige, blutunterlaufene Flecken hinterlassen hatten. Nach einer kilometerlangen Fahrt, wie es ihr schien, kündete der herrliche Duft reifer Guaven an, das sie fast am Ziel sein mussten.

Bald kamen die Reihen der Guavenbäume in Sicht. Mittelgroße Bäume, deren Zweige sich unter dem Gewicht der goldgelben Früchte fast bis zum Boden bogen. Zwischen den Bäumen waren schwarz glänzende Plastikplanen gespannt, wohl gegen Unkraut. Auch hier waren unzählige Arbeiterinnen bei der Ernte. Sie unterhielten sich laut in Zulu. Von den Mädchen war nichts zu sehen.

Liz stieg aus und sprach mit der Vorarbeiterin. Als sie zurückkehrte, sprühte sie vor Zorn. »Der Manager hat sie hier rausgelassen, aber niemand hat eine Ahnung, wo die beiden jetzt sind. Wenn ich den Kerl erwische, dreh ich ihm den Kragen um.«

Jill spürte, wie ihr das Blut aus dem Kopf wich, was Liz offenbar bemerkte. »Keine Angst, Jilly, die sind hier irgendwo und schlagen sich den Bauch voll. Das einzige Risiko ist, dass sie Durchfall bekommen. Die finden wir gleich.« Sie legte beide Hände um den Mund. »Lucy!«, schrie sie. »Wo bist du?«

Jill lauschte angstvoll, aber außer dem Rascheln des leichten Windes in den dichten Baumkronen und der Unterhaltung der Arbeiterinnen vernahm sie nichts. Sie warf Wilson einen fragenden Blick zu. Er schüttelte den Kopf.

»Ich höre nichts«, krächzte sie.

Liz seufzte. »Vielleicht wollen die Gören uns nicht hören. Sean sagt immer, irgendwann werden Kinder muttertaub. Es wird uns nichts anderes übrig bleiben, als die gesamte Plantage abzufahren, bis wir sie aufgestöbert haben.« Sie stieg wieder ein, drehte den Zündschlüssel und trat aufs Gas. Der starke Motor grollte.

Dirk fand den Weg zum Haus des alten Leon nur mit einiger Mühe. Nach weit über einer Stunde Fahrt stand er endlich davor. Mit seinem Camcorder in der einen und der Flasche Wein in der anderen Hand ging er zum Tor. Er beugte sich darüber und spähte in den Garten. Der Alte saß wie bei den beiden Treffen zuvor auf seinem Schaukelstuhl und paffte Pfeife. Wie es schien, trug er noch dasselbe Kakihemd, dieselben Shorts und dieselben Wildlederstiefel. Den Safarihut hatte er so tief ins Gesicht gezogen, dass Dirk die Augen nicht erkennen konnte. Etwas unruhig hielt er nach dem von Jill angesprochenen Jagdgewehr Ausschau. Und tatsächlich – es lehnte direkt neben dem Schaukelstuhl an der Wand.

»Kann ich bitte reinkommen, Mr. de Villiers, Sir?«, rief er und winkte mit der Weinflasche. »Ich hätte eine Frage.«

Als Antwort bekam er ein wütendes Gebell, das offenbar von einem riesigen Hund stammte, und Sekunden später fegte eine löwengelbe Deutsche Dogge um die Hausecke und galoppierte auf ihn zu. Unwillkürlich sprang er rückwärts und hoffte nur, dass das Tor solide gebaut war. Die Dogge erreichte es, sprang daran hoch, warf die Vorderfüße über das Tor, sodass das geifernde Maul sich auf seiner Kopfhöhe befand, und bellte in einer Lautstärke, die Dirk unangenehm an das Brüllen eines Löwen erinnerte.

Der Hund und er fixierten sich. Die Dogge öffnete ihr zahnbewehrtes Maul und röhrte, worauf Dirk Zweifel kamen, ob der Besuch überhaupt eine gute Idee war und er die Fotos wirklich brauchte. Er beschloss, sich einigermaßen würdevoll zurückzuziehen. Plötzlich zerschnitt ein scharfer Pfiff die Luft. Die Dogge klappte ihr Maul zu, hievte ihren schweren Körper vom Tor herunter und erreichte mit ein paar ausgreifenden Sätzen die Veranda. Grunzend warf sie sich Napoleon zu Füßen. Der nahm seine Pfeife aus dem Mund und bedeutete dem Kameramann mit einer Handbewegung hereinzukommen.

Mit weichen Knien schob Dirk das Tor auf und schickte ein Stoßgebet zum Himmel, dass der alte Knabe seinen Höllenhund im Griff hatte. Wider Erwarten gelangte er unversehrt bis zur Veranda, wo er zögernd stehen blieb. Die Dogge hatte den Kopf aufgerichtet, die Ohren in seine Richtung gedreht und knurrte leise. Beim Anblick von Dirks offensichtlicher Angst lachte der Alte laut. Es klang wie das höhnische Keckern eines Pavians. Mit der Pfeife deutete er auf einen ausgesessenen Korbstuhl.

Dirk straffte den Rücken, ging sehr langsam, und ohne die Dogge aus den Augen zu lassen, mit angehaltenem Atem zum Stuhl und setzte sich. Am liebsten hätte er die Beine sofort angezogen, um sie aus der Reichweite des Riesenköters zu bringen.

»Wo ist die schöne Anita?«, bellte Napoleon de Villiers.

Dirk räusperte sich. »Sie ist leider verhindert … eine Magen-Darm-Sache.« Das entsprach zumindest einem Teil der Wahrheit. Vorgestern war es ihr ja offensichtlich wirklich schlecht gegangen, sodass sie abgelehnt hatte, als er bei ihr geklopft hatte, um sie zu fragen, ob sie mit ihm zu de Villiers fahren würde. Daraufhin war er allein zu de Villiers losgezogen, hatte aber vor verschlossenem Tor gestanden. Chrissie war auf sein Rufen herausgekommen und hatte ihm erklärt, dass Napoleon nicht im Hause sei, und nein, sie wisse auch nicht, wann er wiederkomme.

Unverrichteter Dinge war er noch eine Weile in der Gegend herumgefahren, hatte aber noch kein Haus ausmachen können, das auch nur annähernd so gut für eine Location passte wie das von de Villiers.

»Anita ging es schlecht?« Nappy de Villiers kicherte. »Hat Jill etwa selbst gekocht? Dann ist es kein Wunder.«

Dirk ignorierte die Bemerkung und streckte ihm die Flasche Wein hin. »Vielleicht tröstet Sie der Wein?«

»Hmpf«, machte der Alte und besah sich das Etikett genau. Dann stellte er die Weinflasche kommentarlos neben seinen Stuhl auf die Holzbohlen.

Dirk wartete schweigend auf eine etwas umfassendere Aussage des Hausherrn.

Die erfolgte umgehend. »Im Übrigen heiße ich de Villiers, wie man's schreibt, und nicht dö Villjee, wie so ein weibischer

Franzose das aussprechen würde.« Er warf ihm einen scharfen Blick aus seinen kohlschwarzen Augen zu. »Seid ihr ein Paar?«

»Wie bitte?« Dirk ärgerte sich so sehr, dass er stotterte.

»Junge, nun sei doch nicht so begriffsstutzig. Du und die schöne Anita. Seid ihr ein Paar?«

Schön wär's, schoss es Dirk durch den Kopf. »Nein«, sagte er und versuchte dem Alten mit einer Abwehrbewegung klarzumachen, dass er keine weiteren Fragen in diese Richtung beantworten würde.

»Hast du nichts mit Frauen im Sinn, oder was ist sonst mit dir nicht in Ordnung?«

»Also, Mr. de Villiers …«

»Ach, nenn mich Leon, und mach dir mal nicht ins Hemd. Eine Frau wie Anita! Meine Herren, wäre ich ein paar Jahre jünger …« Ein listiger Blick, ein anzügliches Grinsen.

Jetzt platzte Dirk der Kragen. »Also, Leon – Nappy –, ich … schätze Anita, aber sie mich offenbar nicht. Ich arbeite dran, und wenn ich Erfolg gehabt habe, werde ich dir's berichten, klar?«

Als Antwort bekam er ein brüllendes Gelächter und bläuliche Pfeifenrauchwolken. »Du schätzt sie? Na, sieh mal an. In meiner Zeit hieß das, dass man die Frau liebt. Und nenn mich nicht noch einmal Nappy. Das würde dir nicht gut bekommen.« Wieder unterzog er seinen Gast einer eingehenden Musterung. »Wo kommst du eigentlich her? Mit deinem dunklen Teint und den dunklen Haaren siehst du irgendwie südländisch aus – wie ein Sizilianer –, so braun gebrannt, wie du bist, außer dass deine Beine nicht krumm sind.« Er keckerte.

»Seit wann haben Sizilianer alle krumme Beine? Das ist politisch auch nicht gerade korrekt.« Dirk starrte ihn mit vorgeschobenem Kinn streitlustig an. »Vielleicht waren meine Vorfahren ja Afrikaner.«

De Villiers grinste spöttisch. »Das waren sie nicht. Als alter

Südafrikaner erkenne ich gemischtes Blut noch in der feinsten Verdünnung.«

Dirk schwieg Leon de Villiers eisern an. Der gab schließlich als Erster nach.

»Okay, okay. Ruhig Blut. Du bist also kein Sizilianer. Auch gut. Weswegen bist du hier?« Mit heftigem Wedeln verteilte er den Rauch.

Dirk riss sich zusammen und ließ nicht erkennen, dass er sich über de Villiers geärgert hatte. Schließlich wollte er etwas von dem Alten. »Wie dir Jill Rogge erzählt hat, bin ich Kameramann bei einer deutschen Filmgesellschaft und suche für unsere Dreharbeiten eine möglichst pittoreske Farm. Diese hier scheint mir sehr geeignet zu sein. Dürfte ich mich einmal umsehen?«

De Villiers drückte sich überraschend schnell auf die Beine, schnalzte mit der Zunge, worauf die Dogge ebenfalls aufsprang, und marschierte die Treppe hinunter in den verwilderten Teil des Gartens. »Na komm schon, beweg dich«, rief er ungeduldig, weil Dirk nicht gleich nachkam.

Dirk schaltete seinen Camcorder an, drückte auf Start und strich damit langsam über den Garten. Dicht an dicht standen hier blühende Büsche und üppig ausladende Bäume, aus deren Kronen sich Bougainvilleen in glühenden Farben ergossen. Dazwischen wuchsen tellergroße, blaue Winden. Sie bedeckten alles Grün und an vielen Stellen auch die rote Erde mit einem filigranen blauen Spitzentuch, das sich sacht im leichten Wind bewegte. Dirk vermied es, die prächtigen Blüten zu zertreten.

»Die Blumen kannst du ruhig zertrampeln, aber pass auf Schlangen auf«, sagte de Villiers. »Prima Schlangenland hier. Alles, was bei den Reptilien Rang und Namen hat, lebt hier. Auch in den Bäumen übrigens. Also wenn du einen schönen grünen Zweig siehst, check erst mal, ob der Augen hat. Und Zähne.« Er gluckste schadenfroh.

Dirk, der reichlich Angst vor Schlangen hatte, obwohl er das öffentlich nie zugeben würde, heftete seinen Blick fest auf den Boden vor ihm und achtete auf jeden Schritt. Da er gleichzeitig das Display seines Camcorders kontrollieren musste, kam er nur langsam vorwärts, was wiederum die Ungeduld des Hausherrn hervorrief. Im Geist verglich Dirk das Anwesen mit dem von Cordelia. Es war ursprünglicher, nicht so manikürt, nicht so bonbonhübsch wie *Timbuktu,* und es war obendrein noch viel weitläufiger. Auf dem Grundstück des alten de Villiers würde man kaum Änderungen vornehmen müssen, um die Bilder zu bekommen, die er für den Film haben wollte. Vielleicht gab es im Haus sogar brauchbare Räume, die sie dann nicht nachzubauen brauchten.

»Toll«, sagte er. »Welch eine großartige Location. Mein Regisseur wird begeistert sein.«

»Wie viel Mäuse gibt's dafür?«, schnarrte Leon an seinem Pfeifenstiel vorbei.

Dirk musste an Jills Aussage bezüglich Napoleon de Villiers' finanzielle Verhältnisse denken und betrachtete ihn abschätzend. Wie ein Privatier sah er wirklich nicht aus, obwohl in Südafrika ein Äußeres, das eher an einen Penner erinnerte, überhaupt keine Aussage über die Größe des Geldbeutels war. Multimillionäre – die der alten Garde, die ihr Geld in Jahrhunderten vom Land und nicht an der Börse gemacht hatten – liefen gern in einer Kleidung herum, die bei den meisten in der Kleidertonne landen würde, fuhren klapprige Autos und hatten oft schlechte Zähne im Mund. Das hatte ihm Nils erzählt. Schlechte Zähne hatte der Alte allerdings nicht. Dirk räusperte sich.

»Wie hoch wäre die Monatsmiete für dein Anwesen?«

»Monatsmiete«, antwortete der Hausherr gedehnt und schaute in den Himmel. Dann warf er ihm aus den Augenwinkeln einen schnellen Blick zu, wobei er nachdenklich auf dem Pfeifenstiel kaute. Und schwieg.

Flüchtig dachte Dirk daran, was der Alte wohl sagen würde,

wenn hier ein dreißigköpfiges Filmteam einfallen und alles auf den Kopf stellen würde. Fast hätte er laut gelacht. »Ich kann natürlich nicht für Regisseur und Filmgesellschaft sprechen, aber pro Monat …« Er legte eine Kunstpause ein und beobachtete dabei die Reaktion des Alten. »Sechzigtausend Rand pro Monat dürften dabei vielleicht drin sein.«

Napoleon de Villiers bekam einen kurzen, heftigen Hustenanfall. »Reicht nicht«, krächzte er. »Überhaupt nicht. Hunderttausend müssen es sein.«

Dirk zuckte zusammen, bis er sich daran erinnerte, dass das etwa zehntausend Euro entsprach. Durchaus angemessen, um nicht zu sagen recht preisgünstig, dachte er. Die sechstausend Euro, die er geboten hatte, waren eigentlich eine Frechheit für ein derartiges Anwesen.

»Mindestens hunderttausend«, setzte der Alte mit kalkulierender Miene nach. »Das Haus kostet schließlich Instandhaltung … Der Garten muss gepflegt werden … Und ich muss ja auch noch was zu beißen haben, und mein Hund verschlingt jeden Tag Berge von Fleisch … Ganz davon zu schweigen, wie viel Extraarbeit Chrissie haben wird … Das kostet schließlich alles…«

Ach nee, du alter Gauner, dachte Dirk amüsiert. »Kann ich die Rückseite auch noch sehen?«, fragte er.

Napoleon de Villiers winkte wortlos mit der Pfeife. Dirk folgte ihm, den Camcorder wieder im Anschlag. Der rückwärtige Teil des Grundstücks stellte sich ebenfalls als wildromantisch heraus. Der alte, aus Feldsteinen gemauerte Brunnen entzückte ihn, der gepflasterte Vorraum mit der riesigen Feuerstelle, über der an einer Kette ein Kupferkessel hing, ließ ihn endgültig in Begeisterung ausbrechen. Es sei die ursprüngliche Küche des Hauses gewesen, informierte ihn de Villiers. Noch seine Großmutter habe hier über dem offenen Feuer Marmelade eingekocht. Wunderbar habe es geduftet. Herrliche Kindheitserinnerungen seien das, setzte der Alte hinzu und bekam einen träumerischen Gesichtsausdruck.

Langsam schien er seine schroffe Art abzulegen. Er erzählte Dirk sogar die Geschichte seiner Familie, die in der ersten Hälfte des 18. Jahrhunderts aus Frankreich am Kap gelandet sei und nach einer langen Odyssee durchs südliche Afrika hier gesiedelt habe. Er gab Anekdoten vom Schlangenfänger zum Besten und zeigte ihm vergilbte Fotos, Küchengegenstände und altes Werkzeug.

Dirks Faszination wuchs. Das eher dunkle Innere des Hauses mit seinen vielen Gängen und schwer vergitterten Fenstern gab zwar nicht so viel her wie das Äußere, aber zwei oder drei Zimmer würden bei Flavio vermutlich gut ankommen.

Als sie hinaustraten, hatte die Sonne den Zenit schon überschritten. Er schaute auf die Uhr. Es war schon kurz nach fünfzehn Uhr, und eingedenk der Sammeltaxis, die bald die Straßen verstopfen würden, beschloss er, sich schleunigst auf den Weg zurück nach *Inqaba* zu machen. Er verabschiedete sich von Napoleon de Villiers und ging, die Blicke des Alten und seines monströsen Hundes wie Nadelstiche im Rücken spürend, den gepflasterten Weg hinauf zum Tor. Aufatmend schloss er es hinter sich. Er stieg ins Auto, wendete und fuhr die Schotterstraße hinunter. Erst als er außer Sichtweite war, hielt er an und zog sein Handy heraus. Inzwischen hatte Anita ihres sicher angeschaltet. Er wählte.

Aber wieder hörte er nur die Blechstimme mit der sattsam bekannten Ansage, dass der Teilnehmer im Moment nicht erreichbar sei. Er fluchte und warf das Telefon auf den Beifahrersitz. Wo zum Teufel war sie? Oder hatte sie wirklich nur vergessen, ihr Handy einzuschalten? Frustriert angelte er das Gerät wieder heran und wählte Cordelias Nummer.

Aber auch Cordelia wusste nichts über den Verbleib ihrer Schwester. Er registrierte, dass sie besorgt klang, und das gefiel ihm überhaupt nicht. Als Letztes rief er Jonas auf *Inqaba* an, und wieder erhielt er eine negative Antwort. Anita war wie vom Erdboden verschluckt. Allerdings gab es genügend Argumente, warum er sich deswegen keine Sorgen zu machen brauchte. Allen voran, dass es ihn absolut nichts anging, wie sie ihren Tag gestaltete. Trotzdem stieg der Pegel seiner Sorge im Minutentakt. Er nahm sich vor, genau bis achtzehn Uhr zu warten, dann würde er offiziell Alarm schlagen. Bis Einbruch der Dunkelheit hätte er noch rund eineinhalb Stunden Zeit, um sie zu suchen.

Um 16.30 Uhr, als das Sonnenlicht weicher wurde, nicht mehr so grell war und man schon ahnen konnte, dass der Abend bald kommen würde, hatte Jill sich heiser geschrien. Liz hatte die Plantage auf dem Serviceweg vollständig umrundet. Alle fünfzig Meter hatten sie angehalten und die beiden Mädchen gerufen. Eine Antwort hatten sie nicht bekommen. Jetzt standen sie wieder an ihrem Ausgangspunkt vor dem Farmhaus der Mortimers. Jill zog ihr Mobiltelefon heraus und tat das, was sie längst hätte tun müssen. Sie rief Nils an und erklärte ihm mit tränenerstickter Stimme die Sachlage.

»Bitte komm her, und bring Philani mit. Er ist unser bester Spurenleser. Und Zak natürlich. Thabili oder Mario, oder wer immer verfügbar ist, muss dann bei Luca bleiben, bis wir zurückkommen.«

»Ich rufe dich gleich zurück«, sagte Nils und unterbrach die Verbindung. Jill konnte sich vorstellen, was es ihn kosten musste, trotz seiner Angst um seine Tochter so ruhig zu bleiben.

Liz, die ihren Manager zum Haus beordert hatte, parkte wieder im Carport und sprang aus dem Auto, kaum dass es stand. »Bin gleich wieder da, rühren Sie sich nicht vom Fleck«, befahl sie einem mittelgroßen Mann in Shorts, der neben einem Pickup wartete und ziemlich beklommen wirkte.

Unfähig, ihre Nervosität zu unterdrücken, lief Jill auf dem

Vorplatz hin und her. Wilson hatte sich vor dem Mann aufgebaut. Nachdem er sich vergewissert hatte, dass es sich um den Farmmanager handelte, befragte er ihn – seiner Gestik nach zu urteilen – sehr eindringlich. Der Manager reichte ihm bis zu den Achseln und wirkte restlos eingeschüchtert.

Jill beobachtete beide angespannt, mischte sich aber nicht ein. Wilson machte den Eindruck, als wüsste er, was er tat. Außerdem klingelte ihr Telefon in diesem Moment. Es war Nils.

»Wir kommen«, sagte er. »Philani, Zak und Musa. David Rafferty steht mit seinem Helikopter bereit.«

»Gott sei Dank«, flüsterte Jill ins Telefon. »Wer bleibt bei Luca? Thabili?«

»Nein. Du wirst es nicht glauben, aber Marina Muro ist in einem anderen Leben Krankenschwester gewesen, auf der Kinderstation in der Charité in Berlin. Sie hat angeboten, bei ihm zu bleiben, und so wie sie für Flavio Schröder sorgt, dem es auch nicht wirklich gut geht, habe ich vollstes Vertrauen in sie.«

Jill fiel ein Stein vom Herzen. »Okay, dann warte ich auf dich. Beeil dich, mein Herz.« Sie wollte schon abschalten, aber Wilson rannte mit langen Schritten auf sie zu. »Nils, bist du noch dran? Warte mal eben … Wilson scheint etwas herausgefunden zu haben.«

»Der Idiot …« Der Leibwächter zeigte mit dem Daumen auf den verängstigt dreinschauenden Manager. »Der Idiot sagt, die Mädchen wollten sich die Löwen ansehen. Gibt es hier Löwen auf der Farm?«

»Was?«, brüllte Liz. Sie fuhr herum und stieß wie ein Geier auf den zitternden Manager herab. »Sind Sie völlig verrückt geworden, Paul? Wo haben Sie die Mädchen abgesetzt?« Drohend baute sie sich vor ihrem Manager auf, der gut einen halben Kopf kleiner war als sie.

Jetzt schrumpfte er noch mehr. »Hinten bei den Guaven.«

»Direkt an der Grenze zur Straße?«

Die Antwort war ein Nicken. Der Mann hatte stark zu schwitzen begonnen und wischte sich nervös sein fleckiges Gesicht und den Hals mit einem Taschentuch ab.

Liz funkelte auf ihn herunter. »Und dann?«

Ihr Manager brachte keinen Ton hervor und stierte seine Arbeitgeberin lediglich mit aufgerissenen Augen an. Jill wurde übel. Kira und Lucy hatten nur über den Zaun der Mortimer-Farm zu klettern brauchen, und da der zwar mit Stacheldraht gesichert, aber nicht elektrifiziert war, hatten sie mit Sicherheit einen Weg gefunden. Und wenn sie sich unten hätten durchbuddeln müssen. Löwen ansehen! Herrgott noch mal! Löwen hatten sie auf *Inqaba,* warum wollte ihre Tochter Löwen hinter Gittern sehen? Sie war so aufgeladen, dass sie am liebsten geschrien und um sich geschlagen hätte, nur um diesen irrsinnigen Druck abzubauen.

Sie drehte sich zu ihrer Freundin um. »Du weißt, was das heißt, nicht? Die beiden sind über den Zaun, die Straße entlang, um den Hügel herum und zu Lias Farm!«

Liz runzelte die Stirn. »Na und? Wenn sie dorthin sind, wäre das ja nicht so schlimm. Dann wären sie ja sicher.«

Jill starrte sie an. Jetzt erst fiel ihr wieder ein, dass Liz nichts von Len Pienaar wusste, nichts von der Drohung, nichts von ihrer furchtbaren Angst.

»Was ist, Jilly? Wie ich Lia einschätze, wird sie die beiden umgehend nach Hause schicken. Nachdem sie sie mit Saft und Kuchen gefüttert hat. Die ist ganz in Ordnung.« Liz fummelte in der Tasche ihres Kleids herum, holte ihr Mobiltelefon heraus und wählte. »Ich rufe sie einfach an. Du wirst sehen, gleich klärt sich alles auf.«

Jill machte einen Satz auf sie zu, riss ihr das Telefon aus der Hand und schaltete den Anruf weg. Liz war so überrascht, dass sie es ohne Gegenwehr geschehen ließ. Auch als Jill sie am Arm hinüber auf die Veranda zog, leistete sie keinen Widerstand.

Jill drückte ihre Freundin in einen der Korbsessel. »Setz dich hin. Es gibt da etwas, was ich dir erklären muss. Erinnerst du dich an Len Pienaar?«

Liz nickte vorsichtig. »Den werde ich wohl nie vergessen, den Schweinehund. Er hat damals versucht, auch uns zu vertreiben, um sich unsere Farm billig unter den Nagel zu reißen. Der Tag, an dem er für immer ins Gefängnis kam, zählt zu den erfreulichsten in meiner Vergangenheit. Also, was ist mit ihm?«

Jill antwortete nicht gleich. Sie war sich nicht sicher, was sie Liz und vor allen Dingen wie sie es sagen sollte. Traute ihrer eigenen Stimme nicht. »Wusstest du, dass Pienaar irgendwie mit Maurice zusammenarbeitet? Bei seinen Löwen, auf Lias Farm?«

Liz Mortimer wurde blass. »Ach du Sch… Verdammt noch mal, nein, das habe ich nicht gewusst! Weißt du, woher er Maurice kennt? Der hat doch keine Verbindung zu … solchen Kerlen.«

Jill zuckte die Achseln und schüttelte gleichzeitig den Kopf. Sie fühlte sich furchtbar hilflos. »Ich habe nicht die geringste Ahnung, und es interessiert mich im Augenblick auch nicht«, sagte sie verzweifelt

»Und was ist mit Lia? Die schätze ich so ein, dass sie Maurice die Hölle heißmacht, wenn sie davon erfährt.«

»Da könntest du recht haben, aber mit Lia habe ich noch nicht geredet.«

»Und seit wann weißt du davon?«

»Vorgestern Abend. Einer unserer Gäste, eine Anita Carvalho, war auf Lias Farm – sie hat Maurice auf dem Flughafen kennengelernt und wollte ihm etwas wiedergeben, was er verloren hat, als er ihr mit den Koffern geholfen hat.« Dass Cordelia die Schwester Anitas war, konnte sie ihr nicht erzählen. Sie hatte es Dirk versprochen, außerdem tat es nichts zur Sache. »Auf der Farm hat sie Pienaar kennengelernt und zufällig erwähnt, dass sie auf *Inqaba* wohnt, worauf dieses Schwein sie ausdrückliche Grüße an mich und Kira und Luca ausrichten ließ.«

Liz Mortimer bekam rote Flecken am Hals. »O mein Gott, Jill, wie entsetzlich!«, flüsterte sie. »Ich glaube das keine Sekunde. Was treibt dieser Kerl wirklich auf Lias Farm?«

Wieder konnte Jill nur hilflos die Achseln zucken. »Nils hat noch gestern Leibwächter für uns alle angeheuert und denkt sogar daran, den Terrorzaun wieder aufzubauen. Wilson ist mein persönlicher Bodyguard. Kira hat uns angebettelt, ohne den ihrigen zu euch kommen zu dürfen, und wir haben natürlich geglaubt, dass sie hier sicher ist …« Sie stockte, als sie den erschütterten Gesichtsausdruck ihrer Freundin registrierte. Erschrocken wehrte sie ab. »Meine Güte, nein, Liz, euch trifft überhaupt keine Schuld. Wer konnte denn ahnen, dass die beiden Gören so einen Unsinn machen. Kira hätte es besser wissen müssen.«

»Lucy auch, aber du hättest uns das mit Pienaar sagen sollen … Wenn Usathane wieder auf dem Kriegspfad ist, muss das jeder in der Gegend wissen. Er ist eine Bedrohung für uns alle.« Das war ein deutlicher Vorwurf.

Jill nickte. »Du hast recht. Es tut mir leid, dass ich euch nicht informiert habe, aber … ich konnte es nicht. Und nun lässt sich das nicht mehr ändern, und in diesem Moment nützt diese Diskussion niemand. Ich schlage vor, wir nehmen deinen Manager mit und lassen uns genau zeigen, wo er die Mädels abgesetzt hat, und dann entscheiden wir, was zu tun ist. Okay?«

Liz Mortimer sah sie einen Moment lang ausdruckslos an. »Okay. Das ist ein vernünftiger Vorschlag.« Mit diesen Worten ging sie zu ihrem Fahrzeug. »Rein mit Ihnen«, fauchte sie ihren Manager an, der wortlos auf den Rücksitz kletterte.

Wilson hielt Jill die Beifahrertür auf und setzte sich dann neben den völlig eingeschüchterten Farmmanager. Liz aber hatte es sich offenbar anders überlegt und winkte den Mann wieder heraus.

»Sie nehmen Ihr Auto, dann sind wir unabhängiger«, befahl sie und stieg ein. Sie wartete, bis Paul den Motor seines Pick-ups angeworfen hatte, und trat dann aufs Gas. In einem halsbrecherischen Tempo raste sie über den schmalen Serviceweg am Außenzaun entlang. Die Reifen knallten in Schlaglöcher, und der Wagen machte bei jedem kleinen Buckel auf der Piste einen Satz, dass Jill und Wilson wie Puppen herumflogen. Liz schien das nicht zu kümmern.

Ihr Manager hupte kurz. Liz hielt an und wartete, bis er an ihrem Fenster erschien, ließ aber den Motor weiterlaufen. »War es hier?«, rief sie aus dem Fenster. »Sind Sie sich da sicher, Paul? Haargenau hier?«

Paul ging ein paar Schritte und schaute sich hektisch um. Schließlich nickte er. »Genau hier. Ganz sicher.«

Wilson sprang aus dem Range Rover, schob die Sonnenbrille auf die Stirn und lief, den Kopf wie ein Spürhund gesenkt, vor dem Maschendrahtzaun entlang, weiter ein paar Schritte in die Plantage, unter die duftenden Guavenbäume. Dort kniete er sich hin und untersuchte einen langen Riss in der Plastikfolie, die unter den Bäumen ausgebreitet war, um das Unkraut zurückzuhalten. Dann wandte er den Kopf und inspizierte die Natodrahtrolle, die auf der Außenseite des Zauns in den Maschen befestigt war.

»Was sehen Sie da?«, fragte ihn Jill, hielt sich aber ein gutes Stück vom Zaun entfernt, um etwaige Spuren nicht zu zerstören.

»Sie sind über den Zaun, da oben.« Der Manager zeigte auf den Natodraht.

Vorsichtig kam sie näher und sah sofort, dass er recht hatte. Die Drahtschlingen waren so weit auseinandergebogen worden, dass ein schlanker Mensch das Hindernis überwinden konnte. Ein zehnjähriges Kind würde kaum Schwierigkeiten haben.

»Dort drüben sind Fußspuren.« Wilson zeigte auf die Straße, wo ein schmaler Streifen der hart gebackenen Oberfläche zu Sand zerfallen war.

Zwei Paar Fußabdrücke, zum Teil nebeneinander und auch übereinander, aber immer in dieselbe Richtung zeigend, führten vom Zaun weg. Dann hörte der sandige Teil auf, und die Abdrücke verloren sich. Jill starrte auf die Spuren, versuchte verzweifelt zu erkennen, welche Kiras waren und wohin sie führten. Versuchte zu erkennen, ob irgendetwas ihr verraten würde, wo sich ihre Tochter befand.

»Aber sehen Sie hier«, sagte Wilson, ohne sie anzublicken, und zeichnete mit dem Zeigefinger die Linie vom sandigen Teil, wo die Fußspuren nicht mehr zu erkennen waren, zum Zaun nach. »Von dahinten bis hier vorn.«

Und dann sah sie es. Weitere Fußspuren. Von kleinen Füßen. Sohlenmuster von leichten Laufschuhen. Nur ein Paar, und die führten zurück zum Zaun. Für Sekunden sah sie Wilson verständnislos an, dann begann ihr Herz zu hämmern. Ein Kind war zurückgekehrt. Eine andere Erklärung gab es nicht. Gleichzeitig vernahm sie eine Art Jaulen … ein Wimmern, wie von einem kleinen … Tier? Ihr Kopf flog herum.

»Hast du das gehört, Liz?«

Liz schüttelte stumm den Kopf. Zögernd machte Jill ein paar Schritte dorthin, wo sie meinte, das Geräusch gehört zu haben. Wilson wollte energischer vorgehen, aber sie hielt ihn mit einer Handbewegung zurück. Unter der schwarzen Plastikplane, die unter den Guavenbäumen ausgebreitet war, ragte ein abgestorbener Ast hervor, der leicht zitterte. Ein Stück weiter war eine dicke Beule in der Plane.

»Kira?«, flüsterte sie. »Schatz?«

Wieder wimmerte jemand, direkt vor ihr. Sie beugte sich hinunter, packte den Ast und schälte dann die Plane behutsam zurück. Hellbraune Locken, große, braune Augen. Tränenverschmiertes Gesicht.

»Lucy«, wisperte sie, und ihr brach das Herz.

Liz stieß Jill blindlings zur Seite, stürzte auf Lucy zu, zerrte sie unter dem Plastik hervor und riss sie in ihre Arme. »Herrgott, was ist passiert, Liebling?«

Lucy zitterte so, dass ihre Zähne wie Kastagnetten aufeinanderschlugen. »Kira«, stammelte sie.

»Lucy, Liebes, was genau ist passiert?« Jill schwitzte und ihr Kreislauf spielte verrückt, aber sie brachte ihre Angst und Ungeduld so weit unter Kontrolle, dass ihre Stimme ruhig klang.

Lucy war kalkweiß, Tränen rannen ihr über die Wangen. Sie schluckte, und Jill wartete geduldig. »So ein Mann hat sie gehijackt«, stieß die Kleine endlich hervor. Das Wort ging ihr leicht über die Lippen. Hijacking sagte man in Südafrika zu Entführungen, und hier waren sie Alltag. »Einer, der nur einen Arm hat.«

»Len Pienaar«, krächzte ihre Mutter. Ihr war alle Farbe aus dem Gesicht gewichen. »Wo war das, Lucy?«

Lucys Farbe wechselte von Kalkweiß zu Tiefrot und verblasste dann fleckig. Mit beiden Händen wischte sie sich die Augen aus und hinterließ dabei rote Erdspuren auf ihren Wangen. Es war offensichtlich, dass sie Angst hatte.

Jill klammerte sich an dem Ast fest, den sie Lucy abgenommen hatte. »Ich weiß, dass Kira sich die weißen Löwen von Lias Farm ansehen wollte. Seid ihr dorthin gelaufen?«

Ein hastiges Nicken und lautes Schluchzen waren die Antwort. Jill konnte sich leicht vorstellen, was Lucy jetzt vor sich sah. Konnte sich vorstellen, welche Angst das Mädchen gehabt haben musste, als Pienaar über sie hergefallen war und Kira weggeschleppt hatte.

»War der Mann allein? Der mit dem amputierten Arm?«

Wieder ein heftiges Nicken, dass Lucys Haare flogen. »Er hat uns gesehen, als wir durch den Zaun geschaut haben … Dann hat er uns gerufen … und gesagt, er würde uns über den Zaun heben, dann könnten wir uns die Löwen ansehen. Er hat Kira als Erste hinübergehoben, und dann …« Die Kleine schaute jämmerlich drein. »Dann hat er sie festgehalten und ist mit ihr weggelaufen«, flüsterte sie. »Und sie hat dabei furchtbar geschrien.«

Jill bekam vor Herzjagen kaum Luft. »Hast du gesehen, was er mit ihr gemacht hat?« Sie musste die Zähne aufeinanderpressen, damit sie nicht auch klirrten.

Lucy holte tief Luft. »Nicht so richtig, aber Kira hat ihn getreten und gebissen … und gekratzt. Dann muss er sie geschlagen haben, denn dann war sie plötzlich ruhig …« Verzweifelt sah sie Jill an. »Ich konnte nichts machen. Wirklich! Ich bin, so schnell ich konnte, nach Hause gelaufen … Ich hatte Angst, deswegen habe ich mich versteckt.«

»Mein Baby«, murmelte ihre Mutter. »Mein armes Baby …«

Jill streichelte Lucy über die Wange. »Ist schon gut, Lucy, du hättest nichts machen können. Du hast keine Schuld. Überhaupt keine. Schuld hat nur dieser Mann. Kiras Papa und ein paar Freunde werden gleich hier sein, und dann werden wir diesen Mann finden und mit ihm reden …«

Sie bewegte reflexartig ihre Finger. Seit sie in den Anfängen von *Inqaba* aus Geldmangel mit Musa zusammen die schwere Gartenarbeit selbst gemacht hatte und dabei mannstiefe Pflanzlöcher ausgehoben und Felsbrocken herumgewuchtet hatte, besaß sie in Fingern und Armen genug Kraft, jemand ohne Weiteres erwürgen zu können, wie sie einmal im Scherz ihrer Freundin Angelica gegenüber bemerkt hatte. Ihre Hände schlossen sich fest um den Ast, und sie dachte dabei an Len Pienaar.

Liz hatte ihre Tochter mittlerweile zum Auto getragen und schnallte sie auf dem Beifahrersitz fest. Zärtlich strich sie ihr noch einmal übers Haar und küsste sie auf die Wange. Wilson war bereits hinten eingestiegen. Jill setzte sich neben ihn. Ihr Gesicht war eine steinerne Maske. Sie musste ihre ganze Energie darauf verwenden, nicht vollends die Fassung zu verlieren. Während Liz den Motor startete und viel zu schnell über den Serviceweg zum Haus jagte, presste sie die Hände vors Gesicht, um die

Bilder abzuwehren, die Lucys Geschichte hervorgerufen hatten. Sie nahm die Hände herunter und schaute aus dem Fenster. Ein Geier zog im endlosen Blau über ihnen seine majestätischen Kreise. Sie sah ihm nach, aber als Ablenkung taugte er nicht viel. Ihre Gedanken drohten wieder außer Kontrolle zu geraten.

Als sie vor dem Farmhaus anhielten, hörten sie männliche Stimmen und die von Rachel. Die Tür zur Küche flog auf, und die alte Zulu kam herausgewatschelt. »Ma'am, Besuch!«, schrie sie und wedelte mit dem Küchenhandtuch.

Hinter ihr stürmte Nils aus dem Haus, begleitet von Musa, Philani und Kiras Leibwächter Zak. »Habt ihr sie gefunden?«, brüllte er.

Jill sprang aus Liz' Auto und knallte die Tür zu. »Nein, aber wir wissen, wo sie ist …«

Bevor sie ihm von der Entführung berichten konnte, schlug Nils im Triumph die Faust in die Hand und stampfte dabei einen kurzen Zulu-Kriegstanz auf die rote Erde. »Na Gott sei Dank! Wo ist sie?«

Sie sah ihn flehentlich an, wusste einfach nicht, wie sie ihm mitteilen konnte, dass ihre Tochter von ihrem schlimmsten Feind entführt worden war und in Lebensgefahr schwebte. Wie macht man das?, fragte sie sich und fühlte flüchtig Mitleid mit Polizisten, die Menschen mitteilen mussten, dass ihre Liebsten zu Tode gekommen waren.

Aber Nils schien ihre Körpersprache zu lesen, als hätte sie die Worte laut gesagt. »Pienaar?« Seine Stimme war hart und rau. »Wo und wie?«

»Die beiden Mädchen wollten sich die Löwen von Maurice ansehen. Er hat weiße Löwen, deswegen …« Ihre Stimme schwankte, aber sie bezwang ihre Panik. Sie hinderte am Denken, und zusammenbrechen konnte sie auch später noch. Dafür war jetzt keine Zeit. Mit dürren Worten berichtete sie ihm, was vorgefallen war, wo sie Lucy gefunden hatten und wie die Kleine die Entführung beschrieben hatte. »Wenn wir Glück haben, ist sie noch auf Lias Farm.«

»Okay, steigt ein, wir fahren!«, brüllte Nils den zwei Zulus und den beiden Bodyguards zu. Er sprang in seinen Wagen, und stieß für Jill die Beifahrertür auf. Kaum dass sie saß, raste er los. »Ruf Lia an, und frag sie, wo Pienaar steckt«, rief er ihr zu. »Sag ihr, was passiert ist. Mach ihr klar, dass es um Leben und Tod geht!«

Jill hatte ihr Handy schon in der Hand und tippte die Nummer ein. Cordelia meldete sich fast sofort. Ohne um den heißen Brei herumzureden, sagte Jill. »Kira ist verschwunden, und wir glauben, dass ein gewisser Len Pienaar damit zu tun hat und dass der bei dir auf der Farm arbeitet.« Mit versteinertem Gesicht lauschte sie dem, was Lia zu sagen hatte. »Und du bleibst dabei?«, sagte sie schließlich.

Nils konnte Lias Antwort verstehen. Es war ein kurzes Ja.

Jill ließ die Hand mit dem Telefon fallen. »Lia hat aufgelegt. Sie sagt, sie kennt keinen Pienaar.«

»Sie lügt«, sagte Nils.

»Ja, natürlich«, sagte seine Frau.

Nils konzentrierte sich auf die Straße. Dass er mit Vilikazi gesprochen hatte und vor allen Dingen worüber, sagte er Jill nicht.

Vilikazi hatte ihm mitgeteilt, dass der, auf den sie es abgesehen hätten, ständig verdammt gut bewacht sei. Zu gut. Seine Bodyguards seien Profis, hatte er hinzugefügt, und dass es wohl noch einen Tag oder zwei dauere, ehe die Sache erledigt werden könne.

Damit hatte Nils sich zufriedengeben müssen. Ein Schauer pechschwarzer Vorahnung lief ihm über die Haut. Er trat aufs Gas. Die Räder drehten durch.

17

Erst spürte Anita nichts. Höchstens ein Gefühl des Schwebens, irgendwo in schwarzer Wärme. Allerdings beschränkten sich ihre Empfindungen auf ihren Kopf. Vom Hals aufwärts. Der Rest ihres Körpers schien nicht mehr vorhanden zu sein. Ab und zu tauchte sie aus der Schwärze auf, und jedes Mal überfielen sie so irrsinnige Kopfschmerzen, dass sie schleunigst die Augen schloss und sich wieder unter die Oberfläche sinken ließ.

Aber so sehr sie sich auch sträubte, irgendwann musste sie sich damit abfinden, dass sie in die Wirklichkeit zurückkehrte, dass ihr Schädel vor Schmerzen zu platzen drohte und dass ihre Umgebung fürchterlich stank. Langsam kehrte ihr Bewusstsein zurück. Gedanklich fühlte sie an ihrem Körper hinunter, über den Rumpf, die Arme, zu den Beinen und den Füßen. Sie wackelte mit den Zehen und stellte fest, dass die funktionierten. Mit einem Husten, das eher wie ein Krächzen klang, setzte sie sich auf und öffnete mühsam die Augen. Und erschrak bis ins Mark, denn sie konnte nichts sehen. Gar nichts.

Entsetzt untersuchte sie ihre Augen. Verletzt fühlten sie sich nicht an. Sie spürte keine Wundschmerzen und trug auch keine Augenklappen oder so etwas, aber gleichgültig, wie sehr sie sich anstrengte, um sie herum herrschte weiter undurchdringliche, angsterregende Schwärze. Sie konzentrierte sich auf ihren Tastsinn, streckte behutsam die Hände vor und befühlte den Boden, benutzte ihre Fingerspitzen zum Sehen. Er war hart, nicht aus Holz, aber auch nicht aus Stein, und er war nicht glatt, sondern rau, mit Sandpartikelchen, trockenen Grashalmen und Blättern verschmutzt. Sie zerbröselte etwas zwischen Daumen und Zeigefinger. Schnupperte. Es stank. Nach verrottetem Gemüse, klebrig, ziemlich faulig, nach verdorbenen Nahrungsmitteln. Und Urin. Ekelerregend. Sie zog eine Grimasse und atmete nur noch flach durch den Mund, was aber auch nicht viel half. Der Gestank blieb bestialisch und legte sich auf alle Geruchsnerven.

Inzwischen war sie völlig im Jetzt angekommen. Sie konnte zwar immer noch nichts sehen, aber auf einmal hörte sie etwas. Schnelles Atmen, ganz flach, kurze Atemzüge. Sehr leise. Ihr Puls hämmerte. »Hallo?«, wisperte sie. »Ist da jemand?«

Ein scharfer Atemzug wie ein Schluchzer. Dann war wieder Stille. Doch jemand war anwesend, das spürte sie.

So leise, wie es ihr möglich war, kroch sie über den Boden in die Richtung des Geräuschs, eine bebende Hand vorgereckt, um vor Hindernissen rechtzeitig gewarnt zu sein. Unvermittelt trafen ihre Finger auf etwas Warmes, Weiches, das mit einem Schreckenslaut zurückzuckte. Auch sie war erschrocken, zwang sich aber, ein weiteres Mal hinzulangen. Ihre Fingerkuppen glitten über Haut, Nase, Mund und Augenpartie. Ihre Berührung löste ein erneutes Wimmern aus. Rasch zog sie ihre Hand zurück. Es war ein Gesicht, ein Gesichtchen, so klein, dass es einem Kind gehören musste.

»Hallo, ganz ruhig, ich tue dir nichts«, flüsterte sie auf Englisch. »Wer bist du? Mein Name ist Anita.«

Angespanntes Schweigen umfing sie. Dann vernahm sie einen zitternden Atemzug. »Anita? Die von Bungalow eins?« Eine zarte, etwas raue Mädchenstimme, die von einem kleinen Mädchen.

Verblüfft setzte sich Anita auf die Hacken. »Woher weißt du das?« Suchend streichelte sie über das Gesichtchen, landete in dichtem, warmem Haar und merkte, dass sich die Kleine in ihre Handfläche schmiegte. »Sag mir deinen Namen …«

»Kira.«

»Kira! Jills Tochter! Um Gottes willen, wie kommst du denn hierher?«

»Dieser Schweinemann hat mich entführt.« Empörung verlieh Kiras Stimme Kraft, unterdrückte das Schluchzen.

»War es ein großer Mann, dem der linke Arm bis zum Ellbogen fehlt?«

»Ja, genau der. Er hat mir wehgetan … Und ich habe ziemlich Angst … Es ist so dunkel … Ich dachte, meine Augen sind kaputt … Dann bin ich immer an der Wand langgekrabbelt, aber da war keine Tür. Dann habe ich versucht, mich hinzustellen, und bin mit dem Kopf gegen eine Klappe gestoßen … Wenn man ganz stark dagegendrückt, kann man etwas Licht sehen …«

Anita hätte Kira vor Erleichterung am liebsten geküsst. »Wo hat er dir wehgetan?«

»Er hat mich gefangen und weggetragen und so fest gedrückt, dass ich keine Luft mehr gekriegt habe. Ich konnte nicht mal schreien … dann habe ich ihn getreten, richtig fest, Daddy und Mami haben mir das beigebracht … Dann weiß ich nichts mehr … Plötzlich war ich hier … Mein Kopf tut ziemlich weh.«

»Gut gemacht! Dass du ihn getreten hast, meine ich. Du bist wirklich ein mutiges kleines Mädchen.«

»Ich bin nicht mehr klein.«

»Entschuldige. Ich kenne mich mit Kindern noch nicht so richtig aus. Wieso warst du überhaupt hier in der Nähe?«

Kira kuschelte sich an sie und erzählte, dass sie ihren Leibwächter satthabe, dass es bei Lucy meistens lustig zugehe, ihr Bruder Gordie ziemlich cool sei und dass sie und Lucy Löwen hätten gucken wollen. »Die haben hier nämlich weiße Löwen. Mit blauen Augen, sagt Lucy. Ist das nicht rattenscharf? Die wollte ich unbedingt sehen, und da haben wir den Manager gefragt, ob er uns mit dahinnimmt, wo die Guaven wachsen, weil Lucy gesagt hat, dass man da über den Zaun klettern kann. Und das haben wir gemacht.«

Das war der Augenblick, der bei Anita wieder die Erinnerung an die wütenden Löwen hinter dem Laufgitter freilegte, an die gnadenlosen Augen, die Furcht einflößenden Reißzähne. Und an das Gebrüll. In Gedanken hörte sie wieder das erderschütternde Röhren dieser Großkatzen. Ihr Magen zog sich zusammen.

»Aha«, sagte sie. »Aber beißen tun Löwen auch, ob sie weiß oder gelb sind.«

Ein raues, ganz und gar entzückendes Kichern. »Nee, die fressen dich gleich, die beißen nicht erst.«

»Natürlich, du hast recht«, erwiderte Anita mit abwesender Stimme, während die Puzzlestücke der letzten Minuten, bevor bei ihr das Licht ausgegangen war, auf einmal an ihren Platz fielen. Die Kinder auf dem nackten Betonboden im Hof. Ihre jämmerliche Verfassung. Ihre Angst.

»Auf diese entzückenden Kinder warten liebende Adoptiveltern, die die armen Kleinen hier aus dem Dreck holen und ihnen ein menschenwürdiges Leben bieten ...« Len Pienaars klebrige Stimme.

Eine unglaubliche Wut auf diesen Verbrecher war in ihr hochgekocht, das wusste sie noch, und plötzlich erinnerte sie sich mit größter Genugtuung daran, dass auch sie ihn getreten hatte, genau zwischen die Beine. Und dass er vor Schmerzen gestöhnt hatte. Dann war alles schwarz geworden. Die Tatsache, dass sie sich die Vorgänge so genau ins Gedächtnis rufen konnte, sagte ihr, dass sie glücklicherweise wohl keine Gehirnerschütterung davongetragen hatte. Das zumindest war eine Erleichterung. In ihrer Situation brauchte sie alle ihre Sinne zu hundert Prozent. Das Wichtigste war jetzt, Kira und dann die anderen Kinder von hier wegzuschaffen. Dazu müsste sie allerdings wissen, an welchem Ort sie sich befand.

»Weißt du, warum es hier so stinkt?«, fragte sie Kira leise. »Was für ein Raum das ist?«

Kiras Kopf lag an ihrer Brust. Sie antwortete mit einem Flüstern. »Ich glaube, es ist eine Abfallgrube. Eine aus Zement oder so. Kann sein, dass die hier Küchenabfälle, Gemüse und so, reinschmeißen, das gibt es auf *Inqaba* auch … Und Ratten gibt's hier, und die pinkeln, und dann stinkt's halt …«

Fast hätte Anita bei der pragmatischen Bemerkung laut gelacht. Kira Rogge war schon ein sehr besonderes kleines Mädchen. Aber sie wollte nicht riskieren, die Aufmerksamkeit ihrer Kerkermeister zu erregen, wollte nicht, dass die merkten, dass sowohl Kira als auch sie wieder völlig bei Bewusstsein waren. Glücklicherweise machte auch die Kleine nicht den Eindruck, als hätte sie eine Gehirnerschütterung erlitten. »Tut dein Kopf noch sehr weh? Ist dir schlecht oder schwindelig?«

Sie spürte, dass Kira den Kopf schüttelte. »Schlecht und schwindelig ist mir nicht, aber mein Kopf hat eine Beule, und die tut weh, wenn man draufdrückt.«

Halleluja, dachte Anita und befühlte ihre eigene Stirn. Schließlich trafen ihre Fingerspitzen am hinteren Bereich der Schläfe auf eine schmerzende Wölbung von der Größe eines halben Hühnereis. Also hatte sie der Schlag dort getroffen. Len konnte nicht zugeschlagen haben, der war mit den Schmerzen zwischen seinen Beinen beschäftigt gewesen, woraus zu schließen war, dass er mindestens einen Helfer hatte. Vermutlich diesen Riaan. Außerdem war da noch ein Schwarzer gewesen. Jacob hieß er, fiel ihr ein.

Dumpfes Gemurmel brach plötzlich in ihre Überlegungen. Es kam näher, bis es direkt über ihnen zu sein schien. Sie sah hoch und zog Kira instinktiv fester an sich. Es knirschte, ein lang gezogenes metallenes Quietschen stach ihr in den Ohren, und gleichzeitig durchschnitt ein Lichtstrahl die tintige Schwärze und traf ihre Augen, die vor Schmerzen sofort zu tränen anfingen.

Kira drehte den Kopf zur Seite und vergrub ihr Gesicht an ihrer Brust. Anita fühlte sich hart am Oberarm gepackt und hochgerissen. Sie schrie laut auf. Kira klammerte sich mit erstaunlicher Kraft an sie, trotzdem wurden sie beide über den Rand der Abfallgrube gehievt.

»Lasst Anita los, ihr Mistschweine«, kreischte Kira und trat um sich.

Es klatschte, die Worte gingen in einem Husten unter, und die Kleine wurde Anita aus den Armen gerissen. Gleichzeitig rutschte sie selbst aus dem Griff an ihrem Oberarm und landete so hart mit dem Rücken auf dem Betonboden des Hofs, dass ihr vom Aufprall die Luft wegblieb. Nach Atem ringend und mit tränenden Augen schaute sie sich um.

Als Erstes sah sie Beine, weißhäutige Männerbeine in hellblauen Kniestrümpfen und Buschstiefeln, Beine, an denen in der schräg stehenden Sonne dichter, rötlicher Haarpelz glänzte. Am Knie verschwanden sie unter zerknitterten Shorts, darüber versperrte ihr eine immense Bauchwölbung die weitere Sicht. Direkt neben ihr waren zwei Paar Beine mit glatter, dunkler Haut, barfuß, die Seiten der Füße gelblich verhornt und rissig. Zögernd ließ sie ihren Blick nach oben wandern. Der Weiße spähte über seinen Bauch auf sie herunter.

Es war Len Pienaar, ohne Zweifel. Den einen Schwarzen, der wie der andere auch nur Kakishorts trug, erkannte sie als Jacob, der andere war ihr noch unbekannt. Im Hintergrund blitzte eine verspiegelte Sonnenbrille. Riaan. Das machte also vier Männer. Eine Übermacht. Verzweiflung schnürte ihr den Hals zu.

Kira purzelte neben ihr auf den Boden. Sie hustete immer noch. Die blauen Augen funkelten aufsässig, aber hinter ihrem Blick schimmerte Furcht, und Tränenspuren liefen über ihre verschmutzten Wangen. Im Gesicht und an den Armen blutete sie aus mehreren Kratzern. Ihre Bermudas, die sonnenverbrannten Beine und das hellblau-weiß gestreifte Hemd starrten vor Schmutz. Anita zog sie wieder fest zu sich und legte schützend die Arme um sie.

Und dann sah sie Maurice. Den Kopf gesenkt, stand er flüsternd neben Len Pienaar und gestikulierte abgehackt mit beiden Händen. So sehr Anita sich anstrengte, es war ihr nicht möglich, etwas zu verstehen, aber Len Pienaar wurde zusehends stocksauer. Die Arme wütend in die Seiten gestemmt, stand er breitbeinig vor Maurice und raunzte etwas, was Anita nicht verstehen konnte.

Sie reckte sich hoch. »Maurice! Was soll das hier? Was hast du mit diesem Gangster zu tun?«

Maurice wirbelte herum. Als er sie sah, schoss ihm die Röte ins Gesicht. Seine Augen flitzten nervös wie aufgescheuchte Kakerlaken umher, dann wandte er sich ab und schrie Len Pienaar auf Afrikaans an, der in gleicher Sprache und Tonart antwortete. Unverständlich für Anita, bis auf den letzten Satz. Den röhrte er auf Englisch.

»Selbst schuld, diese blöde Kuh!«

Maurice war die Schwachstelle, und das nutzte sie sofort aus. »Maurice, hol die Polizei, verdammt! Die haben uns entführt! Dieser Mensch will die Kinder hier in Bordelle verschleppen … sie vergewaltigen … Er hat Kira Rogge … Tu etwas!«

Len Pienaar bellte ein paar Worte auf Afrikaans. Ein Schlag traf Anita so hart ins Gesicht, dass ihr Kopf in den Nacken geschleudert wurde und ihr Sterne vor den Augen tanzten.

»Halt's Maul!«, zischte jemand mit einer anderen Stimme sie auf Englisch an.

Einen Schmerzenslaut hinunterschluckend schaute sie durch den Sternenschleier hoch in verspiegelte Sonnengläser. Riaan mit dem beeindruckenden Körperbau!

»Schlagen Sie immer Frauen, Riaan?«, fragte sie. »Vielleicht auch noch Kinder? Sie Feigling!« Obwohl ihr bei der Vorstellung, woher Kira ihre Blessuren hatte, schlecht wurde, zwang sie sich, dem Mann herausfordernd ins Gesicht zu starren. Sie sah nicht mehr den gut aussehenden Mann mit dem umwerfenden Körper, sondern nur noch einen miesen, brutalen Gangster.

»Halt's Maul«, wiederholte Riaan, hob seine Hand und schob sein Gesicht ganz nah an ihres.

Spontan strömte ihr Speichel im Mund zusammen, schon atmete sie durch die Nase ein, um ihn anzuspucken, mit aller Kraft und Leidenschaft, aber in letzter Sekunde hielt sie sich zurück und schluckte alles hinunter. Weder sich selbst noch den Kindern würde das etwas nutzen. Im Gegenteil, sie lief Gefahr, dass der Kerl seine Wut an Kira ausließ. Deswegen unterdrückte sie ihr spöttisches Lächeln und schaute weg, um ihn nicht noch mehr herauszufordern. Die Hand sank herunter, und Riaan richtete sich langsam auf, während sie nach Maurice Ausschau hielt, aber diese Ratte hatte offensichtlich den Zwischenfall genutzt und das Weite gesucht.

»Ab in den Lieferwagen mit ihnen zu den anderen«, befahl Pienaar.

Erst jetzt nahm sie wahr, dass die anderen Kinder sich nicht mehr im Hof befanden. Bevor sie über die Bedeutung von Pienaars Befehl nachdenken konnte, stand Jacob vor ihr. Er entriss ihr Kira, warf sich das strampelnde Mädchen wie einen Sack über die Schulter und trabte mit ihr davon. Anita schrie ihm hinterher, wurde aber von Len Pienaar auf der einen und Riaan auf der anderen Seite schmerzhaft unter den Achseln gepackt und im Eiltempo zu dem weißen, fensterlosen Lieferwagen gezerrt, wo Jacob eben die Schiebetür aufriss und Kira ohne jede Rücksicht ins Innere warf. Die Kleine schrie, ob aus Empörung oder vor Schmerzen, konnte Anita nicht ausmachen. Sie konnte ihre eigene Wut kaum beherrschen und schwor sich, Len Pienaar alles heimzuzahlen. Mit Zins und Zinseszins, wie es so schön hieß. Sie selbst wurde durch einen kräftigen Stoß überrascht und fand sich flach auf dem Bauch liegend mitten zwischen den anderen Kindern wieder. Sie wirbelte im Liegen herum.

»Wo ist meine Tasche?«, schrie sie. »Ich will meine Tasche haben! Pienaar, hören Sie? Wo ist meine Tasche? Her damit!«

Sekunden später flog die Tasche herein. Sie fiel auf den Boden und schlitterte gegen die Wand. Dann wurde die Tür zugeschoben, und undurchdringliche Dunkelheit umfing sie. Sie fand ihre Tasche, merkte aber, dass fast alles herausgefallen sein musste, und fluchte in sich hinein. Über den Metallboden kriechend tastete sie nach ihren Sachen und hoffte, dass ihr Autoschlüssel dabei war, fand aber nur ein paar nutzlose Dinge. Make-up-Utensilien, ein Bonbon, ihre Geldbörse. Das Geld war weg, ihre Sonnenbrille auch.

»Riaan, du bleibst hier und räumst auf«, hörte sie Pienaar noch brüllen. »Alle Spuren müssen weg, hörst du? Nichts darf zurückbleiben. Versteck den Wagen von dieser Kuh irgendwo, aber vernichte vorher die Nummernschilder, zerstör das GPS, und mach die Nummer auf dem Dach unkenntlich, verstanden? Zungu, Jacob, rein ins Auto.«

Dann schaukelte der Wagen kurz, als die Männer in die Fahrerkabine einstiegen, und der Motor sprang an.

So viel in Sachen Sicherheit, die ihr dieses Spielzeug, das GPS, gewähren sollte, dachte Anita grimmig.

Die Fahrt zu Cordelias Farm verlief in angespanntem Schweigen. Nils schnitt jede Kurve und prügelte das Auto rücksichtslos über jede Bodenwelle. Jill hatte alle Hände voll zu tun, sich so festzuhalten, dass sie nicht mit dem Kopf gegen die Seitenstrebe des Wagens schlug. Die zwei Zulus und die beiden Bodyguards, Zak und Wilson, klammerten sich am Rücksitz fest.

Vor der Farm trat Nils so heftig auf die Bremse, dass der Wagen mehrere Meter weit auf dem harten Boden rutschte, ehe er zum Stehen kam. Er war schon herausgesprungen und mit großen Sätzen unterwegs zum Haus, bevor Jill überhaupt die Tür geöffnet hatte. Die vier vom Rücksitz drängten sich heraus, und gemeinsam folgten sie Nils im selben Tempo. Die Haustür stand offen, und Jill hörte, wie ihr Mann laut nach Cordelia rief, ohne allerdings eine Antwort zu erhalten.

Schließlich kam Cathy in sichtlicher Aufregung aus der Küche herausgeschossen. Nils sagte ihr, dass er Lia sofort sprechen müsse, auf der Stelle. Die Zulu machte sich daraufhin auf den Weg, ihre Arbeitgeberin zu suchen. Die Hunde tobten im Hintergrund, zeigten sich aber zu Jills Erleichterung nicht. Offenbar waren sie im Zwinger eingesperrt.

Sicherlich waren es nur zwei oder drei Minuten, die sie warten mussten, ehe Lia über die Veranda zu ihnen kam, aber Jill erschien es wie eine halbe Stunde, und es war unübersehbar, dass Nils seine Erregung kaum noch im Zaum halten konnte. Er schien plötzlich größer geworden zu sein, breiter. Ein Mann, der keine Sekunde zögern würde, alles einzusetzen, auch Gewalt, um seine Tochter zu retten. Seltsamerweise beruhigte das Jill, jedenfalls bis zu einem gewissen Grad.

Cordelia schaute von einem zum anderen. »Was ist denn hier los? Ihr seht fürchterlich aufgeregt aus.« Dabei zeigte sie ihre Zähne in einem Lächeln, das eher abwehrend als freundlich war, und es war nicht zu übersehen, dass auch sie höchst nervös war.

»Auf deiner Farm arbeitet ein Mann namens Len Pienaar. Wo ist er?«

Cordelias Lächeln verschwand jäh, ihre Nervosität wurde sichtbarer. »Warum, was wollt ihr von ihm?«

Nils trat ganz nah an sie heran. »Lia, jetzt hör mir sehr genau zu. Len Pienaar hat unsere Tochter entführt, und ich will von dir wissen, wo er ist. Dann werde ich mit meinen Leuten dort hingehen und Kira abholen. Also mach den Mund auf. Jetzt, auf der Stelle. Ist das klar?«

Cordelia wich zurück, als hätte er sie gestoßen. Entsetzen flammte in ihren Augen auf, aber nur kurz, dann verschloss sich ihre Miene. Sie zögerte ein paar Sekunden, ehe sie antwortete. »Ich habe keine Ahnung, wo dieser Mann ist. Er … er arbeitet nicht hier.«

Nils' Aggression stieg sichtlich. Seine Augen sprühten. »Versuch nicht, mich zu verscheißern! Anita Carvalho hat ihn hier gesehen. Und er hat ihr aufgetragen, Jill und Kira und Luca zu grüßen. Du weißt, was das heißt, oder? Du weißt, wer Pienaar ist und was er Jills Familie angetan hat.« Es war keine Frage.

Mit zitternder Hand strich Cordelia sich das Haar aus dem Gesicht. Sie schaute dabei an ihm vorbei und zuckte die Achseln. »Ich kann mich nicht erinnern.«

»Du lügst, natürlich kannst du das, und das sehe ich dir an! Wenn du nicht sofort den Mund aufmachst, werden meine Leute und ich deine Farm durchsuchen. Und glaube mir, wir finden den Kerl. Und dann wirst du einiges zu erklären haben. Auch bei der Polizei.« Er wollte sie aus dem Weg drängen, aber Cordelia stand mit gespreizten Beinen da und hielt ihn mit ausgebreiteten Armen auf. »Geh aus dem Weg«, knurrte er.

Cordelia, die nette Nachbarin, die alle Welt nur lächelnd und gastfreundlich kannte, fletschte ihre Zähne wie ein in die Ecke getriebenes Tier.

Jill, die die Szene aus einigen Schritt Entfernung beobachtete, hatte den deutlichen Eindruck, dass Cordelia nicht einfach nur wütend war, sondern dass sie von panischer Angst gepackt wurde. Aber wovor? Doch wohl nicht vor ihnen. Das wäre wirklich absurd. Aber dass sie mit aller Gewalt verhindern wollte, dass Nils und ihre Leute aufs Grundstück kamen, war nicht zu übersehen. Was dringend dafür sprach, dass sie etwas zu verbergen hatte. Und das hatte mit Sicherheit etwas mit Pienaar zu tun, denn sie hatte gar nicht erst abgestritten, dass Usathane sich auf ihrer Farm aufhielt. Sie hatte nur geleugnet zu wissen, wo er sei. Vermutlich aus Versehen.

Unbewusst nagte sie an ihrem Fingernagel, während sie ihre Nachbarin beobachtete. Das Haar hing Cordelia ins Gesicht, ihre Pupillen waren geweitet. Sie war so außer sich, dass sie wie ein Fisch auf dem Trockenen nach Luft schnappte.

Abgesehen davon, dass er ein Mörder und Folterer war, setzte Pienaar auch gern Erpressung ein. Aber was könnte er gegen eine Frau wie Cordelia in der Hand haben? Eine alleinstehende, friedliebende Frau, die ihr Geld hauptsächlich mit Kräutermedizin und Obstanbau verdiente? Die Löwenzucht war ausschließlich Maurice' Geschäft, das hatte ihr Cordelia erzählt. Maurice?

Maurice, von dem niemand wirklich wusste, wie er sein Geld verdiente. Maurice, den sie öfter aus Sibaya hatte kommen sehen, dem neuen, sehr pompösen und furchtbar hässlichen Spielcasino auf den Hügeln über dem Meer nördlich von Umhlanga Rocks.

Maurice? Und Len Pienaar?

Unerwartet schwamm ein Bild aus ihrem Gedächtnis an die Oberfläche. Nebelhaft, flüchtig. Ein metallicschwarzer Porsche, ein zähnefletschender Löwenkopf auf der Kühlerhaube. Lion's Den … Und neben dem Fahrer eine Gestalt, die ihr bekannt vorkam. Verzweifelt bemühte sie sich, ihr ein Gesicht zu geben, verzweifelt wühlte sie in der Vergangenheit. Währenddessen zerrte ihre Nachbarin fieberhaft an der Tasche ihrer Shorts, zog schließlich ihr Mobiltelefon hervor und drückte eine Kurzwahltaste.

»Maurice«, japste sie. »Komm sofort zum Haus. Wir haben ein Problem!«

Jill erstarrte, ihre Gedanken rissen ab. Die Bilder verwirbelten im Nebel.

Cordelia klappte das Handy zu und zeigte damit auf Nils. »Und wenn ihr auch nur einen Schritt näher kommt, dann … dann hole ich mein Gewehr!«, schrie sie, wobei sie wie Espenlaub zitterte.

Wilson und Zak hatten schon ihre Hand an der Waffe, aber Nils hinderte sie mit einem Griff daran, sie zu ziehen. Eine wilde Schießerei war das Letzte, was sie jetzt gebrauchen konnten. »Keine Waffen«, sagte er. »Zumindest noch nicht jetzt«, setzte er sehr leise hinzu.

Zum selben Zeitpunkt kam Maurice um die Ecke gerannt. Sein Blick flackerte unstet über die Anwesenden. »Nils, Jill …

was ist hier los?« Sein Unterkiefer zitterte. Er biss die Zähne aufeinander.

»Wir suchen Len Pienaar«, sagte Nils, der offensichtlich die größte Mühe hatte, seine Rage unter Kontrolle zu halten. »Erst hat er meine Frau und meine Kinder bedroht, jetzt hat er unsere Tochter entführt. Ich will meine Tochter wiederhaben, und wenn ich nicht sofort von euch erfahre, wo sich Pienaar aufhält, werde ich mit meinen Leuten eure Farm auf den Kopf stellen.«

Vor Jills Augen schien ihr Mann noch ein Stück in die Höhe und in die Breite zu wachsen, und ihr war klar, dass er kurz davor war zu explodieren. So hatte sie ihn noch nie erlebt. Nils war sehr groß, weit über eins neunzig und ziemlich breit, und wie alle hochgewachsenen Männer war er es gewohnt, dass er nicht erst wütend zu werden brauchte, um das zu erreichen, was er wollte. Aber Dirk Konrad hatte ihr versichert, dass das durchaus passieren konnte, und ihr das in sehr kräftigen Farben geschildert.

»Er bläst sich auf, bekommt einen knallroten Kopf, und dann schlägt er alles zusammen, als wäre er eine Abrissbirne.«

Damals hatte sie bei diesem Bild laut gelacht und Dirk beschieden, dass ihr Mann unmöglich derartig die Fassung verlieren würde. Nicht Nils Rogge, der die Ruhe selbst war. Jetzt aber war sie sich dessen absolut nicht mehr sicher. Die knisternde Spannung, die ihn umgab, war greifbar.

Wie seine Mutter zeigte auch Maurice panische Angst, aber er bemühte sich, diese unter einer Art verzweifeltem Wagemut zu verbergen. »Erstens kenne ich den Typen gar nicht, und zweitens, wie kommst du darauf, dass er hier ist?« Mit einer Hand hielt er sein Kinn, vermutlich um zu verhindern, dass seine Zähne aufeinanderschlugen, die andere hatte er in die Hosentasche gebohrt, und Jill nahm an, dass er damit ihr Zittern verbergen wollte.

»Quatsch, du kennst ihn sehr wohl«, fuhr sie ihn an. »Anita Carvalho ist hier mit ihm zusammengetroffen, und er hat ihr gesagt, dass er dir mit der Löwenzucht hilft. Und dann hat er ihr Grüße an mich, Kira und Luca aufgetragen. Weißt du, was das heißt? Und du glaubst doch nicht, dass sich Anita so etwas ausdenken würde, oder?«

Maurice verlor alle Farbe. Das Karamell seiner Haut verwandelte sich in ein schmutziges Gelb, unter den Augen erschienen bläulich graue Schatten, seine Lippen verfärbten sich ebenfalls bläulich grau. »Mama?«, war das einzige Wort, das er herausbekam, und er wirkte dabei wie ein kleiner, verlorener Junge.

Cordelia richtete sich auf, schien auf einmal an Kraft zu gewinnen. Sie wirkte nicht mehr ängstlich, und sie zitterte auch nicht mehr. Ihre Körpersprache war überdeutlich. Ihr einziges Kind war in Gefahr, und das musste sie um jeden Preis schützen.

»Ruf Riaan und diesen Zungu!«, befahl sie. »Gib mir deine Pistole, und dann hol mein Gewehr!« Sie zog Maurice' Pistole aus dessen Gürtel. Mit gespreizten Beinen stellte sie sich hin, packte die Waffe mit beiden Händen und zielte mit ausgestreckten Armen in der klassischen Pose eines Pistolenschützen auf Nils.

Jill sah die Entschlossenheit in Cordelias Augen, und ihr war klar, dass sie schießen würde. Für ihren Sohn würde sie alles tun.

»Riaan ist nicht da«, meldete sich Maurice mit kläglicher Stimme.

»Was?« Cordelia warf ihm einen unsicheren Seitenblick zu.

Dann passierte alles sehr schnell. Zak machte einen gewaltigen Satz nach vorn, schlug ihr die Waffe aus der Hand, die Wilson sofort auffing, und bog ihr mit derselben Bewegung den Arm auf den Rücken. Musa packte gleichzeitig Maurice am Oberarm. Er wehrte sich im Gegensatz zu seiner Mutter nicht, die mit aller Kraft sehr gezielt um sich trat und Zak am Schienbein erwischte. Der grunzte, ließ sie aber nicht los.

Nils musterte Cordelia aus schmalen Augen. »Du hast die Wahl, dass wir dich mit Maurice jetzt entweder in ein Zimmer sperren und dann die Farm durchsuchen, oder ihr setzt euch hier friedlich auf die Veranda, und wir tun es mit deiner Zustimmung. Die Entscheidung solltest du schnell treffen.«

»Mama, es ist gut«, sagte Maurice leise.

Cordelia starrte ihren Sohn an. »Nein, Liebling, nicht.«

»Doch, es ist vorbei. Lass es einfach laufen.«

»Nein, ich lasse das nicht zu!«, schrie ihn seine Mutter an und wand sich in Zaks eisenhartem Griff.

»Ist gut, Mama«, wiederholte Maurice ganz ruhig. »Lass sie los«, sagte er leise zu Zak.

Zak vergewisserte sich mit einem kurzen Blick auf Nils, und als der nickte, nahm er seine Hände weg, blieb aber neben Cordelia stehen. Auch Maurice befreite sich von Musa, der seinen Klammergriff nur zögernd löste. Maurice rieb sich seinen Arm, dann wedelte er kurz mit den Händen.

»Nur zu«, sagte er zu Nils. »Durchsucht die Farm. Meine Mutter und ich werden so lange auf der Veranda bleiben und euch nicht behindern – allerdings würde ich dir dringend davon abraten, das Löwengehege zu betreten, meine Miezekatzen sind heute noch nicht gefüttert worden.« Mit einem Anflug von Galgenhumor grinste er schief.

Nils zögerte nicht lange. »Jill, bleib du bei ihnen, pass auf, dass sie nicht telefonieren. Ich traue ihnen nicht. Wilson, du bleibst auch hier!« Mit diesen Worten rannte er die Stufen hinunter und dann den Weg ums Haus herum zum hinteren Teil des Gartens, dicht gefolgt von Musa, Philani und Zak, der im Laufen eine zusammengefaltete Baseballkappe aus der Hosentasche zog und sich über seinen signalrot leuchtenden, sonnenverbrannten Schädel stülpte.

Es kostete Jill alle Selbstbeherrschung, nicht hinter Nils herzurennen. Hier still herumzusitzen fand sie unerträglich. Wenn ihr kleines Mädchen gefunden wurde, wollte sie dabei sein, es in den Arm nehmen, sich vergewissern, dass es ihm gut ging. Sie prüfte, ob ihr Handy angeschaltet und aufgeladen war und steckte es beruhigt wieder ein.

Cordelia saß ihr gegenüber, hatte die Beine fest übereinandergeschlagen, die Arme um den Leib geschlungen, und starrte Löcher in den Boden. Maurice war in sich zusammengesunken, trommelte mit den Fingern auf der Lehne seines Stuhls und blickte irgendwo ins Nichts. Wilson war zu einer dunklen Statue erstarrt. Seine Waffe hielt er in beiden Händen, zwar auf den Boden gerichtet, aber unmissverständlich schussbereit, und ließ Cordelia und Maurice nicht aus den Augen.

Irgendwann klingelte das Telefon in Maurice' Hosentasche. Nachdem er das Display geprüft hatte, ging ein Ruck durch ihn hindurch. Er stand auf, machte ein paar Schritte zur Seite und wandte Jill den Rücken zu, ehe er antwortete.

Die anschließende Unterhaltung verlief so leise, dass sie nicht ein einziges Wort verstand, obwohl sie sich näher an ihn heranschob. Maurice beendete das Gespräch, drehte sich um und sah seine Mutter kurz eindringlich an, als wollte er ihr eine Botschaft übermitteln. Dann ließ er sich wieder in den Rattansessel fallen.

Jill betrachtete ihn beunruhigt. Er war wie verändert. Hatte er zuvor mit hängenden Schultern ein Bild jämmerlicher Resignation geboten, lehnte er jetzt breitbeinig, die Arme locker auf die Lehnen gelegt, im Sessel. Das erleichterte Lächeln, das in seinen Mundwinkeln saß, alarmierte sie am meisten.

Der Anruf musste mit seiner äußerlichen Verwandlung zu tun haben. Ihre Nervosität gewann wieder Oberhand. Sie beobachtete ihn scharf. Es gab nur einen Mann, befürchtete sie, der in dieser Situation diese Wirkung auf ihn haben könnte, und das war Len Pienaar. Während sie Maurice anstarrte, kroch die Erkenntnis in ihr hoch, dass vermutlich nur eine Nachricht dieses Lächeln hervorrufen konnte, nämlich die, dass Kira von der Farm weggebracht worden war. Alles andere würde keinen Sinn ergeben.

Damit hätten sie jede Spur von ihrer Tochter verloren, und derjenige, der ihr hätte sagen können, wo sie war, saß ihr schweigend gegenüber und grinste. Verzweiflung überfiel sie mit Macht und damit auch der ganz und gar unzivilisierte Impuls, Maurice an der Kehle zu packen und so lange zu würgen, bis er ihr verriet, was vor sich ging. Aber natürlich gab sie diesem Impuls nicht nach. Stattdessen probierte sie es mit einem Überraschungsangriff. »Was wollte Len Pienaar?«

Maurice' Kopf ruckte herum, aber er fing sich schnell. »Das war nicht Pienaar, das war unser … nördlicher Nachbar. Eines … seiner Rinder ist ausgerissen.«

»Ach nein, und er fragt sicher, ob deine Löwen es gefressen haben, oder?«, bemerkte Jill sarkastisch, während sie schon die Kurzwahl für Nils in ihr Handy tippte. Er meldete sich sofort. »Len Pienaar hat eben angerufen«, berichtete sie, wobei sie Maurice nicht aus den Augen ließ, um sich keine seiner Reaktionen entgehen zu lassen. »Ich glaube nicht, dass Kira noch auf der Farm ist. Dazu ist Maurice plötzlich viel zu entspannt. Honey, ich …« Ihr wurde unvermittelt die Kehle rau, und sie brach ab.

»Bleib ruhig, Liebling. Wir finden sie, und wenn ich es aus Maurice herausprügeln muss. Und glaub mir, das werde ich! Wir sind jetzt dort, wo das Gebiet der Löwen an den Hof grenzt, und durchsuchen das Gebäude. Philani hat Spuren gefunden, die mich stutzig machen. Etwas stimmt da nicht. Ich rufe dich sofort an, sollten wir tatsächlich etwas entdecken.«

Jill legte auf und schaute Cordelia unverwandt an. Die benahm sich wie eine Löwenmutter, die ihr Junges gegen Angreifer verteidigte. Nur dass ihr Junges schon fast vierzig Jahre alt war. Seltsames Verhalten, dachte sie. Und völlig untypisch für Cordelia. Sie musterte ihre Nachbarin, von der sie geglaubt hatte, sie einigermaßen gut zu kennen. Offensichtlich hatte sie sich geirrt. Sie konnte sich auf Cordelias momentanes Verhalten überhaupt keinen Reim machen. Vielleicht kannte sie Maurice'

Mutter einfach nicht gut genug. Vielleicht hatte sie nur immer die nette Oberfläche wahrgenommen, nur das, was sie hatte sehen sollen.

Im Lieferwagen war die Luft heiß und stickig, der feuchte Boden stank beißend nach Urin. Vermutlich hatten sich die Kinder vor Angst nass gemacht, fuhr es Anita durch den Kopf. Sonst hatte sie während der Fahrt, die ausschließlich über immer schlechter werdende Schotterstraßen zu führen schien, genug damit zu tun, auf irgendeine Weise Halt zu finden, als sich über die Luft und Urinlachen im Auto Gedanken zu machen. Ständig wurde sie herumgeworfen, knallte gegen die metallene Seitenwand oder wurde von einem Kinderkörper getroffen. Die Kinder schrien fast unaufhörlich, vor Schmerzen und vor Angst vermutlich. Sicherlich.

Sie überlegte, ob der Krach von draußen zu hören war und ob sie vielleicht auch schreien sollte, um die Aufmerksamkeit eines Passanten zu erregen, unterließ es aber. Soweit sie Zululand kennengelernt hatte, würde außer dösigen Kühen und bockigen Ziegen kaum ein lebendes Wesen in der Hitze herumlaufen. Doch dann belebte sie der Gedanke, dass sie vielleicht auf Sammeltaxis treffen könnten. Wenn sie mit den Kindern zusammen schreien würde, müssten sie doch wenigstens von einigen Passagieren bemerkt werden.

Sie wollte auf die Uhr sehen und stellte dabei fest, dass auch die verschwunden war. Ein scharfer Schmerz durchfuhr sie. Frank hatte sie ihr zum Jahrestag ihres Kennenlernens geschenkt. Mit Mühe schluckte sie den hochschießenden Wutanfall hinunter. Das war in ihrer Lage nur Kraftverschwendung. Jetzt galt es, aus diesem Gefängnis zu entkommen.

Verbissen versuchte sie, in Gedanken einen Zeitplan des Tagesablaufs aufzustellen, was ihr aber nicht gelang, weil sie nicht abschätzen konnte, wie lange sie bewusstlos gewesen war. Jedoch fiel ihr ein, dass die Sonne bereits relativ schräg gestanden hatte, als man sie aus der Abfallgrube gezogen hatte. Zwar war es auf dem Hof noch immer drückend heiß gewesen, aber trotzdem musste es schon nachmittags sein. Fünfzehn Uhr, vielleicht aber auch schon später. Auf jeden Fall würde auf den Straßen Zululands bald reger Verkehr herrschen. Sie lauschte angestrengt, aber zu ihrer Enttäuschung drang kein Geräusch von außen herein. Das Motorengeräusch übertönte alles. Entmutigt legte sie sich halb zurück und stützte sich dabei auf den Ellbogen ab.

»Anita?« Kiras raues Stimmchen.

»Hier bin ich«, antwortete sie, und kurz darauf spürte sie Kiras warmen Körper in ihrer Armbeuge. Sie setzte sich auf, legte ihren Kopf auf das weiche Haar und hielt die Kleine fest umschlungen.

Nach einiger Zeit stoppte der Lieferwagen plötzlich so abrupt, dass alle Insassen nach vorn geschleudert wurden. Die Kinder schrien und weinten durcheinander, verstummten auch nicht, als die Tür aufgezogen wurde. Grelles Licht schnitt eine Schneise ins stickige Dunkel. Geblendet kniff Anita die Lider zusammen und hob dabei abwehrend die Arme.

»Aufgewacht, schöne Frau«, kommandierte Len Pienaar. »Zungu, Jacob, helft den Damen heraus!«

Anita nahm Kira in den Arm und kroch mit ihr zur Tür. Sie schlug die nach ihr greifenden Hände der beiden Zulus weg und ließ Kira vorsichtig vom Lieferwagen hinuntergleiten. Danach sprang auch sie hinaus, kam dabei auf einem Stein auf und knickte um. Als sie sich gefangen hatte und sicher stand, brannte die betonharte Erdoberfläche durch die dünnen Sohlen ihrer Riemchensandalen.

Hinter ihr hörte sie ein leises Wimmern. Sie wandte sich um und spähte ins Innere des Wagens. Die Kinder hatten sich verängstigt in die hinterste Ecke der Ladefläche zusammengedrückt. Nur das Weiße ihrer weit aufgerissenen Augen und ihre Zähne leuchteten gespenstisch in der Dunkelheit. Sie streckte ihnen ihre Hand entgegen und lockte sie mit sanften Tönen, aber keine der Kleinen rührte sich, bis Kira in schnellem, melodiösem Zulu etwas zu ihnen sagte. Zögernd wagten sich zwei Mädchen hervor, die zwar kaum größer als Kira waren, aber älter, vielleicht dreizehn oder vierzehn Jahre alt. Genau konnte Anita das nicht einschätzen, außer dass ihre Figur die ersten weiblichen Rundungen ahnen ließ.

Die anderen drängten sich immer noch angstvoll in die hinterste Ecke und rührten sich nicht. Mit einem Knurren sprang Zungu auf die Ladefläche, trieb die Mädchen gewaltsam zur Tür und stieß sie hinaus, wo Jacob sie auffing. Manche allerdings fielen auf den Beton und weinten bitterlich. Schließlich standen alle in einem engen Knäuel draußen vor dem Fahrzeug, und Anita konnte sie sich erst jetzt richtig ansehen.

Es war ein jämmerlicher Haufen, und es drehte ihr das Herz um. Ihre Kleidchen waren verdreckt, meist zerlöchert, und viele hatten blaue Flecken oder Verletzungen, manche frisch vom Sturz aus dem Lieferwagen, manche älter und verkrustet. Ihre Haltung war voller Angst, und bis auf wenige Ausnahmen waren die Mädchen durchweg viel zu dünn, sodass ihre herrlichen schwarzen Augen in den schmalen Gesichtern riesig groß wirkten.

Einmal schon hatte sie solche Augen gesehen – und diese Angst. Im Labor, bei den Versuchsaffen. Der Gedanke genügte, und ihr wurde schwindelig. Ihr drohte schwarz vor Augen zu werden, aber es gelang ihr, sich zusammenzureißen und ihre eigene Angst in Empörung zu bündeln.

»Wo sind wir?«, fuhr sie Pienaar an, der abseits stand und eine Nummer in sein Mobiltelefon tippte. Er ignorierte sie und begann in den Hörer zu sprechen. »He, ich habe gefragt, wo wir sind!«, rief sie. Äußerlich demonstrierte sie Unerschrockenheit, innerlich allerdings fühlte sie das Gegenteil.

Statt Pienaar antwortete Jacob. »Woanders.« Er grinste und

lachte das tiefe, glucksende Lachen der Afrikaner, das sie sonst so liebte, jetzt aber nur als abstoßend empfand.

Sie holte tief Luft, wollte erst nichts antworten, dann aber ging das Temperament mit ihr durch, und sie teilte ihm mit – allerdings auf Deutsch –, was sie von ihm halte und welches Schicksal sie ihm an den Hals wünsche. Ausführlich und sehr deutlich. Das erleichterte sie einigermaßen, aber Jacob machte es sichtlich zornig.

»Deine Sprache ist nur für Paviane!«, schrie er sie auf Englisch an. »Rede mit mir in einer Sprache, die Menschen verstehen. Zulu ist für Menschen! Deine Sprache ist für Affen!«

Kira zupfte sie an ihren Shorts und zog dann ihren Kopf herunter. »Sag zu ihm: Suka, Impisi embi«, flüsterte sie ihr ins Ohr.

Ohne nachzudenken, wiederholte Anita diese Worte laut, wobei sie keinerlei Vorstellung hatte, was das heißen könnte. Aber die Wirkung auf Jacob war sehr zufriedenstellend. Sein Gesichtsausdruck wechselte zwischen Wut, Überraschung und Misstrauen. Er schien sich nicht mehr sicher zu sein, ob Anita Zulu sprechen konnte oder nicht, und kämpfte sichtlich mit sich, wandte sich dann aber vor sich hin brabbelnd von ihr ab.

»Was habe ich gesagt?«, flüsterte Anita Kira zu.

Die Kleine kicherte vergnügt. »Hau ab, du hässliche Hyäne!«

Unbedacht prustete Anita los, schlug sich aber gleich mit der Hand auf den Mund. Lachen war jetzt wirklich ein völlig unpassendes Geräusch. Schnell ließ sie den Blick über die Umgebung schweifen, um sich den Ort einzuprägen, an dem sie gelandet waren.

Das von allen Seiten von einem Staketenzaun aus unregelmäßig gehauenen, dünnen Baumstämmen umgebene Gelände war leicht abschüssig. Auf seinem höchsten Punkt standen drei verschieden große Rundhütten mit dünnen Grasdächern. Vor der größten wuchsen in einem verkrauteten Beet ein paar mickerige Geranien. In der Mitte des Hofs drängten sich im löchrigen

Schatten einer Akazie vier fliegenumsummte Rinder und glotzten unter gesenkten Hörnern zu ihnen herüber. Hühner gackerten und pickten zwischen spärlichen Grasbüscheln nach Futter, und zwei angepflockte Ziegen zerrten neugierig meckernd am Strick.

Erst jetzt nahm sie die drei Schwarzen wahr, die ein paar Meter entfernt vor der größten Hütte im Schatten eines Baumes standen und ihnen entgegenstarrten. Ein etwas über mittelgroßer Mann, der ihr vage bekannt vorkam, und eine junge, bildhübsche Frau, die die Hand eines kleinen Jungen hielt, dessen Haut wie die einer prallen, reifen Aubergine schimmerte und der wohl im gleichen Alter wie Kira war.

Offenbar waren sie auf einem traditionellen Zulu-Hof gelandet, stellte sie mit Erstaunen fest. Die Hütten standen auf dem höchsten Punkt, hatte Jill ihr erzählt, damit der Rinderdung und sonstiger Unrat bei Regen nach unten zum Ausgang und weiter den Abhang hinuntergespült werden konnten, wobei die meist unten liegenden Gemüsegärten gleichzeitig gedüngt wurden.

»Africa!«, stieß Kira unvermittelt hervor. Sie zupfte an Anitas Shorts. »Das ist Africa. Er war Ranger bei uns, aber er hat Geier gewildert, und Mami hat ihn rausgeworfen.«

Anita sah genauer hin und erkannte, dass die Kleine recht hatte. Das war also derjenige, der den Geiern die Köpfe abgeschnitten hatte, die andere kaufen und rauchen würden, um dabei in die Zukunft schauen zu können. Offensichtlich aber hatte er die Zaubermedizin nicht bei sich selbst angewandt, sonst wäre er wohl nicht erwischt worden. Sein Hof zumindest zeugte nicht von plötzlichem Reichtum. Er schien gemerkt zu haben, dass Kira ihn erkannt hatte. Seine lackschwarzen Augen huschten kurz zwischen Len Pienaar und der Kleinen hin und her.

Pienaar redete auf ihn ein, und soweit Anita erkennen konnte, wechselten Geldscheine den Besitzer, die von angemessener Höhe zu sein schienen, denn Africas ebenmäßiges Gesicht überzog ein glückseliges Lächeln, als er sie einsteckte. Anschließend deutete Pienaar auf einen Bereich des Hofs, der vom Eingang aus gesehen auf der linken Seite lag, ein paar Meter von den Rindern entfernt. Er redete schnell und malte dabei eine Art Haus in die Luft. Offenbar erteilte er dem Zulu den Auftrag, einen Unterstand zu errichten.

Nach Len Pienaars Ansprache schälte Africa das Oberteil seines verschossenen, ehemals braunen Overalls herunter und entblößte Muskeln, die sich wie dicke Stricke um die Armknochen wanden. Er verschwand hinter der größten Hütte, von wo er nach und nach sechs krumme Pfosten heranschleppte. Dann machte er sich daran, ihre Enden in die steinharte Erde zu rammen. Das Ganze stellte sich als mühselige, zeitraubende Arbeit dar, die ihm den Schweiß in Rinnsalen vom Körper rinnen ließ. Er protestierte lautstark, und Len Pienaar befahl Jacob und Zungu, ihm zu helfen. Die Frau und der Junge mussten trockene Grasbüschel heranschaffen, und bald nahm ein Unterstand Formen an, der sich schließlich als ein schlampig mit Gras gedecktes Dach auf Pfosten herausstellte, das viele Lücken aufwies.

Während die unglückseligen Kinder unter dem Grasdach zusammengetrieben wurden, wartete Anita mit Kira etwas abseits. Verstohlen lief ihr Blick über den Hof, und sie stellte fest, dass momentan alle abgelenkt waren und sie von niemand beachtet wurden. Nach einem geflüsterten Wortwechsel mit Jills Tochter begann sie, sich ganz vorsichtig mit winzigen Schritten zum Ausgang des Hofs zu bewegen. Zwischen dem Lieferwagen und dem Staketenzaun hatte sie eine schmale Lücke erspäht. Wenn sie es schaffte, durch sie hindurchzuschlüpfen, würde Len Pienaar anschließend zu lange brauchen, um das Fahrzeug herauszufahren und zu wenden. Sie könnten sich vielleicht im Busch verstecken, bis es dunkel war. Es war zumindest ein Strohhalm, an den sie sich klammern konnte.

Kira reckte den Hals, um durch die Zaunlücken etwas erkennen zu können. »*Inqabas* Zaun ist da drüben«, flüsterte sie. »Wir müssen nur über das Feld laufen, und schon sind wir da. Wenn wir rüberklettern, finden uns bestimmt die Ranger oder unsere Wilderer-Patrouille ganz schnell, und dann sind wir in Sicherheit!«

Inzwischen war die Sonne schon tief gesunken, der Abend nahte schnell. Anita sah sich mit Kira an der Hand in der Dunkelheit im Wildreservat durch Dornengebüsch schleichen, über Felsen klettern, im Mondlicht auf weiten, offenen Grasflächen verzweifelt nach Deckung suchen, immer die Angst im Nacken, dass ein Raubtier Appetit auf einen Imbiss verspüren könnte. Die Vorstellung jagte ihren Blutdruck hoch. »Und was ist mit den Löwen? Und Elefanten? Und Schlangen?«

»Hierher in diese Ecke von *Inqaba* kommen die Löwen meistens nicht. Die Elefanten kennen mich, und ich weiß, wie man mit Schlangen umgeht.« Das war die ganz und gar überzeugte Antwort von Kira Rogge.

Und Anita ertappte sich zu ihrer eigenen Überraschung dabei, dass sie dem kleinen Mädchen glaubte. Buschbaby hatte Jill sie genannt. Jetzt verstand sie, was damit gemeint war. Unauffällig machten beide einen weiteren Schritt auf die Zaunlücke zu, wobei sie Usathane nicht aus den Augen ließen. Der hatte sein Mobiltelefon in der Hand und schien nichts von ihrer geplanten Flucht zu bemerken. Doch auf einmal brüllte er so urplötzlich los, dass nicht nur die Kinder leise aufschrien, sondern auch Kira. Africa und Jacob rannten ihr und Anita nach. Sie fingen sie ein und zerrten sie grob zu der kleinsten Hütte.

Anita wurde völlig von der Aktion überrascht, weil Pienaar seine Befehle auf Zulu gegeben hatte. Sie leistete kaum Widerstand, als sie mit Kira durch den von einem Rinderfell verhangenen Eingang gestoßen wurde, der so niedrig war, dass höchstens ein zehnjähriges Kind aufrecht hindurchgehen konnte. Beide strauchelten, beide fielen hin, und kaum waren sie drinnen, blockierte das Rinderfell das Licht, und draußen wurde etwas Schweres vor den Eingang geschoben. Dämmerlicht umfing sie.

»Scheiße!«, platzte es aus Anita heraus.

»Das sagt eine Dame nicht, sagen meine Eltern immer«, tadelte Kira sie. Die Kleine wirkte erstaunlich gefasst.

Anita gelang ein schwaches Lächeln. »Recht haben sie. Ich bitte um Verzeihung.« Sie sah sich um und schätzte den Durchmesser des Raums auf etwa acht Meter, vielleicht etwas mehr. Das Dach, eine simple Konstruktion aus dünnen Stangen und Gras, ruhte in der Höhe der Oberkante des Eingangs auf einer Mauer und wurde durch einen Mittelpfahl abgestützt. Der Grasbelag war so dünn, dass man teilweise den hellen Abendhimmel hindurchschimmern sah. Das Licht in der Hütte schwand rasend schnell. Es wurde Nacht, und die ersten Mücken sirrten eifrig heran, angezogen von dem Versprechen einer schönen Blutmahlzeit. Als die erste ihren Rüssel in Anitas Oberarmhaut bohrte, konnte sie das Insekt noch rechtzeitig erschlagen.

»Weißt du, ob es hier Malaria gibt?«, fragte sie Kira leise.

»Ich glaube ja«, war die unsichere Antwort. »Meine Mami hatte mal welche und war ziemlich krank. Sie hat furchtbar gefroren, dabei war es draußen richtig heiß.«

Keine gute Nachricht, dachte Anita und fügte schweigend einen saftigen Fluch hinzu. Sie sah sich rasch um, um sich zu orientieren, bevor es vollkommen dunkel wurde.

Die Bestandsaufnahme war einfach. Auf dem Boden lagen zwei Strohmatten, in der Mitte der Hütte war eine Mulde mit verkohltem, erkaltetem Holz. Das war's. In der dichten Dunkelheit, die bereits in der Hütte herrschte, würde sie sich jetzt nur noch auf ihren Tastsinn verlassen können.

»Ich habe Hunger«, maulte Kira.

Zu ihrem eigenen Erstaunen fing Anitas Magen wie auf Kommando ebenfalls zu knurren an. Sie tastete sich zum Eingang vor. Es gelang ihr, trotz des schweren Gegenstands, der es einklemmte, das Rinderfell beiseitezuschieben. Sie legte den Mund gegen den Spalt.

»Wir haben Hunger, Pienaar!«, rief sie und wartete dann mit angehaltenem Atem auf eine Reaktion.

Zunächst passierte überhaupt nichts. Doch irgendwann – ihr Zeitgefühl geriet zunehmend ins Schwimmen – hörte sie, wie der Gegenstand, der den Eingang verschloss, beiseitegeschoben wurde. Dann wurde das Rinderfell angehoben, und die junge Frau, die sie draußen gesehen hatte, duckte sich darunter hindurch und stand dann als schlanke Silhouette vor dem flackernden Feuerschein, der von draußen ins Dunkel der Hütte fiel. Die Frau befestigte das Rinderfell so, dass der Eingang offen blieb. Anita sah, dass sie zwei Blechteller hielt, die sie jetzt lächelnd vor ihnen auf der Erde absetzte. Sie sprach einige Sätze in Zulu zu ihnen. Ihre Stimme war dunkel und melodiös, und die Frau war Anita irgendwie sympathisch, obwohl sie wohl ihre Kerkermeisterin war.

»Mein Name ist Tiki«, übersetzte Kira leise. »Ich koche für euch.«

Tiki rief ein paar Worte nach draußen, und kurz darauf schlüpfte ihr kleiner Junge in die Hütte. In einer Hand hielt er einen glimmenden Scheit, in der anderen ein Büschel trockenes Gras. Er grinste sie fröhlich an, kniete sich vor der Mulde in der Mitte der Hütte hin und entfachte im Handumdrehen ein kleines Feuer. Es flackerte hoch und ließ ihre Schatten wie Monster über die Wände tanzen. Wieder sagte Tiki etwas, und Kira übersetzte ihre Worte.

»Ihr Sohn heißt Naki, wie ein sehr berühmter Mann in Südafrika. Hamilton Naki Magwaza, sagt sie, und dass sie sehr stolz auf ihn ist. Auf Naki.«

Das war Tiki unschwer anzusehen. Sie strahlte übers ganze Gesicht. Der Feuerschein ließ ihre Augen und Zähne schimmern. Sie sagte etwas zu Naki, der sofort nach draußen verschwand. Bald darauf kehrte er mit zwei am Rand abgestoßenen Bechern zurück, die mit einer undefinierbaren graubraunen, aber warmen Flüssigkeit gefüllt waren.

»Tee«, erklärte Tiki. Mit einer Handbewegung scheuchte sie ihren Sohn hinaus und verließ dann selbst die Hütte. Sie machte das Rinderfell los und ließ es vor den Eingang fallen. Gleichzeitig schob jemand wieder den schweren Gegenstand davor. Vom Geräusch her konnte Anita nicht definieren, was es war. Eine Kiste? Draußen war ihr keine aufgefallen. Ein großer Holzklotz? Vielleicht. Oder ein schwerer Stein. Auf der rechten Seite hatten am Zaun einige größere Steine gelegen, die durchaus die Bezeichnung Felsen verdient hatten. Nachdenklich stocherte Anita mit einem Stöckchen im glimmenden Feuer. Wenn alle schliefen, nahm sie sich vor, würde sie den Widerstand dieses Gegenstands testen. Nachdenklich wedelte sie den Rauch, der vom Feuer aufstieg, vor ihrem Gesicht weg.

Ein tiefes, kaum hörbares Rumpeln, das von überallher zu kommen schien, unterbrach ihre Überlegungen. Sie hob den Kopf. Gewitter oder Löwen? Schweigend lauschte sie, und dann roch sie es. Feuchtigkeit. Auf einmal erfüllten auch andere Gerüche die Hütte. Nach warmer Erde, Rinderdung, Blattgrün, Süße von Blüten. Als hätte die Luftfeuchtigkeit gewisse Moleküle aktiviert. Die ersehnte Abkühlung nach der mörderischen Hitze stand bevor, trotzdem war sie sich nicht sicher, ob sie darüber froh sein sollte. Ein afrikanischer Wolkenbruch würde eine Flucht erheblich erschweren. Ihre Mutter hatte in ihrem Reisetagebuch ein derartiges Naturschauspiel mit eindrucksvollen Worten beschrieben.

Es war 19.45 Uhr und schon pechschwarze Nacht, als Dirk endgültig die Nerven durchgingen. Nachdem er zum wiederholten Mal an Anitas Tür geklopft, aber keine Antwort erhalten hatte, vergeblich ihre Handynummer angerufen hatte und dann auch bei Cordelia wieder nicht weitergekommen war, schlug er Alarm. Er war so außer sich, dass er die strikte Anweisung, seinen Bungalow im Dunklen nur mit einem bewaffneten Ranger zu verlassen, vergaß und in halsbrecherischem Tempo den schmalen Weg entlang zur Rezeption rannte. Einmal stolperte er über eine Wurzel, die quer über den Weg verlief, und schlug hin, verlangsamte hinterher seine Schritte aber nicht wesentlich. Verschmutzt, mit einem Riss und einem Blutfleck im T-Shirt, wo ein Dorn ihn erwischt hatte, der bis auf die Brust durchgegangen war, erreichte er Jonas und informierte ihn atemlos, dass Anita Carvalho von Bungalow eins ganz offensichtlich verschwunden sei.

Jonas kaute auf seinem Bleistift und musterte Dirk mit zusammengekniffenen Augen. »Also ist sie bisher nicht wieder aufgetaucht.« Es war keine Frage. »Haben Sie irgendeine Ahnung, wo sie sich aufhalten könnte?«

»Sie hatte gestern vor, zur Farm von Maurice zu fahren. Aber da habe ich mehrmals angerufen. Sie ist dort den ganzen Tag nicht aufgetaucht.«

Jonas legte den Bleistift beiseite. »Ich nehme an, dass Sie ihr Handy probiert haben … Natürlich.«

»Es ist seit gestern Morgen abgeschaltet.«

Jonas schlug mit der flachen Hand auf den Tresen. »Dann scheint es keine andere Möglichkeit zu geben, als die Polizei zu informieren. Eine verschwundene Touristin wird die schnell auf Trab bringen, da sind die richtig sensibel. Aber wir werden damit eine Großfahndung auslösen. Sind Sie sich wirklich sicher, dass die Dame das möchte?«

»Weiß ich nicht, aber ich will es.«

Nachdem er Dirk einige Sekunden wortlos gemustert hatte, hob Jonas den Hörer und wählte den Notruf. Und wartete. Ungeduldig begann er, mit dem Bleistift auf den Tisch zu klopfen, lang, kurz, kurz, lang, kurz, kurz. Für über eine Minute war kein anderes Geräusch zu hören. Dirk dröhnte es in den Ohren, als wäre ein Presslufthammer zugange.

Schließlich legte Jonas den Hörer zurück und sagte, dass vermutlich die Leitung gestört sei, so etwas komme hier schon ab und zu vor. Er werde nicht lockerlassen, bis er eine Verbindung bekomme. In der Zwischenzeit, so schlage er vor, solle sich Dirk auf die Veranda setzen und einen Kaffee trinken oder, noch besser, einen steifen Drink.

Dirk starrte den Zulu an, sah aber ein, dass er jetzt nichts weiter tun konnte. Frustriert tigerte er hinüber zur Veranda, stellte sich ans Geländer und bohrte seinen Blick in die Schwärze. Gleichzeitig drehte er in Gedanken jeden Fetzen Information um, an den er sich hinsichtlich Anitas Aufenthalt erinnern konnte. Das Ergebnis war niederschmetternd. Außer dass sie ihre Schwester hatte besuchen wollen, förderte er aus seinem Gedächtnis nichts zutage. Rastlos lief er über die Veranda, die Treppe hinunter und ein paar Schritte über den Pfad in den Busch. Dann kehrte er kurz entschlossen um und marschierte zur Rezeption, wo er nur wieder von einem wortlosen Kopfschütteln Jonas' empfangen wurde.

»Ich fahre zur Polizeistation«, sagte er schließlich und holte seinen Autoschlüssel hervor.

Nachdem Jonas sich vergewissert hatte, dass Dirks Mietwagen ein Navigationsgerät besaß, gab er ihm die Adresse und riet ihm zugleich, seinen Pass mitzunehmen. »Rufen Sie mich an, sollten Sie irgendwelchen Schwierigkeiten begegnen. Manchmal ist unsere Polizei etwas …« Er zögerte. »… etwas umständlich.«

Seine weitere Erklärung wurde von einem krachenden Donnerschlag ausgelöscht, gleichzeitig zerriss ein blauweißer Blitz die Atmosphäre.

»Dem Herrn sei Dank, endlich«, murmelte Jonas mit offensichtlicher Erleichterung. »Wir warten seit Wochen auf Regen«, erklärte er Dirk, der ihn fragend ansah. »Unser Land ist vertrocknet, das Vieh findet kein Futter ... Nun, Sie können sich sicher selbst ausmalen, was das alles nach sich zieht. Auf jeden Fall haben wir Regen verdammt nötig.« Er schlug weiter den Trommelwirbel mit dem Bleistift. »Dafür wird es jetzt Überschwemmungen und Schlammlawinen geben, weil die Erde zu hart ist, als dass sie Wasser aufnehmen könnte, und ein Haufen Leute werden ihre Häuser verlieren. Gott ist ein zorniger Gott, nicht wahr? Er lässt uns nichts durchgehen.«

Ein neues Geräusch mischte sich in das Rollen des Donners. Ein tiefes, anfänglich nur zu ahnendes Brausen. Es begann ganz leise, schwoll an und wurde mächtiger, bis es in Dirks Ohren klang, als donnerten direkt neben ihm die Viktoria-Wasserfälle in die Tiefe.

Es war 20 Uhr, und der Regen war gekommen.

Auf Lias Farm stürmten Jill und Nils aus dem Hofgebäude. Nach dem Anruf Pienaars bestand Jills Einschätzung nach keine Notwendigkeit mehr, auf Lia aufzupassen. Sie und Wilson waren deshalb Nils und den anderen gefolgt und mit ihnen zusammengetroffen, als diese gerade das Hofgebäude erreicht hatten. Halb verrückt vor Sorge um ihre Tochter, hatten sie jeden Winkel auf den Kopf gestellt, jeden Zentimeter abgegrast, jeden Fussel aufgeklaubt und untersucht. Aber Hof und Gebäude waren leer. Sie fanden keinerlei Hinweise auf Kiras Anwesenheit. Draußen wurden sie vom herunterrauschenden Regen empfangen und waren im Handumdrehen völlig durchnässt, was aber keinem von ihnen wirklich etwas ausmachte. Es regnete, dabei wurde man nass. So war es hier halt.

Nils stand frustriert im Hof. Das Wasser lief in Strömen an ihm herab. Er zog das T-Shirt kurzerhand über den Kopf und wrang es aus. Die Hitze hatte kaum nachgelassen, wurde im Gegenteil von der hohen Luftfeuchtigkeit noch intensiviert. Er ließ seinen Handscheinwerfer über den Boden gleiten, die Mauer hoch und wieder zurück. Irgendwann wusste er wohl nicht mehr wohin mit seiner Angst, der hilflosen Wut, denn er trat gegen einen Metalleimer, der daraufhin scheppernd über den Betonboden rutschte und gegen die Hofmauer knallte. Schwer atmend drehte er sein Handgelenk und sah auf die Uhr.

»Gleich Viertel vor neun«, knurrte er und trat noch einmal gegen den Eimer. »Keine Chance, sie zu finden. Keine Ahnung, wo wir sie noch suchen sollten.«

»Wir müssen die Polizei einschalten.« Jills Stimme war kratzig. Ein heißer Klumpen verschloss ihre Kehle, ihre Augen brannten, aber sie beherrschte sich. Tränen halfen nicht. Welchen Zweck hatte jammern, wenn es zu handeln galt? Es war der Wahlspruch ihrer legendären Vorfahrin Catherine Steinach, die mit ihrem Mann Johann dem afrikanischen Busch ihren Traum abgetrotzt und *Inqaba* aufgebaut hatte, wobei sie nur auf ihre eigene Kraft und Erfindungsgabe zurückgreifen konnte.

»Wenn jammern denn hilft, werde ich am lautesten jammern«, pflegte sie zu sagen. Man riss sich zusammen, krempelte die Ärmel hoch und handelte. Die Überlieferung dieses Spruchs war über 150 Jahre in der Familie weitergetragen worden und hatte nichts von seiner einfachen, klaren Wahrheit verloren.

Flüchtig überlegte sie, was Catherine in dieser Situation getan hätte.

»Sämtliche Farmarbeiter mobilisiert und *Inqaba* wie mit einem Flohkamm durchkämmt«, antwortete prompt ihre praktisch veranlagte Urururgroßmutter aus der Vergangenheit.

Jill dachte nach. An sich war das nicht sinnvoll, aber auf einmal breitete sich tief in ihrem Inneren ein zuversichtliches Gefühl aus, das sie nicht genau deuten konnte.

»Lass uns *Inqaba* Schritt für Schritt durchsuchen«, sagte sie zu Nils. »Frag mich nicht, warum, ich kann's nicht erklären, aber ich habe das starke Gefühl, dass wir das tun sollten, mit allen Leuten, die wir auftreiben können. Vielleicht ist Kira entkommen und jetzt zu Fuß auf unserem Gelände unterwegs. Ich weiß, dass es unwahrscheinlich klingt, aber bei unserer Tochter ist alles möglich. Abgesehen davon fällt mir sonst auch nichts Konstruktives mehr ein, außer die Polizei zu rufen.« Sie brach ab und hob in Erklärungsnot die Schultern.

Nils musterte sie durchdringend, lange und schweigend, dann nickte er langsam. »Okay, ich vertraue deiner Intuition. Aber in der Nacht wird das nahezu unmöglich sein. Wir müssen bis morgen früh warten. Auch die Polizei könnte nachts nichts ausrichten, und die Vorstellung, dass ein Dutzend Leute, die keinerlei Buscherfahrung haben, über *Inqaba* ausschwärmen, müsste dir auch Panikanfälle verursachen.«

»Wir suchen auf *Inqaba*, die sollen die übrige Umgebung umkrempeln.«

Mit der örtlichen Polizei hatte sie öfter, als ihr lieb war, zu tun gehabt, allerdings mit der Mordkommission. Deren Captain war eine kleine, rundliche Inderin mit Namen Fatima Singh, die Haare auf den Zähnen hatte und meist ziemlich schlecht gelaunt war. Wie viele offizielle Vertreter des neuen Südafrikas hatte sie dabei ein sehr empfindliches Selbstverständnis. Unsere Boss-Polizistin pflegte Nils sie spöttisch zu nennen. Sie würde sich mit der eigentlichen Suche nicht abgeben. An ihrer Stelle würde einer ihrer Adjutanten, Goodwill Cele oder Farouk Suleman, die beide den Rang eines Inspektors hatten, zuständig sein, von denen jedermann wusste, dass sie bis in die Knochen korrupt waren. Im Fall von Kiras Entführung, wo alte Netzwerke der Polizei und lokale Verstrickungen eine große Rolle spielten, nicht die optimalen Ermittler. Müde wischte sie sich die Nässe vom Gesicht. »Lass es uns doch noch einmal allein versuchen. Fatima Singh ist von der Mordkommission und wäre ohnehin nicht zuständig.«

»Gut«, sagte Nils. »Die Sonne geht ungefähr um fünf Uhr auf, vorher hat es wenig Zweck, dass wir anfangen. Um Viertel vor fünf sollten wir uns also auf dem Parkplatz versammeln, okay?«

»Okay«, stimmte Jill zu, erleichtert, dass es eine Perspektive gab. Mit zwei Händen strich sie sich ihr tropfnasses Haar zurück und drückte das Wasser heraus. Viel Erfolg hatte sie nicht, es wurde auf der Stelle wieder klatschnass.

Bleiern müde und komplett durchnässt, erreichten sie *Inqaba* und gingen mit hängenden Schultern durch den Blättertunnel. Schon von Weitem erblickten sie Dirk, der aufgeregt über die Veranda rannte. Zum hinteren Geländer, militärische Kehrtwendung, und wieder zurück zu Jonas' Rezeption.

»Nils«, rief er, als er ihrer ansichtig wurde. »Ich brauche eure Hilfe. Anita ist verschwunden! Ich will die Polizei rufen, aber alle Telefone sind tot.«

Nils blieb stehen und musterte ihn mit gerunzelter Stirn. »Verschwunden? Was meinst du damit?«

Mit knappen Worten erklärte ihm Dirk die Sachlage. »Mir bleibt nichts anderes übrig, als die Polizei zu alarmieren. Jonas meint, eine verschwundene Touristin würde sie schon aufscheuchen, so kurz vor der Fußballweltmeisterschaft.« Erst jetzt schien er ihren Zustand zu bemerken. »Wo wart ihr denn? Habt ihr ein Schlammbad genommen?« Er verzog den Mund zu einem schiefen Lächeln.

Nils erwiderte das Lächeln nicht. »Pienaar hat Kira entführt. Wir haben Cordelias Farm gründlich durchsucht, aber keine Spur von ihr gefunden. Der Scheißkerl hat sie weggeschafft. Weiß Gott wohin.« Seine Stimme wurde rau.

Dirk starrte ihn verstört an. Endlich fand er seine Stimme wieder. »O Gott, wie entsetzlich. Habt ihr die Polizei schon geholt?«

»Das ist etwas kompliziert«, sagte Jill erschöpft. »Es funktioniert hier nicht so wie in eurem schönen, friedlichen Deutschland. Wir duschen jetzt und müssen dann etwas essen. Wenn du Lust hast, kannst du uns Gesellschaft leisten, dann erkläre ich es dir. In einer halben Stunde in unserem Haus? Aber erwarte keine kulinarischen Höhenflüge, wir braten nur ein paar Steaks und machen einen Salat dazu.« Dirk nickte. »Also bis gleich«, sagte sie, ergriff Nils' Hand und ging zusammen mit ihm im Licht der zuckenden Blitze durch den strömenden Regen hinüber zu ihrem Haus.

Der Abendbrottisch war im kleinen Esszimmer gedeckt, und Jill brachte eben den Salat herein, während Nils die Platte mit den Steaks trug, als Dirk aus dem strömenden Regen hereinkam.

»Mistwetter«, knurrte er und faltete den Schirm, den Jonas ihm geliehen hatte, zusammen und stellte ihn gegen die Hauswand auf die Veranda. Dann setzte er sich auf den freien Stuhl. »Kann ich euch noch etwas helfen?«

»Du kannst den Wein öffnen«, sagte Nils und verteilte die Steaks. »Es gibt Backkartoffeln mit Sour Cream, Salat und Steak. Ich hoffe, du magst deins blutig?«

»Gerade so, dass es nicht mehr schreit, wenn ich hineinschneide.« Dankend nahm er sich eine Kartoffel und häufte Sour Cream darauf.

»Lass uns erst essen und dann reden«, sagte Nils.

Eine Weile beschäftigten sie sich schweigend mit ihrem Essen. Dann ließ Nils seine Gabel sinken.

»Wir können Kira nicht durch die Polizei suchen lassen, es ist nämlich so ...«

Dirk stoppte ihn mit erhobener Hand. »Ich weiß, ihr habt es mir erzählt. Pienaar ist ein Excop von der übelsten Sorte, einer, der Freunde noch bis in die höchsten Etagen der Polizei hat. Wenn ihr die Polizei ruft, riskiert ihr, dass ihr den einen erwischt, der ihm was schuldet. Was für eine Scheißsituation ... Entschuldige, Jill.«

»Hätte ich nicht besser ausdrücken können«, murmelte sie, den Kopf in die Hände gestützt. Das Steak hatte sie so gut wie nicht angerührt und nur die Hälfte ihrer Kartoffel gegessen.

»Du musst essen, Liebling, dein Körper braucht Treibstoff.«

Nils streichelte ihre Hand. »Du musst einfach abschalten. Momentan kannst du doch nichts machen. Wir finden unsere Kleine, das verspreche ich dir.« Er verstummte und erinnerte sich an sein anderes Versprechen, das er ihr gegeben und bisher nicht eingehalten hatte. Dass der Albtraum um Len Pienaar bald aufhöre. Er rieb sich die Magengegend, um den Druck wegzustreichen, der sich dort ständig weiter aufbaute, seit Anita Pienaars Grüße ausgerichtet hatte. Seinem Gefühl nach hatte er Felsengröße erreicht.

Jill hatte seine Worte nur mit einem stummen Nicken quittiert und knabberte appetitlos an einem Salatblatt. Jeder Bissen schien so groß wie eine Orange zu sein und ihr im Hals stecken zu bleiben.

Auch Dirk hatte sein Essen bisher kaum angerührt. Unvermittelt schob er seinen Teller von sich. »Morgen früh gehe ich zum Polizeirevier und erstatte Vermisstenanzeige.«

Nils zog eine zweifelnde Grimasse. »Anita von der Polizei suchen zu lassen, weil sie nur eine Nacht nicht in ihrem Bungalow hier geschlafen hat und du sie nicht auf dem Handy erreichen kannst, finde ich verfrüht. Außerdem glaube ich nicht, dass du viel Erfolg haben wirst. Unsere Polizei ist total überlastet, um nicht zu sagen, total überfordert. Sie werden dich fragen, ob du mit ihr verwandt bist, und darauf hinweisen, dass sie volljährig ist und sich bei niemand abmelden muss. Wenn du sehr viel Glück hast, legen sie eine Akte an.«

Dirk hörte auf, in seinem Salat zu stochern, und sah seinen Freund an. »Und was schlägst du vor?«

Nils' Antwort war ein hilfloses Schulterzucken. »Was ist, wenn sie einfach irgendwohin gefahren ist, zum St.-Lucia-See zum Beispiel oder nach Umhlanga Rocks? Vielleicht hat sie da für einen Tag ein Hotelzimmer gebucht und amüsiert sich gerade in einer Bar.«

Dirk schüttelte sehr entschieden den Kopf. »Glaub ich nicht. Nicht Anita.«

»Woher weißt du, dass sie hier nicht noch jemand kennt, den sie gerade besucht?«, fragte Jill und sah ihm fest in die Augen.

Mit einem gequälten Ausdruck starrte Dirk auf seinen Teller. »Natürlich ist die Möglichkeit, dass sie hier andere Kontakt hat, nicht von der Hand zu weisen, aber …« Er brach ab und wirkte, als wäre ihm plötzlich übel geworden.

»Und wenn sie das hat und du ihr die Polizei auf den Hals hetzt, wird sie darüber nicht gerade erfreut sein, um das mal gepflegt auszudrücken«, sagte Jill. »Ich würde schätzen, dass du dann alle Chancen bei ihr verspielt hast«, setzte sie mit einem winzigen Lächeln hinzu.

Dirk erwiderte das Lächeln nicht, sondern schob frustriert seinen Teller weg. »Gut, ich warte noch den morgigen Tag ab. Wenn sie bis abends kein Lebenszeichen von sich gegeben hat, geh ich zur Polizei. Unwiderruflich. Und ich rufe alle Zeitungen der Region an.«

Nils nickte und wollte etwas sagen, aber Jills Funkgerät erwachte plötzlich krächzend zum Leben. Sie nahm es auf. »Was ist, Mark?« Sie spielte mit ihrer Gabel, während sie Marks Stimme lauschte, die in einem abgehackten Stakkato aus dem Gerät tönte.

»Was?«, schrie sie plötzlich so laut, dass Nils und Dirk zusammenzuckten. »Kamali? Wo?« Sie hatte die Gabel auf den Tisch geworfen und ihren Stuhl zurückgestoßen. »Okay, ich komme sofort.« Sie beendete das Gespräch. Aufgeregt wandte sie sich an Nils. »Mark sagt, dass die Wilderer-Patrouille offenbar Kamali gefunden hat. Sie wird gerade zur Lodge gebracht.«

»Wer ist Kamali?«, fragte Dirk.

»Komm mit, ich erklär's dir unterwegs«, rief Nils. Er sprang auf, holte zwei Schirme aus dem Haus, und dann liefen sie zusammen seiner Frau nach, die eben durch den Regen über die Veranda sprintete.

Mark kam vom Parkplatz hoch, als sie das Haupthaus erreichten. In seinen Armen hielt er ein Mädchen, das sich, blanker Terror in ihren Augen, mit allen Kräften wehrte. »Ruhig, meine Kleine«, murmelte er, während er in einer Hand einen Schirm balancierte. »Ganz ruhig, wir tun dir nichts.« Das Mädchen schluchzte hemmungslos. Sie war schmutzig, spindeldürr und ihre Kleidung bestand nur aus einem verblichenen Fetzen, den sie sich wie eine Windel umgebunden hatte.

Jill nahm Nils einen der Schirme ab. »Ihr beiden haltet euch im Hintergrund, die Kleine schlottert ja vor Angst«, befahl sie und ging langsam auf das Mädchen zu. Leise redete sie im Ndebele-Dialekt auf sie ein.

Kamali schien ihn zu kennen, denn sie hörte sofort auf, sich gegen Marks Griff zu wehren, und richtete ihren Blick auf Jill, und als die begann, sie vorsichtig zu streicheln, zuckte sie nicht zurück. Wieder sprach Jill leise in ihrer Sprache zu ihr, bis Kamali langsam nickte.

»Setz sie ab«, sagte Jill zu Mark. »Ich nehme sie mit hinüber zum Haus.« Mark tat, was sie ihm gesagt hatte, und sie beugte sich zu dem Mädchen hinunter und fragte es etwas. Kamali antwortete ihr flüsternd und drängte sich dabei dicht an sie.

»Sie hat Hunger«, sagte sie und schaute auf ihre Armbanduhr. »Es müsste noch jemand in der Küche sein. Mark, lauf bitte rüber, und sag Bescheid, dass sie für Kamali Phutu und Gemüse machen sollen und ein wenig zartes Fleisch. Außerdem brauchen wir Milch und Brot, und lass alles zu meinem Haus bringen.«

Mark vollführte eine militärische Kehrtwendung und eilte zur Küche, während Jill Kamali ihre Hand hinstreckte. Mit einem herzerweichend vertrauensvollen Augenaufschlag legte die Kleine ihre hinein und trippelte neben ihr her.

»Ich schau mal nach Luca, ich glaube, ich habe ihn weinen hören«, flüsterte Nils, als sie das Haus betraten, und ging den Gang zu den Schlafzimmern der Kinder hinunter.

Kamali zeigte deutlich Angst vor Dirk, und er blieb in der Tür des Hauses stehen. »Es ist wohl besser, dass ich nicht mit hineinkomme, damit die Kleine sich beruhigen kann. Viel Glück. Hoffentlich kann sie dir mit Kira weiterhelfen.«

»Hoffentlich. Wir werden morgen kurz vor Sonnenaufgang mit allen Leuten, die wir mobilisieren können, *Inqaba* durchkämmen. Drück uns die Daumen!«

Dirk lehnte sich schnell vor und küsste sie auf die Wange. »Worauf du dich verlassen kannst! Ich bin da, wenn ihr mich braucht.«

»Danke«, flüsterte sie und wandte sich wieder Kamali zu. »Möchtest du dich waschen, Kamali? Ja, dann zeige ich dir etwas Schönes.« Sie nahm die Kleine an der Hand und führte sie ins Kinderbadezimmer. Nachdem sie herausgefunden hatte, dass Kamali lieber in die Badewanne als unter die Dusche gehen wollte, ließ sie lauwarmes Wasser in die Wanne ein und fügte einen großzügigen Schuss Schaumbad mit Orangenduft hinzu.

Minuten später schaute nur noch das braune Gesicht Kamalis mit den riesigen Kirschaugen aus dem weißen Schaum heraus. Sie kicherte aufgeregt und ließ sich von Jill willig abseifen, die sie hinterher in ein weiches weißes Handtuch wickelte. Kleine feuchte Fußabdrücke hinterlassend lief sie ins Gästezimmer und setzte sich aufs Bett. Jill hatte ein kurzes Nachthemd von Kira herausgesucht, in Rosa, und Kamali ließ es sich überziehen.

Als kurz darauf Thabali mit dem Essen erschien und mit ihr scherzte, begann die Kleine vollends aufzutauen.

»Wo kommst du her?«, fragte Jill.

»Hwali«, wisperte Kamali und schlug die Augen nieder.

Jill kannte die Gegend. Hwali lag irgendwo im Nichts in Simbabwe und war eigentlich nur eine Ansammlung von Hofstatten und Farmen in der Nähe des Flusses Thuli, der sich durch endloses, leeres Land wand, wo man schon morgens sehen konnte, wer abends zu Besuch kommen würde. Eine Gegend von kargem Reiz. »Wo sind deine Eltern?«

Zeitlupenlangsam hob Kamali die Schultern, antwortete aber nicht.

»In Südafrika?«

Stummes Nicken, abgewandter Blick, zitternde Finger. Jill hörte auf zu fragen. Fürs Erste hatte das Mädchen wahrlich genug mitgemacht, alles andere hatte Zeit bis später. Sie stöberte einen Plüschteddy auf, den Luca verstoßen hatte, und hielt ihn Kamali hin, die ihn mit einem so strahlenden Lächeln in den Arm nahm, dass es Jill das Herz umdrehte. Sie blieb bei der Kleinen, bis sie aufgegessen hatte, deckte sie anschließend mit einem dünnen Laken zu und gab ihr einen Gutenachtkuss. Das Kuscheltier im Arm, schaute Kamali sie aus riesigen Augen wortlos an.

»Gute Nacht«, sagte Jill und schloss leise die Tür hinter sich.

Endlich konnte sich Jill um Luca kümmern, dem es glücklicherweise etwas besser ging. Weil sie dringend Schlaf brauchten, um bei Morgengrauen wieder voll funktionsfähig zu sein, hatte Nils die Tochter von Thabili aus dem Bett geholt, damit sie bei Luca und Kamali wachte, die wegen des unaufhörlich rollenden Donners unruhig waren.

Um Viertel nach zwölf fielen Jill und Nils endlich auch ins Bett. Jill schluckte eine halbe Schlaftablette, die ihr Jackie Harrison für den Notfall verschrieben hatte. Diese Pillen hatten den Vorteil, dass sie schnell einschlief, aber vier, fünf Stunden später wieder putzmunter ohne Kater aufwachte. Sie schmiegte sich an ihren Mann, legte ihren Kopf auf seine Schulter und schloss die Augen.

Das Gewitter tobte direkt über ihnen, und sie spürte die Unruhe, die Nils immer erfasste, wenn ein solches Unwetter niederging. Die Wucht und Frequenz der Entladungen war gigantisch. Ein Blitz nach dem anderen entlud sich in ohrenbetäubendem

Krachen, sie sprangen von Wolke zu Wolke, vielfach verästelt und oft mehrere auf einmal, zerhackten das Innere ihres Schlafzimmers in Stroboskopbilder. Ein Blitz, so blendend, dass sich sein Abbild in ihre Netzhaut brannte, fuhr nicht weit von ihrem Haus in die Baumkronen. Donner rollte über den Himmel, erschütterte die Erde, ihr Haus und ihren Körper. Es war apokalyptisch, und es machte ihr furchtbare Angst, weil sie die Auswirkungen nur zu gut kannte.

Überschwemmungen, Pfade, die zu reißenden Flüssen wurden, Schlammlawinen, Erdrutsche und Feuer. Bei jedem dieser gewaltigen Gewitterstürme brannten in Zululand Häuser ab, fast immer die grasgedeckten Hütten der Landbevölkerung, aber auch die Rieddächer vieler Lodges wurden nicht verschont. Auf *Inqaba* gab es eine Handvoll davon, und auch die Farmarbeiterunterkünfte waren oft mit Gras gedeckt. Die Bungalows hatten Blitzableiter auf dem Dach, die Hütten der Farmarbeiter aber nicht. Nicht mehr. Ursprünglich hatte Jill sie auch mit Blitzableitern versehen lassen, aber der Draht wurde immer wieder gestohlen, sodass sie es irgendwann einmal aufgegeben hatte, sie zu erneuern. Bei dem letzten Gewitter dieser Größenordnung hatte es zwei Tote gegeben. Eine Frau, eine Zulu, mit ihrem Baby. Der Blitz war in ihre Hütte gefahren und hatte sie betäubt. Sie war mit ihrem Kind verbrannt.

Wie eine Momentaufnahme sah sie ihre Tochter vor sich: durchnässt, verängstigt, ungeschützt dem tobenden Unwetter ausgeliefert. Und Len Pienaar. »Herrgott, ich habe solche Angst«, wimmerte sie.

»Ich weiß.« Nils zog sie noch fester an sich. »Du musst immer daran denken, dass unsere Kira ein ganz besonderes kleines Mädchen ist. Sie ist sehr clever und erfindungsreich, sie ist ein wirkliches Buschbaby und hat die besten Voraussetzungen, das Abenteuer unbeschadet zu überstehen.«

Aber Jill hörte in seinen Worten die aufsteigende Verzweiflung, spürte seine angespannten Muskeln und klammerte sich an ihn. Draußen zerschnitt ein weiterer Blitz die Nacht, und für eine Minute lauschte Jill schweigend dem harschen Trommeln der Regentropfen auf der Veranda.

»Sie hat ihn getreten und gebissen, sagt Lucy«, flüsterte sie schließlich. »Ich bin so stolz auf sie.« Dann setzte die Wirkung der Tablette ein, und sie fiel in einen unruhigen Schlaf.

Nils lag noch lange wach und wälzte jede Möglichkeit, Kira zu finden, im Kopf herum, und als das Schwarz der Nacht dem ersten Morgengrauen wich, hatte er nicht mehr als eine unruhige Stunde geschlafen. Eine erlösende Eingebung war ihm verwehrt geblieben.

18

Anita sah mit entzündeten Augen zu, wie das tiefe Blauschwarz, das über ihr durchs dünne Grasdach schimmerte, langsam vom aufsteigenden Morgenlicht verdünnt wurde. Das Feuer hatte sie in der Nacht gelöscht, weil der Rauch als schwere Wolke im Raum hing und Kira und sie zum Husten reizte. Ansonsten hatte sie kein Auge zugetan. Vor Sorge, was Pienaar mit Kira und ihr vorhaben mochte, und weil das Gewitter noch stundenlang getobt hatte. Der Regen war wie ein Wasserfall durchs schadhafte Dach gestürzt und dann hinter den Grasmatten durch ein Loch unten in der Wand wieder herausgestrudelt. Jetzt rann nur noch ein dünner Wasserfaden herunter, der sich bereits in Tropfen auflöste. Der Donner war leiser geworden, die Blitze kamen seltener, und es hatte aufgehört zu regnen. Ein neuer Tag zog auf und damit neue Hoffnung.

Während der Nacht hatte sie sich mit Kira auf die andere Seite der Hütte zurückgezogen, die anfänglich einen trockenen Schlafplatz bot, der aber jetzt durch Sprühnässe ziemlich ungemütlich geworden war. Ihr Haar kringelte sich in der feuchtigkeitsgeschwängerten Luft, ihr Oberteil und die Shorts waren ebenfalls durchnässt. Vorsichtig bewegte sie sich. Ihr Arm kribbelte, weil Kira darauflag, ihr Rücken schmerzte von dem Aufprall auf den Betonboden des Hofs, und in ihrem Kopf hämmerte ein Presslufthammer. Sie fühlte sich nicht sehr wohl. Jetzt regte sich die Kleine und setzte sich mit einem leisen Maunzen auf. Mit beiden Händen rieb sie sich die Augen und blinzelte Anita unter ihrem wirren Lockenschopf an.

»Ich will nach Hause«, jammerte sie mit schlafschwerer Stimme.

Sie klang wie ein kleines Mädchen, gar nicht mehr wie der Wildfang, dessen Spielplatz der afrikanische Busch war und der durch nichts unterzukriegen war. Voller Mitleid streichelte Anita ihr übers Haar und zermarterte sich dabei das Hirn, wie sie Usathane austricksen konnte. Kira hatte sich mittlerweile in der Hütte umgesehen, und auf einmal schien Leben in sie zu kommen. Sie starrte hinüber zu der winzigen, schwachen Lichtpfütze am Fuß der Wand.

»Da ist eine Lücke«, flüsterte sie plötzlich aufgeregt. Eiligst kroch sie hinüber, schob die Grasmatten zur Seite und patschte mit der Hand in die Pfütze. »Hier hat's durchgeregnet.« Sie beugte sich tief hinunter und bohrte mit den Fingern weiter den durchnässten Lehm aus den Fugen. »Matsch«, verkündete sie. »Der Stein fällt bald raus.«

Sie rüttelte daran, und tatsächlich löste sich der Lehmziegel, die Lichtpfütze vergrößerte sich und wurde leuchtender. Kira lachte laut, schlug dann aber die Hand vor den Mund, und ihr Lachen wurde zu einem erstickten Glucksen.

Anita folgte ihr und ließ ihre Finger über die Wand gleiten. Es war ein Loch, und sie konnte schon ihre Faust hindurchstecken, und der Stein war tatsächlich locker. Im Lauf der Nacht hatte der Regenfluss die Lehmziegel um das Loch herum offenbar zerfressen. Graues Licht fiel durch die Öffnung, die ihr jetzt deutlich größer erschien als zuvor. Sie vergegenwärtigte sich die Lage der Hütte und schätzte, dass das Loch direkt vor dem höchstens einen Meter entfernten Staketenzaun lag. Sollte es ihnen gelingen, es so weit zu vergrößern, dass sie dort hindurchkriechen konnten, würde niemand ihren Fluchtversuch beobachten können. Ihr Pulsschlag erhöhte sich.

»Warte einen Moment«, flüsterte sie Kira zu. »Ich muss nachdenken.«

»Das wird ganz leicht«, sagte Kira. »Ich hau durchs Loch ab und renn dann hinüber zum Zaun …«

»Und wie willst du dann durch den Zaun hindurchkommen?«

»Easy. Der dumme Africa hat zu dünne Stöcker genommen, das hab ich gesehen, der Zaun hat viele Löcher. Da komm ich locker durch. Dann buddle ich ein Loch unter *Inqaba*s Zaun, und schon bin ich zu Hause.« Sie strahlte Anita an. »Oder ich halt ein Auto an und frag, ob ich mal das Handy benutzen kann. Hier haben alle Handys.« Kira klang vor Aufregung leicht überdreht.

Anita erschrak. »Das ist keine gute Idee. Zu gefährlich. Wie weit ist es überhaupt von hier aus zur Lodge? Ungefähr?« Im morgendlichen Zwielicht sah sie, wie Kira auf ihrem Daumen kaute.

»Fast einen Tag. Glaub ich.«

Einen Tag. Du lieber Gott! Anita hockte sich auf die Fersen, um zu überlegen. Lange drehte sie Kiras Vorschlag, sich allein nach *Inqaba* durchzuschlagen, hin und her. Konnte sie das verantworten? Draußen war das Mädchen Len Pienaar schutzlos ausgeliefert. Ihr kribbelte es den Rücken hinunter, als sie sich die Konsequenzen ausmalte, sollte Usathane Kira Rogge bei ihrem Fluchtversuch erwischen. Gleichzeitig war Kira wirklich ein ganz außergewöhnliches Mädchen. Mutig, erfindungsreich, sie sprach fließend Zulu und kannte sich in der Gegend bestens aus.

Hinter ihr raschelte das Rinderfell. Sie fuhr erschrocken herum, erwartete schon, Pienaar zu sehen. Aber es war Naki, der offenbar klein und wendig genug war, sich an allen Hindernissen vorbei in die Hütte zu zwängen. Seine tiefschwarzen Augen glitzerten aufgeregt. Er raunte etwas auf Zulu. Kira drehte sich um, und ihr Gesicht leuchtete auf.

»Yebo«, flüsterte sie, während sie einen fingerdicken, schokoladenbraun glänzenden Tausendfüßler von ungefähr zwanzig Zentimeter Länge ohne jegliches Anzeichen von Furcht oder

Ekel mit spitzen Fingern von der Grasmatte hob und durch das Loch in die Freiheit beförderte.

Anita schüttelte sich unwillkürlich. »Was hat Naki gesagt?« Sie schaute die beiden Kinder an. »Was habt ihr vor?« Obwohl sie nicht viel Erfahrung mit Kindern besaß, war ihr klar, dass Kira etwas im Schilde führte. »Frag ihn bitte, womit unser Eingang verschlossen wird. Ob es ein Felsen ist.«

Kira übersetzte flüsternd. Nakis Antwort war länger und von lebhaften Gesten begleitet.

Kira wandte sich an Anita. »Kein Felsen. Eine Kiste mit Kürbissen. Tiki hatte nichts anderes, sie wusste ja nicht, dass der Schweinekerl uns hier einsperren würde.«

Anita setzte an, aus Kira herauszulocken, was sie mit Naki ausgeheckt hatte, aber sie kam nicht dazu. Die Kürbiskiste wurde weggeschoben, und Tiki erschien gebückt mit den zwei Blechtellern.

»Phutu«, sagte sie und hielt Anita einen der Teller hin.

Sie nahm ihn zögernd. Eine weißliche Masse, bröckelig, nicht cremig wie Kartoffelbrei, schwamm in einer dünnen Soße. »Was ist … Phutu?«, fragte sie mit gerümpfter Nase.

»Maisbrei.« Kira langte hungrig zu, rollte den Brei mit den Fingern zu einer Kugel, stippte sie in die Soße und steckte sie in den Mund. Mit der anderen Hand wedelte sie die Fliegen weg, die sich hungrig auf ihre Mahlzeit stürzten.

Tiki lächelte zufrieden und strich scheu über Kiras weiche Locken. Es war diese Geste, die in Anita die Hoffnung aufkeimen ließ, dass Tiki nichts mit Pienaar zu tun hatte, dass sie, wenn sie es geschickt anstellte, die junge Frau wohl auf ihre Seite bringen könnte. Das aber konnte nur mit Kiras Hilfe geschehen.

Naki, der auf ein paar Worte seiner Mutter hin die Hütte verlassen hatte, kam jetzt mit den zwei Bechern zurück. Anita nahm dem Jungen dankbar einen ab. Sie verbrannte sich die Lippen an dem scheußlich schmeckenden, brühheißen Getränk, aber sie schlürfte es hinunter. Etwas Kaltes wäre ihr lieber gewesen, aber sie hatte sich vorgenommen, alles zu essen und alles zu trinken, was man ihr anbot, um bei Kräften zu bleiben. Sie hatte keine Vorstellung, wie lange Pienaar sie hier noch festhalten würde.

Und was er mit ihr vorhatte. Und mit den Kindern. Mit Kira.

Der Maisbrei blieb ihr im Hals stecken. Was stand ihr bevor? Albtraumhafte Bilder – Videosequenzen aus der Tagesschau von Mädchen, die misshandelt und vergewaltigt worden waren – überfielen sie. Von denen, die das überlebt hatten, und von denen, die ihren Verletzungen erlegen waren. Der Anblick ihrer zerbrochenen Körper hatte sie schon zur Zeit der Ausstrahlung im Fernsehen nächtelang verfolgt.

Angst krallte sich in ihr fest. Es gelang ihr kaum, ihr Entsetzen in den Griff zu bekommen, ein Flackern von Panik blieb, egal, wie sehr sie sich bemühte, sich zusammenzureißen. Zitternd wischte sie die Blechschüssel aus und lutschte die restliche Soße von den Fingern. Sie stellte die Schüssel ab und griff nach dem Tee. Den noch warmen Becher in der Hand, musterte sie Tiki. Die Zulu war ausgesprochen hübsch. Schlank, aber nicht dünn, ihr Gesicht herzförmig, die Augen wie glänzend schwarze Kirschen, und wenn sie lachte, zeigte sie Grübchen in den Wangen. Anita schätzte sie auf Anfang zwanzig. Höchstens.

Wenn sie Tiki dazu bewegen könnte, draußen, möglichst weit entfernt von ihrer Hütte, für Abwechslung zu sorgen, würde das Kira und ihr vielleicht so viel Zeit verschaffen, dass ihre Flucht gelingen könnte. Ihr fiel Jabulile ein. Busis Tochter wollte sie auf keinen Fall zurücklassen. Aber ein Entkommen zu dritt erschien ihr so gut wie unmöglich. Ihr Blick sprang zu Naki, der vor Kira kauerte und leise mit ihr redete. Ob man ihn zu Jill schicken könnte? Oder herausfinden, ob sein Vater Africa ein Handy hatte, das er ihnen heimlich bringen könnte?

Das Letztere verwarf sie sofort. Das würde Naki in Gefahr bringen. Der Teebecher war leer, und sie reichte ihn Tiki. Die

Zulu warf ihr ein schnelles, verschwörerisches Lächeln zu. Dann duckte sie sich unter dem Rinderfell hindurch nach draußen, ließ aber in der Öffnung einen breiten Spalt, sodass Anita trotz der Kürbiskiste, die sofort wieder den Ausgang versperrte, den freien Platz vor der Hütte, die Kühe und einen Teil des übrigen Hofs überschauen konnte.

Sie erblickte Africa, der gerade damit beschäftigt war, armdicke Metallrohre in einen Erdhaufen zu rammen. Abwesend sah sie ihm zu, während ihre Gedanken nur darum kreisten, wie sie die Flucht bewerkstelligen könnte. Kurz darauf erschien Tiki in ihrem Blickfeld, die einen Krug auf dem Kopf balancierte. Einen Moment beobachtete die Zulu mit offensichtlicher Verwirrung das Treiben ihres Mannes.

»Woher hast du die Rohre?«, fragte sie laut und stemmte die Arme in die Hüften. »Geklaut, oder? Und wo?«

Africa warf ihr einen mürrischen Blick zu. »Von der Baustelle an der Straße. Die brauchen die nicht.« Wieder rammte er eines der Rohre in einen weichen Erdhaufen.

Tiki schaute ungläubig drein. »Ach, und wieso steckst du sie in den Boden?«, rief sie. »Glaubst du, die schlagen Wurzeln?«

Africa knurrte unwirsch. »So rollen sie nicht den Abhang runter«, sagte er schließlich. »Nun lass mich in Ruhe. Geh kochen, ich hab Hunger.«

»Pah!«, sagte Tiki, rückte den Krug zurecht und schritt mit aufreizend wiegenden Hüften davon.

Anita sah ihr nicht nach. Den Kopf in die Hände gestützt, brütete sie weiter über ihren Plan, wobei sie durch den Spalt hinaus über den Rücken der Rinder ins Nichts starrte.

Letztlich wurde ihr die Entscheidung abgenommen. Ein tiefes Grollen kündigte eine neue Gewitterfront an, und keine halbe Stunde später war an Flucht nicht mehr zu denken. Es schüttete wie aus Kübeln, Blitze zischten über einen tintenschwarzen Himmel, Donner krachte mit einer Urgewalt, dass die Erde erzitterte. Und dann schlug ein Blitz ein, unmittelbar bei ihrer Hütte.

Er traf die Metallrohre, die über einen Meter hoch aus dem Erdhaufen ragten. Mit einem furchtbaren Krachen und 30 000 Grad heißem Strom fuhr der Blitz hinein, verschmorte binnen Sekundenbruchteilen eine Puffotter, die sich ins Gestrüpp um die Rohre verkrochen hatte, entzündete einen abgestorbenen Busch sowie ein großes Bündel Feuerholz und sprang schließlich auf das Grasdach des Unterstands über. Brennende Grasbüschel wirbelten im Sturm durch die Luft. Es sah seltsam hübsch aus. So als wären Sterne vom Himmel gefallen.

Das alles spielte sich vor Anitas Augen ab, deren Ohren noch vom Knalltrauma klingelten, und es geschah derartig schnell, dass sie erst ein paar Lidschläge später begriff, was da vor sich ging. Die Mädchen, die unter dem Grasdach gekauert hatten, schrien vor Angst und stoben kopflos vor Schreck mit weit aufgerissenem Mund kreischend in alle Richtungen hinaus in den Regen.

Len Pienaar brüllte Befehle, Africa, Jacob und Zungu rannten hinter den Mädchen her und fingen eines nach dem anderen wieder ein. Pienaar schob die Kürbiskiste beiseite, und die Männer stießen die Kleinen gewaltsam zu Anita und Kira in die Hütte, die viel zu klein für alle war. Die Mädchen, klatschnass und schlammverschmiert, klammerten sich völlig traumatisiert aneinander. Eines warf sich ohne Zögern in Anitas Arme, die dabei bemerkte, dass die Kleine ein Armband trug, das aus runden, glänzend korallenroten Samen mit pechschwarzen Augen bestand. Das Mädchen schüttelte es von ihrem dünnen Handgelenk und ließ die Samenperlen wie einen Rosenkranz durch die Finger gleiten. Ohne Unterlass, zitternd wie Espenlaub und ständig leise vor sich hin wimmernd. Anita zog sie enger an sich. Als Kira sie an ihrem Top zupfte, drehte sie sich um.

»Was ist?«

»Wo ist Jabulile?«, fragte Kira und wandte den Kopf auf der Suche nach ihrer Freundin hin und her. »Ich kann sie nicht mehr sehen«, flüsterte sie. »Sie ist weg.« Ihre Stimme schwankte vor Aufregung.

Im selben Augenblick trat jemand die Kürbiskiste beiseite und riss das Rinderfell zurück. Der massige Körper von Pienaar füllte die Öffnung aus und blockierte fast alles Licht. Er zwängte sich in die Hütte, bahnte sich zwischen den Mädchen geduckt einen Weg zur Mitte und richtete sich dort zu seiner vollen Größe auf. Schweigend seine Lippen bewegend zählte er die Kinder durch. Runzelte die Stirn, zählte noch einmal. Und noch einmal, und je länger er zählte, desto wütender wurde er. Zum Schluss geriet er völlig außer sich. »Riaan«, röhrte er. »Komm her!«

Die verspiegelte Sonnenbrille reflektierte im Eingang. »Yep?«

»Zähl die mal durch!« Pienaar wies mit dem Daumen auf die bebenden Kinder.

Riaan gehorchte schweigend. Zählte einmal, dann ein zweites Mal. »Eines von den Blagen fehlt.«

Mit einer Bewegung mit seinem Armstumpf verscheuchte Pienaar seinen Gehilfen und stemmte den gesunden Arm in die Seite. »Okay, letzte Chance. Wer weiß, wo diese Kleine mit dem Elefantenkopf auf dem T-Shirt sich rumtreibt? Ich zähle bis drei, wenn ihr nicht sagt, wo sie ist, passiert was! Eins … zwei.« Er schlug mit dem amputierten Arm den Takt. Sein Gesicht nahm zusehends eine dunkelrote Farbe an, und er schien noch breiter und größer zu werden. »Drei!«, brüllte er dann in die vibrierende Stille. Er wartete ein paar Sekunden, aber niemand meldete sich. Seine eisgrauen Augen wanderten von einem Kind zum anderen, und jedes Kind reagierte mit Zittern und flehentlichem Wimmern. Endlich kam er bei Anita an und fixierte sie. »Ich glaube, ich muss euch eine Lektion erteilen, was?«

Anita zwang sich, ihn unverwandt und offen anzusehen, obwohl sie innerlich vor Angst fast durchdrehte. Ihre Anspannung stieg ins Unerträgliche.

Unvermittelt huschte ein verschlagener Ausdruck über Len Pienaars Gesicht, als wäre ihm gerade etwas richtig Schönes eingefallen. Er lächelte Kira an. »He, Kira, komm her!«

Kira jaulte vor Schreck auf und wollte sich hinter Anita verkriechen, die ihre Arme schützend vor ihr ausbreitete, aber es half nichts. Len Pienaar grinste zynisch und war mit wenigen Schritten bei ihnen. Er packte Jills Tochter mit seinem gesunden Arm und zerrte sie mit brutaler Kraft hinter Anitas Rücken hervor. Kira schrie wie am Spieß und wehrte sich mit Händen und Füßen.

»Hilf mir, Hilfe … Anita!«, schrie die Kleine.

Plötzlich fiel alle Angst von Anita ab, und es blieb ihr nur Wut. Weiß glühende, messerscharfe Wut. Mit einem gewaltigen Sprung warf sie sich auf den Gangster und biss ihn in die Hand, trat ihn vor die Schienbeine, kratzte ihn am Hals, schlug immer wieder wie von Sinnen zu.

»Sie gottverdammter Scheißkerl«, keuchte sie und biss wieder zu und erreichte, dass er Kira endlich fahren ließ, die sich wie ein Wurm an ihr vorbeiwand, um sich hinter ihrem Rücken zu verstecken.

Pienaar aber packte jetzt Anita, warf sie zu Boden und kniete sich auf sie. Seine Hand fand ihre Kehle und drückte so fest zu, dass die Luft wie aus einem Ballon aus ihr herausgepresst wurde. Mit den Knien umklammerte er ihre Hüften, sein fetter Bauch drückte ihr den Brustkorb zusammen, nahm ihr den letzten Atem, und sie musste um ihr Leben kämpfen.

Mit beiden Händen stemmte sie sich gegen ihn und grub ihre Finger tief in sein Fett, was eine Grunzexplosion bei ihm auslöste. Mit erschreckender Kraft schloss sich die Hand enger um ihre Kehle. Sie würgte und merkte, wie die Welt um sie herum verschwamm, wie sich alle Geräusche entfernten, bis ihr Kopf von einem blendend weißen Wirbel ausgefüllt wurde.

Zu guter Letzt wurde sie ausgerechnet von Riaan gerettet. Wortlos stürzte er in die Hütte, packte seinen Boss von hinten und zog ihn mit überraschender Leichtigkeit von Anita herunter. »Lass sie, mit der kannst du dich später vergnügen«, knurrte er. »Wenn das andere Balg tatsächlich entkommen ist, sind wir hier nicht mehr sicher. Dem Nächstbesten, den sie trifft, wird sie alles haarklein erzählen, und dann fliegt hier die Scheiße. Wir müssen zurück auf die Farm.«

Anita merkte, wie sich die Finger an ihrer Kehle öffneten. Sie keuchte, der erste Atemzug rasselte in ihrer Brust, aber die Sterne vor ihren Augen verblassten, und mit jedem weiteren Atemzug klärte sich ihre Sicht. Sie sah hoch. Direkt über ihr hingen die rot angelaufenen Hamsterbacken. Pienaar bleckte seine Zähne wie ein Tier.

»Dich krieg ich noch, du Scheißschlampe, und Jill Rogges Balg auch«, zischte er, offensichtlich völlig außer sich vor Zorn. Mühsam rappelte er sich wieder hoch.

Riaan beobachtete ihn mit einem merkwürdig abfälligen Gesichtsausdruck. »Die Meute von *Inqaba* ist weg, und ich glaube nicht, dass die so schnell wiederkommen. Trotzdem sollten wir uns überlegen, unser … Lager in die äußerste nördliche Spitze von Maurice' Farm zu verlegen. Mitten in den Busch … Da wird es gut bewacht, wie du weißt.«

Unwirsch brummend stimmte Pienaar zu, und Riaan verschwand ohne ein weiteres Wort. Während Pienaar sich mit seiner gesunden Hand abbürstete, rief er nach Zungu und ratterte dann einige Worte Zulu heraus. Der Zulu nickte und entfernte sich im Laufschritt. Bevor auch Pienaar die Hütte verließ, starrte er Anita gehässig an.

»Bis bald!«, knurrte er drohend. Dann bückte er sich und kroch auf allen vieren durch die Türöffnung.

Anita stemmte sich vorsichtig hoch. Ihr Hals tat ziemlich weh, und in ihrer Brust stach es, was sie befürchten ließ, dass Pienaar ihr mit dem Knie eine Rippe gebrochen hatte. Aber sicher war sie sich da nicht. Pienaars Hinterteil verschwand, und das Rinderfell fiel raschelnd zurück an ihren Platz, die Kürbiskiste allerdings wurde nicht wieder davorgeschoben. Pienaars grobe Stimme war zu hören. Er befahl seinen Leuten, sich vor der Hütte zu postieren. Mit ihren Waffen. Ein Entkommen war illusorisch geworden.

Sie rieb sich ihre gequetschte Kehle. Es war innerhalb kürzester Zeit das zweite Mal, dass sie einen Menschen angegriffen und auch verletzt hatte. Len Pienaar hatte eine Barriere in ihr niedergerissen, und was dahinter zum Vorschein gekommen war, erfüllte sie mit Schrecken. Eine derartige Reaktion von sich hätte sie nicht für möglich gehalten. Aber die Zeit, intensiver darüber nachzudenken, hatte sie jetzt nicht. Vorerst konzentrierte sie sich darauf, Kraft zu sammeln, um sich um Kira kümmern zu können, um ihr nicht zu zeigen, wie niedergeschlagen sie selbst war. Sie war die Erwachsene, sie musste ihr und den Mädchen Halt geben und Mut machen. Sie setzte ein fröhliches Gesicht auf und wandte sich zu Kira um.

Aber Kira war verschwunden. Anitas Herz stolperte, dann setzte es mit harten Schlägen wieder ein. Hastig lief sie von Kind zu Kind und schaute hinter deren Rücken nach, weil sie annahm, dass sich Kira dort vor Pienaar versteckt hatte. Doch zu ihrem Entsetzen war sie nicht da. Ihr Blick hetzte durch die Hütte und blieb an dem Loch in der Wand hängen, in der auf einmal einige Steine fehlten. Plötzlich war Naki da, der unbemerkt hinter Pienaar in die Hütte geschlüpft sein musste. Er war dabei, die Schlafmatte und eine Kiste, die wohl sonst als Tisch diente, vor das verräterische Loch zu ziehen. Als das Loch verdeckt war, sagte er leise etwas auf Zulu. Einige der Kinder kicherten, unerwartete Laute in dieser Situation. Zwei der Mädchen krochen zu dem Loch hin, und zu Anitas maßlosem Erstaunen hockte sich erst das eine und dann das andere davor, urinierte ausgiebig und setzte dann noch einen Haufen dazu. Der Gestank verbreitete sich rasant. Bisher hatten Anita und Kira dafür die andere Seite der Hütte benutzt, die neben der Türöffnung. Sie musterte Naki unverwandt.

»Sie ist weg.« Er grinste und zeigte verstohlen auf das Loch. »Yebo!«

Es war dieses ganz und gar triumphierende Grinsen, das den ersten Funken Hoffnung in ihrem Herzen entzündete. Hatte es Kira tatsächlich geschafft zu entkommen? Es gelang ihr kurzfristig, die Vorstellung zu verdrängen, dass Jills Tochter jetzt allein in der Wildnis von *Inqaba* unterwegs war.

Naki kicherte fröhlich. »Yebo«, flüsterte er, als hätte er ihre Frage tatsächlich verstanden.

»Ngiyabonga«, flüsterte sie. »Danke.« Thabili hatte ihr das Wort beigebracht.

Der Wecker klingelte um vier Uhr. Jill schoss im Bett hoch und schwang ihre langen Beine auf den Boden. Und landete mit den Füßen in einer Wasserpfütze. Ein Schimpfwort murmelnd schaute sie zur Verandatür. Sie war fest verschlossen, aber der nächtliche Regen war offenbar so stark gewesen, dass selbst der Dachüberhang und der massive Rahmen die Wasserflut nicht davon hatte abhalten können, ins Schlafzimmer einzudringen. Nasse Fußabdrücke auf dem Fliesenboden hinterlassend lief sie zur Glastür und schob sie auf.

Ein Wasserschwall empfing sie und ein Tosen, das alle anderen Geräusche auslöschte. Der Gewittersturm tobte draußen in unverminderter Heftigkeit. Die Welt hatte sich in graue Schemen aufgelöst, und die Sichtweite betrug nur Armeslänge. Jill war niedergeschlagen. Es war völlig sinnlos, jetzt einen Suchtrupp hinauszuschicken. Sie hatte sowieso keine Vorstellung, wo sie mit der Suche hätten beginnen sollen. Das Gebiet *Inqabas* war riesig. Geröll würde losgewaschen sein, Wege blockiert, Wasserläufe aus ihrem Bett getreten. Mit einem mulmigen Gefühl im Magen fiel ihr ein Überhang ein, der an einer Stelle in mehreren Metern Höhe über die Straße ragte, deren Böschung auf der anderen Seite fast hundert Meter senkrecht zum Fluss abfiel. Das jagte ihr schon seit Monaten eine Höllenangst ein. Sollte der heruntergekommen sein, wäre die Straße in den nördlichen Bereich für Wochen unbefahrbar.

Kira in diesem Wetter zu finden war so gut wie unmöglich. In jedem Erdloch konnte sie sich versteckt haben, auf jedem Baum. Wenn sie sich überhaupt auf *Inqaba* befand. Entmutigt wandte sie sich um, um ins Badezimmer zu gehen, aber Nils, der leise neben sie getreten war, hielt sie zurück. »Hörst du das auch?«, fragte er. »So ein Klatschen?«

Sie lauschte für einen Moment, dann weiteten sich ihre Augen vor Schreck. »Einbrecher? Wir müssen … die Türen … ob alle geschlossen sind …« Sie wirbelte herum und wollte loslaufen, aber Nils hinderte sie daran.

»Nein, die Hunde sind im Haus, da wird nichts sein, aber ich schaue nach«, sagte er. »Bleib du so lange hier in der Nähe der Kinder.«

Es dauerte eine Weile, bis er zu Jill zurückkehrte.

Er hob die Schultern. »Nichts. Alles in Ordnung, und Roly und Poly halten Wache.«

Bevor sie ins Badezimmer ging, schaute Jill nach Luca und Kamali, und zu ihrer Erleichterung schliefen beide. Thabilis Tochter Unathi, die in Lucas Zimmer im Sessel saß, war ebenfalls eingenickt, wachte aber auf, als Jill hereinkam. Jill grüßte die Zulu mit einem freundlichen Nicken und legte die Hand auf die Stirn ihres kleinen Sohnes. Sie war trocken und kühl. Wenigstens eine Sorge weniger, dachte sie, als sie die Tür leise ins Schloss gleiten ließ.

Sie war sehr froh, dass sie am Abend zuvor die wenigen Gäste, die noch auf *Inqaba* weilten, gebeten hatte, die Lodge zu verlassen. Aus dringenden persönlichen Gründen, wie sie ihnen gesagt hatte. Als Anreiz hatte sie ihnen jeweils eine Nacht und einen Tag geschenkt. Alle hatten glücklicherweise großes Verständnis gezeigt, manche hatten sogar ihre Hilfe angeboten. Geduldig hatte sie die gut gemeinten Fragen beantwortet, und am Ende hatten alle eingewilligt. Die meisten hatten zu ihrer Freude auf der Stelle für das nächste Jahr gebucht. Jetzt würden sie bis auf die Filmleute unter sich sein und mussten auf niemand Rücksicht nehmen. Die gut gelaunte Gastgeberin zu spielen ging zu diesem Zeitpunkt einfach über ihre Kräfte.

Unvermittelt hörte das Rauschen draußen auf. Der Wasserfall verwandelte sich in einen feinen, glitzernden Tropfenschleier, bis auch der versiegte und nur noch das leise Platschen zu hören war, mit dem die Nässe von den Blättern fiel.

Jill war wie elektrisiert. »Es hat aufgehört, meine Güte. Das ist ja nicht zu fassen! Wir können los, jetzt sofort! Wir müssen alle zusammenrufen.« Sie griff ihr Handy, gleichzeitig nahm sie einen Bogen Papier vom Tisch und hielt ihn Nils hin. »Hier habe ich aufgezeichnet, wer in welcher Richtung suchen soll. Wir müssen ständig in Verbindung bleiben …«

Nils nahm die Zeichnung und studierte sie genau, dann gab er sie zurück. »Erst wird gefrühstückt. Wir gehen nicht mit leerem Magen in den Busch, wer weiß, wann wir zurückkehren. Ich werde Rühreier, Speck und Bratkartoffeln bestellen. Für alle.«

Er hob den Hörer vom Festnetztelefon, um Thabili Bescheid zu sagen, dass sie und eine Horde hungriger Ranger in Kürze bei ihr einfallen würden. Beunruhigt legte er den Hörer kurz darauf zurück.

»Das verdammte Ding funktioniert nicht. Entweder sind unsere Leitungen runter, oder eine Verteilerstation wurde getroffen, und die ganze Gegend ist ohne Verbindung.« Er tippte auf seinem Handy herum. Nachdem er den Empfangsbalken geprüft hatte, steckte er es wieder ein. »Handyempfang haben wir auch nicht. Verflucht! Wie sollen wir uns dann untereinander verständigen?«

Jill putzte sich bereits die Zähne. »Per Funk, die neuen Geräte haben eine größere Reichweite«, nuschelte sie am weißen Schaum der Zahnpasta vorbei und spuckte dann aus. »Einer von uns wird zu Marina gehen müssen, um sie zu bitten, wieder auf Luca aufzupassen. Unathi hat die Nacht durchgewacht, die muss schlafen. Hoffentlich macht Marina keinen Rückzieher. Luca war gestern ziemlich quengelig. Außerdem muss ich mit Kamali reden. Ich will wissen, woher sie kommt und wie sie trotz Umzäunung auf unser Areal geraten ist. Sie muss herübergeklettert oder unter dem Zaun hindurchgekrochen sein. Vielleicht weiß sie irgendetwas, was uns mit Kira weiterhelfen wird.«

»Über Len Pienaar? Woher sollte sie den kennen?«

»Bevor ich sie nicht gefragt habe, kann ich das nicht sagen. Gib mir ein paar Minuten. Es ist besser, wenn ich allein mit ihr rede, auf Männer reagiert sie momentan mit großer Angst.«

Nachdem sie in Rekordzeit geduscht hatten, schmierten sie sich mit Sonnenschutzcreme ein, und Jill zog die Kakiuniform mit dem *Inqaba*-Emblem an. Die Hosenbeine steckte sie in ihre leichten Buschstiefel. Nils zog T-Shirt und Jeans vor, die er ebenfalls in den Schaft seiner Buschstiefel steckte. Jill knotete die Enden der Bluse in der Taille zusammen, schnappte sich ihren Buschhut, und gemeinsam rannten sie hinüber zum Haupthaus.

Das merkwürdige Geräusch, das sie so beunruhigt hatte, klärte sich schnell auf. Zu ihrem maßlosen Erstaunen flogen in rhythmischen Abständen aus der geöffneten Glastür des Empfangsraums in hohem Bogen Schlammklumpen und klatschten auf die Verandabohlen. Nils schob sich an der Wand entlang und schaute misstrauisch durch die Panoramafenster, um herauszufinden, was sich dort abspielte.

Es war Jonas. In Boxershorts, die mit dicken, roten Äpfeln bedruckt waren, stand er bis zu den Knöcheln in Dreckbrühe und schippte Schlamm. Dabei fluchte er laut und sehr farbig auf Zulu. Als ihm das Repertoire ausging, wechselte er ins Englische, in dem er einen Wortschatz demonstrierte, der den eines jeden Straßengangsters in den Schatten gestellt hätte. Im Empfangsraum schwappte zentimeterhoch Schlamm, und Jill kapierte schnell, was passiert sein musste. Wenn ein Unwetter im Anzug war, war es Jonas' Aufgabe, überall Sandsäcke als Schutz gegen Wassereinbruch auszulegen. Offenbar war er überrascht worden und hatte es nicht mehr rechtzeitig geschafft. Trotz ihrer Sorge musste sie schmunzeln. Jonas in Apfel-Shorts, und bis zum Kinn bespritzt, war wirklich ein erheiternder Anblick.

Minuten später trudelten fast alle Mitglieder des Suchtrupps ein und fielen über Thabilis Frühstück her wie ein Schwarm gieriger Heuschrecken über ein Weizenfeld.

Marina Muro rief von ihrem Bungalow aus mehrfach die Rezeption an, bekam aber nie eine Verbindung. Bei ihr hatte es ziemlich schlimm hereingeregnet. Hauptsächlich deshalb, weil sie die Terrassentür nicht vollständig geschlossen hatte. Aber so etwas passierte halt. Jeder konnte einen Fehler machen, und im stolzen Preis der Übernachtung hier sollte das drin sein. Außerdem hatte sie unbedingt lüften müssen, weil die Klimaanlage den durchdringenden Geruch nach Erbrochenem nicht vollständig hatte tilgen können. Flavio hatte es nicht mehr bis ins Badezimmer geschafft und sich auf den hübschen, ethnisch gemusterten Teppich neben dem Sofa übergeben, den sie dann mit angehaltenem Atem und einigem Ekel zusammengerollt und nach draußen befördert hatte. Dort hatte er sich wohl in der Tür verklemmt und den Regen hereingelassen. Pech.

Sie holte ein paar Handtücher aus dem Badezimmer und

breitete sie über der Pfütze aus, dann versuchte sie noch einmal Jonas zu erreichen, aber das Telefon gab keinen Mucks von sich.

»Das blöde Ding ist tot«, sagte sie zu Flavio, der dahingestreckt mit geschlossenen Augen auf dem Sofa lag. Sein Gesicht hatte die Farbe von Haferbrei angenommen. Sie goss Mineralwasser in ein Glas und stellte es in seine Reichweite auf den Wohnzimmertisch. »Du solltest etwas trinken. Du bist ja völlig leergelaufen.«

Der Regisseur grunzte. Er öffnete die Augen, warf einen trüben Blick auf das Glas und schüttelte schweigend den Kopf.

Mit schlecht verhohlener Besorgnis schaute sie auf ihn hinunter, nahm sanft die Haut auf seinem Handrücken zwischen zwei Finger, zog sie hoch und ließ sie wieder los. Die Falte blieb stehen. Das zeigte ihr als gelernter Krankenschwester, dass er auf dem besten Weg war zu dehydrieren, und dann wurde es ernst. Er musste an den Tropf.

Sie strich ihm über die Stirn. Heiß und trocken. Auch ohne die Erfahrung ihrer Jahre in der Charité war ihr klar, dass er hohes Fieber hatte. Es musste etwas geschehen, und das ziemlich schnell. Das Antibiotikum, das die Ärztin per Telefon verschrieben hatte, hatte kaum angeschlagen. Er brauchte dringend andere Medikamente. Und einen Arzt, der ihn sich persönlich ansah.

Aber wie sollte sie das bewerkstelligen, wenn weder ihr Handy noch das Festnetztelefon zur Rezeption funktionierte? Sie schaute hinaus. Es war marginal heller geworden. Die Nässe tropfte von den Bäumen und Büschen. Der Pfad, der zu ihrem Bungalow führte, war verschwunden. An seiner Stelle strudelte ein munteres Schlammflüsschen vorbei. Sie fluchte ausgiebig, was sie wunderbar konnte, seit sie bei einem Film eine Hafennutte gemimt hatte. Sie nahm sich vor, im nächsten Film eine Frau zu spielen, die sich allein durch den afrikanischen Dschungel schlagen musste. Dabei würde sie sicher auch viel lernen können. Man konnte ja nie wissen.

Unschlüssig stand sie mitten im Zimmer und schaute einem Gecko zu, der sie seinerseits mit neugierig glänzenden Knopfaugen beäugte. Mit einer ungeduldigen Handbewegung verscheuchte sie ihn. Flavio brauchte einen Arzt. Der einzige Weg war, den Elementen, den Raubtieren und den Schlangen da draußen zu trotzen und zur Rezeption zu laufen, und da außer ihr niemand sonst da war, hatte sie keine Wahl.

Sie band ihre widerspenstige Mähne zu einem Pferdeschwanz zurück, zog Bermudas und Laufschuhe an, schickte ein Stoßgebet zum Himmel, bekreuzigte sich anschließend vorsichtshalber noch und stieg dann entschlossen die Treppe hinunter. Von einem überhängenden Busch brach sie einen kräftigen Stock ab, wobei sie zwar patschnass wurde, aber immerhin hatte sie jetzt das Gefühl, nicht ganz wehrlos zu sein.

Der Schlamm schwappte ihr in die Schuhe, tropfende Zweige griffen nach ihr, Dornen hakten sich in ihre Haut. Ein junger Affe hockte fiepend auf dem Schild, das den Weg zu ihrem Bungalow wies. Als er sie erblickte, streckte er ihr bettelnd die Hände entgegen. Sie wedelte erst mit beiden Armen, und als das keinen Erfolg zeigte, warf sie mit Schlamm nach ihm. Als das Tier aufgeregt schimpfend davonstob, stapfte sie zufrieden weiter. Glücklicherweise wurde es stetig heller, sodass auch das Dämmerlicht unter den Baumkronen allmählich zerfloss und es ihr möglich war zu sehen, wohin sie ihre Füße setzte.

Eine Schlange schwamm an ihr vorbei. Nur wenige Meter vor ihr. Sie war leuchtend grün und mit ihren riesengroßen schwarzen Augen eigentlich sehr hübsch anzusehen, aber Marina hatte jetzt gar keinen Sinn dafür. Sie hatte schlicht Angst und umklammerte ihren Stock, bereit, dem Reptil den Kopf zu Brei zu schlagen. Aber das Tier glitt an ihr vorbei. Es stieß gegen einen Baum, schoss atemberaubend schnell den Stamm hinauf und war im Nu zwischen den nass glänzenden Blättern unsichtbar. Marina machte einen großen Bogen um den Baum, nahm sich aber vor, eine solche Szene in ihrem nächsten Film – den im Busch – einbauen zu lassen. Allerdings würde sie das Reptil da natürlich wagemutig mit dem Stock erschlagen. Vielleicht um ein Kind zu retten. Oder sollte sie es lieber sanft zur Seite tragen? Darüber müsste man nachdenken. Kam vielleicht bei den zartbesaiteten Grünorientierten besser an. Energisch marschierte sie weiter durch den Schlamm, und fast wäre sie an ihr vorbeigelaufen.

Ein Geräusch, das nicht in den Busch passte, nicht zu dem zähen Schlamm und dem Regen, ein leises Keckern nur, fast wie das einer Rohrdommel, veranlasste sie hochzusehen.

Da saß sie, auf dem untersten Querast des großblättrigen Baums, und baumelte wie ein Kind mit den nackten Füßen. Ein uraltes, winziges Weiblein, eingehüllt in ein verwaschenes schwarzes Fetzengewand, die Haut, ein dunkles Aschbraun, straff über die spitzen Knochen gespannt, der Schädel mit wenig eisgrauem Pfefferkornhaar bestreut. Kichernd schlenkerte sie mit den Beinen und spielte mit einer kräftig gezeichneten Schlange, die – den Leib einmal um den dürren Hals der Alten geschlungen – ihre starren, lidlosen Augen auf die Schauspielerin richtete und aufmerksam züngelte.

Marina folgte wie hypnotisiert den Bewegungen des Reptils und bekam dabei keinen Ton heraus. Sie konnte auch keinen weiteren Schritt tun, ganz so, als wäre sie plötzlich gelähmt. Von diesem knochigen Bündel Frau auf dem Ast ging etwas aus, was sie vollkommen in den Bann schlug. Es legte sich ihr auf die Brust, machte jeden Atemzug zu einer unglaublichen Anstrengung. Es kroch in ihren Kopf, nahm Besitz von ihren Gedanken, hielt ihren Blick wie mit einem Magneten fest.

»Mei, is des aufregend«, stotterte sie und legte die Hand auf ihr klopfendes Herz.

Die Alte starrte sie aus irrlichternden Augen an, die so pechschwarz glänzten wie die der grünen Schlange. Das Kichern wurde zu einem Zischen, worauf die Schlange unruhig wurde und sich über den knochigen Arm schlängelte. Für Sekunden fixierte sie Marina bewegungslos und glitt dann mit einer kraftvollen Bewegung hinüber auf einen anderen Ast. Die Alte griff nach ihr, verfehlte sie aber, und binnen Sekunden hatte sich das Reptil zwischen den Blättern unsichtbar gemacht. Die seltsame Frau öffnete ihren zahnlosen Mund und fauchte wie eine wütende Katze, wobei sie am ganzen Körper heftig zitterte.

Marina reagierte besorgt und machte einen Schritt auf sie zu. »Tut Ihnen etwas weh?«, rief sie sehr laut, weil sie annahm, dass ein so alter Mensch ziemlich schwerhörig war. »Sprechen Sie englisch?«, sagte sie, wiederholte dann mit ihrer ausgebildeten Schauspielerstimme die Frage nach dem Befinden und artikulierte sie überdeutlich. »Brauchens Hilfe?«, setzte sie hinzu und streckte eine Hand nach der Frau aus. Sie fand, dass man sie hier nicht so allein lassen konnte.

Als Antwort kreischte die Alte los und wollte vom Baum springen. Dabei verhedderte sie sich jedoch oder griff daneben, so genau war das nicht zu erkennen. Jedenfalls verhakte sich ihr Fetzengewand an einem Ast, sodass sie nun vollkommen hilflos kopfüber festhing. Sie kreischte los, als würde sie abgestochen.

»Jessas, ich komm ja schon«, rief Marina sehr aufgeregt, machte einen Satz auf die Alte zu und legte ihr die Arme fest um den Körper, um sie vom Ast zu lösen.

Die Zulu wand sich und trat nach ihr und schleuderte ihr in ihrer Sprache einen Fluch nach dem anderen entgegen, so erschien es Marina. Sie verstand natürlich kein einziges Wort. Deshalb lächelte sie sie nur ständig an und redete beruhigend auf bayerisch auf sie ein, während sie ihren kräftigen Griff um den dürren Körper nicht einen Millimeter lockerte. Nicht umsonst quälte sie sich jeden Morgen im Fitnessstudio ab, außerdem bestand das verhutzelte Weiblein nur aus Haut und Knochen und war so leicht wie ein kleines Kind. Auf einmal riss das Gewand, und die Alte fiel Marina, spitze, hysterische Schreie ausstoßend und dabei wie wild strampelnd, in die Arme.

»Na, na«, murmelte Marina und packte noch fester zu. »Ganz ruhig. Ich bring Sie ins Haus. Da gibt's Hilfe. Sie werden sehen, gleich ist alles gut.«

Verdreckt und durchnässt, die zappelnde Alte an sich gepresst, kämpfte sie sich schließlich zur Restaurantveranda vor.

Jill, die nach der ersten, kurzen Erkundungstour um die Lodge herum mit den anderen bei einem eiligen Frühstück saß, entdeckte sie durchs tropfende Blättergewirr als Erste. Beunruhigt bemerkte sie den gehetzten Ausdruck der Schauspielerin, abgesehen davon, dass die sich offenbar im Schlamm gewälzt hatte. Besorgt, dass sich ihr Gast verletzt haben könnte, sprang sie auf und lief ihr über die Stufen entgegen.

»Marina, meine Güte … wir wollten gerade jemand zu dir schicken«, rief sie schon von Weitem. »Unser Telefon ist gestört, und Handy-Empfang gibt es auch nicht … Verdammt, was …?« Völlig verdattert starrte sie auf die kreischende Zulu in Marinas Armen.

»Die alte Dame hier hab ich auf einem Baum gefunden«, rief die Schauspielerin eifrig. »Ich glaub, sie hat's nicht mehr so im Kopf und braucht Hilfe. Weißt du, wer sie ist?«

»Die alte Lena«, krächzte Jill. »Du heiliger Strohsack … Wie … woher …?« Sie fing an zu glucksen. »Weißt du … weißt du, dass alle hier … außer mir … fürchterliche Angst vor der haben … dass sie gestandene Männer zu wimmernden Häufchen reduziert … Du bist die Erste … Oje …« Sie fiel, von einem Lachanfall geschüttelt, auf den nächstbesten Stuhl.

Marina musterte Jill befremdet. »Wieso sollte ich Angst vor diesem Weiblein haben? Sie saß auf einem Baum, eine Schlange kroch auf ihr herum – eine richtige, lebendige, ich konnt's zuerst gar net glauben –, und sie kam mir echt ein bisschen deppert vor.

Dann hat sie angefangen zu fauchen wie eine Katze, und gezittert hat sie zum Erbarmen.« Marina schaute die Alte mitleidig an. »Und da hab ich mir gedacht, es wäre besser, wenn ich sie hierherbringe, damit sie Hilfe bekommt. Erst hab ich gedacht, dass sie so etwas wie ein Geist ist … gar nicht menschlicher Natur …«

»Ein Geist ist sie nicht«, stieß Jill hervor und wurde wieder von einem Lachen in der Kehle gekitzelt. Es gelang ihr aber, sich so weit zu fassen, dass sie zusammenhängend weiterreden konnte. »Das ist die alte Hexe Lena. Ich kenne sie, seit ich denken kann, und genauso lange versucht sie alles, mich und die Familie von *Inqaba* zu verjagen.«

»Eine Hexe.« Ungläubig schaute die Schauspielerin auf das Menschenbündel in ihren Armen. »Das kann ich nicht glauben. Das ist eine alte Frau, die dringend Hilfe braucht. Das kann doch jeder sehen.«

»Ach wo. Lena ist eine Sangoma, das heißt, sie ist eine spirituelle Heilerin der Zulu. Eine Zauberin, wenn du so willst. Sie wollte dich vermutlich einfach ordentlich erschrecken, wie sie es oft mit meinen Gästen macht.«

Marina lachte ungläubig. »Mich? Erschrecken? Wie merkwürdig. Wer hat denn Angst vor so einer?« Sie betrachtete die alte Sangoma voller Mitgefühl.

»Oh, außer mir und Nils wohl alle hier. Sie kommuniziert mit ihren Vorfahren und opfert ihnen Tiere im Auftrag von Hilfesuchenden, denen sie eine Menge Geld dafür abknöpft. Das verleiht ihr große Macht über ihre Stammesgenossen, und die nutzt sie weidlich aus. Wer ihr in die Quere kommt, den belegt sie mit den fürchterlichsten Flüchen, die oft eine grausige Wirkung haben. Vor lauter Furcht, an dem Fluch sterben zu müssen, tun die Verfluchten natürlich alles, was Lena von ihnen verlangt. Obendrein hat sie allerlei Tricks drauf, um den übersinnlichen Nebel, der sie umwabert, noch dichter werden zu lassen. Sie muss bis ins Mark schockiert sein, wie du reagiert hast.«

Marina blickte noch immer zweifelnd drein. »Wo lebt sie? Hat sie irgendwo eine Hütte? Gibt es jemand, der sich um sie kümmert?«

»Lena lebt überall und nirgendwo, schon immer. Sie ist wie ein Schatten, der durch den Busch schwebt. Erst kürzlich habe ich ihr neuestes Versteck in einer Höhle unter der Brücke am Fluss gefunden …«

»Höhle! Unter einer Brücke! So eine gehört mit anständiger Pflege ins Altersheim.« Marina war sichtlich entrüstet. »Wo kann ich sie absetzen? Sollte ich sie nicht doch vielleicht hinlegen?«

»Du kannst sie herunterlassen. Ich versichere dir, dass sie ganz prima allein gehen kann. Du wirst es erleben. Wenn nicht, verspreche ich, sofort ihre Enkelin anzurufen. Dr. Kunene. Sie ist Ärztin und leitet ihr eigenes Krankenhaus.«

Mit einem zweifelnden Gesichtsausdruck ließ Marina die alte Lena heruntergleiten. Kaum hatte die Sangoma Boden unter den Füßen, rappelte sie sich eilig auf und huschte ein paar Meter weg. Geduckt wirbelte sie herum, zischte zwei, drei Wörter und spuckte Jill vor die Füße. Anschließend fixierte sie Marina mit schwelenden Augen, unterließ es aber, sie ebenfalls anzuspucken. Stattdessen ratterte sie ein paar Stakkatosätze auf Zulu herunter. Einen Lidschlag später war sie mit dem Busch verschmolzen.

Marina starrte ihr fasziniert nach. »Sie hat keine Fußabdrücke hinterlassen …«

»Unsinn, der Schlamm ist so flüssig, dass sie gleich wieder verschwunden sind«, entgegnete Jill heftiger als beabsichtigt. »Glaub mir, sie hat keine übersinnlichen Kräfte.« Lena war es wieder einmal gelungen, in ihr jene Beklemmung auszulösen, die sie schon als Kind bei dem Anblick der alten Hexe überfallen hatte. »Entschuldige, dass ich laut werde, Marina, aber wenn es um die alte Lena geht … Sie treibt mich wirklich auf die Palme … Entschuldige mich, ich muss weg …«

»Welch eine skurrile Figur«, murmelte Marina vor sich hin. »Absolut filmreif … Ich muss unbedingt mit Flavio reden …«

Jill schnappte den Namen auf und drehte sich noch einmal um. »Wie geht es Flavio?«

Marina presste mit beiden Händen die Nässe aus ihrem Pferdeschwanz, der ihr nass und traurig über den Rücken baumelte. »Schlecht geht es ihm. Wir brauchen einen Arzt, beziehungsweise er braucht ein anderes Antibiotikum. Wenn es allerdings tatsächlich ein Virus ist, hätte das ja eh keine Wirkung. Auf jeden Fall hat ihn das, was immer es auch ist, voll im Griff. Sind die Straßen frei? Können wir ihn zu einem Arzt bringen?«

»Nein«, sagte Jill. »Im Augenblick kommen wir leider nicht aus *Inqaba* raus, und keiner kommt natürlich herein, und einen anderen Weg gibt es nicht. Vielleicht wenn die Wassermassen etwas abgelaufen sind. Und es nicht wieder regnet. Aber ich habe noch einiges in unserer Notfallapotheke vorrätig. Sobald die Telefonverbindungen wieder funktionieren, rufe ich meine Ärztin an und bespreche es mit ihr.« Dann erklärte sie der Schauspielerin, dass alle außer Thabili, Jonas und ein paar Wachen ins Gelände ausschwärmen würden, um nach Kira zu suchen, und brachte ihre Bitte vor. »Wäre es möglich, dass du auch heute bei Luca bleibst?«

Die Antwort kam prompt. »Natürlich, gern. Ich mag Kinder, und dein Sohn ist wonnig. Nur muss ich vorher aus diesen Klamotten raus. Ich sehe aus wie eine Schlammringerin.« Marina sah angewidert an sich hinab. »Und jemand müsste dann Flavio hierherbringen, ich kann nicht ständig zwischen unserem Bungalow und eurem Haus hin- und herrennen. Laufen kann Flavio aber nicht. Dazu ist er zu krank.«

»Einen Augenblick«, sagte Jill, rief Jonas an und erklärte ihm die Situation. »Schick vier Ranger mit einer Trage zu Herrn Schröder und lass ihn in mein Haus bringen.«

Nervös wartete sie auf seine Ankunft. Die Zeit lief ihr weg, und sie hoffte, dass der Regisseur nicht ausgerechnet jetzt seinen berühmten Sturkopf einsetzen würde und sich weigerte.

Wie sich aber herausstellte, war Flavio Schröder inzwischen zu schwach geworden, sich noch groß zu wehren. Es dauerte nicht lange, bis die Ranger ihn die Stufen herauftrugen. Unter Jills Kommando brachten sie ihn ins Gästezimmer ihres Privathauses.

Marina verkündete lautstark, dass Flavio nicht noch Stunden warten könne, bis Jills Ärztin Sprechstunde habe, und bestand darauf, dass er jetzt sofort ein Virostatikum bekam. Jill hatte nicht vor, mit ihr darüber zu diskutieren, und bat Nils, sie zum Medikamenten-Kühlschrank in ihr Büro zu bringen, während sie das Bett im Gästezimmer frisch beziehen würde.

»Es ist mir ein Vergnügen«, sagte Nils und hielt Marina lächelnd die Tür zu Jills Büro auf. Anschließend schloss er den Kühlschrank auf und trat zurück. »Bitte, such dir alles aus, was du brauchst.«

Marina wählte zusätzlich zu dem Virostatikum auch ein anderes Antibiotikum. »Sicher ist sicher«, sagte sie und nahm noch eine Packung Kohletabletten mit. Anschließend bestellte sie bei Thabili mehrere Flaschen Mineralwasser und eine Flasche Cola.

»Willst du nicht erst frühstücken?«, fragte Nils.

Marina schüttelte den Kopf. »Flavio muss unbedingt die Medikamente und die Kohletabletten bekommen. Ich frühstücke hinterher. Thabili soll es mir hinüber in euer Haus bringen. Und ich brauche trockene Sachen.« Sie breitete die Arme aus, um zu demonstrieren, wie tropfnass sie war.

Nils versicherte ihr, dass Jill ihr gern aushelfen werde, obwohl er insgeheim bezweifelte, dass die Schauspielerin in die Sachen seiner Frau passte. Anschließend organisierte er das Frühstück für sie und besorgte von Jonas einen Schirm. Es hatte schon wieder ganz sanft angefangen zu regnen. Mit Anspannung lauschte er auf das ferne Grollen, das ankündigte, dass das Gewitter mit seinen Regenmassen zurückkehren würde. Aber noch war nichts zu hören.

»He, Nils, noch so ein Unwetter, und meine Nerven sind völlig hinüber!« Dirk schlenderte, Hände in den Hosentaschen, durch den tropfenden Busch herauf zur Veranda. »Mann, ich habe kein Auge zugetan. Morgen, Marina. Hast du dich mit Flavio im Schlamm gewälzt? Oder spielst du deine Rolle aus ... Wie hieß der Streifen doch gleich ... *Ich suche dich* oder so ähnlich?« Er lachte, aber es klang gekünstelt. Verlegen scharrte er gleich darauf mit den Fußspitzen »Okay, tut mir leid, wenn ich mich wie ein Idiot benehme. Ich tu alles, um nicht in Depressionen zu versinken. Anita meldet sich noch immer nicht, und sie war auch nicht in ihrem Bungalow.« Er sah seinen Freund an. »Habt ihr Neuigkeiten von Kira?«

Nils schüttelte den Kopf. »Jill redet gerade mit Kamali und hofft, da etwas zu erfahren. Ich bezweifle nur, dass die Kleine etwas weiß. Meiner Meinung nach sind ihre Eltern oder Verwandten illegal über die Grenze von Simbabwe nach Südafrika gekommen. Vermutlich haben sie in einem Lager gelebt, oder sie haben sich von Dorf zu Dorf durchgeschlagen. Entweder ist sie ausgerissen oder irgendwie von ihren Leuten getrennt worden. Wir werden *Inqaba* noch einmal von Nord bis Süd durchsuchen, und deswegen müssen wir jetzt in Gang kommen, und zwar sofort.«

Jill war inzwischen zur Rezeption gekommen und redete auf Jonas ein. »Bitte mach mir eine Funkverbindung zu Thandi. Es geht um die alte Lena.« Sie trommelte mit den Fingern auf den Tresen, bis er ihr das Mikrofon reichte. Ohne viel Vorreden schilderte Jill Thandi Kunene den Vorfall mit deren Großmutter Lena.

»Das ist ein Problem«, gab Thandi zu.

»Aber nicht meins«, erwiderte Jill. »Es ist deine Großmutter. Wenn du nicht bald etwas unternimmst, passiert ihr etwas. Immerhin leben hier eine Menge Raubtiere ...«

»Ich bin mir sicher, Ugogo wami, meine Großmutter weiß das …«

»Thandi, ich habe keine Lust, eines Tages über ihre halb aufgefressene Leiche zu stolpern«, unterbrach Jill sie. »Tu was. Bitte. Und schnell.«

Dr. Thandi Kunene stieß einen abgrundtiefen Seufzer aus. »Ich versuch's. Over and out.«

Jill schaltete das Mikrofon aus und reichte es Jonas. »Finde bitte heraus, was mit den Telefonen los ist. Festnetz und Mobil. Ob der Blitz irgendwo eingeschlagen hat, ob jemand die Masten zerstört oder Leitungen geklaut hat, oder was auch immer. Ich will wissen, wann alles wieder in Ordnung ist. Bis dahin rühr dich nicht vom Funkgerät weg.« Ihr hing ein Schluchzen in der Kehle. Das Lachen war ihr längst vergangen.

Die Brille auf die Nasenspitze geschoben, musterte Jonas sie ein paar Sekunden lang mit seinem sanften Blick. »Jilly, alle wissen Bescheid, jeder Mensch im Landkreis sucht nach Kira, und ich werde alles von hier aus koordinieren. Du brauchst dir um die Organisation keine Sorgen zu machen.« Er nahm ihre beiden Hände in seine. »Wir finden unser Isinkwe, unser Buschbaby … Ugogo Nelly hat ein Huhn für sie opfern lassen, um die Ahnen um Hilfe zu bitten. Ich musste das fetteste fangen, das in ihrem Hof herumlief … Und Ugogo hat noch ein paar Scheine für den Sangoma draufgelegt, damit er sich besonders anstrengt …«

Jill nickte mit brennenden Augen. Thandi würde Nelly noch einige Tage im Krankenhaus behalten, um sie zu beobachten, hatte sie ihr mitgeteilt. Mit dem Asthma sei nicht zu spaßen. Obwohl sie regelmäßig mit der Ärztin gesprochen hatte, hatte ihr bisher die Zeit gefehlt, ihre alte Nanny zu besuchen. »Geht es ihr besser? Ich habe gestern vor dem Unwetter noch mit Thandi über sie gesprochen. Sie sagt, es wird schon wieder werden, aber sie ist halt schon alt.« Plötzlich überkam es sie, und sie schluchzte hemmungslos. »Jonas, wenn Nelly stirbt, weiß ich nicht, was ich tun soll. Sie ist meine schwarze Mutter …«

Ein kleines Lächeln erhellte sein Gesicht. »Oh, meine Ugogo ist ein zähes altes Huhn. Glaub mir. Meine Ugogo stirbt nie, sie ist viel zu herrschsüchtig. Kannst du dir vorstellen, wie sie die Ahnen in Aufruhr versetzen und herumkommandieren würde? Die wollen sie sicher noch lange nicht haben.«

Er nahm eine Packung Papiertaschentücher aus der Schublade seines Schreibtischs und reichte sie Jill. »Im Übrigen war es kein Herzinfarkt, nur ein Asthmaanfall, sagt Thandi. Ich habe herausgefunden, dass Ugogo sich offenbar mit Duduzile gestritten hat … Um genau zu sein, ich glaube, sie ist wahnsinnig eifersüchtig auf Duduzile …« Er grinste. »Im Augenblick amüsiert sie sich damit, die Krankenschwestern zu terrorisieren, und sie lässt fragen, ob sie auch im Hubschrauber zurück nach *Inqaba* fliegen kann. Es hat ihr offensichtlich einen Mordsspaß gemacht.« Er legte die Taschentuchpackung zurück.

Jill lächelte unter Tränen. »Typisch Nelly. Wenn du mit ihr sprichst, bestell ihr alles Liebe von mir. Ich komme so bald wie möglich. Aber bitte kein Wort zu ihr über Kiras Verschwinden. Nelly bekommt es fertig und beschwatzt den Hubschrauberpiloten …«

Jonas gluckste in sich hinein. »Mach ich. Und Jill – unsere Kira hat noch von meinem Großvater Ben gelernt, wie man sich im Busch bewegt, wie du auch … Sie kennt sich wirklich aus. Sie ist ein …«

»… Buschbaby«, ergänzte Jill. »Ich weiß.«

Wenn das nur das Einzige wäre, was mir Angst macht, dachte sie. Jonas wusste noch nicht, dass Len Pienaar wieder aufgetaucht war und welche Rolle er vermutlich bei ihrem Verschwinden gespielt hatte, und im Moment sah sie sich nicht imstande, seine Reaktion zu ertragen. Er liebte Kira wie sein eigenes Kind. Sie wandte sich ab, um zum Haus zu gehen.

Nils und Marina kamen ihr vom Haupthaus entgegen. Die Schauspielerin hielt mehrere Medikamentenpackungen in der Hand, und Nils berichtete kurz, was sie ausgewählt habe, und dass er die Medikamente aus der Liste ausgetragen habe. »Du hast doch sicher ein paar trockene Klamotten für sie?«

»Klar, kein Problem. Ich muss ohnehin zum Haus, um erst mit Kamali zu reden. Das habe ich vorhin völlig vergessen. Vielleicht weiß sie etwas … Vielleicht weiß sie, wo unsere Kleine ist …« Ihr Blick kehrte sich nach innen. Es dauerte einige Momente, bis sie sich gefasst hatte. »Bitte Musa zu warten, bis ich mit Kamali gesprochen habe. Wir beide fahren mit ihm, die anderen können schon in den Busch ausschwärmen.«

»Soll ich mit zu Kamali kommen?«

Jill wehrte entschieden ab. »Nein, auf keinen Fall. Sie scheint große Angst vor Männern zu haben … Was dahintersteckt, möchte ich mir jetzt nicht ausmalen.« Mit einem Nicken grüßte sie Dirk, der eben hinter Nils auftauchte.

Nils stimmte sofort zu. »Natürlich … ich organisiere die Suchmannschaft. Musa und ich werden warten. Lass dir Zeit, vielleicht …« Er hob die Schultern, um anzudeuten, was er hoffte.

»Ich würde gern helfen«, mischte sich Dirk ein. »Ich könnte doch einen der Safariwagen fahren, oder?«

Nils sah ihn erfreut an. »Klar, wir können jeden Mann zusätzlich gebrauchen. Komm mit zum Parkplatz. – Wir treffen uns dann dort, Honey.«

»Gut.« Jill nickte und bat Marina dann, ihr zum Haus zu folgen. »Wir finden schon etwas für dich.« Sie rang sich ein Lächeln ab. »Du kannst dir nicht vorstellen, wie dankbar ich dir bin, dass ich dir Luca überlassen kann.«

Im Haus angekommen, zeigte sie ihr, wo sie ihre verschmutzten Sachen ausziehen und sich duschen konnte. »Wir haben über Nacht einen kleinen Gast bekommen«, sagte sie durch den

Türspalt. »Ein kleines Mädchen aus ... dem Norden. Ihr Name ist Kamali. Sie ist nicht krank, nur erschöpft und eingeschüchtert ... Sie hat sich verlaufen ... Ich lasse ihre Eltern suchen, bis dahin bleibt sie hier. Leider spricht sie nur sehr wenig Englisch, aber sie wird dir keine Mühe machen.«

Während sie sprach, hatte sie die Informationen zensiert. Je weniger Leute von Kamali wussten, desto besser. Was sie tatsächlich wegen Kamali unternehmen würde, war ihr noch nicht klar. Würde sie die Behörden anrufen, würde Kamali in irgendeinem Waisenhaus verschwinden. Und vermutlich da verrotten, setzte sie schweigend hinzu. Die Eltern des Mädchens zu finden hielt sie für außerordentlich schwierig. Sie vermutete, dass die sich illegal im Land aufhielten, und dann würden sie verschwinden, sobald sich jemand nach ihnen erkundigte. Die Möglichkeit, dass sie sich strafbar machte, sollte sie es unterlassen, die Polizei zu benachrichtigen, zog sie auch in Betracht. Immerhin war es möglich, dass hier ein Verbrechen vorlag. Sie entschied, später darüber nachzudenken. Jetzt ging es um das Wohl der Kleinen. Und um Kira.

»Mach dir keine Sorgen, ich kann mit Kindern, ob sie meine Sprache sprechen oder nicht.« Marina drehte die Dusche auf. »Ich bin in fünf Minuten fertig«, rief sie durch das Wasserrauschen.

Jill bezweifelte das zwar, aber sie hatte nicht vor, Marina zu drängen. Sie war einfach nur dankbar, dass die arrogante, anspruchsvolle Schauspielerin diesen wunderbaren Wandel durchgemacht hatte und sich als rettender Engel erwies. Schnell durchsuchte sie ihren Kleiderschrank und fand eine lockere, ärmellose Bluse und ein Paar Bermudashorts, die ihr zu groß waren. Beides reichte sie Marina ins Badezimmer, die die angekündigten fünf Minuten nur geringfügig überschritten hatte.

»Deine verschmutzten Sachen werde ich waschen lassen. Lass sie einfach hier liegen.«

Als Marina aus dem Badezimmer trat, hätte Jill fast bewundernd durch die Zähne gepfiffen. Die Schauspielerin hatte die knallrote Bluse in der Taille geknotet und die Beine der Shorts aufgekrempelt, sodass ihre langen Beine bestens zur Geltung kamen. Sie sah wie einem Modejournal entstiegen aus.

Jill nahm sie am Arm und führte sie zu Luca, der im Bett saß und mit zwei Autos Karambolage spielte. Sie küsste ihn und ermahnte ihn, heute netter zu Marina zu sein, denn die sei eine weltberühmte Filmschauspielerin.

»Schauspielerin? Echt? Richtig so wie im Kino? Das hast du mir gar nicht gesagt.« Der Kleine musterte Marina mit großem Interesse. »Sie ist ziemlich hübsch«, verkündete er und sah seinem Vater dabei lächerlich ähnlich.

»Wir werden uns prächtig verstehen.« Marina strahlte ihn an und verstrubbelte ihm das Haar. »Ich komme gleich wieder, mein kleiner Schatz.«

Gemeinsam schauten die beiden Frauen bei Flavio hinein, der im Wohnzimmer der Rogges auf der breiten Couch lag und erschreckend krank aussah. Marina setzte sich auf die Sofakante, goss Wasser in ein Glas, drückte eine der Tabletten aus der Blisterpackung und hielt ihm beides hin. Er beäugte die kleine weiße Pille misstrauisch.

»Geh, das ist Medizin, kein Gift!«, beschied ihm Marina. »Auch kein Rauschgift, nun schluck sie schon! Und die Kohletabletten gleich hinterher. Und bevor du meckerst: Mit denen musst du dann nicht so oft aufs Klo rennen.«

Jill stand schon in der Wohnzimmertür. »Ich rede mit Kamali, vielleicht schaust du nachher auch noch mal bei ihr herein? Sie liegt neben den Kinderzimmern im anderen Gästezimmer.« Marina hob zustimmend die Hand, und Jill drückte leise die Klinke zu Kamalis Zimmer herunter.

Das kleine Mädchen saß im Schneidersitz auf dem Bett, das Plüschtier unter den Arm geklemmt. An einem Daumennagel nagend schaute sie Jill aus riesigen Augen ernst an.

»Darf ich mich zu dir setzen?«, fragte Jill auf Ndebele und zeigte auf die Bettkante.

Kamali nickte, rückte ein Stück und schwieg.

»Hast du gut geschlafen?«

Vorsichtiges Nicken.

»Hat dir dein Frühstück geschmeckt?«

Heftiges Nicken.

Jill holte tief Luft. »Kamali, ich möchte dir ein paar Fragen stellen. Wenn du eine nicht beantworten willst, sag es mir. In Ordnung?« Erfreut registrierte sie, dass das Mädchen sofort zustimmte. Sie stellte ihre erste Frage, die, die ihr am meisten auf der Zunge brannte. »Du hast mir erzählt, dass du aus Hwali kommst. Wie kommt es dann, dass du im Busch von meiner Farm warst?« Bei der Frage legte sie Kamali sanft die Hand auf den Arm und streichelte sie.

Für Sekunden glühte nackte Panik in den Augen des Mädchens auf, unruhig flatterten ihre Hände übers Laken. Nach kurzem Zögern schüttelte sie heftig den Kopf.

»Keine Angst, ich bin überhaupt nicht böse. Ich möchte es nur wissen. Bist du irgendwo über den Zaun gestiegen?«

Keine Reaktion, außer dass die kleinen Hände die Zipfel des Lakens verknüllten.

Jill probierte es auf andere Weise. »Wo warst du vorher? Bei deinen Eltern?«

Die dunklen Augen füllten sich mit Tränen, und Jill sah hilflos zu, wie sie allmählich überliefen und die Tropfen über die zarte Wange liefen. Kamali wischte sie nicht weg. Jill war klar, dass sie so nicht weiterkam, und die Zeit lief ihr weg. Verzeih mir, Kamali, dachte sie, aber ich muss es um Kiras willen fragen.

»Kira hat mir gesagt, dass du ein Baby mit Namen Lulu gehabt hast. Stimmt das? Und dass es gestorben ist?«

Zu Jills Entsetzen spritzten Kamali jetzt die Tränen aus den Augen, als wäre ein Hahn aufgedreht worden. Am liebsten hätte sie sich die Zunge abgebissen. Sie zog das Mädchen sanft an sich, streichelte ihm über den zuckenden Rücken, murmelte Tröstendes und wusste doch, dass sie Kamali nicht trösten konnte. Niemand würde das können.

»Ist schon gut, Kleines, du brauchst nicht zu reden. Du kannst so lange hierbleiben, wie du willst. Ich muss jetzt los, aber ich komme heute Nachmittag wieder. In der Zwischenzeit wird meine Freundin bei dir und meinem kleinen Sohn Luca bleiben. Sie kommt von weither, aus Deutschland … Weißt du, wo das liegt?« Kamali schüttelte heftig den Kopf, und Jill fuhr fort: »Sie ist ein Filmstar, ein richtiger, echter Filmstar, und sicher wird sie euch erzählen, wie es ist, einen Film zu drehen. Vielleicht kann Luca das für dich übersetzen.« Auch Luca sprach bereits fließend Zulu, und das war Ndebele ähnlich genug, dass Kamali einiges verstehen würde. Dankbar sah sie das kurze Aufleuchten in den traurigen Augen. »Ich werde sie jetzt holen.«

Sie stand auf und ging zur Tür, um Marina hereinzubitten, damit sie sich mit Kamali vertraut machen konnte.

»Pienaar.«

Das Wort explodierte förmlich in der morgendlichen Stille. Jill fuhr herum. »Was?«, krächzte sie. »Was hast du gesagt?« Ihre Kehle war papiertrocken geworden.

»Pienaar«, wisperte Kamali. »Lulu.«

Jill versuchte, den Gedankenwirbel in ihrem Kopf irgendwie in den Griff zu bekommen. »Pienaar hat Lulu getötet?«

Trauriges Kopfschütteln und danach Schweigen. Kamali saß da, den Kopf gesenkt, die Arme fest um den Leib geschlungen, als wollte sie sich schützen.

Jill sah sie an, und langsam kroch ein Verdacht in ihr hoch. Herrgott, dachte sie, das kann doch nicht sein. Das kann ich das Kind doch nicht fragen. Aber sie brauchte es nicht, Kamali kam ihr zuvor.

»Pienaar«, stieß die Kleine wieder hervor. »Lulu … ihr Vater …« Sie warf sich ins Kissen, und ein Schluchzen lief durch sie hindurch, so harsch, so heftig, dass es den zierlichen Körper schier zu zerreißen drohte.

Es dauerte, bis Jill die Worte in sich aufgenommen hatte, und erst nach und nach wurde ihr die Bedeutung wirklich klar. Sie nahm Kamali in die Arme, schon um zu verbergen, dass ihr nun selbst die Tränen aus den Augen strömten. Erst nach Minuten hatte sie sich so weit gefasst, dass sie Marina holen und ihr Kamali übergeben konnte. Glücklicherweise zeigte die Kleine sofort volles Zutrauen zu der Schauspielerin.

»Ich bin so schnell wie möglich zurück, Marina. Wenn du mich brauchst, bitte Jonas, mich anzufunken. Und egal, was du benötigst, er wird es dir besorgen.«

Doch bevor sie das Zimmer verlassen konnte, zupfte Kamali sie am Arm. Jill beugte sich zu ihr hinunter.

»Da waren noch andere Mädchen«, wisperte ihr die Kleine ins Ohr. »Zwölf. Ich bin die Älteste.«

Stumm vor Entsetzen starrte Jill sie an. »Kira?« Es kostete sie ungeheure Kraft, den Namen ihrer Tochter auszusprechen.

Aber Kamali schüttelte den Kopf, ganz entschieden. »Cha«, sagte sie. »Nein.«

Jill riss sich zusammen. »Ngiyabonga kakhulu, Kamali. Du bist ein sehr tapferes Mädchen. Ich komme nachher wieder.« Sie küsste die Kleine auf die Wange, nickte Marina zu und rannte dann hinunter zum Parkplatz. Im Laufen stopfte sie ihre Kakibluse mit dem *Inqaba*-Logo auf dem Ärmel in die Shorts.

Schon aus einiger Entfernung hörte sie, dass Nils und die Ranger testeten, ob ihre Funkgeräte funktionierten. Für eine Minute quakten alle sinnlose Satzfetzen wie »testing, testing« oder »hört ihr mich, hört ihr mich, roger und over und out« durcheinander. Etwas atemlos erreichte sie die Autos. Glücklicherweise stellte sich schnell heraus, dass es keine Probleme gab. Alle Geräte waren in bestem Zustand.

Nils strich ihr kurz aufmunternd über die Wange, eine intime Berührung, die ihm ein Lächeln einbrachte, dann hob er die Hand, und alle verstummten. Zwischenzeitlich hatte er Jills Zeichnung auf dem Kopierer vervielfältigt und reichte sie jetzt jeweils dem Scout im Team, der den Fahrer danach dirigieren konnte.

»Wir fahren wie immer zu zweit«, verkündete er und teilte die Partner ein, wie Jill sie notiert hatte. »Da ich kein erfahrener Ranger bin, fährt Musa mit Jill und mir.« Für ihren Wagen hatte Jill die Route eingeteilt, die am dichtesten an der westlichen Grenze entlangführte.

»Ich hab da so ein Bauchgefühl, dass wir sie dort am ehesten finden werden«, hatte sie gemurmelt. Er hatte sofort zugestimmt.

Sie wartete, bis er mit seiner kurzen Ansprache fertig war, und zog ihn dann zur Seite. Hastig berichtete sie ihm auf Deutsch, was sie von Kamali erfahren hatte. Aber plötzlich stockte sie, und jetzt erinnerte sie sich wieder an das, was ihrem Gedächtnis entfallen war: die Identität des Mannes neben dem Porschefahrer, auf dessen Kühlerhaube ein zähnefletschender Löwenkopf gemalt war und dem nachgesagt wurde, dass er illegal Frauen und Kinder aus dem Ausland ins Land brachte und zur Prostitution zwang.

Es war Len Pienaar gewesen. Ohne irgendwelchen Zweifel, und deswegen war er ihr so bekannt vorgekommen. Jetzt ergab alles Sinn. Sarahs Worte hallten in ihrem Kopf wider. »Er stiehlt Kinder! Menschenhandel!« Ihr sackte das Blut in die Beine, ihre Hände wurden klamm.

Nils sah sie an. »Was ist? Warum redest du nicht weiter? Du bist kreideweiß geworden.« Er nahm ihr Gesicht in seine Hände. »Dir ist gerade etwas eingefallen, nicht? Was ist es, Honey?«

Mit brüchiger Stimme beschrieb sie, was sie damals gesehen hatte, beschrieb den Mann mit dem Pferdeschwanz und dem

Diamanten im Ohr und den, der neben ihm gesessen hatte. »Es war Len Pienaar. Absolut sicher. Er war nur aus meinem Alltag herausgefallen, deswegen bin ich nicht gleich auf ihn gekommen. Sarah sagt, dass Pienaar seine Finger mit in dem Bordellgeschäft hat …« Sie musste trocken schlucken. »Und er war der Vater von Lulu, Kamalis Baby. Und das ist noch nicht alles. Sie sagt, dass er ein Dutzend Mädchen in seiner Gewalt hat.«

Die Wirkung auf Nils war, als hätte ihm jemand in den Magen geboxt. Er wurde grau im Gesicht. Sie spürte, wie er seine Muskeln anspannte, wie er alles tat, um sich zu beherrschen, wie ihn die Angst um ihre Tochter zu brechen drohte.

»Ich bring ihn um«, sagte er überraschend ruhig und klar. »Das verspreche ich dir. Wenn ich ihn erwische, bringe ich ihn um. Dann ist ein für alle Mal Ruhe.« Nach und nach kehrte die Farbe in sein Gesicht zurück. »Wir haben nicht mehr viel Zeit«, sagte er leise. »Wir sollten uns aufteilen. Du fährst mit Musa, und ich fahre zu Lias Farm und setz mich auf Pienaars Spur. Dirk nehme ich mit. Der ist in Notsituationen wirklich sehr gut zu gebrauchen.«

Sie zögerte nur kurz. Nils hatte recht. Es war einfach vernünftig, sich zu trennen, nur machte es ihr zu schaffen, dass sie keinerlei Telefonverbindung zu ihm halten konnte. Das Telefon war in Zululand für sie so etwas wie ihre Nabelschnur, ihre Rettungsleine zueinander. »Nimm Zak mit, Wilson wird mich und Musa begleiten. Er muss halt mit in den Busch, das kann ich ihm nicht ersparen. Hoffentlich hat er keine Angst vor Schlangen oder so.«

»Nein, Ma'm, habe ich nicht.« Der baumlange Schwarze war lautlos hinter sie getreten. Die Spiegelgläser reflektierten die Umgebung. »Und ich kenne mich im Busch aus.«

Nils streifte ihn mit einem überaus erleichterten Blick. »Ich werde dich in Abständen auf dem Handy anrufen, um zu sehen, ob die Verbindungen wieder stehen, okay?« Er nahm ihr Gesicht zwischen seine Hände und schaute ihr in die Augen. »Wir schaffen es!«, sagte er leise. »Hörst du, du und ich, wir schaffen das.«

Und Len Pienaar landet hoffentlich in den ewigen Jagdgründen, setzte er schweigend hinzu. Sowie er irgendwo Handy-Empfang hatte, musste er Kontakt mit Vilikazi aufnehmen, um zu erfahren, ob er schon etwas unternommen hatte, und wenn ja, was. Obwohl sich in ihm bei der Vorstellung, zu welcher Methode der alte ANC-Kämpfer gegriffen hatte, ein starkes Unbehagen manifestierte. Eigentlich wollte er sich vor dieser Kenntnis drücken, aber um Kiras und ihrer aller Sicherheit willen blieb ihm nichts anderes übrig, als zu hören, was Vilikazi zu sagen hatte. Sollte Pienaar auf irgendeine Weise etwas von der Jagd auf ihn mitbekommen haben und im Untergrund verschwunden sein, würde er seine Familie außer Landes bringen, schwor er sich. Ein verwundeter Büffel war am gefährlichsten, das war eine alte Buschweisheit. Tief drinnen hegte er die Hoffnung, dass Pienaar einfach zurück ins Gefängnis wandern würde, aber ihm war klar, dass er die Möglichkeit so gut wie vergessen konnte. Wer immer dem Kerl zur Freiheit verholfen hatte, würde auch jetzt seine schützende Hand über ihn halten. Mit Macht blockierte er vorerst jeden Gedanken daran, was dieser Mann, der seine Familie zu zerstören drohte, ihnen antun könnte.

»Heute Abend ist Kira wieder bei uns«, flüsterte er und küsste Jill lange und sehr zärtlich, bevor er sie freigab, und es war ihm egal, wer zusah. »Sei vorsichtig, Liebling. Wilson, du haftest mit deinem Leben für sie, hast du das verstanden?« Er blockierte auch den Gedanken, dass ihr Unternehmen völlig nutzlos sein könnte, weil seine Tochter vielleicht ganz woanders war – wo, wollte er sich nicht vorstellen.

»Klar, Boss. Keine Sorge.« Wilson grinste entspannt und rückte seine Pistole zurecht.

Jill stülpte ihren Buschhut auf den Kopf, hängte das Gewehr über die Schulter und prüfte noch einmal ihr Funkgerät, indem sie Mark anfunkte. Nachdem sie ihn erreicht hatte, schaltete sie ihr Gerät wieder aus. »Okay, die Dinger funktionieren. Wir können los.«

»Soll ich nicht fahren, Ma'm?«, fragte Wilson.

Sie überlegte kurz. »Wir wechseln uns ab. Erst fahre ich, später dann du. Musa sitzt auf dem Scoutsitz. Er ist ein hervorragender Scout und kennt die Gegend wie sein eigenes Haus. Und nenne mich Jill.« Sie winkte Nils noch einmal zu, lief zu ihrem Wagen und stieg auf den Fahrersitz.

»Okay, Jill.« Geschmeidig schwang sich Wilson auf den Beifahrersitz.

Len Pienaar entdeckte Kiras Flucht etwa nach einer Stunde. Ganz zufällig. Er hatte zu viel Kaffee getrunken, was bei ihm unweigerlich harntreibend wirkte. Der Drang setzte plötzlich ein, und er verzog sich hinter die Hütte, in der sich die Gefangenen befanden, um zu urinieren. Während er sein Geschäft erledigte, schweifte sein Blick umher und fiel schließlich auf das Loch in der Wand am Boden der Hütte. Von außen war es leicht zu erkennen. Pienaar bekam einen Tobsuchtsanfall und stürmte zur Vorderseite der Hütte. Er riss das Rinderfell zur Seite, schoss durch die Öffnung wie ein Korken aus dem Flaschenhals, stieß die Kinder und dann Anita aus dem Weg und gab der Kiste, die vor dem Loch stand, einen Fußtritt, dass sie splitternd an der Wand landete.

Knurrend beugte er sich hinunter und inspizierte das Loch. Er stellte sofort fest, dass es groß genug war, einem kleinen Mädchen Durchschlupf zu gewähren. Zwei weitere Steine um das Loch herum waren vom Regen angefressen worden, der Lehm dort war fast gänzlich aus den Fugen gewaschen worden. Beide Steine wackelten, und bei beiden war zu erkennen, dass jemand versucht hatte, sie freizukratzen. Krebsrot vor Zorn richtete er sich auf und ging ganz nahe an die Kinder heran, die sich zu einem Haufen ineinander verschlungener Leiber aneinandergeklammert hatten. Konzentriert strich sein Blick über die Mädchen. Erst hin und dann wieder zurück und dann noch einmal von vorn. Von Gesicht zu Gesicht. Bis ihm offenbar klar war, wer ihm entwischt war. Er schwang herum und stellte sich breitbeinig vor Anita, so wütend, dass er keinen verständlichen Ton hervorbrachte.

Anita sah zu ihm hoch, eine unangenehme Perspektive, schon allein weil sein Hosenschlitz offen stand. Und er schwitzte wie ein Schwein. Zu ihrem Verdruss war sie gezwungen, in geduckter Haltung sitzen zu bleiben, weil sie sich unter dem schrägen Dach befand. Trotzdem hielt sie wie zuvor seinen Blick aus. Sie erlaubte es sich nicht, wegzusehen, erlaubte sich keinerlei Anzeichen von Furcht, obwohl sie sich vor Angst fast nass machte.

»Wo ist sie?«, zischte Pienaar und stieß ihr den Zeigefinger hart auf die Brust.

Es tat verdammt weh, aber es gelang ihr, nur gespielt gelangweilt die Achseln zu zucken. »Wo ist wer?«

»Kira Rogge!«, zischte er Speichel versprühend.

Sie wischte sich angeekelt die Tropfen vom Gesicht. »Keine Ahnung. Auf einmal war sie weg. Ich habe nichts gesehen. Sie ist schließlich nicht meine Tochter. Ich bin nur eine Touristin aus Übersee, die ein Zimmer auf *Inqaba* gebucht hat. Mit allem anderen habe ich nichts zu tun.«

Er schob sein Gesicht ganz dicht an ihres. Die kleinen Augen, die so hart und glänzend waren wie eisgraue Kieselsteine, bohrten sich in ihre. »Red keinen Quatsch, du … Sau!« Er schnaufte, fand aber offenbar keine weiteren Vergleiche aus dem Tierreich. Urplötzlich hakte er seine Hand in das Vorderteil ihres Büstenhalters und zog sie ruckartig nach vorn. Er stocherte mit dem dicken Zeigefinger zwischen ihren Brüsten, wobei er sie mit seinem scharfen Fingernagel verletzte. Als sie zurückzuckte, grinste er böse. »Wo ist sie, raus – mit – der – Sprache! Red schon, du

Schlampe!« Er langte in ihren BH und kniff ihr bei jedem Wort brutal in die Brustwarze. »Sag es mir! Sofort!«

Die letzten Worte brüllte er, wobei er immer mehr in Raserei geriet. Seine kleinen Augen quollen aus den Fettpolstern, sein Gesicht lief puterrot an, und je mehr er schrie, desto mehr nahm das Rot einen leicht blauen Unterton an.

Anita schwieg und bohrte sich die Nägel in die Handflächen, um ihr Zittern zu beherrschen, wandte ihren Blick aber nicht für eine Sekunde von ihm ab. Mit aller Inbrunst hoffte sie, dass er auf der Stelle mit einem Infarkt zusammenbrechen würde. Die Anzeichen machten ihr Hoffnung.

Aber den Gefallen tat er ihr nicht. Mit einem letzten, äußerst schmerzhaften Kniff in ihre Brustwarze richtete er sich wieder auf. »Ich komme wieder.« Mit diesen Worten stampfte er zur Türöffnung und kroch schwer atmend hindurch. Anita fiel mit geschlossenen Augen zurück. Um ihrer Angst Herr zu werden, um dieser Situation auf irgendeine Weise zu entfliehen, und sei es nur in Gedanken, zwang sie sich, an Frank zu denken. Sie drehte unbewusst an ihrem Ring.

Jeden einzelnen seiner Züge rief sie sich ins Gedächtnis. Sie erinnerte sich an den Geruch seiner Haut, stellte sich vor, wie es war, sie zu berühren, seinen Mund zu spüren, in seine Augen zu schauen. Hinter ihren geschlossenen Lidern leuchtete der Traum, den sie mit ihm geträumt hatte, als winziger, strahlender Punkt in der Finsternis. Dann verlosch er. Ohne dass sie es verhindern konnte, stürzten ihr die Tränen aus den Augen, und eine Welle von Selbstmitleid schwappte über sie hinweg. Für Minuten hatte sie dem Weinkrampf nichts entgegenzusetzen. Irgendwann versiegte der Tränenstrom, und sie vergrub erschöpft das Gesicht in den Händen. Sie hasste sich für ihre Schwäche, hasste Pienaar dafür, dass er sie zu diesem Jammerhäufchen reduziert hatte.

Eine zarte Berührung an ihrem Arm ließ sie aufschauen. Eines der Kinder, ein etwa zwölfjähriges Mädchen mit samtig dunkler Haut, streichelte sie und murmelte in seiner Sprache sanfte Worte, die Anita zwar nicht verstand, aber das war auch nicht nötig. Eines nach dem anderen krochen die Mädchen zu ihr, bis sie von einem warmen, atmenden Schutzwall umgeben war. Ein Dutzend dunkler Augenpaare schaute zu ihr auf, hier und da schimmerten Zähne in einem schüchternen Lächeln.

Mit einem verlegenen Lachen wischte sie ihr Gesicht trocken. Sie schämte sich insgeheim, dass sie sich vor den Kindern so hatte gehen lassen. »Ngiyabonga«, flüsterte sie.

Eines der älteren Mädchen, dessen Haar, in viele winzig kleine Zöpfchen geflochten, wie Igelstacheln abstand, berührte vorsichtig ihren Arm. »Kira schafft es«, sagte sie leise in stockendem, gebrochenem Englisch. »Sie hat gesagt, sie weiß, wie sie nach Hause kommt. Gott wird sie beschützen. Gott wird uns alle beschützen.«

Hoffentlich, dachte Anita, und kreuzte zur Vorsicht ihre Finger. »Wie heißt du?«, fragte sie das Mädchen. »Kommst du aus Südafrika?«

»Nyasha. Ich komme aus Simbabwe.« Leuchtende schwarze Augen, dichte Wimpern, ein Lächeln mit einer großen Zahnlücke vorn rechts.

Anita lehnte mit dem Rücken leicht geduckt an der feuchten Mauer. Sie konnte sich kaum rühren. Die Kleinen hatten sich in ihre offenen Arme gedrückt, so eng, dass sie teilweise aufeinanderlagen und sie an kleine Sardinen in der Dose erinnerten. Zwölf kleine Sardinen mit Augen wie schwarze Kirschen. »Seid ihr alle aus Simbabwe? Wie kommt ihr hierher?«

Nyasha übersetzte, und daraufhin redeten alle durcheinander und schoben sich noch näher an Anita heran. Ein Dutzend dunkler Augenpaare schaute vertrauensvoll zu ihr auf. Hier und da versuchte eine ein schüchternes Lächeln. Anita starrte in die Kinderaugen. Unvermittelt tauchten aus ihrem tiefsten Inneren die Gesichter der Versuchsäffchen im Labor auf und schoben sich über die der Mädchen. Ihr Herz begann zu rasen, sie brach in Schweiß aus, und ihr Blickfeld löste sich in nebliges Flimmern auf. Unwillkürlich hielt sie sich an den zarten Körpern fest. Die Mädchen kicherten und kuschelten sich noch dichter an sie. Weiche Haut streichelte sie, ihre zierlichen Körper lagen mit einer süßen Schwere auf ihr.

Eine warme Welle überschwemmte sie. Von Dazugehören, von Frieden. Von der Gewissheit, endlich am Ziel angekommen zu sein. Die Flashback-Attacke ebbte ab, die Bilder der Äffchen wichen in die Schatten zurück. Zutiefst verwirrt von diesen unerwarteten Gefühlen, stellte sie fest, dass ihr nicht einmal bewusst gewesen war, dass sie etwas suchte. Ihren eigenen Emotionen nicht trauend überlegte sie, ob sie vielleicht nur so zermürbt von der Situation war, immer noch so angeschlagen von Franks Tod und dem ihrer Mutter, dass sie gedanklich eine Zuflucht herbeisehnte.

Der harsche Ton Len Pienaars, der draußen irgendwelche Befehle brüllte, riss sie aus dem warmen Kokon heraus. Sie richtete sich auf, zog die Kinder enger an sich, bereit, sie mit ihrem eigenen Körper zu schützen. Diesen komplizierten Empfindungen würde sie auf den Grund gehen, wenn sie Zeit dazu hatte. Jetzt brauchte sie alle ihre Sinne, all ihre Kreativität, um einen Weg zu finden, mit den Kindern hier herauszukommen. Die Frage, ob sie allein fliehen sollte, stellte sich ihr nicht. Entweder mit den Mädchen oder gar nicht.

Len Pienaars Stimme kam näher.

19

Wilson blieb so abrupt stehen, dass Jill ihm in den Rücken stolperte. Seit ein paar Minuten waren sie zu Fuß unterwegs, um eine selbst für geländegängige Wagen unzugängliche, dicht mit Dornenbüschen überwachsene Kuppe zu durchsuchen. Er hob eine Hand, mit der anderen nahm er seine Spiegelbrille ab. »Was war das?« Angespannt horchte er in den Busch.

Jill lauschte ebenfalls, schüttelte dann aber den Kopf. »Ich kann nichts hören …«

»Da! Da war's wieder.«

Und dann hörte sie es auch. »Schüsse! Himmelherrgott, wer schießt da?« Blitzschnell aktivierte sie das Funkgerät und schrie ins Mikrofon. »Wer hat da geschossen? Philani, Mark, meldet euch. Ist da jemand wahnsinnig geworden? Wo seid ihr?«

Das Gerät krächzte los. Eine hechelnde Männerstimme drang durch, war aber weitgehend unverständlich.

»Mark«, rief Jill. »Was und wo?«

»Automatische Gewehre, könnten Kalaschnikows sein«, stieß der Ranger stoßweise hervor. »Ziemlich … weit entfernt, an der nordöstlichen Grenze … niemand von uns … Wir melden uns … Over and out!«

Jill war blass geworden, Schweißperlen standen ihr auf der Stirn. »Wilderer. Nicht auch das noch.« Entsetzt starrte sie Wilson und Musa an und wünschte sich inbrünstig, Nils wäre statt ihr hier, so gut und zuverlässig die beiden Männer auch waren. Sie brauchte ihren Mann. Mit fliegenden Händen zog sie ihr Handy hervor und prüfte das Display. Als sie zwei flackernde

Empfangsbalken entdeckte, machte ihr Herz einen Satz, und sie drückte die Kurzwahl für Nils.

Als er antwortete, meldete sie sich, wurde aber sofort von einem atmosphärischen Knattern unterbrochen und musste mehrmals seinen Namen rufen, aber irgendwann kapierte er, dass sie dran war.

»Wir haben offenbar Wilderer hier«, schrie sie in das Handy. »An der nordöstlichen Grenze. Mark hat Schüsse gehört und sagt, es sind Kalaschnikows …! Ziemlich weit entfernt. Er ist mit Philani in der Nähe der nordwestlichen Grenze … Sie haben die Quads genommen.«

Seine Antwort kam nur zerhackt bei ihr an. »… nicht verrückt machen …«, verstand sie, und es klang, als würde er beten. Der Rest wurde von einem starken Rauschen verschluckt.

»Verrückt machen lassen? Hast du das gesagt? Darum geht's nicht. Ich werde meinen Nervenzusammenbruch auf heute Abend verschieben, darauf kannst du dich verlassen. Unsere Leute sind über das gesamte Gelände verstreut. Immer nur zu zweit, und zwei Mann können es unmöglich allein mit den Wilderern aufnehmen. Entweder wir brechen die Suche nach Kira ab und jagen diese Mistkerle, oder wir nehmen in Kauf, dass sie sich auf *Inqaba* einnisten. Die sind völlig skrupellos. Es könnte Tote geben wie kürzlich bei van Deventers im Ukuthula-Reservat.«

Knistern, heftiges Atmen, das Geräusch eines vorbeifahrenden Autos. Dann drang seine Stimme wieder durch. »Und wenn Kira irgendwo da oben ist? Unwahrscheinlich, weil es zu weit von Lias Farm entfernt ist, ich weiß, aber es könnte doch sein …«

Jill verfiel in entsetztes Schweigen.

»Sie sind in der nordöstlichen Ecke, sagst du.« Es war keine Frage. Nils schwieg, und Jill vernahm nur das Knacken und Rauschen einer schlechten Verbindung, aber plötzlich wusste sie, was er dachte, und ihr wurde kalt.

»Du meinst, es sind keine Wilderer, sondern dass Pienaar etwas damit zu tun hat? Auf *Inqaba*? Warum?«

Die Leitung kreuzte sich anscheinend mit einer anderen. Im Hintergrund konnte sie zwei Frauen in schnellem Zulu schwatzen und lachen hören. Sie blendete die Stimmen aus und wiederholte ihre Frage lauter.

»Keine Ahnung, wir müssen jedenfalls damit rechnen … verdammt!«, brüllte Nils unvermittelt. »Entschuldige, Honey.«

Sie fühlte sich völlig hilflos. »Was sollen wir tun? Die Polizei alarmieren?«

»Nein, bloß nicht. Das sind alles schießwütige Cowboys. Kannst du dir das Geballere vorstellen? Du weißt doch, was Südafrikas Polizeipräsident gesagt hat: Schießt erst, und seht hinterher nach, ob es einer der Bösen war. Das ist eine ganz offizielle Anweisung. Kollateralschaden wird mit eingerechnet.«

Kollateralschaden, dachte Jill. Meine Kira. Herrgott, ich stehe das nicht mehr länger durch. Es stieg ihr heiß die Kehle hoch, ihr Herz flatterte, aber sie hielt es aus. Einen seelischen Zusammenbruch konnte sie sich jetzt nicht leisten. Sie musste eine Entscheidung treffen.

»Ich schicke alle drei Wilderer-Patrouillen an die östliche Grenze und ziehe alle Ranger nach und nach an der Westgrenze zusammen. Das ist ohnehin besser, weil sowieso zu viele Leute zu Fuß im Busch unterwegs sind. Die Tiere sind eigentlich nur an Safariwagen gewöhnt, sie werden unruhig. Ich glaube, sie riechen, dass etwas nicht in Ordnung ist. Außerdem werden sie die Schüsse gehört haben. Philani sagt, er könne die Elefanten trompeten hören und sie klängen aufgeregt. Kein Wunder. Schüsse versetzen sie immer in Panik. Wir können es nicht riskieren, dass sie randalierend durchs Reservat ziehen. Die Folgen wären einfach zu schrecklich.«

Und wenn Kira dazwischengerät, will ich nicht mehr weiterleben, durchfuhr es sie, aber sie rief sich sofort wieder zur Ordnung. Hinter ihr brach eine Großfamilie Impalas aus dem Busch und floh mit allen Anzeichen von Kopflosigkeit Haken schlagend in südliche Richtung und sorgte so für nachhaltige Ablenkung. »Ich leg jetzt auf und funke alle an. Wo seid ihr?«

»Kurz vor Lias Farm. Wir fahren an der Grenze von Mortimers Farm den Weg entlang, den Kira mit Lucy vermutlich gegangen ist. Vielleicht entdecken wir etwas, was ihr übersehen habt.«

»Sei vorsichtig«, sagte Jill und beendete das Gespräch.

Nils sah sie vor sich, wie sie mit Musa und Wilson durch den Busch marschierte, immer darauf gefasst, ohne Vorwarnung einem Raubtier, tierischer oder menschlicher Art, gegenüberzustehen. Er umklammerte das Mobiltelefon und musste mit einer plötzlichen Vorahnung kämpfen. Er wollte ihr noch sagen, dass er sie liebe und ohne sie nicht sein könne, aber auf seiner Fahrbahn kam ihm gerade ein uralter Lieferwagen mit einem grinsenden Inder hinter der verschmierten Windschutzscheibe entgegen. Er reagierte automatisch, riss das Steuer herum und fuhr über die unebene Grasnarbe, die die Straße begrenzte. Der Wagen schleuderte und bockte unter seiner Hand. Der Inder winkte fröhlich und raste vorbei, immer noch auf der falschen Straßenseite. Offenbar war er sich überhaupt nicht bewusst, dass er gerade eben nur durch Nils' schnelle Reaktion einem Frontalzusammenstoß entkommen war.

»Vollidiot!«, brüllte Nils. Er lenkte zurück auf die Straße und schaute hinüber zu Dirk, der bei dem Ausweichmanöver gegen die Seitenstrebe geknallt war. »Alles noch dran bei dir? Kopf noch heil?«

»Geht schon.« Dirk rieb sich mit einer Grimasse den Kopf und bückte sich, um sein Mobiltelefon aufzuheben, das ihm aus der Hand gefallen war. Er hatte Anitas Anschluss zum x-ten Mal gewählt, und jedes Mal hatte er sich die blecherne Frauenstimme anhören müssen, die ihm mitteilte, dass der Teilnehmer sich nicht melde. »Immer noch nichts«, knurrte er. Am liebsten hätte er das Teil aus dem Fenster geworfen. »Ich ruf jetzt die Polizei an und melde sie als vermisst.« Wie immer sprach er mit seinem Freund deutsch.

Er wählte die Nummer, die er bereits am Tag zuvor eingespeichert hatte. Es klingelte. Er setzte sich unwillkürlich gerade hin. Eine Frau meldete sich als Constable Mabena.

»Ich möchte eine Person als vermisst melden …«, begann er.

»Einen Moment«, unterbrach sie ihn.

Es klapperte, dass es ihm in den Ohren wehtat. Vermutlich hatte sie den Hörer auf den Tisch gelegt, der jetzt jedes Geräusch auf der Polizeiwache einfing. Barsche Stimmen, das Kreischen einer Frau, das Klingeln von Telefonen und das Knallen von Türen. Offenbar herrschte dort ein reger Publikumsverkehr. Kochend vor Ungeduld, wartete er. Es knackte, dann das Zirpen eines südafrikanischen Telefonanschlusses, und kurz darauf meldete sich eine weitere Frau, dieses Mal mit dem Rang eines Inspektors. Wieder erklärte er sein Anliegen.

Ob er eine Entführung melden wolle, fragte sie sofort, und als er das verneinte und sich bemühte, die Umstände zu erklären, beschied sie ihm, dass er in diesem Fall persönlich auf die Polizeiwache kommen müsse. Ohne auf eine Antwort zu warten, legte die Frau auf. Frustriert schaltete Dirk sein Handy aus.

»Und?«, fragte Nils.

Dirk zuckte die Achseln. »Ich muss persönlich antanzen.«

Nils konzentrierte sich für eine Weile schweigend auf die Straße. »Dich hat's erwischt, oder?« Er riskierte einen kurzen Seitenblick zu Dirk. »Du hast dich in Anita Carvalho verliebt.« Es war keine Frage.

»Ach, ich mag sie …«, murmelte Dirk und schaute durchs Seitenfenster nach draußen, damit sein Freund seinen Gesichtsausdruck nicht erkennen konnte.

»Unsinn, du bist verknallt. So habe ich dich noch nie erlebt.

Wo ist der zynische Dirk, der jede Frau bedenkenlos sitzen lässt, wenn sie nicht in sein Leben passt? Wie ist es, würdest du für sie dein Vagabundenleben aufgeben?«

Dirk starrte weiter nach draußen, aber er sah nicht die sonnenverbrannte Landschaft, die kleinen Hirtenjungs, die mit hellen Schreien ihre Herden durchs Grasland trieben, die Frauen, die neben ihren roh gezimmerten Verkaufsständen, auf denen sich Ananas und Avocados türmten, unter einem Baum schliefen oder mit ihren Freundinnen schwatzten, Frauen, die einfach ihr Leben lebten, eingebettet in ihre Familie, ihren Clan. Er spürte nicht die Seelenruhe, die dieses Land ausströmte.

Er sah sich auf irgendeinem Flughafen in irgendeinem Land, im Hintergrund die brüllenden Triebwerke der Flugzeuge, Reisetasche über die Schulter geworfen, Sonnenbrille auf der Nase, vor ihm ein neuer Film, ein neues Land, neue Menschen, und er sah die Frau, irgendeine von den vielen, die er gekannt hatte, hinter der Absperrung in der Menschenmenge stehen und ihm sehnsüchtige Luftküsse hinterherschicken. Sah sich, wie er ihr den Rücken zukehrte. Für immer. Sah, dass sie es wusste, sah, dass es ihr das Herz brach. Saß er im Flugzeug, hatte er meist schon ihren Namen vergessen und flirtete mit der hübschesten Stewardess.

Weg von hier woandershin, das war bisher sein Lebensmotto gewesen. Wie würde es sein, wenn er jeden Tag im selben Bett neben derselben Frau aufwachen würde? In Gedanken baute er sich ein Haus, eines mit viel Land drum herum, mit großen Fenstern und sonnendurchfluteten Räumen. Mit Anita mittendrin. Und plötzlich wusste er es. Ganz ohne Zweifel.

»Würde ich.«

Nils sah ihn von der Seite an. »Weiß sie das?«

Dirk schwieg vielsagend und schaute aus dem Fenster.

»Oha«, war der einzige Kommentar seines Freundes.

Riaan riss das Rinderfell vom Eingang der Hütte weg und befahl Anita barsch, mit den Mädchen herauszukommen. »Ein bisschen hoppla, wenn ich bitten darf!«, fuhr er Anita an. »Beweg dich, sonst komm ich rein und treib euch raus.«

Die Mädchen hatten ihn verstanden und waren bereits aufgestanden. Anita verließ die Hütte als Erste. Die gleißende Morgensonne blendete sie so stark, dass sie die Augen schließen musste, die prompt zu tränen anfingen.

»Hör auf zu flennen, meine Süße, deine kleine Freundin ist wieder da, nun bist du nicht mehr allein. Alles ist gut!«

Anita blinzelte aufgeschreckt in die Helligkeit und konnte einen kurzen Aufschrei nicht unterdrücken. Jills Tochter hockte vor ihr auf dem Boden. Die Bermudas und das Oberteil waren zerrissen und schlammverschmiert, ihre Haut mit blutigen Kratzern übersät, auf denen bereits die ersten Schmeißfliegen ihre Mahlzeit suchten. Die Kleine befühlte ihren rechten Knöchel, der leicht geschwollen war. Als Zungu sie auf die Beine stellen wollte, balancierte sie auf einem Bein und fauchte ihn dabei wie eine Wildkatze an. Zungu lachte und setzte sie hart auf dem Boden ab.

»Na, jetzt zufrieden?« Pienaar grinste süffisant. Er stieß sie an. »Ab in den Lieferwagen mit dir.«

Anita blieb stehen, die Arme in die Hüften gestemmt, das Kinn gehoben, und in ihrer Miene war nicht der geringste Anflug von der Angst zu entdecken, die ihr fast die Luft nahm. »Nicht ohne die Kinder.« An ihm vorbei traf sich ihr Blick mit dem von Kira. Die Tränen, die an Kiras Wimpern glitzerten, das Zittern ihrer Lippen, schnitten ihr ins Herz.

Pienaar legte den Kopf schief und schaute sie mit zusammengekniffenen Augen an, und langsam verzog sich der schmale Mund zu einem unangenehmen Lächeln. Sein Blick bekam etwas Kalkulierendes. Anita erkannte sofort, dass sie einen Fehler begangen hatte. Von jetzt an würde er die Kinder als Druckmittel benutzen. So war dieser Widerling gestrickt. Stumm, mit gesenktem Kopf, stieg sie in das fensterlose Innere des Wagens, bemüht zu signalisieren, dass sie keinen Widerstand mehr leisten würde. Er sah ihr, die Hände über seinem beachtlichen Wanst verschränkt, mit einem schrägen Grinsen nach. Einem zufriedenen Grinsen, und sie fragte sich, was er von ihr fordern könnte. Aber ihr fiel nichts ein, höchstens Geld für ihre Freilassung, und da gab es niemand mehr, der sie auslösen würde.

Zu ihrer großen Überraschung tauchte gerade jetzt Dirk Konrads sonnengebräuntes Gesicht vor ihr auf. Er war attraktiv, gefährlich attraktiv mit seinen blauen Augen, dem schwarzen Haar und dem trägen Lächeln. Dirk Konrad, der einsame Wolf, der Nomade, der aus einer großen Reisetasche lebte, darin nur eine Hose zum Wechseln hatte, und der nirgendwo länger blieb, als der Film dauerte, den er gerade drehte. Der, wie Nils in einem Nebensatz bemerkt hatte, stets auf der Stelle das Weite suchte, wenn eine Frau zu anhänglich wurde. Kein Mann, auf den man seine Zukunft bauen sollte. Warum aber hatte sie dieses merkwürdige Gefühl, am Ziel zu sein, gefunden zu haben, was sie suchte?

Das muss damit zusammenhängen, dass ein Mann wie Len Pienaar mich in diesem fensterlosen Kasten einsperren und mit mir machen kann, was er will, ging es ihr durch den Kopf, und weil ich furchtbare Angst vor dem habe, was das sein wird. Dass ich jeden Gedanken daran verdränge, weil es mich sonst zerreißt, weil ich nicht sicher wissen kann, wer von uns heute Abend noch lebt. Ich habe eine Scheißangst, dachte sie, und klammere mich an jeden Strohhalm, auch an einen, der so schwankend ist wie Dirk Konrad.

Zungu und Africa hatten begonnen, die Mädchen eines nach dem anderen in den Lieferwagen zu heben. Als auch Kira drinnen war, schoben sie die quietschende Tür zu, und mit einem Schlag herrschte dichte Dunkelheit im Inneren. Vor Anitas

Augen tanzten Flecken, nur langsam schälten sich die Kindergesichter aus dem tiefen Schatten und nahmen nach und nach Konturen an. Schnell zählte sie die Mädchen durch. Dreizehn. Alle waren da, und wieder krochen die Kleinen Hilfe und Schutz suchend in ihre Arme, Kira allen voran. Sie drückte die warmen Leiber an sich und genoss für diesen kurzen Augenblick jene Illusion von Sicherheit, die menschliche Wärme mit sich brachte.

»Kira, was ist passiert?«, fragte sie in die Dunkelheit. »Wo haben sie dich gefunden?«

»Ich bin unter *Inqabas* Zaun durchgekrochen. Hyänen hatten ein großes Loch gegraben, es war ganz leicht. Dann bin ich losgelaufen, aber irgendwann bin ich gestolpert und umgeknickt. Dann hat mein Knöchel so wehgetan, dass ich nur noch humpeln konnte. Später bin ich wieder gestolpert, und mein Fuß hat noch mehr wehgetan. Ich habe mich auf einen Stein gesetzt und überlegt, was ich tun soll – und da haben sie mich entdeckt. Schweinekerle!« Sie zog trotzig die Nase hoch, konnte aber nicht verhindern, dass es wie ein Schluchzer klang.

Wenn ich je ein Kind haben sollte, dachte Anita, dann, lieber Gott, mache, dass es ein Mädchen wie Kira sein wird. Sie umschlang die Kleine liebevoll und überlegte, wie weit sie bei Len Pienaar gehen konnte, ohne dass sie eine Gewaltorgie auslöste. Wie lange sie ihn reizen musste, bis er einen Fehler machte. Einen einzigen Fehler, der es ihr und den Mädchen ermöglichte zu fliehen. Ein Tanz mit dem Teufel. Jeder Schritt konnte zu einer Katastrophe führen.

Es gab nur einen Weg, das herauszufinden. Sanft machte sie sich von Kira frei und kroch leise Entschuldigungen murmelnd bis zur Wand, die die Fahrerkabine abtrennte. Mit aller Kraft hämmerte sie mit der Faust dagegen.

»Wohin bringt ihr uns?«, schrie sie, so laut sie konnte, um die Fahrtgeräusche zu übertönen. Niemand antwortete. Sie trommelte abermals gegen die Blechwand, aber wieder ohne Erfolg. Entmutigt ließ sie sich zurückfallen.

»Wir fahren zurück auf die Löwenfarm«, flüsterte Nyasha. »Ich habe gehört, wie Africa das zu seiner Frau gesagt hat.«

Der Wagen flog über eine Schotterstraße, knallte in Schlaglöcher, schleuderte um Kurven. Anita gab ihr Vorhaben fürs Erste auf und kroch zu den Mädchen zurück. Sie hatte genug damit zu tun, sie und sich selbst davor zu schützen, von einer Wagenwand gegen die andere geschmettert zu werden.

Irgendwann stoppte der Lieferwagen abrupt. Anita und die Kinder wurden nach vorn geworfen und dann wieder nach hinten, und dann stand das Auto. Die Kinder richteten sich auf und warteten darauf, dass die Autotür geöffnet und frische Luft und Licht hereingelassen würde, aber für lange Zeit geschah gar nichts, außer dass Pienaar zu hören war, der mit irgendjemand am Telefon redete.

Im Lieferwagen wurde es von Minute zu Minute heißer. Anita lief der Schweiß aus den Haaren, ihre Kleidung war durchfeuchtet, und sie hatte brennenden Durst. Auch Kira fühlte sich nass an. Den anderen Kindern schien es nicht anders zu gehen. Einige lehnten stumm an der Wagenwand, andere hatten sich einfach auf den harten Boden gelegt. Die Luft war zum Schneiden dick, es roch nach ungewaschenen Körpern und Urin. Offenbar hatte Pienaar den Wagen lange nicht reinigen lassen, und wer wusste schon, was er vor ihnen darin transportiert hatte. Anita atmete nur oberflächlich, nur durch den Mund, aber das brachte keine Erleichterung. Schließlich stemmte sie sich auf die Beine und trat gegen die Seitenwand.

»He, wir wollen hier raus. Wir verdursten!« In Gedanken fügte sie jedes Schimpfwort hinzu, das ihr einfiel. Jedes. Keines würde sie jemals in den Mund nehmen, aber allein daran zu denken tat gut.

»Klappe!«, brüllte Pienaar, offenbar bis zur Weißglut gereizt.

»Sonst lass ich euch den ganzen Tag da drinnen, bis ihr gar geschmort seid!«

Meist konnte sie ihr Temperament im Zaum halten, aber jetzt explodierte sie in einem dieser Wutanfälle, deren sie nicht mit Vernunft und Besonnenheit Herr werden konnte. Besinnungslos vor Zorn trat sie mit den Füßen gegen die Wand, trommelte mit den Fäusten und schrie, dass sie rauswolle. Jetzt, auf der Stelle!

Und es zeigte Wirkung. Die Tür wurde aufgeschoben, und Len Pienaar stand breitbeinig in der Öffnung. »Raus!«, knurrte er mit einer Handbewegung. Sein Gesicht war rot angelaufen.

Anita ließ die Kinder vor, die vor Erleichterung übereinanderpurzelten. Anschließend sprang sie von der Ladefläche auf den sonnenheißen Betonboden. Spitze Steinchen bohrten sich in ihre nackten Fußsohlen, was ihr einen Schmerzenslaut entlockte. Erst jetzt bemerkte sie, dass sie ihre Sandalen verloren hatte. Vielleicht lagen sie noch in Tikis Hütte. Sie biss die Zähne zusammen, hob Kira herunter und betrachtete besorgt deren Bein. Der Knöchel war bläulich angeschwollen. Es war klar, dass der Kleinen jeder Schritt wehtun musste.

Als sie den Mädchen folgen wollte, die von Zungu in den Hof geführt wurden, in dem sie anfänglich gefangen gehalten worden waren, hielt Pienaar sie mit einem äußerst schmerzhaften Griff am Arm zurück.

»Und dich habe ich langsam satt! Du machst mir die Kinder völlig verrückt. Das kann ich nicht zulassen, und deswegen machen wir zwei beide jetzt einen Spaziergang, und Jill Rogges Kleine bleibt hier. Setz sie ab! Sofort, sonst gibt's Ärger!«

Anita rührte sich nicht und hielt Kira fest im Arm. »Ich lass sie nicht allein.«

»Doch, das wirst du, und zwar plötzlich.« Die Finger an ihrem Oberarm schlossen sich wie ein Schraubstock, und irgendwie presste er dabei auf einen Nerv, jedenfalls fiel ihr Arm kraftlos herunter, und Kira glitt ihr aus den Armen. Die Kleine kam mit beiden Beinen auf und schrie vor Schmerz auf. Als Anita sich vorbeugte, um sie wieder hochzuheben, gab Pienaar ihr einen Stoß.

»Vorwärts, hier entlang, Lady. Links herum und dann immer hübsch geradeaus.« Mit einem unangenehmen Zähneblecken winkte er Riaan heran, der die schreiend um sich tretende Kira hochhob und mit ihr im Hof verschwand.

»Lass dir nichts gefallen, Kleines, ich bin bald wieder da!«, schrie ihr Anita nach und erhielt von Pienaar dafür einen groben Schlag in den Rücken.

»Klappe, du Schlampe«, fuhr er sie an.

Anita drehte sich zu ihm um und lächelte das arroganteste, provozierendste Lächeln, das sie fertigbrachte. Lächelte noch breiter, als sie sah, wie ihn das ärgerte. Gleichzeitig war sie erstaunt über ihren eigenen Mut. Es half ihr, nicht zu zeigen, wie verzweifelt sie in Wirklichkeit war. Welche Angst sie um Kira und die anderen Mädchen verspürte. Sie war erwachsen, sie konnte sich bis zu einem gewissen Grad körperlich wehren, nicht immer erfolgreich, aber immerhin. Kira und die Mädchen waren diesen Kerlen restlos ausgeliefert. Ein Fußtritt oder ein Schlag würden genügen, eines der Kinder schwer zu verletzen. Es war gut möglich, dass sich Kira den Knöchel gebrochen oder sich eine Sehne gerissen hatte. Somit saß sie in der Falle. Zumindest war es in ihrem Zustand ausgeschlossen, dass sie noch einmal weglaufen konnte.

»Da hinein«, befahl Pienaar hinter ihr.

Anita meinte, dass sie nicht viel länger als fünf Minuten bis hierher gebraucht hatten, aber sie konnte sich auch täuschen. Ihr Gefühl dafür, wie viel Zeit verstrich, war ihr längst abhandengekommen. Sie ließ den Blick über ihre Umgebung fliegen. Schenkelhohes Gras, ein halbes Dutzend vielstämmige Baumstrelitzien, sonst nur dichtes Gebüsch. »Wo hinein?«, fragte sie.

Len Pienaar ergriff ihren Oberarm und schleppte sie durchs noch immer regennasse Gras, unter dem Tropfenschauer hindurch, der von den großen Blättern der Baumstrelitzien herabfiel, zu einem mit Gras gedeckten, fensterlosen kleinen Haus, an das sich rechts und links schwere Gitter anschlossen. Mit intakten elektrischen Drähten auf der Innenseite, wie Anita sofort entdeckte.

Pienaar öffnete die angerosteten Metallbolzen der Türverriegelung und schob die überraschend massive Eingangstür auf. Stumm zeigte er mit dem Daumen hinein. Sie blieb störrisch stehen, konnte nicht einfach widerstandslos das tun, was dieser Mann verlangte. Jedes Mal wenn sie sich nicht zur Wehr setzte, würde er einen Schritt weitergehen, da war sie sich sicher. Mit allen Mitteln würde sie das zu verhindern suchen. Sie bekam einen Stoß in den Rücken, den sie jedoch erwartet hatte, und deshalb fiel sie nicht hin, sondern landete auf den Füßen.

Hinter ihr wurde die Tür sofort wieder verschlossen, und Pienaars Schritte entfernten sich schnell. »Schweinekerl«, schrie sie ihm nach. Ihr gefiel Kiras Wort. »Schweinekerl!«, wiederholte sie leise mit Tränen in den Augen.

Dann machte sie sich daran, ihr Gefängnis zu erkunden. Die Grasauflage auf dem Dach war dünn. Die Witterung und sicherlich der letzte Sturm hatten an manchen Stellen Löcher entstehen lassen, die groß genug waren, um das gleißende Mittagslicht so weit hereinfiltern zu lassen, dass zumindest helle Dämmerung herrschte. Insgeheim seufzte sie vor Erleichterung. Dunkle, geschlossene Räume verursachten ihr größtes Unbehagen, um nicht zu sagen Angst. Schon seit ihrer frühesten Kindheit.

Die Wände bestanden aus rohen Ytong-Blöcken, der Mörtel dazwischen war nachlässig aufgetragen. Mal zu dick, mal fehlten ein paar Zentimeter. Auch durch diese Lücken fiel Licht. Der Boden war aus unebenem Beton gegossen, durch manche Ritzen bohrten sich die ersten grünen Halme hindurch. Mit Schritten nahm sie Maß. Zehn in der Länge, fünf in der Breite. Am anderen Ende gab es eine größere Nische, die von der Tür aus nicht zu erkennen war. Drei mal zwei große Schritte maß sie. Hier lief das Dach im Neigungswinkel weiter, sodass es dort keine Stehhöhe gab, und kein noch so kleiner Lichtstrahl erhellte die tiefe Dunkelheit. Im ganzen Raum stand kein Möbel. Es gab keinen Hinweis, wozu dieses Gebäude gebraucht wurde, außer dass es fürchterlich stank. Nach Katzenurin.

Sie lehnte an der Wand und überlegte. Vielleicht wurde es als Kurzzeitkäfig für Löwen verwendet. Als eine Art Zwischenlager. Sie sah hoch. Bei dem Zustand des Daches fiel es ihr allerdings schwer, sich das vorzustellen. Ein wanderlustiger Löwe würde das zerfledderte Dach mit wenigen Prankenhieben zerstören können. Diese Erkenntnis half ihr allerdings überhaupt nicht weiter.

Vom regendurchtränkten Grasbelag tropfte es stetig herunter. Es war unerträglich heiß und stickig, und der scharfe Katzenuringeruch legte sich auf ihre Geruchs- und Geschmacksnerven. Grün schillernde Schmeißfliegen krochen durch eine Lücke zwischen Dach und Mauer und surrten auf der Suche nach Leckerbissen im Raum umher. Sie blinzelte hoch und versuchte vom Stand der Sonne her die Uhrzeit zu schätzen. Sie musste sich für Sekunden durch die Wolkenbarriere gekämpft haben, denn ein Strahl fiel fast senkrecht herunter. Es war also um die Mittagszeit, jedenfalls nicht viel später. Der Strahl hatte ihre bloße Haut getroffen. Es brannte so schmerzhaft, dass sie zum wiederholten Mal nachsah, ob sich Blasen gebildet hatten. Hatten sich nicht, aber sie rückte trotzdem zur Seite und wandte sich wieder der Suche nach einem Fluchtweg zu.

Frustriert forschte sie nach einer Möglichkeit, die Löcher im Dach so zu erweitern, dass sie entkommen konnte. Aber sie musste schnell aufgeben. Die Zwischenräume zwischen den Dachsparren waren zu eng, um es einem Menschen zu erlauben hindurchzuschlüpfen. Außerdem war das Dach ziemlich hoch. Die Wände waren zwar dilettantisch gemauert, doch einen Vorsprung, der breit genug gewesen wäre, dass sie ihren Fuß hätte daraufsetzen können, um hochzuklettern, gab es nicht. Außerdem bezweifelte sie, dass sie die Kraft hatte, den Dachbelag auseinanderzureißen. Entmutigt hockte sie sich hin und ließ ihren Blick umherwandern.

Im Schatten der Ecken und an den Dachsparren hingen dicke, schwarze Spinnen, und sie dankte ihrem Schöpfer, dass sie keine Spinnenphobie hatte. Jedenfalls keine ernsthafte. Obwohl die Spinnen teilweise größer waren als eine große Pflaume und zentimeterlange haarige Beine besaßen. Und sie aus ausdruckslosen Stielaugen beobachteten. Sie bewegte unbehaglich ihre rechte Schulter, hatte den deutlichen Eindruck, dass haarige Spinnenbeine darüberliefen. Ein winziger Gecko, der höchstens zwanzig Millimeter maß und so farblose Haut besaß, dass er praktisch durchsichtig war und sie sein pulsierendes Herz ahnen konnte, lief ahnungslos auf eine Spinne zu, die um vieles größer war als er selbst. Sie saß zwischen den Balken in einer komfortablen Höhe, umgeben von ihrem weitläufigen Netz. Bevor Anita etwas zur Rettung des winzigen Reptils unternehmen konnte, sprang die Spinne wie abgeschossen hervor und schlug ihre Fänge in die zarte Haut. Anita schrie unwillkürlich auf.

Eine verwischte Bewegung, der Gecko zappelte in den mörderischen Fängen, und in der nächsten Sekunde strampelte er zwischen klebrigen Spinnenfäden. Die Spinne drückte den Faden aus ihrem Hinterleib und spann den Gecko darin ein, bis er sich nicht mehr rühren konnte. Seine goldenen Augen schlossen sich. Anita wurde schlecht. Schleunigst stand sie auf, ließ sich an der gegenüberliegenden Wand herunterrutschen und legte den Kopf auf die angezogenen Knie. Der Gecko hing als Fadenknäuel in der Vorratsecke der Spinne, und sie konnte die unheimliche

Ahnung nicht loswerden, dass auch sie schon, ohne es zu wissen, in einem tödlichen Netz zappelte.

Die aufgeheizte Luft war so feuchtigkeitsgesättigt, dass sie schwer wie Blei auf ihr lastete. Ihre Gedanken zerfaserten, es fiel ihr schwer, sich darauf zu konzentrieren, wie sie diesem Ort entkommen konnte. Sollte es Pienaar schaffen, sie ohne eine Spur verschwinden zu lassen – wer würde dann nach ihr suchen? Seit Franks Tod hatte sie praktisch keinen Kontakt mehr zu ihren Freunden gehabt. Sie konnte deren Mitleid nicht ertragen, die Geschichten, die sie meinten, ihr von Frank erzählen zu müssen, um sie aufzuheitern. Von der Uni, aus der Schulzeit, von Segeltörns, bei denen sie nicht dabei gewesen war. Eigentlich hatte sie sich schon nach dem Gedenkgottesdienst zurückgezogen, und als ihre Mutter versucht hatte, sich umzubringen, war sie seelisch auf Tauchstation gegangen. Es gab also niemand, der sie vermissen würde. Nervös zupfte sie Grashalme ab, die durch den Beton wuchsen. Dirk Konrad? Sie konnte das nicht richtig einschätzen. Aber allein die Möglichkeit gab ihr Mut. Mit Sicherheit würde jedoch die Chefin von *Inqaba* Alarm auslösen, wenn Anita tagelang nicht auftauchte. Wenigstens etwas.

Sie kam nicht dazu, weiter darüber nachzugrübeln. Über ihrem Kopf brach Poltern und wildes Geschrei aus, und bevor sie reagieren konnte, krachte ein großes, haariges Wesen inmitten eines Regens aus Holzsplittern, Gras und Dreck vor ihr auf den Boden. Es wirbelte herum, und sie sah sich einem Pavian mit aggressiv gefletschtem Gebiss gegenüber. Sie schrie vor Schreck wie von Sinnen, was den Affen dazu veranlasste, kreischend gegen die Wand zu springen und sich von dort zu den Balken hochzukatapultieren. An einer Hand von den Sparren baumelnd riss er Grasbündel aus dem Dach und bewarf sie damit.

Sie probierte es erneut mit Schreien, was aber nur zur Folge hatte, dass drei seiner Genossen auch an dem Spaß teilhaben wollten. Der weit größere Effekt allerdings war, dass Africa kurz darauf die Tür aufschloss und mit gezogener Waffe hereinstürmte.

»Thula!«, röhrte er.

»Was?«, fragte sie benommen.

Der Pavian, der am Schwanz hängend hin und her schaukelte, riss ihm den Buschhut vom Kopf und entwischte damit durchs Loch im Dach. Africa brüllte wütend los und feuerte ziellos mehrere Schüsse hinter dem Tier her, die aber alle ihr Ziel verfehlten. Als Antwort veranstalteten die Paviane einen Höllenlärm und bombadierten sie mit Dreckklumpen und Gras. Der Anführer rückte mit gefährlich gefletschten Zähnen immer näher.

»Shit, raus hier …!« Africa feuerte erneut und stieß sie grob zur Tür hinaus, behielt die Pavianherde aber immer im Auge. Sie schafften es ohne weitere Zwischenfälle hinaus. Wortlos zerrte er sie den Weg entlang.

»Das waren doch bloß Affen«, stichelte Anita.

Africa knurrte lediglich.

»Tiki ist wirklich eine nette Frau.« Vielleicht würde sie ihn damit aus der Reserve locken. »Und auf Naki können Sie sehr, sehr stolz sein«, setzte sie hinzu und beobachtete erleichtert, dass sein verdrossener Gesichtsausdruck etwas weicher wurde. Vielleicht konnte sie ihn auf ihre Seite ziehen. Vorläufig allerdings lief ihnen Pienaar mit der Pistole in der Hand entgegen.

»Was war?«, fragte er Africa.

»Paviane im Haus … Sie haben ein großes Loch ins Dach gemacht, da wär sie auch rausgekommen.« Mit dem Kinn wies er auf Anita und imitierte mit der Hand eine Schlängelbewegung. »Wie eine Schlange.«

Pienaar nickte und wedelte dann mit der Hand, worauf Africa sich trollte. »Ich bring dich zurück zu den Kindern, aber wehe, wenn du die Gören wieder aufstachelst. Verstanden?« Er packte sie am Oberarm und schob sie vor sich her.

»Mhm«, machte sie und dachte sich ihren Teil. »Wie geht es Kira?«

Pienaar zuckte die Achseln. Auf dem Hof angekommen, öffnete er wortlos die Tür zu dem Gebäude, in dem sich die Mädchen befanden. Als der Bure sie in den dunklen Raum schob, schlug ihr eine Wolke mit Schweißgeruch entgegen, unterlegt mit einem öligen Gestank, der so widerlich war, dass sie angeekelt die Luft anhielt. Aber es blieb ihr nichts anderes übrig, als zu atmen, und sie tat es mit offenem Mund, um wenigstens nicht die volle Ladung des Gestanks abzukriegen. Sie sah sich einem Dutzend weit aufgerissener Augenpaare gegenüber. Keines der Mädchen sagte einen Ton.

»Kira?«, fragte sie, während sie wartete, dass sich ihre Augen an das tiefe Dämmerlicht gewöhnten. Lediglich durch einen Spalt, wo das Wellblechdach auf der Mauer auflag, sickerte ein wenig Helligkeit.

Nyasha antwortete ihr. »Kira ist nicht hier.«

Hinter ihr wurde der Schlüssel im Schloss gedreht. Sie wirbelte auf den Hacken herum, Angst schoss jäh in ihr hoch. Wohin hatte der Bure Jills Tochter gebracht, und, viel wichtiger, was hatte er mit ihr gemacht? »He!«, schrie sie. »Pienaar, wo ist Kira?« Mit beiden Fäusten hämmerte sie gegen die Tür. »Machen Sie auf, ich will wissen, wo Kira ist!«

Niemand antwortete ihr, aber vom Hof her hörte sie Stimmen. Eine tiefe, offenbar die eines Mannes, und eine, deren Tonlage viel höher war. Die Stimme eines Kindes, eines ziemlich wütenden Mädchens, wie ihr schien. Kira? Sie legte ein Ohr an die Tür. Die Vermutung wurde zu ihrer immensen Erleichterung schnell zur Gewissheit. Jetzt waren die Worte laut und klar zu verstehen.

»Hör auf, mich zu stoßen, Blödmann! Mein Bein tut weh! Isilima!«

Kira! Und ihr Kampfgeist schien ungebrochen zu sein. Anita

schossen vor Freude die Tränen in die Augen. Im selben Moment riss jemand die Tür auf, und Kira hüpfte auf einem Bein herein.

»Hör auf rumzukrakeelen«, fuhr Riaan Anita an. »Prinzesschen hatte nur eine Fotosession. Ihre Mama muss doch wissen, dass es ihr gut geht.« Er grinste auf eine Art, dass Anita übel zu werden drohte.

»Ich hasse dich!«, schrie Kira. Regennässe tropfte ihr vom Haar in die Augen, die Hautabschürfungen auf Armen und Beinen waren verkrustet, ihr Gesicht war so verschmutzt, als wäre sie durch einen Schornstein gekrochen. Als sie Anita erblickte, leuchteten ihre Augen auf. »Ich hab ihm die Zunge rausgestreckt«, berichtete sie stolz.

Gut gemacht, dachte Anita, dann weiß Jill wenigstens, dass Pienaar ihre Tochter nicht kleingekriegt hatte. Kira machte eine unbedachte Bewegung vorwärts und verlor das Gleichgewicht. Mit einem Satz war Anita bei ihr und fing sie auf. Dabei bemerkte sie, dass die Haut auf Kiras Armen und Beinen stellenweise sehr heiß war. Sie sah nach und erschrak. Die Kratzer hatten sich auf der ganzen Länge entzündet, die Umgebung war bereits angeschwollen. Über Kiras Kopf funkelte sie Riaan an, der immer noch breitbeinig, die Arme vor der Brust verschränkt, in der Türöffnung stand wie Zerberus, der Höllenwächter. Ein grinsender Höllenwächter.

»Ich brauche Desinfektionsmittel und Verbandzeug, um ihre Wunden zu behandeln, sonst eitern die!«, schrie sie. »Haben Sie das kapiert?«

Der Mann rührte sich nicht, und sie holte schon Luft, um noch lauter zu werden, als Pienaar seinen Handlanger unwirsch zur Seite schob. Sein gewaltiger Bauch ragte aus dem Kakihemd, das ihm offen über die Shorts hing.

»Was soll das Geschrei? Was will die schöne Anita, he? Zimmerservice?«

Anita ignorierte seinen Sarkasmus und wiederholte ihre Forderung. »Sie sollten besser als ich wissen, wie schnell eine simple Schramme in dieser feuchten Hitze in einen Abszess ausartet! Wollen Sie verantworten, dass Kira oder eines der anderen Mädchen an Blutvergiftung stirbt? Das geht schnell.« Jill hatte sie davor gewarnt, als sie einen Mückenstich an ihrem Handgelenk gedankenlos blutig gekratzt hatte. Die winzige Wunde könne sich in dem hier herrschenden Klima schnell in eines der berüchtigten und gefährlichen Natalgeschwüre verwandeln. Und tatsächlich hatte es Tage und den großzügigen Einsatz von antibiotischer Salbe gebraucht, um die Entzündung einzudämmen.

Pienaar beugte sich vor und strich mit dem Zeigefinger den längsten Kratzer entlang an Kiras Bein hoch bis hinauf zur Innenseite ihres Oberschenkels. Kira trat nach ihm, zog beide Beine an, bis ihr Kinn die Knie berührte, und schlang schützend ihre Arme darum. Aber er drückte ihr die Arme auseinander und ließ seinen Finger weiterwandern und lächelte sie dabei mit einem eigenartig starren Blick an. Anita kroch das Lächeln über die Haut wie eine Schleimschnecke. Sie holte zum Schlag aus, aber Pienaar fing ihren Arm ab und zwang ihn mühelos nach unten.

»Strapazier meine Geduld nicht noch einmal, Mädchen, sonst lernst du mich von meiner hässlichen Seite kennen«, flüsterte er, seinen Schlitzmund zu einem täuschend sanften Lächeln verzogen. Endlich gab er sie frei und trat einen Schritt zurück, nickte Riaan zu und verließ den Raum. Riaan folgte ihm und knallte die Tür zu. Schlagartig herrschte wieder Halbdunkel.

»Schweinekerl«, wisperte Kira, während ihr die Tränen über die Wangen liefen. »Blödmann! Ich hasse ihn!« Sie bebte wie ein Blatt im Wind.

Anita hielt sie fest in ihren Armen, bis sie ruhiger wurde, und überlegte dabei, was sie noch anstellen könnte, um das Verlangte zu bekommen. Nach einer Weile erschien Riaan tatsächlich mit einem Verbandskasten, den er wohl aus einem der Autos geholt hatte. Zwar war er angebrochen und nicht mehr vollständig, aber Anita war erleichtert, sich immerhin so weit durchgesetzt zu haben. Riaan ging hinaus und wollte schon die Tür schließen, aber Anita stellte schnell ihren Fuß dazwischen.

»Wie, glauben Sie, soll ich bei dieser Dunkelheit etwas erkennen können?«

Wortlos blieb der junge Bure stehen und hielt die Tür so weit auf, dass ein schmaler Streifen der gleißenden Helligkeit hereinfiel. Ein halbes Dutzend Kakerlaken, die über irgendeinen Leckerbissen am Boden hergefallen waren, stoben in die Dunkelheit davon.

Sofort machte sie sich daran, die Kratzer in Kiras Haut zu säubern. Das Desinfektionsmittel war blutrot, und sie verstrich es großzügig. Der Effekt war erschreckend. Kira, die die Prozedur mit zusammengebissenen Zähnen ertrug, bot das Bild einer blutüberströmten Schwerverletzten, was die Kleine beim Betrachten ihrer Beine zum Kichern brachte.

Wenigstens das, dachte Anita. Allerdings war der Knöchel blau angeschwollen, und der Bluterguss breitete sich bereits über den Fußrücken aus. Eigentlich müsste Kira das Bein hochlegen und brauchte eine Eispackung, um die Schwellung zu stoppen. Eis war mitten im Busch von Zululand wohl nicht zu bekommen, und sie schaute sich auch vergeblich nach einer Möglichkeit um, das Bein hochzulagern. In dem kahlen Raum gab es nichts, was dafür geeignet wäre.

Riaan lehnte sich vor, um genauer zu sehen, was sie tat, und entschied offenbar, dass sie fertig war, denn er ließ die Tür kommentarlos ins Schloss fallen. Anita allerdings hatte nicht vor aufzugeben. Sie legte Kiras Bein behutsam auf den Boden und stand auf. Mit gesenktem Kopf fixierte sie einen Punkt auf der hölzernen Fläche.

Sie holte tief Luft, und mit einem Schrei trat sie mehrmals

mit voller Wucht dagegen, worauf eine kleine Wunde an ihrer Ferse aufplatzte, und ein Schmerzblitz durchzuckte ihr Bein. Aber die Aktion hatte den gewünschten Effekt. Jacob erschien und herrschte sie an, sie solle endlich Ruhe geben, sonst werde etwas passieren. Mit unbeeindruckter Miene verlangte sie, Pienaar zu sprechen.

»Warum?« Der Zulu bedachte sie mit einem hochmütigen Blick.

»Pienaar!«, schrie Anita an ihm vorbei. »Kommen Sie her, wir haben ein Problem.«

Statt des Einarmigen erschien abermals Riaan. »Wenn Sie nicht sofort Ruhe geben, werde ich nachhelfen«, knurrte er und schlug seine geballte Faust in die andere Handfläche, dass es klatschte. Die Geste machte ihr klar, dass es bei Riaan, und wie immer er mit Nachnamen hieß, unter der Oberfläche ständig brodelte. Ein gefährlicher Mann. Trotzdem teilte sie ihm ihre Forderung mit.

»Ich brauche einen Hocker oder etwas Ähnliches, damit Kira ihr Bein hochlegen kann«, rief sie so laut, dass Pienaar es hören musste. »Außerdem müssen wir essen und trinken, sonst werden wir dürr wie Skelette sein, und Sie kriegen nicht einen Cent für uns. Kein Mann will klappernde Knochen im Arm haben!« Vielleicht brachte das den Kerl auf Trab. Geld hatte immer die lauteste Stimme. Sie wartete.

Riaan versetzte der Tür einen so kräftigen Stoß, dass sie ins Schloss knallte, Anita konnte gerade noch zurückspringen, um nicht am Kopf getroffen zu werden. Wieder stand sie im Dunkeln. Blind tastete sie sich zu Kira und setzte sich neben sie. Ihr Herz hämmerte, aber sie nahm sich vor, so lange Krach zu machen, bis Pienaar nachgab.

Nach mehr als einer Stunde, in der sie mehrmals geklopft und nach Pienaar gerufen hatte, war sie sich sicher, dass ihr Aufstand umsonst gewesen war. Zu ihrer Überraschung hörte sie auf einmal einen leisen Motor und gleich darauf eine Stimme, die ihr bekannt vorkam. Maurice!

Bevor sie sich jedoch bemerkbar machen konnte, flog die Tür auf und Zungu schleppte einen großen Topf mit Porridge und eine Kanne Milch herein.

»Maurice!«, rief sie und versuchte, sich an Zungu vorbeizudrängen, aber Riaan fing sie ab und stieß sie grob zurück. Von Maurice erhaschte sie nur einen Blick auf seinen sich entfernenden Rücken. Jacob, der mit einem Stapel Erdnussbutter-Brote hereinkam, blockierte ihr die Sicht. Im Vorbeigehen sagte er auf Afrikaans etwas zu Riaan, woraufhin der sich nach draußen verzog. Zungu erschien mit blechernen Essnäpfen und Löffeln und knallte sie vor Anita auf den Boden. Die zusammengerollte Grasmatte, die er unter dem Arm hielt, warf er Kira hin.

»Für Imamba emfisha«, grunzte er und zeigte auf Kira.

»Sie nennen mich kleine Mamba, wie lustig«, kicherte Jills Tochter. Sie rief Jacob etwas auf Zulu hinterher und lachte anschließend laut.

Anita hob sie auf, setzte sie mit dem Rücken an die Wand und schob ihr behutsam die zusammengerollte Matte unter das Bein. »Was hast du zu ihm gesagt?«

»Dass kleine Mambas besonders gefährlich sind, und wenn er nicht nett ist, beiße ich ihn, und dann stirbt er. Und dass die alte Lena mir starke Zauberkräfte gegeben hat, mit denen ich ihn in eine Ratte verwandeln kann. Mambas fressen Ratten.« Sie bog sich vor Lachen.

Anita schmunzelte. »Wer ist die alte Lena?«

»Eine Sangoma … das ist eine Zauberin«, erklärte Kira. »Die lebt auf *Inqaba* und erschreckt Gäste. Hier gibt es Massen davon. Von Zauberern, meine ich. Die Leute gehen zu ihnen, wenn sie krank sind oder irgendwie Probleme haben. Dann opfern die Sangomas Hühner oder so, damit die Ahnen nicht mehr böse sind, und werfen Knöchelchen, um zu sehen, was in der

Zukunft passiert. Ist das nicht zum Lachen? Niemand kann in die Zukunft sehen, dann würde doch niemand mehr einen Unfall haben oder so, oder?«

Anita war fasziniert. Sie hatte von Sangomas gelesen, aber bisher nicht wirklich glauben können, dass unter der Oberfläche dieses hochmodernen Landes, im Schatten von glasblinkenden Hochhäusern und Luxuskarossen, diese unheimliche Schattenwelt existierte.

»Man darf über Sangomas nicht reden«, flüsterte Nyasha. »Sonst verwandeln sie sich in wilde Tiere, die Menschen fressen.«

»Mein Daddy sagt, das ist Quatsch!«, rief Kira dazwischen.

Die anderen Mädchen hatten sich furchtsam zusammengedrängt und flüsterten miteinander. Anita lenkte schnell vom Thema ab, indem sie die Löffel verteilte.

»Kennst du noch andere saftige Beleidigungen auf Zulu?«, fragte sie Kira verschwörerisch. »Die musst du mir alle beibringen, damit ich sie parat habe, wenn ich sie brauche.«

Kira gluckste vergnügt. »Ich werde die anderen Mädchen fragen. Die wissen bestimmt auch viele, und die kannst du dann alle auswendig lernen.«

»Was heißt … ilima? Du hast es vorhin gerufen.«

»Isilima … Idiot!«, rief Kira mit blitzenden Augen.

Dankbar, dass ihre Ablenkung gewirkt hatte, löffelte Anita Porridge in die Schüsseln, was allerdings mehrfach danebenging, weil es einfach zu düster war. Das bisschen Tageslicht, das zwischen Mauer und Wellblech durchsickerte, reichte gerade aus, dass man Umrisse erkennen konnte. Längst hatte sie entdeckt, dass in der Dachkonstruktion an einem der dünnen Balken eine nackte Birne hing. Die Leitung lief bis zum Wandansatz und verschwand dann nach draußen. Also gab es da vermutlich einen Schalter. Sie stand auf, trat zum wiederholten Mal gegen die Tür und informierte Pienaar lauthals, dass sie Licht haben wolle. Sie machte so lange Krach, bis plötzlich die Birne aufglühte.

Es war ein jämmerlich funzeliges Licht, das alle im Raum in fahle Gespenster verwandelte, aber es war immer noch besser, als in praktisch völliger Dunkelheit zu sitzen. Sofort machte sie sich wieder daran, das Essen zu verteilen. Der Brei war noch warm, und sie vermutete, dass Cordelia ihn gekocht hatte oder vielmehr Cathy auf Cordelias Anweisung hin. Ihre eigene Schwester musste wissen, was hier vor sich ging, musste wissen, dass Pienaar ein Dutzend Kinder festhielt, um sie später als Prostituierte zu verkaufen. Hilflose kleine Mädchen.

Ein saurer Geruch stieg ihr in die Nase und lenkte sie von ihren Grübeleien ab. Sie schnupperte an der Milch und stellte fest, dass die einen Stich hatte. Bei dieser Hitze und nach einem Gewitter war das nicht ungewöhnlich. Der Porridge schmeckte, wie Porridge eben schmeckte: fade. Dazu gab es drei Kannen mit dünnem Tee, der überzuckert und fast erkaltet war. Aber sie ermahnte die Mädchen dennoch, alles, aber auch alles aufzuessen und zu trinken. Aber diese Aufforderung war unnötig. Die Kinder fielen wie hungrige Wölfe über das Essen her, und es blieb kein Krümel übrig.

Unmittelbar danach übergab sich eines der jüngeren Mädchen und spuckte alles wieder aus, was es im Magen hatte. Nyasha hielt die Kleine, während Anita sie säuberte, so gut es ohne Wasser möglich war. Um den allgegenwärtigen Kakerlaken nicht noch mehr Leckerbissen zu bieten, kratzte sie den unappetitlichen, graugrünlichen Brei mit einem Löffel vom Boden und nahm sich vor, es dem Nächsten, der den Raum betrat, ins Gesicht zu schleudern. Hoffentlich würde es der fette Bure sein.

Besorgt wandte sie sich wieder dem Mädchen zu und fühlte ihm die Stirn. Die war heiß und trocken, die Haut glanzlos mit einem fahlen Unterton, und trotz der stickigen Hitze fror die Kleine so sehr, dass ihr die Zähne klapperten. Sie hatte Fieber, und das nicht zu knapp. Das konnte selbst Anita sehen, obwohl sie mit Kindern überhaupt keine Erfahrung hatte. »Wie heißt sie?«, fragte sie Nyasha.

Nyasha zuckte die Achseln. »Ich weiß es nicht. Sie kommt aus einer anderen Gegend.« Sie beugte sich zu dem zitternden Mädchen hinunter und fragte es etwas in ihrer Sprache.

»Chipi«, wisperte die Kleine.

Nyasha sah Anita an. »Chipi heißt sie.«

Mittlerweile hatte Anita sich an den widerwärtigen Gestank im Raum gewöhnt, aber der durchdringende, säuerliche Geruch nach Erbrochenem, der von dem verschmutzten Kleid aufstieg, verursachte bei ihr ein trockenes Würgen. Gleichzeitig beschwor er die Szene am Flughafen von Upington herauf, wo einer nach dem anderen aus der Filmcrew mit Brechdurchfall zusammengebrochen war. Ratlos strich sie dem Mädchen über die Wange. Drohte hier etwas Ähnliches? Grassierte irgendein aggressives Virus? Besorgt wandte sie sich Kira zu.

»Ich weiß nicht, wer hier wirklich englisch versteht. Bitte übersetze für mich, frag sie, ob noch einem anderen Mädchen so übel ist. Ob noch eine fühlt, dass sie Fieber hat, oder sich sonst irgendwie krank fühlt.«

Bevor Kira dolmetschen konnte, hob Nyasha wie in der Schule die Hand. »Ma'am, sie hat Imfiva. Das geht vorbei. Viele von uns haben das. Wir haben schon lange keine Medizin mehr bekommen.«

»Imfiva?«, wiederholte Anita verständnislos.

»Das Fieber«, erklärte Kira. »Malaria.« Sie musterte die Mädchen. »Und einige haben auch Aids«, setzte sie hinzu.

Malaria. Aids. Anita schaute hilflos auf Chipi hinunter, die immer noch von heftigen Zitteranfällen geschüttelt wurde. Sollte sie die frierende Kleine zudecken? Andererseits herrschten mit Sicherheit über 40 Grad im Raum, und außerdem hatte sie gar nichts, was sie als Decke hätte benutzen können.

Nyasha schien zu ahnen, was in ihr vorging. Sie hielt einen

Becher mit kaltem Tee in der Hand. »Chipi muss etwas trinken. Das ist sehr wichtig.« Sanft schob sie der Kleinen einen Arm unter die Schultern, hob ihren Kopf und setzte ihr den Becher an die Lippen. Chipis Zähne klirrten am Becherrand. Aber nach nur ein paar Schlucken rollte sie sich in Nyashas Armen in Fötushaltung zusammen und schloss die Augen.

Anita sah es, und Entsetzen packte sie. Starb Chipi hier unter ihren Händen? Mit fahrigen Fingern suchte sie den Puls. Er ging sehr schnell, aber er war fühlbar und einigermaßen kräftig. Das musste ein gutes Zeichen sein. Sie atmete auf.

Nyasha beobachtete sie mit ernsten Augen und schien wieder ihre Gedanken zu lesen. »Es wird vorbeigehen, Ma'am. Chipi wird nicht sterben. Morgen wird sie schwitzen, und dann verschwindet Imfiva … bis es wiederkommt.«

Anita musste sich damit abfinden. Vermutlich wusste Nyasha, wovon sie redete, obwohl sie wohl erst knapp dreizehn Jahre alt war. Die anderen Mädchen hockten mit dem Rücken an der Wand, die Arme um die angezogenen Knie geschlungen, die weit aufgerissenen Augen starrten ins Leere. Alle waren ziemlich abgemagert und wirkten unendlich traurig und hoffnungslos. Der Anblick schnitt Anita ins Herz. In diesem Augenblick hätte sie Len Pienaar umbringen können. Mit den bloßen Händen. Die Welt, in der die Mädchen lebten, entzog sich ihrer Vorstellungskraft. Eine brutale Welt voller Gewalt und Schmutz. Sie mussten Dinge gesehen und gemacht haben, die kein Kind sehen oder machen sollte. Eine Welt, in der Kindheit kein Wort war, das etwas ganz Wunderbares bezeichnete, etwas, was man sein ganzes Leben lang als eine strahlend sonnige Zeit in Erinnerung behält.

Sie betrachtete jedes der Mädchen genau, bemühte sich, sich jedes Gesicht einzuprägen. Das hatte ihr von Anfang an große Schwierigkeiten bereitet. Ihrem ungeübten Auge schienen sie irgendwie alle gleich auszusehen. Dunkle Haut, hohe Wangenknochen, seelenvolle schwarze Augen und geschwungene Lippen, herzförmiges Gesicht. Mit gewisser Scham fiel ihr ein, dass sie außer Nyasha und Chipi keine bei Namen kannte. Das musste sie sofort ändern. Sie ging vor den Kindern in die Knie und legte eine Hand auf ihr Herz.

»Mein Name ist Anita«, sagte sie mit sorgfältiger Aussprache auf Englisch. »Wie heißt du?« Sie zeigte auf ein Mädchen, das Chipi aufs Haar glich.

Nyasha hockte neben ihr und übersetzte leise, und es stellte sich heraus, dass dieses Mädchen Chipo hieß und Chipis Zwillingsschwester war. Jeweils dreimal ließ sie sich die Namen der Kinder wiederholen, merkte sie sich an der Haartracht oder am Schnitt der Augen, der bei manchen fast asiatisch schräg war. Es machte ihr jedoch große Sorgen, dass die Stimmen der Kleinen so müde klangen, so brüchig, und ihre Mienen eingeschüchtert und bedrückt wirkten. Es war offensichtlich, dass sie jeglichen Widerstand aufgegeben hatten und ohne Gegenwehr ihres ungewissen Schicksals harrten. Die gleiche Verhaltensweise hatte sie bei frisch eingetroffenen Laboraffen festgestellt. Mit geballten Fäusten ertrug sie die Bilder, die ihr durch den Kopf wirbelten, und beschloss, dass es so nicht weitergehen könne. Sie musste die Kinder aufrütteln, sie musste wieder deren Lebensmut wecken.

»Kennt ihr ein schönes Lied?«, fragte sie Nyasha.

Das Mädchen legte den Kopf schief, zwirbelte an ihren Zöpfchen, und dann leuchtete ihr Gesicht auf. »He!«, rief sie den anderen zu und sang ein paar Worte in ihrer Sprache.

Und die Mädchen reagierten darauf. Eine nach der anderen stand auf, sang mit und klatschte in die Hände. Der Gesang wurde kräftiger und lauter, sie lachten zum ersten Mal, seit Anita zu ihnen gestoßen war, und neues Leben funkelte aus ihren Augen. Nyasha sang ein paar Takte, und die anderen antworteten mit einer Art Kanon, bis ihre Stimmen sich zu einem jubelnden Chor vereinigten. Chipo tanzte als Erste, mit kleinen Schritten anfänglich, dann wurden ihre Bewegungen schneller, wilder, ihr Gesang wurde fröhlicher, lauter. Die anderen fielen ein, und bald wirbelten sie singend durch den Raum. Anita saß neben Kira und Nyasha, wiegte sich selbstvergessen und hätte am liebsten mitgetanzt, hatte aber Angst, sich vor den Kindern lächerlich zu machen. Sie wollte nicht den Eindruck erwecken, dass sie sich anbiedern wollte. Also klatschte sie nur im Rhythmus in die Hände und hatte dabei Tränen in den Augen.

Doch die Stimmung wurde jäh zerrissen. Zunächst allerdings nahm keiner es wahr, dieses Grollen, das sich unter ihnen in der Erde auszubreiten schien. Als es sich jedoch zu einem Röhren steigerte, zu einem wütenden, abgehackten Gebrüll, verstummten die Kinder auf einen Schlag und blieben schreckensstarr stehen.

»Ibhubesi elikulu …!«, flüsterte eines der Mädchen.

»Ein großer Löwe«, übersetzte Kira. »Ein sehr großer Löwe«, sagte sie dann, als das Gebrüll erneut das Haus erschütterte und selbst die Zikaden zum Schweigen brachte.

Der Schlüssel wurde ins Schloss gerammt, die Tür flog auf, und Pienaar stand als dicker Scherenschnitt im blendenden Licht. »Hört auf der Stelle mit dem Gejaule auf!«, schrie er. »Die Löwen werden verrückt. Kapiert?« Die Kinder zuckten eingeschüchtert zusammen. »Thula«!, donnerte er.

»Hören Sie auf, den großen Macker zu markieren«, fuhr Anita ihn, ohne zu überlegen, an. »Sehen Sie nicht, wie verängstigt die Mädchen sind?« Es fiel ihr viel leichter, sich gegen ihn zu stellen, wenn es nicht um sie selbst, sondern um die Kinder ging.

»Gut so, dann kommen sie nicht auf dumme Ideen. Sieh zu, dass die Gören leise sind, sonst passiert was!« Damit knallte Pienaar die Tür wieder hinter sich zu, und kurz darauf verlosch auch die trübe Birne.

Die Mädchen weinten leise. Anita ließ sich langsam an der Wand herunterrutschen. Ihre Sicht war von der Helligkeit draußen noch gestört, und für sie herrschte nichts als Schwärze. Sie konnte buchstäblich nicht mehr die Hand vor Augen sehen. Da es den Kleinen vermutlich ebenso erging, würden sie wenigstens nicht mitbekommen, dass auch ihr die Tränen übers Gesicht liefen, dass auch sie völlig mutlos war. So sehr sie sich den Kopf zerbrach, sie fand einfach keinen Ausweg aus ihrer Situation. Allmählich gewöhnten sich ihre Augen wieder an die Dunkelheit, und sie sah sich um. Die ihr zugewandten Kindergesichter wirkten wie geisterhaft bleiche Schemen mit schwarzen Löchern als Augen. Energisch wischte sie sich die Nässe von den Wangen und setzte ein Lächeln auf, auch wenn es für die Kleinen kaum sichtbar sein konnte.

»Alles wird gut«, wisperte sie gegen jede Überzeugung.

»Wann?«, fragte Kira.

Anita schluckte und streichelte Jills Tochter tröstend über die Wange, fühlte sich aber so erbärmlich hilflos wie eine Fliege im Wasser. Ein lang gezogenes Quietschen enthob sie der Antwort. Sie löste sich von Kira und stand auf. Offenbar verließ jemand den Hof. Vermutlich Maurice, dachte sie und schrie los, so laut sie konnte. »Maurice? Hol uns hier raus, verdammt!« Jeder auf dem Hof musste sie hören können, aber als Antwort erhielt sie nur Schweigen. »Du jämmerlicher Feigling!«, schrie sie. »Weißt du, was dieser Mistkerl mit uns vorhat? Das kannst du doch nicht zulassen.« Natürlich bekam sie auch jetzt keine Antwort. »Grüß meine Schwester schön von mir! Sag ihr, dass ich sie dafür zur Verantwortung ziehen werde.« Auch darauf kam nichts als Schweigen.

Draußen sprang der Motor von Maurice' Fahrzeug an und heulte auf, dann wurde das Geräusch leiser und erstarb bald vollends. Sie presste beide Hände auf den Mund, um nicht vor Frustration loszuschreien.

Kira schien ihre Verzweiflung zu spüren. »Alles wird gut«, flüsterte sie.

Anita sank vor ihr in die Knie, nahm sie in die Arme und vergrub ihr Gesicht in ihrem weichen Haar. Ihre Schulter wurde nass von Kiras Tränen. Sie schlang ihre Arme fester um die Kleine und merkte gleichzeitig, dass auch die anderen Mädchen sich an sie drückten. »Ich bringe euch hier heraus, das verspreche ich euch.« Und wenn es das Letzte ist, was ich auf Erden vollbringe, dachte sie, und in dieser Sekunde glaubte sie es auch. Ganz fest.

»Meine Eltern werden uns bald finden, das weiß ich«, schluchzte Kira mit dem Gesicht in ihrer Halsgrube. »Mein Daddy ist groß und stark, der haut den Schweinekerl tot …« Der schmale Rücken zuckte. Sie wimmerte kurz, weil ihr schlimmes Bein durch eine ungeschickte Bewegung von der Grasmatte rutschte.

Anita schob ihr die Matte wieder unter und vergewisserte sich, dass die Kleine einigermaßen bequem an der Wand lehnte. Sie selbst war viel zu aufgewühlt und unruhig, als dass sie still sitzen bleiben konnte. Sie erhob sich und wanderte ruhelos umher. Auf und ab, immer an der Wand entlang. Was hatte Maurice vor? Und warum griff Cordelia nicht ein? Es war für sie völlig undenkbar, dass ihre Schwester nichts von dem wusste, was auf ihrer Farm vor sich ging, keine Kenntnis davon hatte, dass Maurice der Komplize von Len Pienaar war. Von dem Mann, der kleine Mädchen entführte, um sie an Bordelle zu verkaufen, und ihre Farm als eine Art Zwischenlager benutzte. Oder?

Nahm sie das nur an, weil sie und Cordelia zufällig dieselben Eltern hatten, dieselben Gene, vermutlich auch dieselbe Erziehung? Ging sie deshalb davon aus, dass sie beide auch den gleichen Charakter besaßen? Den gleichen Sinn für Gut und Böse? Für Richtig und Falsch? Konnten Geschwister so verschieden sein? Sie dachte an die Vorwürfe Cordelias gegen ihren Vater.

Oder gab es so etwas wie schlechtes Blut in ihrer Familie? War es vom Vater auf die Tochter vererbt worden? Wenn alles vorbei war, würde sie Cordelia zur Rechenschaft ziehen.

Falls alles irgendwann vorbei war.

Und wenn nicht?

Den Bildern, die dieser Gedanke auslöste – von toten Augen, von weggeworfenen Kindern, missbrauchten Kindern –, war sie nicht gewachsen. Eine ihr bisher unbekannte Empfindung überschwemmte sie. Hass. Er brannte ihr in den Adern, nistete sich in ihrem Gehirn ein, füllte sie vollständig mit seinem Feuer aus. Zuvor hatte sie noch nie einen Menschen wirklich gehasst, aber Pienaar und Maurice hasste sie, und jetzt wuchs dieses Gefühl auch ihrer Schwester gegenüber. Mit aller Leidenschaft.

Ihre Selbstbeherrschung zerbrach. Sterne tanzten ihr vor den Augen. Sie rastete völlig aus. Mit den Fäusten trommelte sie gegen die Wand, bis die Haut wund war und zu platzen drohte, brüllte Pienaars Namen und belegte ihn mit Flüchen, von denen sie nicht geahnt hatte, dass sie überhaupt in ihrem Wortschatz vorkamen.

Pienaars Reaktion ließ nicht auf sich warten. Wortlos stürmte er herein, zerrte sie brutal hoch, nahm ihr Gesicht in beide Hände und drückte es zusammen. Durch die Reihen der Mädchen lief ein leises Wimmern. Anita brachte keinen Ton hervor. Pienaar stieß sie von sich, und sie fiel hin.

»Ich habe eine frohe Nachricht für euch. Heute Abend …« Usathane schaute auf seine Uhr. »Um genau zu sein, so gegen achtzehn Uhr erwarte ich meinen Partner, und dann geht die Reise für euch los. Das freut euch doch sicherlich, nicht? Endlich aus diesem Loch herauszukommen? Na, warum antwortest du nicht?« Er kickte Anita mit dem Fuß in die Seite.

Sie biss die Zähne zusammen und sagte kein Wort.

Pienaars Grinsen verrutschte. Wieder landete seine Fußspitze in Anitas Seite, dieses Mal noch härter. »Aber, aber, wollt ihr mir meine gute Laune verderben? Na, ich will mal drüber wegsehen. Ich habe übrigens noch weitere gute Neuigkeiten. Wir haben auch noch eine Kreuzfahrt für euch gebucht. Na? Toll, was? Nun freut euch schon!« Unmutig zog er die Brauen zusammen. »Nun glotz nicht wie ’ne Kuh, wenn’s donnert, Gnädigste. Von Mosambik aus geht’s nach Norden. Dubai oder so. Per Schiff. Andere Leute bezahlen für so einen Trip viel Geld … Ihr kriegt die Reise umsonst.« Abermals verzog er seine dünnen Lippen zu einem Grinsen.

Jetzt konnte sie ihre Erschütterung nicht mehr verbergen, Pienaar sah es offenbar sofort und lachte so sehr, dass sein Bauch bebte und die eng stehenden Augen fast in den Fettwülsten verschwanden. »Nun kapierst du es wohl, das wurde ja langsam Zeit! Aber freu dich nicht zu früh, Gnädigste, erst müssen wir nach Kapstadt. Die Fußballweltmeisterschaft fängt bald an, da kommen viele hungrige Männer … Die zahlen sehr, sehr gut für so niedliche Mädchen, wie ihr welche seid … eine süßer als die andere.« Er gluckste, und sein Blick wanderte von einem Kind zum anderen, bis er schließlich an Kira hängen blieb. »Und manche werden ein kleines Vermögen bringen …«

Bis auf sein raues Atmen herrschte schreckerfüllte Stille im Raum. Als das abgehackte Brüllen des großen Mähnenlöwen wieder die Wände des Raums erzittern ließ, duckten sich die Kinder tief auf den Boden. Pienaars Worte schossen in Anitas Schädel umher wie Querschläger. Sie wusste, was das bedeutete. Irgendwo hatte sie gelesen, dass Südafrika als Umschlagplatz für Sexsklavinnen und Kinderprostituierte galt. Der Schock traf sie wie ein elektrischer Schlag, und ihre Augen flogen zu Kira. Deren schreckgeweitete Augen klebten auf Pienaars Gesicht. Offensichtlich hatte sie die Bedeutung seiner Worte richtig verstanden, und auch das Entsetzen auf Nyashas Zügen zeigte, dass diese nur zu genau wusste, worum es ging. Ihr wurde schwindelig. Schwankend stand sie auf.

Eine schrille Kinderstimme katapultierte sie zurück ins Bewusstsein. Es war Kira. »Tritt ihm zwischen die Beine!«, schrie Jills Tochter. »Mit dem Knie. Daddy hat mir das beigebracht.« Sie hämmerte mit ihrem unverletzten Fuß, Ferse voran, zielgerecht in Pienaars Kniekehlen.

Pienaar knickte etwas ein, stieß einen tiefen Kehllaut aus und schwang seinen Fuß mit bösartiger Kraft. Er traf Kira und fegte sie beiseite. Kira knallte mit dem Rücken an die Steinwand und blieb liegen. Erst nach ein paar Schrecksekunden sah Anita, dass sie sich langsam aufrappelte. Mühselig und mit schmerzverzerrtem Gesicht zwar, aber sie schien unverletzt zu sein, und ihr Kampfgeist schien neu angestachelt zu sein. Hasserfüllt starrte die Kleine Usathane an.

»Schweinekerl«, flüsterte sie mit ihrer rauen Kinderstimme. »Blöder Schweinescheißkerl …«

Anita tat das Einzige, was ihr möglich war. Sie ging dicht an ihn heran und zog ruckartig das Knie hoch, um ihn zwischen die Beine zu treten. Aber Pienaar musste ihre Absicht erkannt haben. Er wich zurück, und sie traf nur seinen Oberschenkel.

»Du blöde deutsche Fotze«, knurrte er, packte sie und zerrte sie zum Ausgang. Als sie hinfiel, schleifte er sie einfach weiter und trat nach Kira, die sich mit all ihrer Kraft an Anitas Bein klammerte. Draußen auf dem Hof, warf er Anita auf den Betonboden.

»Schließ die Scheißmädchen ein«, befahl er Zungu, der sofort den Schlüssel im Schloss drehte.

Die Kinder im Inneren schrien und heulten so laut, dass zwei Blutfinken, die an einer Pfütze genippt hatten, in Panik davonflogen. Anita war zu benommen, um sich wirksam zu wehren. Pienaar zwang sie auf die Beine und trieb sie unbarmherzig vor sich her, immer am Maschendrahtzaun des Löwengeheges entlang, an dessen Innenseite in mehreren Ebenen die elektrisch geladenen Drähte verliefen. Unbarmherzig trieb er sie vorwärts.

Die Hitze, die vom regenfeuchten Sand und den herumliegenden Steinen reflektiert wurde, setzte ihr zu. Der Boden brannte unter ihren Sohlen, ihre Zunge lag wie ein geschwollener Fremdkörper in der trockenen Mundhöhle. Ständig von Pienaar gestoßen, stolperte sie weiter, nahm kaum etwas von ihrer Umgebung wahr. Doch nach und nach drang so etwas wie ein Surren in ihr Bewusstsein. Erst dachte sie, es wäre ein Moskito, oder es wären gar mehrere, weil dieses eigenartig hohe Surren allmählich stärker wurde. Verunsichert drückte sie einen Finger auf ihr rechtes Ohr, aber der irritierende Ton blieb. Bösartig wie ein aufgescheuchter Wespenschwarm. Die Luft vibrierte schließlich so sehr, dass ihr die feinen Haare auf den Armen hochstanden. Es brauchte eine Weile, ehe ihr dämmerte, dass das Geräusch von den elektrisch geladenen Drähten kommen musste. Instinktiv verschränkte sie die Arme vor der Brust. Als Kind hatte sie einen Stromschlag erlitten, der sie quer durchs Zimmer geschleudert hatte. Der Schreck saß ihr in gewisser Weise noch heute in den Gliedern.

Irgendwann änderte Len Pienaar die Richtung. Bisher hatte ihr die Sonne auf den Rücken gebrannt, jetzt stach sie ihr von links in die Augen. Sie schätzte, dass es vier Uhr nachmittags war. Pienaar folgte dem Gehegezaun, der jetzt im spitzen Winkel von der Hofeinfriedung nach Nordosten tief ins Gelände führte.

Der Weg war schmal und uneben, oft nichts als eine Schneise im Gestrüpp. Parallel dazu glänzte links noch immer der Maschendraht durch die Zweige. Ab und zu hatte sie freie Sicht auf das Areal, meist wurde dieses aber von Büschen verdeckt. An einer Stelle, wo ein morscher Baum zusammengebrochen und eine Lücke entstanden war, blieb sie stehen und spähte durch die metallenen Maschen. Die heiße Luft schimmerte wie bei einer Fata Morgana über dem weiten Areal der Löwen, das in einiger Entfernung zu einer flachen, spärlich mit Sträuchern bewachsenen Anhöhe anstieg. Ein Tümpel glitzerte im Licht. Die Hügelkuppe war abgetragen worden, sodass ein Plateau entstanden war, auf dem jetzt drei Löwen dahingestreckt im Schatten einer Schirmakazie dösten. Eine der Raubkatzen dehnte und streckte sich grunzend, rollte sich auf den Rücken und schlief mit in die Luft gestreckten Pfoten prompt ein. Aus der Entfernung wirkten sie wie harmlose Plüschtiere.

Ein Schauer überlief sie, aber sie verbot sich jeden Gedanken an das Schicksal, das die Kinder und sie vielleicht erwartete, und schwor sich, es Pienaar so schwer wie möglich zu machen. Entschlossen drehte sie sich zu ihrem Peiniger um. »Ohne die Kinder gehe ich keinen Schritt weiter«, zischte sie.

Statt sie einer Antwort zu würdigen, versetzte ihr Ein-Arm-Len einen Stoß von hinten. Sie fiel unbeholfen vorwärts, konnte aber einen Sturz gerade noch verhindern. Das Spielchen wiederholte sich mehrmals, bis sie so hart hinknallte, dass sie im ersten Augenblick befürchtete, sich beim Abfangen die rechte Hand gebrochen zu haben. Mit schleppenden Schritten bewegte sie sich so langsam wie möglich vorwärts, immer darauf gefasst, dass Pienaar sie von hinten stieß. Der Pfad war schmaler geworden, war von Geröll übersät, das die Fluten aus der Erde gewaschen hatten. Sie musste aufpassen, nicht in die tiefen Furchen zu treten, wo das Wasser sich seinen Weg gegraben hatte, oder auszurutschen. Ohne Schuhe eine Tortur.

Es passierte, als sie von einem Stein abglitt. Sie knickte um, griff blindlings nach Halt und erwischte den Zaun, der das Revier der Löwen begrenzte. An sich wäre nichts passiert, wären ihre Finger nicht zwischen die Maschen geraten. Dahinter, auf der Innenseite des eigentlichen Zauns, verlief der elektrische Draht, und sie fasste direkt hinein.

10 000 Volt trafen sie.

Der Strom schoss als flüssiges Feuer ihre Nervenbahnen entlang, bis in die kleinste Verästelung. Der Schmerz war entsetzlich, schlimmer als jeder andere, den sie je gefühlt hatte, schlimmer, als sie es sich je hätte vorstellen können. Ihr Körper zuckte und krampfte, die Beine gaben unter ihr nach, und sie brach zusammen.

In der letzten Sekunde, bevor ein schwarzer Vorhang über sie fiel, sah sie Frank vor sich, an Deck ihres Segelbootes, lachend, das Haar windverweht, die hellblauen Augen funkelnd vor Lebensfreude.

Der nächste Sinneseindruck war ein gemeines Geräusch. Harsch, abgehackt, laut. Der Vorhang lüftete sich ein wenig, und das Geräusch, immer noch so dumpf wie durch eine Wand aus Watte, wurde zu einem Lachen, das jetzt abrupt aufhörte. Eine grobe Stimme drang an ihr Ohr.

»Shit«, vernahm sie. »Ich hab dem Idioten Maurice doch gesagt, dass der elektrische Zaun zu nah an dem anderen gezogen ist. Hat er wohl nicht ordentlich zugehört. Da muss ich wohl noch mal mit ihm reden.« Wieder das Gelächter. »Der Zaun ist eine Sonderanfertigung. Hat richtig Wumm, oder?«

Erstaunt, dass sie überhaupt noch hören konnte, schüttelte sie angeschlagen den Kopf. Merkwürdigerweise erholte sie sich ziemlich schnell und konnte sich gleich darauf sogar aufsetzen. Auch ihre Augen funktionierten einwandfrei, was sie allerdings sofort bedauerte, weil der erste Anblick, der sich ihr bot, ausgerechnet der von Len Pienaar war. Er hockte ein paar Schritte entfernt auf einem sandfarbenen Felsen und beobachtete sie aus halb geschlossenen Augen. Er stocherte mit einem Grashalm zwischen den Zähnen herum und gluckste breit grinsend in sich hinein, als spielte sich etwas wahnsinnig Amüsantes vor ihm ab. Jetzt verstand sie, warum jemand einen Mord begehen konnte.

Um sich auf die Beine zu ziehen, griff sie wahllos hinter sich, um einen Halt zu finden. Fast hätte sie dabei wieder den Elektrozaun erwischt, zuckte aber gerade noch rechtzeitig zurück.

Len Pienaar spuckte den Grashalm aus und schlug sich vor Vergnügen auf die Schenkel.

»Na, noch nicht genug gehabt? Der Kick weckt einen richtig auf, was? Danach kann man richtig süchtig werden. Besser als Ecstasy oder so ein Zeugs.« Er stieß sich vom Felsen ab. »So, wir müssen weiter, mein Mädchen. Erst links und dann immer geradeaus.«

Sie testete, ob ihr die Beine noch gehorchten, und stellte erleichtert fest, dass ihre Muskelkoordination nicht erkennbar beeinträchtigt war. Der Stromschlag hatte ganz offensichtlich keinen weiteren Schaden verursacht, was sie eigentlich kaum glauben konnte. Das hatte wohl etwas mit der niedrigen Amperezahl zu tun. Genau wusste sie das nicht, Physik war nie ihre Stärke gewesen.

Vorsichtig setzte sie sich in Bewegung. Links von ihr wuchs ein Gewirr von Büschen, die meisten mit sehr unfreundlichen, fingerlangen Dornen bestückt. Nur hier und da weitete sich der Blick auf das Areal der Löwen. Viele der Dornenzweige waren vertrocknet, eisgrau statt grün. Verwoben mit lebenden Pflanzenteilen ergaben sie eine wirksame Barriere gegen Eindringlinge. Oder Neugierige? Denn so dämlich würde wohl kein Mensch sein, freiwillig hinüber zu den Löwen zu steigen.

In Pienaars Hosentasche klingelte ein Handy. Er nahm den Anruf an, lauschte mit sichtbarer Beunruhigung und wandte ihr schließlich den Rücken zu. Anita nutzte die Chance und wirbelte herum, um den Weg zurückzurennen und sich irgendwann seitwärts in die Büsche zu schlagen. Aber der Bure musste ihr Vorhaben gerochen haben. Seine Hand schnellte vor und umklammerte ihren Oberarm wie ein Schraubstock.

»Hiergeblieben«, knurrte er. »Wann sind sie losgefahren?«, fragte er dann in den Hörer. Er zog eine wütende Grimasse, als er die Antwort hörte, und ratterte dann einige Sätze im Befehlston auf Afrikaans herunter. Anschließend legte er ohne ein weiteres

Wort auf. Anita immer noch mit eisernem Griff festhaltend wählte er einhändig eine Nummer. Als der Teilnehmer sich meldete, redete er auf Zulu mit ihm.

»Shesha!«, raunzte er zum Schluss und steckte das Telefon wieder ein. Dann zerrte er sie kommentarlos mit sich. Offenbar hatte er es auf einmal eilig.

Anita war frustriert. Natürlich hatte sie vom Inhalt der Gespräche außer den Namen Zungu und Jacob nicht das Geringste mitbekommen. Aber irgendetwas schien im Gange zu sein, was dem Buren überhaupt nicht passte. Und das konnte eigentlich nur gut für die Kinder und sie sein. Etwas aufgemuntert ließ sie sich widerstrebend weiterziehen.

Nach einer Weile – dem Einfall der Sonnenstrahlen nach schätzte sie, dass sie sich tief im Herzen von Lias Farm befanden – befahl ihr Pienaar, stehen zu bleiben. Sie schaute sich um, um den Grund herauszufinden, konnte aber nichts entdecken, außer dass nach rechts ausgefahrene Wagenspuren verliefen.

Nun aber stellte sich heraus, dass das, was sie für eine undurchsichtige Hecke gehalten hatte, ein Haufen vertrocknetes Gestrüpp und Äste waren. Einen kleinen Teil davon räumte Pienaar aus dem Weg. Anschließend langte er mit großer Vorsicht in einen vertrockneten Dornbusch, dessen fingerlange Dornen dicker als Stopfnadeln waren, ruckte, zog, und zu ihrem Erstaunen bewegte sich der Busch auf einer Breite von zwei Metern. Erst beim zweiten Hinsehen wurde ihr klar, dass es ein Torflügel aus Maschendraht war, in dessen Maschen das Dornengestrüpp sehr effektvoll eingeflochten war. Pienaar drückte ihn so weit auf, dass die Lücke groß genug für einen Menschen war. Brüsk bedeutete er ihr hindurchzugehen. Als sie zögerte, packte er sie am Arm und schleppte sie durch die Öffnung. Drinnen schleuderte er sie mit rücksichtsloser Kraft von sich.

Sie verlor das Gleichgewicht und fand sich der Länge nach auf einem Sandplatz wieder. Mühsam rappelte sie sich auf und sah sich um. Der Platz war von Reifenspuren durchzogen und groß genug, dass ein Wagen darauf wenden konnte. Begrenzt wurde er durch einen drei Meter hohen Bretterzaun. Hinter ihr zog Pienaar das Tor zu und warf dann ein paar Armvoll Zweige hinüber, bis von der Lücke im Gestrüpp vermutlich nichts mehr zu erkennen war. Er rüttelte am Tor, um zu prüfen, ob das Schloss eingerastet war, richtete sich dann auf und klopfte Blätter und Staub von seinen Hosen.

»Da entlang«, befahl er.

Erst jetzt wurde Anita gewahr, dass der Weg sich dort wie ein Flaschenhals verengte. Bilder vom Netz der Trichterspinne fielen ihr ein. Mit einem unruhigen Flattern im Magen blieb sie stehen.

»Weiter«, knurrte Pienaar.

»Nein!« Störrisch verschränkte sie die Arme über der Brust. »Was wartet da auf mich?«

Er lachte. »Das wirst du schon sehen, also setz dich gefälligst in Bewegung.«

Da sie sich einfach weigerte, auch nur einen Schritt zu tun, musste er sie mit Gewalt den enger werdenden Pfad entlangstoßen. Nach einer scharfen Rechtskurve hielt er unvermittelt vor einer Pforte aus Maschendraht an. Dahinter konnte sie ein Gebäude aus rohen Leichtbausteinen erkennen, dessen relativ flaches Satteldach mit Gras gedeckt war. Ein löcheriger Pelz aus Rankpflanzen überzog die Hauswand an der ihr zugewandten schmalen Seite, und soweit sie sehen konnte, setzte sich der Pflanzenpelz an der langen Seite links von ihr fort. Zusätzlich wuchsen dort in einigen Metern Entfernung dicht an dicht dornenbewehrte Büsche. Durch die dunkelgrünen Ranken, die schmutzig graue Farbe der Steine und das verwitterte Rieddach war das Gebäude hervorragend getarnt. Wusste man nichts davon, bemerkte man es erst, wenn man unmittelbar vor der Pforte stand.

Mit einem schnellen Blick vergewisserte sich Anita, dass kein verräterischer Draht an der Pforte verlief. Hier war der elektrische Zaun offenbar unterbrochen. Trotzdem wartete sie in sicherer Entfernung, bis Pienaar das Tor aufgeschlossen und aufgeschoben hatte. Daraus, dass er anschließend nicht mit Zuckungen zusammenbrach, schloss sie, dass es wohl nicht unter Strom stand.

»Treten Sie ein, Gnädigste. Immer herein in die gute Stube.« Er trat zurück und bedeutete ihr, vor ihm durchzugehen.

Widerborstig blieb sie stehen, was ihr allerdings nicht viel nutzte, weil Pienaar sie einfach durch die Öffnung schob, bis sie auf einem schmalen, von Bambusmatten beschatteten Vorplatz stand, der vom Haus gegenüber begrenzt wurde. Links setzte sich der elektrische Zaun fort, rechts führte in etwa zehn Metern Entfernung ein in einer Schiene laufendes Gittertor aus fingerdicken Metallstäben zu einem betonierten Hof, der wie der Vorplatz auch von festem Maschendraht überdacht wurde. Neben dem Tor befand sich ein breiter Schalter. Durchdringender, stechender Uringestank machte ihr klar, was hinter dem elektrischen Zaun lauerte. Die Löwen.

Auf dem Vorplatz war es stickig. Die Sonne sickerte durch die regennassen Bambusmatten, die den Eingangsbereich vollständig bedeckten. Pienaar schloss die aus stabilen Planken bestehende Tür zum Haus auf – sie öffnete sich nicht nach innen, sondern nach außen – und scheuchte sie mit einer herrischen Handbewegung hinein. Die Tür krachte hinter ihr ins Schloss, dass sie im Rahmen vibrierte. Ein Schlüssel knirschte.

Anita war sich sicher, dass Pienaar die Tür absichtlich so fest zugeknallt hatte. Es war ein Gefängnisgeräusch. Tür zu, Mensch in der Falle. Langsam drehte sie sich um die eigene Achse. Sie war allein in dem kahlen Raum. Es war unglaublich heiß und stank so, dass sie den Atem anhielt, bis ihr Herz vor Luftnot hämmerte. Die Stehhöhe betrug höchstens eineinhalb Meter, jeweils von der Mitte des niedrigen Dachfirsts aus gemessen. Der Raum selbst war ein Rechteck von schätzungsweise sechs mal acht Metern. Durch eine vergitterte, schmale Öffnung, die sich unter dem offen liegenden Dach über die linke Längswand zog, tröpfelte Licht, auch rechts durch ein Fenster, das mit dicken Metallstangen gesichert war.

Sie verrenkte sich den Hals, um den gesamten Hof übersehen zu können. Links schloss sich ein rechteckiger, fensterloser Anbau an. Eine verschmutzte Schubkarre lehnte neben der schweren Tür, daneben eine Schaufel und eine dreizinkige Mistgabel. Dunkle Flecken auf dem aufgebrochenen Zementboden zeugten davon, wo die Sonne die Regenwasserlachen weitgehend getrocknet hatte.

Der Zaun, der rechts den Hof einfasste, bestand aus hohem Maschendraht, durchgehend, ohne Eingang. Ihr gegenüber war zwischen zwei Betonpfeilern ein großes, mit massiven Eisenstäben gesichertes Tor eingelassen, rechts daneben befand sich ein kleineres, das ebenfalls durch dicke Eisenstäbe verstärkt wurde. An den linken Betonpfeiler schloss sich der Zaun an. Der elektrische Draht, der innen in etwa zwanzig Zentimetern Abstand in drei verschiedenen Höhen verlief, war deutlich zu erkennen.

Durch die Metallstreben strich ihr Blick ins Gebiet der Löwen, über einen mit spärlichem Busch bestandenen Bereich bis zum Felsplateau auf dem flachen Hügel. Aber sie konnte keine der großen Katzen entdecken. Vermutlich waren die so gut getarnt, dass sie einfach nicht imstande war, sie im flirrenden Licht auszumachen. Unbehaglich schaute sie noch einmal genauer hin. Dort hinter dem Busch, war das nicht die Kontur einer liegenden Raubkatze? Der schwarze Fleck zwischen den Grasspitzen neben der Akazie, der sich ständig von rechts nach links bewegte … die Schwanzspitze eines Löwen? Die Vorstellung, dass die Löwen sie ohne ihr Wissen im Visier haben könnten, verursachte ihr ein höchst unangenehmes Kribbeln in den Haaren.

Sie presste ihr Gesicht an die Türstäbe und sog Luft von draußen ein. Statt der erhofften Erfrischung wurde sie von einer Saunaluft getroffen, geschwängert mit Raubtiergestank und einem Geruch, den sie anfänglich gar nicht erkannte. Dann fiel es ihr ein. Es roch wie bei einem Schlachter. Nach Blut. Frischem Blut. Ein Schauer kräuselte die Haut ihrer nackten Arme.

Sie wandte der Tür den Rücken zu und musterte das Innere der Hütte. Als ein Haus mochte sie es nicht bezeichnen. Es gab nicht viel zu sehen. Ein Betonboden, der an vielen Stellen gerissen war, nackte Wände aus Zementblöcken und darüber das Rieddach, das in großen Abständen von freiliegenden, rohen Balken getragen wurde. Ab und zu hörte sie ein Rascheln, nahm sie huschende Bewegungen im lichten Schatten wahr. Sie spähte argwöhnisch nach oben. Geckos vielleicht. Hoffentlich. Aber auch Schlangen lebten dort, wo sich Geckos wohlfühlten.

Eine Tür rumpelte. Sie fuhr herum und erwartete, dass Pienaar hereinkommen würde, aber es wurde ihr schnell klar, dass sich das Gittertor zum Hof geöffnet hatte. Vermutlich lief es auf Rollen und wurde elektrisch betätigt. Sie trat vom Fenster zurück, als Pienaar erschien, dicht gefolgt von Zungu, der einen grob gewebten Sack, mehrere Leisten, einen Hammer und Nägel trug. Wie der Zulu es so schnell vom Hof hierher hatte schaffen können, war ihr schleierhaft, obwohl ihr jetzt einfiel, dass sie vor ein paar Minuten unterbewusst ein schwaches Motorengeräusch vernommen hatte, es aber als Irrtum oder eher Wunschdenken abgetan hatte. Die Tatsache, dass es wohl einen wesentlich kürzeren Weg gab, einen, der mindestens mit einem Quad befahrbar sein musste, behielt sie im Hinterkopf.

Auf Pienaars gebellte Anweisung trat Zungu an die Fensteröffnung, faltete den Sack doppelt und nagelte ihn mit der Leiste vors Fenster. Im Raum wurde es dunkler, und Anita war die

Sicht nach draußen verwehrt. Zu ihrer unendlichen Erleichterung entdeckte sie jedoch, dass Zungu schlampig gearbeitet hatte. An einer Stelle war das Leinen unter der Leiste herausgerutscht. Sie wartete, bis er sich entfernt hatte, ehe sie sich daranmachte, das Gewebe so weit zurückzuschieben, dass der Spalt groß genug war, es ihr zu erlauben, einen Teil des Hofs zu überschauen.

Pienaar stand am Maschendraht und fixierte mit vorgestrecktem Hals einen Punkt in einiger Entfernung. Befremdet folgte sie seinem Blick und entdeckte nun eine Löwin, die sich auf dem Felsplateau mit hörbarem Grunzen in den Schatten einer Akazie warf. Ihre Lefzen waren blutbesudelt. Ein zweites Weibchen folgte ihr. Auch ihr Maul war rot vor Blut.

Sichtbar kochend vor Wut, fuhr der Bure herum und brüllte Zungu an. »Welcher Idiot hat die Löwen ohne meine Erlaubnis gefüttert?«

»Weiß nicht«, antwortete Zungu und betrachtete vorübergehend seine Fußspitzen. »He, Boss!«, rief er dann aufgeregt und deutete hinüber zu den Raubkatzen. »Der hat da was. Zwischen seinen Pfoten.«

Pienaar starrte angestrengt hinüber zu den Großkatzen. »Was heißt, er hat was? Wovon redest du? Ich kann nichts erkennen.«

Eine der Löwinnen hieb spielerisch mit ihrer Vordertatze, worauf ein metallisch glänzendes Objekt durch die Luft flog. Es fiel auf den Boden und rollte den Hang der Anhöhe hinunter. Die Löwin setzte nach und schlug mit der Pfote danach. Das Ding rollte weiter und landete im trockenen Gras, vielleicht fünfzehn Meter vom Zaun entfernt.

Und fing an zu klingeln.

So leise, dass Pienaar anfänglich fluchend mit dem Zeigefinger in seinem rechten Ohr stocherte und etwas von Tinnitus murmelte. Dann lief er hin und her, um die Quelle des Geräuschs zu finden.

Es klingelte unvermindert weiter.

»Es ist ein Handy«, rief Zungu. »Die Löwen wollen telefonieren …« Laut lachend hielt er eine Hand mit abgespreiztem Daumen ans Ohr und imitierte ein Telefongespräch, »Hallo, hallo, hier ist Mkulu, der Große … Alle meine Löwinnen zu mir …«

Len Pienaar lag vor dem Zaun auf den Knien und suchte das Gras nach dem klingelnden Telefon ab. Ein Anflug von Entsetzen huschte über sein Gesicht, als er es endlich zwischen den Halmen entdeckte. »Hör auf zu lachen, du Idiot! Das Blut darauf ist frisch. Die Katzen haben jemand erwischt.«

Anita verschluckte sich fast vor Schreck. Was meinte er damit? Dass die Löwin einen Menschen gerissen hatte? Sie bohrte einen Finger in den Spalt zwischen Sackgewebe und Fensterrahmen und presste ihr Gesicht an die vergrößerte Lücke.

Zungu hatte abrupt aufgehört zu lachen. »Jemand? Was …?« Entsetzt wich er zurück, bis er mit dem Rücken an den Zaun gegenüber prallte.

»Einen Menschen, du Schwachkopf. Tiere haben keine Handys. Das war ein Mensch.« Pienaar ließ seinen Blick über das riesige Löwenrevier wandern. »Und von dem ist nichts mehr übrig. Die machen reinen Tisch.« Er starrte einen Moment wortlos zu den Raubkatzen hinüber. »Verdammte Scheiße!«, brüllte er dann, drehte sich um und verließ im Sturmschritt den Hof. Zungu folgte ihm auf dem Fuß. Das Tor zum Vorraum quietschte zurück, rollte dann wieder zu. Sekunden später verriet ihr ein Schurren und Klicken, dass die beiden Männer das Gelände verlassen hatten. Anita war wieder allein.

Bei der Vorstellung, was hinter den Metallstäben geschehen sein musste, wurden ihr die Knie weich. Langsam rutschte sie an der Wand herunter und musste ihre ganze Selbstbeherrschung zusammennehmen, um sich nicht auf der Stelle zu übergeben.

Im Innenraum des Landrovers herrschte gespannte Stille. Nils fuhr konzentriert, Dirk starrte brütend aus dem Fenster. Zak saß mit ausdrucksloser Miene auf dem Rücksitz und schwitzte trotz Klimaanlage. Er hatte beide Arme auf der Rückenlehne ausgestreckt, um zusätzliche Kühlung zu bekommen. In das Schweigen klingelte das Telefon in Nils' Hemdtasche und vibrierte gleichzeitig. Er zog es heraus. »Ja?«

Es war Vilikazi. »Kannst du reden?«

»Nein.« Mit einer Hand steuerte er den Wagen um eine Pfütze herum.

»Zuhören?«

»Klar. Schieß los.«

»Es geht um den, der Jill grüßen ließ. Er ist verschwunden. Auch sein Pitbull Riaan und seine Zulus. Ich bin mir sicher, dass der sich irgendwo eingebuddelt hat. Er hatte schon immer einen unheimlichen Instinkt für Gefahr. Der riecht geradezu, wenn er beobachtet wird, und verschwindet dann in irgendeinen unterirdischen Bau. Bildlich gesprochen. Wir müssen …« Der Rest des Satzes ging in Knistern und Rauschen unter.

»Warte, ich kann dich kaum verstehen … ich rufe gleich zurück«, rief Nils. Er legte auf, fuhr an den Straßenrand und hielt. Mit einem Satz sprang er vom Fahrersitz auf die Straße und streckte dann den Kopf in den Wagen. »Ich muss telefonieren, bin gleich wieder da.«

Nach ein paar Schritten zeigte sein Display ganze zwei Balken, die zumindest eine bessere Verbindung versprachen als vorher, außerdem konnte hier draußen niemand mithören. Er wählte die Nummer seines Freundes.

Vilikazi meldete sich sofort und wiederholte, was er ihm zuvor berichtet hatte. »Wir müssen Geduld haben«, setzte er hinzu.

Nils hieb mit der Handkante durch die Luft. »Hab ich nicht, und wir haben auch keine Zeit mehr. Wir haben eine direkte Information bekommen. Ein …«

Er musste Vilikazi von Kamali und den noch gefangen gehaltenen Mädchen berichten, zögerte aber, übers Telefon Klartext zu reden. Zu häufig kreuzten sich in dieser Gegend Telefongespräche, zu häufig hatte er schon auf diese Weise Leute über Sachen reden hören, die sicher nicht für die Öffentlichkeit bestimmt waren. Dann fiel ihm etwas ein. »Du und Sarah, ihr habt kürzlich meine Frau und ihre Gäste vor einer Schlägerei bewahrt, Stichwort Ferrari. Weißt du, wovon ich rede?« Als Vilikazi das kurz bejahte, fuhr er fort. »Da ist ein Porsche vorbeigefahren. Der Mann, der am Steuer saß, betreibt ein … besonderes Geschäft. Klickt da etwas?«

Mehrere Sekunden tickten vorbei, ehe Vilikazi antwortete. »Ja, tut es. Der steckt da mit drin?« Sein Ton hatte stählerne Härte angenommen.

»Das ist nicht sicher, aber … unser gemeinsamer Freund hat etwas damit zu tun, ich hoffe, du verstehst. Ich bin auf dem Weg zu Lias Farm. Dort scheint eine Art … Zwischenlager zu sein.« Er wartete, bis Vilikazi mit einem Grunzen signalisierte, dass er verstanden hatte, was Nils damit meinte. »Wir müssen erst herausfinden, was … das Lager enthält, bevor einer von uns eine Aktion startet. Einverstanden?« Nils ging zurück zum Wagen, blieb aber in der Tür stehen, mit einem Fuß auf dem Trittbrett.

Statt einer Antwort hörte er nichts als leises Knistern. Eine böse Vorahnung beschlich ihn. »Was ist? Gibt es ein Problem?«

»Yebo. Es ist schon jemand unterwegs …«

»Um die Sache … zu erledigen?«, unterbrach ihn Nils entgeistert. »Einer deiner alten Kumpel etwa?«

»Yebo«, bestätigte Vilikazi. »Der Beste übrigens. Gestern Abend habe ich einen Hinweis bekommen …«

»Von wem?«

»Einer der Leute dieses … Typen ist gestern in der Shebeen in KwaDuma aufgekreuzt. Die Kneipenbesitzerin hat mir Bescheid sagen lassen – ich habe ihr mal einen Gefallen getan, seither hält sie dafür für mich Augen und Ohren offen. Ich habe den Mann auf einen Drink eingeladen und ein wenig ausgehorcht.«

Nils fluchte lautlos. Übersetzt hieß das, dass Vilikazi den Mann sinnlos betrunken gemacht hatte, um ihm anschließend Informationen zu entlocken. Und sollte er da auf Widerstand gestoßen sein, hatte Vilikazi Duma, legendärer Widerstandskämpfer, bestens bewandert in allen Methoden des Untergrundkampfes, jeden schmutzigen Trick auf Lager, um den Mann nachdrücklich zu überreden, alles auszuspucken. Es sollte ein Leichtes für ihn gewesen sein. »Und?«

»Nun warte ich auf den Bericht meines … Abgesandten. Er ist schon ein paar Stunden überfällig.«

Nils umklammerte sein Handy. »Vilikazi, du musst ihn unbedingt stoppen …«

»Geht schlecht, er geht nicht ans Telefon. Ich kann ihn nicht erreichen, aber sobald ich von ihm höre, pfeife ich ihn zurück.« Jetzt klang auch der alte ANC-Kämpfer besorgt.

Nils ging ein paar Schritte abseits, weil er nicht wollte, dass Dirk mithörte. »Verdammt. Wenn Pienaar in die Enge getrieben wird, ist es nicht auszudenken, wie er reagieren wird. Er wird Kira und die anderen Kinder in Todesgefahr bringen. Du musst etwas unternehmen, hörst du? Der Mann muss gestoppt werden.« Jetzt schrie er in den Hörer. »Es ist mir völlig egal, wie!«

Vilikazi fluchte unterdrückt. »Moment, Nils, ich versuche, ihn von meinem Festnetztelefon aus zu erreichen.«

Der Hörer wurde abgelegt. Nils vernahm ein leises Klicken, als sein Freund die Nummer des Mannes wählte. »Ruf mich auf der Stelle zurück«, hörte er die Stimme des Zulus, dann war dieser wieder selbst am Telefon. »Er geht nicht ran. Wo er sich im Moment aufhält, weiß ich nicht. Aber ich werde den Mann hinter ihm herschicken, den ich eigentlich ursprünglich wegen deines Problems … um Hilfe bitten wollte. Zu der Zeit war der leider außer Landes. Ich bin seit Ewigkeiten mit ihm befreundet … Er ist ein erstklassiger Spurensucher und kennt sich in dieser Gegend bestens aus und …«

»Wieder so ein Killer?«

Vilikazi schnaubte. »Sei nicht so naiv, Mann! Er war im Untergrund, wie wir alle.«

»Kannst du ihm wirklich vertrauen?« Nils war klar, wie dumm diese Frage eigentlich war. Sie war ihm einfach herausgerutscht. Vilikazi Duma würde den Mann sonst nicht empfehlen. Er schüttelte sich. Seine innere Unruhe drohte langsam überhandzunehmen. Er würde sich zusammennehmen müssen.

»Hamba kahle, Sarah und ich werden für euch beten«, sagte Vilikazi leise. »Grüß Jill von mir.«

»Sala kahle«, knurrte Nils. Er legte auf und steckte das Handy in die Hemdtasche. Verfluchter Scheiß, dachte er, kann denn nichts glattgehen? Jetzt trieb sich noch ein weiterer ausgebildeter Killer, ein schießwütiger Exuntergrundkämpfer, auf Lias Farm herum, und es gab nichts, was er dagegen unternehmen konnte. »Shit!«, schrie er und kickte einen Stein quer über die Straße. Dann stieg er ins Auto und startete den Motor.

»Was hat dich denn gebissen?« Dirk sah dem rollenden Stein stirnrunzelnd nach.

Nils war gereizt. »Die Scheiße fliegt mir gerade nur so um die Ohren.«

»Kann ich helfen?«

Nils schüttelte wortlos den Kopf und gab Gas.

»Ich habe ein paar Sachen mitbekommen. Welches Lager müssen wir uns ansehen?« Dirk ließ das Fenster ein paar Zentimeter herunter. Ein Schwall Hochofenhitze strömte ins Wageninnere, und er betätigte schleunigst wieder den Fensterheber.

Nils war dankbar, dass sein Telefon erneut klingelte und er einer Antwort enthoben wurde. Das Display zeigte Jills Nummer. »Hi, Honey«, meldete er sich.

Jill hielt sich nicht mit einer Begrüßung auf, sondern kam gleich zur Sache. »Jabulile ist gefunden worden.«

Im ersten Moment wusste Nils nicht, wovon sie redete. »Jabulile?«

»Busis Tochter. Sie ist vor vier Tagen verschwunden. Erinnerst du dich? Ziko kann doch kaum noch seine Arbeit verrichten, weil er vor lauter Sorge um seine Jabulile halb verrückt ist.« Ihr ungeduldiger Ton war ein deutliches Zeichen, wie nervös sie war.

Er drehte den Zündschlüssel, und das Motorengeräusch erstarb. »Jetzt erinnere ich mich wieder. Wo ist sie gefunden worden? Ist sie …?«

»Nein, sie lebt, und sie ist unverletzt. Allerdings wurde sie von einer Spinne oder irgendeinem Insekt gebissen. Ihr Bein ist stark angeschwollen, und sie hat hohes Fieber. Lucy hat sie im Gras neben der Straße gefunden, dicht am Zaun der Mortimer-Farm. Glücklicherweise hat Lucy sie gleich erkannt. Kira und sie spielen manchmal mit ihr auf *Inqaba.* Lucy hat ihre Mutter zu Hilfe geholt, und zusammen haben sie Jabulile ins Haus gebracht. Liz hat sofort das Bein genauer untersucht. Soweit sie erkennen kann, war es keine Schlange gewesen, die die Kleine gebissen hat.«

»Habt ihr sie befragen können?«

»Liz hat sich wirklich alle Mühe gegeben. Sie hat lediglich aus ihr herausbekommen, dass sie sich mit ihrer Mutter gestritten hatte und dass sie auch die weißen Löwen sehen wollte. Offenbar hat Kira ihr davon erzählt. Wo sie die letzten Tage war, wissen wir nicht, aber Liz meint, sie hat vor irgendetwas große Angst. Vermutlich ist es eine Folge des Bisses und des Fiebers.«

Die Hitze im Landrover wurde schnell unerträglich. Nils öffnete die Autotür und ließ ein Bein heraushängen. Die Sonne brannte so stark, dass die Haut sofort zu schrumpfen schien. Er zog das Bein zurück. »Habt ihr Ziko erreicht?«

»Den habe ich mittlerweile angefunkt. Liz will Jabulile so schnell wie möglich ins Krankenhaus fahren, aber Ziko will mit ihr zum Sangoma, weil er glaubt, dass sie von einem bösen Geist besessen ist. Er ist mit Busi jetzt auf dem Weg zu ihr.« Für ein paar Sekunden war nur das Rauschen in der Leitung, bevor sie mit einem Seufzen fortfuhr. »Himmel, ich werde manchmal so … ungeduldig mit ihnen … Ich werde mich bemühen, ihm das auszureden und ihn dazu zu bewegen, dass seine Tochter fachgerecht behandelt wird …«

»Sag Liz, sie soll die Kleine sofort ins Krankenhaus bringen und Ziko mitteilen, dass große Eile geboten war. Welchen Heckmeck der Sangoma anschließend auch immer mit ihr anstellt, kann ihr dann wohl nicht mehr schaden.« Nils lief der Schweiß in Strömen herunter. Dirk und Zak waren ausgestiegen und saßen im Schatten eines Buschs. Er ließ den Motor wieder an, worauf die Klimaanlage wieder zu arbeiten anfing. Alle stiegen ein, und Nils zog seine Tür zu. »Ist es sicher, dass sie einfach von zu Hause weggelaufen ist, wie das Kinder manchmal tun? Es ist doch ein eigenartiger Zufall, dass sie im Grunde auch ganz in der Nähe von Lias Farm aufgefunden wurde …«

»Jabulile meint, sie wäre einfach abgehauen«, sagte Jill. »Mir wird ganz anders, wenn ich die andere Möglichkeit in Betracht ziehe. Kira, Kamali, Jabulile – drei Mädchen, alle praktisch im selben Alter … Denkst du auch an den Mann im Porsche?«

Natürlich tat er das, schon seit Langem. Der Angst, die ihn zu ersticken drohte, konnte er kaum noch Herr werden. Aber sagen würde er das seiner Jill nicht. Sie brauchte seinen Optimismus, und er ärgerte sich, dass er das Thema angeschnitten hatte. »Liebling, jetzt mach dich nicht verrückt! Du hast Angst, und deine Fantasie läuft Amok. Das sind sicher nur alles Hirngespinste.«

»Und wenn nicht …? Wenn das Schlimmste passiert ist, und Pienaar sich Kira geschnappt hat? Mein Gott …« Ihr brach die Stimme.

»Dann kommt mit Sicherheit bald eine Lösegeldforderung. Ich bin mir sicher, dass es das ist, was er will. Einen Haufen Geld. Darum geht's doch immer!«

Glauben tat er das nicht, aber er bemühte sich, dass man das seiner Stimme nicht anhörte. Trotzdem befürchtete er, dass sie ihn zu gut kannte, als dass sie auf die kleine Täuschung hereinfiel. »Wir sind gleich bei der Farm. Wenn er sich dort aufhält, finden wir ihn, garantiert. Sobald es etwas Neues gibt, melde ich mich. Kopf hoch, meine Süße. Ich liebe dich!« Mit grimmiger Miene steckte er das Telefon in die Hemdtasche und trat aufs Gas, während er Dirk kurz berichtete, was vorgefallen war.

»Hier etwa hat man sie übrigens gefunden«, sagte er zu seinen Begleitern und wies auf die Grasnarbe, die sich am Zaun entlangzog.

Langsam fuhr er an der Grenze von Mortimers Farm entlang. Die Schotterstraße trocknete bereits in der Sonne, nur hier und da waren tiefere Furchen noch mit Schlammwasser gefüllt. Ein Schwarm rotköpfiger Finken landete zwitschernd, um aus einer Pfütze zu trinken, wurde aber von einer schlecht gelaunten Ziege vertrieben. Nils machte einen Bogen um sie. Nach ein paar Minuten zeigte er nach vorn.

»Dort ist der Zaun von Lias Farm. Irgendwo da muss es ein Gebäude geben, und wenn ich mich recht entsinne, schließt sich dahinter das Löwengehege an. Maurice hat mir seine Katzen mal gezeigt, aber das ist schon einige Zeit her.« Er beugte sich vor. »Und hier rechts, ein Stück weiter südöstlich, berührt Lias Zaun kurz *Inqabas* Grenze.«

Der Wagen rumpelte weiter. Dirk hatte die Sonnenbrille aufgesetzt und brütete über seiner Lebenssituation und dem Verschwinden Anitas. Die Sonne stand hoch, flirrte über der Motorhaube, reflektierte von den Pfützen und hier und da von Glasscherben, die im Gras lagen. Als er etwas im Gras aufblitzen sah, reagierte er nicht gleich. Erst im Nachhinein wurde ihm klar, dass es wohl keine Glasscherbe oder Pfütze gewesen war.

»Halt mal kurz«, rief er Nils zu und drehte sich um. »Ich hab da etwas gesehen. Dahinten im Gras vor dem Zaun. Dort. Kannst du es sehen?«

Nils bremste und drehte sich ebenfalls um. Er kniff die Augen zusammen und schaute hinüber, nickte dann und nahm den Gang heraus, ließ den Motor jedoch laufen. Beide stiegen aus. Sekunden später bückte sich Dirk und richtete sich mit einem Mobiltelefon in der Hand wieder auf. Er hielt es hoch. »Es ist angeschaltet.« Er betrachtete es genauer. »Hat praktisch keinen Empfang. Mal sehen, ob es ein paar Meter weiter besser wird.« Den Arm hochgereckt, marschierte er ein paar Schritte, dann prüfte er das Display erneut. »Hm, marginal.«

Über das Menü rief er die Kontakte auf, stutzte plötzlich, und dann schoss ihm das Blut ins Gesicht. Er packte Nils am Arm und konnte vor Aufregung kaum sprechen. »Das ist Anitas Handy! Verdammt, das ist ihres. Sie muss es hier verloren haben … Hier, sieh dir das an.«

Er gab Nils das Telefon und inspizierte dann gebückt den provisorisch geflickten Zaun.

»Der ist erst kürzlich repariert worden. Offenbar ist jemand durchgekrochen … Aber warum sollte Anita unter diesem Zaun durchkriechen …?« Dirk schaute hinauf zu Nils. »Ich versteh das nicht. Warum ist sie nicht zum Haus gegangen?«

Nils sah mit gerunzelten Augenbrauen auf das Telefon. »Vielleicht ist sie hier nur langgegangen und hat es dabei verloren …«, sagte er. »Aber warum sollte sie zu Fuß hier unterwegs gewesen sein?«, gab er sich selbst die Antwort.

»Oder es hat ihr jemand geklaut.« Zak war aus dem Wagen gestiegen und starrte auf die Fundstelle am Zaun. Die Hände in die Taschen seiner Jeans gebohrt, wippte er auf den Fußballen.

Nils schüttelte den Kopf. »Geklaut und dann weggeworfen?

Keine Chance. Besonders dann nicht, wenn es nicht erst über PIN-Code geöffnet werden musste. Ich bin mir sicher, dass Anita es hier verloren hat. Die Frage ist nur, was sie hier zu suchen hatte.« Er drehte sich im Kreis und suchte die Gegend ab. »Ich kann nirgendwo ihr Auto entdecken.«

Dirk war bereits dabei, den Draht, mit dem das Loch im Zaun geflickt worden war, wieder zu entflechten. Schließlich zog er ihn heraus, und die Lücke wurde sichtbar. Mit der Hand befühlte er das Gras darunter. »Hier ist eine Art Kuhle ...« Er berührte ein paar weiße Textilfasern, die sich am Draht verfangen hatten. Aufgeregt sah er zu seinem Freund hoch. »Anita besitzt ein weißes Top.«

Nils hockte sich neben Dirk und zwirbelte eine Faser zwischen den Fingern. »Die müssen aber nicht von ihrem Oberteil stammen. Weiß ist eine ziemlich übliche Farbe ...«

Dirk hörte schon nicht mehr zu. Auf dem Rücken liegend stieß er sich ächzend mit den Füßen unter dem scharfzackigen Draht hindurch. Auf der anderen Seite sprang er auf und sah sich um. Wenige Meter vor ihm schlängelte sich ein schmaler Pfad durchs dichte Gestrüpp. Nach links, da war er sich sicher, führte der Pfad zum Haus von Cordelia Carvalho. Es ergab keinen Sinn, dass Anita dort hingegangen war. Dazu hätte sie nicht unter dem Zaun hindurchzukriechen brauchen. Also beschloss er, nach rechts zu gehen. Er setzte sich in Bewegung.

»Warte, wir kommen mit«, rief Nils. Er schloss den Wagen ab und hielt dann den Draht für Zak hoch, der für ihn anschließend das Gleiche tat. Gemeinsam rannten sie hinter Dirk her und holten ihn schnell ein. Schweigend marschierten sie hintereinander den engen Weg entlang. Irgendwann blieb Dirk, der voranging, stehen.

»Da vorn ist eine Mauer. Mit Natodrahtrollen obendrauf. Es würde mich interessieren, was Cordelia dahinter aufbewahrt, was sie derartig sichern muss.«

An der Mauer angekommen, standen sie vor einer verschlossenen Tür. Dirk rüttelte ein paarmal heftig daran, aber sie saß bombenfest. Er sah hoch und untersuchte die Drahtrollen mit den Augen. »Kein Elektrodraht. Aber da hochzukraxeln erscheint mir nicht praktisch. Der Draht hat sehr scharfe Widerhaken. Die zerfetzen uns den Pelz. Nils, hast du eine Brechstange oder so etwas im Auto?«

»Klar. Zak?« Er warf dem Bodyguard den Autoschlüssel zu, der ihn geschickt auffing. »Hinten im Auto liegt ein Kuhfuß. Bitte hol ihn.«

Zak schlängelte sich trotz seiner Muskelpakete erstaunlich agil unter dem Draht hindurch und kehrte innerhalb von Minuten mit dem Kuhfuß zurück. Nils trieb den flachen, gegabelten Kopf zwischen Rahmen und Tür, stemmte ein Bein gegen die Wand und ruckte dann mit aller Kraft. Seine Armmuskeln schwollen an, der Rahmen splitterte, die Tür knarzte, und dann sprang sie aus dem Schloss.

»Voilà!«, sagte Nils und trat dagegen.

Ein leerer Hof lag vor ihnen, und ein kurzer Blick in das kleine Gebäude gegenüber zeigte, dass auch dieses leer war.

»Da sind Löwen«, rief Zak und zeigte auf das schwere Metallgitter, das am anderen Ende des Hofs in die Steinmauer eingelassen war. Er beugte sich vor. »Dahinten ist einer, dort, unter dem Busch. Ein Männchen, soweit ich sehen kann.«

Nils und Dirk sahen flüchtig zu den Raubkatzen hinüber, richteten ihre Aufmerksamkeit dann aber wieder auf den Hof. Ohne sich abzusprechen, verteilten sich die drei und suchten den kahlen Betonboden Zentimeter für Zentimeter ab. In einer Spalte im aufgebrochenen Beton leuchtete etwas Rotes. Nils bückte sich und zog eine zerrissene Kette aus korallenroten Samenkörnern hervor.

»Kaffirboomsamen«, murmelte er.

»Korallenbaumsamen heißt das heute«, korrigierte ihn Zak.

»Meinetwegen«, sagte Nils mit abwesender Miene. »Könnte einem der Mädchen gehört haben.«

Währenddessen wuchtete Dirk den Deckel von einer Art Abfallbehälter hoch, schaute hinein und verzog das Gesicht. »Herrgott, das stinkt bestialisch«, knurrte er und hielt sich ein Taschentuch vor die Nase. Anschließend öffnete er den Deckel so weit, dass die Sonne hineinschien und er den Boden erkennen konnte. Weit vornübergelehnt, spähte er hinunter, und was er sah, traf ihn wie ein Schlag in den Magen.

Halb im Dreck vergraben, lag ein Schlüsselbund, an dessen Ring ein winziger Igel befestigt war. Einer mit glitzernden Strassaugen.

20

Nachdem der Lieferwagen mit seiner unglücklichen menschlichen Fracht ihren Hof verlassen hatte und auch Kiras Kreischen nicht mehr zu hören war, saß Tiki Magwaza lange auf der Bank vor ihrer Hütte und tat nichts. Das heißt, sie dachte nach. Über die Kinder, über die weiße Frau und über Kira Rogge. Auch über Kiras Mutter. Über ihren Mann Africa. Dabei hüpften ihre Gedanken hierher und dorthin, denn im Nachdenken war sie nicht sehr geübt.

Ihren Hof in Ordnung halten, das konnte sie. Hühner schlachten und rupfen, Mais anpflanzen, den Gemüsegarten wässern und harken. Das machte ihr sogar Spaß, auch wenn sie das Wasser aus dem Fluss holen musste, der einen Kilometer entfernt dahinfloss, und das wirklich eine sehr schwere Arbeit war, die ihr regelmäßig Rückenschmerzen bescherte. Eine grasgedeckte Bienenkorbhütte in einem Tag bauen konnte sie ebenfalls, und als Bierbrauerin hatte sie sogar einen gewissen Ruf.

Aber ein abstraktes Problem im Kopf zu lösen, eines, das sie nicht sehen konnte, nicht anfassen, fiel ihr schwer. Ihre Gedanken waren wie Fliegen, surrten mal hierhin, mal dahin, blieben nirgendwo lange genug, als dass es ihr gelang, sie einzufangen. Ihre Schulbildung war löchrig, weil ihre Eltern ihre Hilfe auf dem elterlichen Hof gebraucht hatten und sie oft den Unterricht versäumt hatte. So war das eben in Zululand. Aber sie war entschlossen, auch diese schwierige Aufgabe zu meistern.

Sie legte die Stirn in Falten, schubste abwesend einen Stein mit ihren nackten Zehen hin und her und summte dabei ein altes Kinderlied ihres Volkes. Vorwärts und rückwärts rollte der

Stein, ihr Kopf begann zu schmerzen, ihr Herz wurde schwerer und immer schwerer. Als die Sonne so hoch gestiegen war, dass die Strahlen ihr die Haut versengten, stand sie auf.

»Africa«, rief sie. Zwei Mal. Weil sie keine Antwort bekam, marschierte sie schnurstracks zu dem alten Indababaum, wo sich die Männer der ansässigen Familien versammelten, um Probleme zu bereden. Das dauerte für gewöhnlich lange und benötigte einen stetigen Nachschub an Bier. Wie erwartet, saß ihr Mann zusammen mit drei weiteren Stammesgenossen im Schatten des alten Baums, rauchte und trank. Ein Radio dudelte. Sie ging zu ihm.

»Africa, wir müssen etwas bereden. Komm bitte mit zu unserem Umuzi.«

»Tiki, ich hab Wichtiges zu tun, das siehst du doch.«

»Pah«, machte sie abfällig. »Ja, das sehe ich. Was ich dir sagen muss, ist aber auch sehr wichtig, und ohne dich kann ich das Problem nicht lösen. Dazu brauche ich meinen Mann.« Tiki war schon viele Jahre mit Africa zusammen und wusste, wie man ihn packen konnte.

Africa stand seufzend auf. »Jungs, ich komme gleich wieder. Meine Frau hat ein Problem und kann es ohne mich nicht aus der Welt schaffen.« Mit großer Geste bürstete er sich Blätter und trockenes Gras von dem kakifarbenen Overall, den er von *Inqaba* hatte mitgehen lassen. Gemächlichen Schrittes folgte er seiner Frau.

Innerhalb des Staketenzauns ihres Umuzis angekommen, zog Tiki ihn zu der Bank, auf der sie zuvor allein gesessen hatte, und drückte ihn auf den Sitz. Dann nahm sie neben ihm Platz. »Africa, wir müssen Nkosikazi Jill sagen, dass ihre Tochter hier war und jetzt woanders ist.« Sie sah ihn mit einem bohrenden Blick an. »Wo ist das Mädchen jetzt, Africa?«

Africa wurde wütend. Das wurde er immer, wenn Tiki ihn in die Enge trieb, und wenn er dann wirklich laut wurde, gab sie manchmal klein bei. Das versuchte er jetzt. »Das geht dich nichts an, das ist Männersache!«, brüllte er.

Aber Tiki sprang auf und stemmte die Arme in die Hüften. Ihre dunklen Augen sprühten. »Ach, ich soll nicht sehen, dass dieser Mann, der nur einen Arm hat, hier einen Haufen kleiner Mädchen anschleppt? Ich soll für sie kochen und auf sie aufpassen und hinterher die vollgekackte Hütte säubern … Und das geht mich nichts an? Africa Magwaza, du machst mich sehr böse. Was will dieser Mlungu mit den Mädchen? Wissen ihre Eltern, dass sie hier sind? Sie haben geweint und hatten große Angst. Das konnte ich sehen.«

Africa hatte ihr den Rücken zugewandt. Er zog hastig an seiner selbst gedrehten Zigarette und stieß schweigend Rauchwolken aus.

»Africa, rede mit mir!«

Er knurrte, paffte, knurrte wieder, lag deutlich im Widerstreit mit sich selbst. Tiki hatte die Arme vor der Brust verschränkt und beobachtete ihn zornig. Gerade als sie eine weitere Schimpftirade loslassen wollte, drehte sich Africa zu ihr um. »Der Mlungu passt nur eine Weile auf die Mädchen auf, dann reisen sie weiter.«

»Wohin, will ich wissen! Und die Tochter von Nkosikazi Jill? Woher haben die gewusst, wohin sie weggelaufen ist? Wer hat ihnen das gesagt?« Die Bewegung, mit der Africa die Arme hochwarf, sagte ihr einiges. »Das warst du, oder? Wie würdest du den bestrafen, der deinen Sohn Naki vom Hof stehlen würde?«

Africa rollte mit deutlichem Missbehagen seine knochigen Schultern und sog an seinem Zigarettenstummel, grunzte dabei, sagte aber nichts Verständliches.

Tiki kam jetzt richtig in Fahrt. »Was bist du? Mpisi? Eine Hyäne, die feige und hinterhältig ist? Ich dachte, ich hätte einen zum Mann genommen, der wie ein mutiger Löwe ist. Warum hast du die Tochter von *Inqaba* verraten? Von Nkosikazi Jill, die dir gutes Geld für deine Arbeit zahlt.«

Africa wurde wieder laut. »Der Einarmige ist reich, er wird mir viel Geld dafür geben. Du jammerst doch immer, dass wir nicht genug haben, willst dieses kaufen und jenes, lächerliches Zeug, wie neue Kleidung ... Schuhe ... Meine Mutter brauchte nie Schuhe ...« Er atmete schwer.

Tiki ignorierte seinen Ausbruch. »Warum hält er sie gefangen? Will er Geld von der Eigentümerin von *Inqaba?*«

»Was weiß ich. Mlungu-Business eben.«

»Africa Magwaza, das ist kein Weißen-Business. Wir müssen der Nkosikazi Bescheid sagen, dass ihre Tochter hier ist. Wo ist sie jetzt?«

Ihr Mann rauchte und inspizierte mit großer Konzentration seinen Daumennagel. Dann löschte er sorgfältig seinen Zigarettenstummel und steckte beide Hände in die Taschen des Overalls. »Ich habe dir gesagt, dass wir es ihr nicht sagen können, weil wir sonst vom Mlungu mit dem einen Arm keinen Cent bekommen. Und dann können wir die Dächer unserer Hütten nicht in Ordnung halten, und du kannst keine neue Kleidung kaufen, wenn die alte zerrissen ist. Bald werden wir nackt gehen müssen und auch nichts mehr zu essen haben, und am Ende sterben wir dann.« Er fixierte sie und wirkte sehr zufrieden mit seinen drastischen Argumenten. »Außerdem wird dieser Mlungu auch Usathane genannt. Was sagst du dazu?«

Tiki war überhaupt nicht beeindruckt. Sie zog geringschätzig die Brauen hoch und machte ihm mimisch klar, dass sie das alles für Unsinn hielt. Aber sie wusste genau, wann sie ihn weichgeklopft hatte. Sie trat ganz dicht an ihn heran. Unwillkürlich verzog sie das Gesicht, weil er sehr streng nach Rauch und Schweiß roch. »Wo – sind – die – Kinder?«

Africa wich zurück. Er warf wieder beide Arme in frustrierter Verzweiflung in die Luft und ließ sie dann fallen. »Auf der Farm von Nkosikazi Lia.«

Tiki schob ihre volle Unterlippe vor und sah ihn kalkulierend an. »Gib mir dein Handy, dann rufe ich auf *Inqaba* an, um Nkosikazi Jill das mitzuteilen.«

Er zog sein Telefon hervor. »Die Karte ist leer. Ich muss erst eine neue kaufen.« Die Antwort kam wie aus der Pistole geschossen.

Tiki glaubte ihm kein Wort. Ohne viel Federlesens nahm sie ihm das Gerät aus der Hand und prüfte es. Es war tatsächlich mausetot. »Ha!«, sagte sie und gab es ihm wieder, wollte aber nicht lockerlassen. Demonstrativ hielt sie ihm die Hand hin, die rosa Handfläche unmissverständlich nach oben gewandt. »Gib mir Geld.«

Africa reagierte unwirsch, wie immer, wenn sie ihn um Geld bat. »Was willst du damit?«

»Essen kaufen.« Sie funkelte ihn herausfordernd an.

Schließlich knickte er ein und drückte ihr ein paar Scheine in die Hand, die sie sofort in der Tasche ihres Rocks verschwinden ließ.

»Naki«, rief sie ihren Sohn. »Ich brauch dich, wir wollen einkaufen gehen.«

Naki kam von seinem Spielplatz zwischen den Ziegen herangehüpft. Er trug kurze Hosen in einer undefinierbaren Schlammfarbe, ein grünes T-Shirt und im Gesicht ein schneeweißes Grinsen. Schuhe brauchte er nicht. Seine Füße waren durch eine dicke Hornhaut geschützt. Singend hüpfte er vor seiner Mutter her. Tiki warf ihrem Mann über die Schulter einen kämpferischen Blick zu und entfernte sich mit einem betont sinnlichen Schwung ihrer Hüften. Das würde ihn reizen, das wusste sie, und dann fraß er ihr aus der Hand.

Africa sah ihr misstrauisch nach, als erwartete er, dass sie jede Sekunde erneut über ihn herfallen würde. Aber Tiki und Naki waren schon nicht mehr zu sehen. Nur Nakis fröhliches Gezwitscher erreichte ihn noch. Erleichtert zündete er den Zigarettenstummel wieder an. Er blinzelte zufrieden durch den Rauch und schlenderte hinüber zu seinen Kumpanen, die unter dem Indababaum noch immer die Probleme der Welt zurechtrückten.

Kaum war sie außer Sichtweite des Hauses, nahm Tiki ihren Sohn bei der Hand und ging mit ihm an der Straße entlang zur nächsten Bushaltestelle. »Wir fahren mit dem Bus«, verkündete sie, setzte sich zu den anderen Frauen, die ebenfalls auf den Bus warteten, und fing ein Gespräch an. Höflich erkundigte sie sich nach der Familie, ob alle gesund seien, fragte nach dem Fortschritt der Kinder in der Schule und gab ihrerseits umfassend Auskunft. Nicht vollkommen umfassend allerdings. Über den aufregenden Besuch des Einarmigen verlor sie kein Sterbenswörtchen. Allerdings erfuhr sie von einer Nachbarin, deren Mann auf *Inqaba* arbeitete, dass Africa seinen Job verloren hatte und auch, warum.

»Er wollte den Geierkopf rauchen«, berichtete die Frau und musterte Tiki neugierig. »Hast du das nicht gewusst?«

Tiki zog ein hochmütiges Gesicht. »Natürlich, ich weiß alles, was meinen Mann betrifft«, beschied sie der Frau und wandte sich dann ihrer anderen Sitznachbarin zu.

Der Bus war schon restlos überfüllt, aber jeder rückte zusammen, sodass die schlanke Tiki und ihr Sohn noch Platz hatten. Der Bus fuhr mit einem Ruck an. Tiki saß kerzengerade, die Füße ordentlich nebeneinandergestellt, und hielt ihre Einkaufstasche auf den Knien, während sie sich im Kopf herumgehen ließ, was sie Nkosikazi Jill sagen sollte. Sollte sie ihr von dem Einarmigen berichten? Von den anderen Mädchen? Oder einfach nur sagen, dass sie die Kleine irgendwo gesehen habe?

Nachdenklich sah sie hinaus. Die Luft im Bus war zum Schneiden dick, obwohl alle Fenster geöffnet waren. Es war nach den Wolkenbrüchen der vergangenen Tage sehr heiß geworden, die Erde dampfte, und der Fahrtwind, der von draußen hereinwehte, war so mit Feuchtigkeit gesättigt, dass sie glaubte, Wasser zu atmen.

Sie seufzte schwer. Es war eine schwierige Entscheidung, und sie musste sich das sehr genau überlegen. Vielleicht sollte sie einfach erzählen, wie es war, und nur das weglassen, was Africas Rolle bei dem ganzen Unternehmen betraf. Sie würde es als zufällig darstellen, dass der Einarmige die Kinder in ihrer Hütte untergebracht hatte. Wegen des starken Regens oder so.

Wieder seufzte sie und wischte sich den Schweiß von der Stirn. Naki neben ihr zupfte sie am Rock und wollte wissen, wie spät es sei. Da sie keine Uhr besaß, fragte sie ihre Nachbarin. Kurz darauf war sie in ein lebhaftes Gespräch verwickelt – wie das hier so üblich war –, das ihr die Fahrt bis zur Haltestelle schnell vertrieb.

Etwa zur selben Zeit, als Anita von dem Stromschlag getroffen wurde, funkte Jonas seine Chefin an. Die war gerade auf einem der Rastplätze, die sie im Busch hatte anlegen lassen, aus ihrem Wagen gestiegen. Wilson folgte ihr, streckte und reckte seine beeindruckenden Muskeln und lief ein paar Schritte, um sich zu lockern. Jill musste dringend die Toilette benutzen und lief über die Lichtung zu der hölzernen, grasgedeckten Hütte, die zwei Toilettenräume enthielt, eine für Damen, die andere für Herren, und die sehr zweckmäßig eingerichtet war. Ein früheres Experiment von ihr, die Toiletten etwas luxuriöser zu gestalten, hatte innerhalb einer Woche dazu geführt, dass nicht nur der Spiegel, die Wasserhähne und das Waschbecken, sondern auch das Toilettenbecken samt Kasten geklaut wurden. Kurzfristig hatte sie erwogen, die Runde in den umliegenden Umuzis zu machen und die Farmarbeiterunterkünfte nach den Gegenständen durchsuchen zu lassen, aber der Aufruhr und die Feindseligkeit, die das Unterfangen ohne Zweifel verursachen würde, waren geklaute Kloschüsseln einfach nicht wert.

Ihr Funkgerät meldete sich, als sie gerade die Tür der Hütte wieder von außen schloss. Geistesabwesend meldete sie sich, weil sie eben ein schläfrig wirkendes Nashorn entdeckt hatte, das wie ein riesiger, erdfarbener Felsen keine dreißig Meter entfernt von ihr im dichten Strauchwerk lag.

»Was ist?«, meldete sie sich flüsternd, während sie angestrengt hinüber zu dem mächtigen Tier spähte, um zu sehen, ob es die beiden Menschen gewittert hatte. Sie war bereit, sofort den Rückzug anzutreten, sollte es angreifen. Erst beim zweiten Hinsehen bemerkte sie die Fliegenwolken über dem Körper. Das konnte nur eines heißen: Das Tier war tot. Zorn stieg ihr in den Kopf.

»Moment bitte«, sagte sie und ließ das Funkgerät sinken. Vorsichtig näherte sie sich ein paar Schritte. Der wimmelnde Fliegenpelz schwirrte aufgescheucht in die Luft, kreiste und fiel dann wieder über die blutige Wunde auf der Stirn des Tiers her. Es gab keinen Zweifel: Das Nashorn war wegen seines Horns gewildert worden.

Das Funkgerät in ihrer Hand quakte laut, und sie hob es dicht an den Mund. Der Empfang hier oben war nicht sehr gut. »Hallo, wer will was von mir?«

Jonas sagte es ihr, aber sie musste ein paarmal nachfragen, ehe sie begriff, was er erzählte.

»Was?«, schrie sie so laut, dass Wilson herumfuhr. Mit gezogener Waffe rannte er um das Gefährt herum, wobei er wilde Blicke um sich warf, als erwartete er, jeden Moment einem Raubtier oder einem schwer bewaffneten Banditen gegenüberzustehen. »Sag das noch einmal«, flüsterte sie und spürte, wie ihr erst heiß und dann kalt wurde. Dann blieb ihr plötzlich die Stimme weg, und die Tränen schossen ihr in die Augen. »Ich komme«, krächzte sie erstickt, winkte Wilson und sprang in den Wagen. Sie startete den Motor und fuhr so heftig an, dass Steine und grober Sand wegspritzten, noch ehe Wilson die Wagentür geschlossen hatte.

»Ist was passiert?«, rief er.

Statt zu antworten, warf sie ihm ihr Handy in den Schoß. »Sieh zu, dass du meinen Mann erreichst. Drück einfach die erste Kurzwahltaste. Wenn er dran ist, drückst du auf die Lautsprechtaste und hältst mir das Telefon so hin, dass er mich verstehen kann.«

Der Weg – eigentlich nichts weiter als eine schmale Schneise, die man in den Busch geschlagen hatte – war uneben, voller Geröll und Rinnen. Jill brauchte beide Hände am Steuerrad. Zum Telefonieren anhalten konnte sie jetzt nicht. Es würde sie Minuten kosten, die sie nicht hatte.

»Hi, Boss, Wilson hier«, hörte sie ihren Bodyguard. »Ihre Frau will mit Ihnen reden.« Er hielt ihr den Hörer hin. »Dein Mann.«

»Honey ...« Für ein paar Sekunden konnte sie nicht sprechen, weil sie von einem Weinkrampf geschüttelt wurde.

»O Gott, was ist passiert?« Nils' Stimme hallte im Wagen wider. »Ist dir etwas zugestoßen? Hast du einen Unfall gehabt?«

»Nein, nein, nicht mir ...« Sie räusperte sich, und dann konnte sie weitersprechen. »Mir ist nichts zugestoßen ... Tiki, die Frau von Africa, dem Ranger, der bei uns die Geier gewildert hat, steht an der Rezeption und will mir sagen, wo sich Kira aufhält. Tiki hat mit ihr gesprochen ... Hörst du? Sie hat mit unserer Kleinen gesprochen! ... Nein, Näheres weiß ich nicht. Tiki will nur mit mir reden. Bitte, dreh um, und komm so schnell du kannst nach Hause.«

»Bin sowieso schon auf dem Heimweg von Lias Farm.«

»Habt ihr etwas gefunden?«

»Anitas Schlüsselbund und ihr Handy beim Löwengehege. Dirk ist fast durchgedreht, kann ich dir sagen ...«

»O Gott ... und Kira und die anderen Mädchen?«

»Nichts, keine Spur. Tiki ist das erste Licht im Dunkel.«

Jill hörte den Motor von Nils' Geländewagen aufheulen. »Was hat Lia gesagt?«

»Lia? Die blöde …« Er stockte und atmete hörbar durch. »Lia war nirgendwo aufzufinden. Sie muss uns gesehen oder auf eine andere Weise gemerkt haben, dass wir uns auf der Farm befanden, und dann auf der Stelle abgehauen sein. Warte bloß, bis ich sie in die Finger kriege! Wir haben alles abgesucht, sind immer tiefer in den Busch, aber außer den beiden Sachen haben wir nichts gefunden. Absolut gar nichts. Dirk wird die Polizei einschalten …«

»Was glaubt er, dass die tun werden? Die …«

»Kannst du lauter sprechen?«, brüllte Nils. »Ich kann dich kaum hören.«

»Wilson, halt das Ding höher, ich kann nichts verstehen!«, befahl sie. »Geht's jetzt besser, Honey?«, schrie sie in den Hörer. »Wann wirst du hier sein?«

»Bin schon fast da«, hörte sie ihn rufen, ehe die Verbindung unterbrochen wurde.

»Danke«, sagte sie zu Wilson und trat aufs Gas. In halsbrecherischer Fahrt jagte sie über die Buschpiste. Das Auto bockte, schleuderte, flog ein paar Meter und knallte wieder auf den Boden. Wilson hatte beide Beine verkeilt, umklammerte mit der rechten Hand seinen Sitz, und mit der linken hing er im Griff. Er wirkte trotzdem sehr entspannt. Jill betete, dass sich ihr kein Hindernis in den Weg stellte. Sie musste daran denken, dass Nashörner es oft lustig fanden, Autos mit ihrem Horn zu traktieren, und dass Elefanten vor nichts zurückwichen, schon gar nicht vor einem Haufen Blech auf vier Rädern.

Einmal war sie gezwungen, das Steuer herumzureißen, um das Chamäleon nicht platt zu fahren, das hinter einer Kurve seinen zeitlupenlangsamen Weg über die Piste angetreten hatte. Sie schaffte es nur, weil der Wagen an dem Erdwall, der den Weg begrenzte, wie von einer Bande abprallte und wieder zurück in die Fahrspur hüpfte. Vorbei an dem grasgrünen Reptil. Selbst Wilson stand der Schweiß auf der Stirn, als sie mit quietschenden

Reifen auf *Inqabas* Parkplatz hielten. Jill hechtete geradezu von ihrem Sitz und rannte durch den Blättertunnel zur Rezeption. Sie sah Tiki sofort.

Mutter und Sohn hatten in den bequemen Sesseln der Rezeption Platz genommen. Tiki saß mit ihrer Tasche auf dem Schoß aufrecht da. In einer Hand hielt sie einen Erdbeer-Milchshake, den sie mit verzückter Miene durch den Strohhalm schlürfte. Naki presste sich verschüchtert in die Polster und schleckte ein großes Eis. Beide hatten Jill noch nicht bemerkt.

Jonas kam Jill bereits entgegen. »Das sind die beiden«, sagte er. »Die Hübsche dort im rosa T-Shirt und der kleine Junge.«

Jill sah zu Tiki hinüber. »Was hat sie genau gesagt?«

»Nur dass sie mit Kira gesprochen hat und alles andere nur dir sagen will. Was wirklich dahintersteckt, konnte ich nicht erfahren. Hast du Nils schon erreicht?«

»Er müsste jede Minute hier sein. Aber ich kann einfach nicht länger warten. Ich muss jetzt mit ihr reden, sonst drehe ich durch!« Mit beiden Händen fuhr sie sich durchs Haar. Sie zupfte ihre verschwitzte Bluse zurecht und ging dann hinüber zu Tiki und Naki Magwaza. Nachdem sie beide mit dem traditionellen Dreiergriff begrüßt hatte, zog sie sich einen Stuhl heran. Sie zwang sich, die Höflichkeitsregeln, die für eine Unterhaltung bei den Zulus galten, wenigstens im Ansatz einzuhalten.

»Sawubona, Tiki, sawubona, Naki. Hat Jonas euch gut behandelt?«

Tiki bejahte das mit einem Nicken und leerte dabei ihren Milchshake mit lauten Geräuschen. Nachdem Jill erfahren hatte, dass die Busfahrt recht angenehm gewesen sei und alle in Tikis Familie wohlauf seien, stellte sie endlich die Frage, die ihr wie Feuer auf der Zunge brannte.

»Tiki, was weißt du über meine Tochter?« Dass ihre Stimme leicht schwankte, konnte sie einfach nicht verhindern.

Tiki schaute zur Seite, weil es unhöflich war, einem Höhergestellten in die Augen zu blicken, und schien erst ihre Gedanken ordnen zu wollen. Jill gab sich äußerlich interessiert und ruhig. Innerlich zersprang sie fast vor Angst um Kira. Endlich setzte Tiki das leere Milchshakeglas ab und faltete die Hände im Schoß.

»Deine Tochter war bei uns zu Besuch …«, begann sie. »Sie wurde mit anderen Mädchen gebracht …« Die junge Zulu stockte und suchte angestrengt nach den richtigen Worten.

Während Jill mit rasendem Puls wartete, zupfte Naki seine Mutter am Rock. Sie beugte sich zu ihm hinunter, und er flüsterte ihr etwas zu. Tikis Lider flatterten. Ihre Augen trafen nur kurz die von Jill, dann schlug die junge Frau sie wieder nieder, wie es sich gehörte.

»Ein Mann brachte sie und die anderen Mädchen … Sie weinten, sie hatten große Angst …« Jill sog die Luft zwischen den Zähnen ein. Es gab ein lautes Zischgeräusch, und Tiki sah erschrocken hoch. Aufgeregt wehrte sie ab. »Nein, nein, nicht Ihre Tochter!«, rief sie. »*Inqabas* Tochter ist mutig wie ein … Löwenjunges.«

Mein Kleines, meine ganz und gar wunderbare Tochter, dachte Jill und schluckte energisch ihre Tränen herunter. Sie lehnte sich vor und nahm Tikis Hände in ihre. »Tiki, hatte dieser Mann vielleicht nur einen Arm?«

»Yebo.« Tiki Magwaza riss erstaunt die Augen auf. »Kennen Sie ihn?«

»Yebo«, rief Naki als Echo seiner Mutter und zeigte mit der Hand direkt über den Ellbogen. »Hier war er abgeschnitten.«

Jills Herz wurde bleischwer. Ihre schlimmsten Befürchtungen hatten sich gerade bestätigt. »Ja, den kenne ich. Schon lange. Er ist ein sehr schlechter Mensch. Wo ist meine Tochter jetzt?« Bitte, bitte, komm zur Sache, Tiki, setzte sie schweigend hinzu, ich geh sonst die Wände hoch. Aber sie lächelte nur, wenn auch deutlich verkrampft.

Der Blick der dunklen, dicht bewimperten Augen flackerte zu ihr herüber. »Naki hat ihr geholfen wegzulaufen. Alle waren in der kleinen Hütte gefangen … Dann kam der Regen und …« Sie verdrehte die Augen und suchte nach Worten. »Unyazi … Verstehen Sie?«

»Ja, natürlich, Blitzschlag.« Jill nickte und bekam feuchte Hände. Wo hatte der Blitz eingeschlagen?

Die Zulu lächelte breit. »Yebo! Dann brannte der …« Ihre Hände flogen hoch, und sie hob die Schultern in einer hilflosen Geste, dann redete sie auf Zulu weiter. »Die Mädchen saßen alle unter dem Dach vom Vorratsspeicher. Dann kam der Blitz, und das Dach brannte und alles drumherum. Die Mädchen rannten weg, aber der mit dem einen Arm hat sie alle wieder eingefangen und in unsere Hütte mit den Steinwänden gebracht.«

Jill musste sich einen Kloß aus der Kehle räuspern. »War meine Tochter auch unter dem Dach vom Vorratsspeicher, als der Blitz kam?«

»Cha, nein«, entgegnete die Zulu lebhaft. »Die hatte der Mann schon vorher in der Hütte mit den Steinwänden eingesperrt.« Jetzt redete Tiki wieder stockend auf Englisch weiter. »Dann kam der Regen, und da war dann ein kleines Loch in der Wand … Naki hat die Steine aus der Wand herausgekratzt … mit einem Nagel, bis da ein großes Loch war. Deine Tochter ist hindurchgekrochen und weggelaufen.« Ihr ganzer Stolz auf die Tat ihres Sohnes stand ihr ins Gesicht geschrieben.

Naki grinste bei den Worten seiner Mutter glücklich zu Jill hoch. »Sie wollte ein Loch unter dem Zaun graben und dann auf die andere Seite hindurchklettern.«

»Welchen Zaun, Naki?« Ihr Herz hämmerte ihr in den Ohren.

»Von *Inqaba.*« Der Klick in der Mitte klang, so wie er ihn aussprach, wie eine kleine Explosion. Er zappelte vor Aufregung auf seinem Sessel.

Mit offenem Mund starrte Jill ihn an. Catherine, die Stimme aus der Vergangenheit, hatte recht gehabt. Kira war auf *Inqaba* und kämpfte sich in dieser Minute durch den Busch. Allein. Sie sprang auf, zwang sich aber, sich sofort wieder hinzusetzen. »Wann war das?«

»Ekuseni«, antwortete Tiki.

»Yebo«, bestätigte ihr Sohn eifrig und löffelte den letzten Rest Eis auf.

»In der Morgendämmerung«, wiederholte Jill leise und rechnete die Zeit aus, die ihre Tochter bereits auf dem gefährlichen Gelände *Inqabas* unterwegs war. Ungefähr fünf Stunden. Ihr Blick irrte hinüber zu der großen Karte ihres Wildreservats, die an der gegenüberliegenden Wand hing. Fünf Stunden. Wo war ihre Kleine jetzt? Mit den Augen unterteilte sie die Karte in Stundensegmente. Sie schätzte, dass ihre Tochter von dem Punkt aus, an dem sie vermutlich *Inqaba* betreten hatte, den halben Weg zur Lodge geschafft haben musste. Wenn sie auf dem Serviceweg unterwegs war.

Wenn alles glattgegangen war.

Wenn sie keinem Raubtier begegnet war. Weder einem vierbeinigen noch einem zweibeinigen.

Naki stellte sein Eisglas zurück auf den Tisch. Es war blank geputzt. Er wischte sich die letzten Reste mit beiden Händen gründlich von seinem Mund und schleckte die Finger ab. »Aber jemand hat sie gefunden und wieder zurückgebracht«, sagte er.

Jill war, als wäre eine Bombe in ihr Gesicht explodiert. Sprachlos starrte sie den kleinen Kerl an, der ihr arglos in die Augen lächelte. »Naki, was sagst du da?«

Das Lächeln verschwand schlagartig. Naki rutschte unbehaglich im Sessel herum und hatte ganz offensichtlich den Eindruck, dass er etwas falsch gemacht hatte. »Einer hat sie gefunden und zurückgebracht«, wiederholte er leise. »Sorry, Ma'am.« Er verzog das Gesicht, als wäre das alles seine Schuld.

»Wo ist sie jetzt?«, wisperte Jill und legte ihm eine Hand auf den Kopf, um ihn zu beruhigen.

Naki, der vor Aufregung am Daumen lutschte, hob entschuldigend die Schultern und schüttelte gleichzeitig den Kopf.

»Es ist schon gut, Naki, du hast alles richtig gemacht, du bist ein wirklicher … ilembe … Ein Held.«

Naki strahlte und kringelte sich vor Aufregung.

»Weißt du, wo sie sich jetzt aufhält?«, fragte Jill noch einmal.

»Mit den anderen Mädchen auf Nkosikazi Lias Farm.« Tiki senkte die Augen und zwirbelte einen Faden zwischen den Fingern, der sich aus einer Naht ihres Rocks gelöst hatte.

»Auf Lias Farm?« Nils' Stimme vom Eingang. Mit wenigen Schritten war er bei ihnen. Er begrüßte Tiki und Naki mit dem Dreiergriff und setzte sich dann auf die Lehne von Jills Sessel. »Auf Lias Farm?«, wiederholte er seine Frage.

»Yebo, Boss«, bestätigte Tiki. »Da waren sie vorher. Dann hat Usathane sie zu uns gebracht, weil jemand sie dort gesucht hat.« Sie hielt kurz inne, dachte offenbar über etwas nach. Die Rogges warteten mit brennender Ungeduld, aber die Zulu zu drängen wäre kontraproduktiv gewesen. Es würde sie nur in Verwirrung stürzen. »Als die Hütte abgebrannt ist, im Gewitter … und danach ist Jabulile verschwunden … Africa sagt, dass alle, besonders der Mann mit nur einem Arm, Angst hatten, Jabulile würde mit jemand darüber reden, wo die Mädchen sind. Deswegen mussten die Kinder wieder in den Bakkie steigen … auch Kira. Dann hat er sie weggebracht. Ich habe gehört, dass sie wieder zu Nkosikazi Lias Farm gefahren sind.«

»Die soll mir nur zwischen die Finger kommen …«, murmelte Jill, verstummte aber, weil Nils ihr die Hand auf die Schulter legte.

Er lehnte sich vor. »Bakkie? Hinten offen oder geschlossen?« Seine Hand krallte sich in Jills Schulter. Der einzige Hinweis, wie angespannt auch er war.

Tiki malte einen Kasten in die Luft. »Geschlossen, ohne Fenster, aber es war ein Bakkie. Weiß.«

»Okay«, sagte Nils. »Also ein geschlossener Pritschenwagen. Tiki, hast du die Nummer gesehen?«

Die Zulu schüttelte mit einem Ausdruck von Bedauern den Kopf. Es dauerte noch eine ganze Zeit, bis die Rogges sich sicher waren, alles an Information aus Tiki und ihrem Sohn herausgeholt zu haben.

»Einen Augenblick, bitte.« Jill stand auf und ging hinüber zu Jonas, der hinter dem Tresen der Rezeption am Computer saß.

»Wo ist sie?«, fragte er leise.

»Auf Lias Farm. Ich erzähle dir später mehr, jetzt ist keine Zeit dafür. Bitte lass Tiki und Naki nach Hause fahren. Wir schulden ihnen viel.«

Jonas nickte. Er hakte das Funkgerät von der Halterung und begann hineinzusprechen.

Jill ging in ihr Büro und kam mit einem weißen Umschlag wieder zurück. Sie reichte ihn Tiki. »Ngiyabonga kakhulu, Tiki. Es war sehr mutig von dir hierherzukommen, und ich danke dir sehr. Jonas wird euch mit dem Auto in euer Umuzi zurückbringen.«

Tiki Magwaza schaute sie mit großen Augen an. Sie drehte den Umschlag vorsichtig zwischen zwei Fingern und erlaubte sich kurz hineinzulugen. Ihr Gesicht leuchtete auf. Sie zog die Geldscheine mit dem blauen Büffel darauf heraus. »Hau, Ma'am«, rief sie und ließ flink den Daumen über die Kanten laufen. Zehn 100-Rand-Scheine. Sie strahlte. »Ich werde Africa sagen, dass ich für die Wahrheit viel mehr Geld verdient habe, als er mit dem … mit den … Geiern. Ngiyabonga kakhulu, Ma'am.« Sie stopfte sich das Geld in den Büstenhalter.

»Ich bin stolz, eine so mutige Frau und ihren mutigen Sohn zu kennen.« Jill lächelte. »Wenn du mehr erfährst, bitte ruf uns an.« Sie lehnte sich zu Nils hinüber. »Hast du Kleingeld für ein

Münztelefon da?« Er gab ihr ein paar Geldstücke, die sie dann Tiki aushändigte. »Für das Telefon«, sagte sie und schaute auf ihre Uhr. »Es ist schon bald Mittag. Du und dein Sohn werdet hungrig sein. Habt ihr noch Zeit, bei uns zu Mittag zu essen? Ich würde mich sehr darüber freuen. Thabili kann euch das Essen im Restaurant servieren.«

»O ja, bitte«, rief Tiki mit glänzenden Augen.

Jill lächelte. Der jungen Zulu war sicherlich noch nie von irgendjemand eine Mahlzeit gekocht worden, und bestimmt hatte sie noch nie ein Restaurant betreten.

»Ich kümmere mich darum«, sagte Jonas. Er kam hinter dem Tresen vor. »Komm, Tiki, ich bringe euch zum Restaurant.«

Jill hielt ihn zurück. »Alles, was sie möchten, und so viel sie möchten«, raunte sie ihm zu. »Und gib ihnen ordentlich etwas für zu Hause mit. Denk aber daran, dass sie wohl keinen Kühlschrank besitzen.«

»Wird gemacht«, sagte Jonas und führte die junge Frau und den kleinen Naki hinüber ins Restaurant.

Jill sah ihnen nach. Tiki Magwaza schien vor lauter Aufregung keine Luft mehr zu bekommen, und ihrem Sohn hatte es offensichtlich glatt die Sprache verschlagen. Die beiden folgten Jonas stumm zu einem Tisch. Wie alle anderen war er mit blassrosa Tischdecke, passenden Servietten und silbernem Besteck eingedeckt. In der Mitte prangte ein Gesteck aus rosa Anthurien. Erfreut sah Jill, dass Jonas der Zulu galant einen Stuhl zurechtrückte. Tiki quittierte das mit einem verlegenen Kichern und ließ sich so vorsichtig darauf sinken, als traute sie seiner Stabilität nicht. Dann lehnte sie sich mit der Haltung einer Königin zurück. Auch Naki saß schon, allerdings ganz vorn auf der Stuhlkante, und nuckelte schon wieder am Daumen.

Jonas winkte Thabili heran, die sich mit den Speisekarten zwischen den Tischen hindurchschlängelte, sagte etwas zu ihr und deutete dabei auf die beiden. Die Zulu begrüßte Mutter und Sohn daraufhin lächelnd, breitete die gestärkten Servietten über ihren Schoß und las ihnen anschließend die Speisekarte vor. Offenbar machte sie sich ein Vergnügen daraus, Tiki und Naki nach allen Regeln eines gehobenen Restaurants zu verwöhnen. Zufrieden wandte sich Jill ab.

»Wir sollten auch etwas essen und dabei besprechen, wie wir vorgehen«, meinte Nils, der sich zu ihr gesellt hatte. »Mir ist übrigens eine Idee gekommen: Vielleicht sind die Schüsse auch ein Täuschungsmanöver von dem Kerl, nur dazu inszeniert, uns von Lias Farm wegzulocken …«

Ein Ruck ging durch Jill. »Von Pienaar?«

Nils nickte. »Die Schüsse waren im östlichen Teil, und der ist am weitesten von Lias Farm entfernt. Er rechnet vielleicht damit, dass du alle Ranger dorthin schickst – und niemand mehr als Schutz in der Nähe hast. Wir wissen nicht genau, wo Kira und die anderen sind, und auch nicht, wie viele Leute sie bewachen. Es könnte sein, dass wir alle Mann brauchen, die wir auftreiben können. Wenn alle den Schüssen nachgehen …«

Sie starrte ihn entsetzt an. »Scheißkerl«, murmelte sie schließlich.

»Präzise beschrieben.«

Jill hatte ihr Telefon hervorgezogen und tippte auf eine der Kurzwahltasten. »Thabili, Jill hier. Lass uns bitte irgendetwas Nahrhaftes zum Haus herüberbringen. Etwas, was wir mitnehmen und mit den Fingern essen können. Und so schnell wie möglich. Danke!« Sie legte auf und sah Nils an. »Ich muss mich noch kurz nach Marina und unseren Kranken erkundigen. Die hatte ich tatsächlich fast vergessen.«

Es stellte sich heraus, dass Kamali, nachdem sie ein wenig gegessen hatte, schnell eingeschlafen war und noch immer schlief. Luca näherte sich schon wieder seinem normalen Wesen, das hieß, er rannte wie ein Irrwisch mit weit ausgebreiteten Armen und laut brummend durch sein Zimmer.

»Ich bin ein Flugzeug«, informierte er Jill, als sie um sie Ecke bog.

Sie fing ihn auf und begab sich mit einem Anflug von schlechtem Gewissen, weil sie Marina so einfach ihrem Schicksal und Luca überlassen hatte, auf die Suche nach ihr. Die Schauspielerin saß am Bett des Regisseurs und fütterte ihn löffelweise mit Suppe. Als Jill eintrat, drehte sie sich um, ließ den Löffel sinken und sah sie forschend an. »Gibt's was Neues? Habt ihr etwas von Kira gehört?«

Jill scheuchte Luca aus dem Zimmer. Was sie Marina zu berichten hatte, musste er nicht unbedingt hören. Seine Fantasie wucherte ohnehin unkontrolliert in alle Richtungen. Als er davongebrummt war, brachte sie Marina schnell auf den neuesten Stand.

»Du kannst gar nicht ermessen, wie dankbar wir sind, dass du uns den Rücken freihältst. Wir fahren jetzt zu dieser Farm, auf der unsere Tochter angeblich festgehalten wird, und werden sie durchsuchen. Falls du mich erreichen musst, versuche es auf unseren Mobiltelefonen, sonst bei Jonas über Funk. Zak wird hierbleiben und für eure Sicherheit sorgen.« Sie schaute hinunter auf Flavio, der ermattet in den Kissen lag. Sein Gesicht war grau, und die Wangen waren eingefallen. »Wie geht es Ihnen?«

»Beschissen«, war die knappe Antwort.

Marina lachte. »Ach, stell dich nicht so an. Das wird schon wieder. Dein Fieber ist gesunken, und seit einer Stunde warst du nicht mehr auf der Toilette.«

»Weil da nichts mehr drin ist.« Er funkelte sie erbost an.

»Ja, ja«, sagte sie und tätschelte ihm nachsichtig die Stirn, so wie man das bei einem quengeligem Kind tun würde.

Trotz allem, was auf sie einstürzte, musste Jill lächeln. Die beiden waren schon ein seltsames Paar.

»Geh nur«, sagte Marina zu ihr und schob sie aus dem Zimmer. »Ich halte hier die Stellung. Du brauchst dir überhaupt keine Sorgen zu machen. Komm her zu mir, kleiner Mann.« Sie streckte Luca die Arme entgegen, der sich sofort hineinfallen ließ. »Dein Sohn ist ein echter Charmebolzen, weißt du das?«

»Hat er von seinem Vater«, sagte Jill und küsste Luca. Erleichtert und in großer Eile verließ sie die Krankenstation. Zak wartete draußen, und sie instruierte ihn genauestens. »Wo Mrs. Muro und die Kinder hingehen, gehen Sie auch hin, verstanden? Sie sind verantwortlich, dass ihnen nichts passiert.«

Zak grinste breit und ließ seine Muskelpakete auf und ab hüpfen. »Niemand wird an sie herankommen, Ma'am.«

Beruhigt ging sie zurück zu Nils. »Alles in bester Ordnung. Zak passt auf sie auf. Und Marina Muro ist ein Schatz, und niemand darf in meiner Anwesenheit etwas anderes behaupten. Ich werde mir in Zukunft jeden Film ansehen, in dem sie spielt, und wenn ich einen verpasse, lasse ich mir die DVD schicken. Luca, glaube ich, wird glücklich darüber sein. Er hat sich in sie verliebt.«

»Hat eben einen guten Geschmack.« Nils grinste, und beide genossen diesen kurzen Augenblick der Leichtigkeit, die Ruhe im Auge des Sturms. »Wir müssen uns umziehen. In Shorts und Schlappen kommen wir auf Lias Farm nicht durch. Außerdem ist es feucht, und die Moskitos sind hungrig.«

Schweigend zogen sie sich um. Dunkle Hemden mit langen Ärmeln, Jeans, Buschstiefel.

Nils stellte seinen Fuß auf einen Stuhl und schlang die Schnürsenkel zu einem Doppelknoten. »So, fertig! Wir fahren zu Lias Farm, und wenn wir unsere Kleine dort nicht finden, rufen wir die Polizei. Dirk hat übrigens schon mit ihnen telefoniert, um eine Vermisstenanzeige für Anita Carvalho aufzugeben.«

»Und? Was ist daraus geworden?« Mit den Fingern nahm Jill von den Pommes frites, die Thabili gebracht hatte.

»Er ist gerade unterwegs, um die Anzeige persönlich zu machen. Per Telefon wollten sie die nicht annehmen …« Er unterbrach sich, als auf der Veranda Schritte erklangen. »Wer immer da etwas von uns will, muss warten«, sagte er ungeduldig. »Wir müssen los.«

Sekunden später bog Jonas mit Tiki im Schlepptau um die Hausecke. »Jill, Tiki will dir noch etwas sagen. Sie hat etwas vergessen. Mir will sie's nicht verraten.« Er schob Tiki vor und trat zur Seite.

Jill sah die junge Frau erwartungsvoll an. »Was ist, Tiki? Hast du noch einen Wunsch?«

»Nein, Ma'am. Ma'am, da war noch eine Frau bei den Mädchen, eine Weiße. Der Mann hat sie mit Ihrer Tochter eingesperrt, und die kannte sie … Ihr Name ist, glaube ich, Ant… ia …?«

Jill starrte Tiki an. »Heißt sie vielleicht Anita? Augen wie …« Sie sah sich um und pflückte ein glänzend dunkelgrünes Blatt vom Amatungulubusch. »So grün wie dieses Blatt, Haare dunkelbraun … wie das Fell einer Rohrratte?«

Tikis Gesicht hellte sich erleichtert auf. »Yebo, Ma'am. Das ist sie. Kennen Sie die Lady?«

»Ja, ich kenne sie. Sie ist Gast auf *Inqaba* und eine Freundin. Wir haben sie schon gesucht. Vielen Dank, dass du mir das noch gesagt hast. Ist dein Essen in Ordnung? Schmeckt es dir?« Jill zwang sich, kurz mit Tiki zu plaudern, obwohl sie wie auf Kohlen saß.

»Yebo, Ma'am.« Die schöne junge Frau strahlte. »Das Essen ist so gut. Noch nie habe ich so gut gegessen. Das viele Fleisch. Das Gemüse … Oh …« Sie rieb sich die Magengegend und lachte mit tanzenden Augen und leuchtenden Zähnen.

Jill, die Südafrikanerin, die seit ihrer Geburt zwischen Zulus lebte, sich selbst als eine weiße Zulu bezeichnete, fühlte einen Stich. Aber so war das Leben. Die Menschen waren nicht gleich.

Wenn dieser Albtraum vorüber war, würde sie sich um Tiki und Naki kümmern. Dann würde sie sich auch überlegen, ob sie Africa Magwaza noch eine zweite Chance geben konnte. Um seiner Frau und seines Sohnes willen. Aber das musste warten.

Sie sah Nils an. »Du musst Dirk anrufen und ihm das sagen, bevor er zur Polizeistation geht.«

»Bin gerade dabei.« Nils hatte bereits sein Mobiltelefon herausgezogen. »Anita ist auf Lias Farm«, teilte er seinem Freund mit, als der sich meldete. »Pienaar hält sie fest. Zusammen mit Kira und zwölf kleinen Mädchen. Ja, das ist sicher. Okay, also bis gleich. Denk dran, dass bei uns öfter große Tiere auf den Wegen herumstehen.« Dann rief er noch »Fahr vorsichtig« in den Hörer, bekam aber keine Antwort mehr. Stirnrunzelnd sah er Jill an. »Aufgelegt«, sagte er. »Dirk ist noch auf dem Gebiet von *Inqaba* und kehrt sofort um. In ein paar Minuten sollte er wieder hier sein, hoffentlich in einem Stück.« Er wandte sich an die junge Zulu. »Tiki, gleich kommt jemand, der dir auch noch danken möchte. Ich schicke ihn zu dir ins Restaurant.«

Keine fünf Minuten später erschien Dirk atemlos auf der Restaurantveranda und hörte sich Tikis Bericht an. Als sie damit fertig war, drückte er ihr alles Geld in die Hand, das er gerade in den Taschen trug.

Als er die Veranda verlassen hatte, verteilte eine breit lächelnde Tiki Magwaza weitere neunhundert Rand in ihrem Büstenhalter, eine Hälfte rechts und eine links, und schüttelte sich, bis nur noch eine etwas üppigere Oberweite ihren Schatz ahnen ließ. Fünfzig Rand steckte sie in ihr Portemonnaie, weitere fünfzig drückte sie ihrem Sohn in die Hand. »Es war gut, dass du an die weiße Lady gedacht hast. Wir werden zu Sitholes Store nach Hlabisa fahren, und dann kannst du dir etwas Schönes kaufen.«

Naki saß sprachlos da und streichelte immer wieder über den Schein, als könnte er nicht glauben, dass er tatsächlich ihm gehörte. Sein lebhaftes Mienenspiel ließ darauf schließen, dass sich seine Gedanken an all die Herrlichkeiten, die er dafür bekommen würde, geradezu überschlugen.

Auch seine Mutter trug ein verklärtes Lächeln im Gesicht, während sie ihren Löffel in die süße Nachspeise tauchte. Es war ein sehr guter Tag für die Magwazas gewesen. Der beste eigentlich, soweit sich Tiki erinnern konnte. Sie beschloss, den Ahnen ein Huhn zu opfern. Auf dem Rückweg würde sie zwei kaufen. Eines für die Ahnen und eines für ihren Kochtopf. Africa würde Augen machen. Auch morgen würde ein guter Tag werden. Yebo! Stirnrunzelnd sah sie Nkosikazi Jill, ihrem Mann und deren Freund nach, die eben zum Parkplatz rannten. Die Nkosikazi weinte, das konnte sie erkennen. Sie nahm sich vor, den Sangoma zu bitten, sich auch für Kira und ihre Eltern bei den Ahnen einzusetzen. Für den Freund vielleicht auch. Er schien ein guter Mann zu sein.

Yebo!

Sie rasten über die Schotterstraßen zu Lias Farm. Nils fuhr schnell. Schweigend auf den Verkehr und die Umgebung achtend hielt er das Steuer fest in seinen kräftigen Händen. Jill wurde auf dem Beifahrersitz herumgeworfen, obwohl sie sich mit einer Hand am Sitz und mit der anderen am Haltegriff festhielt. Dirk und Wilson saßen hinten. Auch sie schwiegen.

Ein Geräusch wie eine dumpfe, lang gezogene Explosion rollte über den Himmel. Jill hob den Kopf. »Verdammt. Ich glaube, wir bekommen ein Gewitter. Schon wieder! Und in einer Stunde ist es dunkel.« Sie wischte sich die Tränen weg. »Hast du an Handscheinwerfer gedacht?«, fragte sie dann Nils.

»Im Kofferraum«, lautete die knappe Antwort.

»Na, Gott sei Dank. Meine grauen Zellen spielen im Augenblick verrückt. Ich erinnere mich kaum an meinen Namen und kann mich auf nichts konzentrieren.«

Nils streckte wortlos seine Hand aus und streichelte ihre. Im selben Augenblick klingelte sein Handy, aufdringlich und fordernd. Er zog seine Hand zurück, nahm das Telefon mit einer entschuldigenden Grimasse aus der Hemdtasche und reichte es ihr. »Bitte nimm du es für mich an, ich brauche beide Hände am Steuer.«

Jill meldete sich. »Ja? … Nappy?« Ihre Stimme klang überrascht. Die Verbindung zwischen Nappy de Villiers und ihnen war nicht sehr eng. Bevor sie mit Dirk und Anita bei ihm aufgekreuzt war, hatte sie ihn mindestens ein halbes Jahr weder gesehen noch gesprochen. »Was gibt's? … Nils?« Sie sah hinüber zu ihrem Mann. »Der kann jetzt nicht, sonst landen wir im Graben. Sag's doch einfach mir, ich verspreche wortgetreue Übermittlung …«

Sie lauschte dem, was Napoleon de Villiers zu sagen hatte, dann ließ sie das Telefon mit einem verwirrten Ausdruck sinken und hielt das Mikrofon zu. »Nappy soll dir von Vilikazi sagen, dass sich niemand mehr auf Lias Farm herumtreibt. Garantiert. Weißt du, was er meint?«

Gott sei Dank, dachte Nils. Der Mann, den Vilikazi ausgeschickt hatte, war offenbar aufgestöbert und von der Farm beordert worden. »Ja, weiß ich. Sag ihm danke, und ich melde mich später.«

Jill gab die Nachricht an Napoleon de Villiers weiter und sah ihren Mann von der Seite an. »Worum ging es hier? Das klang sehr merkwürdig. Nappy klang sehr merkwürdig. Wer hat sich auf Lias Farm herumgetrieben? Warum hat dich Vilikazi nicht selbst angerufen? Ich wusste gar nicht, dass Nappy und er so dicke sind.«

Nils biss die Zähne zusammen. Jill war hartnäckig. Sie schien Antennen zu haben, die auch noch die kleinste atmosphärische Störung auffangen konnten, und dann ruhte sie nicht, bis die Sache geklärt war. Restlos und zu ihrer Zufriedenheit. Letzteres war das Wichtigste. Sie zu täuschen war sehr schwierig. Er versuchte es trotzdem.

»War nicht so wichtig. Es hat sich ja auch erledigt. Ich erkläre es dir später.«

»Aha«, sagte Jill und glaubte ihm kein Wort. Dazu kannte sie ihn zu gut. Aber auch sie verschob die Klärung des Vorfalls auf später. Ihre innere Spannung stieg mit jedem Meter, den sie sich Lias Farm näherten, und im Augenblick konnte sie sich auf nichts anderes konzentrieren. »Okay«, sagte sie, bemerkte aber, dass Nils einmal tief durchatmete. Nach seiner Mimik zu urteilen, musste das, was der mysteriöse Mann auf Lias Farm vorgehabt hatte, außerordentlich wichtig gewesen sein. Für eine Sekunde war sie drauf und dran, ihn doch ins Kreuzverhör zu nehmen, aber da traf der Wagen einen im Sand verborgenen Felsen, und sie wurde im Sitz vorwärtsgeschleudert. Der Sicherheitsgurt arretierte und presste ihr die Luft aus der Lunge.

»Bist du in Ordnung?«, fragte Nils besorgt.

Nach Atem ringend nickte sie und lockerte den Gurt so weit, dass sie wieder durchatmen konnte. Sich am Haltegriff festklammernd ließ sie das Fenster herunter und lehnte sich hinaus, um sich zu orientieren. Ohne dass sie es vorher wahrgenommen hatte, war das Blau des Himmels einem unheilvollen Violettgrau gewichen. Wolkenberge mit fetten Regenbäuchen lasteten auf dem Land. Wie der Lichtstrahl eines Scheinwerfers schien hier und da ein Sonnenstrahl durch eine Wolkenlücke und ließ den Busch im giftigen Gewitterlicht aufglühen.

»Da wird eine Sintflut über uns kommen«, murmelte sie. »Alle Wege werden wieder unpassierbar sein, Telefon- und Stromleitungen zerstört. Wir müssen uns beeilen. Es wird früher dunkel werden als sonst.« Unausgesprochen blieb, dass sie vor Angst um ihre Tochter kaum noch atmen konnte.

21

Wie lange sie auf dem Boden gehockt und den beiden Kakerlaken zugesehen hatte, die irgendetwas Unwiderstehliches an einem undefinierbaren Fleck auf dem Betonboden fanden, konnte Anita nicht abschätzen. Sie hatte jedes Zeitgefühl verloren. Durch die vergitterte Öffnung unter dem Dach wanderten in Streifen zerschnittene Sonnenstrahlen langsam über den Betonboden, ließen die Chitinpanzer der Kakerlaken mahagonibraun aufleuchten, krochen die Wand hoch, wurden weicher und verschwanden. Nach und nach versank die Sonne hinter den Hügeln, und das Grün der Büsche färbte sich im schwindenden Licht bläulich grau. Bald würde sie untergegangen sein. Und sie würde im Dunklen sitzen.

Ein tiefes, unterschwelliges Grollen erschütterte die Atmosphäre und ließ sie aufmerken. Aus der Ferne kam ein sanftes Rauschen heran, wurde lauter, und dann öffnete der Himmel seine Schleusen. Die Welt, soweit sie sie erkennen konnte, verschwand hinter einem silbrig grauen Regenvorhang. Im Nu stand der Hof unter Wasser, und es bildeten sich Rinnsale, die zu kleinen Bächen anwuchsen. Sie flossen unter der Brettertür hindurch und sammelten sich in einer Vertiefung zu einer großen Pfütze. Weil sie nichts Besseres zu tun hatte, begann sie, mit den Fingern eine Rinne zu kratzen, damit das Wasser abfließen konnte. Aber natürlich war der Boden zu hart. Sie sah zu, wie die Vertiefung aufgefüllt wurde, überlief und das Wasser in den Ritzen des aufgebrochenen Betons versickerte. Innerhalb von Minuten war es praktisch dunkel geworden. Unbehaglich suchte sie sich einen Platz an der Wand und bereitete sich darauf vor, die ganze

Nacht allein hier draußen ausharren zu müssen. Doch es dauerte nicht sehr lange, und leises Motorengeräusch näherte sich. Es erstarb, dann wurde die Heckklappe eines großen Wagens geöffnet, ein starkes Licht wurde eingeschaltet. Durch das Sackgewebe vor dem Fenster gefiltert, erhellte es gedämpft den Raum. Sie stand auf und schob den Sack ein Stück zur Seite.

Im Schein einer starken Lampe tanzte der Schatten von Pienaars massiger Gestalt im strömenden Regen über die Hofmauer. Seine grobe Stimme war zu hören, dann ein gellender Pfiff. »Jacob, Zungu, holt den Kudu aus dem Wagen.«

Ein Schurren und Ächzen war zu vernehmen, das Stöhnen eines der Männer, und dann schlug etwas Schweres mit einem satten Klatschen auf den Boden. Mit einem Zeigefinger weitete Anita den Spalt zwischen Sackvorhang und Leiste, bis sie den gesamten umzäunten Bereich im Blick hatte. Grelles Licht floss über den Hof, das tiefschwarze Schlagschatten warf und die Szene, die sich ihr bot, wie aus einem Horrorfilm erscheinen ließ.

Der Kadaver einer riesigen Antilope lag in einer Blutlache auf dem Betonboden. Sogleich machten sich die beiden Zulus daran, das Tier mit großen Hackmessern zu zerlegen. Die tropfenden Fleischstücke wurden in eine Zinkwanne geworfen. Im Regen vergrößerte sich die Lache schnell und wurde zu einem rot glänzenden See. Klebriger Blutgeruch wehte zu Anita herüber und bescherte ihr einen Übelkeitsanfall, dass sie sich um ein Haar geräuschvoll übergeben und damit verraten hätte. Mühsam schluckte sie die gallige Säure wieder hinunter.

Pienaar stand etwas abseits und trank in langen Zügen aus einer Flasche. Einer Wodkaflasche, soweit Anita das erkennen konnte, und die Flasche war halb leer. Sie hoffte nur, dass die andere Hälfte nicht schon ihren Weg in Pienaars Magen gefunden hatte. Er schwankte nicht, also war er offenbar nicht betrunken. Noch nicht. Den Gedanken daran, dass er ein Alkoholiker sein könnte, der Unmengen vertrug, ehe er umfiel, schob sie energisch von sich.

Zungu, über dessen bloßem Oberkörper der Regen in Bächen floss, setzte dem Kadaver seinen Fuß auf den Hals und hackte und säbelte dort, wo es aus dem Kopf herauswuchs, an einem der mächtigen Korkenzieherhörner herum, bis er die Wurzel freigelegt hatte. Mit einem gewaltigen Hieb durchtrennte er den Knochen, packte das Horn mit beiden Händen und ruckte und zog mit aller Kraft daran, bis es mit einem schmatzenden Krachen aus dem Schädel brach. Er warf es zur Seite und machte sich sofort daran, auch das zweite Horn herauszuschneiden.

»Schafft die Hörner weg«, rief Pienaar den beiden Schwarzen mit schwerer Zunge zu. »Die müssen hier nicht unbedingt gefunden werden.« Er setzte die Wodkaflasche wieder an und tat einen langen Zug. Der Pegel in der Flasche sank schnell.

»Woher stammt das Vieh eigentlich?«, fragte er. *»Inqaba?«* Als Jacob nickte, grinste er tückisch. »Na prima. So soll's sein. Jill hat mehr als genug davon. Wird Zeit, dass sie ihren Reichtum mit uns teilt, oder? Sie schuldet mir was, die so wunderschöne Jill Rogge. Ein paar Jahre meines Lebens ... Das kann sie gar nicht alles abzahlen.« Die Wodkaflasche kam wieder zum Einsatz.

Anita lief es kalt über den Rücken. Er musste Jill abgrundtief hassen. Was das für Kira hieß, war zu schrecklich, als dass sie darüber nachdenken wollte. Mit Macht zwang sie ihre Aufmerksamkeit auf das Geschehen im Hof.

Angelockt vom Blutgeruch, hatte sich ein ganzes Rudel Löwen vor dem Zaun versammelt. Im gleißenden Scheinwerferlicht glühten ihre Augen gespenstisch. Anita zählte fünfzehn Tiere. Vier davon schienen reinweiß zu sein, und anscheinend waren sie nicht so aggressiv wie ihre lohfarbenen Verwandten. Die Großkatzen liefen ruhelos am Zaun hin und her und stritten sich knurrend und tatzenschlagend um die vorderen Plätze. Ab und zu gerieten zwei Tiere jaulend aneinander, Krallen wurden ausgefahren, Blut floss. Die jüngeren Tiere hielten sich im Hintergrund. Der Pascha, ein sehr großes Tier mit prachtvoller schwarzer Mähne, stolzierte vor dem vergitterten Tor auf und ab und brüllte gelegentlich, um alle daran zu erinnern, wer hier der König war.

Zungu rief den Tieren etwas zu und schleuderte dann ein Stück Fleisch über den Zaun und gleich danach ein zweites. Allerdings hatte er sich verschätzt, und beide verfingen sich weit oben in den Stacheln der Natodrahtrolle. Eines blieb auf der Hofseite hängen. Das andere baumelte zwar zum Teil ins Gehege, aber so hoch, dass selbst der Pascha es nicht sofort erreichen konnte. Er sprang hoch, schlug mit einer Pranke danach, berührte dabei den elektrischen Zaun und brüllte vor Schmerz auf. Er griff erneut an, bekam wieder einen Schlag, brüllte lauter, gebärdete sich wie wahnsinnig und attackierte den vermeintlichen Feind immer wieder, bis er mit einer Kralle das Fleisch erreichte und es zu sich herunterzog.

Sofort stürzten sich die übrigen Löwen mit gefletschten Zähnen darauf. Die Luft vibrierte vom Knurren und Jaulen des Rudels, aber der Pascha verteidigte seine Beute mit gewaltigen Prankenhieben. Das Fleischstück mit den Vorderpranken haltend kaute er es mürbe und verschlang es anschließend.

Pienaar tobte. »Passt doch auf, ihr verblödeten Kaffern! Wir hätten euch damals alle auf den Grill schmeißen sollen … oder euch das Fliegen beigebracht haben … aus dem Hubschrauber …« Er breitete die Arme aus und imitierte einen Vogel. »Rums, bis auf die Erde …« Damit setzte er die Flasche abermals an, trank und wischte sich den Mund ab. »Du …« Er zeigte mit der Flasche auf Zungu. »Du kletterst jetzt da hoch, holst das Fleischstück zurück und wirfst es den Löwen zu. Shesha! Klettern könnt ihr doch alle … wie eure Ahnen, die Paviane.« Er lachte. »Also rauf da!«

Zungu stand stockstill da und starrte Usathane unter gesenkten Brauen an. Anita hielt den Atem an. Knisternde Spannung lag in der Luft. Der Ausdruck von Zungus tief liegenden, schwarzen Augen und die geballten Fäuste ließen Anita befürchten, dass seine Wut auf den Buren jede Sekunde in Gewalttätigkeit explodieren konnte. Pienaar allerdings schien das nicht zu bemerken. Er soff ungerührt weiter.

Jacob stieß ein Wort hervor, worauf Zungu nickte und ebenso kurz antwortete. Offenbar für Pienaar unverständlich, denn der schrie ihn an, er solle eine anständige Sprache sprechen, nicht so ein Paviangeschnatter. »Obwohl, was soll man von Pavianen anderes erwarten«, röhrte er und lachte dröhnend.

Jacobs Augen glühten auf. Er bückte sich und warf Pienaar eine Handvoll blutiger Darmschlingen ins Gesicht, sodass dieser vorübergehend geblendet war, und sprang brüllend auf ihn los. Aber Pienaar, über und über mit Kudublut besudelt, schien schlagartig nüchtern geworden zu sein. Blitzschnell hatte er seine Pistole in der Hand und bleckte die Zähne. »An die Arbeit!«, befahl er. Die Hand, mit der er die Pistole hielt, bewegte sich nicht um einen Millimeter. Absolut ruhig zielte der Lauf auf Jacobs Kopf.

Die beiden Männer wechselten einen kurzen Blick – Anita nahm gar nicht richtig wahr, was vor sich ging, so schnell passierte es –, und in der nächsten Sekunde lag Pienaar in der Kudublutpfütze. Seine Waffe rutschte über den Betonboden in den Schlagschatten.

Zungu zögerte eine Sekunde und machte Anstalten, die Pistole zu suchen, gab dann aber auf, und folgte Jacob, der die Tür zum Vorplatz aufgerissen hatte. Die Außentür knarrte, und beide waren weg, bevor Pienaar sich aufgerappelt hatte.

Wieder auf den Beinen, schwankte er bedrohlich. Sein blutverschmiertes Hemd hing offen, der Regen strömte an ihm herunter. Wütende Blicke um sich werfend holte er mit der Flasche weit aus, wohl um sie an die Wand zu werfen. Er verlor dabei fast die Balance und überlegte es sich dann offensichtlich anders. Er trank sie erst leer, bevor er sie an die Wand schleuderte, wo sie mit einem Knall zerbarst. Ein Splitterregen rieselte auf ihn herunter. Er brüllte, die Löwen brüllten. Das Chaos war perfekt, und Anitas Angstpegel stieg in ungeahnte Höhen.

Von irgendwo im Busch war Motorengeräusch zu hören. Vermutlich von einem Quad, dachte Anita. Das war naheliegend, weil die dicken Ballonreifen dieses Gefährts besonders gut für holprige Buschpisten geeignet waren. Der Motor wurde ausgeschaltet, und kurz darauf stürmte Maurice mit fliegenden Hemdzipfeln in den Scheinwerferkegel und sah sich Len Pienaar gegenüber, der blutverschmiert auf einem rot glitzernden Splitterteppich vor dem Kadaver des Kudus stand und ihn anstierte.

»Was zum Teufel ist mit meinen Löwen los?«, schrie Maurice und tänzelte vor Pienaar herum, wobei er mit einem Schuh in der Blutlache landete, was er aber nicht zu bemerken schien.

Pienaar grinste ihn an. »Na, sieh einer an, hoher Besuch! Lias Söhnchen! Reg dich ab, Kleiner. Die Löwen sind hungrig, wie du siehst. Das ist alles. Vielleicht sollte ich mal das Tor öffnen und sie rauslassen, damit sie ihr Abendbrot bekommen? Obwohl du ja eigentlich viel zu dünn für einen wirklich leckeren Happen bist.« Er legte mit bösartig gebleckten Zähnen eine Hand auf den großen Kippschalter, der in der Außenwand des Anbaus eingelassen war.

»Lass den Scheiß«, sagte Maurice mit einem unbehaglichen Blick auf die Raubkatzen, die hinter dem Gitter auf und ab strichen und ihn mit kalten Augen fixierten.

Pienaar lachte. Ein Geräusch, das Anita alle Haare zu Berge stehen ließ. Trotzdem nahm sie allen Mut zusammen und legte den Mund an den Fensterspalt. »Maurice«, schrie sie. »Du Mistkerl, hol mich hier raus! Du kannst doch nicht zulassen, dass dieser Teufel die Mädchen und mich … und Kira …«

»Ruhe!«, röhrte Len Pienaar und war mit wenigen Schritten am Fenster. Er bemerkte den Spalt und Anitas Gesicht dahinter und schrie nach Zungu. »Mach das Fenster dicht, damit dieses Weib da drinnen endlich Ruhe gibt!« Aber Zungu erschien nicht, obwohl er noch einige Male aufgebracht nach ihm brüllte. »Verfluchte Kaffern. Immer verdrücken sie sich, wenn man sie braucht.« Er schwang herum und musterte Maurice. »Mach du das mal«, knurrte er ihn an, und als dieser zögerte, holte er wie zum Schlag aus. »Mach schon, Kleiner, sonst kannst du was erleben!«

Maurice verzog das Gesicht und wollte wohl etwas erwidern, schluckte es aber angesichts des rot angelaufenen, wutverzerrten Gesichts des Buren herunter. Er trollte sich in den Anbau, kehrte kurz darauf mit Hammer und Nagel zurück und machte sich an die Arbeit.

Die Hammerschläge dröhnten in Anitas Kopf, klangen, als würde er die Nägel zu ihrem Sarg ins Holz treiben. Sie schrie ihn an, aufzuhören und sie herauszulassen. Schrie ihn an, dass die Kinder im Hof zurückgeblieben seien, dass er sie retten müsse. Dabei zerrte sie heftig an dem Sackleinen, sodass es an mehreren Stellen um die Nägel herum wieder einriss. Sie presste ihr Gesicht in den entstandenen Spalt und starrte ihm mit glühendem Hass in die Augen.

»Du gehörst zu meiner Familie, wie kannst du das tun? Deine Mutter ist meine Schwester …!«

Äußerlich nur mit einem Zittern der Unterlippe darauf reagierend reparierte Maurice mit fliegenden Fingern den Schaden und vermied dabei geflissentlich, sie anzusehen. Schließlich trat er zurück, und Pienaar kam näher, um seine Arbeit zu begutachten. Misstrauisch zupfte er hier und da an dem Leinen, fand aber kein weiteres Loch. Der Grund dafür war, dass Anita auf der anderen Seite kräftig dagegendrückte, damit er nicht merkte, dass Maurice die größte Lücke nicht gefunden hatte.

»Sieh noch einmal genau nach, ob es noch ein Loch gibt, und mach danach das Licht da drinnen aus. Elektrizität ist teuer ...« Er knurrte. »Weiber. Nichts als Ärger.«

Maurice tat schweigend, was er ihm befohlen hatte, und fand tatsächlich den Riss, den Anita schon so weit aufgebohrt hatte, dass sie ihn dadurch anfunkeln konnte. Er nagelte die letzte Ecke des Sackvorhangs vor ihrem Gesicht fest. Dann schaltete er das Licht aus.

Noch vom Lampenlicht geblendet, stand Anita unvermittelt in tiefster Dunkelheit. Erst allmählich gewann sie ihre Nachtsicht zurück und wurde gewahr, dass durch die vergitterte Öffnung unter dem Dach schwaches Mondlicht in ihr Gefängnis tröpfelte. »Maurice, komm her, verdammt!«, kreischte sie, halb von Sinnen vor Angst. »Lass mich nicht zurück ... nicht mit diesem Schwein ...«

Stille antwortete ihr, und dann startete ein Motor. Das Geräusch wurde immer leiser, bis sie es nicht mehr hören konnte. Sie war mit Usathane allein.

Sekundenlang stand sie auf der Kippe. Panik brandete gegen die Wut auf Maurice. Am Ende gewann Letztere und schüttelte sie wie eine Riesenfaust, bis ihr Sterne vor den Augen tanzten. Sie trommelte mit den Fäusten gegen die Wand, bis die Haut wund war und zu platzen drohte. Erst als von draußen ein Schlurfen an ihr Ohr drang, hielt sie ein. Sie versteifte sich. Schwerer Atem war zu hören. Durch die Maschen des groben Vorhangs stieg ihr Alkoholgeruch in die Nase. Er stand offenbar unmittelbar vor dem Fenster.

»Ja nun, Gnädigste, nun sind wir nur noch zu zweit, nicht wahr?« Pienaar lachte dröhnend. »Ist doch nett. Stell dir mal vor, was wir beide alles zusammen machen könnten.«

Pienaar – Usathane – hatte eine unangenehme Art, seine Stimme seidenweich klingen zu lassen. Anita jagte ein Schauer nach dem anderen über den Rücken. Unwillkürlich wich sie zurück und war froh, dass Kira und die Mädchen nicht hier waren, nicht in der Reichweite von diesem Monster.

Das Tor vom Hof zum Vorplatz quietschte, und dann hörte sie, wie Pienaar mit dem Schlüssel herumstocherte, um die Tür zu ihrem Gefängnis aufzuschließen. Für Sekunden war sie wie gelähmt, dann machte sie einen Satz zur Tür und umklammerte den Türgriff, stemmte die Füße gegen den Rahmen, um mehr Halt zu haben, und hielt sie fest.

Len Pienaar war fett, aber unter der Fettschicht seines über zwei Zentner schweren Körpers besaß er eisenharte Muskeln. Ein Bulle von einem Mann. Sie hörte, wie er den Schlüssel ins Schloss fummelte und ihn umdrehte, hörte, wie er am Griff rüttelte und schließlich fluchend gegen das Türblatt trat, weil das nicht sofort nachgab. Aber dann packte er den Griff, setzte sein ganzes Gewicht ein, und es gab grunzend einen gewaltigen Ruck.

Anita wog knappe sechzig Kilo – ein Federgewicht im Vergleich zu dem Buren –, und ihre Kräfte reichten bei Weitem nicht aus, seiner rohen Kraft zu trotzen. Die Tür wurde ihr aus der Hand gerissen. Sie fiel nach vorn, stieß sich am Pfosten und rollte dann rückwärts auf den Betonboden. Nach Luft schnappend starrte sie auf Pienaars grobschlächtige Gestalt, die die Türöffnung ausfüllte. Das Scheinwerferlicht zeichnete seine Umrisse scharf nach, aber die schwachen Mondstrahlen, die durch die vergitterte Öffnung unterm Dach flossen, ließen sie ihn auch von vorn deutlich erkennen.

Sein dunkles, spärliches Haar klebte an dem eiförmigen Schädel. Er hatte das blutbesudelte Kakihemd ausgezogen, über seinen haarlosen Oberkörper rann Wasser, und auch die Shorts tropften. Bei seinem Anblick überfiel Anita ein bodenloser Abscheu, gepaart mit einer Angst, wie sie sie noch nie in ihrem Leben verspürt hatte. Die Angst verschlang alles. Die Luft zum Atmen, jeden zusammenhängenden Gedanken. Jeden Impuls, Widerstand zu leisten. Ihr leerer Magen verkrampfte sich, und

Säure schoss ihr die Speiseröhre hoch. Würgend presste sie ihre Hand über den Mund.

Pienaar, der erfahrene Expolizist, der Hunderte von Gefangenen verhört hatte und dem am Ende jeder gesagt hatte, was er wissen wollte, schätzte ihren seelischen Zustand augenscheinlich richtig ein. Die dünnen Lippen genießerisch gespitzt, weidete er sich an ihrer Panik und grinste sie dabei mit sichtlichem Vergnügen an. Er machte einen Schritt in den Raum.

Woher ihre Reaktion kam, konnte Anita später nicht mehr nachvollziehen. Mit einem Knurrlaut, der ihr völlig fremd war, warf sie sich, die Finger zu Krallen gebogen, auf den grinsenden Fettkoloss. Es war, als rammte sie gegen eine Betonwand.

Aber das Grinsen verschwand. Die eisgrauen Augen sprühten Funken, Hände wie Stahlklammern packten sie. Eine Sekunde später glaubte sie, von einem Tonnengewicht erdrückt zu werden. Wie eine wehrlose Fliege hielt Pienaar sie mit seinem massigen Körper an die Wand gedrückt. Die Erinnerung an das vorige Mal, wo er sie angefallen hatte, die Erinnerung daran, dass sie auch damals geglaubt hatte, unter seinem Gewicht ersticken zu müssen, ließ sie in Panik einatmen. Pienaar nutzte das sofort und presste sich mit seinem immensen Bauch noch stärker an sie, und die restliche Luft explodierte aus ihrer Lunge. Alles, was sie sah, waren rote Blitze und schwarze Flecken. Ihr Widerstand schwand zusehends, und ihre Sinne verschwammen schnell.

»Schweinekerl!«, schrie Kira in ihrem Kopf. »Schweinescheißkerl!«

Das genügte. Ein Adrenalinstoß riss sie aus ihrer Lähmung. Sie trat zu und traf mit ihrer Ferse seinen Fuß. Es konnte ihm nicht richtig wehgetan haben, aber vor Überraschung verlor er für ein paar kostbare Sekunden das Gleichgewicht. Der Druck auf Anitas Brustkorb lockerte sich, sehr kurz nur, aber lang genug, dass ihre brennende Lunge Luft einsaugen konnte. Die Sterne erloschen, die Schwärze wich. Ihre Kraft kehrte zurück.

Mit einem Ruck gelang es ihr, sich loszureißen und sich unter seinem Bauch herauszuwinden. Mit den Fingernägeln fuhr sie ihm ins Gesicht, zielte dabei auf seine Augen, und da die seit Tagen ungeschnitten waren, kratzte sie seine mit Kudublut verkrustete Haut von den Augenwinkeln bis zum Kinn auf. Sofort zogen sich rote Blutspuren über die Hamsterbacken. Er warf in einer Reflexbewegung heulend die Hände vors Gesicht und schmierte sich das Blut in die Augen. Sie nutzte die Situation, um ihm mit all ihrer Kraft den Fuß zwischen die Beine zu rammen.

Dieses Mal traf sie. Mitten ins Weiche. Len Pienaar klappte vornüber, worauf sie ihn ansprang und ein Trommelfeuer von Faustschlägen auf ihn niederregnen ließ. Keiner der Schläge verletzte ihn, dazu war sie bei Weitem nicht kräftig genug, aber sie hatten die Wirkung eines Wespenangriffs. Der Bure musste sich auf allen Fronten gleichzeitig verteidigen. Praktisch geblendet, schlug er ziellos um sich. Manchmal traf er Anita tatsächlich, aber ihr Schmerzempfinden war ausgeschaltet. Sie machte einfach weiter.

Während des Gerangels hatte sich einer von Pienaars Schnürsenkeln gelöst. Er verhakte sich mit dem anderen Fuß darin, stolperte, fiel aus der halb offen stehenden Tür auf den Vorplatz, fing sich wieder und krachte dann gegen das nicht abgeschlossene Tor zum Hof. Es flog auf. Der treibende Regen zerhämmerte die Oberfläche des Blutsees, in dem noch der restliche Kadaver des Kudus lag, der im grellen Scheinwerferlicht rot glitzerte.

Der Bure rutschte mit ausgebreiteten Armen auf dem Bauch über den Splitterteppich, bis er in der Mitte des Hofes wie ein gestrandeter Wal in einem Blutmeer liegen blieb.

Anita starrte ihn an. Instinktiv scheute sie davor zurück, einen am Boden Liegenden zu treten. Dann aber sah sie an der Peripherie ihres Gesichtskreises den Griff von Pienaars Pistole im Scheinwerferkegel schimmern. Sie rührte sich nicht, starrte die schwere Waffe, die dicht an der Wand lag, nur an, als wäre sie eine Giftschlange. Ein Grunzen ließ ihren Blick zu Pienaar springen.

Der Bure machte Anstalten, sich aufzurappeln, und sein Mienenspiel drückte schiere Mordlust aus. Das endlich katapultierte sie aus ihrer Erstarrung. Sie machte einen Satz, hob die mit Tierblut verschmierte Waffe mit beiden Händen auf und richtete sie, Hände weit vorgestreckt, Knie instinktiv leicht gebogen, auf Pienaar. Sie tat es für Kira und für die Mädchen aus Simbabwe. Und für sich selbst.

Sie legte den rechten Zeigefinger fest auf den Abzug und gab sich selbst schweigend die Anweisung, bei der geringsten Angriffsbewegung auf den Fettwanst zu schießen. Ohne zu zögern. Auf den Körper. Der bot die größte Zielfläche. Sie traute sich nicht zu, ihm die Kniescheibe wegzuschießen, wie die Polizisten in amerikanischen Krimis es taten, um den Kriminellen bewegungsunfähig zu machen. Nicht für eine Sekunde dachte sie daran, dass sie eine Waffe auf einen Menschen richtete, machte sie sich klar, dass sie ihn töten könnte.

Alles, woran sie dachte, waren die Kinder. Irgendwie musste sie jetzt dafür sorgen, dass sie in Sicherheit kamen. Sie wollte gar nicht darüber nachdenken, wie es ihnen im Augenblick erging, wo sie sich befanden. War der Partner von Usathane tatsächlich aufgekreuzt? Hatte er sie schon gefunden, in einen Transporter geladen und war mit ihnen weggefahren? Nach Kapstadt? Oder Mosambik? Ihre Gedanken sprangen hierhin und dorthin, und ihr Finger am Abzugshahn krampfte sich kurz zusammen. Vielleicht waren die Mädchen entkommen, in alle Himmelsrichtungen weggelaufen, mitten in der Nacht. Dieser Gedanke wiederum löste eine Flut von Bildern aus.

Kleine Mädchen, die nachts durch den Busch stolperten, gegen den elektrischen Zaun liefen und bewusstlos liegen blieben, ein Kind, das mit dem Fuß in ein Warzenschweinloch geriet und sich das Bein brach. Eines, das auf eine Schlange trat. Kira, die gar nicht richtig laufen konnte, hilflos und allein im Busch. Im Stockdunkeln.

Ihr brach der Schweiß aus und lief ihr in die Augen, wo er so brannte, dass sie heftig blinzeln musste. Sie nahm die linke Hand von der Pistole und wischte sich die Tropfen weg. Ihre Hand bebte dabei, und das sah Pienaar, der Kommandant einer Elite-Polizeieinheit, Mörder vieler Menschen, trainiert in den gemeinsten Techniken. Er nutzte die Gelegenheit, um aufzuspringen und sich auf sie zu werfen.

Aber Anitas Gehirn funktionierte jetzt auf Stammhirnebene, mit automatischer Schnelligkeit und Präzision. Sie zog den Abzug durch. Die Explosion war ohrenbetäubend, buchstäblich, und der Rückschlag schlug ihr die Pistole gegen den Kopf. Sterne tanzten ihr vor den Augen, und alles, was sie hören konnte, war ein hohes Pfeifen, das alle anderen Geräusche übertönte, selbst das stetige Rauschen des Regens.

Die Kugel hatte Pienaars Bauchdecke durchschlagen, aber er starb nicht sofort. Schrille Schreie ausstoßend fiel er erst gegen die Wand, grabbelte mit seinen Fingern über die Steine in dem vergeblichen Versuch, sich abzustützen, und brach dann schließlich auf dem Boden zusammen, wo er bewusstlos im Kudublut liegen blieb.

Das Pfeifen wurde leiser, und Anitas Sicht klärte sich wieder. Als sie hochsah, wurde sie mit drei Paar glühenden Raubtieraugen konfrontiert und geriet sekundenlang in eine irrwitzige Panik, weil sie glaubte, die Löwen seien ausgebrochen und stünden unmittelbar vor ihr. Erst die glänzenden Metallstäbe erinnerten sie daran, dass die Löwen sich sicher hinter Gittern befanden. Dann sah sie Pienaar.

Er lag an der Wand auf dem Betonboden. Ein sich träge ausbreitender Blutfleck auf seinem Bauch bestätigte ihr, dass sie ihn tatsächlich getroffen hatte. Wie versteinert hielt sie noch immer die schwere Waffe mit beiden Händen gepackt und zielte auf die

Mitte seines Körpers. Er bewegte sich nicht, aber er atmete noch. Offenbar hatte er versucht, sich abzufangen, denn ein breiter Blutstreifen lief die Wand hoch. Er endete am Schalter für das Tor, durch das man zu den Raubkatzen gelangen konnte. Anfänglich registrierte sie gar nicht, dass Pienaar den Schalter tatsächlich getroffen hatte. Erst als ein metallisches Surren, eine Art lautes Schurren, in ihr Bewusstsein drang, blickte sie in Richtung des Geräuschs. Und erstarrte.

Das Gehegetor lief auf Führungsrollen langsam zurück, blieb aber nach etwa fünf Zentimetern stecken. Die starren, gelben Augen einer Löwin fixierten sie durch den Spalt und folgten jeder ihrer Bewegungen. Ein Schauer nach dem anderen jagte Anita über den Rücken. Ihren Impuls, hinzurennen und den Schalter herunterzudrücken, konnte sie nicht in die Tat umsetzen. Sie war wie eingefroren.

Die Freiheit unmittelbar vor sich, bohrte die Raubkatze eine gewaltige Tatze in die entstandene Lücke, hakte eine Kralle hinter die Metallstäbe und zerrte voller Kraft daran. Anita glaubte sich einem Herzinfarkt nahe. Sie stand da und konnte kein Glied rühren.

Und die Zeit raste.

22

Jill schwieg schon eine ganze Weile und sah abwesend den Scheibenwischern zu, die die herabstürzenden Regenmengen kaum noch schafften. Platsch, platsch sausten sie hin und her und schaufelten die vom Himmel fallenden Wassermassen von einer zur anderen Seite. Sie folgte ihnen mit den Augen, während ihre Gedanken unaufhörlich nur darum kreisten, was sie auf Lias Farm erwartete.

»Wir sollten noch einmal mit Lia reden«, sagte sie leise.

Nils lachte trocken auf. »Glaubst du wirklich, dass sie plötzlich einsichtiger wird? Die nimmt doch ihre Flinte und ballert los! Ohne vorher zu fragen, weswegen wir gekommen sind …« Ein riesiger Schatten tauchte im Regennebel auf der Straße vor ihnen auf. »Verflucht!«, brüllte Nils.

Es war ein umgekippter Baumstamm, der über die linke Hälfte der Fahrbahn ragte. Seine freigespülten Wurzeln hingen in der Luft.

Reaktionsschnell riss Nils das Steuer nach rechts. Seine Passagiere wurden herumgeschleudert, aber es gelang ihm gerade noch, dem Hindernis auszuweichen. »Ich hasse Regen«, murmelte er.

»Das heißt, wir betreten Lias Farm ohne ihre Erlaubnis«, sagte Jill. »Was passiert, wenn sie merkt, was wir vorhaben? Mit Maurice werde ich fertig, der ist im Grunde harmlos, aber Lia ist ein anderes Kaliber. Ich habe sie immer für freundlich, ausgeglichen und sehr zurückhaltend gehalten. Die Furie, die uns mit dem Gewehr bedroht hat, kann ich nicht einschätzen. Wer weiß, wie weit sie gehen würde.«

Ich weiß, wie weit ich gehen werde, um meine Kinder zu schützen, dachte sie im selben Moment. Bis zum Äußersten. In jeder Beziehung. Der Gedanke trug nicht dazu bei, ihre Bedenken zu zerstreuen.

Wilson hinter ihr räusperte sich. »Jill, mach dir keine Sorgen. Das wird kein Problem sein.«

Jill bewegte die Schultern, als fröre sie, drehte sich aber nicht zu ihrem Leibwächter um. Ihr war klar, was er damit meinte. In der Vergangenheit war sie, wie so viele in Südafrika, häufig mit Gewalt konfrontiert und mehr als einmal gezwungen gewesen, sich mit einer Waffe zu schützen. Und sie hatte auch schon auf einen Menschen geschossen. Es waren die Zeiten gewesen, als sie auf *Inqaba* hinter meterhohen Zäunen, die mit elektrischen Drähten verstärkt waren, leben musste, bewacht von ihren abgerichteten Dobermännern und einem Dutzend bewaffneter Sicherheitsleute, die Zeiten, wo ihr eigenes Gewehr stets griffbereit gewesen war, auch nachts.

Schon ihr Vater hatte ihr beigebracht zu schießen. Das war in diesem Land keine besondere Eigenschaft. Auf einer Farm wie ihrer war es eine Notwendigkeit, und sie konnte es eben. Wie Reiten oder Spurenlesen und Kochen. Aber gegen Lia, die ihren Sohn verteidigte, war die Konfrontation mit den betrunkenen Kerlen, die ihre Hahnenkämpfe mit Ferrari und Lamborghini austrugen, ein Kinderspiel gewesen. Es war das erste Mal, dass ihr von einer Frau – dazu auch noch von einer weißen Frau – eine derartige Aggression entgegengebracht wurde. Ihr kam es plötzlich so vor, als würde sie in den Krieg ziehen. Gegen eine Übermacht. Überraschend überfiel sie eine lähmende Hilflosigkeit. »Ich habe ein ganz dummes Gefühl«, murmelte sie, während sie sich mit beiden Händen am Haltegriff festhielt. »Vielleicht hätten wir doch die Polizei einschalten sollen. Die Sondereinheiten sind in letzter Zeit oft erfolgreich gewesen, und vor allen Dingen fackeln sie nicht lange …« Unentschlossen ließ sie den Satz in der Luft hängen.

»Du meinst, dass die erst schießen und dann fragen, wer es war und was er wollte?«, raunzte er. »Und unsere Kira ist dann im Kreuzfeuer? Nur über meine Leiche!«

Jill zuckte zusammen und biss sich auf die Lippen. Nils schaltete mit heftiger Bewegung in den ersten Gang herunter, holte tief Luft, beherrschte sich sichtlich. Er lenkte den Geländewagen vorsichtig durch die gelben Schlammfluten, musste aber immer wieder gegensteuern, weil die Räder wegrutschten. Plötzlich landete der rechte Vorderreifen in einem Loch, der Wagen legte sich schlagartig auf die Seite, und Jill stieß sich den Kopf am Türrahmen. Nils fluchte laut und bilderreich, ehe er die Tür öffnete und hinaus in den strömenden Regen kletterte.

»Wilson«, brüllte er. »Raus mit dir, wir müssen das Rad ausgraben. Dirk, du holst Zweige, am besten Palmwedel, und unterfütterst das Rad. Jill, setz du dich hinters Steuer. Aber wir brauchen hier Licht. Man kann ja die Hand nicht vor Augen sehen.«

Während Jill den Handscheinwerfer auf das versunkene Rad hielt, schnappte sich Dirk ebenfalls einen. Er watete durch die Schlammpfützen am Wegrand, stolperte über Geröll und griff in Dornen, aber ließ sich davon nicht aufhalten. Er riss alle Zweige ab, deren er habhaft werden konnte, und kehrte mit einem Armvoll zurück. »Palmen gibt's hier nicht«, sagte er.

»Das ist nicht genug«, sagte Nils, worauf Dirk wieder lostrottete.

Es dauerte fast zehn Minuten, bis das Loch nach vorn vergrößert und ausgeebnet war. Anschließend belegten sie zu dritt den rutschigen Untergrund mit Zweigen und unterfütterten auch das andere Vorderrad und die hinteren Räder. Jill saß bereits auf dem Fahrersitz, umklammerte das Steuerrad mit regennassen Händen, den Zeitdruck im Nacken.

Endlich traten die drei Männer zurück, und auf Nils' Zeichen hin schaltete sie den Motor an. Sie musste unversehens an ihren

Besuch bei ihrer Familie in Bayern denken, wo sie im winterlichen Bayerischen Wald beim ersten Glatteis ihres Lebens im Graben gelandet war. Um herauszukommen, hatte sie den Gashebel bis auf den Boden durchgetreten, worauf sich die Räder immer tiefer eingegraben hatten. Am Ende musste sie von einem Bauern mit dem Traktor wieder herausgezogen werden.

Wie sie es damals auf drastische Art und Weise gelernt hatte, gab sie jetzt sehr gefühlvoll Gas. Der Reifen griff tatsächlich, und sie schaffte es im ersten Anlauf, aus dem Loch herauszukommen.

»Gut gemacht«, sagte Nils. Er zog sein tropfnasses Hemd aus, warf es auf die Ladefläche und trocknete sich notdürftig ab.

»Hinten drin liegen zwei Handtücher«, rief Jill ihm zu und rutschte wieder auf den Beifahrersitz.

Ein Handtuch über die Schultern gelegt, stieg Nils wieder ein und beugte sich zu ihr hinüber. »Entschuldige, dass ich dich vorhin angefahren habe«, sagte er leise. »Schieb es auf die Situation. »Kannst du dir vorstellen, wie lange es gedauert hätte, ehe wir der Polizei erklärt hätten, worum es geht? Die endlosen Fragen, die sie in ihrer nervenzermürbenden Art gestellt hätten? Außerdem wissen wir nicht, wie es kommt, dass dieses Schwein überhaupt entlassen wurde. Was dahintersteckt oder vielmehr wer. Wen er erpresst hat. Denk dran, wer er war und was er gemacht hat. Der ist wie ein Krake. Überall hat er seine Leute, von den einfachen Polizisten bis in die obersten Etagen der Politik. Hätten wir die Cops geholt, würdest du dich bei jedem fragen müssen, ob er Pienaars Mann ist.«

Jill antwortete nicht. Er hatte recht. Sie zwang ihre Gedanken in eine andere Richtung und beobachtete wieder die Scheibenwischer, die noch schwerer liefen, weil es weiterhin wie aus Kübeln schüttete. Dazu war ein böiger Wind aufgekommen, der ständig stärker wurde und den Regen wie Kieselsteine gegen die Fenster prasseln ließ. Zusätzlich tauchten immer wieder Schlaglöcher im Scheinwerferlicht auf, die Nils oft nur mit waghalsigen Manövern umfahren konnte. Wenigstens liefen in dem Platzregen weder Kinder noch irgendwelche Haustiere auf der Straße herum.

»Ich hoffe, dass Marina alle Fenster und Türen geschlossen hat, sonst ist nachher das Wasser im Haus einen halben Meter hoch«, murmelte sie abwesend. »Wobei mir einfällt, dass ich erst vorhin entdeckt habe, dass der vordere Verandapfahl beim letzten Wolkenbruch freigespült worden ist …«

»Na klasse, das hat gerade noch gefehlt«, knurrte Nils. »Wenn der nachgibt, rutscht die Veranda den Abhang hinunter. Eine Sch… kommt selten allein.«

Keiner kommentierte seine Bemerkung.

»Wir sind gleich da«, setzte er hinzu.

Dirk hatte ihm nicht zugehört. Er starrte angespannt durch den treibenden Regen, wobei er mit den Fingern nervös auf die Fensterumrandung trommelte. Wie Jill es vorausgesagt hatte, war es durch das Unwetter früher dunkel geworden. »Wir gehen durchs Loch im Zaun. Es ist nur Zeitverschwendung, bei Lia durch die Vordertür zu marschieren. Und Zeit haben wir weiß Gott nicht.«

Jill stimmte ihm zu, aber Wilson meldete sofort Zweifel an. »Ich wette, dass der Zaun inzwischen repariert worden ist. Wir werden einen anderen Weg finden müssen.«

Er sollte recht behalten. Das Loch war tatsächlich geflickt worden. Im Scheinwerferlicht des Wagens glänzten mehrere ominöse Drähte durch den Regenschleier, die auf der Innenseite des Zauns einen halben Meter über dem Boden und oben an der Krone entlangliefen. Davor sammelte sich der Regen zu einer kleinen Seenplatte.

»Shit, die haben den elektrischen Zaun dort weitergezogen.« Dirk war aus dem Wagen gesprungen und strich am Zaun entlang. »Nirgendwo eine Lücke zu finden«, rief er Nils zu.

Mit jedem Schritt eine Bugwelle vor sich herschiebend watete

Nils durch die tiefen Pfützen zu ihm hinüber. Er nahm die Situation in Augenschein und grinste dann zu aller Überraschung. »Kein Thema, das haben wir gleich. Wir werden einen Kurzen verursachen. Easy. Ich habe eine Eisenkette dabei. Standardausrüstung für einen Farmer. Die werfen wir rüber, und dann peng!«

Er grinste wieder und strich sich den Regen aus seinen widerborstigen Haaren. Dann öffnete er die Heckklappe des Wagens, nahm eine dicke Eisenkette und eine Drahtschere heraus und lief hinüber zum Zaun.

Jill manövrierte den Wagen so, dass die Scheinwerfer genau die Stelle ausleuchteten, die er anpeilte. Gespannt verfolgte sie, wie ihr Mann kraftvoll die Eisenkette schwang und zielsicher über die elektrischen Drähte schleuderte. Funken sprühten auf und erloschen gleich wieder. Nils stieß triumphierend eine geballte Faust in die Luft.

»So, auf geht's, Jungs! Ich werde jetzt ein schönes, großes Loch in den Zaun schneiden.«

Seine Frau hielt den Atem an, während er den ersten Draht durchschnitt, obwohl dieser gar keine Verbindung zu den elektrischen Drähten hatte. Erwartungsgemäß passierte nichts, und danach ging es schnell, Draht für Draht wurde gekappt, bis ein Loch im Zaun klaffte, das für einen wendigen Erwachsenen groß genug war. Schließlich riss Nils den ausgeschnittenen Teil heraus und warf ihn zur Seite. Dann näherte er sich mit der Schere den elektrisch geladenen Drähten. Er zögerte nur kurz, dann drückte er entschlossen zu, und die Scherenbacken schnappten zusammen.

Jill hatte die Augen fest zugekniffen und öffnete sie erst wieder, als der Schmerzensschrei ausblieb. Nils war bereits dabei, die scharfen Drahtenden auseinanderzuschieben und so zurückzubiegen, dass sie keine große Verletzungsgefahr mehr darstellten. Mit einer einladenden Geste wies er auf den entstandenen Durchgang.

»Die Tür ist offen, wir können eintreten. Aber es ist Beeilung angesagt. Lia wird schnell merken, dass der Strom unterbrochen ist, und jemand herschicken, der nachsieht, was los ist. Wer immer das sein wird, er wird bewaffnet kommen und uns nicht gerade wohlgesinnt sein. Eine Konfrontation könnte in wildes Geballere ausarten. Dazu habe ich keine Lust. Also shesha!«

Jill hatte bereits Handscheinwerfer und Pangas aus dem Heck geholt und verteilte sie. »Damit wir uns ohne Umwege geradewegs durchs Gestrüpp schlagen können. Und bevor wir losgehen, müssen wir den Ton unserer Handys wegschalten und sie auf Vibrationsalarm stellen.« Sie zog ihres hervor und prüfte routinemäßig den Empfang. Das Display zeigte nur einen Balken, der immer wieder verschwand. Sie runzelte die Stirn.

Nils bemerkte es. »Was ist? Probleme?«

»Ja, wir haben einen sehr schwachen Empfang, und ich habe Marina versprochen, dass wir immer erreichbar sind.«

»Was sollte schon passieren? Außer Marina sind Jonas, Flavio und Thabili auf der Farm, nicht zu reden von den übrigen Angestellten. Und falls etwas mit Luca ist, könnte Marina ja Jackie anrufen. Oder Thandi. Unsere Diva ist eine ganz patente Frau. Luca ist bei ihr gut aufgehoben. Also mach dir darüber jetzt keine Sorgen.«

»Okay, du hast recht«, sagte sie. Obwohl es ihr schwerfiel, ihre Sorge zu unterdrücken, schaltete sie auf Vibrationsalarm und steckte das Gerät wieder in die Hosentasche. Die anderen taten es ihr nach. Anschließend schlängelte sie sich als Erste durch die Öffnung im Zaun, Nils und Wilson folgten ihr eilig. Dirk blieb an einem vorstehenden Draht hängen, zerfetzte sich die Hose und zog sich einen tiefen, stark blutenden Riss am Schienbein zu. Er schimpfte wütend vor sich hin, während er den Handballen auf die Wunde drückte, um das Blut zu stillen, was ihm aber nicht gelang.

Jill schickte Wilson zum Wagen, um Verbandszeug zu holen.

Sie zeigte nicht, wie ihr die Verzögerung zusetzte, sondern kniete neben Dirk nieder und fing das Blut, das sich mit der Regennässe vermischte und ihm in die Schuhe lief, mit einem Papiertaschentuch auf, bis Wilson mit dem Verbandskasten zurückgekehrt war. Nachdem sie die Haut um die Verletzung herum gereinigt und getrocknet hatte, bat sie Wilson, ihr zu helfen. Er drückte die zackigen Wundränder zusammen, während sie ein großes Pflaster darüberklebte.

»So, ich habe es unter Spannung aufgeklebt«, sagte Jill. »Wirkt fast wie eine Wundklammer.«

Nils war offensichtlich so nervös, dass er kaum imstande war, ruhig zu bleiben. Zum wiederholten Mal inspizierte er sorgfältig den Bereich direkt am Zaun. Er stocherte mit einem Stock zwischen den nassen Halmen in der durchweichten roten Erde, fand aber nichts. Danach verwandte er die gleiche Gründlichkeit auf den Weg zur Hofmauer und den Platz unmittelbar davor. Die Augen fest auf den Boden geheftet, suchte er in immer kleiner werdenden konzentrischen Kreisen das Areal davor ab. Jeden Stein drehte er um, jedes Grasbüschel teilte er. Schließlich schüttelte er entmutigt den Kopf und folgte Wilson, der schon zum Hofbereich vorgedrungen war.

»Ich hab nichts mehr finden können.« Er strich sich das nasse Haar aus der Stirn und deutete auf die zerborstene Tür, die noch immer so in den Angeln hing, wie sie sie zurückgelassen hatten. »Und es sieht so aus, als wäre nach uns niemand sonst hier gewesen, oder? Den Zaun haben sie geflickt, die Tür nicht.«

Wilson trat einmal dagegen. Die Tür knallte gegen die Wand. Sein Blick flog in die Runde. »Kein Schwein hier«, brummte er und wischte sich den Regen, der ihm in den Nacken lief, mit dem Zipfel seines T-Shirts ab.

Nils drängte sich an ihm vorbei auf den Hof und setzte dort seine intensive Suche fort. Überall hatten sich schmutzige Wasserlachen gesammelt. Mit ausholenden Bewegungen zog er einen

Stock durch die Pfützen, aber auch hier hatte er keinen Erfolg. »Hast du im Schuppen nachgesehen?«

»Noch nicht.« Der Bodyguard planschte durch die Pfützen und zerrte die Tür zum Schuppen auf, die dabei wie ein getretenes Tier quietschte. Er warf einen langen Blick in den dunklen Raum. »Hier ist niemand.« Unschlüssig die Hände in die Taschen gebohrt, wippte er auf den Fußballen. »Und was machen wir nun?« Er klang hoffnungslos.

Jill, die ihnen gefolgt war und ebenfalls alles noch einmal genau abgesucht hatte, musste sich an die Schuppenwand lehnen, weil ihr vor Enttäuschung und Angst schlagartig die Knie weich geworden waren. Ihre verzweifelten Tränen mischten sich mit der Regennässe. Wilson starrte auf seine Schuhe. Dirk betrachtete das Blut, das unter dem Pflaster sein Bein hinunterlief, und sah dabei weder Nils noch Jill an.

»Wir suchen weiter, was sonst!«, fuhr Nils Wilson an. »Wir suchen, bis wir sie gefunden haben, und wenn wir jeden Zentimeter dieser verdammten Farm durchwühlen müssen. Wir finden sie, verstanden?«

»Verstanden«, antwortete der Bodyguard. Auf seinen dunklen Zügen spiegelte sich Mitleid. »Und keine Sorge, Boss«, setzte er mit sanfter Stimme hinzu. »Wir finden sie. Kira, die Mädchen und Anita. Alle.«

»Gut. Danke. Also, in welche Richtung gehen wir? Vorschläge, bitte.« Nils sah einen nach dem anderen an. »Zum Haupthaus, Lia aufstöbern und durch die Mangel drehen, oder einfach weiter ins Gelände?«

Jill stieß sich aufgeregt von der Schuppenwand ab. »Wartet mal, da war etwas … Ich erinnere mich an etwas! Als ich Lia vor vielen Jahren mal besucht habe, hat sie mir ihre Kräuterküche gezeigt, wie sie es nannte. Es war nichts als ein fensterloser Raum mit einem Rieddach und einer gut gesicherten Tür, um Einbrüchen vorzubeugen. Ihre finanzielle Situation war damals ziemlich prekär, und um ein bisschen Geld zu verdienen, hat sie aus Wildpflanzen, die sie auf *Timbuktu* fand, in ihrer Küche Tees, Cremes und solches Zeug hergestellt und auf den Märkten verkauft. Ich hab keine Ahnung, woher sie die Rezepte hatte, aber auch Drogerien haben ihr ab und zu etwas abgenommen.«

Atemlos hielt sie inne, hielt den Scheinwerfer hoch und drehte sich langsam um die eigene Achse.

»Irgendwo hier muss noch eine Art Schuppen sein …«, murmelte sie. »Wir sind damals an diesem Gebäude hier auf dem Hof vorbeigegangen. Hier hatte sie ihre Vorräte gelagert …« Der Lichtkegel strich über den Hof. Langsam ging sie zum Ausgang auf der anderen Seite, lief über den Parkplatz und bog dann nach kurzem Zögern links ab.

Die drei Männer folgten ihr sofort. Keiner sprach. Nach wenigen Minuten blieb sie auf einmal stehen.

»Seht ihr? Hier ist ein Pfad!« Sie hatte leise gesprochen und leuchtete aufgeregt eine schmale, schlammige Schneise entlang, die sich zwischen hohem Gras auf eine Gruppe Baumstrelitzien zuschlängelte. »Ich glaube, dahinten ist es. Ein kleines Haus mit Rieddach. Eigentlich nicht mehr als ein Schuppen.«

Nils hob seinen Scheinwerfer. »Leuchtet mal alle in die Richtung.« Nachdem die anderen seiner Aufforderung nachgekommen waren, spähte er angestrengt durch den silbernen Regenschleier. »Du scheinst recht zu haben, aber irgendjemand hat das Dach mit Strelitzienblättern abgedichtet, und zwar erst kürzlich, die sind noch ganz frisch.«

Jill schaute genauer hin. Er hatte recht. Statt Gras waren auf dem Dach riesige, längliche Strelitzienblätter wie Schindeln aufgeschichtet, und sie glänzten in frischem Grün. Sie setzte sich in Bewegung, aber Wilson hinderte sie sofort am Weitergehen. In der Hand hielt er seine Pistole, der Panga steckte in seinem Gürtel.

»Ich gehe als Erster«, flüsterte er. »Dafür bezahlen Sie mich. Leuchtet das Haus an.« Lautlos bewegte er sich schrittweise voran. Die Pistole hielt er mit beiden Händen gepackt, der Lauf war auf den Boden gerichtet.

Die anderen folgten ihm. Die Kegel ihrer Scheinwerfer glitten über die Eingangstür. Sie war geschlossen, aber die rostigen Metallbolzen auf der Außenseite waren zurückgezogen. Wilson stoppte die drei mit erhobener Hand und deutete schweigend auf die mit Regenwasser gefüllten Fußspuren, die zur Tür führten. Spuren von kleinen Füßen, vielen kleinen Füßen, überlagert von Stiefelabdrücken, die mindestens Größe 48 hatten. Jill wurde schwindelig.

Irgendwo im Busch flötete ein einsamer Baumfrosch. Sonst regte sich nichts, selbst das Rauschen des Regens hatte nachgelassen. Wilson schlich lautlos weiter. Dann drehte er sich um, legte einen Finger an die Lippen und bedeutete Jill mimisch, sich mit Dirk in den Busch zurückzuziehen. Nils und er bauten sich rechts und links der Tür auf. Eine Kröte krabbelte schwerfällig aus dem größten der Fußabdrücke, in dem sie es sich bequem gemacht hatte, und hüpfte ein paar Sätze zur Seite, wo sie im Gras sitzen blieb und sie aus goldgeränderten Augen beobachtete.

»Halt deinen Panga bereit«, flüsterte Wilson, während er mit der linken Hand sachte den Griff packte und die Tür nach innen schob. Das Knarren, mit dem sie nachgab, hallte wie das Krachen eines einstürzenden Hauses durch die Dunkelheit. Alle hielten die Luft an.

Wilson hob gerade einen Fuß, um über die Schwelle zu treten, als ein Mann mit nacktem Oberkörper und einer Maschinenpistole in der Hand wild brüllend aus dem dunklen Raum hervorbrach. Er nutzte das Überraschungsmoment und stieß den Bodyguard zur Seite und schoss dabei mehrmals auf ihn. Offenbar wurde er von den Scheinwerfern geblendet, jedenfalls traf er glücklicherweise nicht.

Bevor Wilson wieder auf die Beine kam und sich die Übrigen

von ihrem Schreck erholt hatten, war der Mann hinter dem Regendunst im Busch verschwunden. »Soll ich hinter ihm her?« Wilson hielt die Pistole in der Faust. Mordlust funkelte in seinen Augen.

Nils, der sich aus der Schusslinie geworfen hatte, schüttelte den Kopf. »Bringt nichts, denke ich. Erst müssen wir nachsehen, ob sich sonst noch jemand da drinnen aufhält. Jill, bleib, wo du bist. Du auch, Dirk.« Dann befahl er: »Wilson, gib mir Feuerschutz.« Mit schussbereiter Waffe erreichte er in wenigen Schritten die Tür, stieß sie vollends auf, streckte den Kopf in den Raum.

Jill war bis zur Schmerzgrenze angespannt und spürte das Vibrieren ihres Handys anfänglich nicht, aber der Anrufer war hartnäckig. Endlich merkte sie es, zögerte kurz, legte dann aber Panga und Scheinwerfer auf den Boden und zog das Telefon hervor. Es mit einer Hand vor dem Regen schützend drückte sie die grüne Taste und meldete sich flüsternd.

»Ja? Philani? Nein, noch haben wir sie nicht ...« Sie hielt eine Hand vor die Muschel, wobei sie das Handy so fest umklammerte, dass ihre Finger ganz blutleer gepresst wurden. »Okay«, unterbrach sie ihren Ranger. »Teil genügend Leute ein, die dort die Wilderer-Schutztruppe unterstützen. Der Rest soll zurück zum Haupthaus kommen. Lasst euch etwas zu essen bringen ...« Sie lauschte mit gesenktem Kopf. »Danke, das ist gut zu wissen«, flüsterte sie schließlich mit brüchiger Stimme und legte auf.

Durch den Regen sah sie, dass Nils auf der Türschwelle stand und jetzt in das Innere des Hauses leuchtete. Der Lichtstrahl huschte gespenstisch hin und her, erkennen konnte sie von ihrer Position aus nichts. Vor Spannung biss sie sich auf die Unterlippe, bis der Eisengeschmack von Blut ihren Mund füllte. Die Kinder waren offensichtlich hier gewesen. Einer oder mehrere Erwachsene ebenfalls, Männer, der Größe der Fußabdrücke nach zu urteilen. Was würden sie finden?

Ihr Herzschlag zählte die Sekunden, die sich zu Stunden zu

dehnen schienen, während Dirk mit gesenktem Kopf ergeben wie ein zum Tode Verurteilter auf das Kitzeln des Fallbeils in seinem Nacken wartete.

Aber es passierte nichts. Nils' Blick folgte dem wandernden Lichtkegel. Über die ungetünchten Wände und dann über den von Rissen durchzogenen Betonboden hinauf zu den Sparren des niedrigen Grasdachs. Aber nichts als Leere gähnte ihm entgegen. Und dichte, drückende Stille. »Nichts«, rief er und trat zurück. Es klang so endgültig wie ein Todesurteil.

Jill fuhr die Enttäuschung bleischwer in die Seele. Mutlos ließ sie die Schultern nach vorn fallen und überlegte gerade, was ihnen jetzt noch als Möglichkeit übrig blieb, als sich ihr Mann zu ihrer Verwunderung wieder dem Haus zuwandte.

Nachträglich konnte er nicht erklären, was ihn dazu veranlasst hatte. Ob es daran gelegen hatte, dass er sich grundsätzlich nur auf das verließ, was er tatsächlich bewusst sah, nicht nur auf das, was er meinte, wahrgenommen zu haben, oder ob irgendein Geräusch sein Unterbewusstsein erreicht hatte. Mit einem Tritt stieß er die Tür, die von allein halb zugefallen war, weit auf. Er ging bis zum Ende des Raums und leuchtete in jede Ecke, fand aber nichts und wollte eben resigniert umkehren, als der Lichtkegel auf einen Rücksprung in der Mauer fiel. Zögernd trat er näher. Der Bereich dahinter lag in tiefster Schwärze. Er ging in die Knie – bei seiner Körpergröße konnte er nur in der Mitte der Hütte stehen – und leuchtete um die Ecke.

In der Schwärze schwammen zwei Dutzend glänzender Kaffeebohnen in Sahne. Während er völlig verwirrt zu verstehen suchte, was er da vor sich hatte, flog ihm ein warmes, weiches Bündel in die Arme, sodass er fast hintenüberfiel.

»Daddy!«, flüsterte Kira an seinem Ohr. »Ich hab's allen gesagt, dass du kommst. Dass du groß und stark bist und den Schweinekerl tothaust und uns dann rausholst!«

Ihre kräftigen Ärmchen schlossen sich so fest um seinen Hals, dass er Mühe hatte, Luft zu bekommen. Ihm stürzten die Tränen aus den Augen, ein hochemotionaler Kloß verschloss ihm die Kehle, und er bekam keinen Laut heraus. Stattdessen küsste er das verschmutzte Gesichtchen seiner Tochter, streichelte ihr verklebtes Haar, immer wieder, und konnte nicht glauben, dass sie es war. Dass es vorbei war.

Jill und Dirk hatten nicht mitbekommen, was in dem Haus vor sich ging. Kein Laut drang zu ihnen heraus.

»Ich geh jetzt da rein«, sagte Dirk zu Jill. »Ich halt das nicht mehr aus. Egal, was da auf mich wartet.«

»Ich komme mit«, sagte sie und blinzelte durch ihre nassen Wimpern hinüber zum Eingang, in dem ihr Mann verschwunden war. Noch bevor sie sich in Bewegung gesetzt hatten, flog die Tür auf.

Jemand kam heraus, aber der silbrige Regenvorhang ließ sie nur verwaschene Silhouetten erkennen. Die von Wilson, der noch immer mit gezogener Pistole auf den Eingang zielte, und die von Nils, der eben aus der Hütte kam. Aber sonst war da niemand. Verzweiflung packte Jill an der Kehle. Mit schleppenden Schritten bahnte sie sich den Weg durch Schlamm und Pfützen hinüber zu ihrem Mann.

»Philani hat angerufen«, rief sie ihm zu. »Er und die anderen halten sich heute so lange bereit, bis wir Kira ...«

Nils' Silhouette löste sich auf einmal auf. Ein kleinerer Schatten glitt an ihm herunter und flog durch den Regen auf sie zu.

Später konnte sie genau beschreiben, wie es sich anfühlte, wenn das Herz zwei Schläge aussetzte. Zwei Herzschläge dauerte es, bis sie begriff – wirklich mit allen Sinnen erfasste –, wer durch den Wasservorhang auf sie zulief.

Ihre Tochter. Kira.

Panga und Scheinwerfer fielen ihr aus den kraftlosen Fingern in den Matsch. Sie ging in die Knie und öffnete die Arme, und die Welt hörte auf, sich zu drehen. Kira drückte das Gesicht in ihre Halsgrube, und sie atmete den Duft ihrer Tochter ein, der ihr das Süßeste zu sein schien, was es gab, obwohl die Kleine in Wirklichkeit wie ein Abfallhaufen stank.

Nils Grinsen reichte buchstäblich von Ohr zu Ohr, und er ließ seine Tränen einfach frei laufen. Hinter ihnen erschienen die anderen Mädchen in der Tür, eines nach dem anderen, die Größeren voraus. Sehr langsam und sehr vorsichtig traten sie in den Regen, argwöhnisch die Umgebung mit Augen, Nase und Ohren testend, ehe sie sich ganz herauswagten. Niemand achtete auf Dirk, der mit großer Unruhe wartete, bis alle Mädchen herausgekommen waren, bevor er selbst hineinging.

Kira, die Arme noch immer fest um den Hals ihrer Mutter geschlungen, wandte den Kopf. »Das sind Nyasha und Chipi und Chipo …« Mit dem Finger deutete sie auf jedes der Mädchen, und jedes quittierte die Nennung seines Namens mit einem schüchternen Lächeln. Auch sie verströmten einen intensiven Kloakengeruch.

Wilsons schneeweiße Zähne blitzten in der Dunkelheit. »Eh, Boss, Happy Day, was?«, stammelte er und wischte sich mit dem Handrücken über die nassen Augen. »Yebo, ein glücklicher Tag!«

»Ein sehr glücklicher Tag«, sagte Nils und rang um Fassung. Als er wieder dazu imstande war, zog er sein Handy hervor. »Ich rufe Jonas an, er wartet auf Nachricht«, murmelte er und wählte dann Jonas' Handynummer. Jonas meldete sich.

»Wir haben sie gefunden …« Weiter kam Nils nicht.

Der Jubelschrei des Zulus schallte aus dem Hörer. »Ist sie okay?«, war seine erste Frage.

Nils warf einen lächelnden Blick auf seine Tochter. »Sie ist furchtbar schmutzig und riecht ehrlich gesagt nicht besonders gut, aber ja, sie ist okay.«

»Ich hab Hunger«, rief Kira so laut, dass Jonas es verstand.

»Ich sag Thabili sofort, dass sie alle ihre Lieblingsessen kochen muss.« Die Stimme des Zulus war rau vor Rührung.

»Jonas, wir haben hier …« Nils zählte die Kinder schnell durch. »Wir haben aber weitere zwölf Kinder. Alles Mädchen, soweit ich sehen kann, und die brauchen Hilfe …«

Jonas unterbrach ihn. »Soll ich die Jugendbehörde …?«

»Jetzt noch nicht«, schnitt ihm Nils das Wort ab. »Wir bringen sie nach *Inqaba,* aber dazu brauchen wir noch einen Wagen. Schick Philani mit dem Landrover her, und dann ruf Thandi Kunene an, und bitte sie, sofort auf die Farm zu kommen, um die Mädchen zu untersuchen. Ich glaube, sie werden zu ihr mehr Vertrauen haben als zu Jackie Harrison. Außerdem ist Jackies Zulu jämmerlich. Wenn Thandi vor uns ankommt, möchte sie sich in der Zwischenzeit bitte Luca ansehen.«

»Wird gemacht«, sagte Jonas und legte auf.

»Das mit Thandi ist eine gute Idee«, sagte Jill. »Danke.« Für einen winzigen Moment lehnte sie sich mit Kira bei ihm an. Das Regenwasser aus ihrem Haar tropfte ihr übers Gesicht und vermischte sich mit ihren Freudentränen. Nils nahm sein Taschentuch und wischte sie ihr aus den Augen. »Es ist vorbei«, flüsterte er.

»Ja«, sagte sie. »Es ist vorbei.« Mit Kira auf dem Arm ging sie vor den stumm dastehenden Mädchen in den verschmierten Hängekleidchen in die Knie und lächelte sie an. »Wir möchten euch zu uns einladen«, sagte sie auf Ndebele. »Wir haben genug Zimmer und Betten für euch. Ihr müsst uns bitte nur sagen, wo ihr herkommt und wer eure Eltern sind. Wir werden die Polizei bitten, sie zu suchen.«

Bei dem Wort »Polizei« zuckten die Mädchen zusammen und drückten sich verschreckt aneinander. Nyasha legte schützend ihre Arme um Chipi.

Kira machte sich von ihrer Mutter los. »Lass mich mal«, sagte sie und baute sich vor ihren neuen Freundinnen auf. »Das ist mein Haus, und keiner kann euch da etwas tun. Auch die Polizei nicht. Klar? Ihr braucht keine Angst zu haben.«

Das Aufleuchten von einem Dutzend dunkler Augenpaare und das zaghafte Lächeln waren herzerweichend zu beobachten. Nils streichelte seiner Tochter übers Gesicht. »Wir bringen euch hier schnellstens heraus.«

»Zu uns«, erinnerte ihn Kira.

»Natürlich zu uns«, bekräftigte ihre Mutter und drückte sie an sich. »Ich werde Thabili Bescheid sagen, damit sie genug zu essen kocht …«

»Pommes«, unterbrach sie Kira. »Mit Ketchup und gebratenem Hühnchen.«

»Alles, was ihr wollt.« Jill lachte glücklich. Dann fiel ihr der Anruf von Philani ein. Sie berichtete Nils davon. »Also, die gute Nachricht ist, dass die Elefanten sich beruhigt haben und nicht mehr randalieren. Aber sie haben nichts gefunden, niemand gesehen, und die Schüsse haben plötzlich aufgehört.« Sie sah zu ihm hoch. »Das würde deine Theorie bestätigen, dass vielleicht Pienaar dahintersteckt. Aber wenn er das als Ablenkung veranstaltet hat, wovon will er uns ablenken?«

»Destabilisierung«, warf Wilson überraschend ein, und als seine Arbeitgeber ihn verblüfft ansahen, grinste er. »Das haben wir in unserer Ausbildung gelernt. Den Feind destabilisieren, einschüchtern, keine Zeit erlauben, in der er sich sammeln kann, während man eine Falle oder einen Angriff vorbereitet.« Wie immer trug er nur Schwarz und verschwand optisch hinter dem schimmernden Regenvorhang. Nur das Weiß seiner Augäpfel und seiner ebenmäßigen Zähne schwebte körperlos im Dunkel.

Nils bedachte ihn mit einem prüfenden Blick aus den Augenwinkeln. »Und was ist das für eine Ausbildung gewesen?«

Wilson grinste wieder und hob die Schultern. »Ach, Armee und so.«

»Aha«, sagte Nils. »Und so.« Man sah deutlich, dass er die Erklärung für dürftig hielt und weiterbohren wollte.

Dirk war mit gesenktem Kopf und Verzweiflung in den Augen wieder aus dem Haus gekommen. Er lehnte im strömenden Regen an der Hauswand und starrte auf die Rinnsale, die den Weg hinunterstrudelten. Niemand nahm Notiz von ihm.

»Wir haben keine Zeit zu plaudern«, verkündete Jill. »Los, wir bringen die Kinder zurück zur Straße und dann nach Hause. Da sind sie in unserem Wagen wenigstens im Trocknen, während wir auf Philani warten.« Sie winkte mit ihrem Handscheinwerfer, ohne den sie in der dichten Vegetation dieses Teils der Farm kaum etwas erkennen konnten. »Auf geht's!«, rief sie beschwingt. »Lasst uns …«

Dirk schnitt ihr das Wort ab. »Ruhe!«, rief er. Und als er die Aufmerksamkeit aller hatte, fuhr er fort: »Anita ist nicht da drinnen. Ich will wissen, ob jemand von euch irgendeine Spur von ihr gesehen hat?«

Nils starrte ihn betroffen an. »Herrgott, entschuldige, ich hatte sie ganz vergessen … Kira … Es tut mir leid.« Er machte eine hilflose Handbewegung. »Weißt du, wo Anita ist?«, fragte er Kira. »Sie könnte hier gewesen sein. Habt ihr sie gesehen?«

Kira machte sich aufgeregt von ihrer Mutter los. »Ja, wir waren zusammen, und dann hat der Schweinekerl sie weggeschleppt, in den Busch, glaub ich, aber ich weiß es nicht genau.« Sie flüsterte. »Er war wütend, weil sie etwas zu essen für uns haben wollte … und Verbandzeug für mein Bein, und weil wir gesungen haben … und weil sie so laut geschrien hat. Er war furchtbar wütend.« Ihr kullerten die Tränen über die Wangen.

Dirk hockte sich vor sie und streichelte ihr übers Haar. »Wie lange ist das her, Kira? Kannst du das schätzen?«

Kira blickte ihn unsicher an und darauf die Mädchen. Sie übersetzte ihnen die Frage.

Nyasha zuckte hilflos die Achseln. »Vielleicht eine Stunde«, sagte sie in stockendem Englisch. »Aber vielleicht auch nicht.

Vielleicht war es länger? Es war noch nicht ganz dunkel.« Sie hob entschuldigend die Hände.

Eine Stunde oder auch mehr. Dirk war blass geworden. Wie gut war das Zeitgefühl eines verängstigten kleinen Mädchens? Eine Stunde, das hieß, dass Anita überall sein konnte. Noch auf dem Farmgebiet oder irgendwo sonst. Es blieb ihm nichts anderes übrig, als sich von hier aus durch den Busch zu tasten.

»Gut. Ich werde sie suchen, und zwar, bis ich sie finde.« Er zog sein Mobiltelefon heraus. »So, das ist wieder auf laut gestellt, ihr könnt mich also jederzeit erreichen.«

Nils, der wie Jill ebenfalls den Klingelton seines Telefons aktivierte, sah sie fragend an. Nach kurzem Zögern nickte sie. »Ich komme mit dir«, sagte Nils darauf. »Wilson bleibt bei Jill.«

»Red keinen Quatsch. Du verlässt deine Familie jetzt nicht. Außerdem ist es mir lieber, wenn ich allein losgehe. So bin ich schneller, und keiner hindert mich, meinem Instinkt zu folgen. Wie du dich vielleicht erinnerst, war der mal ziemlich gut.«

Nils diskutierte mit ihm noch hin und her, bis Jill eingriff. »Hör auf, Honey, halt Dirk nicht länger auf. Du würdest auch lieber allein losgehen, wenn ich verschwunden wäre, und jetzt zählt jede Minute. Im Handschuhkasten meines Wagens liegt meine Auto-Pistole.« Sie sah den Kameramann an. »Wilson wird sie holen, damit kannst du dich wenigstens wehren.«

Aber Dirk winkte ab. »Danke, aber ich bin kein guter Schütze. Eine Waffe in meiner Hand könnte sich als Handicap herausstellen. Am Ende erschießt mich noch jemand mit meiner eigenen Pistole. Es ist besser, wenn ich ohne Waffe losziehe, allein, und zwar auf der Stelle.«

Wilson stoppte ihn unvermittelt. »Hört ihr es?«, flüsterte er. »Macht die Lampen aus. Schnell.«

Alle befolgten den Befehl auf der Stelle. Angestrengt horchten sie in die Schwärze.

»Da, hört ihr es? Löwen!«

Und Jill hörte es, das tiefe, abgehackte Röhren, das von überallher zu kommen schien. Sie war Afrikanerin, war mit regelmäßigen Besuchen in den großen Nationalparks Afrikas aufgewachsen, lebte seit eineinhalb Jahrzehnten in ihrem eigenen Wildreservat zwischen Raubkatzen, Elefanten und Hyänen, aber immer noch ließ ihr das urweltliche Gebrüll eines Löwen die Haare zu Berge stehen.

»Es sind mehrere«, wisperte sie. »Sie müssen ganz in der Nähe sein, und sie sind wegen irgendetwas aufgeregt.« Sie hoffte, dass die Löwen sich tatsächlich hinter Gittern befanden. Kira zitterte in ihrem Arm, und sie zog sie fester an sich. Auch die Mädchen drückten sich ängstlich an sie. War das nur eine normale Reaktion? Oder hatte Pienaar …? Sie konnte den Gedanken einfach nicht zu Ende denken.

Nils zog die Brauen zusammen. »Ich kann einfach nicht einschätzen, wo und in welcher Entfernung sich die Löwen befinden«, sagte er. »Ich bin eben kein Afrikaner.« Er wandte sich leise an seine Frau. »Wie weit sind die weg?«

Jill sah zu ihm hoch. »Eineinhalb Kilometer, vielleicht auch zweieinhalb, aber nicht mehr. Und es kommt von dort.« Sie zeigte nach Nordosten.

»Okay«, sagte Dirk und straffte sichtbar seine muskulösen Schultern. »Ich muss mich entscheiden, also gehe ich nach Nordosten. Vielleicht stöbere ich dort Pienaar auf. Und der wird mir schon sagen, wo ich sie finden kann, darauf könnt ihr euch verlassen.« Seine Fäuste öffneten und schlossen sich.

Jill bemerkte es und glaubte ihm aufs Wort. »Ruf uns bitte sofort an, versprochen?« Sie küsste ihn auf die Wange. »Alles Gute. Melde dich regelmäßig. Ach ja, und richte deinen Scheinwerfer so, dass er nur auf den Boden leuchtet. Sonst warnst du Pienaar womöglich.«

Wenn er denn überhaupt auf der Farm war, fuhr es Dirk durch den Kopf. Wenn er Anita nicht längst weggeschafft hatte.

Für Sekunden sah er die Szene auf seinem inneren Monitor. Pienaar, der Anita erbarmungslos vor sich hertrieb. Pienaar, der sie in einen Lastwagen verlud. Pienaar, der seine Anita irgendwo über die Grenze nach Simbabwe oder Mosambik in den Bauch von Afrika schaffte oder von da aus vielleicht auf ein Schiff verfrachtete, um sie zu irgendeinem Bordell … Anita, leblos …

Er riss sich mit Gewalt zusammen, stoppte seinen inneren Amoklauf und knipste den Handscheinwerfer an. Dann winkte er seinen Freunden noch einmal zu und ging los.

»Hamba kahle«, flüsterte Kira.

Der Regen war wieder stärker geworden, fiel als Wasserfall vom Himmel, sammelte sich rasch in Rinnen und Senken. Furchen wurden zu strudelnden Rinnsalen, der schmale Pfad wurde zu einem reißenden Bach. Das Wasser ging Dirk meist bis zu den Knöcheln, lief ihm gelegentlich aber auch oben in seine Buschstiefel. Bald waren seine Füße durchnässt, und er spürte, wie er sie allmählich wund scheuerte, was er jedoch eisern ignorierte. Ebenso eisern igonierte er, dass das Pflaster auf der Wunde an seinem Schienbein nass geworden war und Blut hindurchsickerte.

23

Napoleon de Villiers hatte den Fernseher eingeschaltet. Er wollte die Nachrichten sehen und reagierte deshalb grantig, als Vilikazi Dumas Anruf ihn dabei störte. Wie es seine Art war, schnauzte er erst einmal los, aber je länger Vilikazi sprach, desto leiser wurde er, bis er schließlich schweigend zuhörte.

Als sein alter Zulu-Freund ihn fragte, ob er helfen werde, stimmte er, ohne zu zögern, zu. Natürlich. Man war hier in Afrika, da half man sich als Nachbarn, schon allein weil man vielleicht bald selbst die Hilfe brauchen könnte. Obwohl die Sache, um die ihn Vilikazi bat, schon ziemlich heikel war.

Er starrte blicklos auf den Bildschirm, auf dem ein Film über die wundersame Rettung einer Familie flimmerte, die sich in der Namibwüste verirrt hatte. Während er mit den Fingern auf die Armlehnen seines Ohrensessels trommelte, überlegte er, wie er das Ganze anpacken sollte. Sollte er gleich mit Lia sprechen oder erst Nils warnen, dass der erste Mann, den Vilikazi mit einem speziellen Auftrag auf Lias Farm gesandt hatte, nicht, wie ursprünglich angenommen, gefunden und zurückgepfiffen worden war und dass er obendrein auf Anrufe nicht reagierte? Und wie sollte er erklären, dass überdies der, der ihn suchen und aufhalten sollte, sich trotzdem noch immer auf der Farm aufhielt und offenbar ebenfalls sein Handy abgestellt hatte?

Den Ersten, den Vilikazi ausgesandt hatte, kannte er nicht, aber den Zweiten. Er war ein Mann, gebaut wie ein Schrank, ein Zulu, laut Vilikazi, Sohn eines der ältesten Clans des Landes. Kwezi nannte er sich. Morgenstern. Ob das der Name war, den ihm seine Eltern gegeben hatten, wusste er nicht, aber es war möglich. Zulus gaben ihren Kindern oft Namen, die mit der Uhrzeit ihrer Geburt zusammenhingen. Aber das war unerheblich. In dem Geschäft, dem dieser Mann nachging, waren Namen unwichtig. Meist waren sie ohnehin falsch. Seit Kwezi vor wenigen Jahren als einer der letzten Widerstandskämpfer aus dem Exil zurückgekehrt war, hatte er ihn nur wenige Male gesehen. Einmal mit freiem Oberkörper, und das Bild hatte er nie vergessen.

Vom Nacken an war Kwezis Rücken über die ganze Länge gänzlich mit gitterförmigen, wulstigen Narben bedeckt, die sich, wie der Zulu nebenbei erwähnte, unter seinem Gürtel fortsetzten. Auf seine schockierte Frage, wer ihm das angetan habe, hatte Kwezi träumerisch in die Ferne geschaut. »Ich bin gekommen, um ihn zu sehen«, hatte er geantwortet und dabei heiter gelächelt.

Kwezis Ton allerdings hatte ihm trotz des Lächelns einen Schauer über die Haut gejagt, und er pries sich insgeheim glücklich, dass er nicht in dessen Visier geraten war. Eigentlich hatte er angenommen, dass der Zulu sich inzwischen längst zur Ruhe gesetzt hatte. Irgendwo in Zululand auf einem schönen Stück Land mit einer ordentlichen Herde Rinder und mindestens einer hübschen jungen Frau und einer großen Schar Kinder, die ihm sein Alter erleichtern würden. Aber offenbar war dem nicht so. Und nun war Kwezi hinter Len Pienaar her, der dem ursprünglichen Gerichtsurteil nach bis zum Jüngsten Tag im Gefängnis hatte verrotten sollen – eine Tatsache, die er mit einer Flasche Mouton Rothschild ganz allein für sich gefeiert hatte –, aber kürzlich höchst überraschend freigekommen war. Auch das hatte ihm Vilikazi mitgeteilt und weiter angedeutet, dass Kwezi noch eine Rechnung mit Pienaar offen habe.

»Pienaar hat ihn mit der Nilpferdpeitsche verprügelt, bis sein Rücken und sein Gesäß nur noch eine blutige Masse waren, und dann hat er Säure in die Wunden gegossen.« Das war die in sachlichem Ton gehaltene Erklärung Vilikazis gewesen.

Auf diese Weise hatte er erfahren, wem der Zulu die grauenvollen Narben zu verdanken hatte. Nun war es auch so, dass er persönlich, Napoleon de Villiers, ebenfalls eine ganz besondere Beziehung zu dem ehemaligen Folterknecht der Apartheidregierung hatte. Eine lange, buckelige Narbe an seiner linken Schulter und eine weitere quer über seiner Bauchdecke zeugten davon. Kwezis Narben waren ein rosafarbenes Gitter, seine wie dicke weiße Schlangen. Hübsch anzusehen waren beider Narben nicht, aber sie hielten die Erinnerung wach.

Seine Finger trommelten schneller. Er erwog, Kwezi einfach gewähren zu lassen. Das Ergebnis würde mit Sicherheit eine Wohltat für die Menschheit sein. Im ganzen Land würden Freudenfeuer angezündet werden, dessen war er sich sicher, und eines davon würde er selbst entfachen. Ein sehr großes. Und einen weiteren Mouton Rothschild aufmachen.

Gefangen in der Hölle seiner eigenen Erinnerungen an Len Pienaar, starrte er auf den Fernseher.

Dort lief gerade der Wetterbericht. Das Unwetter, das draußen tobte, geisterte als violettgrauer Klecks über den Bildschirm, aber danach schien sich ein Hoch von Norden her übers Land zu schieben, und das verhieß Hitze. Und zwar höllische. Er seufzte und hörte auf zu trommeln.

»Chrissie!«, brüllte er. »Weißt du, wo meine Buschstiefel sind? Ich muss noch mal weg.«

Chrissies besorgte Fragen, wohin er um diese Zeit noch gehen müsse, bei diesem Gewitter, außerdem sei es doch praktisch schon dunkel, und vor allen Dingen, wieso er Buschstiefel brauche, beantwortete er nur ausweichend. Unter ihren bekümmerten Blicken kleidete er sich rasch um. Er wählte ein schwarzes, lockeres Hemd und dunkle Jeans. Dunkle Kleidung hielt angriffslustige Moskitos ab, davon war er überzeugt, auch wenn die Experten da geteilter Meinung waren. Meist wurden helle Stoffe empfohlen. Die Jeans steckte er in die Buschstiefel, die ihm

Chrissie mit missbilligender Miene hingestellt hatte, und schnürte sie sorgfältig zu. Er hatte sie nach seinen Vorgaben aus zwei Millimeter dickem Hippo-Leder extra anfertigen lassen. Sie reichten ihm die halbe Wade hoch und boten den besten Schutz gegen unvorhergesehene Begegnungen mit Schlangen und ähnlich unangenehmen Bewohnern der unteren Buschregion.

Als er sich fertig angekleidet hatte, nahm er seinen altgedienten Revolver vom Nachttisch, steckte zusätzliche Patronen und eine starke Taschenlampe ein, prüfte, ob sein Telefon aufgeladen war, und verabschiedete sich mit einem schnellen Kuss von Chrissie. Sie hielt ihn zurück und fragte noch einmal, wohin er wolle.

»*Timbuktu*«, gab er widerwillig zur Antwort.

Die Zulu schaute perplex drein. »Timbuktu? Am Niger?«

»Unsinn. Ich meine Lias Farm. Jahrzehntelang hieß sie *Timbuktu,* und so nenne ich sie immer noch.«

»Was willst du da?« Chrissie hatte die Arme vor der Brust verschränkt.

»Vilikazi meint, dass Jill mich brauchen würde, und ich kenne das Areal seit meiner Jugend wie meine eigene Westentasche.«

»Jill von *Inqaba*?«

Leon de Villiers nickte und beschied ihr etwas schroff, dass er ihr alles später erklären werde. Jetzt sei dazu keine Zeit. Bevor sie reagieren konnte, war er ihr aus der Tür entwischt und saß im Landrover. Im Rückspiegel sah er sie mit hängenden Schultern auf der Veranda stehen und ihm nachsehen. Er winkte ihr noch einmal zu und nahm sich vor, morgen Abend mit ihr essen zu gehen. In ein richtig schönes Restaurant. Und er würde seinen guten Anzug anziehen. Chrissie mochte so etwas. Er startete den Motor und rollte von seinem Grundstück.

Das Auto von Nils Rogge entdeckte er im Scheinwerferlicht sofort, obwohl es abseits geparkt war, und auch das Loch im Zaun. Aber von Jill und Nils war weit und breit nichts zu sehen, auch nichts zu hören. Er zog sein Telefon hervor und stellte mit einiger Sorge fest, dass der Empfang lausig war. Trotzdem wählte er die Nummer von Nils, die er noch vom letzten Anruf gespeichert hatte.

»Ja«, meldete der sich gedämpft.

»Leon hier …« Weil seine Worte mit einem verblüfften Schweigen begrüßt wurden, setzte er hinzu: »Nappy de Villiers.«

»Nappy? Was … wie … Ist was? Wir haben …«

Leon schnitt ihm das Wort ab. »Wir haben nicht viel Zeit. Hör mir einfach zu.« Er berichtete im Telegrammstil, was ihm Vilikazi gesagt hatte und dass womöglich zwei Männer auf dem Weg zu Pienaar seien. Mit dem Befehl, ihn zu töten. »Du kannst dir vorstellen, was passieren kann, wenn die Mädchen dazwischengeraten. Ich stehe hier vor einem Loch im Zaun, direkt dort, wo die Farmabfälle abgeladen werden. Es ist eine Art Hof …«

»Das Loch haben wir gemacht«, unterbrach ihn Nils. »Wir befinden uns auf dem Hof, und wir haben Kira gefunden und die anderen Mädchen auch. In einer Art Schuppen, fünf Minuten von diesem Hof entfernt.«

»Halleluja, es gibt doch noch einen Gott«, rief Leon mit Inbrunst. »Das sind wunderbare Neuigkeiten. Damit hat sich das mit Vilikazis Leuten wohl erledigt. Sind sie … Ich meine, hat der Kerl …?«

»Wissen wir noch nicht«, sagte Nils. »Sie scheinen bis auf Prellungen und Kratzer unversehrt zu sein. Aber die Angst der vergangenen Tage haben sie natürlich noch nicht abgeschüttelt. Thandi Kunene wartet auf *Inqaba* darauf, sie zu untersuchen.«

»Verstehe, du kannst jetzt nicht frei reden. Und die Hübsche? Anita? Sie ist hoffentlich auch aufgetaucht? Unverletzt und guter Dinge?«

»Nein, von ihr haben wir noch keine Spur gefunden. Die Wahrscheinlichkeit, dass Pienaar sie auf *Timbuktu* gefangen hält, ist sehr groß. Die Sache mit Vilikazis Leuten hat sich also noch nicht erledigt, das heißt, Anita könnte immer noch zwischen die Fronten geraten. Und dann gnade ihr Gott!«

Leon spürte die Sorge hinter Nils' knappen Worten. »Ich kenne die Farm seit meiner Jugend in- und auswendig, und ich weiß von einer Futterstelle für die Löwen tief im Herzen von *Timbuktu.* Dort gibt es ebenfalls ein Gebäude. Dorthin könnte Anita gebracht worden sein. Es ist so gut getarnt, dass man direkt davorstehen könnte und würde es trotzdem nicht erkennen.«

»Dirk ist auf der Suche nach ihr. Er ist allein losgezogen, was mir gar nicht gefällt, aber er hat darauf bestanden. Kira hat uns gesagt, dass Pienaar Anita in den Busch verschleppt hat. Aber wir haben nicht die geringste Ahnung, wohin, und Dirk sucht auf gut Glück. Vorläufig ist er in Richtung Nordosten unterwegs. Du solltest ihn anrufen und ihm genau erklären, wo sich diese Futterstelle befindet.«

De Villiers stimmte sofort zu, und Nils diktierte ihm die Telefonnummer seines Freundes.

»Okay, die hab ich«, sagte Leon. »Aber erst will ich mich mit Lia unterhalten. Sie muss etwas wissen. Es kann nicht sein, dass derartige Schandtaten auf ihrer Farm begangen werden und sie von alldem nichts mitkriegt. Das wird sie mir erklären müssen. Dann können wir die ganze Suche vielleicht abkürzen.«

»Lia? Na, dann zieh dich mal warm an. Uns hat sie mit dem Gewehr von ihrem Grundstück gejagt, und glaub mir, die hätte geschossen. Sie scheint völlig verrückt geworden zu sein. Und das beweist mir, dass sie haargenau weiß, was auf ihrem Land los ist. Außerdem wissen wir ja von Anita, dass Pienaar und Maurice auf irgendeine Weise zusammenarbeiten. Das stinkt! Aber vielleicht kommst du ja bei ihr weiter.«

»Lia kenne ich seit ihrer Geburt. Ich kann ganz gut mit ihr. Ruft inzwischen Dirk an. Er soll weiter nach Nordosten gehen, immer entlang der Grenze zum Löwenareal. Irgendwann verläuft der Zaun nach Süden. Sehr allmählich übrigens, sodass man es zunächst kaum merkt ...«

»Kein Problem. Ich weiß, dass er eine Uhr mit Kompass besitzt.«

»Wie praktisch«, sagte Leon. »So etwas sollte ich mir vielleicht auch mal anschaffen. Mit diesen neumodischen Navigationssystemen komme ich meist nicht klar. Ständig befürchte ich, irgendwann mal im Meer zu landen, wenn ich eigentlich in die Berge will. Nun aber zurück zu Dirk. Nach mindestens einem Kilometer müsste er auf einen Platz gelangen, der groß genug ist, darauf einen Wagen zu wenden. Er ist von einem sehr soliden Zaun aus Holzpfählen eingefasst, der auf die Pforte zur Futterstelle führt. Hast du das so weit mitbekommen?«

Nils brummte zustimmend, und Leon fuhr fort.

»Ich brauche ja wohl nicht zu erwähnen, dass er sehr, sehr vorsichtig sein muss. Falls Pienaar sich dort aufhält, wird es schwierig sein, sich ihm zu nähern, ohne dass er es merkt. Er hat Instinkte wie ein wildes Tier und riecht Gefahr, bevor sie überhaupt entstanden ist. Mit ziemlicher Sicherheit hat er den Eingang zur Futterstelle getarnt. Mit Büschen oder was auch immer. Sag Dirk, er soll die Augen offen halten. Verläuft der Maschendraht wieder nach Nordosten, hat er den Eingang verpasst. Ich werde mich zu ihm aufmachen, sobald ich mit Lia fertig bin.«

Leon de Villiers beendete das Gespräch, setzte sich wieder in sein Auto und fuhr immer am Zaun entlang, bis er das Haus von Cordelia Carvalho erreichte.

»War das Nappy de Villiers?«, fragte Jill erstaunt. »Was wollte der denn?«

Nils gab kurz den Inhalt seines Gesprächs wieder. »Er ist auf dem Weg, mit Lia zu reden.«

Jill zog ein spöttisches Gesicht. »Welchen Sinn soll das denn haben? Die ist doch nicht mehr zurechnungsfähig.«

»Er behauptet, er kann mit ihr, was immer das heißen soll.«

Während er redete, rief er Dirks Nummer auf und drückte die Ruftaste. »Auf jeden Fall scheint er sich sicher zu sein, dass er mit ihr klarkommt. Offenbar kennt er sie seit ihrer Geburt, was naheliegend ist, denn sie sind ja praktisch Nachbarn, sozusagen nebeneinander aufgewachsen …«

»Hallo«, meldete sich Dirk keuchend.

»Dirk, ich bin's.« sagte Nils und wiederholte alles, was Nappy ihm mitgeteilt hat. »Sowie er sich mit Lia auseinandergesetzt hat, wird er dir bei der Suche helfen. Er wird dich anrufen.«

»Nordost war also die richtige Richtung …« Dirk brach ab, als das unverkennbare Brüllen eines Löwen durch die Nacht schallte. »Verdammt!«, rief er. »Könnt ihr das hören? So geht es schon die ganze Zeit. Ein Glück, dass sich die Löwen hinter dem elektrischen Zaun befinden und nicht rüberkommen können.«

»Wir hören es«, sagte Jill, die unmittelbar neben Nils stand. Sie musste an die jungen Löwen denken, die sich regelmäßig vom Umfolozi-Reservat unter *Inqaba*s Zaun durchgruben, um dort ein eigenes Rudel zu gründen. Maurice' Löwen waren wild, ihr Bewegungsdrang ungebrochen. Es war nur eine Frage der Zeit, wann die Raubkatzen sich beengt fühlen würden und entschieden, dass sie mehr Platz brauchten. Dann würde im Endeffekt auch der elektrische Zaun keine Barriere für ihre Wanderlust darstellen.

Unruhe kroch in ihr hoch. Das Revier der Löwen lag innerhalb Lias Farm. Unwillkürlich flog ihr Blick über das umliegende Areal, aber natürlich konnte sie in der Dunkelheit absolut nichts erkennen. Ein Löwe konnte unmittelbar neben ihr im Busch versteckt liegen, und sie würde ihn nicht einmal erahnen.

Nils war ebenfalls sichtbar erschrocken. »Sei um Himmels willen vorsichtig«, warnte er seinen Freund.

»Klar«, sagte Dirk und beendete das Gespräch.

»Ich habe ein verdammt ungutes Gefühl«, sagte Nils an Jill gewandt, während er sein Handy wieder einsteckte. »Aber es hat sowieso keinen Sinn, mit Dirk darüber zu reden. Er würde sich ohnehin von keinem Argument aufhalten lassen.«

»Das würdest du dich in seiner Situation auch nicht«, antwortete sie.

Nils und Wilson hatten das Loch im Zaun noch breiter gemacht, und inzwischen waren alle Kinder hindurchgekrochen und in den Wagen geklettert. Dabei war jedes von ihnen bis auf die Haut nass geworden, und das Innere des Autos roch inzwischen nach Waschküche und Unrat. Die Mädchen lagen in einem unordentlichen Haufen, ihre Arme umeinandergeschlungen, auf dem Rücksitz, auf dem Boden und auf dem Vordersitz. Die meisten schliefen.

Plötzlich war Jill auch zum Umfallen müde und lehnte sich im Fahrersitz zurück. Kira schlief bereits seit geraumer Zeit in ihren Armen. Auch Nils und Wilson, die keinen Platz mehr im Auto hatten und unter einem Baum Schutz gesucht hatten, wirkten geschafft. Jills Gedanken wanderten zu Anita. Sie fröstelte, wenn sie sich vorstellte, was ihr zugestoßen sein könnte. Gleichzeitig sah sie Dirk vor sich, wie er im hin und her huschenden Scheinwerferlicht über abgebrochene Äste oder in Bodenlöcher stolperte, in einer Gegend, wo es vor Schlangen nur so wimmelte. Vielleicht aber war auch der Scheinwerfer zerbrochen, und er lag jetzt verletzt hilflos im Dunkeln ...

Sie holte tief Luft und riss sich zusammen, beschloss aber, Dirk anzurufen, um sich zu vergewissern, dass alles in Ordnung war. Bevor sie jedoch seine Nummer eingeben konnte, klingelte Nils' Mobiltelefon. Nils kam zu ihr herüber und stellte den Lautsprecher an, damit sie mithören konnte. Es war wieder Nappy de Villiers.

»Lia ist nicht aufzufinden«, schepperte seine Stimme aus dem Telefon. »Angeblich ist sie irgendwo auf ihrer Farm. Maurice ist ebenfalls nicht da. Sagt jedenfalls Cathy, die Haushaltshilfe. Wo er sich aufhält, weiß sie nicht. Sagt sie zumindest. Ich kann hier also nichts ausrichten. Ich mach mich jetzt auf den Weg zu Dirk.«

»Sag mal – mir kommt da gerade eine Idee«, sagte Nils. »Ist dein Wagen groß genug für mindestens sechs Kinder von Kiras Kaliber?«

»Locker«, gab Nappy zurück. »Es ist ein Rover. Von den kleinen Heringen passen leicht zehn hinein. Gestapelt noch ein paar mehr.« Er lachte.

»Das ist gut. Wir müssen die Mädchen möglichst schnell nach *Inqaba* bringen, haben aber nur einen Wagen hier, und der hat natürlich nicht genug Platz für zwölf Kinder und drei Erwachsene. Philani ist bereits mit einem unserer Geländewagen unterwegs, aber das dauert noch eine Weile. Könnten wir dein Auto benutzen, wäre das Problem gelöst. Ich lasse den Wagen anschließend sofort zu dir zurückbringen. Wäre das möglich? Die Kleinen stinken übrigens infernalisch, sie müssen in ihrer eigenen Sch… gelegen haben – na, du weißt schon, was ich meine. Ich hoffe, das macht dir nichts aus?«

»Kein Problem. Einmal durch die Waschanlage, und der Wagen duftet wieder wie ein Frühlingstag! Ihr wartet am besten auf der Straße vor dem Hof, dort, wo ihr durch den Zaun gestiegen seid. In spätestens fünf Minuten werde ich da sein. Von da aus kann ich mit dem Wagen ohnehin nicht weiterkommen und werde zu Fuß gehen müssen. Ich hoffe, dass ich Dirk aufstöbern kann, bevor er an die Futterstelle gelangt. Wer weiß, wer oder was dort auf ihn wartet. Ich kenne so ziemlich jede Abkürzung auf *Timbuktu*. Als Lias Eltern noch lebten, haben wir als Kinder dort immer Mangos geklaut. Es waren die süßesten der ganzen Umgebung. Bis gleich.« Er legte auf.

»Nappy um Hilfe zu bitten war eine blendende Idee«, sagte Jill und machte sich daran, die Mädchen aufzuwecken.

Bald schon kündigte ein fahler Lichtschein hinter dem Regenvorhang Nappys Kommen an. Nils rannte ihm auf der Straße entgegen und winkte ihn mit seinem Scheinwerfer heran. De Villiers parkte unmittelbar neben ihnen, stellte seinen Motor ab und sprang heraus.

Jill öffnete die Fahrertür und lehnte sich hinaus. »Hallo, Leon, danke, dass du so schnell gekommen bist.«

»Geht es den Kleinen gut? Ich hoffe, sie haben sich nicht irgendeinen scheußlichen Infekt eingefangen. In dem Hof hier hat Lia sonst immer ihre Küchenabfälle abgeladen, auch Fleisch.«

»Außer dass sie nicht sehr gut riechen, scheint es ihnen, soweit ich sehen kann, einigermaßen gut zu gehen, obwohl alle natürlich unterernährt sind. Eines der Mädchen hat offenbar einen Malariaanfall. Sie braucht dringend Medikamente. Die meisten stammen wohl aus Camps, in denen die Simbabwe-Flüchtlinge eingepfercht sind. Die Verhältnisse dort werden täglich katastrophaler. Es ist ein Wunder, dass nicht noch mehr krank sind. Ein Scheißleben, und jetzt das! Wir bringen sie vorerst auf *Inqaba* unter.«

»Und danach …?«

»Danach sehen wir weiter«, unterbrach ihn Jill schnell. Sie wollte vermeiden, die Kinder erneut mit einer Diskussion über ihr zukünftiges Schicksal zu verunsichern.

Nappy de Villiers hatte erstaunlich feine Antennen. Er nickte und wechselte sofort das Thema. »Stell den Wagen nachher hier wieder ab, und leg den Schlüssel aufs linke Hinterrad.« Er händigte Nils den Autoschlüssel aus, drückte seinen Buschhut tiefer ins Gesicht, rückte die Pistole, die er am Gürtel trug, zurecht und steckte sich die unvermeidliche Pfeife in den Mund, obwohl die kalt war. »Was ist das nur für ein Scheißwetter«, murmelte er und grinste dabei an der Pfeife vorbei. »Im Busch werde ich Schnorchel und Schwimmflossen brauchen. Wir sehen uns!«

Immer noch grinsend grüßte er mit zwei Fingern. Er schaltete seinen Handscheinwerfer ein und stapfte dann durch den strömenden Regen um die schlammgefüllten Schlaglöcher herum auf die andere Straßenseite. Steifbeinig kroch er durch das Loch im Zaun, wobei er mit seinem Hut hängen blieb. Er fluchte vernehmlich, setzte ihn wieder auf und tauchte bald zwischen den Büschen ab.

Jill hielt einen Schirm über Nils und Wilson, die nach und nach sieben der Mädchen zu Nappys Wagen brachten. »Die müssen mal richtig aufgepäppelt werden«, bemerkte Nils, der auf jedem Arm eines der Kinder trug, auf Deutsch. »Sie sind jämmerlich dünn, eigentlich nur Haut und Knochen.«

»Darauf kannst du dich verlassen«, antwortete Jill. »Ich wette, Thabili macht mit Mario in der Küche schon Überstunden.«

»Du fährst mit meiner Frau«, wies Nils den Bodyguard an. Während Wilson hinten ins Jills Wagen einstieg, vergewisserte er sich, dass Kira auf dem Beifahrersitz sicher angeschnallt war. »Ich folge euch«, rief er Jill zu.

Jill saß schon hinter dem Steuer, als ihr Handy klingelte. »Warte mal«, rief sie ihrem Mann zu. »Es ist Jonas.« Sie lauschte einen Augenblick. »Gut, sag ihr, wir sind gleich dort.« Damit legte sie auf. »Jonas hat mit Thandi Kunene gesprochen. Sie sagt, wir sollen mit den Mädchen direkt zu ihr ins Krankenhaus kommen. Dort hätte sie mehr Möglichkeiten, sie gründlich zu untersuchen. Ich habe ihr bestellen lassen, dass wir gleich da sind.«

Dann erklärte sie den Mädchen auf Ndebele, was sie vorhabe, und machte ihnen gleichzeitig klar, dass Dr. Thandi Kunene Zulu sei und auch ihre Sprache spreche. Außerdem versicherte sie ihnen, dass sie sofort nach der Untersuchung von ihr abgeholt und nach *Inqaba* gefahren würden, wo sie vorerst bleiben sollten. Sie warf ihrem Mann einen Kuss zu, ließ den Motor an, stellte die Scheibenwischer auf die höchste Stufe und schaukelte langsam durch die Schlaglöcher die überflutete Straße hinunter.

Dr. Kunene wartete schon mit zwei Krankenschwestern auf sie. Die schwarze Ärztin war eine spektakuläre Erscheinung. Groß, gertenschlank, ebenmäßig schöne Züge mit hohen Wangenknochen und vollen Lippen. In ihrem früheren Leben war sie ein internationales Topmodel gewesen, das die Kleider der berühmtesten Modeschöpfer vorgeführt hatte, bis zu jenem Tag, als eine furchtbare Feuersbrunst sie und ihren Zwillingsbruder Popi fast das Leben gekostet hätte. Eine feine Narbe, die sich von ihrer Stirn über die Wangen zum Kinn zog, war das einzig erkennbare Zeichen. Dass sie eine Perücke tragen musste, weil ihre Kopfhaut vom Feuer zerfressen war, wusste kaum jemand. Pienaar hatte auch hinter diesem Verbrechen gesteckt. Aber Thandile Kunene war eine sehr starke Frau. Sie war wieder gesund geworden, seelisch und körperlich, und hatte sich ihren Lebenstraum erfüllt, indem sie ein Kinderkrankenhaus gründete.

Jill hatte eine besondere Beziehung zu ihr, etwas, woran sie immer erinnert wurde, wenn sie Thandi in die Augen sah. Mal grau, mal grün waren sie, wie das Meer vor einem Sturm. Etwas sehr Überraschendes in dem dunklen Gesicht einer Zulu. Thandi und Popi, der vor wenigen Jahren an Aids gestorben war, waren das Ergebnis einer betrunkenen Vergewaltigung durch Jills ehemaligen Schwager, einen brutalen, rassistischen Mann, der mit Len Pienaar befreundet gewesen war. Er hatte die gleiche Augenfarbe gehabt.

Thandi ging vor den Kindern in die Knie und breitete die Arme aus. »Willkommen«, sagte sie lächelnd, konnte aber nur mit großer Mühe ihr Entsetzen verbergen, als sie sah, in welchem Zustand sich die Mädchen befanden. Anfänglich zeigten sich die Kinder verschlossen und misstrauisch, aber bei Thandis liebevoller Begrüßung und den Bonbons, die die Ärztin für sie bereithielt, wurden sie schnell zutraulich, und Jill konnte sie mit gutem Gewissen den kompetenten Händen ihrer Freundin überlassen.

»Ruf mich an, sobald du mit der Untersuchung fertig bist, wir holen sie dann ab«, sagte sie zu Thandi, bevor sie wieder zu Kira und Wilson ins Auto stieg. Nils war von Thandi aus wieder zurück zum Hof gefahren, um Nappys Auto an der verabredeten Stelle abzustellen. Philani wartete dort bereits auf ihn.

Auf *Inqaba*s Parkplatz angekommen, hob Jill ihre Tochter aus dem Landrover und lief, gefolgt von Wilson, durch den Blättertunnel zum Haupthaus. Nils hatte sie unterwegs angerufen, dass er wohl ein paar Minuten vor ihr auf *Inqaba* ankommen würde, und deshalb rechnete Jill mit einem begeisterten Begrüßungskomitee für Kira.

Aber die Farm lag totenstill vor ihr. Das Rauschen des Regens hatte vor ein paar Minuten wie abgeschnitten aufgehört, nun tröpfelte nur noch die Nässe aus den Bäumen. Außer den ersten Baumfröschen, die zu flöten anfingen, und dem leisen Gurgeln, mit dem das Wasser über den Weg im Blättertunnel strudelte, war kein Ton zu vernehmen. Kein Klirren von Geschirr, kein Lachen der Zulumädchen in der Küche, kein Laut von Luca, auch nicht von Nils. Keine Spur von irgendeinem menschlichen Wesen.

Mit Kira auf dem Arm blieb sie stehen. Was war hier los? Beklemmung schoss in ihr hoch. Wilson zog prompt seine Waffe und bedeutete ihr schweigend, hinter ihm in seinem Schutz zu bleiben. Schrittweise bewegten sie sich durch die Stille, verließen den Tunnel und schlichen lautlos über den gepflasterten Weg hinauf zum Haupthaus. Seine Pistole in den ausgestreckten Händen haltend bog Wilson als Erster um die Ecke.

Jill zögerte. Die Angst saß ihr im Hals, das Atmen fiel ihr schwer, die schrecklichsten Bilder, was sie dort vorfinden würde, wirbelten ihr durch den Kopf. Doch sie zwang sich, ebenfalls die Veranda zu betreten. Der Anblick, der sich ihr dort bot, ließ sie wie angewurzelt stehen bleiben.

Dass der vordere Teil der Veranda tatsächlich von den Regenmassen unterspült worden war und abgerutscht sein musste, erkannte sie im Licht der starken Scheinwerfer, die die Hausumgebung ausleuchteten, sofort, aber nicht die zwei Gestalten, die platt auf den jetzt abschüssig geneigten Bohlen lagen. Beide klammerten sich an etwas, was eigenartig wie ein menschliches Bein aussah. Erst beim zweiten Hinsehen stellten sie fest, dass es Thabili und Jonas waren und dass die beiden Beine einem Mann gehörten, auf dem ein Mann saß, dessen breitschultrige Silhouette unverwechselbar war. Nils.

Ungläubig starrte sie auf das Schauspiel. Nur an der Kleidung konnte sie festmachen, dass er auf Flavio Schröders Rücken saß, der wiederum zwei Frauenbeine gepackt hielt. Mit jeder Hand eines. Der übrige Körper der Besitzerin verschwand über die Kante der abgerutschten Veranda im Nichts. Wo vorher der buschbewachsene Abhang hinunter zum Wasserloch geführt hatte, gähnte jetzt ein schlammgefüllter Abgrund. Der Abhang samt den Büschen schien hinunter ins Tal gerutscht zu sein. Die Beine der Person steckten in hautengen weißen Hosen, die Jill sofort bekannt vorkamen.

»Das ist Marina Muro«, flüsterte sie fassungslos.

Flavio Schröder sagte etwas. Es kam gepresst heraus, was bei dem Gewicht von Nils, der mit seinen über eins neunzig auf seinem Kreuz saß, kein Wunder war. Jetzt stand ihr Mann auf, langte an dem Regisseur vorbei, ergriff die Knöchel der Schauspielerin und zog sie scheinbar mühelos hoch. Die wirre Mähne Marinas erschien, und darunter ihr rot angelaufenes Gesicht mit wutblitzenden Augen.

»Flavio, du dämliches Arschloch!«, kreischte sie. »Du hättest mich fast fallen lassen!« Sie verdrehte den Hals, um Flavio Schröder direkt anzufunkeln. »Um ein Haar wäre ich da runtergefallen und im Schlamm ertrunken! Und was hättest du dann gemacht, he? Ohne Hauptdarstellerin?«

»Ich hätte dich locker halten können, wenn du nicht so fett

wie ein Walross geworden wärst!«, schoss der Regisseur spöttisch zurück.

Marina wand sich aus Nils' Griff und sprang auf. Verwirrt sah Jill, dass sie den sich heftig windenden und hörbar kollernden Jetlag unterm Arm geklemmt hielt. Marina drückte den Hahn Nils in die Hand und stellte sich, die Arme in die Hüften gestemmt, dicht vor Flavio Schröder auf. Auf ihrem Gesicht trocknete der Schlamm zu einer hellen Kruste, ihr Lippenstift war verschmiert, Mascara bahnte sich als schwarze Rinnsale den Weg über ihre Wangen. Es gab ihr das traurige Aussehen eines weinenden Clowns. Aber das war sie nicht. Überhaupt nicht. Sie bebte vor Wut.

»Wag es ja nicht, das zu wiederholen … du verdammter …« Sie brach ab, und jetzt bekamen die Mascarabäche tatsächlich Nachschub. »Du blöder …«

»Seien Sie nicht so ein verbohrter Kotzbrocken, verehrter Herr Regisseur«, wurde sie von einer männlichen Stimme unterbrochen. »Sie liebt sie. Haben Sie das noch nicht mitgekriegt?«

Jill riss den Kopf herum. Unter dem Dachvorsprung stand, mit eingegipstem Bein und auf Krücken gestützt, ein rothaariger, klapperdürrer Mensch von der Länge einer Bohnenstange und grinste Flavio Schröder an. Andy Kaminski, der Assistent von Dirk, der bei seinem Streit mit einem Zebra den Kürzeren gezogen und sich das Bein gebrochen hatte.

Jetzt lachte er laut. »Sie haben es noch nicht gemerkt, Herr Schröder, richtig? Herrgott, auch wenn Sie mich jetzt wohl feuern werden, muss das mal klargestellt werden. Mit Verlaub gesagt, Sie sind ja noch blinder als ein Grottenolm. Alle anderen wissen das schon lange.«

Der Regisseur und seine Hauptdarstellerin sahen sich an. Die Luft knisterte. Dann zog ein langsames Lächeln über das Gesicht Flavio Schröders. Wortlos steckte er die Hände in die Taschen seiner verschmutzten Cargohosen und ging ein paar Schritte. Dann blieb er stehen und schien nachzudenken. Urplötzlich tat er einen übermütigen Schnalzer. Und dann noch einen.

»Heureka!«, flüsterte Andy Kaminski und grinste wie ein Honigkuchenpferd.

Von Marina ging auf einmal ein Strahlen wie von der aufgehenden Sonne aus. Sie funkelte vor Glück, und für einen Moment verbreitete sich eine wunderbar warme Stimmung, die allerdings von Nils, der offenbar von dem, was sich da abgespielt hatte, nichts mitbekommen hatte, rüde unterbrochen wurde. Er hatte den gackernden Hahn grob am Hals gepackt.

»Jetzt kommt er in die Suppe, und zwar endgültig«, röhrte er mit einem Ausdruck grimmiger Entschlossenheit. »Der hat genug Unheil angerichtet.«

»Kommt er nicht!«, kreischte Kira und riss sich von ihrer Mutter los. »Wehe!«

»Kommt er nicht, keine Angst«, mischte sich Marina ein und warf Nils einen schmelzenden Blick zu. »Der Hahn ist Luca entwischt, und der hörte gar nicht mehr auf zu weinen. Also mussten Flavio und ich Jetlag doch irgendwie wieder herbeischaffen. Gott sei Dank hat das Biest einen ziemlichen Lärm gemacht, sodass wir ihn schnell gefunden haben. Er hat bis zu seinem dürren Hals unter der Veranda im Schlamm gesteckt, seine Beine waren unter einem Balken eingeklemmt. Um ein Haar wäre er ertrunken, und wir haben ihn unter Einsatz unseres Lebens gerettet, und deswegen kommt er jetzt auf keinen Fall in die Suppe, nicht wahr?« Sie lächelte Nils heiter an und wrang sich den Schlamm aus den langen Haaren.

Nils gab sich alle Mühe, unwirsch dreinzuschauen, aber bald zuckten seine Schultern vor Lachen, und er ergab sich mit erhobenen Händen.

»Na also«, sagte Marina zufrieden und nahm ihm den strampelnden Hahn ab, um ihn Kira in die Arme zu drücken, die ihn strahlend umarmte und glücklich in sein struppiges Federkleid kicherte.

Es war das schönste Geräusch, dass Jill seit Langem gehört hatte.

Dirk prüfte im Licht des Scheinwerfers zum wiederholten Mal die Kompassnadel seiner Uhr und justierte die Ausrichtung, bis der Zeiger genau nach Nordosten zeigte. Der Marsch quer durch den Busch war ungeheuer anstrengend. Seine Muskeln und Gelenke knirschten, sein Schienbein blutete, die Füße taten bei jedem Schritt saumäßig weh. Und in den letzten Minuten hatte ihn die Vorstellung gequält, dass alles umsonst gewesen sein könnte. Aber er verdrängte die schwarzen Gedanken mit Macht und bahnte sich mit gewaltigen Pangahieben den direktesten Weg durchs Gestrüpp.

Irgendwo brüllte unvermittelt ein Löwe, und er bekam vor Schreck einen trockenen Mund. Er klang deutlich näher als zuvor. Unbehaglich leuchtete er die Umgebung ab. Der Ruf der Raubkatze rollte durch die Nacht, schien von überallher zu kommen, sogar die Erde unter seinen Füßen erzitterte, und er spürte, wie sich ihm die Haare im Nacken sträubten. Plötzlich erschien ihm die Dunkelheit dichter, der Busch unheimlicher, die Schatten schwärzer. Sein Scheinwerferstrahl sprang hierhin und dorthin. Bewegte sich nicht der Ast dort? War es ein Affe? Eine Schlange? Oder ein Leopard, der nur darauf wartete, ihm in den Nacken zu springen? Er schüttelte sich unwillkürlich.

»Hör auf, du Idiot!«, sagte er laut und holte mit dem Panga aus.

Irgendwann stieß er auf einen schmalen Pfad und atmete erleichtert auf. Für einen Augenblick gönnte er sich eine Verschnaufpause, ehe er weiter über den vom Regen glitschigen Weg hastete. Als er den Schrei vernahm, stoppte er so abrupt, dass er ausrutschte und der Länge nach in den Matsch fiel. Der Panga flog ihm aus der Hand, der Scheinwerfer ebenfalls, wobei es ein hässliches Knacken gab. Auf dem Bauch liegend zog er ihn an sich heran und musste feststellen, dass das Scheinwerferglas einen durchgehenden Riss bekommen hatte. Aber die Birne brannte noch, und das war die Hauptsache. Er blieb einfach im Matsch sitzen und horchte in höchster Erregung in die Finsternis.

Doch die Nacht blieb still. Unsicher, was er gehört hatte – ob er überhaupt etwas gehört hatte oder es nicht doch eine akustische Täuschung gewesen war –, schüttelte er unwillkürlich den Kopf. Er stemmte sich frustriert auf die Beine und sammelte Scheinwerfer und Panga wieder ein. Seine gesamte Vorderseite war mit rotem Schlamm verklebt, auch sein Schienbein. Wie ein Verband bedeckte die rote Masse den Riss. In der Hoffnung, dass der Schlamm nicht mit irgendwelchen exotischen Bakterien verseucht war, streifte er ihn nicht ab.

Und dann hörte er es wieder, und dieses Mal war er davon überzeugt, dass er einen Vogelruf vernommen hatte. Er biss sich auf die Lippe. Auf Anhieb fiel ihm kein Vogel ein, der so klang. So menschlich. In Windeseile ging er die Namen der Vögel durch, die er kannte, und versuchte sich vorzustellen, wie ihr Ruf klang. Erst nach einer Weile kam er darauf, dass Vögel nachts schliefen. Bis auf Nachtvögel natürlich. Inbrünstig wünschte er sich, dass Jill jetzt neben ihm stünde. Sie hatte nicht nur besonders feine Ohren, sondern würde genau wissen, ob es Nachtvögel gab, die derartige Geräusche machten. Deprimiert nagte er an seiner Unterlippe.

Als er den Schrei ein drittes Mal hörte, war er sich endlich sicher, dass dieser nicht aus einer Vogelkehle stammte. Er war menschlich, und es war eine Frau gewesen, die geschrien hatte. Ein Lächeln huschte über seine schlammverschmierten Züge. Bei der Vorstellung, dass er Anita tatsächlich auf der Spur war, schlug ihm das Herz bis zum Hals. In einem plötzlichen Aufwallen von Emotionen schossen ihm die Tränen hoch. »Herrgott noch mal«, murmelte er erstickt.

Allerdings war es definitiv nicht die richtige Zeit, sich jetzt seinen Gefühlen hinzugeben, also zwang er sich, die Lage zu analysieren. Die wichtigste Erkenntnis war, dass Anita, wenn sie noch schreien konnte und so es tatsächlich ihre Stimme gewesen war, noch am Leben sein musste. Irgendwo dahinten, hinter den Büschen, vermutlich nahe der Futterstelle für die Raubkatzen, von der Nappy gesprochen hatte. Schätzungsweise nicht mehr als hundert Meter Luftlinie entfernt. Seine Anita! Ein Energieschub durchzuckte ihn, und er machte einen gewaltigen Satz über den Stamm eines umgefallenen Baums.

Das plötzliche Klingeln seines Telefons in der Stille des nächtlichen Buschs war so schockierend laut, dass er vor Schreck stolperte. Er klemmte sich den Panga unter den Arm und zog es schnell heraus. Die Nummer auf dem Display war die von Jill. »Ja«, meldete er sich.

Sie erkundigte sich als Erstes, ob ihm auch nichts zugestoßen sei und ob er gut vorankomme. »Wo bist du jetzt?«

»In der Nähe der Futterstelle offenbar«, hechelte er im Laufen. »Ich habe etwas gehört, einen Ruf oder einen Schrei. Erst dachte ich, es wäre ein Vogel, aber jetzt bin ich mir sicher, dass es ein Mensch war. Eine Frau.« Vor ihm versperrte ihm Zweiggewirr den Weg. »Warte mal kurz.« Er steckte das Telefon in die Tasche und durchtrennte das Hindernis mit einem kräftigen Hieb mit dem Panga. Dann setzte er das Gespräch mit Jill fort. »Kannst du mir genau beschreiben, wo der Eingang zur Futterstelle liegt und wie er beschaffen ist?«

»Nappy sagt, er ist auf der Südseite, aber er ist getarnt, vermutlich mit trockenem Dornengestrüpp, also musst du sehr genau hinsehen. Außerdem würde ich an deiner Stelle das Scheinwerferlicht irgendwie dämpfen. Vielleicht kannst du dein

Hemd drumwickeln. Denk dran, was Nappy gesagt hat. Der Kerl kann Gefahr riechen. Bitte sei vorsichtig.«

Dirk fiel ein, was sie über diesen Len Pienaar erzählt hatte. Was dieser Mann ihr und ihrer Familie angetan hatte. Sofort stürzte eine Kaskade von Bildern über ihn herein, von blutigen Verkehrsunfällen, Kriegsopfern, Opfern von Sexualmördern. Und alle trugen Anitas Gesicht. Eigentlich war das völlig belanglos, aber seine Nerven waren derart überreizt, dass sie ihm diesen Streich spielten. Sein Magen zog sich zu einem heißen, sauren Knoten zusammen. Schutzlos war er diesem Ansturm ausgeliefert, nicht fähig, diese Bilder zu bannen.

Er blieb stehen, schloss die Augen und konzentrierte sich auf einen Punkt in seiner Mitte. Er durfte nicht daran denken. Es würde ihn lähmen, seine Urteilskraft trüben und letztlich Anita dem Unheil preisgeben. Er musste seinen Kopf frei haben, um blitzschnell und nüchtern eine Situation beurteilen und eine Entscheidung fällen zu können. Jill hatte ihm geraten, das Scheinwerferlicht zu dämpfen. Das musste er als Nächstes tun, das würde ihm helfen, sein seelisches Gleichgewicht wiederzufinden.

»Dirk? Bist du noch dran?« Jills Stimme.

»Bin ich, entschuldige … mir war gerade etwas eingefallen.«

»Warte noch. Nappy ist auf dem Weg zu dir. Er kennt die Gegend seit seiner Jugend wie seine Westentasche, wie er sagt, und kann dir viele Umwege ersparen. Also, halt die Augen nach ihm offen. Er hat deine Telefonnummer.«

Während sie sprach, hatte er schon voller Ungeduld sein Hemd ausgezogen. Er klemmte das Telefon zwischen Kinn und Schulter, um beide Hände frei zu haben, und knotete das Hemd so um den Scheinwerfer, dass nur noch diffuse Helligkeit durch den Baumwollstoff drang. Gerade noch ausreichend, ihm den Weg zu zeigen. Unterdessen verabschiedete sich Jill mit einer weiteren Mahnung zur Vorsicht. Er steckte das Handy ein und bewegte sich aufs Höchste angespannt vorwärts. Der gedämpfte Lichtkegel beleuchtete nur den Boden unmittelbar vor seinen Füßen. So geschah es immer wieder, dass er über Baumwurzeln stolperte oder bis zu den Knöcheln in Schlammlöchern versank und deshalb deutlich langsamer vorankam als zuvor.

Ein weiterer Schrei war nicht zu vernehmen. Nur das Knacken der Zweige unter seinen Füßen und das eintönige Flöten der Baumfrösche war zu hören und ab und zu das tiefe Grollen des Königs der Tiere. Krampfhaft bedacht, kein unnötiges Geräusch zu verursachen, schlich er auf die Südseite des Geheges zu. Nach einigen Minuten mischte sich in den Modergeruch von nasser Erde und fauligen Blättern ein weiterer, ein scharfer Geruch, der unverwechselbar war. Katzenurin. Raubtiergestank. Die Futterstelle musste in unmittelbarer Nähe sein. Er kräuselte die Nase, war aber froh, dass er es so weit geschafft hatte.

Ein trockener Knall peitschte durch die Dunkelheit, und Dirk blieb wie festgenagelt stehen. Es musste ein Schuss gewesen sein, daran bestand kein Zweifel. Davon hatte er im Lauf seiner Karriere als Kriegsreporter zu viele gehört. In diesem Fall stammte er nicht von einem großkalibrigen Gewehr, sondern eher von einer Handfeuerwaffe. Jemand hatte eine Pistole oder einen Revolver abgefeuert, da war er sich sicher.

Die Gewissheit versetzte ihm einen derartigen Schock, dass ihm sekundenlang schwarz vor Augen wurde, und der Schrei, der dem Schuss unmittelbar folgte, ließ ihm das Blut in den Adern gerinnen. So schrie nur ein Lebewesen in Todesangst.

Er konnte keinen Muskel rühren. Wie zu Stein erstarrt, stand er im dunklen Busch. Mit sekundenlanger Verspätung schoss ihm das Adrenalin durch die Adern, und er kam wieder zu sich. Noch einmal rief er sich ins Gedächtnis, von wo der Schuss gekommen sein musste, und wand sich lautlos wie eine Katze zwischen den Ästen hindurch, kam dadurch aber nur langsam voran. Er holte tief Luft. Der Mensch, der da geschrien hatte, war in

Not, und nach dem Schuss war es sinnlos, Geräusche vermeiden zu wollen. Jetzt war Schnelligkeit geboten.

Er warf sich vorwärts, krachte rücksichtslos durchs Dickicht und verursachte dabei einen Lärm wie ein ausgewachsener Elefant. Ein neues Geräusch allerdings, eines, das ihm noch viel mehr Schrecken einjagte, trieb ihn jetzt noch schneller vorwärts. Es wurde durch die feuchte Nachtluft zu ihm herübergetragen. Nicht so klar wie der Schuss, nicht so durchdringend wie der Schrei zuvor, aber deutlich zu vernehmen. Ein Schrei höchster Angst. Panik. Von einem Menschen, einer Frau, denn die Tonlage war höher als bei einem Mann.

»Scheiße«, brüllte er. »O verdammt!«

Hinter der schwarzen Masse aus Sträuchern erhellte ein Lichtschein einen Bereich, der offensichtlich innerhalb des Geheges lag, und ließ die Feuchtigkeit, die noch über dem Land hing, als geisterhaften, weißen Nebelschleier in der Nacht schweben. Im Laufen riss er sein Hemd vom Scheinwerfer, warf es weg und ließ den Strahl über den Busch huschen. Wo war dieser verdammte Eingang? Hektisch leuchtete er alles ab. Graue, vertrocknete Zweige, bösartig aussehende Dornen, sonst nichts.

Dass Maurice im tiefen Schatten abwartete, bis er vorbeigerannt war und dann blitzschnell das Tor so weit auseinanderschob, dass er sich durch die Lücke zwängen konnte, bemerkte er nicht. Auch das Quad, das in sicherer Entfernung zur Futterstelle abgestellt worden war, blieb von ihm unentdeckt.

Dirk hetzte weiter, der Lichtkegel huschte über die Bäume, die in der Nähe des Zauns wuchsen. An zwei dickstämmigen Dattelpalmen blieb er kurz hängen und sprang dann weiter, bis er auf einen kräftigen, gut verzweigten Tambotibaum traf. Er blieb stehen und überlegte, ob er einen der Bäume als Aussichtsplattform nutzen sollte. Von dort aus müsste er eine gute Sicht auf die Futterstelle haben. Mit den Augen maß er den Abstand der Bäume zum Zaun des Löwengebiets. Nur ein paar Meter. Viel zu nahe, fuhr es ihm durch den Kopf. Maurice musste verrückt sein. Wenn die Bäume bei einem Sturm umstürzten, würden sie den Maschendraht einreißen, und die Löwen würden aufs Farmgelände gelangen. Wie er selbst gesehen hatte, gab es in der Außenbegrenzung von *Timbuktu* genügend Lücken, sodass die Raubkatzen sich ungehindert durchwinden und in die Dörfer spazieren konnten. Aber jetzt war es ein Glück für ihn, dass Maurice so nachlässig war. Er leuchtete den Tambotibaum hoch. Von seiner Krone aus würde er freie Sicht haben. Die Äste waren dick und stark, die würden ihn halten. Allerdings wuchs der erste etwa zweieinhalb Meter über dem Boden, und das stellte ein Problem dar.

Er legte den Scheinwerfer unter dem Baum ab, steckte den Panga in den Gürtel und peilte den Ast an. Er ging tief in die Knie und drückte sich ab, schaffte es aber nicht, den untersten Ast zu packen, sondern rutschte ab und fluchte vernehmlich, weil er sich an der schuppenartigen, harten Außenseite des Stamms seine Handflächen aufgescheuert hatte. In rasender Eile packte er den Panga mit beiden Händen, schwang ihn und hackte tiefe Kerben in den kräftigen Stamm. In die unteren würde er die Füße setzen, die oberste höhlte er so weit aus, dass er mit den Fingerspitzen Halt fand. Kurz darauf umklammerte er den ersten Ast. Den Panga im Gürtel, kletterte er behände hinauf. Als er den höchsten Ast, der ihn gerade noch trug, erreicht hatte, musste er nur einige dünne Zweige abbrechen, die ihm die Sicht blockierten. Er streckte den Kopf hinaus.

Der Lichtschein, den er zuvor entdeckt hatte, kam von einem starken Scheinwerfer. Er leuchtete den Hof aus, der von Mauern und an einer Stelle von einem Gitter aus dicken, glänzenden Metallstäben begrenzt wurde. Schnell orientierte er sich. Links stand, mit der Schmalseite zu ihm, ein riedgedecktes Haus, an das sich am anderen Ende der Längsseite ein Schuppen anlehnte. Ein sehr solide wirkendes Metalltor führte auf der linken

Seite vom Hof zu einer Art Vorplatz vor dem Haus. Das nahm er jedenfalls an, denn die Bambusabdeckung darüber hatte zwar überall Lücken, verhinderte aber trotzdem einen freien Blick. Ein kurzes, leises Quietschen wie von einer Tür drang an sein Ohr, aber sosehr er sich auch bemühte, er konnte das Geräusch nicht orten. Eine Bewegung zog seine Aufmerksamkeit wieder zurück in den Hofbereich, und ein metallisches Aufblitzen. Eine Person stand am Rande des Schattens. Das Licht streifte ihren Kopf. Dunkles Haar, schlanke Hände, lange Beine in Shorts.

Anita.

Es war, als hätte ihn ein harter Haken in den Solarplexus getroffen. Er bekam für einen Moment keine Luft, fasste sich aber schnell wieder. Seine Augen hatten sich an das grelle Licht und die tiefen Schlagschatten gewöhnt. Ihren schockierten Gesichtsausdruck konnte er gut erkennen, aber nicht, was den hervorrief.

Sein Blick tastete sich an ihr hinunter, und zu seinem Schrecken wurde ihm klar, dass das metallische Aufblitzen von einer Pistole herrührte, die sie wie im Krampf mit beiden Händen gepackt hielt. Sie zielte auf einen Punkt auf dem betonierten Boden. Er kniff die Augen zusammen und folgte der Richtung des Pistolenlaufs.

Er sah Beine, gespreizte Beine mit Buschstiefeln und hellblauen Kniestrümpfen, die unter blutverschmierten Shorts endeten, und den walähnlichen, nackten Oberkörper eines Mannes, der in einer großen roten Lache lag.

Len Pienaar? Was hatte Jill gesagt? Pienaars Markenzeichen seien hellblaue Kniestrümpfe, in die er immer seinen Kamm stecke. Den Kamm konnte er nicht sehen, aber die restliche Beschreibung stimmte. Ohne Zweifel war es Pienaar, der dort unter der Hofmauer auf dem Betonboden lag. Der Bure bewegte sich nicht. Der sich zusehends ausbreitende Blutfleck auf seinem

Bauch bestätigte ihm, dass Anita ihn getroffen hatte. Wenn sie es gewesen war, die geschossen hatte.

Auch Anita hatte sich noch nicht gerührt. Sollte sie den Mann tatsächlich angeschossen haben? Das erschien ihm ziemlich unmöglich. Nicht die Anita, die er kennengelernt hatte. Die würde jegliches Leben unter allen Umständen verteidigen, würde sich einem Auto in den Weg stellen, das eine Kröte zu überfahren drohte. Sie würde buchstäblich keiner Fliege etwas zuleide tun.

Hastig strich sein Blick über die Umgebung. Einmal hin und wieder zurück. Aber sonst war niemand zu sehen. Sie musste geschossen haben. Ungläubig starrte er die Frau an, die seit Tagen seine Gedanken vollständig beherrschte, der er bereit war, sein Leben zu Füßen zu legen. Nicht in seinen wildesten Träumen hätte er ihr das zugetraut. Er verbot sich, darüber nachzudenken, was der Typ ihr angetan hatte, dass sie so weit über die Grenze ihres Charakters getrieben worden war, und hoffte nur, dass sie den Kerl so getroffen hatte, dass er kampfunfähig war. Oder tot, dachte er und hatte nicht die geringsten Gewissensbisse ob des brutalen Gedankens.

Der Bure hatte offenbar versucht, sich im Sturz abzufangen, denn an der Wand hinter ihm lief ein breiter Blutstreifen hoch. Er endete an einem Schalter, der offenbar das Tor betätigte, durch das man, soweit er das ausmachen konnte, in das Gebiet der Raubkatzen gelangte. Ob Pienaar den Schalter tatsächlich getroffen hatte oder nicht, konnte er nicht erkennen. Erst als ein leises metallisches Surren und dann ein Schurren in sein Bewusstsein drang, blickte er hinüber in die Richtung des Geräuschs.

Vor seinen entsetzten Augen lief das Tor langsam zurück. Auf einen Schlag war er schweißdurchtränkt. Aber nach etwa fünf Zentimetern blieben die Rollen in den Führungsschienen stecken. Anita schien von alldem nichts bemerkt zu haben.

Sich am Ast festhaltend beugte Dirk sich weit vor, um eine

bessere Sicht zu bekommen, musste aber dabei sehr aufpassen, dass er mit seinen vor Schweiß glitschigen Handflächen nicht abrutschte. Hinter den dicken, glänzenden Metallstreben nahm er eine Bewegung wahr. Etwas Gelbes, Großes. Sein Gehirn vervollständigte die durch die Stäbe in Streifen geschnittenen Farbflächen, und er konnte einen lang gestreckten, gelben Körper ausmachen, starre, gelbe Augen, die Anita durch den Spalt fixierten. Ein Löwe. Und alles, was er tun konnte, war, von seinem luftigen Aussichtspunkt aus hilflos zuzusehen.

Anita zeigte mit keiner Reaktion, dass sie etwas davon bemerkt hatte. Sie hatte sich noch nicht bewegt, zielte weiter auf den am Boden liegenden Pienaar. Die Freiheit unmittelbar vor Augen, bohrte die Raubkatze eine gewaltige Tatze durch die entstandene Lücke, drückte, zerrte, zog, um das Tor aufzuschieben. Dabei ließ das Tier Anita nicht aus den Augen.

Dirk riss sich aus seiner Erstarrung. In panischer Hast kletterte er von dem Baum herunter. Den Panga schleuderte er einfach von sich. Das Hackschwert verschwand lautlos in der Dunkelheit. Als er einen letzten Blick auf die Szene im Hof warf, um sich zu vergewissern, dass Anita noch immer dort stand, noch immer unversehrt war und Pienaar k.o. auf dem Betonboden lag, bemerkte er entsetzt, dass eines der Beine in den hässlichen Kniestrümpfen zuckte. Pienaar war also nicht tot, sondern nur verletzt, und es sah so aus, als wollte er aufstehen. Angespannt sah Dirk hinüber, aber glücklicherweise fehlte dem Buren wohl die Kraft. Nach ein paar Zuckungen lag er wieder still da.

Es gab nur eine Möglichkeit, Anita zu retten. Er musste irgendwie auf den Hof gelangen, doch dazu musste er erst einmal den Eingang zur Futterstelle finden. Noch einmal suchte er den Bereich vor dem Zaun Meter für Meter ab – wieder vergebens. Aber Anita würde wissen, wo sich der Eingang befand, fuhr es ihm durch den Kopf, und auch, wie man hineingelangte. Ohne weiter zu überlegen, legte er beide Hände als Trichter um den

Mund und holte tief Luft, um loszubrüllen, aber in letzter Sekunde stoppte ihn die Ungewissheit, ob das unter den Löwen Panik auslösen würde. Dann sah er, wie die große Katze voller Energie mit der Tatze an den Metallstäben zerrte, und schluckte seinen Schrei schleunigst herunter.

Mit zurückgelegten Ohren presste das Tier seine Schnauze dagegen, bewegte sie kraftvoll hin und her, bis der Spalt sich zu Dirks Entsetzen deutlich ein paar Zentimeter erweitert hatte. Ihm wurde eiskalt. Wie hypnotisiert stierte er den Löwen an. Wieder hakte die Raubkatze eine Kralle hinter die Streben und zog und schob, setzte alles daran, das Tor noch weiter zurückzuschieben. Um auf den Hof zu gelangen. Wo es höchst appetitlich nach Blut roch! Der Löwe zog die Schnauze zurück, grollte tief in der Kehle und schlug wütend mit der Tatze aufs Metall. Die Stäbe schepperten vernehmlich, und das scharfe Geräusch ging Dirk durch und durch. Sein Herz pochte, Angst trieb die Schlagfrequenz in nie erlebte Höhen. Er konnte sich nicht daran erinnern, sich in seinem Leben je derart hilflos gefühlt zu haben.

Im Nachhinein wünschte er sich, dass er Jills Angebot mit der Waffe angenommen hätte. Er schätzte die Entfernung. Aber ihm wurde schnell klar, dass ein Pistolenschuss aus dieser Entfernung in dem trügerischen Blendlicht viel zu riskant wäre, abgesehen davon, dass er kein freies Schussfeld haben würde. Würde er vorbeischießen, würden die Löwen wahrscheinlich in Raserei geraten und da unten würde der Teufel los sein. Das Einzige, was er jetzt tun konnte, war also, so schnell wie möglich auf den Hof zu gelangen. Er ließ den Zweig fahren und sprang wie ein Eichhörnchen von Ast zu Ast. Schon hatte er den untersten erreicht, als ihn ein lauter Ausruf vom Hof stoppte.

»Anita, gib mir das Ding!«

Von den Hofwänden reflektiert, schallten die Worte deutlich zu ihm herauf. Es war eine kräftige männliche Stimme irgendwo aus dem gestreiften Schatten unter den Bambusmatten. Mit dem Fuß auf dem untersten Ast, schob Dirk ein paar Blätter beiseite, um erkennen zu können, welche neue Bedrohung auf seine Anita zukam. Eine Hand schob sich auf Anitas Schulter. Es war eine männliche Hand, von der Größe her zu urteilen. Wer war dieser Kerl? Wo kam er her?

Während er gebannt auf die Hand starrte, trat der Mann langsam ins flimmernde Scheinwerferlicht. Seine Haut war karamellbraun, und er trug ein Hawaiihemd in grellen Farben, das ihm offen über die Kakibermudas hing. In der rechten Hand hielt er eine große, bedrohlich aussehende Pistole. Dirk erkannte ihn sofort.

»Maurice?«, krächzte Anita vernehmlich. »Herrgott, Maurice!«

24

Maurice. Der Name schwebte in der feuchten Nachtluft hinauf zu Dirk im Tambotibaum. Er war wie gelähmt. Was hatte dieser Idiot vor? Gib mir das Ding, hatte er gerufen, und damit wohl die Pistole gemeint, die Anita noch immer umklammerte. Die beiden standen sich in zwei, drei Metern Entfernung gegenüber. Von der Gestik her schien Maurice auf Anita einzureden. Er war ihr Neffe und hatte seiner neuen Tante bisher offene Zuneigung entgegengebracht. Hatte sich das geändert? War er jetzt Freund oder Feind? Bedeutete er eine neue Gefahr für sie? Oder würde er sie in Sicherheit bringen? Seine Anita.

Ohne weitere Zeit zu verschwenden, sprang Dirk mit einem Satz vom Baum und kam mit beiden Füßen gleichzeitig auf. Der Aufprall stauchte ihm zwar die Wirbelsäule, dass es knackte, und setzte sich in seinem Kopf fort, hatte aber wohl keine weiteren Folgen. Zu seiner Erleichterung lag der Scheinwerfer noch da, wo er ihn hingeworfen hatte, der Panga allerdings war nirgends zu sehen. Er hob den Scheinwerfer auf, schaltete ihn an und rannte los. Hin und her zuckte der Lichtkegel durch die samtdunkle Schwärze, rauf und runter. Über den Weg, über Büsche und Bäume ließ er den Strahl kreisen. Aber nirgendwo blieb er hängen. Nirgendwo entdeckte er den Eingang. Seine Angst steigerte sich, bis ihm das Herz aus der Brust zu springen drohte. Hier musste es ein Tor geben, und er musste es finden.

Er hackte die Zweige eines dornenbewehrten Buschs auseinander und schlüpfte durch die Lücke. Verbissen hieb und hackte er weiter, arbeitete er sich vorwärts, bis er plötzlich vor einem meterhohen Maschendraht stand. Keuchend blieb er stehen, um sich zu orientieren, und leuchtete den Zaun an. Die elektrischen Drähte auf der Innenseite blinkten im Scheinwerferlicht täuschend harmlos. Gleichzeitig nahm er ein hohes Sirren wahr, das ihm sagte, dass sie unter Strom standen. Rechts schien der Busch undurchdringlich zu sein. Der Eingang musste demnach mehr links liegen.

Nach ein paar Schritten in diese Richtung entdeckte er, dass direkt vor dem Maschendraht ein schmaler Streifen gerodet worden war. Geduckt, den Lichtkegel direkt vor sich auf den Boden gerichtet, schlich er weiter, bis er eine meterhohe, sehr solide wirkende Bretterwand erreichte, die mit Holzpfählen verstärkt worden war. An dieser Wand entlang war auch der buschfreie Streifen breiter, was es ihm ermöglichte, wesentlich schneller vorwärtszukommen.

Er rannte, strauchelte, rappelte sich auf und rannte weiter, vorbei an einem Wust von grauem, vertrocknetem Dornengesträuch. Aber Sekunden später blieb er wie angewurzelt stehen und drehte sich wieder um. Was hatte Nappy zu Nils über die Tarnung des Zugangs zur Futterstelle gesagt? Er ging zurück, bis er vor dem grauen Reisiggewirr stand. War das der Eingang? Diente das Gestrüpp nur zur Tarnung? Für ihn wirkte es völlig natürlich. Laut Jill hatte das Land seit Wochen unter einer ungewöhnlichen Trockenheit gelitten. Überall waren Bäume und Büsche vertrocknet. Aber mit Nappys Worten im Ohr ließ er den Lichtstrahl Zentimeter für Zentimeter über die toten Büsche wandern. Und dann sah er es. Ein kurzes Aufblinken von Metall zwischen den Zweigen. Das Eingangstor!

Ungeachtet der heimtückischen Dornen griff er ins Gebüsch und biss die Zähne zusammen, als sich ein Stachel in seine Handfläche bohrte. Schnell stieß er dann auf Maschendraht, der mit einem Gitter aus kräftigem Metall verstärkt war. Ein Tor, ganz offensichtlich. Hoffentlich.

Er legte den Scheinwerfer so auf den Boden, dass er hochleuchtete, und arbeitete sich ohne Rücksicht auf die riesigen Dornen vor. Als er das Tor erreichte, stellte er fest, dass es nicht vollständig verschlossen war. Er schob es so weit auf, dass er hindurchschlüpfen konnte, orientierte sich kurz und flog dann den sich trichterförmig verengenden Weg entlang, bis er nach einer scharfen Rechtsbiegung unvermittelt auf ein weiteres Tor stieß, und das war fest eingerastet. Er untersuchte das Schloss. Da es sich um eine Art Sicherheitsschloss handelte, würde er es aufstemmen müssen, aber womit? Er kam nicht weiter. Halb wahnsinnig vor Angst um Anita, rüttelte er mit aller Kraft daran, aber nichts rührte sich.

Der Dornenstich in seiner Handfläche blutete stark, und er verfluchte, dass er sein Hemd weggeworfen hatte. Er presste den Daumen auf die Stelle und warf einen Blick nach oben. Die obere Kante des Tors war mit rasiermesserscharfem Natodraht gesichert, und das traf wohl auch auf den Zaun zu, der sich zu beiden Seiten erstreckte. Während er abwesend an seiner Wunde lutschte, wurde ihm klar, dass er das Hindernis unmöglich überwinden konnte, ohne sich die Haut in Streifen zu schneiden. Dann wäre er kampfunfähig. Außerdem verliefen auf der Innenseite des Zauns, unterhalb der Natodrahtrolle, die berühmten feinen Drähte. Ein Elektrozaun. Zusätzlich wurde der Vorplatz unter den Bambusmatten zum Hof hin von einer außerordentlich soliden Sicherheitstür verschlossen, die wie das Metalltor zum Löwengehege auf Schienen lief.

Wo sich Anita befand. Anita und Maurice.

Er hetzte den Weg zurück. Draußen rannte er links an der Bretterwand entlang in Richtung des Zauns, der den Hof einfasste. Ohne auf die Dornen zu achten, die ihm den Oberarm aufschlitzten, ohne auf die Warzenschweinlöcher zu achten, die wie Fallen unter einem Blätterteppich lauerten, brach er durch das Gebüsch. Nur auf den letzten Metern bemühte er sich, leiser zu sein. Und dann hatte er es geschafft. Er stand unmittelbar am Zaun vor dem Hof, und er konnte Anita sehen. Deutlich. Wie gebannt schaute er hinüber, wagte es aber nicht, sich bemerkbar zu machen, weil er nicht abschätzen konnte, was er damit auslösen würde. Ihm war ja nicht einmal klar, ob sich lediglich Anita, Maurice und Pienaar im Hof aufhielten.

Wie im Fieber zitternd, stand Anita vor dem Sohn ihrer Schwester, die Waffe baumelte vom Zeigefinger der rechten Hand, die sie Maurice entgegenstreckte. »Ich habe ihn getötet, ich habe ihn getötet«, flüsterte sie immer wieder. »Ich habe einen Menschen getötet, Maurice.« Und dann schrie sie plötzlich los. »Hast du das verstanden?«

Maurice griff wortlos zu, entwand ihr die Pistole mit einem kräftigen Ruck, sicherte sie und steckte sie in seinen Gürtel. »Quatsch. Du hast ihn nicht getötet, der lebt noch. Der hat noch ganz andere Sachen überlebt. Der ist zäh, wie alles Ungeziefer.« Er holte aus und trat dem Buren mit dem Fuß in die Seite, der daraufhin laut aufstöhnte.

»Siehst du?«, grinste Maurice. »Putzmunter ist er. Und wir müssen hier schleunigst raus.« Er fasste sie energisch am Oberarm und schob sie in Richtung Ausgang.

Anita wehrte sich heftig gegen seinen Griff. Schließlich gelang es ihr, sich loszureißen. Sie beugte sich über Pienaar. »Wir können ihn doch nicht einfach hier liegen lassen. Er verliert unheimlich viel Blut. Wenigstens eine Art Druckverband müssen wir ihm anlegen, sonst verblutet er noch, und dann habe ich ihn doch …«

Maurice riss sie hoch und schob sie vor sich her. »Raus hier, Anita, und zwar plötzlich, oder willst du gefressen werden?« Er zeigte auf den Löwen, der bereits das Maul durch die Streben stecken konnte. Seine Reißzähne schimmerten im Licht. »Noch zwei Sekunden, und der springt uns an die Gurgel. Nun komm schon!«

Mit Gewalt zerrte er sie zum offen stehenden Sicherheitstor, ohne dabei die großen Katzen aus den Augen zu lassen. Kaum hatte er sie auf die andere Seite bugsiert und war ihr gefolgt, drückte er auf den Schalter, der den Schließmechanismus aktivierte. Das Tor fuhr zu, und das Schloss rastete mit einem metallischen Klick ein. Er rüttelte kräftig an den Streben. »Okay, das ist zu!«, rief er ihr zu.

Hinter den dicken Metallstäben strichen die Löwen ruhelos auf und ab, warfen sich wütend knurrend gegen die Öffnung, dass das Tor erzitterte. Immer aufgeregter versuchten die Tiere, die Lücke zu vergrößern.

Dirk hielt es nicht mehr aus. »Anita!«, brüllte er »Ich bin hier!«

Der Löwe röhrte aufgebracht über diese neue Störung, und sie schien ihn nicht zu hören, obwohl sie höchstens zwölf Meter von ihm entfernt war. Nur zwölf Meter! Zwölf lange Schritte, und doch so weit, als befände sie sich auf einem anderen Stern.

»Anita, Liebling!«, rief er noch einmal, aber wieder ohne Erfolg.

Sie hielt Maurice an seinem Hemd gepackt und schüttelte ihn. »Warum?«, schrie sie den Sohn ihrer Schwester an. »Sag mir das! Warum?«

Maurice' bernsteingelbe Augen flackerten und glitten zur Seite. Hass verzerrte sein Gesicht. Er drehte Anita den Rücken zu, griff mit beiden Händen in das Gitter des Sicherheitstors und fixierte den laut stöhnenden Len Pienaar.

»Schnauze«, brüllte er, aber der Verletzte heulte nur umso lauter, ganz so, als ob er Maurice herausfordern wollte. »Halt bloß dein blödes Maul«, röhrte er und trat gegen das Tor, dass es schepperte. »Dich krieg ich, wirst schon sehen, du Schwein!«

Schwer atmend wandte er sich wieder Anita zu und sah sie an. Sein Gesicht und sein Hals waren schweißüberströmt. Nach einem langen, schweigenden Augenblick senkte er den Kopf. »Okay. Du hast weiß Gott ein Recht auf eine Erklärung …« Er zögerte.

Dirk wagte es nicht, einen Laut von sich zu geben, um keine übereilte Reaktion bei dem schwer bewaffneten Maurice hervorzurufen. Er konnte dessen Zustand nicht einschätzen, wusste nicht, wie viel genügen würde, ihn in den seelischen Abgrund zu treiben. Wie er sich verhalten würde. Ob er ins völlig Irrationale abrutschen würde oder ihm noch ein Rest von Vernunft geblieben war. Also verhielt er sich absolut ruhig, während er gleichzeitig verzweifelt nach einer Möglichkeit Ausschau hielt, auf den Vorplatz zu gelangen.

Sein Panga, mit dem er vielleicht den Natodraht hätte zerhacken können, lag irgendwo außerhalb des Futterplatzes. Ein anderes Werkzeug stand ihm nicht zur Verfügung. Mit bloßen Händen diesen Zaun zu überwinden hatte er kaum eine Chance. Er würde Anita nicht helfen können, wenn der Draht ihm die Hände in Fleischsalat verwandelte. Außerdem würde er im Hof bei Pienaar sein und sie noch immer durch die verschlossene Sicherheitstür von ihm getrennt.

Unvermittelt begann Maurice zu sprechen. »Es fing alles damit an, dass mich die Seuche erwischt hat …« Anita sah ihn verständnislos an. »Ach, schau doch nicht so«, setzte er hinzu. »Ich bin schwul, falls du das noch nicht gemerkt haben solltest. Nein? Na, nun weißt du ja Bescheid. Dummerweise war ich zu feige, den Test zu machen – du weißt schon –, und als ich es dann doch getan habe, war es praktisch zu spät. Ich hatte voll ausgebildetes Aids. Man hat mich mit Medikamenten vollgestopft, und anfänglich ging es auch einigermaßen, aber inzwischen helfen sie immer weniger. Ich kann mir ausrechnen, wann es vorbei sein wird … und auf welche Weise …« Er verstummte. Seine Augen starrten ins Leere.

Bei den letzten Worten hatte er die Stimme gesenkt, und es

kostete dem heimlichen Zuhörer auf der anderen Seite des Zauns einige Mühe, ihn zu verstehen.

Anita war kreidebleich geworden. »Das ist schrecklich, und es tut mir furchtbar leid für dich …« Dann schrie sie los. »Aber Herrgott noch mal, Kinder zu entführen, sie zur Prostitution zu zwingen …« Ihre Stimme überschlug sich. »Das ist Menschenhandel! Ist dir das klar?«

Ihr Geschrei verursachte weitere Unruhe unter den Raubkatzen. Eine weiße Löwin jaulte, das Männchen mit der prachtvollen schwarzen Mähne stieß ein tiefes, raues Husten aus. Anita zuckte heftig zusammen, und Dirk war wie gelähmt vor Angst um sie. Maurice kümmerte sich nicht um die Raubkatzen. Er redete einfach weiter.

»Lass es mich kurz machen. Mir ist wichtig, dass du erfährst, wie es dazu gekommen ist. Schließlich bist du außer Mama meine nächste Familienangehörige. Meine einzige, um genau zu sein.« Er wartete, bis er ihre volle Aufmerksamkeit hatte. »Also, gegen die Schmerzen habe ich immer stärkere Pillen eingeworfen, die sehr teuer waren. Eine Krankenversicherung hatte ich nicht, und mein Geld verschwand wie Wasser den Abfluss hinunter. Immer schneller, und ich geriet in Panik. Dagegen nahm ich noch stärkere Medikamente, die noch teurer waren. Eines führte zum anderen. Das Übliche. Schließlich hing ich an der Nadel. Als mein Geld für Schnee …« Anita zog fragend die Augenbrauen hoch. »Heroin«, erläuterte Maurice. »Als das Geld also für dieses Teufelszeug restlos draufgegangen war, habe ich Mamas gestohlen und ihr Konto nach und nach abgeräumt. In einem lichten Augenblick ging mir auf, was ich ihr antat, also hatte ich eine neue Idee. Ich fing an zu spielen und glaubte tatsächlich, ihr das Gestohlene auf diese Weise zurückzahlen zu können. Poker, Blackjack, Roulette … Alles, was es so gibt, habe ich versucht … Und habe verloren …« Seine Zähne blitzten in einem bösen Grinsen. »Wie denn sonst … Du weißt ja, es heißt, die Bank gewinnt immer. Ich saß bis zum Hals in der Scheiße. Und eines Abends bei einem Pokerspiel hab ich diesen Kerl da getroffen.«

Mit dem Daumen zeigte er auf Pienaar.

»Er hat mir ein paar Schuss spendiert und ist mit mir ins Bett gegangen, wohl nur um mich gefügig zu machen … Schreckliche Vorstellung, was?« Er warf einen angewiderten Blick auf den fetten Buren. »Und er hat meine Schulden bezahlt. Damit hatte er mich am Wickel. Er verlangte von mir, ein …« Er zögerte. »Ein Zwischenlager für seine … Waren anzulegen. Welcher Art diese waren, ging mir erst auf, als ich eines Tages unangekündigt dort aufkreuzte und einen Haufen völlig verschreckter kleiner Kinder antraf. Erst da dämmerte es mir, dass die Ware, die er auf meinem Grundstück lagern wollte, Kinder waren, kleine Mädchen. Grinsend hat er mir erzählt, dass die Kleinen an Bordelle verkauft werden sollten. Bordelle in Südafrika, in den Ölstaaten Angola, Nigeria – da ist immer eine große Nachfrage –, aber auch in Arabien und natürlich in Europa. Da begriff ich, dass ich meine Seele dem Teufel verkauft hatte.« Er lachte trocken. »Original Faust, nicht?«

Die Hände in den Taschen seiner Bermudas vergraben, lief er ruhelos hin und her, während Anita ihn mit einer Mischung aus Entsetzen und Ekel beobachtete. Schließlich lehnte er sich ihr gegenüber mit dem Rücken an die Wand des riedgedeckten Häuschens.

»Anfänglich habe ich versucht, mich zu wehren, aber ich hatte keine Wahl. Das Schwein hatte mich in der Hand. Ich befand mich auf dem direkten Weg in die Hölle, und es gab absolut gar nichts, was ich dagegen unternehmen konnte. Ich kann dir versichern, dass ich mich noch nie so schmutzig gefühlt habe, so verabscheuungswürdig. Und dann stolperte Mama über das Lager … Es war furchtbar … der schrecklichste Augenblick meines

Lebens. Denn ich bin alles, was sie hat, weißt du, und sie war immer unbändig stolz auf mich, obwohl sie wusste, dass ich homosexuell bin.« Er starrte auf seine Schuhe. »Ich habe ihr alles gebeichtet. Dass ich ihr Geld gestohlen hatte, dass mich Pienaar erpresste und auch, womit.« Seine Stimme war tränenerstickt und kaum zu verstehen.

»Und sie steht zu mir, kannst du das verstehen? Trotz allem! Meine dumme, loyale, heiß geliebte Mama ...«

Im Hof jaulte Len Pienaar los und kickte mit den Beinen, dass das Blut spritzte. Anita und Maurice fuhren herum. Der Bure versuchte vergeblich, sich in die Sitzposition zu stemmen, während die rot glänzende Blutlache um ihn herum immer größer wurde. »Hilfe«, röchelte er.

»Halt's Maul«, brüllte Maurice und trat gegen die Gitterstäbe, dass sie schepperten. Die Löwen knurrten und schlugen mit den Pranken.

Anita liefen die Tränen übers Gesicht. »Um Himmels willen, wir müssen ihm helfen, egal, was er getan hat«, schrie sie. »Deine Geschichte kannst du mir ein anderes Mal erzählen. Mach auf, und hol ihn heraus. Ich rufe einen Krankenwagen ... die Polizei ...« Ihre Hände zitterten, während sie hektisch in den Taschen ihrer Shorts herumwühlte. Schließlich sah sie ihn an. »Verdammt, ich hab das Handy ja verloren! Gib mir deins. Schnell!«

Maurice, in der einen Hand seine Waffe, zog sie mit der anderen vom Gitter weg, und als sie sich wieder losreißen wollte, hielt er sie mit überraschender Kraft fest. »Nein, lass das! Ich werde ihm helfen. Du gehst ins Haus und schließt die Tür ab. Und schau nicht hinaus, sonst wirst du das Trauma dein Leben lang nicht los. Ich kümmere mich um Len, versprochen. Nun geh schon!« Er gab ihr einen sanften Schubs.

Auf Anitas Gesicht spielte sich ein Kampf ab. Entsetzen, Angst, das plötzliche Dämmern einer schrecklichen Vorahnung.

»Was hast du vor? Lass mich!« Sie schüttelte ihn ab und wich zurück. »Ich rufe jetzt einen Krankenwagen und bleibe hier, bis er gekommen ist. Wenn Pienaar mit dem Leben davonkommt, wird er vor Gericht gestellt und erhält seine Strafe. Und deswegen werde ich jetzt auch die Polizei alarmieren.«

Maurice legte den Kopf schief und musterte sie schweigend, schien sie aber nicht richtig wahrzunehmen. Dann zog er sie an sich, und bevor sie sich wehren konnte, küsste er sie unerwartet auf die Stirn. »Du bist zu gut für diese Welt, weißt du das? Vertraue mir einfach. Du wirst sehen, Len stirbt nicht an deiner Kugel. Geh mal ein paar Schritte zurück.« Unvermittelt schob er sie von sich, worauf Anita das Gleichgewicht verlor und gegen die Hauswand stolperte.

»Was hast du vor?«, rief sie im Fallen.

Dirk zuckte zusammen. Was plante dieser Verrückte? Bevor er jedoch reagieren konnte, lächelte Maurice geheimnisvoll und betätigte überraschend den Verschlussmechanismus des Sicherheitstors zum Hof. Es glitt quietschend zurück, und er schlüpfte hindurch. Auf der anderen Seite schlug er auf das Gegenstück zu dem Schalter, bevor ihn Anita daran hindern konnte. Das Tor rumpelte zu.

Es schloss sich aber nicht vollständig. Mit einem Knirschen blieb es auf einmal stehen und sprang sogar ein kleines Stück zurück. Durch die Lücke, die blieb, passte leicht ein Finger hindurch.

Oder eine Löwenkralle.

Wohl durch den Geruch des frischen Blutes rasend gemacht, warf sich der größte Löwe, der Pascha mit der schwarzen Mähne, mit der ganzen Kraft seiner gewaltigen Sprungmuskeln gegen die Stäbe des Gehegetors. Es bebte und quietschte in seinen Grundfesten. Und bewegte sich um weitere Zentimeter zur Seite. Der Löwe presste den Kopf wieder in die Öffnung, wand ihn hin und her und schaffte es, den Spalt noch weiter zu vergrößern. Jetzt fehlte nur noch wenig, bis er seine mächtigen Kinnbacken und damit auch den Körper hindurchwinden konnte.

Anita erstarrte. »Maurice, komm zurück«, flehte sie mit angsterstickter Stimme. »Bitte, schnell! Die Löwen!«

Aber Maurice lachte nur auf eine Art, die Dirk kalte Schauer über den Rücken jagte. Der Südafrikaner zog ein Taschentuch aus der Tasche und rieb damit sehr sorgfältig über den Knauf der Pistole, die er Anita abgenommen hatte. Er lachte immer noch, als er die Pistole in beide Hände nahm, sich breitbeinig vor den Buren stellte und ihm zwischen die Beine schoss. Len Pienaars Unterbauch platzte wortwörtlich auf. Blut, Gedärm und Exkremente ergossen sich auf den Boden.

Anita schrie. Maurice lächelte. Pienaar kreischte. Mit den Fingernägeln kratzte er über den Beton. Wimmernd streckte er einen Arm nach Anita aus und bettelte stammelnd um ihre Hilfe, um sein Leben.

»Maurice«, schluchzte sie.

Maurice gluckste. »Siehst du? Du hast ihn nicht getötet. Das werde ich sein. Er soll dafür bezahlen, was er mir und meiner Familie angetan hat. Und dir und den Kindern. Und allen, die er in seinem beschissenen Leben gequält hat. Ich würde ohnehin für den Rest meines Lebens ins Gefängnis gehen … für … die Kinder … Es waren nicht die ersten, weißt du – ich glaube, es war seine dritte … Ladung …«

Er rieb sich energisch mit dem Handrücken übers Gesicht, als wollte er dort Schmutz entfernen. Als er wieder redete, war seine Stimme kräftiger.

»Niemand wird je erfahren, dass du auf ihn geschossen hast. Du hast nichts zu befürchten. Ich habe deine Fingerabdrücke abgewischt. Gründlich.« Seinen Blick auf etwas gerichtet, was niemand außer ihm sehen konnte, schüttelte er den Kopf. Langsam und nachdenklich. »Du würdest es in unseren Gefängnissen nicht aushalten, glaube mir. Nicht einen einzigen Tag … keine Minute. Eher würdest du dir wünschen, tot zu sein.«

Anita packte das Türgitter mit beiden Händen. Ihr Mund hing offen, aber sie brachte nichts hervor. Auch Dirk, der zum Zuschauen verdammt war, bekam kein Wort heraus. Hilflos musste er mit ansehen, wie das Geschehen seinen Lauf nahm.

Der Bure wand sich zu Maurice' Füßen im eigenen Blut. Er schob und stopfte sich das Gedärm schreiend wieder in die Bauchhöhle, aber sie glitten immer wieder heraus und ringelten sich wie rot glänzende Schlangen auf dem Beton. Maurice trat ihm in die Seite.

»Halt die Klappe, Len, das nützt dir nichts mehr.« Er hob die Pistole, zielte und schoss Pienaar in den linken Oberarm. Dann in den rechten. Und daraufhin in eine der Kniescheiben. Mit jedem Schuss wurden Pienaars markerschütternde Schreie lauter und länger, bis sie in ein einziges Geheul übergingen.

Selbst Dirk zitterte, als stünde er im eiskalten Winterwind. Nur als Kriegsreporter an vorderster Front hatte er je Menschen so schreien hören. Alles geschah innerhalb weniger Minuten. Anita geriet völlig außer sich vor Angst. Mit beiden Händen umklammerte sie das Türgitter und rüttelte so kräftig, wie sie konnte, und rief Maurice' Namen. Aber er reagierte nicht mehr. Es war als würde er nichts mehr von seiner Umgebung wahrnehmen. Er bewegte sich wie in Trance.

Inzwischen hatten sich noch mehr Löwen am Gittertor und am Zaun versammelt. Sie jaulten, fauchten und schlugen mit ausgefahrenen Krallen aufeinander los. Mit einem manischen Glitzern in den Augen beobachtete Maurice den großen Mähnenlöwen, der unermüdlich versuchte, die Lücke zwischen Pfahl und Tor zu vergrößern. Plötzlich lachte er laut los. Ein schreckliches Lachen.

»Und nun holen wir die Müllabfuhr«, rief Lias Sohn. Er zog

eine Fernbedienung aus der Tasche, zielte damit in Richtung des Löwentors und drückte den Knopf.

Das Tor ächzte, ruckelte. Vor Dirks entsetzten Augen rumpelte es zeitlupenlangsam zurück. Der Kopf des Paschas schob sich durch die Öffnung, seine Schultern folgten. Sekunden später stand er im Hof. Er fletschte seine furchterregenden Reißzähne und machte einen lautlosen Satz auf die zwei Männer zu. Sekundenlang fixierte er sie mit peitschendem Schwanz. Dann sprang er vorwärts. Er packte eines von Pienaars Beinen, biss krachend zu und schüttelte den schweren Mann dann wie eine Puppe. Dem Buren quoll das Blut aus dem Mund. Sein Kopf fiel zur Seite, aber er verlor noch nicht das Bewusstsein. Der große Mähnenlöwe kaute auf dem blau bestrumpften Bein herum und schob Pienaar dabei hin und her. Das Gesicht vor Todesangst verzerrt, starrte der Bure den riesigen Raubkatzen entgegen, die sich eine nach der anderen durch die enge Öffnung in den Hofbereich wanden und sich ihm geduckt näherten.

»Wir sehen uns in der Hölle«, schrie Maurice mit einem triumphierenden Blick auf Len Pienaar. »Sag meiner Mutter, es tut mir leid«, rief er dann Anita zu. »Sag ihr, ich musste es für sie tun … Sag ihr, ich liebe sie …«

Unbemerkt von ihm hatte sich ihm von hinten eine Löwin genähert. Sie biss mit einem kehligen Knurren zu und erwischte ihn am linken Fußgelenk. Maurice knickte ein. Anita hechelte vor Schock, schreien konnte sie nicht. Aber es war Lias Sohn gnädigerweise der kurze Augenblick vergönnt, den er brauchte, um sich seine Waffe in den Mund zu schieben und abzudrücken.

Der Knall wurde von den Mauerwänden zurückgeworfen. Sein Hinterkopf explodierte in einer roten Fontäne, und er fiel wie von einer Axt getroffen um. Aus dem Busch schrillten die Warnrufe einer panischen Affenherde, die sich mit den hysterischen Schreien Anitas mischten. Die Löwen am Zaun scheuten kurz zurück, ehe sie mit neugierig vorgestrecktem Kopf und aufgeregt bebenden Schnurrhaaren wieder näher schlichen.

Die Kugel hatte ganze Arbeit geleistet. Sie hatte Maurice' Gehirn vollkommen zerstört, und er war sofort tot. Len Pienaar brauchte sehr viel länger. Von den Löwen nach und nach in Stücke gerissen, starb er einen ganz und gar afrikanischen Tod. Sein Gebrüll erfüllte noch eine Weile die Nacht, ehe ihm irgendwann die Kraft ausging und nur noch die grausigen Fressgeräusche zu hören waren.

Und dann begann Anita zu schreien. Aus ihrem aufgerissenen Mund drang ein einziger auf- und abschwellender Schrei, wie das Heulen einer Sirene. Sie hatte die Hände vors Gesicht geschlagen und krümmte sich wie unter starken Schmerzen, während weitere Löwen vordrängten und sich fauchend auf Maurice und Pienaar stürzten. Vom Hof war bald nur noch ein Schmatzen und das Knacken von Knochen zu vernehmen. Anitas Heulen ging allmählich in ein lang gezogenes Wimmern über. Sie sah zwar, dass das Sicherheitstor zum Vorplatz nicht völlig geschlossen war, aber beachtete diesen Umstand nicht weiter.

Angetrieben von Anitas Heulen und dem zusätzlichen Drama, das sich in der Futterstelle anbahnte, hatte Dirk sich herumgeworfen. Er hetzte zurück durch das dornengeschützte Eingangstor und weiter den eingefassten Weg zum Vorplatz hinunter.

Wie Anita sich endlich mit schwerfälligen Bewegungen umwandte und auf das Haus zuschleppte, sah er nicht mehr. Genauso wenig, dass ihr urplötzlich ein hünenhaften Mann mit tiefschwarzer Haut und einer Pistole in der Faust den Weg versperrte. Ihr heiseres Kieksen, das sie vor Schreck hervorbrachte, erreichte ihn nicht.

Weil er obendrein über eine Baumwurzel stolperte und dadurch Zeit verlor, kam er auch nicht rechtzeitig, als dass er den weißen Löwen bemerkte, der in respektvollem Abstand um seine älteren Artgenossen, die sich im Hof an ihrer menschlichen Beute den Wanst vollschlugen, herumgeschlichen war. Von dem Kieksen aufgeschreckt, hob er den Kopf und starrte zu Anita und dem Schwarzen hinüber.

Nach ein paar Sekunden setzte sich die Raubkatze neugierig witternd in Bewegung.

25

Wieder stand Dirk vor dem Gittertor zum Vorplatz. Es hatte sich nichts geändert. Es war noch immer fest verschlossen, und irgendwie musste er jetzt das Schloss knacken, um in die Futterstelle zu gelangen. Außer seinem Autoschlüssel besaß er allerdings kein Werkzeug, das er einsetzen könnte. Um es genauer zu untersuchen, leuchtete er das Schloss an. Die Tatsache, dass die Tür etwa einen Zentimeter offen stand, sickerte erst allmählich in sein Bewusstsein, aber dann wurde ihm vor Erleichterung richtig schwindelig im Kopf. Er streckte die Hand aus, um sie weiter aufzuschieben. Doch im letzten Moment bevor seine Fingerspitzen das Metall berührten, sah er, dass sich etwas im tiefen Schatten der Bambusmatten bewegte. Anita?

Er hob den Scheinwerfer. Der Strahl huschte die Hauswand hoch zum Rieddach, glitt ab zum Sicherheitstor. Und blieb an dem weißen Fell des Löwen hängen. Dirk sackte das Blut in die Beine.

»Anita?«, wisperte er.

Seine Stimme war nur ein Hauch, aber trotzdem merkte das riesige Tier auf und schaute ihn direkt an. Die gelben Augen glühten im Licht. Dirk wagte es nicht, auch nur einen einzigen Muskel zu rühren. Nach einer Weile wandte der junge Löwe seinen Blick ab und schnupperte am Zaun und an der Hauswand. An der Haustür angekommen, verharrte er und unterzog sie mit deutlicher Aufregung einer eingehenden Untersuchung. Er sog die Gerüche ein, die unter der Türkante hervorströmten, und kratzte prüfend mit einer Kralle über die Holzplanken. Dabei steigerte sich seine Erregung sichtlich. Er presste die Nase wieder ans Türschloss und schnüffelte. Dann knurrte er, und Dirks Herzschlag schien auszusetzen.

In der atemlosen Stille war nur das Schnaufen und Kratzen der großen Katze zu hören. Nur noch wenige Meter trennten sie von der offenen Eingangstür, und irgendetwas musste das Tier beunruhigen, denn auf einmal duckte es den Kopf und schlich auf lautlosen Pfoten näher. Dirks Herz galoppierte, er bekam keine Luft mehr. Er wusste nicht, was er tun sollte. Fliehen? Wohin? In dem Brettertrichter hatte er keine Chance. Seine Augen klebten an dem Tier. Bis hinter ihm verstohlene Fußtritte zu hören waren.

Er wirbelte herum und sah sich Cordelia Carvalho gegenüber. Sie hielt ein Gewehr schussbereit in beiden Händen. Ihr Gesicht war von ungezügelter Wut verzerrt. Blitzschnell legte er einen Finger auf den Mund und deutete hinter sich auf den Bereich unter den Bambusmatten.

»Löwen«, sagte er tonlos und bewegte nur die Lippen.

Lias Blick flog zum Gehege, hinüber zu den Löwen und dem Blutbad im Hof, bis er an den bunten Fetzen des Hawaiihemds hängen blieb, das ihr Sohn getragen hatte. Schlagartig verlor ihr Gesicht jegliche Farbe. Sie schwankte, und Dirk griff geistesgegenwärtig zu und hielt sie.

»Ruhig«, flüsterte er. »Rühr dich nicht.« Es gelang ihm, sie aufrecht zu halten, bis sie sich erholt hatte.

Der Löwe lief nun zielsicher auf die Eingangstür zu, und Dirk war klar, dass ihn und Lia nur Sekunden von seinem Angriff trennten. Irgendwie musste er den Spalt schließen, bevor die Raubkatze ihre Pranke hindurchstecken konnte. Es blieb ihm nichts anderes übrig, als das Gitter zuzuschieben, auch wenn ihn das in die unmittelbare Reichweite des Tieres brachte.

Lia aber reagierte eiskalt. »Bleib zurück«, sagte sie, zog eine Pistole aus ihrem Gürtel und lud durch. Mit vollkommen ruhiger Hand zielte sie auf das ihr zugewandte Auge des Tieres, das, von dem metallischen Geräusch aufgeschreckt, zu ihnen herübersah, und schoss. Aus dem Auge spritzte Blut, und das Tier brach wie gefällt zusammen und fiel gegen das Eingangstor.

Alle Fressgeräusche seiner Artgenossen verstummten plötzlich, und der große Mähnenlöwe, der mit genussvoll geschlossenen Augen auf einem Oberschenkelknochen herumgekaut hatte, schreckte auf. Blut tropfte ihm vom Maul, er witterte mit lang gestrecktem Hals. Dirk und Lia erstarrten zu Statuen. Doch der Wind kam von Osten, und weder der Blutgeruch des toten Löwen im Vorraum noch der fremdartige der Menschen erreichte den Pascha. Trotzdem erhob er sich und schlenderte hinüber zu dem Sicherheitstor, das den Hof vom Vorraum trennte. Er betrachtete es eingehend und schnüffelte daran herum. Die beiden Menschen wagten es nicht, auch nur zu blinzeln. Ein Windstoß tanzte über den Hof, fing sich unter den Bambusmatten und wurde von der Hauswand abgefälscht. Der kleine Wirbel, der dabei entstand, trug dem Löwen ein üppiges Duftbukett zu.

Den Pulvergestank vom Schuss, den erregenden Geruch von frischem Blut und den seines Erzfeindes, des Menschen. Der Löwe legte die Ohren an, und seine gelben Augen nahmen eine eigenartige, furchterregende Starre an.

Dirk schluckte. Aus vielen Erzählungen wusste er, dass das Tier seine Beute ausgemacht hatte und sie in nächster Sekunde anspringen würde. Was hatte er im Visier? War es der Kadaver seines Artgenossen, der nur ein paar Schritte von ihnen entfernt lag? Und zwar vor der Tür, die zu dem Raum führte, in dem sich offenbar Anita aufhielt.

»Anita«, rutschte es ihm heraus, allerdings so leise, dass es ein Mensch sicherlich nicht gehört hätte.

Aber das Gehör eines Löwen war unendlich viel feiner. Der Mähnenlöwe schwang irritiert seinen mächtigen Kopf herum und richtete seinen furchterregenden Bick auf Dirk.

Dirk reagierte automatisch. Er machte einen Schritt nach vorn, griff in die Maschen der Eingangstür und zerrte sie mit aller Kraft ins Schloss. Das Geräusch knallte wie ein Schuss. Er war noch nicht verhallt, als die riesige Raubkatze einen Satz unmittelbar vor den Eingang machte. Sie streckte den Kopf vor, richtete die Ohren nach vorn und fixierte ihn und Cordelia. Die große Katze füllte Dirks ganzes Blickfeld aus. Wie ein Kaninchen im Bann einer Schlange konnte er sich nicht rühren. Auch als er ein merkwürdiges Geräusch hinter sich vernahm, wagte er es nicht, sich umzuwenden. Mit verdrehten Augen versuchte er zu erkennen, was da in seinem Rücken geschah. Dann schob sich der blau glänzende Lauf eines Gewehres neben seiner Schulter vor, und Lias Hand erschien. Sie hielt das Gewehr absolut ruhig. Ihr Finger lag am Abzug. Er hörte sie langsam und gleichmäßig ein- und ausatmen, wie er das bei Scharfschützen in Kriegsgebieten erlebt hatte, Bruchteile von Sekunden bevor sie schossen.

Lia stellte sich auch als eine hervorragende Gewehrschützin heraus. Trotz des Schocks, den der Anblick ihres toten Sohnes in ihr ausgelöst haben musste, zog sie ganz ruhig durch. Der Schuss saß perfekt. Zwischen den Augen des Löwen erschien ein Loch, seine Hinterläufe knickten weg. Er bäumte sich noch einmal auf und brach dann ohne einen Laut zusammen. Der Boden erzitterte unter seinem Gewicht.

Bevor Dirk reagieren konnte, holte Lia, äußerlich vollkommen gefasst, eine ähnliche Fernbedienung aus der Tasche wie die, die ihrem Sohn zuvor das Sicherheitstor zum Hof geöffnet hatte. Sie drückte, und das Tor rastete sicher ein. Die restlichen Löwen waren ausgeschlossen. Die unmittelbare Gefahr war gebannt. Mit einem Sicherheitsschlüssel öffnete sie anschließend das Eingangstor.

Dirk fasste sich schnell. Der Kadaver des weißen Löwen drückte in ganzer Breite gegen die Eingangstür. Die Großkatze wog wohl über zwei Zentner, und nur unter Aufbietung all seiner Kräfte schaffte er es, das tote Tier so weit zurückzuschieben, dass er sich durch die Öffnung hindurchquetschen konnte. Er drehte sich um, um sie für Lia aufzuhalten.

Aber Lia drängte sich mit Gewalt an ihm vorbei, kletterte über die zwei toten Löwen und lief zum Sicherheitstor. Für Sekunden stierte sie mit leerem Ausdruck auf das blutige Schauspiel im Hof, das vom Licht des starken Scheinwerfers bis ins kleinste Detail ausgeleuchtet wurde. Eines der jüngeren Männchen war nach dem letzten Schuss aufgeschreckt wieder zurück in die Dunkelheit des Geländes entwischt. Die verbleibenden drei Löwen ließen sich nicht beim Fressen stören. Sie hoben nur kurz den Kopf, blinzelten und kauten weiter. Einem hing ein grellbunter Stofffetzen aus dem Maul. Von Maurice war nur noch der Kopf einigermaßen unverletzt, Len Pienaar war nicht mehr zu erkennen.

Wie eine Marionette hob Cordelia Carvalho wieder ihr Gewehr. Sie steckte den Lauf durch die Metallstreben und schoss, lud durch und schoss wieder. Lud durch und erschoss auch den letzten Löwen im Hof. Der Donner der Schüsse hallte von den Hofwänden wider und verursachte bei Dirk ein vorübergehendes Knalltrauma, dass es ihm in den Ohren schepperte. Die Raubkatzen, die sich unmittelbar am Zaun aufhielten, verschwanden mit wenigen Sätzen in die Nacht. Wieder lud Anitas Schwester durch. Sie zerschoss den Scheinwerfer, und die grausige Szene wurde vom tiefen Schatten ausgelöscht. Im schwachen Licht des Mondes leuchtete Lias versteinertes Gesicht leichenblass.

Das Ganze hatte keine zwei Minuten gedauert.

Dirk war mit einem Satz über den Löwenkadaver gesprungen und hämmerte mit beiden Fäusten gegen die Holztür des Gebäudes. »Anita! Bist du da drinnen?« Er lauschte, aber außer dem Klingeln in seinen Ohren vernahm er kein anderes Geräusch.

Lia war neben dem Sicherheitstor auf dem Boden zusammengesunken, mitten in der Blutlache, die sich um den Mähnenlöwen ausgebreitet hatte. Auf Dirks Frage, ob sie Anita gesehen habe, reagierte sie nicht, stattdessen stierte sie mit leeren Augen auf den blutbesudelten Betonboden.

Dirk rieb sich die Schläfen. Sein Gehirn war wie betäubt. Wie eine Blitzlichtaufnahme sah er Anita am Sicherheitstor stehen und hörte diesen grauenvollen Schrei, der nicht enden wollte. Wie konnte sie aus der Futterstelle verschwinden, ohne dass er sie gesehen hätte? Er spähte durch die Maschen der Eingangstür. Das war der einzige Weg hinaus, und er wurde auf beiden Seiten von jener meterhohen Bretterwand begrenzt. Nie im Leben hätte sie dieses Hindernis überwinden können. Auch das dornenbewehrte Tor hätte sie unmöglich so schnell aufschieben können.

Wieder lief sein Blick die Bretterwand hoch. Selbst wenn sie daran hochgeklettert sein sollte – so leichtsinnig, freiwillig ins Löwengehege zu springen, war sie mit Sicherheit nicht. Nicht Anita.

Blieb nur die Möglichkeit, dass sie dazu gezwungen worden war. Aber von wem? Maurice und Len Pienaar waren tot, und außer Anita hatte sich kein anderer Mensch im Haus oder auf dem Vorplatz aufgehalten. Er starrte ins Gehege. Der Busch zeichnete sich als kompakter schwarzer Schattenriss gegen den samtblauen Nachthimmel ab. Nichts regte sich, und doch manifestierte sich in ihm allmählich die schreckliche Ahnung, dass er womöglich etwas übersehen hatte.

Dirk Konrad erlebte ein Gefühl, über das er bisher nur in Romanen gelesen und das er immer als alberne Metapher angesehen hatte: Sein Herz sank ihm in die Hose. Bis unter die Kniekehlen. In seinem Kopf gellte noch ihr Schrei, und es überfiel ihn eine Angst, wie er sie noch nie zuvor erlebt hatte. Als einer, der sich seit fast zwei Jahrzehnten seinen Lebensunterhalt mit der Kamera verdiente, dachte er zwangsläufig in Bildern. Die

Bilder, die ihm von Anitas Schicksal jetzt vor Augen standen, waren mehr, als er verkraften konnte.

Anita, mitten zwischen den Löwen. Anita, von Prankenhieben zerfetzt. Anita in ihrem Blut. Anita tot.

Der Wind hatte gedreht. Er verwirbelte den klebrigen Blutgeruch und vermischte ihn mit dem Raubkatzengestank, der sich unter dem Bambusdach gefangen hatte. Er bekam eine volle Ladung davon ab und musste sich in hohem Bogen übergeben. Als nichts mehr herauskam, fischte er ein Papiertaschentuch aus der Hose und wischte sich immer noch reflexartig würgend den Mund ab. Er warf das Taschentuch zusammengeknüllt in die Ecke und schlang sich die Arme um den Leib. Mitten in der tropisch warmen Nacht fror er. Noch nie in seinem Leben hatte er sich so allein, so hilflos gefühlt. Mit Anita hatte er einen Teil von sich selbst verloren. Den wichtigsten. Seine Hoffnungen, seine Zukunft.

Dirk Konrad, der hartgesottene Kriegsreporter, der zynische Kameramann, legte den Kopf auf die verschränkten Arme und schluchzte bitterlich.

Lia hob ihr bleiches Gesicht und musterte ihn. »Meine Schwester kann nicht fliegen«, sagte sie. »Sie muss hier sein. Irgendwo.«

Dirk hob den Kopf. Mit dem Fuß berührte er den toten Mähnenlöwen, und unwillkürlich sprang sein Blick hinüber zu den drei toten Löwen im Hof. Wieder wehte der widerliche Gestank von warmem Blut, Raubkatzen und Exkrementen zu ihm herüber. Er würgte krampfartig. »Aber sie ist nicht hier«, stieß er hervor. »Ich rufe die Polizei. Die müssen Hubschrauber oder so was einsetzen.« Er zog sein Handy hervor und wählte den Notruf. »Besetzt«, knirschte er, behielt das Telefon aber in der Hand. Ein schleifendes Geräusch drang in sein Bewusstsein. Er spannte alle Muskeln.

»Schritte«, flüsterte er. »Anita?«

Und tatsächlich. Die Schritte kamen vom Weg, schnelle Schritte. Wie elektrisiert sprang Dirk auf und zerrte an der Pranke des toten Mähnenlöwen. Er zog ihn ein Stück zur Seite, riss das Eingangstor auf, stürmte hinaus und rannte den Schritten entgegen, als hinge sein Leben davon ab.

Und das tat es, darüber war er sich klar. Ohne Anita würde sein Leben völlig sinnlos sein. Er rannte mit langen Sätzen, rutschte auf Geröll aus, sprang über mit Regenwasser gefüllte Furchen und schrie dabei Anitas Namen. Schreiend bog er um die scharfe Linksbiegung.

Aber es war nicht Anita, die ihm gegenüberstand, sondern Napoleon de Villiers. Sein Buschhut hing ihm im Nacken, das weiße Kräuselhaar schimmerte im schwachen Licht des Mondes, der sich immer wieder durch die Wolken kämpfte.

»Ich habe Schüsse gehört … ist jemand …« Napoleon musste erst Luft holen, bevor er weiterreden konnte. »Ich meine, bist du unverletzt?«

Dirk sank förmlich in sich zusammen. »Wo kommst du denn her? Hast du Anita gesehen?«

»Ich bin vom Hof, wo du Anitas Handy gefunden hast, quer durch den Busch gelaufen, aber von ihr habe ich keine Spur gesehen. Ich dachte, das wäre dir gelungen.«

»Sie ist weg.«

»Wie meinst du das – weg?«

»Weg wie verschwunden. Weg wie ich habe nicht die geringste Ahnung, wo sie sein könnte.« Dirk presste das Gesicht kurz in beide Hände, dann schaute er mit Tränen in den Augen auf. »Sie war hier. Ich hatte mich bis zum Hof vorgekämpft und habe sie dort vom Zaun aus gesehen – keine zwölf Meter von mir entfernt. Ich habe sie sprechen hören. Aber nachdem ich endlich den Dornenverhau am Tor überwunden und den Eingang zum Vorplatz erreicht hatte, war sie nicht mehr da. Einfach so!« Er schnippte mit Daumen und Zeigefinger. »So als hätte sie sich in

Luft aufgelöst.« Während er redete, liefen Leon und er den Trichterweg entlang bis zum Haus. Dort angekommen, zeigte Dirk mit dem Daumen auf die Kadaver der Großkatzen, die im Mondlicht deutlich zu erkennen waren. »Und stattdessen waren die zwei Monster in den Vorplatz eingedrungen. Lia hat sie erschossen.«

Ein Luftzug ließ die Holztür zum Gebäude zuschlagen, worauf plötzliche Stille eintrat. Die drei Menschen schauten hoch. Kein Laut war zu hören. Aus dem Haus nicht, und auch die Tiere im Busch schwiegen, sogar die Zikaden. Es war, als hätte die Welt in dieser Sekunde aufgehört, sich zu drehen.

Dirk bewegte unruhig die Schultern. Er sah hinauf zum Mond, der jetzt als perfekter, schimmernder Ball in der Schwärze des Weltraums seine Bahn zog. Ihn überlief ein eiskalter Schauer, der nichts mit der Umgebungstemperatur zu tun hatte, sondern mit diesem knochenkalten, furchterregenden Gefühl des Verlassenseins. Um es zu vertreiben, um sich seiner wieder bewusst zu werden, hieb er mit beiden Fäusten auf den Boden, wieder und immer wieder, bis seine Knöchel blutig waren.

Leon de Villiers beobachtete ihn mit verunsichertem Ausdruck und deutlich besorgter Miene, so als befürchtete er, dass Dirk jede Sekunde ausrasten könnte. Was er dann in gewisser Weise auch tat.

»Nein!«, brüllte er so urplötzlich los, dass Lia und Leon heftig zusammenzuckten. »Nein! Ich werde das nicht hinnehmen!« Mit einem Satz war er auf den Beinen. »Anita, verdammt! Wo steckst du?« Er schrie in die Nacht hinaus. »Das kannst du mir nicht antun!«

Es war nur ein winziger Laut, der ihm antwortete, eine Art raues Piepsen, nicht lauter als der Jammerton eines Babys, aber es genügte. Dirk wurde erst kreidebleich, dann flutete das Blut zurück in sein Gesicht. »Anita?«, stammelte er und sah Leon an. »Das Geräusch eben – hast du das auch mitbekommen? Es passte nicht hierher … nicht in den Busch … Das war kein Tier … Ich bin mir sicher, das war Anita …«

Leon schüttelte den Kopf. »Ich meine, etwas gehört zu haben … Ehrlich gesagt klang das wie ein Kätzchen, was aber eigentlich nicht sein kann. Wenn ich mich nicht irre, kam es von der Rückseite des Hauses, wo es direkt ans Löwengebiet grenzt. Aber dass Anita sich dort versteckt, halte ich für nicht wahrscheinlich.«

»Wo soll sie denn sonst sein?«, fuhr Dirk ihn erregt an. »Es ist die einzige Möglichkeit, die bleibt. Ich muss aufs Dach.«

Nach einem langen Blick hielt ihm Leon wortlos seine verschränkten Hände als Steigbügel hin. Seine Oberarmmuskeln schwollen an, als er das volle Gewicht des groß gewachsenen Kameramanns halten musste, aber es gelang ihm. Dirk grabbelte auf dem Ried herum, bis er eine Handvoll zu fassen bekam und sich hochziehen konnte. Die Dachneigung war nicht sehr steil, sodass er sich aufrecht darauf vorwärtsbewegen konnte, ohne ständig Gefahr zu laufen abzustürzen.

»Warte, nimm den hier mit«, rief Leon und reichte ihm seinen eingeschalteten Scheinwerfer hoch. Dirk nahm ihn entgegen, richtete sich zu seiner vollen Größe auf und ließ den Strahl übers Dach und den mondbeschienenen Busch wandern. Langsam drehte er sich um die eigene Achse. Der Lichtkegel war so stark, dass er tief ins Revier der Raubkatzen sehen konnte, und mehr als einmal glühten im Dunkel Augen auf. Aber sonst war da nichts. Gar nichts. Sein Herz stolperte. Er leuchtete das Gebiet ein weiteres Mal ab. Wieder nichts.

Der Verzweiflung nahe, ging er in die Knie und schob sich an den Dachrand des Giebels, der etwa einen Meter weit ins Löwenreservat ragte. Dort verteilte er sein Gewicht, weil er sich nicht sicher war, ob die Konstruktion ihn sonst tragen würde. Er streckte den Kopf über den Rand und schaute sich um. Im Osten zeigte ein heller Hauch, dass der Morgen nicht mehr fern sein konnte, aber dieser Bereich lag in tiefem Schatten. Er richtete den Scheinwerfer nach unten. Was er dann vor sich sah, sollte er sein Lebtag nicht vergessen.

Es waren Hände, oder vielmehr weiß glänzende Fingerknöchel. Und wirres dunkles Haar, strähnig, das Honiggold darin ohne Glanz. Die Hände umklammerten einen vorspringenden Holzbalken, wo der Erbauer des Hauses geschlampt und vergessen hatte, den Balken mit dem Dach abschließend abzusägen.

»Anita«, wisperte er, und sein ganzes Leben lag in diesem einen Wort. Erst geschah gar nichts, aber dann bewegte sie den Kopf. Er hielt den Atem an.

Das Haar fiel zurück. Im starken Licht leuchteten ihre Augen in dem blassen Gesicht riesig. Er ertrank in diesen Augen, bis ein gereiztes Aufstöhnen Anitas ihn zurück in die Wirklichkeit katapultierte. Er spreizte seine Beine, um sich abzustützen, und packte ihre Handgelenke, merkte aber sofort, dass seine Kraft in dieser Lage nicht ausreichte, sie allein heraufzuziehen.

»Leon!«, brüllte er. »Hilfe! Schnell!«

Wie Leon es schaffte, ohne Unterstützung in diesem Tempo aufs Dach zu klettern, konnte Dirk nie klären.

»Vielleicht hat mir Gott dafür Flügel verliehen«, meinte Leon später schmunzelnd.

Auf jeden Fall war er innerhalb weniger Sekunden bei Dirk, und gemeinsam zogen sie Anita hoch und setzten sie aufs Dach. Dirk hockte sich neben sie. Er musste sie festhalten, damit sie auf dem feuchten Ried nicht abrutschte. Sie zögerte nur einen winzigen Moment, dann lehnte sie mit einem leisen Seufzen den Kopf an seine Schulter.

Es war der schönste Augenblick seines bisherigen Lebens. »Du bist in Sicherheit, ich bin bei dir«, murmelte er und streichelte ihr mit der freien Hand übers strähnige Haar, wieder und immer wieder. Nach einer Weile spürte er, wie sich ihr rasender Puls allmählich beruhigte.

Sie öffnete den Mund, um etwas zu sagen, bekam aber nur ein heiseres Schnarren heraus. Ihre Lippen waren rissig, das Gesicht dreckverschmiert, und als sie die Arme heben wollte, gehorchten die ihr nicht, sondern blieben leblos an ihren Seiten liegen. Auch ihre Finger waren bewegungsunfähig. Gebogen wie Krallen, verharrten sie in der Griffposition. Hilfe suchend sah sie ihn an.

Wortlos nahm er ihre Hände und bog ihre Finger behutsam einzeln auf, aber auch jetzt konnte sie sie nicht gezielt bewegen. Auch die Kontrolle über die Arme hatte sie noch nicht wiedererlangt. Dirk stand auf. Da es fraglich war, ob ihr ihre Beine gehorchten, war es zu gefährlich, sie selbst übers Dach gehen zu lassen. Wenn sie stolperte, würde er sie nicht abfangen können, und sie würde hinunter ins Revier der Löwen fallen. Wo noch immer genügend der großen Raubkatzen hungrig umherstrichen. Und sie hatte im Augenblick eindeutig nicht genügend Kraft in den Armen, auf allen vieren übers Rieddach zu kriechen, wie es wohl am sichersten gewesen wäre.

Er erklärte es ihr. »Also werde ich dich tragen. Keine Angst, ich lasse dich nicht fallen.« Er lächelte ihr in die Augen. »Nie mehr.« Als sie wortlos nickte, legte er ihr den einen Arm unter die Schultern und den anderen unter die Kniekehlen und richtete sich vorsichtig mit ihr auf. Einen Fuß vor den anderen setzend bewegte er sich zur gegenüberliegenden Giebelseite.

Leon hatte sich bereits vom Dach heruntergehangelt und stand bereit, Anita aufzufangen. Dirk ließ sie behutsam in seine Arme gleiten. Leon nahm sie in Empfang und setzte sie mit dem Rücken gegen die Hauswand ab, wo sie erschöpft ihren Kopf auf die verschränkten Arme legte.

Leon tätschelte ihr das Haar. »Das war ein bisschen viel Afrika auf einmal, was, meine Hübsche? Aber es ist nicht immer so brutal. Manchmal ist es sogar umwerfend schön … so schön, dass man es gar nicht fassen kann.« Er grinste sie aufmunternd an.

Zu seinem Erstaunen blitzte ein verwegenes Lächeln in ihren Augen auf. »Ach, so schnell lasse ich mich nicht einschüchtern«, flüsterte sie heiser. »Von nichts und niemand, und auch nicht von Afrika.«

Dirk, der inzwischen auf sicherem Boden gelandet war, konnte es kaum glauben, als er ihre Worte hörte. Überrascht musterte er sie. Ein zitterndes Bündel Angst hatte er erwartet, Heulen und Zähneklappern, den Wunsch, diesen Kontinent so schnell wie möglich zu verlassen, aber nicht diesen Kampfgeist. Um seine Verblüffung zu verbergen, kniete er sich hin und untersuchte ihre Arme und Hände.

»Du hast Muskeln und Sehnen betimmt völlig überlastet«, sagte er. »Aber das wird schon werden.« Behutsam massierte er ihre langen Armmuskeln und dehnte ihre Finger, um die Blutzirkulation wieder in Gang zu bringen. Nach und nach nahmen die Finger einen rosa Ton an.

Die Massage tat Anita ziemlich weh, aber sie zog die Hände nicht weg. Es war ein willkommener Schmerz. Er half ihr, sich in die Wirklichkeit zurückzufinden, sich bewusst zu werden, dass sie tatsächlich überlebt hatte und in Sicherheit war. Und sie mochte die Berührung seiner Hände, stellte sie fest. Probeweise streckte sie die Arme aus. »Geht schon wieder, siehst du? Ich habe sogar schon wieder Gefühl in den Händen.«

Mit seiner Hilfe stand sie auf. Erst jetzt fielen ihr die Mädchen ein, und die Angst schnürte ihr prompt die Kehle zu. Sie musste sie erst freiräuspern, ehe sie weiterreden konnte. »Und Kira? Die Mädchen?«

Wie aufs Stichwort klingelte Dirks Handy. Es war Jill, aber er ließ sie gar nicht erst zu Wort kommen. »Ich hab sie wieder«, sagte er mit schwankender Stimme. »Sie ist ziemlich kaputt, aber in einem Stück, und sie möchte dich sprechen.« Er reichte Anita den Hörer. »Es ist Jill«, flüsterte er. »Du kannst sie selbst fragen.«

Anita nahm das Telefon und meldete sich. Das Lächeln, das

kurz darauf ihr Gesicht überstrahlte, sagte Dirk mehr als Worte. Ihm wurden tatsächlich die Knie weich. Er liebte Kinder, und die Vorstellung, welches Schicksal ihnen geblüht hätte, wenn sie nicht rechtzeitig gefunden worden wären, jagte ihm noch jetzt Schauer über den Rücken.

Während Anita Jills Bericht lauschte, fragte er Leon leise, wo sein Auto stehe, und erfuhr, dass Nils die Kinder damit nach *Inqaba* bringen wollte. »Ich warte darauf, dass einer seiner Leute es so bald wie möglich hierher zurückbringt«, sagte Leon gedämpft.

Anita hatte seine Worte offenbar mitbekommen. Sie hob eine Hand. »Sie haben die Kinder nicht nach *Inqaba* gebracht. Dr. Kunene will sie im Krankenhaus behalten … Nils hat dein Auto schon wieder abgestellt, bevor sie mit Kira nach *Inqaba* gefahren sind.«

»Es steht also dort, wo das Loch im Zaun ist?«, fragte Dirk. Leon bestätigte es. Dirk war der Weg durch den Busch zum Hof jedoch viel zu lang, er wollte Anita so schnell wie möglich von hier wegbringen. Vielleicht hatte ja Lia ihr Fahrzeug in der Nähe. Anitas Schwester saß noch immer zusammengekauert auf dem Boden und schien in eine Art Starre verfallen zu sein. Er ging zu ihr hinüber und beugte sich hinunter.

»Lia?« Weil sie nicht reagierte, packte er sie an beiden Schultern und schüttelte sie. »Komm zu dir, Lia. Ich will wissen, wie du hierhergekommen bist. Mit dem Auto? Oder zu Fuß?«

Lias Augen wanderten langsam zu seinem Gesicht. Sie richtete den Blick auf ihn, schien ihn aber nicht zu erkennen. »Was?«

Dirk sah sie forschend an. Anitas Schwester wirkte wie betäubt. Offensichtlich war sie in einen Schockzustand geschlittert und brauchte Hilfe. Aber jetzt ging es für ihn vorrangig um Anitas Sicherheit. Auf Lia konnte er keine Rücksicht nehmen. Es gab nur ein einziges Mittel, das versprach, sie jetzt und hier zur Besinnung zu bringen.

Er holte aus und gab ihr eine schallende Ohrfeige. Die Haare flogen ihr ums Gesicht, und ihr fiel die Kinnlade herunter. Sie glotzte ihn mit einem blöden Gesichtsausdruck an, sagte aber immer noch kein Wort. Dirk hob abermals die Hand.

»Hör auf, lass sie in Ruhe«, rief Anita erschrocken und fiel ihm in den Arm, wobei ihr das Telefon fast aus der Hand rutschte. »So kommst du doch auch nicht weiter. Was willst du von ihr?«

»Ich will wissen, ob sie ein Auto in der Nähe hat, mit dem ich dich nach *Inqaba* bringen kann. Der Weg zurück durch den Busch ist mehr, als du jetzt bewältigen kannst, abgesehen davon, dass er zu gefährlich ist.« Mit zwei Fingern hob er Lias Gesicht und schaute ihr in die Augen, »Wie bist du hierhergekommen, Lia? Es ist wirklich furchtbar wichtig. Bist du gefahren?«

Es dauerte eine Ewigkeit, bis Lia stumm nickte.

»Womit?«, knirschte Dirk und hätte ihr die Worte am liebsten herausgeschüttelt.

»Mit dem Quad«, wisperte Anitas Schwester.

Er atmete erleichtert auf. »Also gibt es einen anderen Weg als denjenigen durch den Busch?« Als Lia das mit einem wortlosen Nicken bestätigte, funkelte er sie an. »Geht es etwas genauer, Lia? Wo steht dein Quad? Sag mir, wie weit es von dort bis zur Hauptstraße ist!«

Anitas Schwester kam der Forderung mit stockender Stimme nach, unterbrochen von langen Pausen. Offenbar stand das Quad bei dem Tambotibaum, auf dem er gesessen hatte, und die Hauptstraße war keine zweihundert Meter entfernt.

»Gut. Passen wir zu dritt auf das Quad?«

Lia zuckte die Achseln »Wenn eine von uns auf deinem Schoß sitzt vielleicht. Eigentlich ist es nur für zwei gedacht. Einer müsste hierbleiben. Ich …«

»Ich bleibe hier«, unterbrach Anita sie überraschend. »Du kannst Lia nach Hause fahren, Dirk. Ich rufe die Polizei und bleibe hier, bis die hier angekommen ist. Ich bin die einzige Zeugin, außerdem habe ich …«

Ehe sie weitersprechen konnte, fuhr Dirk dazwischen. »Nein, bist du nicht. Die alleinige Zeugin, meine ich. Ich habe ebenfalls alles beobachten können. Du bist hier also gar nicht vonnöten.«

Um nichts in der Welt würde er es zulassen, dass sie der Polizei mitteilte, dass sie als Erste auf Pienaar geschossen hatte. Zwar hatte er es von seinem Hochsitz aus nicht direkt gesehen, aber er war Zeuge, dass sie das Maurice gegenüber gesagt hatte. Welche Konsequenzen das haben könnte, konnte er nicht abschätzen. Wohl keine besonders gravierenden, schließlich war der Kerl auf keinen Fall an ihrer Schussverletzung gestorben. Auch das konnte er bezeugen. Und eine Obduktion würde das bestätigen können.

Sein Blick flog hinüber zu den Überresten der beiden Männer im Hof. Von Pienaar war nicht mehr viel übrig, aber die heutigen Untersuchungsmethoden waren hervorragend, vielleicht … Mit einer Grimasse wandte er sich ab. Anita hatte genug durchgemacht, und es musste für jeden offensichtlich sein, dass sie so ziemlich am Ende ihrer Kräfte war. Mit allen Mitteln würde er dafür sorgen, dass sie nicht in die Mühlen der hiesigen Polizei geriet. Über ihre Methoden hatte er zu viel gehört, als dass er ihnen traute. Mit sanftem Druck legte er ihr den Arm um die Schultern und wollte sie vom Hof geleiten.

Aber sie machte sich heftig los. »Hör mir zu! Ich habe auf Pienaar geschossen und ihn schwer verletzt. Mir ist der Schuss einfach so losgegangen, aber das muss die Polizei erfahren …«

»Na und?«, fuhr er dazwischen. »Im schlimmsten Fall war das pure Notwehr. Er hat dich angegriffen, und du hast dich gewehrt. Außerdem musstest du die Mädchen beschützen. Schließlich konntest du ja nicht wissen, dass sie sich bereits in Sicherheit befanden. Das ist eine glasklare Sachlage. Notwehr in reinster Form. Überall auf der Welt würde man das so sehen. Außerdem habe ich gesehen, dass Maurice deine Fingerabdrücke von der Pistole abgewischt hat. Es könnte dir also niemand etwas nachweisen. Und jetzt bringe ich dich nach *Inqaba*.« Seine

Meinung, dass es zudem weiß Gott nicht schade um den Mistkerl Pienaar war, behielt er für sich.

Aber Anita widersetzte sich auch jetzt. Mit zusammengezogenen Brauen sah sie sich um. »Wo ist er?«

»Wo ist wer?«

»Der Schwarze, ein riesiger Kerl. Er stand plötzlich vor mir … mit einer Pistole in der Hand. Er hat mir das Leben gerettet. Sekunden bevor die da …« Ihre Handbewegung umfasste die toten Raubkatzen im Vorraum. »Bevor sich diese Biester über mich hermachen konnten, hat er mich buchstäblich aufs Dach geschleudert. Er war wahnsinnig stark. Oben hat er mich blitzartig hinüber auf die andere Seite gezerrt und dann wieder vom Dach heruntergestoßen, bis ich nur noch an dem Balken hing. Runter da, festhalten, nicht rauskommen, bevor alles ruhig ist, hat er mir befohlen, und dann war er weg. Spaßvogel! Glücklicherweise habe ich mich mit den Zehen an einem Mauervorsprung festklammern können, sonst wäre ich doch noch zum Appetithappen für die Löwen geworden.«

»Ich habe niemand gesehen«, sagte Dirk verwirrt. »Du etwa, Lia?« Anitas Schwester schüttelte teilnahmslos den Kopf.

Aber Anita bestand auf ihrer Behauptung. »Er muss an euch vorbeigekommen sein. Es gibt keine andere Möglichkeit.«

»Auf dem Dach war er nicht, hier ist er ganz offensichtlich nicht, an uns vorbeigelaufen ist er auch nicht. Er muss über die Bretterwand geklettert sein.«

»Wir müssen ihn finden!«, beharrte sie.

Leon mischte sich ein. »Er hat sich offenbar hier ausgekannt. Und wenn er so groß und stark war, wird ihm schon nichts geschehen sein. Da Wichtigste ist jetzt, dich nach *Inqaba* zu bringen.«

»Die Löwen werden ihn schon nicht gefressen haben, das hätten wir mitgekriegt«, ergänzte Dirk lächelnd.

Anita schaute noch immer zweifelnd drein. Unwillkürlich schnellte ihr Blick zum Hof, zuckte allerdings bei dem schockierenden Anblick des abgebissenen menschlichen Beins, das in einem Buschstiefel steckte und mit einem hellblauen Kniestrumpf bekleidet in einer Blutlache lag, sofort wieder zurück. Der rötliche Haarpelz war unverkennbar. Als jetzt der Mond hinter dichten Wolken verschwand, versank der Rest der Szene gnädigerweise in tiefer Dunkelheit.

Krampfhaft wandte sie den Kopf zur Seite und musste sekundenlang mit einem Übelkeitsanfall kämpfen. »Und Maurice?«, wisperte sie schließlich.

Die Frage brachte Cordelia urplötzlich zur Besinnung. Sie sprang auf. »Das war sein Hemd, ich habe es erkannt. Er ist tot, oder? Aufgefressen! Mein Sohn.«

Ihre Stimme war hart und brüchig. Kreidebleich stand sie vor Anita, das Gewehr mit beiden Händen fest umklammert. »Was ist hier wirklich passiert? Was hast du damit zu tun? Auf wen hast du geschossen? Wie ist Maurice … Hast du …?«

Schockiert sah Anita sie an. »Nein, natürlich nicht … Cordelia, wie kannst du so was denken … Natürlich habe ich Maurice nicht … Es tut mir so leid.« Sie schluchzte auf, als die Szene noch einmal vor ihr ablief. »So furchtbar leid … Er hat gesagt, er hätte es aus Liebe für dich getan … O Gott, Cordelia.« Ihr versagte die Stimme.

Lia bebte. »Was redest du da? Was soll er für mich getan haben?«

Anitas Mund war papiertrocken. Es bereitete ihr ungeheure Mühe, die nächsten Worte hervorzubringen. »Ich soll dir sagen, dass er dich liebt …« Mit einem schaudernden Seitenblick zum Hof setzte sie hinzu: »Geliebt hat … Und dass er es für dich getan hat.«

Ihre Schwester musterte sie mit einer Mischung aus unverhohlenem Misstrauen und Ungläubigkeit. »Wann soll er das denn gesagt haben? Und wieso?«

Anita sah auf ihre Füße, wusste nicht, was sie Maurice' Mutter darauf antworten sollte. »Bevor er … als er …« Hilflos hob sie die Hände und brach ab.

»Bevor er sich erschossen hat«, ergänzte Dirk ruhig.

Lia fuhr wie eine wütende Schlange herum. »Maurice? Sich umgebracht? Nie und nimmer. Das glaube ich nicht. Nicht mein Sohn. Niemals! Raus mit der Sprache, was ist hier vorgefallen …?« Der Gewehrlauf schwang herum und zielte auf Anitas Mitte. »Ich warne dich … Ich zähle bis drei, dann knallt's.«

Geistesgegenwärtig versetzte Dirk Anita einen kräftigen Stoß, der sie aus der Schusslinie stolpern ließ, während Leon, der den Disput bisher schweigend beobachtet hatte, Cordelia die Waffe entriss. Er entlud sie und steckte die Munition in die Tasche. Dann schulterte er das Gewehr.

»So, das hätten wir«, sagte Dirk. »Und nun zu Maurice, Lia. Ich werde dir genau erzählen, was geschehen ist. Dein Sohn hat sich die Pistole in den Mund geschoben und abgedrückt, worauf er tot umfiel. Anita und ich haben das gesehen. Zuvor hat er gestanden, Aids zu haben, heroinsüchtig zu sein und dass er, um seine Sucht bezahlen zu können, anfänglich dein Geld gestohlen hat, bevor er Len Pienaar kennenlernte und anschließend von ihm erpresst worden ist, das Lager für die entführten Mädchen auf *Timbuktu* einzurichten.« Er machte eine Pause und musterte die Frau vor ihm. »Und er hat auch gesagt, dass du davon gewusst hast. Damit hast du Anita in Lebensgefahr gebracht, ganz zu schweigen von diesen kleinen Mädchen und Kira Rogge. Dafür will ich eine Erklärung hören, und glaub mir, Nils und Jill werden das auch von dir wissen wollen. Und wenn dieser unbekannte Schwarze nicht gewesen wäre, wäre …« Er unterbrach sich.

Lia stand ohne jegliche äußere Reaktion da, so als hätte sie nichts von dem gehört, was er gesagt hatte. Ihre Augen waren ins Nichts gerichtet, in ihren Mundwinkeln sammelte sich Speichel.

Dirk packte sie am Arm und schüttelte sie. »Hast du verstanden, was ich gesagt habe?«

Keine Reaktion.

»Sie hört dich nicht«, sagte Anita leise. »Lass sie. Es ist zu viel. Ihr Sohn ist tot …«

Dirks Kiefer mahlten. »Der wäre so und so bald gestorben, das hat er selbst gesagt.«

Anitas Blick kehrte sich nach innen. Ihre Gedanken flogen zurück zu jenem Julitag vor zwei Jahren. Sie sah Frank breitbeinig auf dem Deck balancieren, das kurze, dunkelblonde Haar verweht, die hellblauen Augen funkelnd vor Vergnügen. Und bevor sie sich dagegen wehren konnte, hörte sie es wieder. Dieses Geräusch, als würde eine Kokosnuss gespalten. Das Letzte, was sie von ihm gehört hatte.

Dirk beugte sich besorgt zu ihr und legte ihr die Hand auf die Schulter. »Was ist?«, raunte er. »Du bist ganz blass geworden. Ist dir nicht gut?«

Sie spürte seine Hand nicht. Ihre Mutter tauchte kurz vor ihr auf. Es sei an der Zeit, waren ihre Worte gewesen, und sie würde nie erfahren, was sie damit gemeint hatte.

Nur mühsam kämpfte sie sich zurück in die Gegenwart. »Maurice wäre gestorben, sicher«, sagte sie leise. »Irgendwann, vielleicht schon bald, aber Lia hätte sich verabschieden können … noch Fragen stellen, auf die sie Antworten bekommen hätte …« Sie schwieg und verlor sich wieder in der Vergangenheit. »Jetzt wird es nie mehr Antworten geben, nur Fragen … Das ist furchtbar, weißt du.«

»Das ist mir egal«, unterbrach er sie. »Das ist ihr Problem. Ich will hören, warum sie dich in Lebensgefahr gebracht hat, warum sie nichts getan hat, um dich und die Kinder zu retten.«

»Sie hat alles verloren … Sie ist allein auf der Welt … Ich weiß, wovon ich rede. Alleinsein heißt Dunkelheit und Kälte …«

»Sie ist nicht allein«, fuhr er dazwischen. »Sie hat eine Schwester. Dich!«

Anita aber schaute durch ihn hindurch, dachte an das, was ihr

Cordelia von ihrem Vater erzählt hatte. Über ihre Mutter. Ihre beiden Eltern. Von einem Vater, den sie so nie gekannt hatte, und der Mutter, die zu ihr nicht so gewesen war, wie ihre Schwester das beschrieb.

»Uns trennt ein Meer von Tränen«, flüsterte sie. »Ein unendlicher Ozean voll Schmerz.«

»Ich verstehe kein Wort«, brummte Dirk.

»Wie hat er ausgesehen?« Lias Frage schreckte sie beide auf.

Anita musterte ihre Schwester mit deutlicher Verwirrung. »Wie hat wer ausgesehen? Wen meinst du?«

Lias blaue Augen glitzerten. »Der Schwarze, der dir das Leben gerettet hat. Der so ungeheure Kraft besaß. Wie hat er ausgesehen? Beschreib ihn mir.«

Anita dachte kurz nach und zuckte dann etwas irritiert mit den Schultern. »Groß war er, wie ich schon sagte. Fast so groß wie Dirk … sehr kräftig.« Sie schloss kurz die Augen, um sich den Mann, den sie nur für Sekunden gesehen hatte, vorzustellen. »Das Einzige, woran ich mich noch erinnern kann, ist, dass er auf seiner Oberlippe eine Art Markierung hatte. Rosa, wie ein Stern geformt, mehr fällt mir nicht ein …«

Ihre Schwester reagierte, als hätte sie einen Schlag auf den Kopf bekommen. Ihr Mund bewegte sich auf und zu. Sie schnappte wie ein Fisch auf dem Trockenen, ehe sie ein paar Worte herauspressen konnte. »Das ist keine Markierung, das ist eine Narbe … eine Narbe wie ein Morgenstern …«

»Eine Narbe? Ja, das kann sein …« Anita wurde durch ein Geräusch abgelenkt, das vom Farmgelände zu kommen schien. Ein Rascheln wie von trockenen Blättern. Aus den Augenwinkeln sah sie, dass ihre Schwester herumwirbelte, wobei sie fast das Gleichgewicht verloren hätte. Sie reichte ihr ihre Hand, um sie festzuhalten. »Cordelia?«, sagte sie verwundert.

Lia war weiß wie eine Wand geworden und starrte mit weit geöffneten Augen auf eine Stelle im Busch jenseits des Pfads. »Kwezi?«, wisperte sie atemlos.

Verständnislos folgte Anita ihrem Blick. »Wie bitte?«

»Kwezi«, wiederholte Lia, und jetzt schimmerten ihre Augen in klarstem Himmelsblau. Mit einer blitzschnellen Bewegung riss sie Leon ihr Gewehr von der Schulter, bevor er eine Abwehrbewegung vollführen konnte, und hetzte mit triumphierend geballter Faust aus dem Vorraum hinaus und den Weg hinunter. Kurz darauf war sie hinter der Biegung ihren Blicken entzogen.

»Wer zum Henker ist Kwezi?«, fragte Dirk in die entstandene Stille. »Dreht die jetzt völlig durch?«

Anita, die ihrer Schwester noch mit offen stehendem Mund nachschaute, schüttelte benommen den Kopf. »Kwezi«, wiederholte sie zögernd. »Kwezi ... sie hat mir davon erzählt ... Cordelia hat jemand so genannt, weil er eine Narbe auf der Oberlippe hat, die wie ein Stern geformt ist.« Sie redete leise, wie zu sich selbst. »Kwezi heißt Morgenstern ...«

Dirks Miene war von einer Mischung aus völliger Verwirrung und Ungeduld geprägt. »Und warum versetzt dieser Morgenstern sie so in Ekstase?«

»Weil Kwezi der Vater von Maurice ist ... Sein richtiger Name ist Mandla, und sie hat ihn abgöttisch geliebt ... Liebt ihn wohl noch heute. Mein ... unser Vater hatte ihr damals, als er verschwand, gesagt, dass ihn die Polizei totgeprügelt hätte.«

Dass es auch ihr Vater gewesen war, der den Zulu an die Polizei verraten hatte, und warum er das getan hatte, konnte sie nicht erzählen. Noch tat das einfach zu weh. Erst musste sie damit leben lernen, dass ihr Vater und ihre Mutter, die so liebevoll zu ihr gewesen waren und nie eine Hand gegen sie erhoben hatten, ihre Schwester brutal verprügelt hatten und sie zwingen wollten, ihr Kind zu töten. Und dass sie den Vater des Kindes an die Polizei verrieten, obwohl sie wissen mussten, dass ihm ein furchtbarer Tod drohte. Auch damit würde sie leben müssen.

Der Glanz ihrer Erinnerungen an ihre Eltern hatte einen pechschwarzen Rand bekommen.

Leon schaute sie durchdringend an. »Lias Vater hat ihn an die Polizei verraten? Kwezi?« Allmählich glimmte Verstehen in seinen Augen auf. »Ah«, sagte er und nickte, als sähe er eine unsichtbare Szene vor sich. »Ah, so ist es also gewesen. Das erklärt vieles.«

Obwohl er sehr leise gesprochen hatte, hatte Anita ihn verstanden. »Was erklärt es?«

Leon zögerte anfänglich, aber dann erklärte er es ihr. »Kwezis Hass auf Len Pienaar. Ich kenne Kwezi seit einigen Jahren, und einmal habe ich seinen Rücken gesehen. Er ist von einem einzigen, wulstigen Narbengewebe überzogen. Pienaar hat ihn mit der Nilpferdpeitsche verprügelt, ihm anschließend Säure in die Wunden gegossen und ihn als tot liegen lassen.«

Fassungsloses Schweigen folgte seinen Worten. Schließlich räusperte er sich und holte sein Mobiltelefon hervor. »Ihr beide fahrt jetzt sofort nach *Inqaba*. Wenn ihr fort seid, rufe ich die Polizei an und berichte ihnen, was ich hier vorgefunden habe. Ich werde alle Schuldscheine einlösen, die ich im Präsidium offenstehen habe, um geheim zu halten, dass ihr beide hier anwesend gewesen seid.« Ein unergründliches Lächeln umspielte seine Mundwinkel.

Dirk bemerkte es, und es schoss ihm durch den Kopf, dass dieser Napoleon de Villiers etwas ganz anderes war, als er nach außen darstellte. Nicht nur der schrullige, wohlhabende Farmer, der mit einer bildschönen Schwarzen zusammenlebte und den Rest der Welt ignorierte. Um die Polizei, deren Hierarchie bis in die unteren Ränge heutzutage genau die des ANC abbildete – das heißt, die obersten Posten hatten die wirklichen politischen Schwergewichte inne –, so zu beeinflussen, dass ein derartiger Vorfall – immerhin stand Mord im Raum – geheim gehalten wurde, musste er selbst der obersten Riege der Partei angehören.

Oder genau wissen, in welchen Kellern welche Leichen versteckt lagen. Oder einer Menge Leute sehr große Gefallen erwiesen haben, die er jetzt einfordern konnte. Oder von allem etwas. Wer war dieser Mann in den Jahren des Widerstands gewesen? Wer verbarg sich hinter seiner gemütlichen Fassade?

Unwillkürlich hob er den Kopf, um den Südafrikaner genauer anzusehen, und begegnete dessen dunklem, wissendem Blick. Ertappt schaute er zur Seite.

Leon verzog amüsiert die Lippen. »Nun denn«, fuhr er fort. »Unsere Polizei ist nicht nur blöd und inkompetent. Manche von ihnen sind ganz hervorragend, und ich fürchte, Superintendent Sangwesi, der zurzeit zuständig ist, ist außerordentlich kompetent und zäh wie eine Bulldogge. Was er erst einmal zwischen den Zähnen hat, lässt er nicht wieder los. Der hat auch keine Angst, sich mit seinen höchsten Vorgesetzten anzulegen.« Er grinste und hielt sein Mobiltelefon auf Armeslänge, während er weiterredete. »Zwei Leichen wird er vorfinden und mehrere erschossene Löwen. Wie die beiden im Hof zu Tode gekommen sind und wer die Katzen getötet hat, wird ihn eine Zeit lang beschäftigen, aber am Ende wird er selbst draufkommen, dass da was nicht stimmt. Und dann, glaubt mir, kehrt er die Bulldogge heraus. Bis er und seine Polizei allerdings so weit sind, könnt ihr euch mit Nils und Jill über eure Version absprechen. Es ist wichtig, dass eure Aussagen übereinstimmen. Passt auf, dass ihr nichts Falsches aussagt. Dann klappt's.«

Sowohl Anita als auch Dirk hörten schweigend zu.

Leon grinste verschwörerisch. »Es muss ja nicht sein, dass Anita als einzige Überlebende des Massakers unter Mordverdacht in einem unserer Gefängnisse schmort, bis der Polizeiapparat in die Gänge kommt und anfängt, nach der Wahrheit zu graben. Sie ist als Touristin hier, und wird Mord vermutet, wird man sie kaum auf Kaution herauslassen. Das kann ich nicht zulassen. Die Vorstellung wäre einfach zu furchtbar. Aber einer muss das hier melden, sonst kommt ihr bei diesem Schlamassel alle in Teufels Küche.« Er wählte und hatte sofort jemand am Apparat.

Knapp und klar erstattete er dem diensthabenden Polizisten Bericht, gab seinen Namen an und versicherte, dass er auf die Polizei warten werde. Mit einer Grimasse klappte er das Telefon zu.

»Superintendent Sangwesi ist im Anmarsch. Also, ab mit euch.«

Anita fuhr hoch und wollte abermals aufbegehren, aber bevor sie etwas sagen konnte, nahm Dirk ihr Gesicht in seine Hände und zwang sie, ihm in die Augen zu schauen. Sie tat es mit unmutig gerunzelter Stirn.

»Dieses eine Mal, nur dieses eine Mal bitte ich dich, das zu tun, was ich dir sage«, sagte er. »Und zwar bedingungslos und sofort. Für den Rest unseres Lebens bin ich dann bereit, jede Situation mit dir auszudiskutieren. Aber nicht jetzt. Dazu haben wir einfach keine Zeit mehr. Die Polizei wird gleich da sein, und ich will, dass du dann nicht mehr hier bist.«

Anita nahm seine Hände wortlos herunter und richtete sich auf. Dirk wartete mit jagendem Herzen auf ihre Reaktion. Hinter ihm schob sich die Sonne über den Horizont. Anita schaute ins goldene Licht und gab sich dem Zauber der Geburt eines neuen Tages hin. Ohne Hast. Schweigend.

Dirk indessen durchwanderte eine Ewigkeit, eine dunkle, stickige, höllisch schmerzende, absolute, nicht auszuhaltende Ewigkeit. Sterben konnte nicht schlimmer sein.

Anita aber ließ sich Zeit und beobachtete, wie der Horizont sich in eine Feuerlinie verwandelte. Der Himmel schien von innen zu glühen, und die ersten Strahlen durchdrangen den Busch. Sie trafen auf einen Regentropfen, der am Blattende einer wilden Banane zitterte und bebte und Blitze sprühte wie ein kostbarer Diamant.

Langsam schob sich die riesige goldene Sonnenscheibe über den Horizont. Es glitzerte und funkelte, und die Welt schimmerte wie eine gläserne Perle. Anita legte den Kopf in den Nacken und schaute hinauf in das endlose Blau, konnte nicht fassen, dass das Leben wieder so schön sein konnte.

Schließlich wandte sie sich Dirk zu. Ihre Augen glänzten – aber nicht von Tränen –, ihre Pupillen waren zwei strahlend schwarze Sterne in einem grünblau schillernden Meer.

Sie lachte, tief in ihrer Kehle, ein warmes, ganz und gar sinnliches Lachen, und das Gefühl, das ihm dabei über den Rücken rieselte, war das Aufregendste, was er je gespürt hatte.

»In Ordnung«, flüsterte sie.

26

An einem jener kristallklaren, windstillen Tage im Mai, wenn die Sommerhitze gebrochen war, die Luft wie Champagner und das Wetter milde und sanft, stand Anita in Mtubatuba in Zululand vor Gericht. Dirk Konrad, Jill und Nils Rogge, Napoleon de Villiers und Flavio Schröder besetzten die erste Reihe der Zuschauerränge. Im Gerichtssaal war es heiß und staubig, und es roch nach Bohnerwachs und Papier.

Vor dem Gebäude, in einem Straßencafé, warteten zwölf kleine, hell gekleidete Mädchen und Kira Rogge, begleitet von Marina Muro, Thabili und Dr. Thandi Kunene. Ihre Aussage war bereits unter Ausschluss der Öffentlichkeit erfolgt.

Leon schaute hinüber zu Anita und kaute auf seiner kalten Pfeife. Dann lehnte er sich hinüber zu seinem Freund Dirk Konrad. »Es war glasklar Notwehr, aber sie konnte es nicht lassen, oder? Sie musste zur Polizei marschieren und sich selbst anzeigen.«

»Ja«, sagte Dirk.

»Stur, oder?« Schräger Seitenblick, amüsiertes Lächeln in den Mundwinkeln.

»Ja, sehr.«

»Warum?«

Dirk sah ihn an. »Sie will hierbleiben.«

»Dacht ich's mir«, murmelte Leon zufrieden. »Sie will ihr Buch zu Ende schreiben. Hat sie mir gesagt.«

Mit wehender schwarzer Robe erschien jetzt der Richter. Alle erhoben sich, setzten sich wieder, und die Verhandlung begann.

Anita wurde eingehend befragt. Vom Richter, einem gemütlich wirkenden Mann mit mahagonifarbener Haut und seelenvollen dunklen Augen, von der Staatsanwältin, jünger und milchkaffeebraun, und von ihrem eigenen Anwalt, einem aristokratisch aussehenden Weißen aus Durban, auf dem Dirk bestanden hatte.

Als die Befragung beendet war, erhob sich die Staatsanwältin zum Plädoyer. Atemlose Stille senkte sich über den Saal, niemand hustete, niemand räusperte sich. Eine fallende Stecknadel hätte man hören können oder den Staub, der im Sonnenlicht tanzte. Die Staatsanwältin sah Anita kurz an, dann wandte sie sich dem Richter zu, wie es das Protokoll verlangte.

»Es war eindeutig Notwehr«, begann sie ihr Plädoyer.

Der Rest ging im Triumphschrei der Zuschauer in der ersten Reihe unter.